HEYNE <

JANA LUKAS

Die Mühlen schwestern

DIE LIEBE KENNT DEN WEG ZURÜCK

ROMAN

WILHELM HEYNE VERLAG
MÜNCHEN

Sollte diese Publikation Links auf Webseiten Dritter enthalten, so übernehmen wir für deren Inhalte keine Haftung, da wir uns diese nicht zu eigen machen, sondern lediglich auf deren Stand zum Zeitpunkt der Erstveröffentlichung verweisen.

Verlagsgruppe Random House FSC® N001967

2. Auflage
Vollständige Erstausgabe 4/2020
Copyright © 2020 by Jana Lukas
Copyright © 2020 dieser Ausgabe
by Wilhelm Heyne Verlag, München,
in der Verlagsgruppe Random House GmbH,
Neumarkter Str. 28, 81673 München
Printed in Germany
Redaktion: Dr. Diana Mantel
Umschlaggestaltung: © zero-media.net, München
unter Verwendung von plainpicture/Michaela Ninic,
GettyImages/Ulrike Schmitt-Hartmann, FinePic®, München
Satz: Uhl + Massopust, Aalen
Druck und Bindung: GGP Media GmbH, Pößneck
ISBN: 978-3-453-42397-4

www.heyne.de

*Ein Mühlstein und ein Menschenherz
wird stets herumgetrieben.
Wo beides nichts zu reiben hat,
wird beides selbst zerrieben.*

    (Friedrich Freiherr von Logau)

Prolog

Sommer 2009

Glatt wie Glas lag der Sternsee im frühen Licht des Tages. Über den Bergspitzen des Tals färbte sich der Himmel in einem zarten Rosa. Hannah Falkenbergs alte Chucks waren nass vom taufeuchten Gras, durch das sie gelaufen war. Sie drehte sich um. Die Fußspuren, die sie auf der Lichtung hinterlassen hatte, waren nicht zu übersehen. Dann blickte sie wieder auf das Wasser hinaus. Smaragdgrün schloss es die zwei kleinen Felseninseln ein, auf denen sich Kiefern, Moose und Farne gegen die raue Witterung der Berge behaupteten. Nebelfetzen tanzten über das Wasser wie Feen.

Hannah starrte auf das Szenario, als könne sie ein Negativ davon in ihren Erinnerungen verankern. Sie war dabei, die Welt zu entdecken, hinter die Gipfel zu schauen, die das Tal einrahmten. Manche nannten es Flucht, sie bezeichnete es als Aufbruch. Sie war in Sternmoos aufgewachsen, hatte die ersten achtzehn Jahre ihres Lebens hier verbracht. Doch in der letzten Zeit nahmen ihr die Berge die Luft zum Atmen. Das Tal verursachte ihr Platzangst. Das Gefühl, auf der Stelle zu treten, wurde von Tag zu Tag mächtiger. Sie musste hier raus. Einfach weg. Sie wollte die schönsten Orte der Welt fotografieren. In Berchtesgaden hatte sie jedes Motiv, jeden Stein, ja, jeden verdammten Grashalm schon einmal im Bild festgehalten. Hier gab es nichts mehr, womit sie ihre Kreativität füttern konnte.

Warum nur fiel es ihr so schwer, den Blick vom See abzuwenden? Ihre Tante Louisa wartete auf dem Hof der alten Mühle auf sie. Ihr großer Rucksack und ihre Kameratasche waren bereits in Lous Wagen verstaut. Sie mussten bald aufbrechen, wenn Hannah ihren Zug nicht verpassen wollte. Es blieb nur eine Sache ... sie blickte auf den Brief, den sie in der Hand hielt, und atmete tief durch. Es war feige, das Tal auf diese Weise zu verlassen. Jakob würde ihr nicht verzeihen. Wahrscheinlich würde er sie sogar hassen. Sie schluckte. Doch egal, wie sie es drehte und wendete, er würde sie nicht verstehen. Seine Zukunft lag hier. In der Werkstatt seines Vaters. Bei seinen Freunden, der Bergwacht. Hannah hingegen – ihr gehörte die Welt, wie Louisa es immer formulierte. Und die wollte sie erobern.

Entschlossen wandte sie sich um und ging zu der knorrigen Kiefer hinüber, in deren Spalt Jakob und sie immer kleine Botschaften für den anderen hinterließen. Ihre Hand zitterte, als sie den Umschlag in das Versteck schob. Die Baumrinde fühlte sich rau an unter ihren Fingern. Ein kleiner Klecks Harz blieb an ihrer Haut haften und hüllte sie in den unverkennbaren Duft der Lichtung.

Vielleicht würde Jakob sie ja doch irgendwann verstehen. Ein letztes Mal blickte sie auf den See. Die ersten Sonnenstrahlen trafen auf die Wasseroberfläche und verwandelten sie in eine Fläche aus glitzernden Diamanten. Hannah straffte die Schultern und schlug den Weg zur Mühle ein. Hinter ihr lösten sich die letzten Nebelfetzen und verschwanden in der klaren Luft, als hätte es sie nie gegeben.

1

Sommer 2019

Sie kam aus dem Nichts und riss den Jeep mit sich, als sei er ein winziges Spielzeugauto. Eine Walze aus Geröll und zähem Schlamm, die den Berg hinunterschoss, alles unter sich begrub und in einem dunklen Brei aus Erde und Steinen erstickte.

Hannah hatte Glück. Wenn man das so nennen konnte. Die Schlammlawine katapultierte den Jeep von der Straße, statt ihn unter sich zu zerquetschen. Sie überschlug sich. Wieder und wieder. Bis der reißende Fluss, der sich neben der Straße ins Tal stürzte, ihren Aufprall abfing. Für den Bruchteil einer Sekunde atmete Hannah durch. Der Wagen hing schief in den wilden Fluten des Flusses, irgendetwas stoppte ihn, sorgte dafür, dass sie nicht davontrieb. Vielleicht ein Baumstamm, ein Felsvorsprung. Es war ihr egal. Ihr Sicherheitsgurt hielt sie fest auf dem Beifahrersitz. Sie war am Leben. »Das war knapp«, keuchte sie, atemlos vor Schock. Ihr Herz raste und schickte Unmengen Adrenalin durch ihre Venen. Sie hörte, wie der Schlamm an verschiedenen Stellen des Tals noch immer in überwältigender Geschwindigkeit den Berg hinunterrauschte und diesen abgelegenen Teil des brasilianischen Regenwaldes unter sich begrub. Sie hörte das Brodeln des Wassers um sich herum.

Sie hörte das Blut in ihren Adern. »Finn?«, flüsterte sie. So leise, dass sie es selbst kaum hören konnte. Er antwortete nicht. Dabei antwortete er ihr immer. Jetzt wäre der richtige Zeitpunkt für einen seiner witzigen Sprüche. Irgendetwas, was sie beruhigen und vielleicht sogar zum Lachen bringen würde. Vielleicht hatte er sie nicht gehört.

Langsam, unendlich langsam, wand Hannah den Kopf zum Fahrersitz. Dort, wo ihr Freund und Kollege hätte sitzen müssen, sah sie nur die zerborstene Scheibe, durch die das Wasser in den Jeep lief. »Finn!« Diesmal schrie sie seinen Namen aus voller Lunge.

Hannah musste bewusstlos gewesen sein. Vielleicht hatte sie auch einfach nur geträumt. Vom Sternsee. Von ihrem Zuhause. Noch sah sie das Tal vor ihrem inneren Auge. Die Sonne war bereits hinter die hohen, steinernen Zacken des Hochkalter gesunken, aber sie hatte ihre Farben zurückgelassen. Das leuchtend helle Gelb und das tiefe Orange spiegelten sich im fast unwirklichen Türkisblau des Wassers. Genau wie die beiden Kiefern auf der kleinen Felseninsel, nur ein paar Meter vom Ufer entfernt. Ihre älteste Schwester, Antonia, hatte sich an den vom Wasser glatt geschliffenen Steinen emporgehangelt und winkte zu ihr herüber wie ein Pirat, der ein Königreich erobert hatte.

Hannah blendete den Schmerz aus. Solange sie die Berge vor sich sah, die letzten Schneereste, die sich noch an die Nordwände der Felsnadeln klammerten, würde auch sie es schaffen. Das hoffte sie zumindest, selbst wenn sich ihr Körper taub anfühlte. So taub und kalt. Die Wellen des Bergsees schwappten um sie herum, schlugen über ihr zusammen. Das Glucksen, das sonst so beruhigend war, wirkte gespenstisch. All das war nicht schlimm, versuchte Hannah sich selbst zu beruhigen. Wasser war eben kalt. Sie würde gleich ans Ufer schwimmen und sich neben ihrer mittleren Schwester Rosa in der heißen Sommersonne ins Gras legen, bis ihr wieder warm war. Egal, welche Temperatur der See hatte, Rosa hatte mit Sicherheit nicht einmal den großen Zeh ins Wasser getaucht.

Der metallische Geschmack von Blut passte nicht hierher, also ignorierte Hannah ihn. Sie musste schwimmen, doch sie war so müde. Die Kälte hielt sie in einem eisernen Griff. Die Strömung riss an ihr. Das konnte nicht sein, schoss es ihr durch den Kopf. Der Sternsee hatte keine Strömung. Für einen Augenblick wandelte sich das klare Türkisblau in schlammig braune Fluten, die sie immer wieder überspülten, sie gefangen hielten und ihr die Luft zum Atmen nahmen. Nein! Sie musste in ihre Erinnerung an Zuhause zurückkriechen. Musste ihre Gedanken auf die Berge richten. Auf ihre Schwestern. Auf den Sonnenuntergang. Sicher würden jeden Moment die ersten Sterne über den Gipfeln auftauchen.

Irgendjemand sagte etwas zu ihr. Schrie sie an. In einer Sprache, die sie nicht verstand. Dann wechselte die Stimme zu Portugiesisch. »Senhorita, me escute? Senhorita!« Bevor sie es in einem stark lateinamerikanisch eingefärbten Englisch probierte. »Miss? Can you hear me?«

Touristen, dachte Hannah. Dieser Teil des Seeufers gehörte zur Alten Mühle. Zum Grundstück ihrer Tante Louisa. Hier hatte niemand etwas verloren, aber hin und wieder verirrte sich einer der Urlauber, die aus der ganzen Welt in diese Gegend strömten, in das kleine, private Paradies ihrer Familie.

»Miss? Open your eyes, please!«, versuchte es die penetrante Stimme schon wieder.

Nein, das konnte sie nicht. Sie kniff die Lider noch fester zusammen. Wenn sie die Augen öffnete, würde alles verschwinden. Rosa und Antonia. Das grasbewachsene Ufer. Die Bergkette hinter dem klaren See. Der Wald. Egal, wie sehr der Schmerz wuchs, der die Taubheit in ihrem Körper ablöste. Sie durfte ihre Lichtung nicht verlassen. Sie durfte auf keinen Fall die Augen öffnen. Denn dann wäre sie zurück in der Hölle aus Schlamm, Geröll und reißendem Wasser. Zurück im brasilianischen Urwald.

*

Rosa Falkenberg fuhr aus dem Schlaf. Mit wild klopfendem Herzen setzte sie sich im Bett auf und rieb sich über das Gesicht. Sie hatte geträumt. Etwas Schreckliches. Auch wenn sie sich bereits nicht mehr an die Details erinnern konnte.

Ihr Freund Julian drehte sich auf die Seite. »Was ist los?«, murmelte er, ohne die Augen zu öffnen.

»Nichts«, flüsterte sie. Ihr Herzschlag beruhigte sich langsam wieder. Die Vorhänge vor dem Fenster bauschten sich in der lauen Brise, die von den Bergen herunterwehte. Rosa schlug die Bettdecke zurück und setzte ihre nackten Füße auf den kühlen Dielenboden.

»Wo willst du hin?«, nuschelte Julian und tastete nach ihrer Hand.

Rosa schob seine Finger von ihrem Arm. »Ich hole mir nur schnell etwas zu trinken«, beruhigte sie ihn und schlich auf

Zehenspitzen aus dem Zimmer. Es reichte schließlich, wenn sie hellwach war.

In der Küche hielt sie ein Glas unter den Wasserhahn und trank es in großen Schlucken aus. Ihr Puls verlangsamte sich wieder. Trotzdem blieb die innere Unruhe, die sie aus dem Schlaf gerissen hatte. Vielleicht sollte sie einfach einen Blick auf ihr Handy werfen, um sicherzugehen, dass es ihrer Familie gut ging. Wenn jemand angerufen hätte, hätte sie das zwar in ihrem Schlafzimmer gehört, aber sicher war sicher. Rosa füllte das Glas noch einmal und nahm es mit ins Wohnzimmer. Ihr Telefon lag auf dem Couchtisch. Sie wischte über den Touchscreen, doch das Display blieb dunkel. »Mist«, murmelte sie und kramte ihr Ladekabel aus dem kleinen Korb auf der Ablage. Das Handy war gestern Abend ausgegangen, als sie ihrer Tante dabei geholfen hatte, die letzten Bestellungen zu verpacken. Sie hatte es Julian mitgegeben und ihn gebeten, es aufzuladen. Offenbar hatte er sich ihre Bitte während der wenigen Schritte vom Mühlenladen bis zu ihrer Wohnung nicht merken können. Mit einem Seufzen stöpselte sie das Telefon ein und wartete, bis sich das Display einschaltete. Einige WhatsApp-Nachrichten, die unwichtig waren, erschienen. Und sieben Anrufe in Abwesenheit. Sieben? Rosa klickte die Nummer an. Die Zahlenfolge schien zu irgendeinem ausländischen Anschluss zu gehören, der ihr nichts sagte. Aber der Anrufer hatte eine Nachricht hinterlassen. Sie rief ihre Mailbox ab und wartete ungeduldig, bis die Ansage endete und die Nachricht begann.

»Rosa?«, hörte sie die leise Stimme ihrer Schwester Hannah. Ihre Arme überzogen sich mit einer Gänsehaut. Allein an der Art, wie Hannah ihren Namen aussprach, konnte sie hören, dass etwas Furchtbares passiert sein musste. Hannah zögerte einen Moment, ehe sie fortfuhr, als müsse sie überlegen, wie sie die nächsten Worte formulieren sollte. »Ich ... ich hatte einen Unfall«, brachte sie schließlich heraus. Kein Wort davon, was passiert war. Ob sie verletzt war. Oder wie schwer. Typisch Hannah. »Mein Handy ist weg, und ich hatte nur deine Nummer im Kopf. Ich habe einen Flug von São Paulo nach Frankfurt erwischt.« Sie ratterte die Flugdaten herunter. »Vielleicht ... vielleicht kannst du mich abholen?« Die Stimme ihrer Schwester war zu einem kaum noch wahrnehmbaren Flüstern geschrumpft. Dann klickte es in der Leitung, und die Automatenstimme wollte wissen, ob Rosa die Nachricht noch einmal abhören wolle.

Ihr Herz begann abermals zu rasen. Sie ließ das Handy sinken und starrte auf das Display. Hannah hatte den Auftrag für eine Fotodokumentation im brasilianischen Dschungel bekommen und war vor ein paar Tagen nach Südamerika geflogen. Was, zur Hölle, war dort passiert? Rosa klickte die Nummer an, von der aus ihre Schwester angerufen hatte.

Sie wartete eine kleine Ewigkeit, bevor ein etwas gehetzt klingender Mann den Anruf entgegennahm. »Deutsche Botschaft, Brasilia. Sie sprechen mit Herrn Neumann.«

»Ich ...« Rosa stockte und atmete tief durch, ehe sie noch einmal begann. Mit Panik erreichte sie nicht viel. Sie musste einen kühlen Kopf behalten. »Mein Name ist Rosa Falkenberg. Meine Schwester hat mich von diesem Apparat aus angerufen. Hannah Falkenberg«, ergänzte sie, falls der Mann nicht wusste, wen sie meinte.

»Frau Falkenberg«, grüßte Herr Neumann sie. »Ihre

Schwester hat Sie tatsächlich aus der Botschaft angerufen. Sie ist inzwischen allerdings nicht mehr hier.«

»Natürlich! Entschuldigen Sie! Hannah hat mir ja ihre Flugdaten durchgegeben.« Rosas Stimme kletterte eine Oktave nach oben, und sie zwang sich, abermals tief durchzuatmen. »Es ist nur... sie klang so... Ich kenne meine Schwester, und dieser Anruf hat mir wirklich Angst gemacht.« Todesangst. Rosa musste sich zusammenreißen, um den Mann über das Rauschen des Blutes in ihren Adern hinweg zu verstehen.

»Frau Falkenberg hat gegen unseren ausdrücklichen Rat auf eigene Faust einen Flug nach Deutschland gebucht und ist bereits abgeflogen.«

Rosa rieb sich über die Stirn. »Was bedeutet ›gegen Ihren ausdrücklichen Rat‹? Können Sie mir sagen, was überhaupt passiert ist?«

»Ihre Schwester hat sich an die Botschaft gewandt, weil sie Ersatzpapiere gebraucht hat, um ihren Flug umbuchen und ausreisen zu können. Sie ist bei einem Erdrutsch in einer unzugänglichen Regenwaldregion verunglückt. Das Fahrzeug, mit dem sie unterwegs war, wurde in einen Fluss gespült, wo sie einige Stunden ausharren musste, bis sie aus dem Wrack gerettet werden konnte. Der Fahrer des Jeeps kam ums Leben.«

»O Gott!« Der Fahrer? Wer war das gewesen? Ein einheimischer Führer? Ihr Agenturkollege, mit dem sie für diesen Auftrag unterwegs gewesen war? Übelkeit stieg in Rosas Speiseröhre nach oben, und sie verfluchte sich dafür, Hannah vor ihrer Reise nicht nach den Details ihres Auftrags gefragt zu haben. Verzweifelt schluckte sie den Speichel hinunter, der sich in ihrem Mund sammelte. Hannah lebte. Das war alles, was zählte. Sie konnte jetzt nicht daran denken, dass jemand anders gestorben war. Ihre Schwester war am Leben. »Wie schwer ist sie verletzt?«

»Genau da liegt das Problem: Ich kann es Ihnen nicht sagen. Sie hat sich auf eigene Faust bis Brasilia durchgeschlagen und ist von hier nach São Paulo weitergereist. Sie hat nur die Möglichkeit genutzt, in der Botschaft zu duschen, ihre Kleidung zu wechseln und Sie anzurufen. Meiner Meinung nach wäre es zwingend erforderlich gewesen, dass sie sich von einem Arzt durchchecken oder sogar in ein Krankenhaus einliefern lässt. Aber sie hat sich geweigert.«

»Und Sie haben sie nicht aufgehalten?« Rosas Stimme überschlug sich fast. Vor Empörung. Sorge und Angst. »Was ist, wenn sie zusammenbricht? Wenn sie innere Verletzungen hat?«

»Frau Falkenberg«, begann Herr Neumann in einer ruhigen, neutralen Stimme, in der all die Geduld mitschwang, die er sicher bereits in unzähligen ähnlichen Telefonaten an den Tag gelegt hatte. »In traumatischen Situationen wie der, in die Ihre Schwester geraten ist, haben die Menschen oft nur einen Gedanken im Kopf: Weg hier! Weg, um jeden Preis! Ihre Schwester ist«, er machte eine kurze Pause, »nennen wir es: sehr durchsetzungsstark. Sie wollte auf der Stelle nach Hause und war mit nichts von diesem Ziel abzubringen.«

Das stimmte. Hannah war verdammt starrsinnig, wenn sie sich etwas in den Kopf gesetzt hatte. »Entschuldigen Sie. Ich wollte nicht so vorwurfsvoll klingen.« Rosa schloss die Augen und ließ sich gegen die Sofalehne sinken.

»Machen Sie sich darum keine Sorgen. Ich weiß, dass Ihre Schwester den Flieger nach Deutschland erreicht hat. Holen Sie sie am Flughafen ab. Seien Sie für sie da. Sie wird jetzt die Unterstützung ihrer Familie brauchen.«

»Ja, da haben Sie recht. Danke.«

»Alles Gute.« Der Mann legte auf, und Rosa blieb mit der Stille im Raum zurück.

Sie wusste nicht, wie lange sie so dasaß, bis ihr bewusst wurde, dass sie etwas tun musste. Hannahs Flieger würde in etwa sechs Stunden landen – nach Frankfurt brauchte sie mindestens fünf Stunden. Sie stand auf und blickte auf den Hof der Mühle hinaus, während sie noch einmal ihre Mailbox abhörte. Mit zitternden Fingern notierte sie sich die genauen Flugdaten. Der Tag dämmerte bereits herauf. Rosa lehnte für einen Moment die Stirn gegen das kühle Fensterglas und versuchte, ihre wild durcheinanderrasenden Gedanken zu beruhigen. Was musste sie als Erstes tun? Antonia. Sie musste ihre andere Schwester informieren. Und ihre Eltern. Sie blickte über den Hof und sah in der Wohnung ihrer Tante Louisa Licht brennen. Lou. Sie würde wissen, was zu tun war. Ehe Rosa bewusst wurde, was sie tat, rannte sie barfuß und im Pyjama aus der Mühle. Über das unebene Pflaster des Hofes. Vorbei an der dunkel gestrichenen Holzbank, auf der in ein paar Stunden *die drei Alten* – wie sie Pangratz, Korbinian und Gustl nannten – Platz nehmen würden, um über Gott und die Welt zu philosophieren. Sie stürmte die Treppen zur Wohnung ihrer Tante hinauf und hämmerte an die Tür.

*

Jakob Mandel fuhr aus dem Schlaf. Sein Hund Laus stand neben seinem Bett und starrte ihn aus seinen im Dämmerlicht unnatürlich hellblauen Augen an, während er leise fiepte. Einen Moment wusste Jakob nicht, was ihn geweckt hatte, doch dann setzte es wieder ein. Das Hämmern gegen seine Tür. Plötzlich hellwach sprang er aus dem Bett und hastete aus dem Schlafzimmer. Laus folgte ihm auf dem Fuß. Jakob war nicht umsonst Mitglied der Bergwacht. Er konnte mit Notfällen umgehen und war in der Lage, in einer Sekunde zur anderen von Tiefschlaf auf Hellwach umzuschalten. Und wenn jemand Hilfe brauchte ... Im nächsten Moment riss er die Tür auf. Antonia Falkenberg stand vor ihm und konnte sich gerade noch bremsen, bevor sie statt auf das Holz auf seinen Kopf klopfte. »Tonia! Was ist passiert?« Die Frau, die vor ihm stand, ließ sich normalerweise von nichts aus der Ruhe bringen. Weder von einer der herausfordernden Kletterrouten, die sie regelmäßig bezwang, noch von einer schwierigen Geburt, mit denen sie als Hebamme immer wieder konfrontiert war. Ihr panischer Gesichtsausdruck bestätigte seine Befürchtungen: Irgendetwas Schlimmes war geschehen. »Ist etwas mit Lou?« Antonias Tante war zwar über sechzig, aber fit wie ein Turnschuh und das blühende Leben in Person. Vielleicht hatte es in der Mühle einen Unfall gegeben. »Oder mit deinen Eltern? Ist mit Rena und Josef alles okay?«

»Ja. Nein.« Antonia schüttelte heftig den Kopf. »Hannah«, brachte sie heraus. »Es geht um Hannah.«

»Was?« Jakobs Herzschlag setzte aus. Zumindest fühlte es sich so an. Sein Brustkorb zog sich zusammen, und sein Oberkörper sackte gegen den Türrahmen. Mit der Hand schob er Laus zurück, der Anstalten machte, die offene Tür als Einladung zu einem kleinen Spaziergang zu betrachten.

»Hannah?« Seine Stimme klang wie ein Krächzen.

»Wir brauchen deinen Bus«, redete Antonia einfach weiter. »Wir treffen uns alle bei Lou. Sie hat mich gebeten, auf dem Weg zu ihr zu fragen, ob wir ihn leihen können.«

»Was ist mit ihr?« Jakob hörte nicht auf das, was Antonia sagte, doch sie war offenbar noch nicht fertig mit ihrem Monolog.

»Wir passen doch nicht alle in einen Pkw. Wenn meine Eltern mitfahren und Rosa. Und dann Lou. Wie soll das denn gehen?«

»Antonia!«, fuhr Jakob sie an. Er packte sie an den Schultern und schüttelte sie, bis sie ihm direkt in die Augen sah. »Was, verdammt noch mal, ist mit Hannah passiert?«

»Oh«, brachte sie schwach heraus. »O Gott, Jakob. Tut mir leid. Ich wollte dir nicht so einen Schreck einjagen.« Sie legte ihre Hand auf seinen Arm. Wahrscheinlich entdeckte sie in seinem Gesicht den Schock, der den in ihren eigenen Augen spiegelte. »Hannah hatte einen Unfall. In Brasilien. Sie sitzt im Flieger nach Hause, und wir müssen sie in ein paar Stunden in Frankfurt abholen.«

»Geht es ihr gut?«, war alles, was Jakob wissen wollte. Zehn Jahre alte Erinnerungen blitzten vor seinem inneren Auge auf. Ihr Lachen. Die blonden Haare, die sie mit einer unbewussten Geste hinter ihre Schulter schob. Das fröhliche Blitzen in ihren blaugrünen Augen. Laus schmiegte sich an sein Bein und fiepte leise, so als wäre ihm klar, in welchem inneren Aufruhr sich sein Herrchen befand.

»Nein.« Wieder schüttelte Antonia den Kopf. »Ich weiß

es nicht. Sie ist verletzt. Aber ich weiß nicht, wie schwer.« Die Panik in ihren Augen begann wieder zu wachsen.

Jakob drehte sich um und nahm die Schlüssel seines Mercedes-Vans vom Sideboard neben der Tür. »Ist jemand von euch in der Lage zu fahren?« Antonia jedenfalls sollte im Moment kein Fahrzeug lenken, wenn sie nicht noch einen zweiten Unfall provozieren wollte.

Endlich wurde ihr Kopfschütteln von einem Nicken ersetzt. »Lou«, sagte sie. »Lou fährt.«

»Gut.« Jakob drückte ihr den Schlüssel in die Hand. Eigentlich hatte er der Schulband versprochen, dass sie den Bus heute ausleihen konnten, um zu einem Auftritt nach Ramsau zu fahren, aber er würde einen Ersatz für die Jungs auftreiben. Einen Moment hielt er den Wagenschlüssel fest. Er wollte Antonia anbieten, ihn selbst zu fahren. Er musste mit eigenen Augen sehen, dass es Hannah gut ging. Doch er wusste, dass er kein Recht darauf hatte. Und dass er mit Sicherheit der Letzte war, dem Hannah gegenübertreten wollte, wenn sie aus dem Flieger stieg. Jakob schluckte und ließ los. Antonias Finger schlossen sich um das kühle Plastik. »Du hältst mich doch auf dem Laufenden?«, fragte er.

»Natürlich.« Antonia umarmte ihn. »Danke«, sagte sie und rannte davon.

2

Alles war falsch. Hannahs ganze Welt war nicht nur aus den Fugen geraten, sie schien überhaupt nicht mehr zu existieren. Sie hatten sie aus einem Jeep gezogen, der gerade dabei gewesen war, gemeinsam mit ihr in den reißenden Fluten des Flusses zu versinken. Sie hatten darauf bestanden, sie in eines dieser winzigen Krankenhäuser irgendwo im Nirgendwo zu bringen. Aber sie hatte nur die Platzwunde an ihrer Stirn von einem der Sanitäter vor Ort mit ein paar Schmetterlingspflastern klammern lassen und sich dann bis zur Botschaft in Brasilia durchgekämpft. Ihre erste Mitfahrgelegenheit war die Ladefläche eines Pritschenwagens gewesen, zusammengequetscht zwischen drei Familien, die aus dem Tal gebracht wurden. Dann ein klappriger Bus, für eine kurze Strecke ein Zug, und wieder ein Bus – diesmal sogar mit einer Klimaanlage, die die schwüle Hitze für eine Weile vertrieb. Ihre Odyssee endete im uralten VW-Bus belgischer Hippies, die ganz Südamerika bereisten. Sie gabelten sie in einem Ort auf, dessen Namen Hannah wieder vergaß, und setzten sie direkt vor der deutschen Botschaft ab. Das leuchtend grüne Dickicht der Regenwälder war an ihr vorübergeglitten. Kleine Dörfer aus Wellblechhütten, auf deren Straßen zottelige Hunde und johlende Kinder mit den

Fahrzeugen um die Wette rannten. Kleine Städte, größere Städte. Wieder Urwald und schließlich riesige Weideflächen und Sojafelder so weit das Auge reichte. Irgendwann hatte sie das Gefühl für die Zeit verloren. Sie musste über mehrere Tage unterwegs gewesen sein. Aber wie viele waren es? Zwei? Oder drei? Sie wusste es nicht. Jede Menge Leute hatten auf sie eingeredet. Wollten genau wissen, was geschehen war. Wollten ihr helfen. Wussten, was am besten für sie war. Aber sie waren vor ihren Augen zu einer hellen Masse verschmolzen, die sie nicht auseinanderhalten konnte. Was daran liegen mochte, dass sie tatsächlich die Gehirnerschütterung hatte, vor der der Sanitäter sie gewarnt hatte. Oder einfach nur daran, dass sie das Geschehene ausblenden wollte. Hannah war allein. Sie hatten sie allein aus dem Wagen geholt. Sie hatten sie allein weggebracht. Und sie hatte es geschafft, sich auf einen Lufthansa-Flug von São Paulo nach Frankfurt zu buchen. Allein. Dabei hätte Finn neben ihr sitzen müssen. Im Auto. Im provisorischen Lazarett neben der Schlammlawine. Und vor allem in diesem verdammten Flieger. Der sie nach Hause brachte. Und ihn nicht.

Alles, was abgesehen von Hannahs nacktem Leben gerettet werden konnte, war der silberne Koffer gewesen, in dem sich neben ihren Kameras und ihrem Laptop auch drei Briefe befanden. Briefe von Finn an seine Frau und seine Kinder. Die er vorübergehend in Hannahs Gepäck verstaute, weil sein Koffer ganz unten im Jeep gelegen hatte.

Einhunderteinundzwanzig Tote – hieß es in den Nachrichten, wenn sie sie richtig verstanden hatte. Das war die Opferzahl des Bergrutsches, der ein ganzes Dorf und die

Straße unter sich begraben hatte, auf der sie unterwegs gewesen waren. Finn war eines von ihnen.

Die Flugbegleiterinnen kümmerten sich rührend um Hannah, als sie ihren erbärmlichen Zustand bemerkten. Sie überzeugten einen fast zwei Meter großen Mann davon, den Platz am Notausgang frei zu machen, damit sie es mit ihrem geschundenen Körper einigermaßen bequem hatte. Jetzt hockte er in einer der Sitzreihen hinter ihr und konnte sich vermutlich mit den Knien die Ohren zuhalten. Hannah sollte ihm danken, aber sie brachte die Kraft dazu einfach nicht auf. Sie wollte nur die Augen schließen, um den wachsamen Blicken der Stewardessen zu entgehen, die ihr ein paar Schmerztabletten gebracht hatten und versuchten, ihr jeden Wunsch vom Gesicht abzulesen. Aber wenn sie die Augen schloss, sah sie Finn vor sich. Sein breites Grinsen, die tiefen Lachfältchen, die sich neben seinen strahlend blauen Augen in die gebräunte Haut gegraben hatten. Finn müsste auf ihrem Platz sitzen. Er hatte Familie. Eine Frau und zwei Kinder, die darauf warteten, dass er zu ihnen zurückkehrte. Die ihn brauchten. Doch er war fort. Mitgerissen von der mörderischen Strömung. Erschöpft blickte sie aus dem Fenster. In der Nacht, durch die sie flogen, sah sie nur ihr eigenes Spiegelbild. Eine Mischung aus dunklen Schatten unter den Augen und tiefen Linien, die sich durch ihre Haut zogen. Die Platzwunde an ihrer Stirn war unter einem weißen Pflaster versteckt. Der Schmerz in ihrer Hüfte und in ihrem linken Arm (den sie vorsichtig auf einem der Kissen in ihrem Schoß gebettet hatte, das die Flugbegleiterin ihr gebracht hatte) pochte trotz der Schmerzmittel im gleichen Rhythmus wie ihr schneller Puls.

Im Flugzeug wurde das Licht gedimmt. Die meisten Passagiere stellten sich darauf ein, die Zeit in der Luft zu verschlafen. Die Dunkelheit brannte in Hannahs Augen. Sie hatte keine Ahnung, wie lange sie jetzt schon wach war, wie lange sie dem Schlaf schon widerstand. So sehr sie versuchte, ihre Augen offen zu halten, sie verlor den Kampf. Ihre Lider senkten sich, und im nächsten Augenblick überrollte der Schlaf sie mit der gleichen Geschwindigkeit wie die Schlammlawine. Wehrlos war sie den Träumen ausgeliefert, die sie wie ein Sog in den brasilianischen Dschungel zurückzogen.

Hannah zuckte zusammen – und blinzelte die Tränen des Schmerzes weg, die die ruckartige Bewegung ihr in die Augen trieb. Um sie herum war es dunkel, und für einen Moment wusste sie nicht, wo sie war. Dann erkannte sie das schemenhafte Gesicht der Flugbegleiterin vor sich.
»Entschuldigen Sie«, sagte die Frau leise. Das typische, unverbindliche Lächeln war echtem Mitgefühl gewichen. »Sie haben so unruhig geschlafen. Ich wollte nur kurz nach Ihnen sehen, falls Sie einen Albtraum haben.«
Keinen Albtraum. Nur Erinnerungen an die letzten Tage. Was viel furchtbarer war, als es ein Traum jemals sein könnte.
»Danke«, sagte Hannah. Der Schmerz war allgegenwärtig, genau wie das Rasen ihres Herzens.
»Möchten Sie etwas trinken?«, bemühte sich die Stewardess weiter.
»Nein. Danke.« Hannah schloss einfach wieder die Augen, bis sie spürte, wie sich die Frau aufrichtete und den Gang hinunterlief.

Als sie allein war, hob sie die Lider wieder und starrte in die Dunkelheit hinaus. Finn hatte sich nicht angeschnallt. Und jetzt war alles, was von ihm geblieben war, drei Briefe an seine Frau und seine Kinder. Mit den Adressen versehen und frankiert. In ihrem völlig verbeulten Kamerakoffer, der jetzt im Frachtraum der Boeing 747 lag, die sie zurück nach Deutschland brachte.

Hannah schaffte es, alle Gedanken an das, was kommen würde, zu verdrängen, bis sie den europäischen Luftraum erreichte. Sie hatte noch von der Botschaft aus Rosa angerufen. Auch wenn sie nur die Mailbox erreicht hatte, musste ihre Schwester die Nachricht inzwischen abgehört haben. Ihre Familie wusste also Bescheid. Ihr wäre es am liebsten, Rosa würde allein kommen, um sie abzuholen. Aber so, wie sie die Falkenbergs kannte, würden sie alle versammelt in der Ankunftshalle stehen, wenn der Flieger landete. Dabei wollte sie nur allein sein, nach Hamburg fahren und sich in ihrer Wohnung verkriechen. Das war leider unmöglich. Nicht nur, weil sie ihr Apartment für die geplante Dauer ihrer Reise untervermietet hatte, ihre Mutter würde sich auch durch nichts davon abhalten lassen, sich jetzt um sie zu kümmern.

Mit einem harten Ruck, der wie ein schmerzhafter Stich durch ihren ganzen Körper fuhr, setzte die Boeing in Frankfurt auf. Hannah ließ sich aus ihrem Sitz helfen, wehrte sich nicht einmal, als die Flugbegleiter ihr resolut auf einen der kleinen Wagen halfen, die für ältere Herrschaften und Fälle wie sie zur Verfügung standen. Sie wurde zum Zoll gefahren, aber erst als der Fahrer ihr anbot, sie bis zum Ausgang zu bringen, erwachten ihre Lebensgeister wieder, und sie lehnte dankend ab. Wenn sie so den Ausgang erreichte, würde ihre Mutter in Ohnmacht fallen. Sie bedankte sich, schob sich den Gurt ihres schweren Koffers über die Schulter und humpelte in Richtung Ausgang. Die Schiebetüren öffneten und schlossen sich im Sekundentakt bei all den Passagieren, die geschäftig an ihr vorbeieilten. Hannah konnte ihre Familie schon von Weitem sehen. Wie sie es befürchtet hatte, waren sie alle hier. Ihre beiden Schwestern. Rosa nicht wie sonst oft, in einem Dirndl, sondern in Jeans und T-Shirt. Die Haare, statt der für sie so typischen Flechtfrisuren, zu einem schlichten Pferdeschwanz zusammengebunden. Aber immerhin ohne ihren Freund Julian, der mit Sicherheit alle drei Minuten auf seine teure Armbanduhr blicken und leise fragen würde, wann sie denn endlich verschwinden konnten. Neben Rosa stand Antonia, die Älteste von ihnen. In Shorts und Turnschuhen, als würde sie im nächsten Moment losjoggen und eine Runde um den Flughafen drehen. Ihre Mutter Rena gehörte zu den Frauen, die im Alter noch schöner wurden, auch wenn ihr Blick im Moment dunkel war vor Sorge. Ihre grauen Haare legten sich in sanften Wellen um ihr Gesicht und strichen über die Schulter von Hannahs Vater, an die sie sich lehnte. Wie ein Fels stand Josef inmitten der Frauen seiner Familie, hielt die Hand ihrer Mutter und flüsterte ihr etwas ins Ohr, das es nicht schaffte, die Furcht aus ihrem Blick zu vertreiben. Und dann war da Tante Louisa. Das lange Haar offen, um den Hals ein buntes Tuch geschlungen, war sie auch mit Anfang sechzig noch immer eine bemerkenswerte Erscheinung, nach der sich die Männer umdrehten. Mit beunruhigten Gesichtern starrten sie in Richtung der Schiebetüren. Noch hatten sie Hannah nicht gesehen. Dafür entdeckte Hannah etwas hinter ihnen. Einen Briefkasten. Ihre Schritte stockten. Jemand rempelte sie im Vorbeigehen mit seinem Koffer an, und sie zuckte vor Schmerz zusammen.

Ein Briefkasten. Ihr Herz begann zu rasen. Alles war falsch gelaufen, ging es ihr zum tausendsten Mal durch den Kopf. Sie hätte hinter dem Steuer des Jeeps sitzen müssen. Sie hätte sterben müssen. Sie hatte keine Kinder, keinen Partner, der auf ihre Rückkehr wartete. Finn schon. Wenn seine Familie herausfand, dass Hannah schuld an seinem Tod war, würde sie sie hassen. Sie trat aus dem Strom der Reisenden und setzte den Koffer ab. Ein wenig inzwischen getrockneter Schlamm rieselte auf den Boden. Hannah kniete sich neben die verbeulte Aluminiumkiste und bettete ihren nutzlosen Arm auf den Oberschenkel. Mit einer Hand zerrte sie an den Schlössern, bis sie schließlich widerwillig nachgaben. Eine Wolke modrigen Geruchs hüllte sie auf einmal ein. Hannah war sich nicht sicher, ob sie aus dem Inneren des Gepäckstücks kam oder nur ihrer Fantasie entsprang. Sie atmete gegen die Panik an, die wie eine weitere Welle über ihr zusammenschlagen wollte. Mit den Fingerspitzen tastete sie durch den kleinen Spalt, den sie am Koffer aufgeschoben hatte. Finn hatte die Briefe obenauf... da waren sie. Hannah zog sie heraus und machte sich an die mühevolle Aufgabe, die Verschlüsse mit einer Hand wieder in die richtige Position zu bringen und zuschnappen zu lassen.

Mühsam richtete sie sich wieder auf. Wenn sie die Umschläge jetzt in den Briefkasten warf, würde Finns Familie denken, jemand hätte sie gefunden und einfach verschickt, weil sie bereits adressiert und frankiert waren. Niemand musste wissen, dass sie die Briefe hatte. Dass sie noch lebte und Finn deswegen tot war.

Einige Herzschläge lang stand sie einfach nur da, die Briefe in der Hand, und beobachtete ihre Familie durch die sich öffnende und schließende Tür. Tiefe Sorgenfalten hatten sich auf ihrer Stirn in die Haut gegraben. Louisa legte ihre Hand um Rosas Schulter, die wiederum nach Antonias Hand griff. Ihr Vater strich sich mit einer Geste über seinen steingrauen Bart, die seine Nervosität verriet. Sie waren alle besorgt, wurde Hannah klar. Nicht nur ihre Mutter. Jeder in ihrer Familie wartete ängstlich auf sie.

Die Schiebetüren schlossen sich wieder. Der Moment, in dem sie abermals auseinanderglitten, war auch der, in dem ihre Tante sie entdeckte. Louisa hielt ihren Blick fest. Sie lächelte nicht, sie winkte nicht. Sie rief nicht nach ihr. Tante Lou ließ sie einfach nur mit ihrem ruhigen Blick und einem winzigen Nicken wissen, dass sie für Hannah da sein würde. Wann immer sie sie brauchte.

Rosa sah Louisa an und folgte dann ihrem Blick. »Hannah!« Sie riss sich los und stürmte auf die Tür zu. Der Moment des Zögerns war vorbei. Hannah schob die Briefumschläge in die Gesäßtasche ihrer Jeans und griff mit der rechten Hand nach ihrem Kamerakoffer. Sie hievte ihn sich wieder über die Schulter und humpelte die letzten Meter, die sie noch von ihrer Familie trennten.

Rosa war die Erste. Sie stand direkt hinter der Tür, schlang Hannah die Arme um den Nacken und hüllte sie in eine tröstliche Wolke aus Zitrusduft, der von ihrer Haut aufstieg. »Da bist du ja«, flüsterte sie in Hannahs Haar. »Ich bin so froh, dass du wieder da bist.«

Der Oberkörper ihrer Schwester drückte gegen Hannahs linken Arm, der Blitze aus Schmerz durch ihren Körper zucken ließ. Sie biss die Zähne zusammen und wich so weit zurück, wie sie konnte. »Ich bin auch froh, wieder hier zu sein«, erwiderte sie. Ihr Blick verschwamm, aber sie drängte die Tränen zurück. Sie würde nicht mitten in der Ankunftshalle heulend zusammenbrechen. Inzwischen wurde sie von ihrer gesamten Familie umringt. Ihr Vater nahm ihr den Koffer ab, und sie ließ sich von Antonia und ihrer Mutter umarmen, die das Schmerzinferno in ihrem Körper nur noch mehr anheizten, auch wenn sie das nicht mit Absicht taten. Louisa rahmte Hannahs Gesicht mit den Händen ein und küsste sie sanft auf die Stirn. Sie sagte nichts, genau wie Hannahs Vater, der ihr einfach nur in einer zärtlichen Geste mit den Fingerknöcheln über die Wange strich.

»Du siehst furchtbar aus«, sagte ihre Mutter mit Tränen in den Augen und unterzog sie einer ausführlichen Musterung.

»Danke, Mama«, murmelte Hannah. »Das baut mich wirklich auf.« Die Tränen, die in ihren Augen brannten, waren der Welle aus Schmerz geschuldet, die der erneute Körperkontakt auslöste. Versuchte sie sich zumindest selbst glauben zu machen.

»Josef?« Hannahs Mutter drehte sich nach ihrem Mann um. »Das Kind muss in ein Krankenhaus«, entschied sie. Ihre Sorge schien Entschlossenheit gewichen zu sein. Dem Tatendrang, für den Rena Falkenberg über die Grenzen von Sternmoos hinaus bekannt war. »Dass sie dich in diesem Zustand haben fliegen lassen! Völlig unverantwortlich.«

Hannah hätte die Augen verdreht, wenn sie dafür noch

genug Energie hätte aufbringen können. »Mama, lass gut sein«, versuchte sie es. »Mir geht es gut.«

»Dir geht es ganz sicher nicht gut. Josef! Nun sprich doch mal ein Machtwort.« Abermals drehte sie sich zu Hannahs Vater um und fixierte ihn mit ihrem Blick, der normalerweise dazu führte, dass er tat, was sie wollte.

Er räusperte sich. »Rena, Schatz.« Die Hand beruhigend auf die Schulter seiner Frau gelegt, trat er einen Schritt vor. »Lassen wir Hannah erst einmal ankommen.« Er wies zu einer Sitzgruppe, ein Stück entfernt. »Sollen wir uns für einen Moment setzen?«

Hannah schüttelte den Kopf. »Ich will einfach nur nach Hause, okay?«

»Deine Mutter hat nicht unrecht. Du bist verletzt, und wir haben eine ziemlich lange Strecke vor uns«, versuchte er, an Hannahs Vernunft zu appellieren.

»Keine Umwege«, bat Hannah. »Ich gebe zu, dass ich ziemlich erledigt bin. Der Jetlag ist auch nicht gerade ein Spaß. Aber ich möchte jetzt auf gar keinen Fall in irgendeinem Krankenhaus herumsitzen.«

»Vielleicht kann Papa etwas arrangieren, damit wir nicht so lange warten müssen«, schlug Antonia vor. Sie wippte auf ihren Zehenballen auf und ab. In ihr brodelte ungebändigte Energie, und sie hasste es, tatenlos herumzustehen.

»In Frankfurt?« Hannahs Vater hatte im Berchtesgadener Land jede Menge Kontakte zu seinen Kollegen, von Hausärzten über Orthopäden und Chirurgen bis hin zu Klinikleitern. Aber hier würde ihm das wenig helfen.

»Hört mal zu, ich habe eine Idee«, mischte sich nun auch Louisa ein. »Warum gehen Hannah und Josef nicht einfach schon mal zum Auto? Die Scheiben sind getönt, da müsste es doch möglich sein, dass du einen Blick auf deine Tochter wirfst und entscheidest, ob sie reisefähig ist. Wir trinken so lange einen Kaffee und kommen dann nach.« Sie strich Hannah mit den Fingerspitzen eine lose Haarsträhne hinter das Ohr und lächelte sie an. »Bei deinem Sturkopf stehen wir sonst morgen noch hier und diskutieren. Oder du lässt uns einfach stehen und nimmst den Zug nach Hause.«

»Gute Idee, Lou.« Antonia rieb Hannah über den Rücken. »Ich verstehe, dass du nach Hause willst, aber wenn Papa sagt, du musst in ein Krankenhaus, dann hörst du auf herumzustreiten. Einverstanden?«

»Von mir aus«, murmelte Hannah. Jede Minute, die sich die Diskussion in die Länge zog, brachte sie näher an einen Zusammenbruch. Sie wollte hier weg. So schnell wie möglich.

»Aber ... Hannah!«, versuchte ihre Mutter es noch einmal. »Du musst in ein Krankenhaus!«

»So oder gar nicht«, widersprach Hannah. »Bist du so weit, Papa?«

Ihr Vater nickte. »Wir können.« Er warf Louisa einen Seitenblick zu. »Kann ich den ausleihen?«, fragte er und deutete auf den bunten Schal, den sie um den Hals geschlungen hatte.

»Natürlich.« Sie zog ihn herunter und reichte ihn Josef.

»Lass mich das nehmen, Schätzchen«, sagte Lou, als sie sah, wie Hannah ihren Kamerakoffer schultern wollte.

Hannah ließ los, als ihre Tante nach dem Tragegurt griff. Blieben die Briefe, die in ihrer Gesäßtasche steckten. Sie schätzte die Entfernung zu dem Briefkasten, den sie zuvor entdeckt hatte. Plötzlich schien er meilenweit entfernt. Und ihr Vater hatte sich bereits in Richtung Parkhaus umgedreht. Entschlossen zog Hannah die Umschläge aus der Tasche und hielt sie Rosa hin. »Kannst du die für mich da drüben einwerfen?« Sie nickte zu der gelben Säule.

Rosa folgte ihrem Blick, ehe sie ihn wieder auf die Briefe in ihrer Hand senkte. »Was ist das?« Sie drehte die Kuverts so, dass sie die Adressen lesen konnte.

»Könntest du sie einfach nur einwerfen? Bitte?« Hannah wartete die Erwiderung oder weitere neugierige Fragen ihrer Schwester nicht ab. Sie drehte sich um und folgte ihrem Vater.

Der Weg ins Parkhaus zog sich endlos hin. Hannahs Vater passte sich ihrem Tempo an und achtete darauf, dass die um sie herumhastenden Reisenden sie nicht anrempelten. Im trüben Licht des Parkhauses steuerte er auf einen schwarzen Mercedes-Van mit Berchtesgadener Kennzeichen zu.

»Neues Auto?«, fragte sie. Davon hatte niemand etwas in den Telefonaten oder E-Mails der vergangenen Monate erzählt.

»Von einem Freund geliehen«, sagte ihr Vater. »Wir hätten nicht alle in meinen BMW gepasst.«

Erst jetzt sah Hannah den Aufdruck auf der Seite des Busses. *Alter Milchwagen – Classic Cars*, eine Firma, die ihr nichts sagte. Aber das musste nichts heißen. Josef kannte Gott und die Welt. Sie hingegen kannte in dem Zuhause ihrer Kindheit vermutlich so gut wie niemanden mehr. Ihr Vater schob die Seitentür auf, und Hannah kletterte mühsam ins Wageninnere.

Josef folgte ihr und zog die Tür ins Schloss. Er legte Louisas Schal neben ihr auf die Sitzbank und kniete sich halb vor sie hin. »Ich nehme an, du weißt, dass dein Arm gebrochen ist?«, fragte er.

Hannah zog eine Grimasse. »Ja, aber ich kann es aushalten, bis wir zu Hause sind.«

»Solange wie du die Schmerzen jetzt schon durchstehst, glaube ich dir das.« Hannah konnte die Krähenfüße in seinen Augenwinkeln sehen. Sie waren in den vergangenen Jahren tiefer geworden, aber sie spiegelten den fröhlichen, sanften Charakter ihres Vaters, der seine Patienten dazu brachte, ihm zu vertrauen. Sie wünschte sich, dass er etwas Lustiges, Leichtes sagen würde. Stattdessen sah er sie viel zu ernst an. »Hör zu, Kleines. Ich kann natürlich nicht nachempfinden, was dir zugestoßen ist. Aber ich kann verstehen, dass du dort wegwolltest, auch wenn ich dich als Arzt am liebsten schütteln würde, weil du nicht sofort in eine Klinik gegangen bist. Flucht ist bei einer solchen Katastrophe einer unserer ersten Urinstinkte, der einsetzt. Bei manchen stärker als bei anderen. Du bist deinen Instinkten gefolgt, die dich nach Hause gebracht haben. Du bist in Sicherheit. Ab jetzt übernehme ich, und du musst dich auf mich verlassen. Okay?«

Hannah war in Sicherheit. Dieses Gefühl hatte es noch nicht geschafft, sich in ihrem Gehirn zu verankern. Aber ihr Vater hatte recht. Sie musste ihm vertrauen. Er wusste, was von nun an das Beste für sie war. Auch wenn es sich furchtbar anfühlte, die Kontrolle abzugeben. Zögerlich nickte sie.

»Gut.« Josef hob den Schal, den Louisa ihm gegeben hatte. »Wir können daraus eine Trageschlinge machen. Aber um einen Arztbesuch kommst du nicht herum, und das weißt du auch.« Ihr Vater zog die Augenbrauen nach oben, bis sie fast unter seinem grauen Haarschopf verschwanden, und sah sie abwartend an.

»Ich weiß, Papa. Irgendwie... keine Ahnung... Ich will nur weg hier«, brachte sie schließlich schwach heraus.

»Keine Sorge. Ich sehe mir deine Verletzungen an, und wenn ich zu dem Schluss komme, dass wir dich nach Hause bringen können, dann machen wir das so schnell wie möglich.« Er kramte in seiner rechten Hosentasche herum und zog einen Tablettenblister heraus. Mit der anderen Hand fischte er eine Wasserflasche aus dem Getränkehalter in der Mittelkonsole. »Die hier nimmst du aber auf jeden Fall. Schmerzmittel und Entzündungshemmer.« Er drückte eine Tablette aus der Verpackung in Hannas rechte Hand und schraubte die Flasche auf.

Hannah schluckte die Pille und lehnte sich im Sitz zurück. Erschöpft schloss sie ihre brennenden Augen. »Danke, Papa. Danke, dass ihr mich abgeholt habt.«

3

Hannah kam um eine Untersuchung im Krankenhaus nicht herum. Ihr Vater hatte auf der Fahrt von Frankfurt nach Bayern telefonisch seine Kontakte spielen lassen, um ihren Aufenthalt in der Klinik in Berchtesgaden so kurz wie möglich zu halten. Sie hatte von seinen Bemühungen nicht viel mitbekommen. Die Schmerztablette, die er ihr gegeben hatte, hatte sie in einen weichen Mantel aus Gleichgültigkeit gehüllt. Sobald der Rest der Familie eingetrudelt war und sich Plätze in dem geräumigen Mercedes-Bus gesucht hatte, hatte Hannah den Kopf an die Schulter ihrer Tante gelehnt und die Augen geschlossen. Die Trageschlaufe, die ihr Vater aus Louisas Schal gebastelt hatte, entlastete ihren verletzten Arm. Die Gespräche im Wagen drifteten wie eine sanfte Melodie um sie herum, die sie mit ihrer Wärme und Vertrautheit in eine tröstliche Geborgenheit einhüllte. Solange sie nicht über die Gründe nachdachte, aus denen sie in diesem Van saß...

Die Diagnose der Ärzte im Krankenhaus verwunderte Hannah nicht, auch wenn sich die Mediziner erstaunt darüber zeigten, dass sie die Reise aus Brasilien unter diesen Umständen angetreten hatte.

»Sie sind in diesem Zustand einmal um die halbe Welt

geflogen?«, fragte Dr. Rossberger, den ihr Vater mit einem jovialen ›Anton‹ begrüßt hatte, mit hochgezogenen Augenbrauen.

»Hmm«, brummte Hannah, als er ihr half, ihr Shirt über den Kopf zu ziehen. Wie sollte sie erklären, warum sie das gemacht hatte? Er hatte mit Sicherheit keine Ahnung, was es bedeutete, einfach nur weg zu wollen. Einfach zu – entkommen.

Sie hatte ihren Vater vor der Untersuchung aus dem Zimmer verbannt und ließ Dr. Rossberger die Verletzungen abtasten, die sich überall an ihrem Körper befanden.

»Wird das lange dauern?«, fragte sie, als der Arzt entschied, dass der Arm geröntgt werden musste.

»Sie meinen, weil Ihre Familie draußen auf Sie wartet?« Dr. Rossberger lächelte gut gelaunt. »Keine Sorge, die Falkenbergs haben das Schwesternzimmer übernommen und trinken dort gemütlich Kaffee. Schwester Anna hatte Geburtstag, also fällt vermutlich sogar noch das eine oder andere Stück Kuchen für sie ab.« Er beugte sich vertraulich zu ihr herüber. »Es ist zwar nicht üblich, aber Josef ist wirklich ein geschätzter Kollege in dieser Klinik. Wenn Sie also möchten, besorge ich Ihnen auch ein Stück. Sie sind wahrscheinlich am Verhungern.«

Das war es nicht, was Hannah mit ihrer Frage gemeint hatte. Sie wollte nur so schnell wie möglich hier raus, und bei dem Gedanken an Essen drehte sich ihr der Magen um. »Das ist sehr nett«, murmelte sie. »Aber danke. Ich habe keinen Hunger.« Sie konnte für ihre Familie nur hoffen, dass der Kaffee im Schwesternzimmer auch nur ansatzweise besser war als der, mit dem die restlichen Wartenden in der

Notaufnahme vorliebnehmen mussten. Sie war jedenfalls froh, allein zu sein.

Natürlich würde ihr Vater auf seine Weise herausbekommen, was ihr fehlte. Aber so konnte zumindest ihre Mutter nicht schon jetzt zu viel Aufhebens um sie machen. Was Rena auf jeden Fall tun würde, wenn sie erführe, dass Hannah eine Gehirnerschütterung erlitten hatte – die inzwischen aber so gut wie abgeklungen war. Ihre Hüfte war geprellt, was sie ihrem Sicherheitsgurt zu verdanken hatte. Der wiederum für ihr Überleben gesorgt hatte, wie Dr. Rossberger nicht müde wurde zu erwähnen, nachdem sie ihren Unfall in groben Zügen geschildert hatte. Oder zumindest den Teil, über den sie sprechen konnte.

Wie Hannah es geschafft hatte, sich den Arm zu brechen, wusste sie nicht mehr. Dafür war alles viel zu schnell gegangen, selbst wenn sie jetzt das Gefühl hatte, die komplette Katastrophe würde in Zeitlupe an ihr vorbeiziehen, wenn sie auch nur die Augen schloss. Aber selbst da hatte sie unglaubliches Glück gehabt. »Das hätte schlimm ausgehen können«, sagte Dr. Rossberger und betrachtete die Röntgenbilder vor sich mit einem wissenden Nicken, ehe er sich mit einem breiten Strahlen im Gesicht zu ihr umdrehte. »Statt einer komplizierten Verletzung haben wir es nur mit einer einfachen Fraktur von Ulna und Radius zu tun. Elle und Speiche«, verbesserte er sich, als ihm klar wurde, dass er ins Medizinerlatein abrutschte. »Ein glatter Unterarmbruch. Keine Komplikationen. Ein paar Wochen Gips und Sie sind wie neu«, versicherte er ihr.

Wie war das möglich, fragte Hannah sich zum millionsten Mal. Wie konnte sie fast wie neu sein, während Finn tot war?

»Wir legen Ihnen einen leichten Castverband an, einen Kunststoffgips«, erklärte Dr. Rossberger weiter. »Sie müssen sich nur noch eine hübsche Farbe aussuchen und dann warten, bis der Bruch verheilt ist. Also, welche wählen Sie?« Erwartungsvoll wies er mit dem Kinn in Richtung einer kleinen Farbskala an der Wand, die ein bisschen an die Miniversion der Mischpaletten im Baumarkt erinnerte, und sah sie dann wieder an.

»Was soll ich wählen?«, fragte sie.

»Die Farbe Ihres Castverbandes. Sie wird die nächsten vier Wochen zu Ihnen gehören, also suchen Sie sie mit Bedacht aus.«

War das sein Ernst? Hannah schüttelte den Kopf. »Völlig egal«, brachte sie heraus.

Dr. Rossberger seufzte. Offenbar gehörte das Aussuchen der Gipsfarbe zu seinen Lieblingsbeschäftigungen. »Okay, dann entscheide ich«, sagte er. »Nehmen wir etwas, das zu Ihren Augen passt.« Er zwinkerte ihr zu. »Türkis.«

Hannah versuchte, auf der Untersuchungsliege, auf der sie saß, eine etwas angenehmere Position zu finden. Sie war sich sicher, keine türkisfarbenen Augen zu haben. Aber Männer und Farben, das war manchmal so eine Sache. Sie konnte sich noch daran erinnern, wie Jakob als Junge immer Rosa mit Orange verwechselt hatte. Vielleicht ging es dem Arzt ähnlich.

Sie hatte ihr Zeitgefühl irgendwo zwischen Frankfurt und Berchtesgaden verloren. Die Mischung aus Schmerzmitteln und Jetlag brachte das bisschen Gleichgewicht, das in ihrem Körper noch geherrscht hatte, völlig aus dem Takt. Als ihre Platzwunde an der Stirn neu geklebt und ihr Armbruch in türkisfarbene Glasfaser gehüllt war, konnte sie das Krankenhaus endlich verlassen. Die Sonne stand bereits tief über den Bergrücken, die das Tal einrahmten. Sie stiegen ein letztes Mal in den Van und machten sich auf den Weg, um die verbliebenen Kilometer das Tal hinauf hinter sich zu bringen. Hannah lehnte den Kopf gegen das Seitenfenster und betrachtete die Lichtreflexe, die durch das dichte, grüne Dach der hohen Baumkronen fiel. Das Tal verengte sich zu einer Schlucht. Links neben der schmalen Straße stürzte sich die Ramsauer Ache abwechselnd über kleine, von der Natur verteilte Staustufen oder schlängelte sich durch ihr Flussbett aus glattgeschliffenem Geröll und schüttete kleine Sandbänke auf. Das Wasser war – im Gegensatz zu Hannahs Augen – wirklich türkis, was es dem losen Kalkstein verdankte, der sich Ramsauer Dolomit nannte und die Touristen zum Staunen brachte. Der Sender, den ihr Vater im Autoradio eingestellt hatte, kratzte, wie er es schon immer getan hatte, wenn man sich zwischen den steilen, grauen Felswänden das Tal emporschlängelte. Alles hier war Hannah so schmerzlich vertraut, dass ihre Augen brannten.

Sie ließen Ramsau hinter sich, wo das Tal sich noch einmal ein wenig weitete. Die Straße führte sie an den saftig grünen Wiesen vorbei, die sanft zum Zauberwald hin abfielen. Als Kind hatten sie immer die Sekunden gezählt, bis das kleine, moosbewachsene Schutzmäuerchen auftauchen würde, das um die letzte scharfe Linkskehre führte. Der Holzlagerplatz. Und noch eine Rechtskurve. Josef bremste wegen eines Mountainbikers ab, der sich den Berg hinaufquälte. Dann überholte er, und im nächsten Augenblick lichtete sich der Wald, und Hannahs Herzschlag beschleunigte sich, ohne dass sie das wirklich gewollt hätte. Der Sternsee lag vor ihnen. In seiner glatten Oberfläche spiegelten sich die letzten Sonnenstrahlen. Je nach Tageslicht glich er einem Meer aus Diamanten, glänzte türkisgrün oder wie jetzt in einem dunklen, satten Farbton, der an Smaragde erinnerte. Eingebettet in die hohen Bergketten, die das Tal einschlossen, war er ihr Zuhause. Hier war sie geboren, aufgewachsen. Und aus der beklemmenden Enge hatte sie gar nicht schnell genug verschwinden können. Jetzt fühlten sich die Schneereste auf den Spitzen des Hochkalter und der Reiteralpe so vertraut an, dass sich ihr Herz schmerzhaft zusammenzog.

Josef bremste wegen eines weiteren Fahrradfahrers ab, was Hannah Zeit gab, nach rechts zu blicken. Zwischen den Kiefern und Buchen am Seeufer konnte sie die Alte Mühle ausmachen, das Refugium ihrer Tante, in dem sie in ihren Kinder- und Jugendjahren so viel Zeit verbracht hatte. Als ob sie die Gefühle spüren würde, die Hannah innerlich aufwühlten, legte Louisa vom Sitz hinter ihr die Hand auf ihre Schulter und drückte sanft. Hier zu sein würde nicht einfach werden. Hier zu bleiben war schlicht unmöglich.

Ein paar Minuten später hielt Josef vor dem Haus, in dem ihre Familie lebte, seit sie zwei war und ihre Eltern beschlossen hatten, dass das Apartment über der Gärtnerei ihrer Mutter zu klein geworden war. Mit dem Wissen, dass Hannah nur noch wenige Meter von einem Bett trennten, konnte sie die abgrundtiefe Erschöpfung nicht mehr aufhalten. Sie war unglaublich dankbar, dass ihr Vater sich gegen Dr. Rossberger durchgesetzt und verhindert hatte, dass sie die Nacht zur Beobachtung im Krankenhaus verbringen musste. Mit letzter Kraft quälte sie sich aus dem Van und ließ sogar zu, dass ihre Mutter ihr unter die Arme griff und beim Aussteigen half. Seit Hannah untersucht worden war, wirkte auch Rena ein wenig gefasster. Hannah wusste, dass sie sich seit ihrer Ankunft in Frankfurt ihrer Mutter gegenüber undankbar verhalten hatte, dass ihre Einsilbigkeit und ihr Schweigen unhöflich waren. Ihr war klar, wie groß die Sorgen waren, die Rena und der Rest der Familie sich um sie gemacht hatten. Sie wäre gern fröhlicher gewesen, sie hätte sich gern mehr an den Gesprächen um sich herum beteiligt, aber sie konnte das tiefe schwarze Loch, über dem sie balancierte, einfach nicht wegzaubern. Morgen vielleicht. Morgen, wenn sie einmal richtig ausgeschlafen hatte, würde sie sich mehr Mühe geben. Ihre Familie konnte ihr nicht die Schuld nehmen, die sie am Tod eines anderen Menschen hatte. Abgesehen davon war alles, was sie wollte, die Reise nach Brasilien zu vergessen oder zumindest auszublenden.

Statt in den Erinnerungen zu versinken, sah sie an der Fassade des Hauses hinauf. Wie es sich für das Heim einer Blumenhändlerin und Gärtnereibesitzerin gehörte, quoll ein Meer aus Geranien über das hölzerne Geländer des Balkons im ersten Stock.

»Hat sich nicht verändert, stimmt's?«, flüsterte Antonia neben ihr.

Hannah zwang sich zu einem Lächeln. »Kein bisschen«, gab sie zurück. Das einst helle Holz war über die Jahre nachgedunkelt und verpasste dem Haus einen angenehmen, leicht verwitterten Charme. Mit den bunt sprießenden Blumenkästen auf den Fensterbänken im Erdgeschoss und den großen Pflanztrögen zu beiden Seiten der Haustür wirkte es bewohnt. Und vor allem geliebt.

»Bist du bereit?«, fragte ihr Vater und lud ihren Kamerakoffer aus.

Sie blickte auf das verbeulte Aluminium, an dem noch immer Schlammreste hafteten, und ihr lief ein eisiger Schauder über den Rücken, der das beruhigende Gefühl, das ihr Elternhaus für einen Moment ausgelöst hatte, auf grausame Weise eliminierte. Sie schluckte und nickte.

Rosa umarmte sie so vorsichtig wie am Flughafen. »Ich bringe das Auto zurück«, erklärte sie und nickte über ihre Schulter zu dem Bus. »Wir sehen uns morgen.«

Der Rest ihrer Familie schien keine Anstalten zu machen, seiner Wege zu gehen, also folgte Hannah ihnen ins Haus.

Josef stellte den Koffer in den Raum, der früher ihr Kinderzimmer gewesen war. Hannah war froh, dass ihre Mutter eine Übernachtungsmöglichkeit für Gäste daraus gemacht hatte und es nicht nach ihrem Weggang in eine Art Schrein verwandelt hatte. Wäre sie zu allem Übel beim Betreten des Raumes in die Zeit von vor zehn Jahren zurückkatapultiert worden, wäre sie wahrscheinlich trotz ihrer Erschöpfung schreiend in die Berge gerannt. Der freundliche, helle Landhausstil, der die Poster an den orange-gelb gestrichenen Wänden ihrer Jugend ersetzte, gab dem Zimmer Ruhe und ließ Hannah durchatmen.

»Ich habe dir ein paar Sachen rausgesucht«, sagte Antonia und legte einen Stapel Kleidungsstücke auf die blumenbestickte Überdecke des Bettes.

»Danke.« Hannah versuchte sich abermals an einem Lächeln.

»Wenn du was brauchst«, murmelte ihre Schwester. »Jederzeit.«

»Ich weiß.« Und das war nicht gelogen. Ihre Familie hatte sich ein großes Auto besorgt und war nach Frankfurt gefahren. Sie hatten sie mit nach Hause genommen. Sie waren für sie da. Immer. Ganz egal, dass sie vor zehn Jahren alles hinter sich gelassen hatte und abgehauen war. Ganz egal, wie wichtig es ihr in diesem Jahrzehnt gewesen war, einen gesunden Abstand zu diesem einsamen Tal in den Bergen – und damit auch zu ihrer Familie – zu halten. Ihre Familie würde ihr niemals das Gefühl geben, nicht mehr zu ihnen zu gehören. Obwohl das vielleicht so war. Hannah hatte keine Ahnung, wie sich die Situation verändern würde, wenn sie erst einmal ein paar Wochen hier wäre.

»Möchtest du noch etwas essen?«, fragte ihre Mutter. Ein wenig unsicher stand sie neben Louisa im Türrahmen, so als wäre sie nicht sicher, ob es Hannah recht war, wenn sie hereinkam.

»Nein.« Hannah schüttelte den Kopf und betrachtete das Bett mit dem schlichten Holzkopfteil, das vor der hellgrau gestrichenen Wand stand. Darüber hingen zwei große, gerahmte Schwarzweißfotos von alten Bauernhäusern, die Hannah in Südfrankreich gemacht und ihrer Mutter vor ein paar Jahren zum Geburtstag geschenkt hatte. »Ich möchte nur noch duschen und mich dann ein bisschen ausruhen.« Sie hielt ihren Arm hoch, als ihr der Gips wieder einfiel. »Hast du eine Plastiktüte für meinen Arm?«

»Natürlich.« Froh, eine Aufgabe zu haben, verschwand Rena und kehrte kurz darauf mit einem Plastikbeutel zurück.

Hannah wartete, bis sich nach und nach alle verabschiedet hatten und das Zimmer verließen. Sie schloss die Tür hinter ihnen und atmete tief durch. Dann stellte sie sich für eine gefühlte Ewigkeit unter die Dusche und wusch den Rest des brasilianischen Schmutzes und Schweißes von ihrem Körper. Wenigstens den Dreck konnte sie zusammen mit dem gurgelnden Wasser im Ausfluss versenken. Sie vermied es, einen Blick in den Spiegel zu werfen, als sie sich abtrocknete. Mit ihren Verletzungen hatte sie sich heute bereits genug befasst. Zurück in ihrem Zimmer nahm sie die Schmerztablette, die ihr Vater neben einem Glas Wasser auf das Nachtschränkchen gelegt hatte, und zog die Bettdecke über sich. Im nächsten Moment schlief sie tief und fest.

*

Louisa stand neben ihrer Schwester an Hannahs Zimmertür und spähte hinein.

»Sie schläft«, sagte Rena und stieß langsam den Atem aus, als hätte sie ihn seit Stunden angehalten. Louisa spürte regelrecht, wie die Anspannung und Sorgen von ihrer Schwester abfielen, als sie sah, wie ihre Tochter ruhig im Bett lag.

Louisa fühlte mit Rena. Sie verstand die Angst, die ihre Schwester um ihr Kind hatte. Und auch wenn sie selbst keine Kinder hatte, verstand Louisa ihre Nichte vermutlich besser als jeder andere in der Familie. Sie dachte an ihren eigenen Ausbruch aus der heilen Welt dieses Tals. Hannah war es ähnlich ergangen. Obwohl sie von allen bedingungslos geliebt wurde – oder auch vielleicht genau deswegen – hatte sie die Enge nicht ertragen. Als sie die Chance auf eines der begehrten Praktika bei einem angesagten Hamburger Fotografen ergattert hatte, hatte sie nichts mehr in Sternmoos gehalten. Obwohl es dem Mädchen damals das Herz zerrissen hatte, war sie gegangen, ohne zurückzublicken.

Und jetzt war sie wieder da. Und sogar das hatte Hannah mit Louisa gemeinsam. Auch sie war nach ihrer Flucht aus dem Tal zurückgekehrt. Am Boden zerstört. Verzweifelt. Louisa blickte ihre Schwester von der Seite an. Rena würde alles für ihr Kind tun. Es umsorgen. Beschützen. Und doch würde es vieles geben, was sie nicht begriff. Einfach weil sie es nicht begreifen konnte. Weil diese Gedanken nicht in Renas Welt passten. Aber Louisa konnte es. Und sie würde für Hannah da sein. »Na komm«, sagte sie, zog ihre Schwester zurück und schloss die Tür. »Lassen wir sie bis morgen früh in Ruhe.«

*

Hannah fuhr mit einem Keuchen aus dem Schlaf. Ihr Herz raste, und für einen Moment hatte sie keine Ahnung, wo sie sich befand. Dann begriff sie, dass sie in Sternmoos war. Im Haus ihrer Eltern, nicht in der Schlammlawine, die sie in den Fluss gerissen und Finn für immer verschluckt hatte. Sie lag in die weiche Bettdecke ihrer Mutter gehüllt, roch den frischen Duft des Waschmittels und würde wieder gesund werden. Die eisige Nässe des Flusses in Brasilien, der Schlamm und das Geröll, die sie wegrissen, waren mit dem Aufwachen nur noch der schale Nachgeschmack eines Albtraums.

Sie tastete nach der Nachttischlampe und blinzelte gegen die Helligkeit an. Einen Moment überlegte sie, den pulsierenden Schmerz in ihrem Arm mit noch einer der Tabletten zu vertreiben, entschied sich dann aber dagegen. Stattdessen schob sie die Decke zur Seite und stand auf. Sie trat ans Fenster und starrte in die Nacht hinaus. Von hier aus müsste sie den See sehen können, aber in der Scheibe konnte sie nur ihr verzerrtes Spiegelbild erkennen.

*

Jakob konnte nicht schlafen. Es war bereits nach Mitternacht, aber seine Gedanken kreisten unaufhaltsam und wie verrückt, um ein und dasselbe Thema, während er an die dunkle Decke seines Schlafzimmers starrte. Hannah. Sie beherrschte seine Gedanken, seit Antonia am Morgen an seine Tür gehämmert hatte, um seinen Van auszuleihen. Rosa hatte ihm den Wagen am Abend zurückgebracht und ihn beruhigt. Hannah war verletzt, aber nicht so schlimm wie im ersten Moment befürchtet. Viel verraten hatte sie nicht, aber eines war klar: Hannah war zurück. Keinesfalls freiwillig, wie Jakob annahm. Trotzdem war sie hier. Schlief ein paar Hundert Meter entfernt in ihrem Elternhaus. Natürlich war sie auch in den letzten zehn Jahren hier gewesen. Zu Weihnachten oder zu Geburtstagen war sie immer mal wieder für ein oder zwei Tage aufgetaucht. Aber sie waren sich nie begegnet. Wahrscheinlich, weil sie sehr sorgfältig darauf geachtet hatte, ihm nicht über den Weg zu laufen. Und er hatte es nicht anders gemacht, musste er zugeben. Sie zu treffen war das Letzte gewesen, was er wollte. Aber jetzt war sie nicht nur für die Dauer eines Wimpernschlags hier. Sie würde hier Zeit verbringen, gesund werden. Er hatte nicht aus Rosa herausbekommen, was genau ihrer Schwester zugestoßen war.

Aber was das betraf, konnte er sich getrost auf den Tratsch im Dorf verlassen. Er würde schneller erfahren, warum Hannah zurück war, als ihm lieb war.

Jakob seufzte und schlug seine Decke zurück. Es brachte nichts, in die Dunkelheit zu starren und zu versuchen, Hannah aus seinen Gedanken zu verbannen. Er würde das tun, was ihm in der Vergangenheit in solchen Nächten immer geholfen hatte. Er stand auf und zog seine Joggingklamotten an. Laus hob den Kopf von seiner Hundedecke und blinzelte ihn aus blauen Augen verschlafen an. Er gähnte und schien einen Augenblick darüber nachzudenken, ob es sich lohnte, mitten in der Nacht aufzustehen und durch die Gegend zu rennen, bettete seinen Kopf dann aber auf seine Vorderpfoten und schloss die Augen.

Jakob ließ ihn weiterschlafen und trat in die Nacht hinaus. Das gleichmäßige Geräusch seiner Laufschuhe auf dem Asphalt entspannte ihn ein wenig. Zumindest bis er in den Seerosenweg abbog. Er redete sich ein, dass er nur am Zuhause der Falkenbergs vorbeilief, weil es auf seiner Laufstrecke lag. Trotzdem wurde er langsamer, als das Haus in Sicht kam, blieb im Schatten der großen Eiche stehen, die den Rand des Grundstückes begrenzte, und blickte nach oben.

Da stand sie. Im Fenster ihres alten Zimmers. Vor dem schwachen Licht, das vermutlich von ihrer Nachttischlampe stammte, konnte Jakob nur ihre Silhouette ausmachen. Sie stand dort, bewegungslos wie eine Statue. Trotzdem wusste er ohne Zweifel, dass es Hannah war. Es fühlte sich an, als hätte er sie mit eigenen Augen sehen müssen, weil ihre Anwesenheit in Sternmoos für ihn sonst nicht real gewesen wäre. Sein Herz schlug in einem unangenehm schnellen Rhythmus, der nichts mit dem Joggen zu tun hatte. Er würde aufpassen müssen. Hannah würde nur so lange hierbleiben, wie sie musste. Sie würde wieder gehen. So wie sie kurz nach ihrem achtzehnten Geburtstag abgehauen war. Bis sie diesmal ihre Koffer packen würde, würde Jakob alles in seiner Macht Stehende tun, um ihr aus dem Weg zu gehen. Bis sie wieder verschwunden war. Bis sein Seelenfrieden wieder hergestellt war. Entschlossen wandte er sich ab, um zum See hinunterzulaufen. Er war gerade erst aus dem Schatten der Eiche getreten, als er hinter sich ein leises Geräusch vernahm und herumwirbelte.

*

Hannahs Gesicht spiegelte sich im Fenster. Sie sah das Pflaster über ihrer Platzwunde und die Schatten der Hämatome, die darunter hervorschauten. Ihr Atem hatte sich, genau wie ihr Herzschlag, nach dem Albtraum noch nicht beruhigt. Was sollte jetzt werden? Was sollte sie jetzt anfangen? Aus dem Augenwinkel sah sie das matte Glänzen ihres Kamerakoffers in der Zimmerecke. Würde sie es noch einmal schaffen, ihn zu öffnen? Wahrscheinlich nicht. Sie wollte das verdammte Ding nicht einmal sehen.

Hannah spürte die Welle aus Panik über sich hinwegschwappen. Ihre Hand zitterte, als sie mit einer hektischen Bewegung am Fenstergriff riss. Im nächsten Augenblick schwang das Fenster auf, und das Spiegelbild verschwand vor ihren Augen. Gierig sog sie die frische Luft ein, die nach der lauen Sommernacht und dem nahen See roch.

Sie stützte ihren gesunden Arm auf dem Fensterbrett ab, als sie auf der Straße vor dem Haus eine Bewegung wahrnahm. Ein Jogger tauchte aus dem Schatten des Gehweges auf. Er wurde gerade vom Lichtkegel einer der zwei Straßenlaternen erfasst, als er zum Haus herumfuhr, als hätte er gehört, wie sie das Fenster aufriss. Wer um Himmels willen lief um diese Uhrzeit... Jakob! Bei all den Gedanken um ihre Flucht und die Rückkehr nach Sternmoos hatte sie nicht eine Sekunde daran gedacht, dass sie damit auch ihn wiedersehen würde. Wie ein Blitz schoss die Erkenntnis in ihren Magen. Jakob rannte durch die Nacht, wie er es schon immer getan hatte, wenn er überschüssige Energie abbauen musste.

Jakob. Ihre Lippen formten das Wort lautlos. In all dem Chaos, dem Schmerz und der Trauer fühlte sich sein Name an wie eine sonnige Insel, ruhig und friedlich. Sie wusste, dass sie so nicht einmal denken durfte. Dass niemand so tabu war wie Jakob. Und doch... da stand er. Noch immer. Und starrte zu ihr herauf, als hätte sie ihn paralysiert. In der Stille der Nacht trafen sich ihre Blicke, verhakten sich die über ein Jahrzehnt unausgesprochenen Emotionen. Hannahs Herz raste noch immer, doch jetzt war nicht mehr ihr Albtraum daran schuld. Sie presste die Hand auf ihren Magen, von dem sich ein warmes Prickeln in ihrem Körper ausbreitete. Jakob.

Hannah wusste nicht, was sie tun sollte. Am Fenster stehen bleiben und den stummen Dialog weiterführen? Auf die Straße hinunterrennen? Ihn ins Haus bitten? Was dann? Sie wusste es nicht. Und Jakob nahm ihr die Entscheidung ab. Er löste sich aus dem Bann dieses Augenblicks und rieb sich über das Gesicht, so, als tauche er aus einem tiefen Traum und versuchte wach zu werden. Langsam ließ er die Hände wieder sinken und sah noch einmal zu Hannah hinauf. In einer langsamen, entschlossenen Bewegung schüttelte er den Kopf, drehte sich um und rannte los. Sie sah ihm nach, bis die Nacht ihn verschluckte. Mit zitternden Knien lehnte sie sich in die Fensterlaibung. Sie hob die Hand von ihrem prickelnden Magen und legte sie auf ihr klopfendes Herz. Jakob hatte ihr stumm zu verstehen gegeben, dass sie ihm fernbleiben sollte. Und er hatte völlig recht. Dieser stille Moment hatte ihnen beiden gezeigt, dass zwischen ihnen noch immer eine tiefe Anziehungskraft bestand. Die völlig sinnlos war. Je mehr Abstand sie zueinander halten würden, bis sie Sternmoos wieder hinter sich ließ, desto besser.

*

Michael Brander goss sich zwei Fingerbreit seines Lieblingsscotches in einen Tumbler und schwenkte ihn ein paarmal, ehe er mit geschlossenen Augen das Aroma einatmete und schließlich an dem Drink nippte. Dann verließ er sein Arbeitszimmer und lief durch das Haus, das in einem der schönsten Stadtteile Augsburgs lag. Er lebte inzwischen allein hier, und die Räume schienen viel zu groß und zu kalt. Seine Schritte hallten nicht, aber durch die Zimmer und Flure zu laufen, in denen er Kunst und schöne Möbel gesammelt hatte, und sie mit niemandem teilen zu können, fühlte sich verdammt einsam an.

Früher hatte er sich nach jedem abgeschlossenen Fall einen guten Scotch gegönnt. Aber jetzt hatte er keine Fälle mehr, auf die er hätte einen Toast ausbringen können. Warum sollte er also nicht einfach an einem Mittwochabend einen Whiskey trinken, einfach nur, weil ihm danach war?

Er öffnete die Durchgangstür zur Garage und betrachtete den Haufen Rost und Schrott, der neben seinem schwarzen BMW stand. Den Scotch in der Linken strich er mit der rechten Hand über den Kotflügel und ließ eine kleine Wolke aus Staub und korrodiertem Metall aufsteigen, die sich unter dem kalten Neonlicht der Leuchtstoffröhre verteilte. Er hätte die Plane nicht abnehmen sollen. Dann sähe dieses Häufchen Elend nicht ganz so erbärmlich aus.

Michael nippte an seinem Drink und stellte sich vor, wie der Wagen einmal ausgesehen hatte. Wie er aussehen würde, wenn er endlich restauriert war. Zum ersten Mal hatte er so ein Auto in den Siebzigern gesehen. Dummerweise konnte er sich noch daran erinnern, als wäre es gestern gewesen. Er war mit der Frau, die sein Herz, seine Gedanken und sein ganzes Leben erfüllt hatte, durch München gelaufen.

November, 1978

Sie schob ihr Fahrrad neben ihm her, und er schleppte in seiner Tasche die schweren Wälzer mit sich, die er aus der Unibibliothek geholt hatte, als ein Mercedes SL R107 neben ihnen an den Straßenrand fuhr und hielt. Feuerrot. Die Sonne suchte sich genau diesen Moment aus, durch die Wolken zu brechen, die den ganzen Tag über tief und dunkel am Himmel gehangen hatten, und spiegelte sich dermaßen in dem blitzblanken Lack, dass Michael die Augen zusammenkneifen musste, um nicht geblendet zu werden. »So einen will ich mal fahren«, sagte er ohne nachzudenken. Er blieb stehen und bewunderte das schöne Auto. »Wenn ich irgendwann ein erfolgreicher Anwalt bin, will ich genau so einen haben.«

Sie hatte im ersten Moment nicht gemerkt, dass er stehengeblieben war, drehte sich aber jetzt nach ihm um. Ein Moment, in dem die Sonne es schaffte, auch ihre glänzenden roten Haare zum Leuchten zu bringen. Michael sah vor seinem inneren Auge bereits, wie er mit offenem Verdeck über Land fahren würde. Sie lachend auf dem Beifahrersitz, die Haare zerzaust vom Wind, der fröhlich an ihnen riss.

Ihr Blick glitt zwischen ihm und dem Auto hin und her, dann verdrehte sie lachend die Augen und schob ihr Fahrrad die zwei Meter zurück, bis sie wieder neben ihm stand. Sie beugte sich vor, bis sich ihre Lippen fast berührten. »Verdammter Kapitalist«, flüsterte sie, und dann küsste sie ihn. Auf diese Art, die ihn das Auto vergessen ließ. Ihre Art zu küssen schaffte es immer, ihn dazu zu bringen, an nichts anderes als an sie zu denken. Er legte seine Hände an ihre Wangen, rahmte ihr Gesicht ein und küsste sie, mitten auf dem Bürgersteig, bis irgendjemand sie anrempelte und sie sich blinzelnd von ihm löste.

Michael rieb sich mit der freien Hand über das Gesicht, um die Spinnweben der Erinnerung zu vertreiben. Er hatte den Schrotthaufen nicht gekauft, weil er ihn an *sie* erinnerte. Er hatte ihn sich zugelegt, weil er es sich schlicht leisten konnte und schon immer einen SL hatte fahren wollen. Er seufzte und trank noch einen Schluck. Wem machte er etwas vor?

Die Erinnerungen an ihr Lachen und ihre Berührungen sorgten noch heute, über vierzig Jahre später, dafür, dass sich sein Magen zusammenzog.

»Paps?«

Michael drehte sich um, und schon im nächsten Moment stieß sein Sohn die Tür zur Garage auf.

»Ben.« Überrascht zog Michael die Brauen nach oben, als er den Besuch sah.

»Da bist du ja.« Sein Sohn umarmte ihn und nahm ihm dann den Tumbler aus der Hand, um daran zu nippen. »Dachte ich es mir doch, dass ich dich hier finde.«

»Waren wir verabredet?« Michael gehörte nicht zu den Menschen, die ein Treffen vergaßen. Oder überhaupt irgendetwas. Wieder klangen das helle Lachen und die rot glänzenden Haare aus seinen Erinnerungen durch seine Gedanken. Er schob sie beiseite. Manchmal konnte dieses ›Nicht vergessen‹ ein verdammter Fluch sein.

»Nein.« Ben grinste. »Ich werde ja wohl mal bei meinem Vater vorbeischauen dürfen.«

Michael legte den Kopf schräg und sah ihn aufmerksam an. »Ist etwas mit deiner Mutter?«

»Nein. Ihr geht es prächtig. Sie plant gerade einen Shopping Trip nach Paris. Mit ihrer Freundin.« Er reichte Michael den Whiskey zurück. »Ich habe mich so schnell es ging vom Acker gemacht.«

Das brachte Michael zum Lächeln. Auch daran konnte er sich gut erinnern. Den Enthusiasmus, mit dem seine Ex-Frau Marion ihre Ausflüge plante. »Ich verstehe.«

»Hmm.« Ben schob seine Hände in die Hosentaschen und trat gegen den platten Vorderreifen von Michaels Oldtimer. »Es wird langsam Zeit, mit der Restaurierung anzufangen. Das Ding staubt jetzt schon seit vier Monaten in deiner Garage vor sich hin, nachdem du zwei Jahre um den Schrotthaufen herumgeschlichen bist, den niemand außer dir kaufen wollte.«

»Das ist kein Schrotthaufen«, protestierte Michael.

»Mit viel Fantasie vielleicht nicht.« Sein Sohn sah ihn an. »Du hast die Kanzlei vor einem halben Jahr verkauft. Es ist an der Zeit, den nächsten Schritt zu machen.«

»Du hast recht.« Michael seufzte. »Aber ich finde einfach keinen guten Restaurateur.«

»Ich habe jemanden gefunden«, überraschte Ben ihn. »Ein Typ mit richtig guten Referenzen. Deutschlandweit.«

»Hier in Augsburg?« Michael trank noch einen Schluck Whiskey. Er hatte sich überall erkundigt und niemanden gefunden, der in der Lage war, den Mercedes wieder so aufzubauen, wie er sich das vorstellte.

»Nein. Ich habe vergessen, wo genau. Irgendwo hinter München. Im Chiemgau vielleicht?« Ben kratzte sich nachdenklich am Kinn. »Jedenfalls soll er richtig gut sein. Sogar Leute aus Norddeutschland bringen ihre Fahrzeuge zu ihm.«

»Aber er ist zu weit weg«, gab Michael zu bedenken. »Ich wollte bei der Restaurierung dabei sein. Mitarbeiten. Es soll ja auch mein Projekt sein.«

Ben zuckte mit den Schultern. »Was hält dich davon ab? Du bist jetzt Rentner. Verbring den Sommer in den Bergen. Miete dir eine nette Ferienwohnung oder ein kleines Haus, bastele an dem Auto herum und fang endlich an, deinen Ruhestand zu genießen.« Er nahm Michael den Tumbler aus der Hand und leerte ihn in einem Zug. »Jetzt lass uns noch einen Whisky trinken, und ich setze mich mit diesem Typen in Verbindung. Vielleicht hat er ja diesen Sommer noch Zeit für dich und deinen Schrotthaufen.«

»Nenn den SL nicht Schrotthaufen«, protestierte Michael.

»Naja, von einem hübschen Flitzer ist er jedenfalls noch weit entfernt.«

4

Zwei Tage verbrachte Hannah tagsüber in einem Dämmerzustand und hellwachen, von Erinnerungen geplagten Nächten im Bett. Am Morgen des dritten Tages wurde sie abermals aus dem Schlaf gerissen. Diesmal war kein Albtraum daran schuld, auch wenn die Anwesenheit ihrer Mutter in ihrem Zimmer sich ein wenig so anfühlte. »Was soll das, Mama?«, murmelte sie, als Rena schwungvoll die Vorhänge vor den Fenstern aufzog und das grelle Sonnenlicht hereinließ. Hannah zog sich das Kissen über den Kopf, um der schmerzhaften Helligkeit zu entkommen. Sie hatte das Gefühl, die ganze Nacht wachgelegen zu haben und vor nicht einmal fünf Minuten eingeschlafen zu sein.

»Du musst aufstehen.« Rena zog ihr das Kissen weg.

»Ich muss schlafen«, brummte Hannah. »Schlaf heilt, sagt Papa immer.«

»Heute nicht.« Ihre Mutter sah Hannah in dieser viel zu vertrauten Mischung aus Bestimmtheit und Fürsorge an, die sie zum Seufzen brachte. »Ich habe einen Termin bei Else Bachmüller für dich vereinbart.«

»Wer ist…«, setzte Hannah an, bekam die Antwort aber schon, bevor sie die Frage zu Ende gestellt hatte.

»Eine Naturheilerin.«

Hannah blinzelte und richtete sich auf. »Eine was?«, fragte sie und schob sich die Haare aus dem Gesicht.

Renas Wangen färbten sich einen Hauch dunkler. »Du weißt schon: Naturheilkunde. Alternative Methoden. Anwendungen, Tinkturen und Salben auf pflanzlicher Basis. Solche Sachen eben.«

Das verblüffte Hannah einigermaßen. »Du gehst zu einer Naturheilerin? Weiß Papa davon?«

»Hier geht es nicht um deinen Vater, sondern um dich. Ich möchte, dass du dich von ihr beraten lässt. Ich habe mir den Vormittag extra freigenommen.« Rena wirkte entschlossen. Wie meistens. Widerspruch war für sie ein Fremdwort. Und genau das war es wahrscheinlich auch, was ihre Mutter an Hannah so irritierte. Der ständige Kampf, den sie unterschwellig führten.

»Mama«, versuchte sie es trotzdem und hob ihren eingegipsten Arm. »Du hast doch vor ein paar Tagen selbst stundenlang in der Klinik herumgesessen und hast den Schwestern den Kuchen weggegessen. Du weißt, dass mein Arm gebrochen ist. Meine Hüfte ist geprellt. Und die Platzwunde muss auch von alleine heilen. Was kann eine Naturheilerin da noch ausrichten?«

Rena schwieg für einen Moment. Sie mied Hannahs Blick und sah an ihr vorbei zum Fenster hinaus.

»Mama?«

Rena wandte sich ihr wieder zu und sah sie herausfordernd an. Ihre blau-grünen Augen waren wie ein Spiegel von Hannahs Augen. »Ich denke einfach, dass es dir guttun wird. Es spricht ja nun wirklich nichts dagegen.«

Allein die Tatsache, aus dem Bett kriechen zu müssen,

sprach dagegen. »Muss das wirklich sein? Wir könnten uns doch auch einfach hier einen gemütlichen Vormittag machen, wenn du dir schon freigenommen hast«, schlug Hannah vor. Sie merkte selbst, wie lahm die Idee klang. Ihre Mutter würde sich niemals darauf einlassen.

Tat sie auch nicht. »Auf keinen Fall. Ich habe einen Gefallen einfordern müssen, um dich dazwischenschieben zu können. Ich will wissen, ob mit dir alles in Ordnung ist.«

»Ich bin fast dreißig«, erinnerte Hannah ihre Mutter daran, dass sie kein kleines Kind mehr war. Offenbar musste Rena hin und wieder an diesen Umstand erinnert werden.

»Und ich will es trotzdem wissen.« Diskussion beendet. Hannahs Mutter sammelte die Kleider ein, die Hannah auf ihrer Reise getragen und nach dem Duschen vor ein paar Tagen einfach auf den Boden geworfen hatte, und drehte sich zur Tür um. »Frühstück ist fertig«, sagte sie über die Schulter. »Ich warte unten auf dich.«

Sobald sie die Zimmertür hinter sich zugezogen hatte, ließ sich Hannah in die Kissen zurückfallen. Seit wann gab es in Sternmoos eine Heilerin? Und wie kam ihre Mutter darauf, hinter dem Rücken ihres Ehemannes – und Dorfarztes – Termine bei dieser Frau zu vereinbaren? Das Ansinnen ihrer Mutter zu ignorieren würde Hannah jedenfalls nichts helfen. Rena würde keine Ruhe geben, bis sie aufgestanden war, also quälte sie sich aus dem Bett und stolperte ins Bad. Ihr Körper fühlte sich steif und wund an. Umständlich duschte sie, zog dann die Leggins und die Tunikabluse über, die Antonia ihr dagelassen hatte, und humpelte die Treppe hinunter.

Am Abend ihrer Ankunft hatte sie vor lauter Erschöpfung nicht viel um sich herum wahrgenommen und seitdem ihr Zimmer nicht mehr verlassen. Aber jetzt stellte sie fest, dass sich das Zuhause ihrer Kindheit auch von innen nicht verändert hatte. Die Kissen auf der Eckbank aus dunklem, glänzendem Kirschholz, die schon immer die Essecke zierte, waren ausgetauscht worden und strahlten in einem fröhlichen Lindgrün. Abgesehen davon war alles beim Alten. Nicht einmal der Geruch im Haus hatte sich verändert. Was Hannah irgendwie beruhigte.

Ein Blick auf den gedeckten Frühstückstisch löste das heimelige Gefühl sofort wieder auf. Ihre Mutter hatte aufgefahren, als würden Weihnachten, Ostern, Geburtstag und sämtliche Sonntage des Jahres auf einen Tag fallen. »Wer soll das denn alles essen?«, fragte Hannah und schob sich vorsichtig auf die Bank, ihrer Mutter gegenüber. Beim Anblick von drei Marmeladen, Quittengelee, Honig und Nutella, die neben dem überquellenden Brotkorb aufgebaut waren, in dem sich alles zu befinden schien, was der Bäcker im Ort in der Auslage hatte, hob sich ihr Magen unangenehm.

»Ich habe gehofft, dein Appetit würde bis heute früh zurückkehren.«

War er nicht. Und selbst wenn, würde Hannah zwei Wochen durchessen können, um all das zu verdrücken. Sie sah dabei zu, wie Rena durch effizientes Hin- und Herschieben von Butter und Aufstrichen Platz für die Käseplatte schuf, die, genau wie die Wurstplatte, einen kompletten Bauarbeitertrupp versorgen könnte. »Tut mir leid.« Hannah schob eine Schale Obatzter zur Seite, deren Geruch ihr die Luft zum Atmen nahm. »Ich bekomme immer noch nichts runter«, murmelte sie und spürte augenblicklich das schlechte Gewissen, das ihren Rücken hinaufkroch und sich um ihren

Hals klammerte. Genau dieses Verhalten war einer der Gründe, aus denen sie nach ihrem Schulabschluss das Weite gesucht hatte. Ihre Mutter kannte in ihrer Überfürsorge kein Maß. War in dem Bestreben, für ihre Kinder nur das Beste zu erreichen, nicht zu bremsen. Hannah wusste, dass sie es nur gut meinte. Doch Rena engte sie damit ein und brachte sie permanent in Situationen, in denen sie Dinge tat, die sie eigentlich nicht wollte – wie zum Beispiel essen, obwohl sie keinen Hunger hatte –, oder ihre Mutter vor den Kopf zu stoßen und sie zu verletzen. Hannah hasste es, in diesen Gewissenskonflikt getrieben zu werden. Aber sie war auch keine achtzehn mehr. Inzwischen war sie besser in der Lage, ihrer Mutter einfach zu sagen, dass sie nichts essen wollte. Ganz abgesehen davon, dass sie alles, was sie herunterschluckte, im nächsten Moment wieder von sich gegeben hätte. So schlecht wurde ihr allein beim Gedanken an Essen.

Stattdessen schenkte sie sich eine Tasse Kaffee ein und goss einen Schluck Milch dazu. Das Koffein klärte ihre Gedanken ein wenig, auch wenn Hannah das Gefühl hatte, das Gebräu brenne ein Loch in ihren leeren, überreizten Magen. Renas missbilligender Blick sprach Bände. Wenn sie jetzt noch sagte, dass ein Tee besser wäre ...

»Ich könnte dir auch einen Tee machen«, bot ihre Mutter an, kaum dass Hannah es gedacht hatte.

Hannah musste sich auf die Zunge beißen, um nichts darauf zu erwidern. »Seit wann gibt es in Sternmoos eine Naturheilerin?«, fragte sie, um vom Thema Frühstück abzulenken.

»Sie hat ihre Praxis in Bischofswiesen«, klärte ihre Mutter sie auf. »Ich habe bei ihr mal einen Heilkräuterkurs besucht, weil ich darüber nachgedacht habe, das Sortiment in der Gärtnerei auf diese Pflanzen zu erweitern. Im Moment ist sowas ziemlich angesagt.« Sie biss in ein dick mit Butter und Erdbeermarmelade bestrichenes Brötchen. »So habe ich Else kennengelernt.«

»Und hast du?«, fragte Hannah, als sie nicht weitersprach.

»Habe ich was?«

»Das Sortiment erweitert?« Hannah nippte an ihrem Kaffee und sah Rena abwartend an.

»Ach so, nein.« Ihre Mutter winkte ab. »Das ist tatsächlich zu kompliziert und lässt sich in der Gärtnerei nicht umsetzen. Viele der Kräuter können ihre Kräfte nur entfalten, wenn man sie von Wiesen pflückt oder im Wald findet, wo sie wild gewachsen sind. Man muss sie an bestimmten Tagen oder sogar zu bestimmten Tageszeiten ernten.«

»Bei Vollmond, zum Beispiel?«, konnte Hannah sich nicht verkneifen zu fragen. Ihr dämmerte, worauf die Konsultation der Heilerin hinauslaufen würde.

Rena warf ihr über ihr Brötchen hinweg einen abschätzenden Blick zu, so als wolle sie herausfinden, ob Hannah versuchte, sie auf den Arm zu nehmen. »Zum Beispiel«, räumte sie ein. »Außerdem braucht man bestimmte Werkzeuge oder Messer. Man kann sie nicht einfach mit der Gartenschere abschneiden.«

»Nein, natürlich nicht«, konnte sich Hannah den Sarkasmus nicht mehr verkneifen.

Ihre Mutter hatte offenbar beschlossen, ihre Erwiderung einfach zu ignorieren. »Das zerstört den Energiefluss der Pflanze. Aus diesen Gründen lohnt sich ein Anbau in der Gärtnerei nicht. Aber so, wie Else es macht, nach alten Traditionen und jahrhundertealtem Brauchtum, entfalten die Kräuter ihre Kräfte. Du wirst schon sehen, was ich meine, wenn du sie kennenlernst.«

Hannah hatte eine klare Vorstellung von einer Naturheilerin. Keine Frage. Irgendein Zwischending zwischen Heilpraktikerin und Kräuterhexe. Im Alter ihrer Mutter, grauhaarig und ein wenig verlebt. Am Arm einen Weidenkorb oder Jutebeutel, in den sie die seltenen Kräuter stopfen konnte, die sie zufällig am Wegesrand oder auf einer Kuhweide fand. Else Bachmüller, die sich selbst nicht nur Naturheilerin, sondern zudem Schamanin nannte, wie das Schild an der Tür ihrer durchgestylten Praxis verriet, erfüllte Hannahs Vorstellung allerdings nicht einmal im Ansatz. Sie war höchstens Mitte vierzig, mit tiefschwarz gefärbten Haaren und einem scharf geschnittenen Gesicht. Hautenge, ebenfalls tiefschwarze Kleider schmiegten sich an ihre perfekten Rundungen. Ihrem wachsamen Blick schien nichts zu entgehen. Hannah hätte schwören können, dass die Heilerin das intensive Grün ihrer Augen, die von dunklem Makeup betont wurden, Kontaktlinsen verdankte. Aber sie unterstrichen den dramatischen Auftritt eindeutig. Die Frau war ganz offensichtlich eine Show, die wusste, wie sie den Leuten das Geld aus der Tasche ziehen konnte. Hier ging es nicht darum, ein bisschen Hokus Pokus und ein paar Globuli an die Frau zu bringen. Else Bachmüller arbeitete auf einem ganz anderen Niveau. Mit der Fürsorge einer Großmutter und dem Lächeln eines Haifisches bat sie Hannah, Platz zu nehmen, ehe sie sich auf ihre Psyche stürzte.

»Sie haben ein Trauma erlitten«, sagte sie mit tiefer, samtiger Stimme, der mit Sicherheit jede Menge Leute auf den

Leim gingen. Während sie die Energien im Raum filterte, bündelte oder was auch immer, um sie dann in ihrer Faust zusammenzupressen, warf Hannah ihrer Mutter einen Seitenblick zu. Im Gegensatz zum Krankenhaus hatte Hannah es nicht geschafft, ihre Mutter von der Praxis fernzuhalten. Und jetzt verstand sie auch, warum Rena ihr so ausweichend geantwortet hatte. Es ging nicht um ihre Verletzungen – ihre Mutter sorgte sich um ihren Geisteszustand. Vielen Dank auch.

Else ließ die geschlossene Faust auf den Schreibtisch aus Glas sinken, hinter dem sie saß. »Sie haben einen Verlust erlitten«, fuhr sie fort und erinnerte ein bisschen an eine der Wahrsagerinnen auf dem Jahrmarkt. Hannahs Mutter saß mit großen Augen und angehaltenem Atem da und folgte jeder Handbewegung der – vermutlich selbst ernannten – Schamanin wie eine gläubige Jüngerin. Else murmelte einige unverständliche Beschwörungsformeln, wedelte ein bisschen vor ihnen herum, zündete ein paar Räucherstäbchen an und kam nach einer Viertelstunde zu dem Schluss, dass mindestens zehn Sitzungen à hundertfünfzig Euro notwendig wären, um die dunklen Geister aus Hannahs Leben zu vertreiben. »Sie wird heilen«, erklärte sie Rena. Schlau war sie auf jeden Fall. Dass sie Hannah keinen Cent aus dem Kreuz leiern konnte, hatte sie offenbar sofort begriffen. Aber ihre Mutter war ein williges Opfer. »Es wird Zeit und Geduld brauchen, und sie wird ihre Seele öffnen müssen. Das wird eine sehr schmerzhafte Prozedur«, sagte sie weiter, und Hannah befürchtete bereits, die Frau hätte ihre Mutter in eine Art Trance versetzt.

Dann drückte sie Renas Hände wie zu einem Schwur,

und Hannahs Mutter strahlte sie blinzelnd an. »Danke, dass Sie sich die Zeit genommen haben.«

»In einem Notfall wie Ihrem war das selbstverständlich.« Die Magie der Heilerin machte der nüchternen Geschäftsfrau Platz, als sie einen Kalender heranzog und ihn durchblätterte. »Was denken Sie? Wann sollen wir mit der Therapie beginnen?«

»Am besten...«, begann Rena.

»Wir überlegen uns das Ganze noch mal«, fiel Hannah ihr ins Wort. Wenn sie nicht so erschöpft gewesen wäre, hätte sie sich wahrscheinlich kaputtgelacht über diese dreiste Abzocke. »Komm schon«, sagte sie zu ihrer Mutter und erhob sich. Rena brannte geradezu darauf, dieser Frau Geld in den Rachen zu werfen. Doch das würde definitiv nicht passieren. Zumindest nicht, wenn es um Hannah ging.

»Ich bin wirklich überrascht.« Hannah legte den Sicherheitsgurt an und wartete, bis ihre Mutter den Wagen gestartet hatte. Renas zusammengepresste Lippen sagten ganz deutlich, was sie von dem abrupten, rüden Abgang ihrer Tochter hielt. »Ich hätte nicht gedacht, dass es bei uns im Tal inzwischen so etwas gibt.«

»Eine echte Schamanin?« Rena lenkte ihren Wagen vom Parkplatz und fädelte sich in den langsam fließenden Verkehr ein.

»Eine echte Scharlatanin«, korrigierte Hannah sie.

Ihre Mutter warf ihr aus den Augenwinkeln einen Blick zu. »Du weißt nicht, wovon du redest. Sie hat doch genau gesehen, was dir fehlt.«

»O ja.« Wieder schaffte Hannah es nicht, den Sarkasmus aus ihren Worten zu streichen. »An dieser Stelle wirklich herzlichen Dank, dass du dir solche Sorgen um meinen psychischen Zustand machst. Ich gehe davon aus, dass du dieser Else erzählt hast, was in Brasilien passiert ist, als du den Termin vereinbart hast.«

»Nein! Natürlich nicht!« Rena starrte stur auf die Straße vor sich.

»Echt jetzt, Mama?«, bohrte Hannah nach.

Ihre Mutter zuckte mit den Schultern. »In groben Zügen vielleicht. Aber keine Details«, verteidigte sie sich und die Heilerin.

Hannah stieß den Atem aus und lehnte sich in den Sitz zurück. »Wenn ich die Chance hätte, mal eben tausendfünfhundert Euro zu verdienen, würde ich mich an ihrer Stelle im Internet schlaumachen und alles über die Scheiße herausfinden, die in diesem verdammten Dschungel passiert ist.«

»Aber sie hat gesagt...«, begann ihre Mutter noch einmal.

»Ich weiß selbst, dass es mir den Umständen entsprechend gut geht«, fauchte Hannah ihre Mutter an. Sie wusste auch, dass sie ein unglaublicher Glückspilz war. Sie wusste, wie außergewöhnlich es war, eine solche Katastrophe zu überleben. Das hatte sie viel zu oft gehört, seit man sie aus dem schlammigen Fluss gefischt hatte. Aber warum konnte sie dieses Glück dann nicht empfinden? Was die Heilerin im Gegensatz zu ihr nicht begriff, war die Tatsache, dass sie nicht von den Geistern geheilt werden konnte, die nachts ihren Schlaf heimsuchten. Die sie jagten. Weil sie diejenige war, die all das überlebt hatte.

Den Rest der Fahrt schwieg Hannah, wütend, dass ihre Mutter sich auf all diesen Humbug eingelassen hatte. Und noch viel wütender auf sich selbst, dass sie sich nicht dagegen gewehrt hatte, sich zu dieser Else schleppen zu lassen. Sobald ihre Mutter den Wagen vor dem Haus abbremste, stieg sie aus und schlug die Tür hinter sich zu. Sie schleppte sich zurück in ihr Bett. Eines musste sie der Heilerin zugutehalten: Dieser Ausflug hatte ihr genug Energie geraubt, um ihren Körper mit einer bleiernen Müdigkeit zu überziehen. Wenn sie jetzt schlief ...

Doch ihre Mutter war offenbar noch nicht bereit, kampflos aufzugeben, denn sie klopfte und betrat das Zimmer, ohne auf ein Herein zu warten. In der Hand hielt sie das Mobilteil des Festnetztelefons, dessen Sprechteil sie mit einer Hand abdeckte. »Deine Chefin will dich sprechen«, flüsterte sie. Dann hielt sie den Hörer ans Ohr. »Ich gebe Sie weiter, Frau Weber.«

Hannahs Hand begann zu zittern. Ihr Herz schlug schon wieder viel zu schnell. Allein das Wissen, dass am anderen Ende der Leitung Agnes darauf wartete, dass sie ihr Details zu Finns Tod schilderte, ließ sie in kalten Schweiß ausbrechen. Ihre Mutter hielt ihr den Hörer noch immer unter die Nase, also nahm sie ihn schließlich und konzentrierte sich darauf, tief und gleichmäßig zu atmen, um nicht zu hyperventilieren. »Agnes«, sagte sie leise.

»Hannah, mein Herz!« Die Stimme ihrer Agenturchefin war so vertraut. Ihre Verbindung zu dem Leben, das sie bis vor ein paar Tagen geführt hatte. Ihre Verbindung zu Finn. »Wie geht es dir? Wie schwer bist du verletzt?« Es fühlte sich ein bisschen so an, als säße die elegante Dame, die die *Agentur Blickwinkel* leitete, auf ihrer Bettkante, statt von ihrem Bürofenster auf die Fleete der Hamburger Speicherstadt zu blicken.

Mechanisch sagte Hannah die Diagnose auf und lauschte auf Agnes' erleichtertes Seufzen.

»Schätzchen, ich bin so froh, dass das alles ist.« Ihre sonst so resolute Stimme brach. Ein Zittern lag in ihren nächsten Worten: »Du musst mir nicht erzählen, was passiert ist.« Damit wäre sie tatsächlich die Einzige, die das nicht von Hannah wissen wollte. »Ich wurde informiert. Und ich habe erfahren... also...« Sie schniefte und räusperte sich. »Sie haben Finn gefunden. Seine... Leiche«, würgte sie das Wort hervor, »wird nach Deutschland überführt. Ich dachte, das wolltest du sicher wissen.«

Ja, das wollte Hannah wissen, selbst wenn sie das Gefühl hatte, keine Luft mehr zu bekommen. So sehr sie sich auch bemühte zu atmen, es ging nicht. *Du musst dich beruhigen*, hörte sie die sanfte Stimme ihres Vaters im Hinterkopf. *Das ist nur eine Panikattacke.* Nur eine Panikattacke. Weil sie jetzt Gewissheit hatte, dass Finn wirklich tot war. Weil sie jetzt wusste, dass er zumindest nicht für immer in einem Grab aus Wasser und Schlamm gefangen war und seine Familie eine Chance bekam, sich von ihm zu verabschieden. »Danke, Agnes«, würgte sie hervor.

Das Angebot ihrer Chefin, sich so viel Zeit wie nötig zu lassen, sich aber auf jeden Fall bei ihr zu melden, wenn sie etwas brauchte, hörte sie nur noch in leiser Ferne, als sie den Hörer fallen ließ. Sie ließ sich von der Welle aus Panik davontragen, wartete, bis die Angst zu ersticken nachließ, sich ihr Puls beruhigte und sie wieder atmen konnte. Sie brauchte keine Zauberelse, um zu wissen, dass die dunklen Geister auch in dieser Nacht zurückkehren und sie in ihren Albträumen heimsuchen würden. Sie würden sie aus dem

Schlaf reißen und mit rasendem Herzen in der Dunkelheit liegenlassen.

*

Louisa war die Letzte, die zu dem Familientreffen kam, das Rena einberufen hatte. Begleitet vom weichen Abendlicht, das die letzten Strahlen über die Bergspitzen schickte, betrat sie das Haus ihrer Schwester. Sie war den letzten Kunden im Mühlenladen einfach nicht losgeworden. Normalerweise freute sie sich darüber, dass inzwischen auch die Sommergäste bei ihr haltmachten, um etwas von dem Mehl mitzunehmen, aus dem in den Pensionen und Hotels das Brot gebacken wurde, das sie zur Brotzeit aßen. Viele Ferienunterkünfte boten die Rezepte an und verwiesen auf die Alte Mühle, wo man die Zutaten frisch und in Bioqualität kaufen konnte. Eine schöne Urlaubserinnerung, ein nettes Mitbringsel, das nicht *Made in China* war. Aber heute hatte sie es wirklich eilig gehabt und die Tür hinter dem Urlauber aus Köln gar nicht schnell genug abschließen können.

Die Sohlen ihrer Flipflops klatschten auf den Boden, als sie den Flur durchquerte und in das große Wohn- und Esszimmer trat. »Hallo, zusammen«, sagte sie. »Sorry, dass ich zu spät bin.« Ihr Blick erfasste den Tisch, den Rena mit einer riesigen Vesper überladen hatte. Louisas Nichten Antonia und Rosa hatten sich mit ihrer Mutter auf die Eckbank gequetscht. Josef saß am Kopfende der Tafel.

Rosa, die Louisas Blick bemerkte, konnte sich ein Grinsen nicht verkneifen. »Mama hat leicht übertrieben mit dem Essen«, erklärte sie den Lebensmittelberg.

»Ich habe für Hannah eingekauft«, verteidigte Rena sich, während Louisa sich auf den zweiten freien Stuhl fallen ließ. »Ich hatte gehofft, dass sie ihren Appetit wiederfindet. Seit sie hier ist, isst sie so gut wie nichts. Hier ein Häppchen. Da ein Bissen. Heute Morgen war es wieder nur Kaffee.«

»Wo ist sie?«, fragte Louisa.

»Oben. Sie schläft schon wieder.« Rena drehte ihr Wasserglas in den Händen.

»Kein Wunder.« Antonia verdrehte die Augen. »Mama hat Hannah zur Zauberelse geschleppt.«

»Tatsächlich?« Louisa biss sich auf die Zunge, um nicht zu lachen, während Josef einen unwilligen Laut von sich gab und seine Frau mit einem finsteren Blick bedachte.

»Herrgott noch mal!« Rena warf die Hände in die Luft. »Ich will Hannah doch nur helfen. Seit Tagen macht sie nichts anderes, als im Bett zu liegen und nachts wie ein Geist durch das Haus zu schleichen. Ein Geist, der nichts isst und Augenringe bis zu den Mundwinkeln hat. Lacht nur über mich. Aber wenn der Besuch bei der Heilerin funktioniert hätte ... Na ja, es war den Versuch wert.«

Louisa schluckte. Natürlich war allein die Vorstellung lächerlich, dass diese selbsternannte Schamanin Hannah helfen konnte. Aber auch wenn Antonias Grinsen deutlich zeigte, was sie von der Idee ihrer Mutter hielt, setzte bei Louisa der Instinkt ein, der sie zu Schwestern machte – und ihr die Möglichkeit gab, hinter Renas störrische Fassade zu blicken. Ihre Schwester war verzweifelt. Voller Angst versuchte sie, ihrer Tochter in einer Situation zu helfen, mit der sie selbst nicht umgehen konnte. Das hier war etwas völlig anderes als Hannahs Freiheitsdrang, der sie vor zehn

Jahren aus dem Tal getrieben hatte. Rena war bereit, alles in ihrer Macht Stehende zu versuchen, um Hannah zu helfen. Schließlich war sie ihre Mutter. Louisa ignorierte das Brennen in ihrer Brust. Sie waren hier, um nach einer Lösung für Hannah zu suchen. Und dabei würde sie helfen.

Rosa strich ihrer Mutter beruhigend über die Schulter. »Du hast zumindest etwas ausprobiert. Im Gegensatz zum Rest von uns. Wir haben bis jetzt nur hilflos zugesehen.«

»Wir müssen Hannah ein bisschen Zeit geben. So eine posttraumatische Belastungsstörung verschwindet nicht einfach von heute auf morgen, nur weil wir uns das wünschen«, sagte Josef. Er sprach so leise und ruhig wie immer, hatte aber trotzdem die Aufmerksamkeit seiner gesamten Familie. »Geben wir Hannah noch ein bisschen Zeit. Wenn sie sich nicht von selbst berappelt, können wir uns immer noch etwas überlegen. Der Unfall ist noch nicht einmal eine Woche her.« Er strich seiner Frau in einer liebevollen Geste mit den Fingerknöcheln über die Wange, ehe er seine Hand schwer und tröstlich auf ihre Schulter legte.

Rena lächelte ihn an, zerknirscht und ein wenig schuldbewusst. Doch in seinem Blick las Louisa Verständnis. Der Frauenhaushalt, mit dem er es tagtäglich aufnehmen musste, hatte ihn von Anfang an nicht aus der Ruhe gebracht. Er platzte vor Stolz, wenn er über seine Mädchen sprach. Und er verstand Renas Versuch, Hannah zu helfen als genau das, was er war. Ein Mann wie Josef Falkenberg würde es seiner Frau niemals verübeln, dass sie ihre Tochter zu einer Heilerin schleppte, statt ihn nach einem passenden Medikament zu fragen. Keine Frage: Es ärgerte ihn. Aber er verstand es.

»Ich muss Rena allerdings recht geben.« Louisa wand

den Blick von ihrer Schwester und ihrem Schwager ab, angelte sich ein Radieschen vom Rohkostteller und lehnte sich auf ihrem Stuhl zurück. Sie betrachtete das Radieschen einen Moment, bevor sie abbiss, und ignorierte die erstaunten Blicke ihrer Familie. Louisa und Rena waren sich als Schwestern nie so nahe gewesen wie ihre Nichten untereinander, sondern hatten sich mehr oder weniger ihr Leben lang nur toleriert. Und taten das noch heute. Ihre Ansichten lagen so weit voneinander entfernt wie Hamburg und Berchtesgaden. Was vielleicht auch daran lag, dass sie nur Halbschwestern waren. Aber in dieser Sache sah Louisa die Dinge genau wie Rena. Hannah hatte sich schon viel zu lange von ihnen zurückgezogen. »Sie muss aus diesem Zimmer raus. Solange sie sich unter ihrer Bettdecke versteckt und mit niemandem redet, wird sich nichts ändern. Also müssen wir sie aus ihrem selbst gewählten Exil locken.« Sie zuckte mit den Schultern und schob sich den Rest des Radieschens in den Mund. »Wahrscheinlich braucht es ein wenig Nachdruck. Aber was soll's? Wenn sie erst einmal wieder Sonne und frischen Wind im Gesicht hat, öffnet sie sich vielleicht auch ein wenig. Oder wird wenigstens für ein paar Stunden von ihren dunklen Gedanken abgelenkt.«

»Du hast recht, Lou«, sagte Antonia mit glänzenden Augen. »Wir könnten eine Bergtour machen.« Ihr Vorschlag war nicht ganz selbstlos. Wann immer sich die Möglichkeit bot, sich in irgendein sportliches Outdoor-Abenteuer zu stürzen, war sie sofort Feuer und Flamme. »Zum Adlerhorst zum Beispiel. Die Tour hat Hannah früher doch immer gern gemocht.«

»Vergiss es.« Rosa strich den Rock ihres Dirndls glatt.

»Wir werden auf keinen Fall in der Wildnis herummarschieren. Dafür ist Hannah nicht fit genug.«

»Pff.« Antonia warf ihrer Schwester einen wissenden Seitenblick zu. »Der Grund ist wahrscheinlich eher, dass du gar nicht mehr weißt, wie du die Spinnweben von deinen Bergstiefeln runterbekommst.« Sie zog die Augenbrauen hoch. »Falls du sie überhaupt findest.«

Louisas Hand schwebte abermals über dem Rohkost-Teller. Sie entschied sich für eine Scheibe Gurke. »Wie wäre es mit etwas, das Hannah nicht ablehnen kann?«, fragte sie und verhinderte damit automatisch, dass ihre Nichten weiter über den Zustand von Rosas Wanderschuhen diskutierten.

»Und was soll das sein?« Rosa wandte ihre Aufmerksamkeit wieder Louisa zu.

»Shopping«, sagte Louisa schlicht.

»Shopping?« Josef klang angesichts dieses Vorschlags mehr als skeptisch.

»Ihr seid Schwestern.« Mit der Gurkenscheibe wies Louisa auf ihre Nichten. »Verbringt Zeit miteinander. Hannah hat nichts anzuziehen, sieht man mal von den Sachen ab, die Antonia ihr geliehen hat. Ihr fehlt sogar frische Unterwäsche.«

»Das könnte man wirklich versuchen«, überlegte Rena laut.

»Ja.« Louisa nickte Rena zu. »Selbst wenn sie sich nicht öffnet, kann sie sich so wenigstens ein paar schöne Stunden machen.«

5

Hannah spürte, dass sie nicht allein war, als sie aufwachte. Blinzelnd öffnete sie die Augen und erkannte ihre Schwester Rosa, die auf der Bettkante hockte. Wie immer wie aus dem Ei gepellt. Sie trug Jeans, eine Trachtenbluse und eine Kette, an der ein Edelweiß-Anhänger baumelte. Ihre Flechtfrisur saß perfekt. Im Gegensatz zu Antonia und Hannah, die mit ihrer hellen Haut, den blonden Haaren und den blaugrünen Augen nach ihrer Mutter kamen, hatte sie den dunklen Teint ihres Vaters, genau wie ihre Haare und Augen dunkel waren. In der Hand hielt Rosa einen Kaffeebecher, aus dem Hannah der aromatische Geruch in die Nase stieg.

Antonia saß vor dem Bett im Schneidersitz auf dem Boden, die Haare zu einem kurzen Pferdeschwanz zusammengefasst. Sie trug Boyfriend-Jeans und hatte sich dazu zu einem lässigen Tanktop mit ein paar verspielten Spitzenapplikationen entschieden. »Guten Morgen, Schlafmütze«, sagte sie und grinste Hannah gut gelaunt an.

»Was wollt ihr?«, brummte Hannah, richtete sich aber so weit auf, dass sie nach der Tasse greifen konnte, die Rosa ihr entgegenstreckte. Dankbar nippte sie an dem Kaffee und ließ das Koffein ihr System fluten.

»Nachsehen, wie es dir geht«, antwortete Antonia. »Wir

haben gehört, du hattest gestern einen Termin bei der Zauberelse.«

Hannah stellte die Kaffeetasse auf den Nachttisch und ließ sich mit einem Stöhnen in die Kissen zurückfallen. Ihre Schwestern sprachen sie nicht auf das Telefonat mit Agnes an. Gut, denn darüber konnte sie wirklich nicht sprechen. Die Schamanin war dagegen sicheres Terrain. »Wusstet ihr davon? Das war ein echt hinterhältiger Angriff von Mama.«

»Du hast ihn überstanden«, sagte Rosa. »Aber anschließend bist du sofort wieder ins Bett gekrochen ...«

»Und hast das Abendessen verpasst«, ergänzte Antonia.

Hannah schob sich ihr Kissen in den Rücken und lehnte sich gegen das Kopfteil des Bettes. »Ich habe geschlafen, was daran liegt, dass ich Jetlag habe«, sagte sie, was ja irgendwie stimmte. Auch wenn diese Art des Jetlags nicht von den unterschiedlichen Zeitzonen herrührte, sondern von Finns Tod, den sie durchlebte, wann immer sie die Augen schloss. »Und ich bin verletzt.« Theatralisch hob sie ihren türkisfarbenen Arm.

Antonia betrachtete den Gips einen Moment. »Willst du uns erzählen, was passiert ist?«, fragte sie sanft.

»Ihr wisst, was passiert ist.« Hannah griff wieder nach ihrer Kaffeetasse, aber das Koffein hatte seine belebende Wirkung verloren und sorgte jetzt plötzlich für Herzrasen.

»Ich bin mir da nicht so sicher.« Rosas Blick schwenkte zu ihrem Kamerakoffer in der Zimmerecke, den Hannah nach Möglichkeit auszublenden versuchte. »Du weißt, dass du jederzeit mit uns reden kannst.«

»Ja, sicher.« Hannah blickte in ihre Tasse und wartete, bis das Herzrasen ein wenig nachließ.

»Jedenfalls haben wir eine Überraschung für dich.« Antonia klatschte begeistert in die Hände. Hannah hingegen war sich nicht so sicher, ob sie nach der Schamanin am Vortag eine weitere Überraschung ihrer Familie ertrug. »Wir haben uns heute freigenommen, weil wir dachten, es wäre eine gute Idee, nach Salzburg zu fahren und zu shoppen.«

»Shoppen.« Hannah wusste, dass ein wenig mehr Begeisterung von ihr erwartet wurde, aber sie spürte, wie der letzte Rest Energie ihren Körper verließ.

»Ja. Du hast doch überhaupt keine Klamotten hier«, redete Antonia einfach weiter.

»Ich lasse mir was aus Hamburg schicken.«

»Ja, aber bis dahin hast du nichts. Und du wirst dieses Zimmer doch irgendwann in den nächsten Tagen mal verlassen wollen.«

Nein, das wollte Hannah eigentlich nicht. Auch wenn ihr klar war, dass allein der Gedanke wie der einer bockigen Fünfjährigen klang.

Rosa jedenfalls schienen ihre Gedanken nicht zu interessieren. Kurzentschlossen zog sie Hannahs Bettdecke weg. »Na los, raus aus den Federn. Auf uns wartet ein Kaffee Melange im *Kiosk Tomaselli!*« – ihrem Lieblingskaffeehaus in Salzburg.

*

Jakob hatte sich den Freitagnachmittag freigeschaufelt. In der nächsten Woche würde ein pensionierter Anwalt aus Augsburg mit seinem Mercedes SL in der Werkstatt aufschlagen. Er hatte überlegt, ob er neben den Restaurationen eines VW Bulli und des 74er Porsche 911 Carrera, die er gerade durchführte, noch eine dritte übernehmen sollte. Aber einen SL bekam man nun mal nicht jeden Tag zwischen die Finger – und die juckten allein beim Gedanken an den Job. Dieses Fahrzeug – das im Moment noch ein völliger Schrotthaufen war – zu neuem Leben zu erwecken würde riesigen Spaß machen. Trotzdem würde er ab nächster Woche noch mehr Zeit als bisher in der Werkstatt verbringen. Grund genug, seiner Schwester zuzusagen, als sie vorgeschlagen hatte, endlich mal wieder einen Kaffee trinken zu gehen. Franziska lebte mit ihrem Mann und Sohn in Salzburg, eine gute halbe Stunde von Sternmoos entfernt.

Jakob mochte den Kontrast. Das verschlafene Bergstädtchen, in dem sich sogar die Touristen dem gemütlichen Gang der Dinge anpassten, und das laute Pulsieren der Großstadt. Geschickt wich er zwei Asiaten aus, die vor dem Dom wild mit ihrem Selfie-Stick herumfuchtelten. Er schlängelte sich durch zwei Stadtführungsgruppen, eine auf Spanisch und eine in einer Sprache, die er noch nie gehört hatte, die zum fröhlichen, bunten, und weltoffenen Bild der Stadt beitrugen, das sich hier das ganze Jahr über bot. Leben könnte er in all dem Trubel nicht, aber wenn seine Schwester sich mit ihm verabredete, genoss er die Stunden in Salzburg.

Ihm blieb noch Zeit, also stattete er dem *Höllrigl*, seinem Lieblingsbuchladen, einen Besuch ab. Sein Neffe Paul war im Moment ganz verrückt nach Piratengeschichten, also suchte er zwei Bücher für den Kleinen aus und fand schließlich noch einen Thriller für sein eigenes Bücherregal. Als er den Laden verließ, war er noch immer ein wenig früh dran. Er würde sich einfach schon mal einen Kaffee bestellen. Seine Schwester neigte ohnehin dazu, sich zu verspäten. Gemächlich schlenderte er die Churfürststraße zum Alten Markt hinunter. Sie trafen sich schon immer im *Kiosk Tomaselli*, besonders an einem Tag wie diesem, wenn die Sonne von einem strahlend blauen Himmel knallte. Perfekt, um sich eine Portion des berühmten, hausgemachten Eises zu gönnen. Für einen Moment blieb Jakob an der Straßenecke stehen und ließ seinen Blick über das hektische Treiben auf dem Marktplatz schweifen. Er wollte sich gerade wieder in Bewegung setzen – als er sie sah. Hannah.

Für einen Moment schien die Welt den Atem anzuhalten. Alles um ihn herum passierte plötzlich nur noch in Zeitlupe. Der Schlag seines Herzens klang wie der Hammer eines Bergwerks in seinen Ohren. Hannah. Es war ein gigantischer Unterschied zu wissen, dass sie in Berchtesgaden war, und sie wirklich vor sich zu sehen. In der Nacht ihrer Rückkehr hatte Jakob sie nur am Fenster gesehen. Mehr Schatten als reale Person. Aber jetzt…

Ihm wurde bewusst, dass er mitten auf dem Gehweg stehen geblieben war, als ihn zwei kichernde Mädchen mit pinkfarbenen Strähnchen in den Haaren anrempelten. Er trat zwei Schritte zur Seite, in den Schatten der Mauern, die zur Universität gehörten. Abermals blickte er zum *Kiosk Tomaselli* hinüber. Hannah saß im Schatten einer Kastanie, flankiert von ihren Schwestern, an einem der grün lackierten Bistrotische. Zu Füßen der drei Frauen standen jede Menge Einkaufstüten. Hannah sah… umwerfend aus. Eine andere Bezeichnung fiel ihm nicht ein.

Sie hatte sich verändert, seit sie ihn vor zehn Jahren sitzengelassen hatte. Aber er war schließlich auch nicht mehr der naive Junge, der er damals gewesen war. Der geglaubt hatte, Hannah und er hätten eine gemeinsame Zukunft. Der nie auf die Idee gekommen war, dass sie ihn möglicherweise nicht so sehr liebte wie er sie. Dass ihre Liebe nicht ausreichen würde, um ein gemeinsames Leben in Betracht zu ziehen. Hinter seinem Rücken hatte sie längst Pläne geschmiedet zu verschwinden. Alles, was von ihr geblieben war, war ein verdammter Brief gewesen. Ein beschissener Wisch Papier, in dem sie versucht hatte zu erklären, was sie ihm in ihrer Feigheit nicht ins Gesicht hatte sagen können. Er hatte ihn in tausend Teile zerrissen. Und dann später, in der Nacht, in stummer Verzweiflung und der Gesellschaft einer halben Flasche Enzian wieder zusammengeklebt. Er würde das niemandem erzählen, aber er hatte es nie über sich gebracht, ihre Worte wegzuwerfen. Das Blatt, das aus mehr Tesastreifen als Papier bestand, lag noch immer in der untersten Schublade seines Schreibtisches.

Jakob war froh gewesen, dass Hannah und er sich in den Jahren danach nie mehr über den Weg gelaufen waren, wenn sie ihre Familie im Tal besucht hatte. Jetzt wurde ihm bewusst, dass alte Wunden auch nach einem Jahrzehnt noch nicht verschwunden waren. Vielleicht brachen sie nicht mehr auf, aber das Reißen an den alten Narben war nicht weniger schmerzhaft. Dieser Schmerz nahm ihm die Luft zum Atmen.

Er konnte nicht aufhören, Hannah anzustarren, erfasste jedes kleine Detail. Ja, sie hatte sich verändert, war noch schöner geworden. Ihr honigblondes Haar war an den Spitzen ausgebleicht, was ihm auffiel, als sie sich vorbeugte und die langen, gewellten Strähnen über ihre Schulter nach vorn fielen. Sie schob sie mit einer unbewussten Geste zurück und rührte mit einem Löffel in ihrer Tasse, während sie ihrer Schwester zuhörte. Rosa sagte etwas, und ihr Mund, dieser wunderschöne Mund mit dem Grübchen, verzog sich zu einem strahlenden Lächeln. Dann löffelte sie die Sahne aus ihrer Tasse und schob sie zwischen ihre Lippen. Jakob erinnerte sich gut daran, dass sie, genau wie Rosa, Antonia und sogar seine Schwester, eine Vorliebe für die *Tomaselli*-Melange hatte. Einen Mokka mit Milch und Schlagobers. Ein Klecks Sahne blieb an Hannahs Oberlippe hängen, und sie leckte ihn ab. Eine Geste, die Jakob auf direktem Weg in den Magen fuhr. Er würde nicht von sich behaupten, einen Fetisch zu haben. Aber Hannahs Mund hatte es ihm bereits als Teenager angetan. Diese sinnlich geschwungenen Lippen. Das kleine Grübchen. Offenbar hatte sich das über die Jahre nicht geändert.

Das Handy in seiner Tasche vibrierte und holte ihn in die Gegenwart zurück. Er zog es heraus und erkannte den Namen seiner Schwester auf dem Display. »Hey, Franzi«, grüßte er sie.

»Sorry«, hörte er ihre etwas atemlose Stimme. »Ich verspäte mich ein bisschen.« Wie Jakob es erwartet hatte.

»Kein Problem.« Er warf noch einen Blick zum Kiosk hinüber. Die Verspätung seiner Schwester war seine Chance. »Können wir uns statt im *Tomaselli* im *Fabrizi* treffen?«

»Was?« Jakob hörte, wie Franziskas hektische Schritte verklangen und sie stehen blieb. »Wieso das denn?«

»Können wir einfach dorthin gehen?«, bat er sie.

»Aber das *Fabrizi* liegt in einem Hinterhof. Kein Fitzelchen Sonne. Ich bin den ganzen Tag im Büro gewesen und will jetzt unter der Kastanie am Alten Markt sitzen.«

Jakob schloss die Augen und lehnte sich gegen den warmen Sandstein der altehrwürdigen juristischen Fakultät. Den Blick auf den Florianibrunnen gerichtet, weg vom *Tomaselli*. »Bitte«, sagte er einfach.

Seine große Schwester seufzte. »Da geht sie dahin, meine Tomaselli Melange. Also gut, gib mir fünf Minuten. Und bestell mir schon mal einen Cappuccino.« Sie legte auf, und Jakob stieß sich von der Wand ab. Ohne noch einmal zum Kiosk zurückzublicken, schlug er den Weg in die Gasse ein, in der das italienische Café lag.

*

Hannah hatte absolut keine Lust auf eine Shopping Tour. Genau genommen hatte sie auch an diesem Morgen keine Lust, überhaupt aufzustehen. In dieser Nacht hatte sie aber wenigstens keinen Albtraum gehabt, der sie bis zum Morgengrauen wach gehalten hätte, also war sie zumindest ein wenig ausgeruhter. Und ihre Schwestern hatten sich diesen Tag extra für sie freigeschaufelt. Hannah wusste, wie schwierig das war. Antonia hatte mit Sicherheit in ihrem Job als Hebamme einige Termine verlegen müssen, und Rosa war in der Mühle, die sie mit ihrer Tante Louisa gemeinsam bewirtschaftete, ebenfalls eingespannt bis über beide Ohren. Außerdem liebten es beide, durch die Geschäfte zu bummeln. Eigentlich liebte Hannah das genau wie sie. Früher waren sie oft zusammen losgezogen. Und recht hatten ihre Schwestern außerdem: Hannah hatte im Moment nur die Kleider, die sie bei ihrer Flucht aus Brasilien am Leib getragen hatte, und das, was Antonia ihr geliehen hatte. In jedem Fall musste sie sich dringend darum kümmern, dass eine ihrer Freundinnen ihr etwas aus Hamburg schickte. Sie brauchte unbedingt Kleidung, ganz zu schweigen von Unterwäsche, Schuhen und Kosmetika. Also quälte sie sich aus dem Bett und ließ sich von ihren Schwestern nach Salzburg entführen.

Erstaunt stellte Hannah allerdings fest, wie gut es ihr tat, unbeschwert mit Rosa und Antonia durch die Stadt zu schlendern. Sie probierten verrückte Klamotten an, die sie nie im Leben wirklich tragen würden, und lachten sich über diese Outfits kaputt. Sie strichen mit den Fingerspitzen ehrfürchtig über sündhaft teure Handtaschen und betrachteten sich mit ihnen im Spiegel, als ob sie sich auch nur eine von ihnen je würden leisten können. Es war ein leichter Nachmittag, der eine Art Freiheit in sich barg. Sie hatten Spaß, und Hannah wurde bewusst, wie lange sie schon nichts mehr mit Antonia und Rosa unternommen hatte. Das letzte Mal war vor einem halben Jahr gewesen, als ihre Schwestern sie in Hamburg besucht hatten. Jetzt war sie dankbar, dass sie Hannah zu diesem Einkaufsbummel überredet hatten und sie Zeit miteinander verbringen konnten.

Erschöpft, aber zufrieden, ließen sie sich an einen der grün lackierten Bistrotische auf der Terrasse des *Kiosk Tomaselli* fallen. Hannah legte den Kopf in den Nacken und blinzelte in die dichten dunkelgrünen Kastanienblätter über sich, die das grelle Sonnenlicht filterten, und richtete ihren Blick dann auf den jungen Kellner, der an ihren Tisch trat und formvollendet ihre Bestellung für drei Tassen Tomaselli Melange, Kuchen und Eis entgegennahm. Er trug die

Uniform des Kaffeehauses, schwarzer Anzug, blütenweißes Hemd und eine Fliege.

Antonia schaute ihm einen Augenblick zu lange nach, als er sich zum nächsten Tisch umwandte, und Rosa stieß ihr mit dem Ellenbogen in die Rippen. »Was denn?«, verteidigte Antonia ihr Starren. »Er ist süß.«

»Und wahrscheinlich noch nicht einmal zwanzig«, erwiderte Rosa, konnte sich ein Kichern aber nicht verkneifen.

Hannah hatte den kleinen Pavillon, der zu einem der ältesten Kaffeehäuser Österreichs gehörte, schon immer gemocht. Wenn ihre Schwestern und sie in Salzburg waren, tranken sie hier jedes Mal eine Melange, genossen die *Tomaselli*-Torte oder das hausgemachte Eis. Sie konnte stundenlang unter den Bäumen sitzen und an den beiden Rhododendronbüschen am Eingang vorbei die Touristen beobachten, die den Alten Markt bevölkerten. Entspannt ließ sie ihre Flipflops von den Zehen baumeln. »Wir haben ganz schön zugeschlagen«, sagte sie und tippte mit dem Fuß gegen ihre Einkaufstaschen.

»Das war wirklich nur das Nötigste«, widersprach Antonia, die für ihr Leben gern durch Boutiquen schlenderte.

»Ah, deshalb musstest du noch zwei T-Shirts und eine Jeans kaufen?«, zog Rosa Antonia auf. »Nur das Nötigste.«

Der Kellner kehrte mit dem Kaffee, den Süßspeisen und einem extra Lächeln für Antonia zurück. Hannah löffelte als Erstes die Sahne von ihrer Melange und zerlegte dann ihre Walnusstorte mit der Vollmilchglasur in ihre Einzelteile. Genüsslich schob sie sich einen Bissen in den Mund, schloss mit einem zufriedenen Seufzen die Augen und ließ den Kuchen auf der Zunge zergehen. Zum ersten Mal seit Tagen verspürte sie wieder Appetit. »Ich weiß gar nicht, wann ich zum letzten Mal so etwas Leckeres gegessen habe«, sagte sie mit vollem Mund.

»Ja, da muss ich dir recht geben. Bei mir ist es auch schon wieder viel zu lange her«, stimmte Antonia ihr zu.

Rosa hingegen lächelte sie verträumt an. »Julian hat mich letzte Woche zum Essen eingeladen. Ich habe ihn im Anschluss überredet, noch auf eine Melange und einen Apfelstrudel herzukommen.«

»Nach dem Essen?«, fragte Antonia und zog die Augenbrauen hoch.

Rosa zuckte die Schultern und grinste. »Zuerst habe ich im Restaurant auf den Espresso und den Nachtisch verzichtet und Julian dann ins *Tomaselli* geschleppt. Im ersten Moment fand er das nicht besonders witzig, aber ...«

»Was kann er dir schon abschlagen«, vollendete Hannah den Satz.

»Ganz genau.« Mit sich selbst zufrieden lehnte Rosa sich auf ihrem Stuhl zurück. Ihr Freund war nicht oft zu Hause, weil er beruflich ständig durch ganz Deutschland und Europa reiste. Wenn er dann schon einmal da war, verwöhnte er sie nach Strich und Faden. Hannah war diese übertriebene Großzügigkeit schon immer merkwürdig vorgekommen. Das konnte allerdings durchaus daran liegen, dass sie Julian nicht mochte. Auch wenn sie den Finger nicht darauflegen konnte, warum das so war. Doch all das war egal. Er tat Rosa gut, und sie war glücklich. Das war alles, was sie sich für ihre Schwester wünschte.

Hannahs Aufmerksamkeit glitt zu einem jungen Mann, der versuchte, im Trubel der Touristen ein Foto seiner Freundin vor dem Florianibrunnen zu schießen. Er lief immer weiter rückwärts, bis er fast mit einem Postboten kollidierte, der sich mit seinem Fahrrad durch die Menge schlängelte. Der Briefträger belegte den jungen Mann mit ein paar unschönen Verwünschungen, die aber durch den Salzburger Dialekt trotz allem nett klangen. Hannah schmunzelte und folgte dem Postboten mit den Blicken. Ein paar Meter weiter stellte er das Fahrrad ab und zog einen Stapel Briefe aus seiner Tasche, um sie in die Briefkästen der altehrwürdigen Stadthäuser zu verteilen. Die Umschläge glänzten weiß im gleißenden Sonnenlicht, sodass Hannah die Augen zusammenkneifen musste. Ihr Blick blieb an der Hand des Mannes hängen, konnte sich nicht von den Umschlägen lösen, die er hielt. Plötzlich sah Hannah Finn vor sich. Es war seine Hand, die die Kuverts hielt, sie ihr mit einem breiten Grinsen im Gesicht entgegenstreckte. Und wie aus dem Nichts holten sie die dunklen Wolken, die ihr aus Südamerika gefolgt waren, wieder ein. Für eine Weile hatte Hannah sie ignorieren und einen unbeschwerten Nachmittag mit ihren Schwestern genießen können. Offenbar war ihr nur eine kurze Auszeit vergönnt gewesen. Das inzwischen so vertraute Herzrasen setzte ein, und die *Tomaselli*-Torte lag ihr wie ein klebrig-süßer Stein im Magen. Mühsam schluckte sie den Speichel hinunter, der sich in ihrem Mund sammelte. Sie stand auf, weil sie das Gefühl hatte, im Sitzen keine Luft mehr zu bekommen. Ihre Schwestern sahen fragend zu ihr auf. »Können wir gehen?«, fragte Hannah und ignorierte den Blick, den Antonia und Rosa tauschten.

»Sicher.« Antonia erhob sich ebenfalls und legte Hannah den Arm um die Schulter. Erst jetzt merkte Hannah, dass sie zitterte. Ihre Schwester strich über die Gänsehaut, die sich auf ihren Armen ausbreitete. »Lass uns die Einkäufe einsammeln. Rosa zahlt inzwischen.«

»Tut mir leid«, brachte Hannah heraus. Ihre Schwestern hatten sich solche Mühe gegeben, sie aus ihrem Schneckenhaus zu holen. Hatten ihr einen schönen Nachmittag beschert – und sie hatte von einem Augenblick zum nächsten alles kaputt gemacht.

*

Jakob hatte bereits eine halbe Tasse Kaffee getrunken, als seine Schwester endlich in dem Torbogen auftauchte, der den Hinterhof von den lauten, überfüllten Gassen trennte. In dem für sie typischen, schnellen Gang überquerte sie den gepflasterten Hof, umarmte ihn und ließ sich mit einem atemlosen »Hallo Brüderchen« auf den Sitz Jakob gegenüber fallen.

»Schön, dich zu sehen, Franzi«, sagte er.

Seine Schwester verzog mit einem Seufzen das Gesicht und blickte an der efeubewachsenen Wand nach oben, wo ein Baldachin aus Segeltuch das wenige Sonnenlicht aussperrte, dass seinen Weg überhaupt in den schmalen Spalt zwischen den Häusern fand. »Dafür zahlst du den Kaffee, so viel ist klar. Und wenn wir schon dabei sind, ich nehme noch eine Portion Nockerln.« Sie bestellte sich einen Milchkaffee und Salzburger Nockerln, für die das *Fabrizi* bekannt war. Dann wartete sie, bis die Kellnerin ihnen den Rücken zudrehte, bevor sie Jakob mit einem scharfen Blick ins Visier nahm. »Was ist los?«, wollte sie wissen.

»Nichts.«

Franzi legte den Kopf schief. »Ich sitze wegen nichts in diesem Hinterhof, obwohl ich am Alten Markt Touristen beobachten könnte?«

»Tu nicht so, als ob du nicht gern im *Fabrizi* wärst. Außerdem bekommst du eine Portion Nockerln.« Jakob schob die Bücher über den Tisch, die er für ihren Sohn ausgesucht hatte. »Für Paul.«

»Danke.« Seine Schwester blätterte durch die Seiten. »Die werden ihm gefallen«, sagte sie. »Das ändert aber nichts an meiner Frage.« Die Bedienung brachte den Kaffee, und Franzi bedankte sich und wartete, bis sie abermals unter sich waren. Einen Moment herrschte Stille zwischen ihnen, während sie mit dem Löffel Furchen durch ihren Milchschaum zog. »Ich weiß zumindest, dass Hannah Falkenberg zurück in Sternmoos ist«, begann sie schließlich. »Das hat mir Mama neulich bei einem Telefonat erzählt.«

Natürlich hatte seine Mutter ihr davon erzählt. Das hätte Jakob sich denken können. Schließlich war Hannah zurzeit das Dorfgespräch Nummer eins.

»Ist sie der Grund, weshalb wir nicht im *Tomaselli* sitzen können?«

Jakob lehnte sich auf seinem Stuhl zurück und fuhr sich durch die Haare. »Sie saß mit ihren Schwestern auf der Café-Terrasse«, gab er zu. »Und ich bin ... ich weiß nicht ...« Er suchte nach den richtigen Worten. »Es hat mich irgendwie getroffen, okay?«

»Wie ein Blitz?«, fragte Franzi.

Genau so. »Ich war auf eine Begegnung mit ihr nicht vorbereitet. Also wollte ich mich nicht unbedingt ins gleiche Café setzen.«

Franzi hörte auf, ihren Milchschaum zu zerteilen. »Du bist ihr in Sternmoos in den letzten Tagen nicht über den Weg gelaufen?«

»Nein. Ich habe sie nur einmal kurz gesehen. Als ich joggen war. Aber das war eher ein Grüßen aus der Ferne.« Was nicht der Wahrheit entsprach. Der Moment war alles andere als eine flüchtige Begegnung gewesen. Er war intensiv. Intim. Jakob hatte sich zu Hannah umgedreht, als sie das Fenster aufgerissen hatte. Ihre Blicke hatten sich getroffen, und die Verbindung, die es immer zwischen ihnen gegeben hatte, war sofort wieder da gewesen. Trotz der Dunkelheit hatte er in ihrem Gesicht lesen können, und was er gesehen hatte, hatte sein inneres Gleichgewicht ins Wanken gebracht. Hannah war kurz davor gewesen, etwas zu sagen. Ihn ins Haus zu bitten. Oder zu fragen, ob er wartet, bis sie nach draußen kam. Jakob hatte sich selbst zur Vernunft gerufen. Er hatte den Blickkontakt unterbrochen, bevor sie etwas sagen oder tun konnte, das sie beide bereuen würden. Dann war er zum See hinuntergerannt. Schneller und härter, als er es sonst tat. Und er hatte seine Runde sogar noch ausgedehnt. Trotzdem war es ihm schwergefallen, Hannahs Blick zu vergessen. Aber das war nichts, wovon er seiner Schwester erzählen würde.

»Wenn ich es richtig verstanden habe«, begann Franzi, »wird sie eine Weile bleiben, weil sie einen Unfall hatte. Ihr seht euch jetzt also wahrscheinlich öfter.«

»Das glaube ich kaum.« Jedenfalls nicht, wenn Jakob es verhindern konnte. Er hatte sich vor zehn Jahren geschworen, dass er nie wieder einer Frau eine solche Macht über sich zugestehen würde, wie Hannah sie damals gehabt hatte.

Da zwischen ihnen offenbar auch jetzt noch eine gewisse Anziehung bestand, würde er ihr aus dem Weg gehen. Und so viel er vom Tratsch im Dorf gehört hatte, verbrachte sie sowieso die meiste Zeit in ihrem Zimmer, im Haus ihrer Eltern. Solange er sich beim Joggen vom Seerosenweg fernhielt, lief er keine Gefahr sich mit ihr – und ihrer gemeinsamen Vergangenheit – auseinandersetzen zu müssen. »Ich wollte mich jedenfalls nicht mit dir treffen, um über meine Schulfreundin zu tratschen. Erzähl mir lieber, wie es euch geht.« Wenn Franzi erst einmal begann, von der Familie zu erzählen, würde sie es in null Komma nichts schaffen, ihn davon abzulenken, dass Hannah im *Tomaselli*, nur zwei Straßen entfernt, saß.

6

Hannah schaffte es fast eine Woche, sich vor der Welt zurückzuziehen. Sie versteckte sich regelrecht, verschanzte sich in ihrem Zimmer. Hin und wieder besuchten ihre Schwestern oder ihre Tante sie. Ansonsten konnte sie sich gerade noch dazu aufraffen, ihren Eltern während den Mahlzeiten Gesellschaft zu leisten. Hannahs Mutter schimpfte regelmäßig, dass sie aß wie ein Spatz. Hannah selbst betrachtete es als Fortschritt, dass sie überhaupt etwas herunterbekam. Sie träumte nicht mehr jede Nacht von den Geschehnissen in Brasilien. Und sie hatte sie nicht mehr ständig vor Augen, wenn sie wach war. Aber sie waren noch immer da. Überfielen sie plötzlich und ohne Vorwarnung aus dem Hinterhalt. Zum Beispiel, als Agnes ihr eine Mail mit der Traueranzeige und den Daten zu Finns Beerdigung schickte. Das nahm ihr den Atem und brachte ihr Herz zum Rasen. Hannahs Vater hatte ihr erklärt, dass Panikattacken nach einer solchen Katastrophe völlig normal waren. Es kam nur darauf an, wie lange sie Hannahs Leben bestimmten. Er hatte ihr angeboten, ihr etwas zu geben, das ihr helfen würde, die Angst in den Griff zu bekommen. Aber sie hatte abgelehnt. Die Schuld an Finns Tod, von der in ihrer Familie niemand etwas wusste, würden ihr auch keine Psychopharmaka nehmen können.

Auch an diesem Morgen war Hannah mit dem Gefühl aufgewacht, in der Zeitschleife eines Murmeltiertages gefangen zu sein. Mit ihrer Mutter am Frühstückstisch sitzen, eine Weile aus dem Fenster auf den See blicken und sich dann wieder ins Bett schleppen und die Decke anstarren, bis es Zeit wurde, sich an den Abendbrottisch zu setzen. Nur um anschließend mit Blick an die Zimmerdecke darauf zu warten, dass die Nacht hereinbrach.

Ihre Mutter schien da anderer Ansicht zu sein. Hannah spürte die veränderte Stimmung sofort, als sie die Treppe hinunterging. Rena deckte gerade mit entschlossen gerecktem Kinn den Tisch. Sie drehte sich zu Hannah um, als sie sie hörte, küsste sie auf die Wange und reichte ihr den Becher Kaffee, den sie bereits für sie eingegossen hatte. »Guten Morgen. Wie hast du geschlafen?«, fragte sie.

»Ging so«, murmelte Hannah und setzte sich ihrer Mutter gegenüber an den Tisch.

»Gut.« Rena schmierte, scheinbar gelassen, Butter auf ein Brötchen. Nur wer sie wirklich gut kannte, konnte die Aufregung spüren, die sie umgab. »Ich habe eine Idee«, platzte sie auch schon heraus.

Hannah bemühte sich, weder zu stöhnen noch die Augen zu verdrehen. Sie konnte nur hoffen, dass der aktuelle Einfall nicht in Richtung ihres Besuches bei der Zauberelse ging.

»Du kannst im Laden oder der Gärtnerei helfen.«

»Was?« Hannah blinzelte, nicht sicher, ob sie ihre Mutter richtig verstanden hatte.

»Ich könnte im Moment ein weiteres Paar helfender Hände gut gebrauchen.«

»Finde den Fehler«, gab Hannah sarkastisch zurück und hob ihren eingegipsten Arm. »Ich habe nur eine helfende Hand. Wenn hier also jemand keine Hilfe ist, dann bin das wohl ich.«

»Blödsinn«, schob Rena dieses Argument beiseite. »Wenn man helfen möchte, bekommt man das immer hin.«

»Natürlich«, murmelte Hannah und sah ihrer Mutter dabei zu, wie sie seelenruhig in ihr Marmeladenbrötchen biss. Genau da lag das Problem. Sie war ihren Eltern dankbar, dass sie hier wohnen konnte, bis sie wieder auf dem Damm war. Aber in der Gärtnerei zu arbeiten war das Letzte, wonach ihr der Sinn stand.

»Weißt du«, begann Rena erneut, »ständig fragt jemand nach dir. Alle wollen wissen, wie es dir geht. Was du machst. Ob man dich besuchen kann. Was soll ich den Leuten sagen? Dass du den ganzen Tag im Bett liegst und Löcher in die Decke starrst?«

»Mama...«, versuchte Hannah ihre Mutter zu bremsen.

»Ich bin noch nicht fertig«, fuhr Rena fort. »Die Gärtnerei wird dir guttun. Du bist beschäftigt und kannst dich ein bisschen von deinen Problemen ablenken. So wie jetzt kann es jedenfalls nicht weitergehen.«

»So wie jetzt finde ich es aber gerade ziemlich gut.« Hannah hasste es, wie ein trotziges, dreijähriges Kind zu klingen. Außerdem war ihre Behauptung glattweg gelogen. Aber sie würde ihrer Mutter nicht sagen, dass sie recht hatte und sich tatsächlich etwas ändern musste. »Kannst du mich nicht einfach in Ruhe lassen?«

Rena legte in einer langsamen, bedachten Bewegung ihr Brötchen auf den Teller und tupfte sich mit ihrer Serviette den Mundwinkel ab, bevor sie sie ordentlich auf den Tisch zurücklegte. Dann hob sie den Blick und sah Hannah an. »Nein«, sagte sie fest. »Ich kann dich nicht in Ruhe lassen. Du bist meine Tochter. Du verbarrikadierst dich in deinem Zimmer. Du sprichst mit niemandem über das, was dir zugestoßen ist.«

»Mama ...«

Rena hob die Hand, um Hannah zum Schweigen zu bringen. »Ich weiß, dass du noch nicht bereit bist, darüber zu reden. Das ist in Ordnung. Der richtige Zeitpunkt dafür muss kommen. Das ist mir klar. Genauso wie es die richtige Person für dieses Gespräch braucht. Aber das bedeutet nicht, dass du dich weiter verstecken kannst. Du musst unter Leute. Zurück in die Normalität. Den Alltag.«

Normalität spielte keine Rolle mehr, wenn man in ihrer Situation war, dachte Hannah zum gefühlt tausendsten Mal. Alltag war so unwichtig wie sonst etwas.

»Und dafür eignet sich die Gärtnerei ganz hervorragend«, konnte Rena sich nicht verkneifen.

»Ist einer deiner Angestellten krank, dass du mich brauchst?«

»Nein.« Ihre Mutter ließ sich offenbar von Hannahs bissigen Bemerkungen nicht das kleinste bisschen beeindrucken. »Ich brauche keine weitere Angestellte. Ich will, dass du aus dem Haus kommst.«

»Obwohl ich den Arm in Gips habe«, versuchte Hannah es noch einmal mit Sarkasmus.

»Pflanzen gießen kann man auch mit einer Hand«, stellte Rena lapidar fest.

Hannah lehnte sich auf der Eckbank zurück und fixierte

ihre Mutter über den Rand ihrer Kaffeetasse. »Du versuchst mich unter Druck zu setzen. Und was ist, wenn ich das nicht will?«

Rena zuckte mit den Schultern. »Das ist noch kein Druck. Aber wenn du dich weigerst, habe ich schon ein paar Ideen.«

»Tatsächlich?« Hannah biss sich auf die Innenseite ihrer Wange. Rena war wirklich zutiefst entschlossen, was fast schon witzig war. »Was hast du dir denn überlegt, Mama?«

Nun lehnte sich auch Rena zurück und fixierte Hannah ebenfalls über den Rand ihrer Tasse. »Dann lade ich jeden, der sich nach dir erkundigt, hierher ein und lasse ihn in dein Zimmer. Mal sehen, wie schnell du aus dem Bett kommst, wenn all unsere Nachbarn hier auftauchen.«

Hannah konnte nicht anders. Sie musste lachen. Was sich irgendwie unwirklich anfühlte. Ein rauer Ton. Sie konnte sich nicht erinnern, wann ihr zum letzten Mal zum Lachen zumute gewesen war. Eigentlich hatte sie keine Lust, im Blumenladen oder in der Gärtnerei zu arbeiten, aber ihre Mutter hatte recht. Mit irgendetwas musste sie sich beschäftigen. Sonst würde sie – eher früher als später – wahnsinnig werden.

Eine Stunde später hockte Hannah in der Gärtnerei in einem Beet und zupfte trockene Blätter von irgendwelchen Pflanzen, deren lateinische Namen ihr nichts sagten, und bereute es, dass sie sich von ihrer Mutter zu diesem Arbeitseinsatz hatte überreden lassen. Sie hatte Erde an den Knien, und die Sonne brannte ihr auf den Rücken.

Blatt und Blüte war der ganze Stolz ihrer Mutter. Nach dem Tod ihrer Eltern hatten Louisa und Rena den Bauernhof verkauft, auf dem sie aufgewachsen waren. Aus dem Gehöft war inzwischen ein Vier-Sterne-Erlebnisbauernhof für Familien geworden. Louisa hatte damals die alte, heruntergekommene Mühle am See gekauft und fing an, sie zu restaurieren. Und Rena begann, mit Josef auszugehen. Sie arbeitete in der Gärtnerei, und als sich der Besitzer ein paar Jahre später zur Ruhe setzen wollte, kaufte sie ihm die Gärtnerei ab und ergänzte sie um den Blumenladen, den es bis dahin nicht gegeben hat. Seitdem verkaufte Hannahs Mutter nicht nur wunderschöne Blumensträuße, für die sie ein Händchen hatte, sie war auch für einen Großteil der Geranienpracht im Tal verantwortlich. In den Gewächshäusern gediehen Kräuter, Gurkenpflanzen und Tomaten genauso wie empfindliche Zimmerpflanzen. Der Laden lief gut. Die Blumengestecke und Sträuße in den Restaurants und Hotels in Sternmoos stammten aus dem *Blatt und Blüte,* und mitunter kamen sogar Kunden aus Berchtesgaden, die die Kreativität ihrer Mutter schätzten.

Doch so sehr Rena die Gärtnerei auch liebte, weder Hannah noch ihre Schwestern hatten ihre Faszination für Pflanzen übernommen. Keine von ihnen hatte Interesse, den Laden fortzuführen, wenn Rena sich zur Ruhe setzte. Das war für ihre Mutter anfangs hart zu akzeptieren gewesen, doch dann hatte sie mit Nora eine junge, engagierte Gärtnerin gefunden, die eine ganz fantastische Nachfolgerin abgeben würde.

Hannah hatte keine Ahnung, wie lange sie bereits in der weichen Erde kniete und verwelkte Blätter von den Pflanzen pflückte. Die Arbeit war stupide und eintönig und half, wie ihr bewusst wurde, kein bisschen dabei, ihren Kopf auszuschalten und die Gedanken abzustellen, die sich selbst jagten. Je länger sie sich durch die Pflanzenreihen vorwärtsarbeitete, desto mehr frustrierte sie dieser Zustand. Bis zur Mittagspause war sie so weit, aus der Gärtnerei zu stürmen, nach Hause zu rennen und die Zimmertür hinter sich zuzuwerfen. Sie wollte in ihr Bett kriechen und die Welt ausschließen.

Stattdessen bekam sie von ihrer Mutter erst ein belegtes Brot und dann abermals die Harke in die Hand gedrückt. Gemeinsam mit dem Auftrag, ein weiteres Beet zu jäten. Der Nachmittag würde nicht weniger stumpfsinnig werden als der Morgen, was Hannahs schlechte Laune noch ein wenig steigen ließ.

Als ihre Mutter eine Weile später in das Gewächshaus kam, hackte Hannah das Unkraut mit wütenden, kantigen Bewegungen aus dem Boden. »Ich wollte dir nur sagen...«, begann sie.

»Kannst du mich nicht einfach in Ruhe lassen?«, fuhr Hannah sie an, ehe sie den Satz beenden konnte, und drehte ihr den Rücken zu. »Ständig diese Überprüfungen. Geht es dir gut? Brauchst du was?«, äffte sie den Ton ihrer Mutter nach.

»Hannah, du...«

»Nein, verdammt... Scheiße!« Erschrocken sprang Hannah auf, als sich auf einmal die in den Beeten installierten Sprenkler einschalteten. »Scheiße! Scheiße! Scheiße!« Sie versuchte, den Wasserfontänen auszuweichen, und rannte auf der Flucht fast ihre Mutter um.

Rena schaffte es mit einem behänden Sprung, Hannah – und einem Wasserschwall – zu entgehen.

Hannahs Gips blieb dank der Plastiktüte, in den sie ihn eingewickelt hatte, um ihn vor der Erde zu schützen, trocken. Der Rest von ihr dagegen war klatschnass. Von den Haaren über ihr dunkelblaues Tanktop und die Shorts, über ihre mit Dreck verschmierten Beine bis hin zu den genauso schmutzigen Füßen, die in pinkfarbenen Flipflops steckten. »Verdammte Scheiße!«, fluchte Hannah noch einmal und wischte sich das Wasser aus dem Gesicht. Sie drehte sich um und sah, wie die Mundwinkel ihrer Mutter zu zucken begannen. »Das ist nicht witzig«, fauchte sie. Ihre Mutter war nicht gekommen, um sie zu überprüfen – sie hatte sie nur vor dem Sprenkler warnen wollen. Wozu sie wegen Hannahs Schimpftirade nicht gekommen war.

»Nein, sicher nicht«, brachte Rena heraus, bevor sie sich mit bebenden Schultern von ihr abwandte.

»Toll«, fluchte Hannah weiter. »Wirklich ganz toll.«

»Hannah…« Rena drehte sich wieder zu ihr um und bemühte sich um einen neutralen Gesichtsausdruck, was ihr nicht ganz gelang. »In meinem Büro sind ein paar Ersatzklamotten, die du dir holen kannst.«

Hannah drehte sich auf dem Absatz um. »Ich wusste doch, dass das eine Schnapsidee war«, schimpfte sie vor sich hin und verließ das Gewächshaus, begleitet vom prustenden Lachen ihrer Mutter.

Renas Büro war nur durch einen schmalen Flur vom Blumenladen getrennt, an dessen Wand sich sowieso schon jede Menge Kisten und Kartons stapelten. Irgendjemand hatte sie zusätzlich als Abstellplatz für ein paar große Bottiche mit Schnittrosen genutzt. Wütend bahnte sie sich einen Weg durch den schmalen Spalt und blieb mit dem Arm prompt an einem der großen Plastikeimer hängen und riss ihn um. Nur mit einer Hand schaffte sie es nicht, das Kippen zu verhindern. Die Rosen ergossen sich mitsamt dem Wasser aus dem Eimer in den Flur, und der Eimer fiel polternd zu Boden.

»Scheiße!« Hannah trat gegen den Bottich. »Scheiße! Scheiße! Scheiße!« Das war das Sinnbild ihres Lebens. Versagen auf der ganzen Linie.

Während Hannah noch einmal nach dem Eimer trat, spürte sie die Hand ihrer Mutter auf der Schulter, die sie sanft drückte. Offenbar war sie ihr gefolgt, nachdem ihr Lachflash wieder abgeklungen war. »Zieh dich um«, sagte Rena sanft. »Ich wische das auf.«

Hannah wollte sich nicht umziehen. Sie wollte hier raus. Und zwar, bevor sie vor lauter Verzweiflung noch in Tränen ausbrach. Mit einer unwirschen Bewegung schüttelte sie die Hand ihrer Mutter ab und stürmte davon. Durch die Seitentür in den Blumenladen. Wo sie umgehend gegen das nächste Hindernis prallte. Ein menschliches Hindernis, wie ihr bewusst wurde, als ein Paar starker Hände nach ihr griff, um sie zu stabilisieren, bevor sie gemeinsam mit ihrem Opfer mitten im *Blatt und Blüte* zu Boden ging. Hannahs Blick traf auf ein schlichtes graues T-Shirt, über dessen Halsausschnitt gebräunte Haut zu sehen war. Die Handflächen, die noch immer auf ihrer Haut lagen, waren rau. Ihr Herzschlag beschleunigte sich. Sie musste ihrem Gegenüber nicht ins Gesicht schauen, um zu wissen, wen sie da gerade fast über den Haufen gerannt hatte.

Trotzdem tat sie es. Langsam ließ sie ihren Blick nach oben wandern. An der gebräunten Haut des Halses entlang.

Vorbei an seinem hüpfenden Adamsapfel, dem unrasierten Kinn und seinem Mund. Vorbei an der geraden Nase, bis sie seine Augen erreichte. Diese warmen braunen Augen, die früher vor Liebe für sie nur so gefunkelt hatten und in denen sie jetzt den blanken Schock lesen konnte. »Jakob«, flüsterte sie. Sie hatte mit diesem Zusammentreffen ebenso wenig gerechnet wie er. Dieser Augenblick warf sie genauso aus der Bahn wie ihn. Die Stellen, an denen seine Hände ihre Haut berührten, fingen Feuer, ihr Puls beschleunigte sich, ihr Magen zog sich zusammen. Einen Herzschlag lang waren sie gefangen in ihren gemeinsamen Erinnerungen, in den Gefühlen, die zwischen ihnen brodelten. Gehalten von dem Band, das sie unsichtbar aneinanderschmiedete. Er sah gut aus. Erwachsen. Noch immer schlank, aber mit Muskeln, wo früher Schlaksigkeit dominiert hatte. Seine Gesichtszüge waren markanter und männlicher als vor zehn Jahren. Die Zeit hatte ihm gutgetan. Hannah hatte das irrationale Bedürfnis, einen Schritt auf ihn zuzumachen, die Zentimeter, die sie trennten, zu überwinden. Doch dann blinzelte Jakob, trat zurück und brach damit den Bann, den dieser Augenblick über sie gelegt hatte. »Hallo«, sagte er, so leise, dass sie es nur an seiner Lippenbewegung erahnen konnte. Dann räusperte er sich und hängte ein »schön, dich zu sehen« an, von dem seine Augen sagten, dass eher das Gegenteil der Fall war.

Hannah senkte den Blick und hoffte, nicht rot anzulaufen. Plötzlich wurde ihr bewusst, wie sie aussah. Verschwitzt, klatschnass von ihrem Kampf mit dem Bewässerungssystem und voller Erde. Das war nicht die Art, wie sie nach zehn Jahren zum ersten Mal wieder ihrem Exfreund gegenübertreten wollte. Er sah verdammt gut aus. Vielleicht sogar besser als früher. Und sie – wirkte wie das Wrack, das sie tatsächlich war.

»Deine Bestellung ist fertig, Jakob«, hörte Hannah die Mitarbeiterin ihrer Mutter sagen, die in diesem Moment aus dem Nebenraum trat. Hannah drehte sich zu ihr um und sah das wunderschön gebundene Monstrum von einem Blumenstrauß, den die Floristin vorsichtig auf den Tresen bettete. *Natürlich*, schoss Hannah der Gedanke wie ein heißer Blitz durch den Kopf. Jakob stand nicht zum Spaß in einem Blumenladen. Er hatte einen Strauß für Chrissi besorgt. Seine Freundin. Oder war sie inzwischen vielleicht schon seine Frau? Gut möglich, dass niemand aus Hannahs Familie auf die Idee gekommen war, ihr davon zu erzählen. Lange genug zusammen waren Jakob und Chrissi ja inzwischen, schließlich waren sie sofort nach Hannahs Weggang zusammengekommen. Obwohl Jakob immer behauptet hatte, dass er nie eine Frau so lieben könnte wie Hannah. Soweit sie wusste, hatten sie sich später noch einmal für ein paar Jahre getrennt, waren dann aber wieder zusammengekommen. Tja... jetzt standen Jakob und Hannah sich im Blumenladen ihrer Mutter gegenüber. Im peinlichsten Moment, den es zwischen zwei Menschen geben konnte, und starrten vor sich auf den Boden. Hannah trat einen Schritt zur Seite, ging um Jakob herum und zog die Ladentür auf, die ein fröhliches Bimmeln von sich gab. Ihre Augen brannten, als sie in die heiße Sommersonne trat. Der Asphalt unter ihren Flipflops schien zu dampfen. Sie setzte einen Fuß vor den anderen. Schneller und schneller. Bis sie rannte. Über den Marktplatz. Die Dorfstraße hinunter. Zum See, wo die

Luft im Schatten der jahrhundertealten Bäume erträglicher wurde.

Sie dachte nicht darüber nach, wohin sie rannte. Die Straße ging über in den unbefestigten Weg, der zum Grundstück ihrer Tante führte. Sie ließ das Gehöft mit der Mühle, der Scheune und dem Hofladen hinter sich und hielt auf die Lichtung zu, auf der sie den größten Teil der Sommer ihrer Kindheit verbracht hatte. Hier fiel die Wiese unter den alten, knorrigen Eichen und den hohen Kiefern sanft zum See hin ab. Große Findlinge lagen auf der Lichtung verstreut, als hätte ein Riese Kieselsteine verloren, und vor der kleinen Bucht, die der See hier bildete, lagen die beiden kleinen steinigen Inseln, die mit Moos, Farnen und kleinen Bäumen bewachsen waren. Links von ihr schnaubten die Pferde ihrer Tante auf ihrer Koppel.

Schwer atmend blieb Hannah stehen. Sie schleuderte die Flipflops von ihren Füßen und spürte den weichen Boden aus Moos, den Kiefernnadeln des letzten Jahres und frischem Gras unter ihren Zehen. Für einen Augenblick legte sie den Kopf in den Nacken und blickte durch den dichten Blätterbaldachin in den Himmel. Sie versuchte, an dem Kloß vorbei zu atmen, der in ihrem Hals festsaß.

Das Pferdeschnauben klang jetzt näher. Hannah sah zur Koppel hinüber. Louisas Haflinger-Stute Maluna war neugierig an den Zaun gekommen und blickte sie aus ihren dunklen, seelenvollen Augen unverwandt an. Hannah setzte sich wieder in Bewegung. Langsam lief sie über die Wiese und legte dem Pferd die Hand an die warmen Nüstern. Sie strich über Malunas blonde Mähne, und schlang ihr, als die Stute sie sanft anstupste, die Arme um den Hals. Dann presste sie ihr Gesicht in das weiche Fell, und endlich, endlich begannen die Tränen zu fließen – unaufhaltsam, heiß und voller Schmerz.

*

Louisa lief den Pfad entlang, der von der Mühle auf die Lichtung führte. Toby, die schwarz-weiße Promenadenmischung, die Rosa großspurig Hofhund nannte, obwohl er in Wirklichkeit ein verwöhnter kleiner Prinz war, rannte mit fröhlich wedelndem Schwanz vor ihr her und schlug sich dann durch die Büsche nach rechts zum See hinunter. Er schreckte ein paar Vögel auf und kam dann glücklich hechelnd zu ihr zurück, nur um im nächsten Moment abermals das Unterholz aufzumischen. Als sie das Grundstück mit dem alten, verfallenen Gehöft gekauft hatte, hatten die Leute sie noch mitleidig belächelt – oder auch ganz für verrückt erklärt. Niemand hatte das Potenzial gesehen, das in der Alten Mühle steckte. Dass sie mit dem Kauf außerdem an der schönsten Stelle des Sternsees eine kleine, völlig private und von den Touristen abgeschirmte Bucht erworben hatte, war ihr persönliches Sahnehäubchen. Sie atmete das starke Aroma der Latschenkiefern ein, lauschte auf das Plätschern der Wellen gegen das Ufer. Als sie die Lichtung erreichte, erkannte sie ihre Nichte sofort. Sie hatte ihre Arme um Maluna geschlungen und ihr Gesicht ins Fell des Pferdes gepresst. Louisas zweites Pferd, Dustin, der sie mit seiner weißblond-schwarzen Punkermähne an einen Rockstar aus den Achtzigern erinnerte, stand neugierig neben den beiden und hoffte wie immer darauf, dass sich in Hannahs Tasche vielleicht ein Apfel oder ein Stück Karotte befand.

Louisa überquerte die Lichtung. »Dachte ich es mir doch, dass ich dich hier finde«, sagte sie und legte ihre Hand zwischen Hannahs bebende Schulterblätter.

Ihre Nichte blieb einen Augenblick reglos stehen, dann hob sie den Kopf und blickte in den klaren Himmel, an dem die ersten zartrosa Schlieren den Abend ankündigten. »Hat Mama dich geschickt?«, wollte sie wissen, nachdem sie einen tiefen Seufzer ausgestoßen hatte.

Louisa musste schmunzeln. Das Kind war einfach zu schlau. »Na ja«, sagte sie. »Rena macht sich riesige Sorgen um dich.« Es hatte ihre Schwester mit Sicherheit große Überwindung gekostet, Louisa anzurufen und zu bitten, nach ihrer Tochter zu sehen. Wenn Hannah unglücklich war, hatte es sie auch früher schon zu den Pferden gezogen. Der Gedanke, sie hier zu suchen, lag also nah.

»Meine Eltern verstehen mich nicht«, murmelte Hannah, ihre Wange wieder gegen Malunas Hals gepresst. »Sie haben mich noch nie verstanden.«

»Nein.« Louisa begann, in langsamen, kreisenden Bewegungen über Hannahs Rücken zu streicheln. »Natürlich tun sie das nicht.« Sie hingegen wusste genau, was Hannah meinte. Rena und Josef verstanden das Leben nicht, das ihre Tochter führte. Auch wenn sie sie von ganzem Herzen liebten. Sie konnten nicht begreifen, warum Hannah weggegangen war. Louisa hatte vor all der Zeit ebenfalls nichts halten können. Über vierzig Jahre war das nun schon her. Ihre Sehnsucht nach Freiheit war so groß gewesen. Ihr Bedürfnis, der Enge dieses Tals zu entkommen, so stark. Viel war es damals nicht gewesen, was sie in ihren Rucksack gepackt hatte. Aber sie hatte auch nicht viel gebraucht. Sie war nicht ausgezogen, um sich irgendwo ein gemütliches Nest zu bauen. Sie hatte sich auf den Weg gemacht, die Welt zu sehen, über ihren provinziellen Tellerrand zu schauen. Menschen und Kulturen kennenzulernen. Erst als sie den einen Mann traf, der die Macht gehabt hatte, ihr Universum aus den Angeln zu heben, war sie bereit gewesen, sesshaft zu werden. Aber es gab eine Wahrheit, die über diesen Freiheitsdrang hinausging. Eine Wahrheit, die Hannah noch nicht sehen konnte. »Du denkst, deine Mutter versteht dich nicht, weil sie ihr ganzes Leben hier verbracht hat.« Sie wartete Hannahs Erwiderung nicht ab und fuhr fort. »Das mag sein, aber es ändert nichts daran, dass sie deine Mutter ist und sich um dich sorgt. Das wird sie immer tun. Egal, ob du auf Reisen bist oder aus der Gärtnerei stürmst, als wäre der Teufel hinter dir her.«

Einen Moment herrschte Stille zwischen ihnen, so als müsse Hannah darüber nachdenken, ob sie das, was ihr auf der Seele lag, mit Louisa teilen wollte. »Jakob war in der *Blüte*.« *Blüte* – die familieninterne Abkürzung für die Gärtnerei und den Blumenladen.

Daher wehte der Wind also. Rena hatte das Aufeinandertreffen nicht erwähnt. Wahrscheinlich hatte sie es gar nicht mitbekommen, denn dieses Detail hätte sie Louisa nicht vorenthalten. »Hat es wehgetan?«, fragte sie leise.

Hannah gab einen harschen Laut von sich, was Maluna dazu zu veranlassen schien, ein leises, beruhigendes Schnauben von sich zu geben. »Wie ein Messer«, sagte sie, »das einem mitten ins Herz schneidet.«

»Das glaube ich.«

»Ich bin selbst schuld. Zumindest sagen das die Leute. Ich bin die, die gegangen ist.«

Louisa dachte an Hannahs bitteres Geheimnis zurück. »Du und ich, wir wissen, dass das nicht die ganze Wahrheit ist.«

»Ja, aber eben nur du und ich. Jakob denkt das auch. Es ist meine Schuld. Ich habe es in seinen Augen gesehen. Dabei war er derjenige, der mich sofort durch Chrissi ersetzt hat.« Hannah löste ihr Gesicht von Malunas Hals und streichelte die weiche Pferdenase. »Er war in der *Blüte*, um einen riesigen Blumenstrauß zu kaufen.«

»Der war jedenfalls nicht für Chrissi«, sagte Louisa.

»Was?« Hannah blickte sie über die Schulter an.

Louisa zuckte die Achseln. Einen Laden zu haben, in dem sich das halbe Dorf zum Tratschen traf, brachte es ganz automatisch mit sich, dass man über alles auf dem Laufenden war. »Chrissi hat sich vor ein paar Wochen von Jakob getrennt«, berichtete sie von dem Klatsch, an dem sie nicht vorbeigekommen war.

»Aber warum das denn?« Hannah drehte sich zu Louisa um. »Sie hat ihn doch schon immer gewollt. Sie hat mich schon in der Schule dafür gehasst, dass Jakob sich in mich verliebt hat. Ich bin mir sicher, sie hat zwei Wochen vor Freude getanzt, als ich endlich von der Bildfläche verschwunden bin und sie freie Bahn bei ihm hatte. Warum, um Himmels willen, sollte sie sich von ihm trennen?«

Louisa strich ihrer Nichte eine verirrte Haarsträhne hinter das Ohr und legte ihr dann sanft die Hand auf die Schulter. »Dem Tratsch nach hatte sie es satt, auf Jakobs Heiratsantrag zu warten, der vermutlich nie kommen wird.«

»Wow.« Hannah schwieg. Diese Neuigkeiten beschäftigten sie. Was gut war. Die Begegnung mit Jakob hatte sie erschüttert, aber sie hatte sie auch aus ihrer Lethargie gerissen. Im Moment dachte Hannah kein bisschen über Brasilien nach. Sie war im Hier und Jetzt. Das war zumindest ein Anfang.

»Na komm«, sagte Louisa. »Lass uns ausreiten.« Das Gefühl von Freiheit, das mit dem Reiten einherging, hatte Hannah schon immer geliebt. »Oder denkst du, das wird schwierig mit dem Gips?«

»Ich bekomme das hin. Und nachher helfe ich dir mit den Pferden. Vielleicht kann ich im Moment keine Hufe auskratzen, aber Striegeln schaffe ich mit Sicherheit.« Hannah stieß sich vom Zaun ab. »Eine Sache wäre da noch: Kann ich in dein Gästezimmer ziehen?«, fragte sie. »Zu Hause fällt mir die Decke auf den Kopf.«

Louisa beugte sich herunter und kraulte Toby, der sich wieder zu ihnen gesellt hatte. »Du kannst jederzeit bei mir wohnen«, sagte sie und blickte Hannah wieder an. »Unter einer Bedingung.« Sie legte eine künstliche Pause ein, damit ihre Nichte verstand, wie wichtig ihr das war, was sie zu sagen hatte. »Du arbeitest wieder in der Gärtnerei.«

Hannah verzog das Gesicht. »Komm schon, Lou. Ich kann doch dir und Rosa in der Mühle helfen«, machte sie einen Gegenvorschlag.

»Nein.« Louisa würde dafür sorgen, dass Mutter und Tochter Zeit miteinander verbrachten, solange Hannah hier war. Ihre Nichte würde es ihr nicht glauben, aber sie brauchte ihre Mutter – und wäre ihr zumindest im Nachhinein dankbar. »Du arbeitest bei Rena, oder wir haben keinen Deal.«

7

Hannah wusste in dem Moment, in dem sie es ausgesprochen hatte, dass es die richtige Entscheidung war, zu ihrer Tante überzusiedeln. Louisa hatte ihr zwar das Versprechen abgenommen, in der Gärtnerei zu arbeiten, aber allein beim Gedanken, nicht mehr jeden Morgen unter den Argusaugen ihrer Mutter am Frühstückstisch sitzen zu müssen, wurde ihr leichter ums Herz.

Nachdem sie mit Louisa ausgeritten war und sie gemeinsam die Pferde versorgt hatten, kehrte Hannah zum Haus ihrer Eltern zurück, um ihre Sachen zu holen. Langsam folgte sie dem Weg, den sie vor ein paar Stunden in stiller Verzweiflung in die entgegengesetzte Richtung gerannt war. Am See entlang, der glatt wie Glas vor ihr lag. Das Grün der Bäume ließ die Wasseroberfläche wie einen Smaragd schimmern, und die Sonne sank bereits hinter die schneebedeckten Bergspitzen. Sie hinterließ Streifen aus zartem Flieder und tiefem Orange am Himmel. Perfektes Licht für Fotos, ging es Hannah durch den Kopf. Für einen Moment sehnte sie sich danach, das Bild, das die Natur hier bot, mit der Kamera festzuhalten. Doch der Gedanke verflüchtigte sich so schnell, wie er gekommen war. Hannah war sich nicht sicher, ob sie jemals wieder eine Kamera in die Hand nehmen konnte, aber sie schaffte es zumindest, nicht in ihre dunklen Gedanken abzudriften.

Ihr Elternhaus war leer, als sie es betrat. Josef war sicherlich noch in seiner Praxis, und Rena würde noch eine Weile im *Blatt und Blüte* beschäftigt sein, ehe sie Feierabend machen konnte. Froh darüber, ihren Eltern erst einmal nicht erklären zu müssen, dass sie zu Louisa umgezogen war, packte sie die Kleider, die sie in Salzburg gekauft hatte, für den Transport zur Mühle in die Einkaufstaschen zurück. Ihr Blick fiel auf den Kamerakoffer in der Ecke. Sie dachte einen Moment darüber nach, ihn mitzunehmen. Doch dann beschloss sie, ihn gemeinsam mit den negativen Gedanken, die sie nicht mit in das Haus ihrer Tante nehmen wollte, wie abgeworfenen Ballast hier zurückzulassen.

Die *Alte Mühle* – wie sie jetzt hieß – war im sechzehnten Jahrhundert erbaut worden. Der vordere Teil des Gebäudes beherbergte die Mühle, die von einem Wasserrad angetrieben wurde, das sich noch heute drehte und die Energie erzeugte, die den Hof vom Stromnetz unabhängig machte. Den hinteren Teil hatte Louisa bewohnt, als sie begonnen hatte, das Gebäude zu restaurieren und wieder in Betrieb zu nehmen. Zum Hof gehörten eine kleine Scheune und ein Wirtshaus, in dem früher die Wanderer auf dem Weg durch das Tal ihren Durst mit frisch gebrautem Bier stillen konnten. Dieser Teil des Anwesens hatte am längsten brach gelegen. Erst als Louisa vor ein paar Jahren beschlossen hatte, die halb zerfallene Wirtschaft wieder aufzubauen und einen Mühlenladen daraus zu machen, war neues Leben in die alten Mauern eingekehrt. Schließlich war Louisa in eine Wohnung über dem Laden gezogen, und Rosa, die die Mühle mit ihr zusammen betrieb, hatte sich in der alten Müllerwohnung eingerichtet.

Hannah hatte ihre Kleider in Louisas Gästezimmer abgestellt und war dann die schmale Treppe zum Dachboden der Mühle hinaufgeklettert. Die Staubwolke, die aufstieg, als sie die Bodenluke aufstieß, brachte sie zum Niesen. Sie zwängte sich durch die schmale Öffnung und betrat den magischen Ort ihrer Kindheit. Schon lange hatte sie nicht mehr an diesen Raum gedacht und war seit ihrem Weggang aus dem Tal nie wieder hier oben gewesen. Aber jetzt stellte sie fest, dass er auf ihr neunundzwanzigjähriges Ich den gleichen Zauber ausübte wie auf das Kind, das sie einmal gewesen war. Im Zwielicht, das durch das Giebelfenster fiel, tanzten die Staubkörnchen zu einer unsichtbaren Melodie. Hannah blickte nach draußen. Sie sah den See und Sternmoos, wo bereits in den ersten Häusern die Lichter brannten. Auf der anderen Seite konnte sie das helle Wasser des Baches zwischen den Bäumen und Felsbrocken des Zauberwaldes verschwinden sehen. Eingebettet in eine tiefe Schlucht rauschte das Wasser das Tal hinunter und verlor sich ein paar Kilometer weiter in der Ramsauer Ache.

Hier oben, auf dem Dachboden der Mühle, hatte Hannah früher das Gefühl gehabt, zwischen dem See und den Bergen zu schweben und auf die Welt der anderen herunterzublicken. Jetzt schaffte ihre Fantasie es nicht mehr so spielend, sich aus der Realität auszuklinken, und doch brachte der Raum eine Art Aufatmen mit sich. Hannah glitt mit den Fingern über das Holz unter dem Fenster, in das ein A, ein R und ein H eingeritzt waren. Die Anfangsbuchstaben der

Namen von ihren Schwestern und ihr. Hannah war neun oder zehn gewesen, als sie an einem der Dachbalken ein altes, etwas windschiefes Herz gefunden hatten, in das ein T. G. + P. J. eingeritzt war. Die Schwestern hatten damals stundenlang auf ihrer Decke auf dem staubigen Holzboden gelegen, Gummibärchen gefuttert und sich Geschichten um die Liebenden in dem Herz ausgemalt. Damals waren sie auf die Idee gekommen, ihre Namen ebenfalls in das alte, wurmstichige Holz zu ritzen.

Inzwischen war die Sonne vollständig hinter den Bergen versunken, und die ersten Sterne glänzten am dunkelblauen Firmament. Nur noch ein paar Minuten und die Nacht würde im Tal aufziehen. Hannah überlegte sich gerade, wieder nach unten zu steigen, als sie Schritte auf der Holztreppe hörte.

Im nächsten Moment wurde die Luke aufgestoßen, und Rosas Kopf erschien. »Hey«, sagte sie. »Wir haben uns schon gedacht, dass wir dich hier finden, nachdem du weder zu Hause noch bei den Pferden warst.« Sie kletterte auf den Boden. Von ihrer rechten Hand baumelten drei Flaschen Berchtesgadener Hofbräu. Als sie oben war, hielt sie die Luke weiter auf, damit auch ihre älteste Schwester heraufklettern konnte.

»Wie geht es dir?«, fragte Antonia und kam zu ihr herüber, um sie zu umarmen.

Hannah seufzte, erwiderte die Umarmung aber. »Lässt du dir irgendwann mal eine andere Frage einfallen?«

»Bekomme ich irgendwann mal eine ehrliche Antwort von dir?«, stellte ihre Schwester die Gegenfrage. »Mama hat sich ziemlich aufgeregt wegen deines Abgangs in der *Blüte*«, ergänzte sie.

Hannah starrte in die Schatten, die sich mit der Dunkelheit in den Raum geschlichen hatten. »Da habe ich mich nicht gerade mit Ruhm bekleckert«, gab sie zu. »Ich wollte sie nicht verletzen, aber ...« Hannah wusste nicht, was sie weitersagen sollte und war dankbar, dass Rosa, die die Bierflaschen abgestellt hatte, ebenfalls zu ihr herüberkam, um sie zu umarmen.

»Hey«, sagte sie. »Warum stehst du denn hier im Dunkeln?« Sie kehrte zur Luke zurück und bückte sich in der Ecke. Im nächsten Moment flackerte um sie herum Licht auf, erlosch, flackerte noch einmal auf und kam dann zur Ruhe.

»Was ...?« Fasziniert blickte Hannah nach oben und drehte sich einmal um die eigene Achse. »Wow ... das ist ...«

»Ziemlich cool, oder?« Rosa grinste breit. Die Lichterketten, die überall im Gebälk verteilt waren und die Hannah zuvor gar nicht bemerkt hatte, zauberten ein warmes Spiel aus Licht und Schatten auf die Gesichter ihrer Schwestern. In ihrem Inneren breitete sich der Wunsch, diesen Augenblick in einem Foto festzuhalten, mit geradezu schmerzlicher Intensität aus. »Wir kommen immer noch regelmäßig hier hoch«, erklärte Rosa ihr, während Antonia zwei alte, abgewetzte Sitzsäcke aus einer Ecke des Spitzbodens in die Mitte zog. »Wir hatten es irgendwann satt, mit Taschenlampen herumzufunzeln, also haben wir Licht installiert. Auf unsere Art.« Hannah folgte Rosas Blick zu ihrer elektrischen Installation. Ihre Schwestern hatten einige Mehrfachsteckdosen miteinander kombiniert. Eine Konstruktion, die es vermutlich durch keine TÜV-Abnahme schaffen würde, ihren Zweck aber ganz wunderbar erfüllte. Ihnen war von klein auf immer wieder gesagt worden, dass sie auf dem Dachboden keinesfalls mit Kerzen herumspielen durften. Offenes Licht war streng verboten. Also hatten sie im Licht ihrer Taschenlampen hier gesessen und vor sich hingeträumt. Und mit einem Mal war die Magie ihrer Kindheit auf den Dachboden zurückgekehrt – und ließ Hannah aufatmen. »Versteh mich nicht falsch«, nahm sie den Faden der Unterhaltung mit Antonia wieder auf. »Ich bin Mama und Papa wahnsinnig dankbar, dass ich bei ihnen wohnen durfte. Aber im Moment wird mir alles zu viel.« Dankbar nahm sie die Bierflasche entgegen, die Rosa ihr reichte. Ihre Schwestern quetschten sich gemeinsam auf einen der Sitzsäcke und überließen Hannah den anderen. Wenn sie länger hierbleiben würde, würde sie eine dritte Sitzmöglichkeit besorgen, dachte sie. In diesem Augenblick bereute sie es fast ein wenig, ihre Schwestern verlassen zu müssen, sobald sie wieder fit war und nach Hamburg zurückkehren konnte.

»Auf uns«, brachte Rosa einen Toast aus, und sie stießen die Flaschen aneinander.

»Du musst verstehen...«, begann Antonia erneut, nachdem sie einen Schluck getrunken hatte.

Hannah winkte ab. »Ich verstehe Mama. Ich weiß, dass sie nur mein Bestes will. Genau wie Papa. Aber ich kann es einfach nicht mehr ertragen. Ihre ständigen Versuche, mich zum Reden oder aus dem Haus zu bekommen. Unsere Eltern ersticken mich mit all ihrer Liebe. Besonders Mama«, fügte sie so leise hinzu, dass es kaum lauter als ein Flüstern klang. Hannah schämte sich, so zu empfinden. Aber es ließ sich nicht ändern. Für einen Moment presste sie die Lider zusammen und blickte, als sie die Augen wieder öffnete, in den Himmel aus LED-Lämpchen hinauf. Als ließe sich dort eine Antwort finden. Als könnten die funkelnden Lichter ihre Probleme lösen. Mit einem resignierten Seufzen senkte sie den Blick schließlich wieder und sah ihre Schwestern an.

»Du willst mit niemandem reden«, stellte Antonia fest und nippte an ihrem Bier.

Hannah sparte es sich, darauf zu antworten.

»Uns geht es nicht anders«, schaltete sich jetzt auch Rosa ein. »Weil wir uns um dich sorgen. Abgesehen davon weißt du sehr wohl selbst, dass das nicht ewig so weitergehen kann.« Sie lehnte sich auf dem Sitzsack zurück. »Wir können es dir einfach nur anbieten und dir noch einmal versichern, was du sowieso weißt: Wir sind für dich da. Immer.«

Eine beruhigende Wärme breitete sich in Hannah aus. Sie wusste, dass Antonia und Rosa immer hinter ihr stehen würden, so wie sie es ihr Leben lang getan hatten. Wenn sie darum gebeten hätte, sie aus Brasilien rauszuholen, ihre Schwestern wären in den nächsten Flieger gesprungen und hätten dem Piloten Feuer unter dem Hintern gemacht, damit er den Gashebel ein wenig weiter nach oben schob. Hannah konnte sich auf ihre Schwestern verlassen. So wie damals in der zweiten Klasse, als Wastl Huber sich über ihr Kleid lustig gemacht und sie geschubst hatte. Sie war hingefallen und hatte die Tränen nicht zurückhalten können, ihr hellblaues Kleidchen genauso zerrissen wie ihre Strumpfhose. Für ihre großen Schwestern war das Grund genug gewesen, Wastl den Krieg zu erklären. Sie hatten ihm eine Woche lang jeden Mittag heimlich die Luft aus den Reifen gelassen und die Luftpumpe seines Fahrrads verschwinden lassen. »Schwesternrache – Ehrensache«, hatten sie kichernd gerufen, wenn er sich nach den Übeltätern umgesehen hatte. Rückblickend war das vermutlich nicht die ausgetüftelteste Revanche aller Zeiten, aber aus Sicht einer Zweitklässlerin war es beeindruckend gewesen. Ganz abgesehen davon, dass Wastl sein Fahrrad jedes Mal zwei Kilometer bergauf schieben musste, um nach Hause zu kommen. Hannah hatte jede Menge Erinnerungen dieser Art in ihrem Herzen gespeichert.

Antonia beugte sich vor und holte Hannah mit ihrem eindringlichen Blick zurück auf den Dachboden der Mühle. »Vielleicht sind wir einfach nicht die Richtigen. Vielleicht brauchst du jemand anderen als uns. Jemand, der dir besser helfen kann. Du musst es nur sagen. Wir finden die passende Hilfe für dich.«

Hannah schluckte trocken. »Du meinst einen Psychiater?« Ihre Stimme klang rau. Und so ätzend, wie diese Worte sie fühlen ließen. »War die Zauberelse nicht schlimm genug?«

»Die Zauberelse kann mit Sicherheit nichts toppen«, sagte Rosa. »Trotzdem hat Tonia recht. Wenn es das ist, was du brauchst, warum nicht? Es ist heutzutage keine Schande, eine Psychotherapie zu machen. Du hast ein Trauma erlitten, das du verarbeiten musst. Du musst lernen, mit deinen Ängsten umzugehen. Daran ist nichts Außergewöhnliches mehr.«

Völlig normal vielleicht, aber unmöglich, mit der Schuld, die sie mit sich herumschleppte. Die Magie des Raumes, der Zauber ihrer Kindheit, verblasste. Es schien egal, was sie tat, wohin sie sich flüchtete. Diese verdammte Katastrophe folgte ihr. Holte sie ein. Immer. »Mir geht es gut«, log sie noch einmal und versuchte sich an einem fröhlichen

Lächeln. »Ich habe nur noch immer einen leichten Jetlag. Und wenn wir schon von Traumata reden: Ich gehe morgen wieder in die *Blüte*. Darauf hat Lou bestanden, als sie mich in ihr Gästezimmer hat ziehen lassen.«

Antonia lachte. »Eine wirklich kluge Frau, unsere Tante Lou.«

»Und ihr beide seid euch so ähnlich«, stimmte Rosa ihr zu und stieß nacheinander mit ihren Schwestern an, bevor sie einen weiteren Schluck trank.

»Warum?« Hannah hatte das Gefühl, dass jede ihrer Schwestern auf ihre Weise etwas von ihrer Tante hatte. Antonia schlug mit ihrer Berufswahl vielleicht ein wenig mehr nach ihrem Vater und Rosa mit ihrer Faszination für das Handwerk – wenn auch nicht das Gärtnern – und ihrem Traditionsbewusstsein ein wenig nach Rena. Aber sie alle hatten etwas von Louisa in sich. Was mit Sicherheit der Grund dafür war, dass sie alle drei ihrer Tante so nahestanden.

Rosa zuckte mit den Schultern. »Euch hat es beide in die Welt hinausgezogen. Ihr seid weggegangen.«

»Diesen Freiheitsdrang hat sonst niemand in der Familie«, stimmte Antonia ihr zu.

»Mit dem kleinen Unterschied, dass Lou freiwillig zurückgekehrt ist, als sie alles gesehen hatte, was sie interessierte. Ich bin gezwungenermaßen hier.« Hannah wedelte mit ihrem Gips.

»Hmm.« Antonia schob sich eine Haarsträhne hinter das Ohr, die sich aus ihrem kurzen Pferdeschwanz gelöst hatte. »Außerdem hat Lou hier nichts gehalten, als sie ging. Du hingegen hast deine große Liebe zurückgelassen.«

Hannah seufzte und begann, am Etikett ihrer Bierflasche herumzuknibbeln. »Wow, große Schwester«, sagte sie und konnte sich einen Hauch von Sarkasmus nicht verkneifen. »Da hast du ja gerade eine wirklich sensible Überleitung geschaffen.« Sie trank einen Schluck. »Es hat sich also schon herumgesprochen, dass Jakob und ich uns in der *Blüte* über den Weg gelaufen sind.«

»Über den Weg gelaufen ist gut«, murmelte Rosa. »Nach allem, was ich gehört habe, hast du ihn eher über den Haufen gerannt, als er einen Blumenstrauß für seine Mutter gekauft hat.«

»Und nach allem, was man so hört, habt ihr euch gegenseitig mit den Blicken verschlungen. Nicht jugendfrei, sagen die einen. Die anderen sind da ein wenig züchtiger, behaupten aber zumindest, dass die alte Anziehungskraft zwischen euch nach wie vor besteht.«

Die Blumen waren also wirklich nicht für Chrissi gewesen. Ganz kurz setzte sich ein Kribbeln in ihrem Magen fest, das Hannah mit einem weiteren Schluck Bier wegspülte. »Seht ihr, genau darum geht es.« Sie wies mit dem Zeigefinger auf ihre Schwestern. »Außer Mamas Angestellten und uns beiden war niemand in der *Blüte*. Wieso also zerreißt sich schon jetzt das ganze Dorf das Maul darüber, dass zwischen uns die Funken geflogen sind?«

»Aha.« Antonia hob die Hand zur Ghettofaust, und Rosa stieß ihre dagegen, nur um sie dann, genau wie ihre ältere Schwester eine Explosion simulierend, zurückzuziehen. »Du hast den Beweis gerade selbst geliefert. Zwischen euch sind also die Funken geflogen?«

»Und es waren außer euch übrigens noch ganze vier Leute im Laden. Du hast niemanden bemerkt?« Rosa grinste. »Ich würde sagen, allein das spricht dafür, dass dein Gehirn ziemlich mit Jakob – und sonst nicht viel – beschäftigt war.«

Vier Leute? Verdammt! Hannah musste ihrer Schwester insofern recht geben, dass sie außer Jakob wirklich nicht viel mitbekommen hatte. Und den riesigen Blumenstrauß natürlich – der nicht für seine Freundin Chrissi war. Weil sie nicht mehr seine Freundin war. Wieder tauchte Jakobs Gesicht vor ihrem inneren Auge auf. Die dunklen Augen, die sie an Schokolade erinnerten, die Bartstoppeln, die mindestens einen zweiten Tag hinter sich hatten. Er war schon als Teenager groß gewesen, aber inzwischen war er in seine schlaksige Figur hineingewachsen. Sein Kinn war markanter und seine Schultern breiter. Dabei wirkte er nicht bullig, sondern einfach sportlich. Sie musste daran denken, wie er neulich nachts am Haus ihrer Eltern vorbeigejoggt war. »Kann sein, dass mich das plötzliche Aufeinandertreffen ein wenig überrascht hat, aber das spielt keine Rolle. Seit ich Sternmoos verlassen habe, würde ich uns nicht mehr unbedingt als Freunde bezeichnen. Die wenigen Wochen, die ich hier sein werde, gehe ich Jakob einfach aus dem Weg. Sobald mein Apartment in Hamburg wieder frei ist, oder ich gesund genug bin, einen neuen Auftrag anzunehmen, bin ich hier weg.«

»Wenn du meinst«, sagte Rosa.

Antonia sagte im gleichen Moment: »Na, sicher doch.«

Der Blick, den ihre Schwestern tauschten, entging Hannah nicht, auch wenn sie ihn nicht wirklich deuten konnte. Sie vermutete, dass Rosa und Antonia hofften, sie dieses Mal eine Weile länger zu Besuch zu haben.

*

Louisa trat mit der letzten Tasse Kaffee des Tages aus dem Mühlenladen. Die Sonne warf ein paar ihrer verbliebenen Strahlen über die Bergrücken, und die Kühle des Abends stahl sich bereits in das aufgeheizte Tal. Ein leichter Wind trug den angenehmen Duft des klaren Wassers und der Latschenkiefern vor sich her. Mit dem Kaffeebecher in der Hand steuerte sie auf die Bank zu, die tagsüber – und fünf Tage die Woche – von ihrer persönlichen, dreiköpfigen Muppetshow belagert wurde. Pangratz, Korbinian und Gustl waren nämlich der Meinung, dass das genau der richtige Platz war, um am Puls der Zeit – und vor allem des Dorftratsches – zu sitzen, wenn sie vor dem Hofladen herumlungerten. Den Vormittag verbrachten die Männer, die so alt zu sein schienen wie das Tal selbst, auf einer Bank auf dem Marktplatz, den Nachmittag bei Louisa. Wenn jedoch der Abend hereinbrach und sie zu dem Schluss kamen, dass an diesem Tag nichts Spannendes mehr passieren würde, schlurften sie zu ihren Frauen nach Hause, um sich an den gedeckten Tisch zu setzen und ihnen zu erzählen, was sie alles in Erfahrung gebracht – und wem sie einen ihrer weisen Lebensratschläge erteilt – hatten.

Vielleicht verpassten sie heute tatsächlich etwas, dachte Louisa, als sie auf dem Schotterweg, der zum Hof führte, eine Bewegung wahrnahm und aufblickte. Mit langsamen Schritten kam ihre Schwester auf sie zu. Louisa hasste es, Traurigkeit, Angst und Verlust in Renas Augen zu lesen. Sie hatten das bereits einmal durchgemacht, und sie wollte nie wieder an diesen Punkt kommen. Aber es schien, als würde durch Hannahs Rückkehr ins Tal die Beziehung von Rena und Louisa erneut auf den Prüfstand gestellt. Louisa stellte ihre Tasse auf das Sandsteinmäuerchen hinter der Bank und kehrte in den Hofladen zurück, um noch einen Kaffee aus der Maschine zu lassen. Milchschaum, zwei Würfel Zucker, so wie ihre Schwester ihn mochte. Als sie auf den Hof zurückkehrte, stand Rena bereits neben der Bank und kraulte Toby, der sich hingebungsvoll vor ihr auf den Rücken geworfen hatte. »Hallo«, sagte sie und richtete sich auf. Mit einer Bewegung, die nach Selbstschutz aussah, zog sie ihre Strickjacke mit dem filigranen Zopfmuster enger um sich, als wäre ihr kalt.

»Setz dich«, forderte Louisa sie auf. Sie wartete, bis ihre Schwester auf der linken Seite der Bank Platz genommen hatte, reichte ihr die Tasse und setzte sich mit ihrem eigenen Kaffee neben sie.

Ohne sie anzusehen, rührte Rena ihren Kaffee um und blickte starr in den Wald vor sich. Einen Moment zögerte sie, ehe sie fragte: »Ist sie hier?«

»Ja.« Louisa sah ihre Schwester von der Seite an, sah, wie sich Renas Gesichtszüge zu einer bitteren Maske verzogen. »Sie will in mein Gästezimmer ziehen.«

»Natürlich.« Endlich drehte Rena den Kopf in Louisas Richtung. Endlos langsam, so als wäre sie unsagbar müde und erschöpft. »Das sollte mich nicht wundern, nicht wahr?«

»Rena...«, begann Louisa.

»Nein.« Ihre Schwester hob die Hand, um Louisa zum Schweigen zu bringen. »So war es ja schon immer. Du musst nur mit dem Finger schnippen, um mir alles wegzunehmen.«

Louisa schloss für einen Moment die Augen und drängte den Schmerz zurück, von dem sie sich geschworen hatte, ihn nie wieder zuzulassen. Rena war nicht die Einzige auf dieser

Bank, deren Herz gebrochen war. Als sie die Lider wieder hob, sah sie Toby, der sich an Rena herangeschlichen hatte und ihr den Kopf auf den Oberschenkel legte. Wahrscheinlich merkte es ihre Schwester nicht einmal, aber sie schob in einer abwesenden Geste ihre Hand in das Fell des Hundes und streichelte ihn. Toby würde einen wirklich guten Therapiehund abgeben. Und im Moment brauchte Rena Trost, mehr als sie selbst.

Sie sprachen nicht oft über die Vergangenheit. Vor all den Jahren hatten sie es geschafft, zu einer Einigung zu kommen. Sie schafften es, miteinander auszukommen. Aber hin und wieder brach es doch aus Rena heraus. Immer dann, wenn sie Verlustängste spürte. »Rena…«, versuchte sie es noch einmal.

Ihre Schwester schüttelte den Kopf. »Lass gut sein.«

»Nein. Hör mir zu.« Louisa griff nach der Hand ihrer Schwester und drückte sie sanft. »Ich habe Hannah gesagt, dass sie nur hier wohnen kann, wenn sie in der Gärtnerei arbeitet. Ich will sie dir nicht wegnehmen.« Sie ließ zu, dass Rena ihre Hand zurückzog, sprach aber weiter. »Sie macht eine schwere Zeit durch. Aber du bist ihre Mutter. Du wirst für sie immer an erster Stelle stehen. Also mach dir keine Sorgen, weil sie im Moment nicht ganz sie selbst ist. Hannah liebt dich und Josef aus tiefstem Herzen. Rena.« Louisa wartete, bis ihre Schwester, die wieder blind in Richtung Wald starrte, sie abermals ansah. »Hannah wird dich nicht verlassen. Räumlich vielleicht. Wer weiß schon, ob und wann sie wieder in die weite Welt hinauszieht. Aber im Herzen wird sie immer bei dir sein. Du kannst sie gar nicht verlieren, okay?«

Rena blieb noch einen Moment neben ihr sitzen, dann erhob sie sich und reichte Louisa die Tasse, an der sie nur genippt hatte. »Danke für den Kaffee«, sagte sie und drehte sich um.

Toby winselte leise. Louisa strich ihm über den Rücken und sah ihrer Schwester nach. »Sie fängt sich wieder«, erklärte sie dem Hund. »Wenn sie merkt, dass ich recht habe und sie sich keine Sorgen um Hannah machen muss.«

*

Jakob rieb sich über die verspannten Muskeln in seinem Nacken, die mit für das dumpfe Pochen in seinem Kopf verantwortlich waren. Er war am Nachmittag pflichtschuldig beim Geburtstagskaffee seiner Mutter aufgetaucht. In der Hand die Blumen, die dafür gesorgt hatten, dass er Hannah gegenübergestanden hatte. Nicht nachts an einem Fenster. Nicht auf der anderen Seite eines belebten Platzes in Salzburg. Sondern direkt vor ihm. Die blaugrünen Augen vor Schock aufgerissen, seine Hände auf ihrer warmen, weichen Haut. Unaufhaltsam waren die Erinnerungen auf ihn eingeströmt, hatten ihn überrollt wie eine Flutwelle, die die Dämme brach, die ihn vor Hannah schützten. Er spürte sie, wusste genau, wie es gewesen war, mit den Händen über ihren gesamten Körper zu streichen, sie überall zu berühren. Oder einfach nur mit ihrer Hand in seiner durch das Dorf zu laufen. Sie war so schön. Und die Gedanken an sie so falsch.

Das Aufeinandertreffen mit Hannah hatte jedenfalls schnell genug die Runde gemacht, dass seine Mutter bereits

Bescheid wusste und es natürlich brühwarm Jakobs Vater und seiner Schwester erzählt hatte. Sie hatten versucht, ihn auszuhorchen, weshalb er verdammt froh war, sich mit einem Meeting bei der Bergwacht herausreden und noch vor dem Abendessen verschwinden zu können. Jetzt versuchte er, sich auf seine Kameraden zu konzentrieren, die mit ihm gemeinsam im Hinterzimmer des Gemeindehauses saßen und die Einsatz- und Übungspläne für den Sommer besprachen. Es gelang ihm nicht. Wieder rückte Hannahs völlig durchweichte, mit Erde und Dreck verschmierte Erscheinung in seine Gedanken. Ihr Haar hatte ihn schon immer an Honig erinnert. Und die helleren, von der Sonne ausgebleichten Spitzen an die Sommer in den Bergen. Die Strips, mit der die Platzwunde an ihrer Stirn verschlossen war, hatten ihn genauso wie der türkisfarbene Gips an ihrem linken Arm daran erinnert, dass ihr etwas Schreckliches zugestoßen war, und er hätte sie am liebsten an sich gezogen, um sie zu trösten. Sein Herz war gestolpert. Doch dann war er schlagartig in die Gegenwart zurückgekehrt und hatte Abstand zwischen sie und sich gebracht.

»Jakob?«

Er blinzelte. »Hmm?«

»Ah, da bist du ja wieder.« Xander Valentin, sein bester Freund, grinste ihn an. »Ich habe schon befürchtet, du machst hier einen auf Dornröschen, während wir uns mit diesem verdammten Plan abkämpfen.«

Jakob wurde bewusst, dass seine Kameraden ihn anstarrten.

»Entschuldigung, ich war kurz in Gedanken.« Er rieb sich noch einmal über den Nacken.

»Kurz ist gut«, murmelte Hias Weidinger, ihr Bergwachtleiter, konnte sich ein Grinsen aber ebenfalls nicht verkneifen.

Da die Mitglieder ihres Teams einer nach dem anderen aufstanden, sich verabschiedeten und den Raum verließen, hatte Jakob das Ende der Besprechung offenbar verpasst.

»Ein Bier im *Holzwurm*?«, fragte Xander und setzte sich vor Jakob auf die Tischkante.

Er wollte ablehnen, nach Hause gehen und sich die Decke über den Kopf ziehen. Oder laufen gehen, bis er zu erschöpft war, um noch an irgendwas zu denken. Andererseits, wozu hatte man Freunde? »Gute Idee«, sagte er.

»Perfekt.« Xander drehte sich zu Hias um. »Bist du dabei?«

»Da es meine Bar ist und meine Süße hinter dem Tresen steht – keine Frage. Und jetzt schafft eure Flohtaxis hier raus.«

Jakob sah zu Laus hinüber, der sich in der Ecke auf einer alten Decke mit dem Logo der Bergwacht zusammengerollt hatte und leise schnarchte. Sein Bruder lag neben ihm. Xander und Jakob hatten die beiden bei einem Einsatz im vergangenen Jahr im Klausbachtal gefunden. Jemand hatte sie nicht nur ausgesetzt, sie hatten in einem Käfig halb im Wasser gehangen. Zwei winzige, zitternde Fellbündel, durchweicht bis auf die Haut. Sie hatten die Welpen aus dem eisigen Bach gezogen und zum Tierarzt gebracht. Zwei Australian Shepherd-Welpen, Geschwister, teilte der Doc ihnen mit. Sie waren noch sehr jung, ziemlich unterkühlt – und mit dem Appetit zweier ausgewachsener Wölfe gesegnet. Xanders vierjährige Tochter Leni wollte sich die Hundebabys ansehen, nachdem er ihr von ihrer Rettung erzählt hatte.

Der Rest war Geschichte. *Das hat man davon, wenn man als Vater vor seinem Kind angeben und den Helden spielen will*, hatte sein Freund gemurmelt. Denn für Leni war völlig klar, dass sie das Hündchen mit den lustigen braunen Flecken im Fell *unbedingt* behalten musste. Und weil Jakob ihr Patenonkel war, hatte sie ihn auf eine Art, wie es nur vierjährige Mädchen mit großen braunen Augen und einem ungebändigten Lockenkopf konnten, davon überzeugt, dass er den Bruder ihres neuen besten Freundes adoptieren müsse, damit die Geschwister sich auch später noch jederzeit besuchen konnten. Von diesem Moment an war er Besitzer eines ziemlich hübschen Hütehundes mit schwarzer Decke, kupferfarbenen Beinen und blauen, mandelförmigen Augen gewesen. Und er hatte es nicht bereut. Er war mit Hunden aufgewachsen, und es fühlte sich einfach gut an, den verrückten kleinen Kerl, der nur Blödsinn im Kopf gehabt hatte, an seiner Seite zu wissen. Auch wenn seine Freundin Chrissi ein oder zwei Mal ziemlich sauer geworden war, weil ihre Schuhe seinem Spieltrieb zum Opfer gefallen waren. Leni hatte die Brüder wegen all des Unsinns, den sie trieben, Laus und Bub genannt. Lausbub. Inzwischen waren die beiden Hütehunde verdammt groß geworden, Chrissi war Geschichte und Jakob nicht nur dankbar über Laus' Gesellschaft in der Werkstatt, sondern auch darüber, dass die Wohnung nicht so leer war, wenn er abends auf seiner Couch saß.

Er pfiff leise, und Laus hob den Kopf. Neben ihm erwachte Bub blinzelnd. »Na los, ihr zwei.« Jakob schlug mit der flachen Hand gegen seinen Oberschenkel. »Ihr wollt doch einen Besuch in der Kneipe nicht verpennen.«

Die Hunde sprangen auf und kamen zu ihnen herüber. Xander rollte die Decke zusammen und verstaute sie in einem der Ausrüstungsschränke. Dann verließen die Freunde gemeinsam mit den Hunden den Raum, und Hias schloss ab. Jakob und Xander gingen die kurze Strecke zu ihrer Lieblingskneipe zu Fuß.

Hias stieg in seinen Pick-up, um zum *Holzwurm* hinüberzufahren. Er lebte in Ramsau und würde von der Kneipe aus nach Hause weiterfahren. Der *Holzwurm* war aus seiner ehemaligen Schreinerwerkstatt entstanden. Nachdem Hias die Firma nach Ramsau verlegt und vergrößert hatte, hatte er das leerstehende Holzlager kurzerhand zu einer Bar umgebaut, in der es inzwischen auch richtig gutes Essen eines talentierten Nachwuchskoches gab. Angefangen hatte das Ganze aber als Kneipe. Hinter dem Tresen stand Hias' große Liebe, Anna. Sie hatten mit der Bar und ihrer liebevollen Shabby-Chic-Einrichtung einen Treffpunkt für die Einheimischen geschaffen. Es gab an der Theke ein paar feste Plätze, die den Dorfbewohnern vorbehalten waren. Außerdem zog es auch Feriengäste in das kleine Restaurant. Zwischenzeitlich hatte es sich im Internet sogar zu einem Geheimtipp gemausert. Aber Anna war es wichtig, nicht nur als Touristenattraktion zu gelten.

Die Männer betraten die Bar gemeinsam und setzten sich an die Bar. Neben ihnen baumelte eine Hollywoodschaukel aus Holz von der Decke. Sie war mit Kissen und weichen Schaffellen gepolstert – und wurde üblicherweise nur von Frauen besetzt, die bunte Schirmchendrinks bestellten.

»Hallo Schöne«, sagte Hias und beugte sich über den Tresen, um Anna zu küssen.

»Hallo Schöner«, flüsterte sie zurück und lächelte strahlend. »Und hallo, ihr Schönen«, wandte sie sich an Jakob und Xander. »Da drüben sitzen sieben Frauen eines Kegelklubs aus dem Rheinland.« Sie füllte zwei Schüsseln mit Wasser und kam um den Tresen herum, um sie den Hunden hinzustellen und sie ausgiebig zu knuddeln, während sie weitersprach. »Den Damen sind unisono die Augen aus dem Kopf gefallen, als ihr mit euren Bergwacht-T-Shirts hier reinmarschiert seid. Also nehmt euch in Acht. Sie haben schon ganz schön viel Enzian intus.«

Xander blickte sich vorsichtig um. »Die starren immer noch«, murmelte er. »Das liegt nur an diesen verdammten Bergrettungs-Fernsehserien. Ich wette ein Bier, dass es keine fünf Minuten dauert, bis die Erste kommt und ein Selfie will.«

»Ich halte dagegen. Sie geben uns keine drei Minuten«, sagte Jakob.

»Angenommen.« Xander hob sein Bier wie zu einem Toast, und sie stießen an. Dann griff er in das Schälchen mit Salzbrezeln und schob sich eine Handvoll in den Mund. »Wie war es, Hannah zu treffen?«, fragte er, nicht besonders feinfühlig, frei heraus.

Jakob verschluckte sich an seinem Bier. »Was?«, brachte er hustend heraus.

»Komm schon, jeder im Dorf weiß Bescheid«, mischte sich nun auch Hias ein. »Und du warst die komplette Bergwachtsitzung über mit deinen Gedanken sonst wo.«

»Ihr solltet euch auf den Mädchenplatz setzen.« Jakob wies auf die Hollywoodschaukel, die sanft hin und her schwang, weil Xander mit dem Ellenbogen gegen eine der

Ketten gestoßen war und sie damit sanft angeschoben hatte. »Das würde zu euch Tratschtanten passen.«

»Hey.« Xander legte sich die Hand in einer unschuldigen Geste auf den Brustkorb. »Wir haben nicht getratscht – wir sind dem Gerede der Leute nur nicht entkommen.« Zufrieden mit seiner Rechtfertigung trank er noch einen Schluck Bier.

»Ehrlich gesagt bin ich ziemlich erschrocken«, platzte es aus Jakob heraus. »Ich hatte nicht damit gerechnet, ihr über den Weg zu laufen. Und um ganz ehrlich zu sein, ich habe keine Lust, sie noch einmal wiederzusehen.« Nicht bei der Intensität dieses Augenblickes zwischen ihnen.

»Angeblich sieht sie noch heißer aus als früher«, sagte Hias.

Die Worte seines Freundes ärgerten Jakob. Vor allem, weil er recht hatte. Weder das Wasser noch die Erde an ihren Kleidern hatten Hannahs Ausstrahlung etwas anhaben können. Er hatte nur in ihre blaugrünen Augen blicken müssen, auf ihren Mund. Mit einem resignierten Seufzen hob er sein Glas an die Lippen. Vielleicht half das Bier gegen den trockenen Hals, den die Gedanken an sie verursachten – und gegen die bissige Bemerkung, die ihm auf der Zunge lag und viel damit zu tun hatte, dass Hias sich mit seiner eigenen Freundin beschäftigen sollte, statt sich Gedanken über andere Frauen zu machen.

Xander legte Jakob die Hand auf die Schulter und drückte kameradschaftlich zu. »Wir verstehen, wenn du nicht über sie reden willst. Aber du weißt, dass wir da sind. Zum Reden. Für ein Bier. Was auch immer nötig ist.«

Anna kam abermals um den Tresen herum, um Laus und

Bub einen Hundekeks zu geben. Die beiden blauäugigen Herzensbrecher wussten ganz genau, wie man jemanden um den Finger wickelte. »Jedenfalls ist Hannah jetzt bei ihrer Tante eingezogen«, erzählte Anna und blickte zu den Männern auf. »Sie wird aber weiter in der Gärtnerei arbeiten.« Sie richtete sich wieder auf und lehnte sich neben Hias an den Tresen, der die Gelegenheit nutzte, sie an seine Brust zu ziehen und ihren Nacken zu küssen.

Jakob hatte gar nicht daran gedacht, wie gut Anna mit Hannahs ältester Schwester Antonia befreundet war. Sie musste nicht einmal auf den Dorfklatsch warten. Sie bekam alle Informationen brühwarm – und aus erster Hand. Das Bedürfnis, das Thema endlich abzuschließen, wurde nahezu übermächtig. Wenn er dem Ganzen keinen Riegel vorschob, würden seine Freunde ihn den ganzen Abend lang wegen Hannah grillen. »Ich habe aber keinen Bock, Zeit mit Hannah zu verbringen, bis sie wieder verschwindet«, brachte er die sinnvollste Lösung auf den Punkt. Er war froh, dass er so verdammt vernünftig war. Einer musste einen kühlen Kopf bewahren. Einer musste das schließlich tun, und nach Hannahs Blick im Blumenladen zu urteilen, war sie nicht diejenige.

»Du könntest natürlich auch einen heißen Sommer mit ihr genießen«, überlegte Hias laut und zuckte auf Jakobs Blick aus zusammengekniffenen Augen hin mit den Schultern. »Wenn sie schon mal da ist und dich so ansieht, wie die Leute behaupten, dass sie dich angesehen hat.«

»Das wird nicht passieren«, bremste Jakob seinen Freund aus. Das zwischen Hannah und ihm war nicht mehr unkompliziert gewesen, seit er begriffen hatte, dass sie nach der

Schule nicht in Berchtesgaden bleiben wollte. Ihre Beziehung hatte schon immer aus einem Alles oder Nichts bestanden.

»Besser wäre es wahrscheinlich, du suchst dir eine Sommeraffäre und lenkst dich damit von ihr ab«, schlug Xander genau das Gegenteil von Hias vor.

»Wirklich nett, wie ihr euch um mich sorgt. Ich komme mir vor wie eine alte Jungfer, die endlich unter die Haube gebracht werden soll. Vielleicht erinnert ihr euch dunkel, aber bis vor ein paar Wochen hatte ich eine Beziehung, und jetzt genieße ich meine Freiheit. Machst du uns noch eine Runde, Anna?«, fragte er. »Ich werde in den nächsten Wochen sowieso bis über beide Ohren in Arbeit versinken.«

»Neuer Auftrag?«, fragte Xander und schob sein leeres Glas über den Tresen, als sich Anna von ihm löste, um hinter der Theke drei frische Bier zu zapfen.

»Jepp. Ein völlig heruntergekommener SL R107. Nachtschwarz. Eigentlich nur noch ein Schrotthaufen. Sein Besitzer liefert ihn nächste Woche. Für diesen Sommer bin ich mehr als beschäftigt und werde meine Werkstatt kaum von außen sehen. Also hört auf, euch Gedanken um mein Liebesleben zu machen.«

»Entschuldigen Sie, wenn ich störe. Sind Sie wirklich bei der Bergwacht?«, ertönte hinter ihnen eine Frauenstimme. Jemand kicherte.

Mit der Frage senkte sich eine blumig-süße Parfümwolke über den Tresen und nahm ihnen die Luft zum Atmen. Der Kegelklub. Jakob warf einen Blick auf seine Uhr. Vier Minuten. »Du hast gewonnen«, murmelte er Xander zu. »Anna, die nächste Runde geht auf mich.«

8

Hannah hatte sich auf dem Mühlenhof schon immer wohlgefühlt. Ihre Schwestern und sie hatten vor Jahren miterlebt, wie Louisa die alte Mühle wieder zum Leben erweckt hatte. Als ihre Tante beschlossen hatte, auch dem verfallenen Wirtshaus wieder zu neuem Glanz zu verhelfen, hatte Hannah Berchtesgaden bereits verlassen gehabt. Aber sie war zu Besuch gekommen und hatte bewundert, wie Louisa ihre Visionen umgesetzt hatte.

Normalerweise hätte sie Rosa gefragt, ob sie zu ihr ziehen könnte, aber ihre Schwester war seit gut einem Jahr mit Julian liiert, einem Mann, der ständig auf Geschäftsreise war und von dem man nie wissen konnte, wann er in Sternmoos auftauchte. Hannah hatte keine Lust, sich unvermittelt den beiden Turteltäubchen gegenüberzusehen. Bei Antonia einzuziehen kam ebenfalls nicht infrage. Sie wohnte zur Miete in einem alten Forsthaus, das wie eine verwunschene Hütte in den Bergen lag. Wunderschön, aber zu weit außerhalb, wenn man kein eigenes Auto hatte. Antonia hatte zwar die Augen verdreht und erklärt, dass man die Strecke super mit dem Mountainbike fahren könnte. Aber so etwas konnten nur Leute wie Antonia. Hannah – eher nicht. Außerdem waren die Übernachtungspartys bei Louisa schon immer legendär gewesen. Und genau so stellte sich Hannah die Zeit bei ihrer Tante vor: wie eine Pyjamaparty mit der besten Freundin, die ihr helfen würde, all die Dinge zu verdrängen, an die sie im Moment nicht denken wollte.

Im Gegensatz zum Landhausstil aus dem Katalog, der bei ihrer Mutter vorherrschte, hatte Hannahs Tante sich an Flohmärkte und Antiquitätenhändler gehalten. Die Möbel waren alt, die abblätternde Farbe erzählte Geschichten, und jeder Raum in Louisas Wohnung war in eine gemütliche Wohlfühloase verwandelt worden. Sie lag über dem Mühlenladen, der aus dem ehemaligen Wirtshaus entstanden war, und war nicht besonders groß. Ein offener Wohnraum, der gleichzeitig Küche und Essbereich war. Schlafzimmer, Gästezimmer und ein Arbeitszimmer. Ergänzt von einem Bad und einer Abstellkammer. Im Wohnbereich lag das Gebälk offen, bis unter den holzverkleideten Giebel. Auf der Seite zum Hof hin hatten die Fenster ihre originale Größe behalten. Eingerahmt von Fensterläden und mit Blumenkästen versehen, aus denen Geranien hingen. Die Rückseite, die zum Zauberwald hin lag, hatte Louisa modernisiert. Hier waren die Fenster bodentief, um mehr Licht hereinzulassen, und vom Wohnzimmer aus trat man auf einen großzügigen Balkon, der sich über die gesamte Breite des Hauses zog und auch von Louisas Schlafzimmer und dem Gästezimmer aus betreten werden konnte.

Hannah ließ sich rücklings auf das Bett mit dem verschnörkelten Metallkopfteil fallen, das den Raum beherrschte. Die hellblaue Bettdecke fühlte sich weich unter ihren Fingerspitzen an. Sie strich über die Baumwolle und betrachtete das große, gerahmte Schwarz-Weiß-Foto an der lindgrünen Wand, das Hannah lachend gemeinsam mit ihren Schwestern zeigte. Eines der ersten Bilder, das sie mit dem Selbstauslöser der Kamera aufgenommen hatte, die sie zum achtzehnten Geburtstag geschenkt bekommen hatte. Zusammen mit einer Kommode mit abgeplatzter weißer Farbe und einem gemütlichen, dunkelgrünen Sessel mit bunten Kissen war das die gesamte Einrichtung des Raumes. Ihr Blick glitt zur Zimmerecke, wo sie ihre Taschen mit den Klamotten aus Salzburg abgestellt hatte. Daneben stand ihr Fotokoffer – den sie doch mit Absicht im Haus ihrer Eltern zurückgelassen hatte. Sie schloss die Augen und öffnete sie wieder. Er war immer noch da. Verdammt. Das war vermutlich Antonia gewesen. Sie würde den Erinnerungen an die Ereignisse in Brasilien also auch hier nicht entkommen. Mit einem Seufzen legte sie ihren gesunden Arm über die Augen. Im nächsten Moment war sie eingenickt.

Als Hannah wieder zu sich kam, fuhr sie erschrocken zusammen. Sie spürte, dass sie nicht allein im Zimmer war. Die Nachttischlampe auf dem Schränkchen war eingeschaltet und tauchte sie in einen Kegel aus warmem gelbem Licht. Sie drehte den Kopf und sah ihre Tante, die es sich in dem Sessel gemütlich gemacht hatte.

»Ich wollte dich nicht erschrecken«, sagte Louisa leise. »Ich habe dir einen Tee zum Einschlafen gemacht. Aber wie es scheint, brauchst du den gar nicht.«

Hannah richtete sich auf. »Das ist lieb von dir. Ich war nur kurz eingenickt. Ein Tee zum Einschlafen kann nicht schaden.« Ihre Tante nahm eine Tasse von der Kommode und brachte sie ihr. Vielleicht half ihr der Tee beim Einschlafen. Vielleicht schaffte er es sogar, die Kälte in ihrem Inneren ein wenig zu erwärmen.

Hannah fühlte sich wohl auf dem Mühlenhof. Sie kümmerte sich um die Pferde und ritt aus. Sie verbrachte viel Zeit mit ihren Schwestern und schäkerte mit den drei Alten, die man nachmittags auf der Bank vor dem Hofladen vorfand, wo sie jedem, der vorbeiging, ihre Meinung zum Wetter und ihre grundsätzlichen Lebensweisheiten mitteilten – ob man wollte oder nicht. An ihrem ersten Tag auf dem Hof hatte Pangratz ihr mit einem »Guten Abend, schöne Müllerin!« zugewunken.

Korbinian hatte die Augen verdreht. »Das ist doch nicht die Müllerin. Das ist die Schwester«, hatte er ihn zurechtgewiesen.

»Die mit dem Unfall?«, wollte daraufhin Gustl in einer Lautstärke wissen, die ein gutes Indiz dafür war, dass er sein Hörgerät nicht trug – und die jeden auf dem Hof mithören ließ.

»Ja Kruzifix! Seid ihr denn beide blind? Natürlich ist es die mit dem Unfall. Siehst du den Gips nicht? Und das Pflaster auf der Stirn? Sie sieht ja auch gar nicht aus wie die schöne Müllerin. Sondern wie die andere Schwester«, hatte Korbinian seinen Tratschbrüdern fachmännisch erklärt.

Hannah konnte es ihnen nicht übelnehmen, so wie es niemand im Dorf schaffte, sich über die drei Alten zu ärgern. Abgesehen von ihren Ehefrauen vermutlich. Die Diskussion über Hannah hatte sie sogar zum Lächeln gebracht. Sie bereitete im Mühlenladen drei Tassen Cappuccino zu, stellte sie auf ein Tablett und brachte sie den drei Urgesteinen hinaus. Die lamentierten gerade darüber, dass sie so spät am Tag keinen Kaffee mehr trinken konnten, weil sie das die ganze Nacht über wachhalten würde, ehe sie sich genüsslich mit ihren Tassen zurücklehnten und zwei vorbeikommenden Mühlenkunden empfahlen, das Dinkelmehl zu kaufen.

Abgesehen vom Hofleben, das Hannah sehr genoss, hielt sie sich eisern an die Vereinbarung mit ihrer Tante. Jeden Morgen ging sie zu Fuß in die Gärtnerei und half ihrer Mutter, so gut das mit einer Hand möglich war. Im Gegenzug bemühte sich Rena, sie nicht ständig zu fragen, wie es ihr ging, oder subtil zu versuchen, sie über die Katastrophe in Brasilien auszuhorchen. Meistens gelang es Hannah sogar, die furchtbaren Erinnerungen zur Seite zu schieben, die sie mit sich herumtrug. Sie kam langsam zur Ruhe und empfand es als erstaunlich entspannend, in der Erde herumzubuddeln.

Zwei Wochen war sie jetzt schon in Sternmoos, und es fühlte sich inzwischen an, als wäre sie nie weggewesen – auf eine überraschend angenehme Art. Ein bisschen schien die Zeit im Berchtesgadener Talkessel stehengeblieben zu sein. Die Leute winkten ihr zu, wenn sie an der Gärtnerei vorbeigingen. Blieben hin und wieder stehen, um einen Plausch über das Wetter zu halten. Und auch, wenn der eine oder andere neugierig auf ihren Gips blickte: Niemand versuchte, sie über ihren Unfall auszuhorchen. Mit jedem Tag entspannte sich Hannah ein wenig mehr, gewann Zuversicht. Ihr Körper heilte, und ganz leise, kaum spürbar, machte auch ihre zerrissene Seele ein paar Fortschritte.

Als sie an diesem Nachmittag mit ihrer Arbeit fertig war, stand ihre Tante im Blumenladen. Überrascht zog Hannah die Augenbrauen nach oben. »Louisa! Was machst du denn in der *Blüte*? Willst du zu Mama? Sie ist noch in ihrem Büro.«

»Nein. Ich wollte dich abholen.« Louisa steckte die Rose,

an der sie gerochen hatte, zurück in den Wassereimer. »Ich finde, wir sollten mal etwas anderes machen, als ständig nur auf dem Hof herumzuhängen. Wie wäre es mit einem Eis?«

»Spaghetti Carbonara?«, fragte Hannah. Sie liebte die Mischung aus Spaghettieis und Eierlikörsoße, verziert mit weißen Schokosplittern, die den Parmesan symbolisierten.

»Was denn sonst?« Louisa griff nach ihrem gesunden Arm und zog sie in die Sonne hinaus. Sie schlenderten über den kleinen Marktplatz und ließen sich in der Eisdiele an einem Tisch auf der Terrasse nieder. Dort grüßten sie Dorfbewohner, die vorbeigingen, tauschten ein paar Worte mit Touristen, die im Hofladen gewesen waren und Louisa wiedererkannten. Während sie ihre Eisbecher genossen, fiel eine weitere Schicht von Hannahs Panzer ab. Sie fühlte sich wirklich wohl hier. Natürlich hatte sie nach wie vor nicht die Absicht hierzubleiben. Aber das Gefühl der Enge, des Eingesperrtseins, das ihr früher die Luft zum Atmen genommen hatte, war verschwunden. Sie liebte den See, den Blick auf die Berge – und mehr als einmal hatte sie sich dabei ertappt, wie sie im Kopf ein Foto arrangiert hatte, wie sie darüber nachgedacht hatte, mit welchem Filter, welcher Belichtung sich das Bild, das gerade vor ihr entstand, am besten einfangen ließ.

Als sie ihre Eisbecher geleert hatten, schlenderten Hannah und Louisa Seite an Seite in Richtung See. Sie liefen durch eine der für Sternmoos so typischen Gassen, als Hannah plötzlich bewusst wurde, wo sie waren. Links vor ihnen, gleich neben der *Alten Molkerei*, lag die Autowerkstatt von Jakobs Familie.

»Ich bin ihm aus dem Weg gegangen«, sprach Hannah den Gedanken aus, der ihr durch den Kopf ging.

Louisa folgte ihrem Blick. Sie musste sich nicht die Mühe machen zu fragen, wen Hannah meinte. »Und jetzt ist das anders?«, fragte sie.

»Ich bin mir nicht sicher. Nur gerade fällt mir auf, dass ich diese Straße immer gemieden habe, wenn ich in den letzten Tagen unterwegs war. Aber jetzt habe ich zumindest nicht mehr das Gefühl, einer Begegnung mit Jakob nicht gewachsen zu sein.«

Louisa griff nach Hannahs Hand und drückte sie. »Weil das Gleichgewicht in deiner Seele langsam wieder ins Lot kommt. Es ist noch nicht wieder ganz ausgewogen, aber du bist nicht mehr so dünnhäutig und verletzlich wie in den Tagen nach deiner Ankunft.«

Ihre Tante hatte recht. Sie schlief besser. Sie aß vernünftig. Alles in allem war sie auf einem guten Weg. Wenn sie Jakob jetzt träfe, wäre sie wesentlich gefasster – und hätte vor allem ihre Gefühle im Griff. Sie schlenderten weiter, bewunderten die Vorgärten und die Geranien, die über die Balkonbrüstungen quollen.

Auf Höhe der Autowerkstatt blickte Hannah wieder nach links. Zwischen dem Gebäude und der *Alten Molkerei* lag ein Hof, auf dem ein paar Autos geparkt waren. Mitten auf der gepflasterten Fläche stand mit laufendem Motor ein SUV, an dem einer dieser Anhänger hing, mit denen man Autos transportieren konnte und der jetzt allerdings leer war. Hinter dem Lenkrad saß ein Mann, den Hannah in der tief stehenden Sonne, die durch die Windschutzscheibe fiel, nicht erkennen konnte. An der Beifahrertür verabschiedete sich gerade ein zweiter Mann von – Jakob. Für einen Moment beschleunigte sich Hannahs Herzschlag. Dann hatte sie sich wieder im Griff. Wie sie es vorausgesagt hatte. Zufrieden mit sich – und ihrer Gelassenheit – atmete sie tief durch. Sie wollte sich gerade zu Louisa umdrehen, um ihr zu zeigen, wie gut sie die Situation gemeistert hatte, als sie das schockierte Keuchen hinter sich hörte. Hannah wirbelte herum. Ihre Tante starrte Jakob an. Ihr Gesicht so blass, dass es fast durchsichtig schien. Sie schwankte und tastete nach dem Zaun hinter sich, um nicht zu stürzen.

»Was …?« Hannah blickte über die Schulter zurück. Der Mann, dem Jakob gerade noch die Hand geschüttelt hatte, stieg in den SUV, und der andere gab Gas. Den Anhänger im Schlepptau rumpelten sie vom Hof. Und plötzlich wurde Hannah bewusst, dass nicht Jakobs Anblick diese Reaktion bei Louisa ausgelöst hatte. Sondern der andere Mann.

»Brandl«, flüsterte Louisa und sah dem Wagen nach. Sie sah aus, als hätte sie einen Geist gesehen.

Hannah sah, wie die Knie ihrer Tante wegknickten. Mit einem Satz war sie bei ihr und griff ihr unter die Achseln. Ihr eingegipster Arm behinderte sie, also tat sie das Einzige, was sich in diesem Moment normal anfühlte. Sie hielt Louisa fest, blickte abermals über die Schulter zurück und rief: »Jakob!«

Er blickte noch dem SUV nach und hatte die Hand zum Gruß gehoben. Als er seinen Namen hörte, drehte er sich zu ihnen herum. Er schien die Situation im Bruchteil einer Sekunde zu umreißen und überquerte die Straße mit wenigen Schritten. »Was ist passiert?«, fragte er und ging ein wenig in die Knie, um Louisa ins Gesicht sehen zu können. Sie wirkte noch immer ein bisschen weggetreten. Ihr Blick war glasig.

»Ich weiß auch nicht. Wir sind einfach nur hier langgelaufen. Plötzlich sah sie aus, als hätte sie ein Gespenst gesehen, und dann ist sie fast umgefallen.«

Jakob tastete kurz am Hals ihrer Tante nach dem Puls. Dann schob er eine Hand unter ihren Rücken und die andere unter ihre Knie und hob sie ohne viel Federlesen auf seine Arme. »Wir bringen sie erst einmal aus der Sonne.« Wieder überquerte er die Straße und mit wenigen Schritten den Hof. Doch er lief nicht in die Werkstatt, sondern steuerte auf die *Alte Molkerei* zu. An der Seite des Gebäudes führte eine Metalltreppe nach oben, die es früher nicht gegeben hatte. »Geh vor mir, damit du die Tür aufmachen kannst«, bat er Hannah. Also lief sie die Stufen vor ihm hinauf. Seine Arbeitsstiefel donnerten hinter ihr auf dem Eisen. Auf dem oberen Treppenabsatz hörte sie ein Winseln. »Das ist mein Hund«, erklärte Jakob auf Hannahs Zögern hin. Die Frage schien ihr im Gesicht geschrieben zu stehen, als sie sich zu ihm umblickte. »Er tut nichts.«

»Das sagen immer alle über ihre Hunde«, konnte Hannah sich nicht verkneifen. Besonders, wenn sie das Blechschild in Betracht zog, das etwas schief neben der Tür hing und besagte: *Vorsicht! Wenn du näher kommst... dann Shepherd's!* Daneben war der Kopf eines wuscheligen Hundes mit blauen Augen abgebildet. *Australian Shepherd* stand in kleinen Lettern darunter.

Jakob warf einen Blick in Richtung der Warnung. »Das dient nur zur Abschreckung«, erklärte er und verlagerte Louisas Gewicht in seinen Armen ein wenig.

Ihre Tante hier raufzuschleppen war sicher anstrengend. Hannah beeilte sich, die Tür aufzuziehen und trat zur Seite, als ihr das Fellbündel, das nicht gerade klein war, entgegenschoss. Es wirkte tatsächlich nicht böse, und die blauen Augen des Tieres wirkten geradezu fröhlich, als er an ihren bloßen Beinen schnupperte.

Jakob schob sich an ihr und seinem Hund vorbei und betrat den Raum. Hannah folgte ihm. Ihre Augen mussten sich nach der gleißenden Sonne an das dämmrige Licht um sie herum gewöhnen. Doch dann wurde ihr klar, wohin Jakob sie gebracht hatte: in seine Wohnung. Das war also die Erfolgsgeschichte des Jakob Mandel. Während sie um die Welt gereist war, hatte er es geschafft, das verfallene Obergeschoss eines ehemaligen Milchbetriebes in eine Wohnung auszubauen. So wie er früher über seinen Traum, Automechaniker zu werden, gesprochen hatte, war er wahrscheinlich glücklich, direkt gegenüber der Werkstatt zu wohnen. Und völlig im Reinen mit sich. Hannah schluckte den bitteren Geschmack hinunter, der sich auf ihrer Zunge sammelte. Es war richtig gewesen, ihn zu verlassen. So weh das damals auch getan hatte. Zögernd trat sie weiter in den Raum. Jakob legte Louisa auf einer breiten Couch ab und schob ihr ein Kissen unter den Kopf. Mit einer Fernbedienung ließ er die Rollläden, die für das dämmrige Licht verantwortlich waren, ein Stück hochfahren. »Ich habe sie runtergelassen, um die Hitze draußen zu halten«, erklärte er Hannah, während er abermals nach dem Puls ihrer Tante tastete. »Habt ihr irgendetwas Besonderes gemacht? Etwas Anstrengendes?«

»Nein.« Hannah schüttelte den Kopf. Der Hund setzte sich neben sie und blickte zu ihr auf. Das weiche Fell war unwiderstehlich, also beugte sie sich zu ihm hinunter und kraulte ihn. »Wir waren Eis essen«, sagte sie zu Jakob.

»Ist Louisa Diabetikerin? Oder hat sie eine Herz-Kreislauf-Erkrankung?«

»Nein.« Hannah schüttelte abermals den Kopf. Im ersten Moment hatte sie gar nicht daran gedacht, aber Jakobs konkrete, direkte Fragen erinnerten sie wieder daran, dass er bei der Bergwacht war. Und mit solch einer Situation tausendmal besser umgehen konnte als sie. Egal, wie merkwürdig es sich anfühlte, in seiner Wohnung zu stehen, es war im Moment die beste Möglichkeit für ihre Tante. »Sie ist eigentlich fit wie ein Turnschuh«, ergänzte sie. In dem Moment, in dem Hannah sich auf der Straße zu ihr umgedreht hatte, hatte sie irgendetwas gemurmelt. Es hatte wie »Brand« oder »Brandl« geklungen. Sie wusste nicht, was Louisa damit gemeint hatte. Aber das würde sie schon noch herausfinden. »Braucht sie einen Krankenwagen?« Mit Schrecken wurde ihr bewusst, dass sie gerade nicht mal ein Handy besaß, mit dem sie ihre Schwestern oder Eltern informieren konnte.

»Ich glaube nicht.« Jakob legte seine große Hand an Louisas Stirn und beobachtete das Flattern der Lider ihrer Tante. »Wahrscheinlich war die Hitze zu viel für sie. Kannst du ein Geschirrtuch nass machen?«, und nickte in die Richtung seiner Küchenzeile. Hannah setzte sich in Bewegung, und der Hund folgte ihr neugierig.

»Die Hitze zu viel ... rede nicht über mich wie über eine alte Frau«, brummte Louisa.

»Ah, da ist sie ja wieder.« Hannah musste sich nicht umdrehen, um Jakobs Lächeln zu sehen – sie konnte es in seiner Stimme hören. »Bring noch ein Glas Wasser mit«, sagte er hinter ihr.

Die Küche, die durch einen Tresen mit zwei Barhockern vom Rest des offenen Wohnbereichs getrennt war, war klein, aber erstaunlich sauber. Hannah öffnete einen der Oberschränke und stellte fest, dass darin fünf dunkelblaue, tatsächlich zueinanderpassende Kaffeebecher standen. Der sechste war benutzt neben der Kaffeemaschine abgestellt worden, so als hätte Jakob den letzten Schluck am Morgen auf dem Weg zur Werkstatt zwischen Tür und Angel getrunken. Hannah griff nach einem Wasserglas und füllte es unter dem Hahn. Dann nahm sie das Geschirrtuch, das über dem Griff des Backofens hing, und hielt es ebenfalls unter das Wasser. Sie wrang es aus und kehrte dann mit Glas und Tuch zu Jakob und Louisa zurück. Der Hund, der sich in der Hoffnung, einen kleinen Snack zu erhaschen, neben seine Futterschüssel gesetzt hatte, warf ihr von der Seite einen so mitleiderregenden Blick zu, dass Hannah lächeln musste.

Noch immer lächelnd reichte sie Jakob das Glas. Seine Finger berührten ihre, als er danach griff. Er starrte sie an. Und der Moment begann sich wie Kaugummi zu ziehen. Sie konnte nicht wegsehen. Konnte nicht aufhören, in die dunklen Augen zu blicken. Sie hielten das Glas zwischen sich. Wieder fühlte Hannah dieses Band, das nie aufgehört hatte zu existieren. Diese Verbindung. Wie vor ein paar Tagen im Blumenladen. Doch das hier war kein Moment zwischen Jakob und ihr. Hier ging es um ihre Tante, die mit geschlossenen Augen auf der Couch lag. Langsam, unendlich langsam, zog Hannah ihre Hand von dem Glas, verlor den Kontakt zu Jakobs Fingern. Seiner Wärme. Mit der anderen hielt sie ihm das nasse Tuch entgegen, so, dass sie sich nicht noch einmal berühren würden, wenn er es nahm. Dann trat sie einen Schritt zurück und befreite sich aus seinem Bann.

*

Hannah Falkenberg stand mitten in Jakobs Wohnzimmer. Sie hatten sich berührt, als sie ihm ein verdammtes Glas Wasser für ihre Tante gereicht hatte. In diesem Moment schien sich die Luft um sie herum elektrisch aufzuladen. Er hätte sich nicht gewundert, wenn Blitze durch den Raum gezuckt wären. Sie war nicht wegen ihm hier, rief er sich in Erinnerung, sondern wegen Louisa, die auf seiner Couch ausgestreckt lag. Jakob stellte das Wasser auf den Boden und legte das kühle Tuch auf Louisas Stirn, während er sich nach Hannah umdrehte. Seine Kumpels würden sich kaputtlachen, wenn sie ihn so sahen. Er war ja so vernünftig. Hatte alles total im Griff. Aber eben nur, solange Hannah und er sich nicht im selben Raum befanden.

Sie war vor das Bücherregal getreten, das die rechte Wand seines Wohnzimmers bedeckte. Die Hände in die Gesäßtaschen ihrer Jeans geschoben betrachtete sie seine Thriller, Krimis und Romane, die er wahllos eingestapelt hatte. Stephen King neben Bildbänden über Oldtimer. Biografien neben Sachbüchern über Oldtimerrestauration. Dazwischen standen Fotos seiner Familie und Freunde, in Rahmen, die nicht zueinanderpassten, wie Chrissi ihn immer wieder erinnert hatte. Aber er mochte das so. Hannah trat ans nächste Regal, legte den Kopf schief und fixierte die Buchrücken. Dann blieb ihr Blick offenbar an einem Foto mit knallblauem Rahmen hängen. Sein bunt angemalter Hippie-Bulli. Einen Moment rührte sie sich nicht, doch dann drehte sie den Kopf und blickte ihn über die Schulter an. Ihr Blick schien zu glühen und fuhr ihm auf direktem Blick in den Magen. O ja, Hannah erinnerte sich. Genau wie er. Er hatte den VW-Bus als Teenager mithilfe seines Vaters selbst umgebaut und war ohne Führerschein – Hannah immer auf dem Beifahrersitz – auf den Feldwegen des Tals herumgekurvt. In diesem Bus hatten sie in einer warmen Sommernacht auf der Lichtung am See gemeinsam ihre Unschuld verloren. Abrupt drehte Hannah sich wieder um und starrte weiter auf das Regal.

»Jetzt reicht es mir aber mit diesem Bemuttern«, ließ sich Louisa von der Couch vernehmen und schob Jakobs Hand zur Seite, was ihn dazu brachte, in die Gegenwart zurückzukehren und sich wieder auf das Wesentliche zu konzentrieren.

»Wie geht es dir?«, fragte er Louisa und reichte ihr das Wasser.

»Mir geht es wunderbar«, murmelte sie und trank das Glas in großen Zügen leer. »Ich habe keine Ahnung, was mit mir los war. Aber dieses Getue ist wirklich nicht nötig.« Sie hob mahnend den Finger. »Wage es nicht, das auf mein Alter zu schieben.«

Ergeben hob Jakob die Hände. »Das würde ich niemals wagen. Soll ich Josef anrufen?« Es wäre ihm am liebsten, sie würde sich von Hannahs Vater durchchecken lassen.

»Nein, lass gut sein. Danke für deine Hilfe.« Louisa schwang die Beine vom Sofa und setzte sich auf. »Wir sollten jetzt gehen.«

»Ich fahre euch«, bot Jakob an.

Louisa legte ihre Hand auf seinen Arm. Jakob fand, dass sie noch immer ein bisschen mitgenommen aussah. »Das ist nicht nötig«, sagte sie.

»Ist mir egal, ob du das als notwendig erachtest«, widersprach Jakob. Er erhob sich und zog Louisa auf die Füße. »Entweder fahre ich euch jetzt nach Hause, oder ich rufe Josef an. Wähle selbst, welches Übel dir lieber ist«, schlug er ihr mit einem Lächeln vor, von dem er hoffte, dass es charmant war.

»Dir kann man nicht viel abschlagen. Also gut, fahr uns nach Hause.« Louisa blickte zu ihrer Nichte hinüber, die noch immer die Buchrücken musterte. »Bist du so weit, Hannah?«

*

Hannah behielt ihre Tante im Blick. Louisa wehrte sich dagegen, nochmals getragen oder wenigstens gestützt zu werden. Aber sie hielt sich am Geländer fest, als sie mit langsamen Schritten die Metalltreppe hinunterstiegen. Ein deutliches Anzeichen, dass sie noch immer zittrig war. Jakob lief vor ihnen und überquerte in langsamen Schritten den Hof, sodass Louisa und sie ihm folgen konnten. Er hielt auf den Mercedes-Van zu, mit dem ihre Familie sie am Flughafen abgeholt hatte. Sie erkannte ihn an dem Firmenlogo auf der Seite »Das ist dein Auto?«, fragte sie, ehe sie sich bremsen konnte.

Jakob drehte sich um und sah sie an. »Eines von ihnen.«

Schwarzer, in der Sonne glänzender Lack. Das komplette

Gegenteil seines Bullis, den er bereits als Teenager voller Liebe selbst restauriert hat. Hellblau und voller bunter Blumen, die sie aufgemalt hatte. Das Klischee eines Hippie-Busses. Und ihr Liebesnest. Der Dorfpolizist hatte beide Augen zugedrückt, wenn Jakob über die Feldwege gebrettert war, noch bevor er einen Führerschein hatte. Jakob war schließlich in einer Werkstatt aufgewachsen, er wusste, was er tat. Und an einem lauen Sommerabend hatten sie sich auf der Matratze, die hinten im Bulli lag, zum ersten Mal geliebt. Jetzt fuhr er also einen Mercedes-Bus. Unter anderem.

»Hast du den Bulli nicht mehr?«, fragte sie.

Jakob hatte sie angestarrt, als sie das Bild seines alten Lieblingsautos in seinem Bücherregal gemustert hatte. Sie hatte das Foto vor all den Jahren selbst geschossen und es ihm zum Geburtstag geschenkt. Es steckte noch immer in dem knallblauen Rahmen, den sie damals ausgewählt hatte. Hannah war sich sicher, dass auch Jakob sich noch sehr gut an ihre Spritztouren erinnern konnte. Doch jetzt mied er ihren Blick und beschäftigte sich damit, die Beifahrertür und die Schiebetür zu öffnen, während er antwortete. »Chrissi hat den Bus gehasst«, erklärte er. »Bevor Xander vor ein paar Jahren Vater geworden ist, haben wir einen letzten Roadtrip ans Meer gemacht, und danach habe ich ihn verkauft.«

»Oh.« Hannah wusste nicht, was sie sagen sollte. In ihrer Vorstellung waren Jakob und der alte VW-Bus untrennbar miteinander verbunden. Aber klar, Chrissi hatte ihn natürlich gehasst. Er stand schließlich für Hannahs und Jakobs gemeinsame Vergangenheit. Ob er diesen Schritt bereute?

»Ich finde es jammerschade, dass du ihn verkauft hast«, ließ Louisa vernehmen und kletterte auf den Beifahrersitz.

»Aber ganz ehrlich? Der Mustang, den du dir dafür angeschafft hast, ist echt sexy. Und er passt perfekt zu dir. Ich hoffe immer noch, dass du mich mal auf eine Spritztour einlädst.« Sie zwinkerte Jakob, der inzwischen auf dem Fahrersitz Platz genommen hatte, verschwörerisch zu.

Hannah atmete erleichtert aus. Ihre Tante schien wieder ganz die Alte zu sein. Ein fröhliches Lächeln im Gesicht und ein harmloser Flirt mit einem Mann, der ihr Sohn sein konnte. Sie schwieg auf der kurzen Fahrt zur Mühle, während Jakob und Louisa schäkernd Pläne für einen Ausflug ins Grüne schmiedeten.

Als der Van vor dem Hofladen zum Stehen kam, sah Jakob in den Rückspiegel. Ihre Blicke trafen sich für einen Augenblick. Hannah hatte das Gefühl, sie hatten die Zeit in seinem Apartment und dem Auto gut gemeistert. Obwohl sie beide das Kribbeln spürten und die Berührung ihrer Finger nahezu elektrisch gewesen war, hatten sie sich im Griff gehabt. Sich sehr erwachsen benommen. Jetzt wussten sie beide, dass es okay war, wenn sie in Zukunft aufeinandertrafen. Sie konnten damit umgehen. Hannah lächelte Jakobs Spiegelbild an. Einen Moment lang starrte er unverwandt zurück, dann konnte sie das Lächeln sehen, das sich in seine Augen legte. Er nickte ihr leicht zu, und Hannahs Herz wurde leicht. Diese Geste kam einem Friedensangebot gleich. Bevor sie darauf eingehen konnte, blickte er zu Louisa hinüber, die sich abgeschnallt hatte und die Autotür öffnete. »Warte«, sagte er. »Ich helfe dir.« Im nächsten Moment war er aus dem Bus gesprungen und um die Motorhaube herumgelaufen. Er half Louisa beim Aussteigen. Hannah schob die Schiebetür auf und verzichtete auf seine Hilfe.

»Danke, mein Lieber«, sagte Louisa. »Ich hoffe, wir haben deinen Abend nicht zu sehr durcheinandergebracht.«

»Keine Sorge.« Jakob drückte die Hand ihrer Tante und nickte Hannah noch einmal zu. »Ich würde dich aber lieber auf dem Dorffest zu einem Tanz auffordern, statt mich um deine Gesundheit zu sorgen«, sagte er. »Pass gut auf dich auf. Versprochen?«

»Keine Sorge.« Ihre Tante küsste Jakob auf die Wange, und für einen winzigen Moment wünschte Hannah, sie könne es ihr gleichtun. »Ich reserviere einen Tanz für dich.«

Er hob die Hand zum Gruß, sprang in den Van und verschwand in der Staubwolke, die seine Reifen auf dem trockenen Schotterweg aufwirbelten.

»Die Chemie zwischen euch hat sich kein bisschen verändert«, sagte Louisa leise.

»Was?« Hannah wandte sich zu ihr um.

»Du solltest ernsthaft über eine heiße Sommeraffäre nachdenken.« Ihre Tante grinste breit.

»Lou!« Hannah konnte sich nicht entscheiden, ob diese Idee sie schockieren oder zum Lachen bringen sollte. Vielleicht war das aber einfach nur ein Versuch von Louisa, von ihrem Schwächeanfall abzulenken.

Hannah drehte sich um und nahm die Hände ihrer Tante in ihre. »Was war das vorhin?«, fragte sie leise. »Du hattest nicht einfach nur einen Schwächeanfall. Du hast irgendetwas gesagt, das wie *Brand* klang. Oder *Brandl*.«

»Ich habe keine Ahnung, wovon du sprichst.« Louisa zog ihre Hände aus Hannahs Griff und drehte sich um.

»Du kanntest den Mann, der in das Auto gestiegen ist«, versuchte Hanna es mit einem Freischuss.

Louisa blickte zu ihr zurück. »Welchen Mann?« Sie lächelte. »Ich habe Lust auf ein Glas Wein. Bist du dabei?«

Hannah schüttelte den Kopf. »Nein.« Sie musste sich mit ihren Schwestern zusammensetzen und ihnen erzählen, was passiert war. Louisa log. Hannah hätte schwören können, dass ihre Tante das noch nie bewusst getan hatte. Es war nicht ihre Art, Hannah oder ihre Schwestern abzublocken. Ehrlichkeit war ihr Grundmotto. Aber jetzt gerade hatte sie Hannah mitten ins Gesicht gelogen. Und das war nach dem Zusammenbruch ihrer Tante mehr als beunruhigend.

9

Louisa setzte sich auf die Bank vor dem Hofladen. Normalerweise würde sie um diese Zeit des Tages ihren letzten Kaffee trinken, aber heute stand ihr der Sinn nach etwas Stärkerem. Mit einer Bewegung aus dem Handgelenk ließ sie den Wein in ihrem Glas kreisen und sog mit geschlossenen Augen die Aromen ein. Sie war kein Sommelier, aber sie hatte feine Sinne. Der Duft nach Waldbeeren und dunkler Schokolade beruhigte sie ein wenig. Sie nippte und gab dem Wein die Chance, seinen Geschmack auf ihrer Zunge zu entfalten. Blinzelnd öffnete sie die Augen, bevor sie noch einen Schluck trank und zur Mühle hinübersah. Das Wasserrad, das früher die Kraft zum Mahlen des Mehls geliefert hatte und inzwischen für die Stromversorgung des Hofes verantwortlich war, drehte sich ruhig und beständig. Schaufelte Wasser. Unermüdlich. Ohne Pause. So wie ihr Leben inzwischen lief. Im Gleichklang. In geregelten Bahnen. Glatt wie die Oberfläche des Sees. Und vor allem ohne Dramen – welcher Art auch immer.

Sie strich sich die Haare hinter die Schulter und trank noch einen Schluck Wein. Egal, wie sehr sie sich bemühte, das Bild des Mannes, der auf Jakobs Hof in den SUV gestiegen war, zur Seite zu schieben, es schien sich auf ihrer Netzhaut festgebrannt zu haben. Wie lange hatte sie ihn überhaupt gesehen? Den Bruchteil einer Sekunde. Höchstens. Eine große, schlanke Gestalt. Volles graues Haar, das er ein wenig länger trug, als Männer in seinem Alter es üblicherweise taten. Eine dunkle Hornbrille, die ihm den Anflug eines Intellektuellen gab. Ergänzt von einem Dreitagebart, der diesen Eindruck ein wenig aufweichte und ihm etwas leicht Verwegenes verlieh.

Verdammt. Louisa kniff die Augen zusammen und trank noch einen großen Schluck Wein. Sie musste sich geirrt haben. Der Mann konnte unmöglich Brandl gewesen sein. Sie wusste noch nicht einmal, wie er heute aussah. Immerhin hatten sie sich vierzig Jahre nicht gesehen. Hannahs Rückkehr hatte dazu geführt, dass Louisa in den letzten Tagen viel zu viel über die Vergangenheit nachgedacht hatte. Sie hatte an ihren eigenen Ausbruch aus der perfekten, heilen Welt ihrer Familie gedacht und Erinnerungen heraufbeschworen, die sie normalerweise gut in ihrem Inneren verschlossen hielt. Und die sie schon seit Jahren oder vielleicht sogar Jahrzehnten nicht mehr hervorgeholt hatte. Es war völlig ausgeschlossen, dass der Mann, den sie gesehen hatte, Brandl war. Er ähnelte nur ihrer Vorstellung seines gealterten Ichs. Dabei hatte sie nicht den Hauch einer Ahnung, wie er jetzt aussah. Er war auf dem Weg gewesen, Anwalt zu werden. Also standen die Chancen inzwischen ziemlich gut, dass er einen Bierbauch vor sich hertrug und die vollen Haare einer Glatze gewichen waren. In seinem Gesicht lagen mit Sicherheit dieser verschlagene Ausdruck und dieses fiese, geldgierige Lächeln, das Rechtsanwälte in ihrer Vorstellung mit sich herumtrugen. Egal, was ihr Gehirn sie glauben machen wollte: Es war ein Irrtum. Dieser Mann konnte auf keinen Fall derjenige gewesen sein, der ihre Welt damals aus den Angeln gehoben hatte, nur um sie dann fallen und in Millionen und Abermillionen Teile zerspringen zu lassen. Mit einem Seufzen legte sie den Kopf in den Nacken und blickte in den Himmel. Der Mann war nicht Brandl gewesen, ermahnte sie ihr durcheinandergeratenes inneres Gleichgewicht noch einmal.

Oktober 1978

Der Abend in der Wildkatze *war ruhig. Aber das waren alle Mittwochabende. Hinter der u-förmigen Bar, vor der bordeauxrote und orange Schalensessel mit verchromten Füßen aufgereiht waren, fühlte Louisa sich immer ein bisschen wie die Kommandeurin eines Raumschiffes. Was vielleicht auch daran lag, dass die Lampen, die über der Bar hingen, ziemlich futuristisch aussahen. Ganz zu schweigen von dem Scheinwerfer, der so montiert war, dass er einen Lichtspot schuf, durch den sie sich hin und her bewegte, während sie die Drinks für die Gäste mixte. Jedes Mal, wenn der Lichtkegel und sie aufeinandertrafen, fühlte es sich an wie ein kleiner Auftritt im Rampenlicht.*

Der Mittwoch war wirklich nicht Louisas Lieblingstag. Sie stand mehr auf das Wochenende, wenn in der Bar der Bär steppte. Wenn die Leute in Fünferreihen vor ihrem Tresen standen und um Getränke bettelten – und manchmal auch darum, dass sie auf dem Tresen tanzte. Was sie hin und wieder tat. Wenn sie in der richtigen Stimmung war. Und wenn die Musik stimmte. Die Musik war überhaupt das Beste an der Wildkatze. Abgesehen von den Gratisdrinks, die man sich hinter der Bar gönnen konnte. Die Musik war hier definitiv besser als das, was der deutsche Hörfunk zu bieten hatte. Wenn sie noch einmal morgens zu den Klängen von Rivers of Babylon *oder dem* Lied der Schlümpfe *aufwachte, würde ihr Radio das möglicherweise nicht überleben.*

Sie blickte über die Schulter in die dunkle Ecke, in der die Philosophen saßen. So nannte sie die Gruppe von fünf Möchtegern-Weltverbesserern, die vermutlich nie über das Stadium des Pläneschmiedens hinauskamen. Diese fünf würden die Revolution, von der sie träumten, definitiv nie anzetteln. Louisa mochte diese verträumten Spinner trotzdem. Jeden Mittwoch saßen sie auf den beiden dunkelbraunen Cordsamtsofas vor der Wand, an der ein runder Spiegel neben dem anderen hing. Jeder von ihnen eingerahmt in einen Kreis, der alle Schattierungen zwischen Orangerot und Hellgelb aufwies. Louisa war sich sicher, dass die Spiegel den Zweck hatten, das spärliche Licht, das die auf den Tischen verteilten Lavalampen abgaben, in den Raum zurückzuwerfen. Das Konzept ging leider nicht auf, weil sich die Philosophen eine Kippe nach der anderen – und hin und wieder auch einen Joint – ansteckten und die Wand hinter einer permanenten Rauchwolke verschwand.

Louisa stellte sechs Schnapsgläser auf ein Tablett und füllte sie bis zum Rand mit Apfelkorn. Abgesehen von den Philosophen saßen zwei junge Frauen in den spacigen eierförmigen Sesseln, in denen sie regelrecht verschwanden. Sie hatten Hippie Love, *die Wildkatzen-Version eines* Sex on the Beach, *geordert, und die Sessel mit dem Rücken zum Raum gedreht. Zwei Frauen in ihrem eigenen kleinen Universum. Ein Pärchen, das an einem der niedrigen Tische saß, hatte seine Persicos noch nicht einmal angerührt, so sehr war es damit beschäftigt, sich zu küssen. Im Moment brauchte wirklich niemand ihre Barkeeperfähigkeiten.*

Louisa summte die ersten Takte von Uriah Heeps Lady in Black mit und griff nach dem Tablett. Sie mochte die düstere Stimmung dieses Liedes. Begleitet von der dunklen Melodie trug sie die Kurzen zu den Philosophen hinüber. »Meine Herren.« Geschickt balancierte sie das Tablett mit der linken Hand und griff nach Konstantins Zigarette, um daran zu ziehen und den Rauch tief zu inhalieren. »Eine Runde aufs Haus.« Sie gab die Kippe zurück und wartete, bis sich jeder von ihnen einen Schnaps genommen hatte. Dann angelte sie das letzte Glas und klemmte sich das Tablett unter den Arm. Sie hob es zum Toast. »Auf was stoßen wir an?«, fragte sie mit einem Blick in die Runde.

»Wir könnten auf die gewaltfreie Revolution anstoßen«, sagte Bernd.

»Oder auf den Widerstand gegen die Aufrüstung. Kalter Krieg.« Ferdinand schob seine Brille nach oben und kratzte sich nachdenklich seinen ziemlich wild wuchernden Vollbart. »Oder einfach nur auf die Politik im Allgemeinen.«

»Jungs.« Louisa wartete, bis ihr die Aufmerksamkeit der Philosophen sicher war. »Ich gebe euch gerade einen aus. Und ich lasse euch nachher mit Sicherheit wieder anschreiben. Also sollten wir auf jeden Fall auf mich anstoßen.«

»Wo sie recht hat ... auf die schöne Lou, unsere Lieblingsbarkeeperin.« Konstantin kippte den Kurzen.

Die anderen murmelten ihre Zustimmung und legten, wie Louisa, den Kopf in den Nacken. Sie schüttete den Schnaps runter und vollführte ein paar Tanzschritte im Takt des Liedes. Ein leichter Luftzug, der von hinten durch die großen Maschen ihres bodenlangen Häkelkleides strich, signalisierte ihr, dass neue Gäste gekommen waren. Den Refrain von Lady in Black *auf den Lippen wirbelte sie herum. Zu den drei Männern. Zwei Typen von der Uni, die ab und zu mal herkamen. Und zwischen ihnen einer, der ganz sicher überall sein wollte, nur nicht hier. »Willkommen in der* Wildkatze«, *rief sie ihnen über die Musik hinweg zu und tanzte zurück an ihren Platz hinter den Tresen.*

Einen Moment blieben die Männer unschlüssig stehen, dann entschieden sie sich für die Bar und besetzten drei der Hocker vor dem Scheinwerferspot, durch den sich Louisa hin und her bewegte. Die zwei, die sie kannte, waren Jurastudenten, wenn sie sich richtig erinnerte, also war der dritte das vermutlich auch. Gemessen am Seitenscheitel in seinen dunklen Haaren und dem ordentlich gebügelten Hemd war er definitiv der Typ Spießer. Ein Streber, schüchtern und zurückhaltend. Andere studierten vielleicht Psychologie, um die Menschen analysieren zu können. Louisa musste ihr Gegenüber nur kurz betrachten und wusste bereits, was für ein Typ er war. Solange sie in der Wildkatze *arbeitete, hatte sie ihn hier noch nicht gesehen.*

»Hi«, rief sie über den Tresen. »Ich bin Louisa.«

»Hallo«, murmelte der Typ so leise, dass Louisa ihn über The Sweet, *die* Uriah Heep *abgelöst hatten, fast nicht verstand.*

»Mensch, Brandl.« Einer seiner Kumpel stieß ihm den Ellenbogen in die Rippen. »Prüfungen vorbei. Schöner Abend.

Tolle Frau hinter dem Tresen«, zählte er auf. »Was will man mehr? Ich bin übrigens Ludwig.«

Ja richtig. Jetzt fiel es ihr wieder ein. »Die tolle Frau bin dann wohl ich.« Louisa grinste. »Und du bist Johann, stimmt's?«, sagte sie zum dritten im Bunde.

Der Typ, der Brandl hieß, starrte sie an, während seine Kumpels gut gelaunt mit ihr flirteten. Louisa fand, dass es an der Zeit war, ihn ein bisschen aufzutauen und sich von seinen blauen Augen und dem direkten Blick abzulenken, mit dem er sie bedachte. Solange der Besitzer der Bar nicht da war, merkte er auch nicht, wie viele Drinks an diesem Abend aufs Haus gingen. Sie griff nach der Apfelkornflasche und schenkte weitere vier Gläser voll. Drei schob sie über den Tresen, das vierte erhob sie zum Toast. »Auf eure bestandenen Prüfungen«, sagte sie und kippte den Kurzen. Die Männer taten es ihr gleich, bevor Ludwig und Johann Whiskey-Cola bestellten und Brandl ein Bier.

*

Michael Brandner stand der Sinn weder nach einer Kneipe noch nach einem Besäufnis. Er hatte sein persönliches Lernziel für diese Woche noch lange nicht erreicht und wollte viel lieber an seinem Schreibtisch sitzen und sich den Kopf über Zivilrecht zermartern. Aber seine Kommilitonen und WG-Mitbewohner, Ludwig und Johann, hatten auf diesem Abend bestanden. Den Kopf frei machen nach den Prüfungen. Für einen Abend nicht denken. Nicht lernen. Keine Bücher.

Johann hatte mit den Augen gerollt, als er versucht hatte, ihm zu erklären, wie sein Wochenpensum aussah. Er war aus seinem Zimmer gestapft, und Michael war sich schon sicher gewesen, seine Ruhe zu haben, während seine Freunde den Abend in einer Bar verbrachten.

Doch im nächsten Moment fiel sein Parka vor ihm auf den Tisch, und Ludwig starrte auf ihn herunter. »Wir haben diese neue Kneipe gefunden. Die Wildkatze. Du kannst jetzt hier hocken bleiben, Brandl. Aber, Kumpel, wenn du das tust, verpasst du was. Und zwar so dermaßen, dass du es uns nie verzeihen wirst, dich nicht gezwungen zu haben, uns zu begleiten. Also los, zieh deine Schuhe an. Ich werde so lange hier stehen bleiben, bis du deinen Arsch hochbekommst.«

Michael seufzte und ließ den Kopf auf seine Jacke sinken. Ludwig hatte gut reden. Sein Vater finanzierte sein Studium, und er würde später sowieso in die Familienkanzlei einsteigen. Johann war sein Studienabschluss viel zu egal, um sich um irgendetwas Sorgen zu machen. Beide begriffen nicht, wie wichtig all das für Michael war. »Ein Bier«, nuschelte er in den rauen Stoff seines Parkas, ehe er den Blick hob und seine Freunde eindringlich ansah. »Ich trinke ein Bier. Dann bin ich weg. Verstanden?«

»Na klar.« Johann grinste. »Ein Bier. Und dann kannst du verschwinden – oder bleiben. Je nachdem, was dir nach einem Bier«, betonte er Michaels Kompromiss noch einmal, »lieber ist.«

Michael raffte sich auf, schlüpfte in seine Schuhe und seinen Parka, den er gegen den kalten Wind, der durch die Münchner Straßenschluchten fegte, zuknöpfte. Sie holten ihre Fahrräder aus dem Keller, weil das für sie die schnellste und kostengünstigste Fortbewegungsart war. Zu der Bar, die seine Freunde entdeckt hatten, brauchten sie nicht einmal zehn

Minuten. Bereits von außen sah Michael das trübe Licht und konnte Lady in Black *von Uriah Heep hören. Dieses Lied hing ihm schon lange zum Hals raus. Aber Ludwig und Johann würden keinen Rückzug dulden, und dieses Lied hatte viereinhalb, höchsten fünf Minuten. Eine Zeitspanne, die man überstehen konnte. Er würde ein Bier trinken und sich dann wieder auf den Heimweg machen. Vielleicht schaffte er heute noch ein paar Kapitel Zivilrecht. Das war sein Plan, und an seine Pläne hielt sich Michael. Ganz gleich, wie süffisant Johann gegrinst hatte.*

Als er die Kneipe betrat, wurden ihm zwei Dinge bewusst. Zum einen war der Laden, der von außen etwas von einer Absteige hatte, ganz gemütlich. Und zum anderen war da diese Frau, die im hinteren Teil des Raumes stand und mit dem Rücken zu ihnen ein paar Schritte zu dem Lied tanzte. Das Häkelkleid, das sie trug, reichte bis zum Boden und schmiegte sich perfekt an ihren schmalen Körper. Ihre Haare waren lang genug, dass die hennaroten Spitzen über den Ansatz ihres Pos wischten. Michaels Mund wurde trocken.

Genau diesen Moment wählte die Frau, um sich mit einem strahlenden Lächeln umzudrehen und »Willkommen in der Wildkatze« *zu rufen.*

Ihr Anblick traf Michael wie… wie ein Faustschlag in den Bauch. Ein Faustschlag von der Art, bei dem man nach Luft schnappte, es aber nicht mehr schaffte, Sauerstoff in die Lunge zu pressen. Er wusste, dass er sie anstarrte, aber er konnte nicht damit aufhören. Seine Blicke folgten ihr, als sie an ihnen vorbei hinter die Bar tänzelte.

»Na?« Ludwig stieß Michael den Ellenbogen in die Seite. »Haben wir dir zu viel versprochen?«

Michael schüttelte stumm den Kopf. Nein, sie hatten ihm nicht zu viel versprochen. Auch wenn sie etwas völlig anderes meinten als er. Auch wenn er keine Ahnung hatte, was gerade mit ihm passiert war. Er folgte seinen Freunden an die Bar und setzte sich in den Schalensessel zwischen ihnen. Irgendjemand hatte über dem Tresen einen Scheinwerfer angebracht, der einen Lichtkegel schuf, durch den die Frau wie eine Elfe hin und her schwebte. Er wusste, was seine Freunde meinten: die offensichtliche Erotik der Barkeeperin. Sie war nicht zu leugnen. Im ersten Moment hatte Michael sogar geglaubt, sie wäre unter ihrem Häkelkleid nackt. Doch dann hatte er ein Höschen und ein Oberteil durch die groben Maschen ausmachen können. Ein Bikini. Ein ziemlich verrückter Aufzug für Ende Oktober. Die Frau war wirklich erotisch. Ihre Bewegungen. Die lange rote Mähne und die Henna-Tattoos auf ihren Handrücken, genau wie ihr schönes Gesicht und ihr aufreizendes Lächeln. Und trotzdem wirkte sie durch und durch natürlich. So als ziele sie überhaupt nicht darauf ab, diese Wirkung auf die männliche Hälfte des Erdballs zu haben. Und das war es auch nicht, was Michael wie magisch anzog. Das war es nicht, was die Luft um ihn herum vibrieren und den The-Sweet-Hit zu einem Summen verschwimmen ließ. Er konnte nicht sagen, was es war. Aber aus irgendeinem Grund berührte sie sein Herz. Er bemühte sich, sie nicht anzustarren, scheiterte aber kläglich.

»*Hi*«, *rief sie über den Tresen.* »*Ich bin Louisa.*«

»*Hallo*«, *murmelte er so leise, dass sie es wahrscheinlich gar nicht hören konnte. Louisa. Er hatte etwas Exotischeres vermutet. Louisa war so – normal. Und doch passte es zu ihr. Louisa, sprach er den Namen in Gedanken aus. Während seine*

Freunde gut gelaunt mit ihr flirteten, blieb er stumm sitzen. Sie ließ Michael nicht aus den Augen. Spürte sie das auch? Diese merkwürdige Anziehung, die er nicht in Worte fassen konnte, die sich aber auch nicht leugnen ließ.

Louisa schenkte ihnen allen Apfelkorn ein und stieß mit ihnen auf die bestandenen Prüfungen an. Über den Rand des Schnapsglases hinweg begegneten sich ihre Blicke. Michael konnte nicht sagen, ob ihre Augen blau waren oder grün. Sie schienen ständig die Farbe zu wechseln. Er wusste plötzlich, dass er die richtige Farbe herausfinden wollte. Und ihm wurde klar, dass er nicht wie geplant nach einem Bier nach Hause gehen würde.

*

Irgendetwas war passiert. Louisa hatte keine Ahnung, was für eine Art von Verbindung zwischen ihr und Brandl entstanden war. Sie war von Anfang an da gewesen. Als ihre Blicke einander zum ersten Mal begegnet waren, hatte sie es gespürt. So etwas hatte sie noch nie erlebt. Sie war ein Hippie. Sie kannte keine Grenzen. Freiheit war ihr oberstes Gebot. Aber die Begegnung mit Brandl sagt ihr, dass das etwas anderes war. Etwas, das tief ging. Viel tiefer, als sie es jemals empfunden hatte. Er war still, zurückhaltend. Aber er ging nicht, als sich seine Freunde – mit ziemlicher Schlagseite – auf den Heimweg machten. Er saß an ihrer Bar, und irgendwann brachen auch die Philosophen auf. Als sie allein waren, drehte Louisa die Lautstärke der Musik herunter, und plötzlich begann er zu reden. Sie brachte ihn dazu, mit ihr zu tanzen – und es fühlte sich unglaublich an, seinen Körper an ihrem zu spüren, seine

Hände, die über ihren Rücken strichen. Ihr Körper – und sie hörte auf ihren Körper – sehnte sich nach ihm. Obwohl er vermutlich der spießigste Typ war, für den sie jemals mehr als einen Blick übriggehabt hatte. Und sie verstand es nicht. Sie konnte es einfach nicht begreifen.

Als sie schließlich ihre Jacke anzog und die Tür der Wildkatze abschloss, hatten Brandl und sie beide mehr als genug Alkohol intus. Sie benutzten sein Fahrrad als Stütze, denn er ließ es sich nicht nehmen, sie nach Hause zu begleiten, auch wenn ihre Wohnung in der entgegengesetzten Richtung von seiner lag. Sie redeten, sie lachten. Und schließlich standen sie vor ihrer Haustür. Einen langen Augenblick standen sie sich einfach nur gegenüber, der Wind, der zwischen ihnen hindurchfegte, ließ Louisa frösteln. Trotzdem löste sie ihren Blick nicht von seinem. Es schien unausweichlich. Brandl zögerte, also übernahm sie die Initiative. Sie überwand die Distanz zwischen ihnen – und presste ihre Lippen auf seine. Wie ein Blitz zuckten die Gefühle durch ihren Körper. Einen Moment stand Brandl wie erstarrt vor ihr, dann schlang er seine Arme um sie, zog sie an sich und erwiderte ihren Kuss.

Louisa fühlte sich plötzlich stocknüchtern. Brandl löste sich von ihr. Millimeter nur. Sein Atem vermischte sich mit ihrem zu einer feinen Wolke, die der Wind davontrug. Er strich ihr eine Haarsträhne hinter das Ohr und legte seine Lippen abermals auf ihre. Diesmal war der Kuss sanft. Langsam. Tastend – und beinahe ehrfürchtig.

Louisa ergab sich in dieses Gefühl, das ihr Herz so vollständig erfüllte. Sie begriff, dass sie sich gerade selbst verlor. In diesen Mann, der kein bisschen so war, wie sie sich ihre große Liebe vorgestellt hatte. Sie legte die Hand an seine Wange und beendete den Kuss. Einen Moment blieb sie mit geschlossenen Augen stehen, dann drehte sie sich um und schloss ihre Tür auf. Ohne sich noch einmal nach ihm umzusehen, betrat sie ihre Wohnung und schloss die Tür. Sie lehnte sich von innen gegen das kalte Holz und atmete langsam aus. Am nächsten Abend würde sie wieder in der Wildkatze *arbeiten. Brandl würde wieder an ihrem Tresen sitzen. Und sie nach Hause bringen.*

10

Nach den ersten albtraumhaften Tagen hatte Hannah es weitestgehend geschafft, ihre Vergangenheit auszublenden. Die Flashbacks waren weniger geworden. Sie träumte nicht mehr so furchtbar. Sie trug die neuen Klamotten, die sie mit ihren Schwestern in Salzburg gekauft hatte. Sie lebte im Gästezimmer ihrer Tante. Nur ihren Fotokoffer hatte sie noch immer nicht geöffnet. Zurzeit besaß sie weder eigenes Geld noch Kreditkarten, aber in dem Moment, in dem Louisa zusammengebrochen war, hatte sie sich schmerzlich nach ihrem Handy gesehnt, das in den reißenden Fluten eines brasilianischen Flusses verschwunden war.

Sie hatte keine Möglichkeit gehabt, Hilfe zu rufen. Zum Glück war Jakob da gewesen. Über ihn hatte sie an diesem Abend ebenfalls mehr erfahren, als sie vermutet hätte. Er hatte eine Wohnung in der *Alten Molkerei*. Doch das war nichts, worüber sie im Moment nachdenken wollte. Er hatte Louisa geholfen. Das war alles, was in dem Moment gezählt hatte. Und trotzdem ... ein Handy wäre Gold wert gewesen.

Nachdem Lou ihr zum tausendsten Mal beteuert hatte, dass sie völlig in Ordnung war und sie dann weggeschickt hatte, hämmerte sie an Rosas Tür.

Ihre Schwester öffnete und sah sie mit hochgezogenen

Augenbrauen an. »Wo brennt es?«, wollte sie wissen. Sie trug eine Schürze über einem Trachtenoberteil und Jeans. Ein kleiner Mehlstreifen zierte ihre Wange, so als hätte sie sich mit mehligen Händen gedankenverloren eine Haarsträhne hinter das Ohr gestrichen. »Komm rein«, sagte sie, drehte sich um und kehrte in die Küche zurück, wo sie offenbar gerade dabei war zu backen. »Julian kommt heute noch. »Er liebt diesen Apfelkuchen«, erklärte sie, nachdem sie das Radio leiser gedreht hatte, das den Raum mit der Melodie und den Bässen eines Robyn-Schulz-Songs füllte.

Hannah hatte die Küche schon immer geliebt. Schon, als sie noch das bunte Durcheinander ihrer Tante gewesen war. Rosa hatte etwas ganz Eigenes, Warmes aus dem Raum gemacht. Einen Ort, an dem man mit einem Glas Wein mit seinen Schwestern zusammensitzen wollte, um die ganze Nacht zu reden. Wer brauchte schon ein Wohnzimmer, wenn er so eine Küche hatte?

»Ich liebe diesen Apfelkuchen auch«, sagte Hannah. Sie schnappte sich eine Apfelscheibe und fuhr damit durch die Teigschüssel. Dann balancierte sie das Obst zum Mund, ohne den Teig zu verkleckern. Es würde Julian nicht umbringen, wenn ein wenig Boden und ein paar Apfelscheiben auf seinem Kuchen fehlten. Immerhin bekam er etwas Eigenes gebacken, einfach nur, weil er überhaupt mal nach Hause kam. Als ob das eine besondere Leistung wäre oder so was. »Hmm.« Sie verdrehte die Augen und kaute die süßfruchtige Mischung genüsslich.

Rosa schüttelte den Kopf und zog den Teig aus Hannahs Reichweite. »Wie ein kleines Kind«, schimpfte sie, lächelte aber dabei. »Wenn du mich den Kuchen backen lässt, ohne die Hälfte der Zutaten wegzufuttern, darfst du nachher die Schüssel auskratzen.«

»Das klingt nach einem guten Deal.« Hannah ließ sich auf die Eckbank fallen. Sie stand hinter einem massiven Holztisch – dunkle Eiche mit einer wunderschönen Maserung und unebenen Kanten, weil die Tischplatte einfach der Länge nach aus einem uralten, breiten Baumstamm herausgeschnitten worden war. Die Kanten hatte man von der Rinde befreit, ihn sonst aber so belassen, wie er war. »Ich brauche ein Handy«, platzte sie heraus und strich mit den Händen über das warme Holz, wie sie es immer tat. »Lou und ich waren Eis essen. Auf dem Rückweg hatten wir einen kleinen Zwischenfall.« Sie hob beruhigend die Hand, als ihre Schwester erschrocken von den Apfelscheiben aufblickte, die sie symmetrisch und mit akkuratem Abstand in der Backform auf dem Teig verteilte. Warum legte sie sie nicht einfach irgendwie drauf, fragte sich Hannah. Wen interessierte die Anordnung, wenn der Kuchen nachher sowieso eine Decke aus Eischaum bekam? »Es geht Lou gut. Zumindest behauptet sie das. Aber ich hätte gern die Möglichkeit gehabt, jemanden anzurufen. Dich. Oder Antonia«, ergänzte Hannah. »Und ich muss mit euch beiden über das, was da vorhin passiert ist, reden. Aber du backst gerade. Ich habe Lou versprochen, heute Abend die Pferde zu versorgen. Und ob Tonia Zeit hat? Wer weiß das schon?«

»Sollen wir lieber gleich darüber reden?«, fragte Rosa. Die Sorgenfalte zwischen ihren Brauen schien sich von Sekunde zu Sekunde tiefer in ihre Haut zu graben.

»Nein. Back in Ruhe fertig, und versuch, Tonia zu erreichen. Wir treffen uns einfach später auf dem Dachboden.«

Mit einem sehnsüchtigen Blick auf die Teigschüssel erhob sich Hannah.

Rosa seufzte. Sie nahm einen Apfelschnitz, zog ihn durch den Teig, wie Hannah zuvor, und hielt ihn ihr hin.

»Du bist die beste Schwester.« Hannah stopfte ihn sich in den Mund und machte sich auf den Weg zu den Pferden.

Als Hannah eineinhalb Stunden später auf den Dachboden stieg und Rosas Lichterkettenkonstruktion einschaltete, stellte sie fest, dass jemand einen dritten Sitzsack hier hochgebracht hatte. Ihre Schwestern gingen offenbar davon aus, dass sie ihnen noch eine Weile erhalten blieb – oder in Zukunft vielleicht doch öfter nach Hause kam.

Als sie Schritte auf der Treppe hörte, drehte sie sich um. Rosa balancierte eine Kuchenschachtel durch die Bodenluke. »Julian hat sich gemeldet. Er kommt doch erst morgen«, verkündete sie, als sie Hannahs Blick bemerkte. Dann senkte sie den Blick. Auch wenn sie es nicht zugeben würde, sie war von ihrem Freund enttäuscht. »Wäre doch schade darum, diesen Kuchen nicht anzuschneiden.« Womit sie absolut recht hatte.

Hinter ihr tauchte Antonia auf, die eine Rotweinflasche schwenkte. »Was auch immer der Grund für dieses Treffen war: Ihr habt mich vor dem langweiligsten Date meines Lebens gerettet.« Sie umarmte Hannah und Rosa und ließ sich dann auf einen der Sitzsäcke fallen. Dann kramte sie ein Taschenmesser aus einer der unzähligen Taschen ihrer Outdoor-Hose. Mac-Antonia-Gyver klappte den Korkenzieher heraus und öffnete die Flasche. Hannah war sich sicher, ihre Schwester könnte mit einer Büroklammer und diesem Schweizer Messer einen Heißluftballon bauen, falls sie jemals auf einem der Berge, auf die sie ständig kraxelte, festsitzen und nicht mehr herunterkommen sollte. Um Antonia musste man sich wirklich keine Sorgen machen.

»Was für ein Date?«, wollte Rosa wissen und stellte die Kuchenbox, aus der der himmlische Duft frisch aus dem Ofen gezogenen Gebäcks aufstieg, zwischen die Sitzsäcke. »Hier, ehe ich es vergesse: mein altes Prepaid-Handy. Akku und Guthaben sind aufgeladen. Du solltest dich aber trotzdem mal darum kümmern, eine neue SIM-Karte zu bestellen. So bist du ja weder erreichbar, noch hast du die Nummer von irgendwem.« Sie hielt Hannah das Handy hin. »Also, was für ein Date war das?«, fragte sie Antonia noch einmal, bevor Hannah sich bedanken konnte.

»Mama macht sich mal wieder Sorgen um meinen Lebenswandel.« Antonia trank mangels vorhandener Gläser einen Schluck direkt aus der Weinflasche und reichte sie dann an Hannah weiter.

Stimmt, dachte Hannah. Auch wenn sich niemand jemals Sorgen um Antonia machen musste, weil sie so was von fest mit beiden Beinen auf dem Boden der Tatsachen stand und sehr genau wusste, was sie vom Leben wollte – und was nicht –, Rena zerbrach sich trotzdem permanent ihren Kopf darüber. Besonders, weil ihr Antonias Einstellung zu Beziehungen nicht gefiel. Denn ihre Schwester hatte schlicht überhaupt keine Einstellung zu Beziehungen. Während Rosa an diesem Idioten Julian festhielt, der sie keinesfalls verdiente, dem sie aber trotzdem nicht den Laufpass gab, hatte Antonia Spaß, ohne sich jemals fest zu binden. Als sie noch zur Schule gegangen war, hatte sie einen Freund gehabt, der das Wort Beziehung ein wenig zu genau genommen hatte. Er hatte auf eine beängstigende Art und Weise begonnen, Antonia zu verfolgen und einzuengen. Mit seiner Eifersucht zu erdrücken. Es hatte viel Kraft gekostet, sich von ihm zu trennen und dafür zu sorgen, dass er sie in Ruhe ließ. Seitdem achtete sie darauf, die Bindungen zu Männern nicht zu eng werden zu lassen. Sie hatte einfach Spaß. Und sie genoss es, sich in kurze, unverbindliche Abenteuer ohne Verpflichtungen zu stürzen und ansonsten ungebunden zu sein. Ein Verhalten, das ihre Mutter wahrscheinlich noch weniger verstand, als Hannahs Flucht aus dem Tal.

»Mama hat den größten Langweiler aufgetrieben, den man sich vorstellen kann.« Antonia forderte die Rotweinflasche zurück und nahm einen kräftigen Schluck. Rena versuchte immer wieder, ihre Tochter mit Blinddates, die sie für sie verabredete, auf den rechten Weg zu bringen – wie sie es nannte. »Ein Lehrer.« Sie verdrehte die Augen. »Weichei und Selbstüberschätzer. Wir haben uns für eine Mountainbike-Tour in die Berge verabredet, weil er angeblich so gern und gut Rad fährt. Sozusagen ein Profi, bla bla bla. Wir sind das Klaustal rausgefahren. Er hat nicht mal die Hälfte der Strecke geschafft, ehe er praktisch über dem Lenker seines Bikes kollabiert ist.« Sie nahm noch einen Schluck und reichte die Flasche Rosa. »Wo, um Himmels willen, treibt Mama nur diese Typen auf?«, fragte sie sich selbst. »Ich war ernsthaft versucht, ihn einfach zurückzulassen und allein weiterzufahren. Aber dann kam dein Anruf, Rosa, und das hat ihm den letzten Funken Ehre gerettet. Pech für Mama. Wieder ein Mann, den sie als potenziellen Schwiegersohn von ihrer Liste streichen kann.«

»Es war uns ein Vergnügen, dich zu retten, auch wenn der Grund ein bisschen ernster ist, als du vielleicht angenommen hast«, sagte Hannah. »Bekommen wir jetzt ein Stück von diesem Kuchen?«

»Ist was mit Mama oder Papa? Als sie mich wegen des Dates angerufen hat, schien alles in Ordnung.« Antonia griff nach Hannahs Hand. »Oder Lou? Es ist doch nichts mit Lou?«

Rosa seufzte. »Ihr bekommt jetzt beide ein Stück Kuchen, und dann erzählst du endlich, was heute passiert ist.« Sie hob den Deckel von dem Kuchencontainer und hob je ein Stück Apfelkuchen auf Servietten, die sie eingepackt hatte, und reichte sie Hannah und Antonia.

Das war so typisch für ihre Schwestern, dachte Hannah. Antonia, die für den Rotwein keine Gläser braucht und immer ein Werkzeug zum Öffnen dabeihatte. Und Rosa, die Servietten verteilte und der es wahrscheinlich total gegen den Strich ging, dass sie keine Teller und Kuchengabeln auf den Dachboden geschleppt hatte. Sie konnten unterschiedlicher nicht sein, und doch hielten sie zusammen wie Pech und Schwefel. Und sie war glücklich, Teil davon zu sein. »Ich war mit Louisa Eis essen. Auf dem Heimweg sind wir an Jakobs Werkstatt vorbeigekommen.«

»Hattest du ein Problem damit, ihn zu sehen?« Rosa strich Hannah liebevoll über den Arm.

»Nein. Das Problem war nicht Jakob. Er stand zwar vor der Werkstatt, als wir kamen, aber er war nicht allein.« Hannah erzählte von dem Mann, der ihrer Tante den Boden unter den Füßen weggezogen hatte. Wie Jakob sie in seine Wohnung gebracht und später nach Hause gefahren hatte. »Sie behauptet, mit ihr sei alles in Ordnung. Angeblich hatte dieser kurze Aussetzer nichts mit diesem Mann zu tun. Brandl, wenn ich sie richtig verstanden habe. Aber ich glaube ihr kein Wort.«

»Lou hat uns noch nie angelogen«, gab Antonia zu bedenken und griff nach ihrem zweiten Stück Kuchen. »Andererseits hat sie auch noch nie so auf einen Mann reagiert. Schon gar nicht auf einen, den wir nicht kennen.«

»Und du bist sicher, dass sie nicht einfach einen Schwächeanfall hatte?«, fragte Rosa. Die Sorge stand ihr noch immer ins Gesicht geschrieben. »Vielleicht war es die Hitze. Der Kreislauf.«

Hannah schüttelte entschieden den Kopf. »Sie hat ›Brand‹ oder ›Brandl‹ gesagt, so habe ich es zumindest verstanden, und dabei diesen Mann angestarrt. Sie kannte ihn. Und sein Anblick hat ihr den Boden unter den Füßen weggezogen.«

»Dann sollten wir herausfinden, wer das war«, entschied Antonia.

»Oder Tante Lou einfach in Ruhe lassen. Wenn sie mit jemandem von uns hätte darüber sprechen wollen, hätte sie es getan. Vielleicht geht uns das Ganze einfach nichts an.« Rosa stippte mit dem Zeigefinger ein paar Krümel von der Kuchenplatte und schob sie sich in den Mund. »Ein Recht auf Privatsphäre. Recht auf Geheimnisse.«

»Das stimmt zwar, aber was ist, wenn der Mann wieder auftaucht?«, gab Hannah zu bedenken. »Er war bei Jakob, also hat er wahrscheinlich ein Auto in die Werkstatt gebracht. Und wer hier sein Auto reparieren lässt oder zum Kundendienst bringt, der wohnt doch auch hier irgendwo. Sollten wir nicht vorbereitet sein, falls Louisa noch eine Begegnung mit ihm hat?«

»Oder, vielleicht noch wichtiger, können wir verhindern, dass Lou noch einmal auf den mysteriösen Brandl trifft?«, überlegte Antonia. »Wir könnten auch darüber nachdenken, unserer Tante zu sagen, wo er wohnt, wenn wir das rausbekommen. Ihr schien nicht bewusst gewesen zu sein, dass er sich hier in der Gegend herumtreibt, sonst wäre sie nicht so erschrocken. Wenn sie weiß, wo er zu finden ist, kann sie selbst entscheiden, ob sie Kontakt zu ihm aufnimmt oder ihm aus dem Weg geht.«

Rosa seufzte, griff nach der Weinflasche, die Antonia neben den Kuchen gestellt hatte, und trank einen Schluck. »Ich finde wirklich, dass uns das nichts angeht. Aber wenn ihr der Sache nachgehen wollt, werde ich nicht kneifen. Wie gehen wir die Mission an?«, fragte sie.

»Mission!« Antonia grinste. »Das gefällt mir. Mission ›Brandl‹. Der einfachste Weg wäre, Jakob zu fragen, wer der Mann war.«

Hannah griff gerade nach dem Wein, als ihr bewusst wurde, dass ihre Schwestern einen Blick austauschten. »Was soll das?«, fragte sie und zeigte mit der Flasche in der Hand auf Rosa und Antonia. »Glaubt nicht, dass ich das gerade nicht gesehen habe. Was habt ihr vor?«

»Naja.« Rosa strich vorsichtig über ihre Haare, so als überprüfe sie, ob ihre Flechtfrisur noch ordentlich saß. Was sie tat, weil sie es nicht wagen würde, nicht perfekt zu sitzen. »Du warst dabei, als es passiert ist. Du hast Louisa in Jakobs Wohnung begleitet. Und nicht zu vergessen, du warst mal mit ihm zusammen. Wenn jemand weiß, wie man Informationen aus ihm rausbekommen, dann du. Also solltest du diejenige sein, die auf diese Mission geht und die Informationen besorgt.«

Hannah lachte. Zumindest so lange, bis Antonia ihren Kopf schräg legte und sie reglos ansah. »Das ist nicht euer Ernst.« Ihre Schwestern schwiegen. »Auf keinen Fall! Ihr wisst genau, dass Jakob und ich uns tunlichst aus dem Weg gehen sollten. Und dass genau das mein Plan für die Wochen ist, die ich noch hier bin.«

»Hmm«, machte Antonia.

»Ich mache das auf keinen Fall«, betonte Hannah noch einmal.

Zwei Tage lang behauptete sich Hannah gegen die Idee ihrer Schwestern, dann gab sie nach. Von der Gärtnerei konnte sie auf der anderen Seite des Sees an der Straße entlang gehen, was die beste Methode war, Jakob auszuweichen. Und das hatte sie bis zu dem Spaziergang mit Louisa auch so gehandhabt. Aber sie waren erwachsen. Als Lou zusammengebrochen war und Jakob sich um sie gekümmert hatte, waren sie ja auch – irgendwie – miteinander ausgekommen. Seine Blicke hatten auf ihrer Haut gekribbelt. Von der Berührung ihrer Hände ganz zu schweigen. Aber das lag mit Sicherheit nur daran, dass sie sich gegenseitig behandelten wie rohe Eier. Wenn sie sich öfter über den Weg liefen und sich nicht mehr voreinander versteckten, würde sich auch ihr Umgang miteinander normalisieren. Also entschied sie sich an diesem Abend nach der Arbeit, nicht an der Straße entlangzulaufen, sondern den Weg zu nehmen, den sie mit Louisa gegangen war. Den Weg, der an der Werkstatt der Mandels vorbeiführte.

Als sie mit ihrer Tante hier gewesen war, hatte sie gar nicht recht begriffen, was sich verändert hatte. Erst als Jakob Louisa in seine Wohnung im Obergeschoss der *Alten Mol-*

kerei gebracht hatte, war ihr aufgefallen, dass der alte Ziegelbau, der jahrelang leer gestanden hatte, nicht mehr durch einen hohen Zaun und eine Hecke vom Hof der Autowerkstatt getrennt war. Der gepflasterte Platz zwischen den beiden Gebäuden war jetzt weitläufig. Trotz der drei Autos, die neben der Werkstatt standen und auf ihre Reparatur warteten. Im hinteren Bereich parkte der Mercedes-Viano, mit dem Jakob Louisa und sie nach Hause gebracht hatte. Und den sich ihre Familie ausgeliehen hatte, um sie vom Flughafen abzuholen. Offenbar gehörte die *Alte Molkerei* jetzt auch Jakobs Familie – und war Teil der Werkstatt geworden.

Hannah hatte die *Alte Molkerei*, die in den 1890er Jahren erbaut worden war, immer gemocht. Sie war kurz vor dem Millennium dichtgemacht worden und hatte seitdem leer gestanden. Das Gebäude mit den großen Industriefenstern und dem Fabrikschornstein hatte fast etwas Majestätisches an sich. Am Windfang, dessen früher eingeworfene Glasscheiben erneuert worden waren, kletterte eine Efeuranke hinauf. Mit dem kleinen Spitzdach wirkte er fast wie ein Häuschen vor der Fabrik.

Flankiert wurde die Molkerei von zwei Flachbauten, die als Seitenflügel links und rechts an das Gebäude anschlossen. Vom Hof aus waren drei der großen Metallsprossenfenster entfernt und durch Rolltore ersetzt worden. Auf dem linken Flachdach hatte sich Jakob eine Terrasse eingerichtet, wie sie bei ihrem Besuch in seiner Wohnung gesehen hatte.

Die Molkerei wieder in ihrem alten Glanz erstrahlen zu sehen war schön. Was Hannahs Blick allerdings wie magisch anzog, war der alte Hanomag Pritschenwagen, mit dem der Milchmann bis zum Ende der Molkerei die Bauernhöfe abgefahren war und die Milchkannen eingesammelt hatte. Das Fahrerhaus war olivgrün lackiert. Die Felgen und der Kühlergrill Feuerwehrrot, und auf der Pritsche aus hellem Holz standen sogar noch ein paar der großen Alumilchkannen, die an die vergangenen Zeiten erinnerten. Hannah konnte sich noch gut daran erinnern, wie sehnsüchtig Jakob dem kleinen LKW schon in der Grundschule hinterhergeschaut hatte. Wie er alle technischen Details hatte runterrasseln können. Wie seine Augen geglänzt hatten, als er Willi, den alten Milchmann, dazu überredet hatte, ihn den Laster ein Stück fahren zu lassen. Tagelang hatte er in der Schule von nichts anderem geredet. Damals konnte Jakob noch nicht einmal zehn gewesen sein. Der Pritschenwagen hatte gemeinsam mit der Molkerei seinen Dienst eingestellt. Und nun stand er hier, vor dem restaurierten Gebäude – mit dem Logo »Der alte Milchwagen – Classic Cars« und einem stilisierten Oldtimer auf der Fahrer- und Beifahrertür. Wie ein Firmenschild auf vier Rädern, ging es Hannah durch den Kopf.

Plötzlich wurde ihr bewusst, dass sie auf dem Gehweg stand und die Molkerei anstarrte. Hoffentlich hatte sie niemand beobachtet. Vor allem nicht Jakob. Er würde sie noch für eine Stalkerin halten. Sie gab sich innerlich einen Ruck und ging auf das offen stehende Rolltor zu, aus dem harter Rock über den Hof pulsierte.

Das Innere des Gebäudes war kühl und hell. Ihr schlug der Geruch von Motorenöl und Benzin entgegen, den sie schon aus der Werkstatt von Jakobs Vater kannte. Er mischte sich mit dem Aroma von Kaffee, der von dem ausgedienten Ölfass links von ihr kam, auf dem eine Kaffeemaschine und ein kleiner, ziemlich schiefer, Turm aus Keramikbechern mit dem »Alter Milchwagen«-Logo thronten. Daneben stand eine alte Tanksäule, die wahrscheinlich aus den Fünfzigerjahren stammte. An der außergewöhnlichen Kaffeebar lehnte ein Typ wie ein Bär. Mitte dreißig, schätzte Hannah. Hipster-Bart und eine Baseballkappe, die er verkehrt herum aufgesetzt hatte. Er trug einen schwarzen Overall, der sie an amerikanische Tankwarte erinnerte. Der ovale Aufnäher auf seiner Brusttasche, in den sein Name gestickt war – Peer –, verstärkte diesen Eindruck. Sein Outfit wurde von Sicherheitsschuhen und einem weißen T-Shirt ergänzt, das hinter dem Reißverschluss des Overalls hervorlugte. Aus dem Kragen wand sich ein beeindruckendes Tribal seinen Hals hinauf. Er hatte die Ärmel seines Overalls nach oben geschoben, und auch hier ließ sich jede Menge Tintenkunst bewundern. Seine kräftigen Hände waren mit Öl verschmiert, was einen starken Kontrast zu dem weißen Kaffeebecher bildete, den er in der Hand hielt.

»Moin«, sagte er laut, um die kreischenden Gitarren aus den Lautsprechern zu übertönen, und grinste Hannah an, bevor er in die Zuckerdose griff und vier Würfel Zucker in seine Tasse warf.

Hannah musste sich zusammenreißen, um bei so viel Süße nicht das Gesicht zu verziehen.

Sein Grinsen wurde noch eine Spur breiter, und Hannah wurde bewusst, dass sie ihre Mimik wohl doch nicht im Griff gehabt hatte. »Ich kenne diesen Gesichtsausdruck«, sagte er und zuckte mit den Schultern. »Die meisten Leute reagieren ein bisschen verstört auf meinen Zuckerkonsum. Aber hey, ich arbeite hart. Und irgendwo muss die Energie ja herkommen.« Sein Dialekt passte zu dem ›Moin‹, mit dem er sie begrüßt hatte und zu dem ›Peer‹ auf seinem Namensschild. Er war Hannah auf Anhieb sympathisch.

»Was verschlägt ein Nordlicht in den südlichsten Zipfel Deutschlands?«, fragte sie neugierig.

Abermals zuckte Peer mit den Schultern und rührte seinen Kaffee um. »Die Arbeit beim Besten«, sagte er schlicht. »Die Community der Oldtimerschrauber ist nicht besonders groß. Man kennt sich. Also findet man schnell raus, wo das beste Team sitzt – und will dazugehören. Der *Alte Milchwagen* ist das beste Team«, ergänzte er, falls sie das nicht kapiert haben sollte. Es war gut möglich, dass sein Lobgesang auf die Werkstatt ein Marketingtrick war, mit dem Jakobs Familie Kunden beeindrucken wollte. Peers Worte klangen allerdings ehrlich, und seine Augen leuchteten, als er sie sagte. Hannah nahm ihm seine Begeisterung ab. »Und du?«, hielt er sich nicht mit Förmlichkeiten auf. Er blickte auf ihren eingegipsten Arm. »Autounfall gehabt? Ich hoffe, du hast kein hübsches Oldtimer-Baby geschrottet. Das würde mir echt das Herz brechen.«

Hannah schluckte trocken. Er konnte es nicht wissen, versuchte sie, ihr plötzlich schnell schlagendes Herz zu beruhigen. Offenbar hatte er keine Ahnung, was für eine Art von Unfall sie gehabt hatte. Sonst hätte er sich diesen flapsigen Kommentar gespart. Kein Grund, eine Panikattacke zu bekommen, weil Peer sie dazu gebracht hatte, an dieses verdammte Brasilien zu denken. Sie bemühte sich darum, ruhig ein- und auszuatmen. Ihr Blick wanderte durch die große Halle. Obwohl hier jede Menge Zeug herumstand, wirkte alles ordentlich und aufgeräumt. So als ob die Mechaniker mit einem Handgriff das richtige Werkzeug aus den blauen

Werkzeugwagen ziehen konnten. Sie zählte vier Hebebühnen. Auf zweien waren alte Karossen nach oben gefahren, die nur mit viel gutem Willen als Autos zu erkennen waren. An den unverputzten Ziegelwänden reihten sich Werkbänke und Maschinen auf, die sie noch nie gesehen hatte. Darüber hingen alte Emaille-Werbeschilder und Radkappen. Auf einem Regal voller Ersatzteile lag ein alter Rennfahrerhelm, und in einer Ecke entdeckte sie ein großes, aber leeres Hundekörbchen. Vermutlich der Platz von Jakobs Hund, wenn er in der Werkstatt war.

Hannahs Herzschlag beruhigte sich wieder ein wenig, und sie versuchte sich an einem Lächeln. »Ja«, sagte sie, an Peer gewandt. »Ich hatte einen Unfall. Aber ich würde es nicht wagen, ein so wundervolles Oldtimer-Baby kaputt zu machen.«

»Das ist beruhigend. Wenn du nicht wegen einem Auto hier bist, wie kann ich dir dann helfen?«

»Ich bin auf der Suche nach Jakob. Jakob Mandel«, ergänzte sie unnötigerweise. So groß war die Firma schließlich nicht, und Jakob der Sohn des Chefs.

»Der Boss?« Peer drehte sich um, und Hannah sah, dass das Firmenlogo auf den Rücken des Overalls eingestickt war. »Der ist da hinten und kuckt sich die Karosserie von diesem SL an, den wir vor ein paar Tagen reinbekommen haben. Geh einfach durch.« Mit dem Kopf wies er unbestimmt in den Bereich hinter den Hebebühnen.

»Der Boss?« Hannah runzelte die Stirn. »Jakob gehört die Werkstatt?« Was hatte Peer gesagt? Das Team vom *Alten Milchwagen* war das Beste?

»Logo.« Der Mechaniker zog eine Visitenkarte aus einem

kleinen Ständer neben der Kaffeemaschine und reichte sie ihr. »Wenn du mich entschuldigst? Ich muss weitermachen.« Er zwinkerte ihr zu. »War nett, mit dir zu schnacken.«

Peer ließ Hannah stehen und ging zu einer der Hebebühnen hinüber, wo er seinen Kaffee auf einem Werkzeugwagen abstellte. Sie blickte auf die Visitenkarte. Da stand es. Schwarz auf weiß. Das war Jakobs Firma. Warum hatte ihr das niemand erzählt? Bei dem Gedanken verdrehte sie über sich selbst die Augen. Weil sie es überhaupt nicht hatte wissen wollen.

Einen Moment zögerte sie, dann ging sie in die Richtung, die Peer ihr gewiesen hatte, vorbei an altertümlich aussehenden Maschinen und jeder Menge Ersatzteile. Hinter den Hebebühnen nahm die Lautstärke der Rockmusik ein wenig ab. Das Motorenöl-Benzin-Potpourri wurde von einem anderen Geruch abgelöst, den sie nicht einordnen konnte.

Dann sah sie Jakob. Er trug den gleichen Overall wie Peer und hockte vor einem verrosteten Schrotthaufen, der früher mal ein Cabrio gewesen war. Mit der rechten Hand kratzte er sich am Kopf, die Linke strich über das alte Auto. »Kurt?«, rief er, ohne den Blick von der Rostmühle zu wenden. »Bevor wir das Blech nicht sandgestrahlt haben, können wir den Kostenvoranschlag nicht fertig machen. Wir werden mit Sicherheit einige Teile nachfertigen...« Er blickte über die Schulter und verstummte. Langsam erhob er sich und drehte sich ganz um. »Hannah«, sagte er überrascht.

*

Jakob brauchte einen Moment, bis ihm klar wurde, dass nicht sein Karosseriebauer Kurt hinter ihm stand, sondern Hannah. Sie trug Jeans-Shorts, ein blaugrünes Top, das sowohl zu ihren Augen als auch zur Farbe ihres eingegipsten Armes passte, und Flipflops. Den Dreckspritzern an ihren Beinen nach zu urteilen hatte sie vermutlich wieder in der Gärtnerei gearbeitet.

»Hi.« Sie hob ihre rechte Hand, in der sie seine Visitenkarte hielt. »Peer hat mir gesagt, dass ich dich hier finde.«

»Hat er das?« Mehr fiel Jakob nicht ein. Was wollte Hannah von ihm? Dafür, dass sie sich zehn Jahre lang erfolgreich aus dem Weg gegangen waren, trafen sie in letzter Zeit verdammt häufig aufeinander. Was ziemlich an seinen Nerven zehrte.

Hannah machte sich nicht die Mühe, etwas auf seine Bemerkung zu erwidern. Sie drehte sich einmal um die eigene Achse und nahm die Werkstatt in sich auf. Jakob versuchte, die dreihundertfünfzig Quadratmeter, in denen sie standen, mit ihren Augen zu sehen. Er war stolz auf das, was sein Team und er sich hier aufgebaut hatten. Aber für einen Außenstehenden, der sich nicht für Autos interessierte und schon gar nicht für Klassiker, war das wahrscheinlich eher ein einziges Durcheinander. Er hingegen mochte jede Ecke der Werkstatt. Das hier war eine Männerhöhle. Mit einem Kühlschrank voller Bier für den Feierabend, einem Flipper im Erker neben den alten Ledersofas und einem Kalender an der Wand neben ihren Spinden, auf dem sich nackte Frauen am Strand und im Wasser rekelten. Peer hatte ihn aufgehängt und erklärt, dass der Kalender lediglich dazu diene, der weiblichen Schönheit zu huldigen. Wo er recht hatte…

»Du hast ziemlich viel erreicht«, unterbrach Hannah das Schweigen schließlich. Sie spürte dieses Kribbeln zwischen ihnen genauso wie er. Das war mit Sicherheit auch der Grund, weshalb sie mehr Abstand zu ihm hielt, als es üblich war. »Wenn ich Peer richtig verstanden habe, ist der *Alte Milchwagen* deine Firma.«

»Jepp«, sagte er und schob die Hände in die Taschen seines Overalls. »Wir sind ganz zufrieden mit dem, was wir hier machen.«

»Peer sagt, du bist der Beste«, hakte Hannah nach und trat jetzt doch ein paar Schritte vor, um an ihm vorbei das zu betrachten, was einmal Michael Brandners wunderschöner Mercedes SL R107 werden würde, wenn Jakob damit fertig war.

»Peer redet zu viel.« Unbehaglich zuckte Jakob die Schultern. Aber er war stolz auf den *Alten Milchwagen*. Sie hatten sich deutschlandweit, und sogar über die Grenzen hinaus, einen guten Ruf in der Szene erarbeitet. »Es läuft ganz gut. Wir sind ein tolles Team und arbeiten an Projekten, die uns Spaß machen«, relativierte er Hannahs Bemerkung trotzdem.

»Ihr restauriert Oldtimer und verkauft sie?«, fragte sie.

»Manchmal. Man findet immer mal wieder so ein altes Schätzchen, wenn eine alte Scheune abgerissen wird. Wir halten die Augen offen, und wenn wir etwas Besonderes finden, kaufen wir es und hauchen ihm wieder Leben ein. Manche von diesen Autos verkaufen wir dann weiter, andere übernehmen wir in unseren Fuhrpark. Wir vermieten auch«, erklärte er auf Hannahs fragenden Blick hin. »Für Hochzeiten, Geburtstage oder wenn jemand einfach Lust hat, ein

Wochenende mit einem schönen Oldtimer durch die Berge zu gondeln.« Diese ziemlich ergiebige Einnahmequelle hatte er den geschäftstüchtigen Ideen seiner Mutter zu verdanken. »Manchmal kommen aber auch Kunden mit einem Fahrzeug, das sie restauriert haben möchten.«

»Und dein Vater hat immer noch seine Werkstatt?«, wollte sie wissen.

Jakob konnte sich ein Grinsen nicht verkneifen. »Ja, alles wie immer. Er war am Anfang nicht unbedingt begeistert von meiner Geschäftsidee, aber jetzt hängt er öfter hier rum, als mir lieb ist. Meine Mutter kümmert sich neben seiner Buchhaltung inzwischen auch um meine, hat aber darauf bestanden, ihr Büro aus seiner Werkstatt in meine zu verlegen. Sie ist der Meinung, dass die *Alte Molkerei* tausendmal cooler ist als die Werkstatt meines Vaters.«

Hannah lächelte ebenfalls, was seinen Blick automatisch auf ihre Lippen lenkte und die Geschwindigkeit seines Herzschlages ein wenig in die Höhe schraubte. »Ich kann sie verstehen. Das hier ist alles wirklich cool.«

Aber es war wohl kaum der Grund, aus dem Hannah Falkenberg ihm einen Besuch abstattete. Es wurde Zeit, dass sie sagte, was sie von ihm wollte, damit er sich wieder um den SL kümmern konnte. »Wie geht es Lou?«, fragte er Hannah, um sie davon abzuhalten, jede Ecke der Werkstatt unter die Lupe zu nehmen, statt endlich auf den Punkt zu kommen.

»Es geht ihr wieder gut. Jedenfalls behauptet sie das. Ehrlich gesagt ist das auch der Grund, aus dem ich hier bin.« Sie strich mit der rechten Hand in einer unbewussten Geste über ihren eingegipsten Arm. »Danke, dass du uns gleich geholfen hast.«

»Das war selbstverständlich. Sie hat mir einen ziemlichen Schrecken eingejagt.« Einen solchen Zwischenfall brauchte er wirklich kein zweites Mal.

»Ja, mir auch«, sagte Hannah. Das wunderte ihn nicht. Sie hatte ihrer Tante schon immer sehr nahegestanden. »Es ist nur so: Nur einen Moment, bevor das passiert ist, hast du dich auf dem Hof von einem Mann verabschiedet, der in einen SUV mit Anhänger eingestiegen und weggefahren ist. Ich muss wissen, wer das war.«

»Wie bitte?« Einen Moment überlegte er, ob er etwas nicht richtig verstanden hatte. »Was haben meine Kunden mit dem Schwächeanfall deiner Tante zu tun?«

»Er war der Grund dafür«, behauptete Hannah.

»Mein Kunde?«

»Ja. Lou hat ihn gesehen – und das hat ihr völlig den Boden unter den Füßen weggezogen. Ich muss wissen, wer der Mann war«, erklärte sie.

Jakob trat einen Schritt auf sie zu, sicher, sie würde zurückweichen. Was sie aber nicht tat. »Dann frag deine Tante nach seinem Namen.«

»Sie sagt ihn mir nicht, sonst wäre ich nicht hier, oder?« Hannah musste den Kopf ein wenig in den Nacken legen, um ihm weiterhin ins Gesicht zu sehen. Sie standen plötzlich näher voreinander, als er beabsichtigt hatte – und als gut für sie beide war. »Du musst mir sagen, wer das war.«

»Lou irrt sich«, murmelte Jakob und musste sich darauf konzentrieren, nicht abzuschweifen und sich Gedanken darüber zu machen, ob ihre Augen im Moment eher grün oder blau waren. »Der Mann kommt nicht aus der Gegend. Es ist also unwahrscheinlich, dass Louisa ihn wiedererkannt hat.«

»Aber das hat sie«, widersprach Hannah. »Jakob ...«

»Nein«, unterbrach er sie. »Du kennst die neue Zauberformel: DSGVO. Ich darf dir den Namen nicht geben, er fällt unter den Datenschutz.«

»Das ist doch Blödsinn.« Hannah richtete sich ein Stück weiter auf, was sie einander noch näher brachte. Nahe genug, um ihren zarten Duft, der ihn irgendwie an den Frühling erinnerte, wahrzunehmen. Hannah jedoch schien nicht zu bemerken, wie nahe sie ihm gekommen war. Sie war sauer. Das erkannte er an der tiefen Falte zwischen ihren Brauen und dem geraden Strich, den ihr sonst so schöner Mund bildete. »Das hier ist Berchtesgaden. Der letzte Zipfel Deutschlands. Erzähl mir nicht, dass sich hier auch nur irgendjemand um den Datenschutz schert. Das ist ...«, sie bohrte ihm den Zeigefinger in die Brust, um ihrem Protest Nachdruck zu verleihen.

»Ach, sieh mal einer an«, erklang eine Stimme hinter Hannah.

Eine Stimme, die Jakob nur zu gut kannte. Er bemühte sich, nicht frustriert die Augen zu schließen und zu seufzen, als er über Hannahs Schulter blickte und seine andere Ex-Freundin – Chrissi – mit einem Kuchen in der Werkstatt stehen sah. Er bemühte sich außerdem, Hannahs Hand auszublenden. Sie hatte ihn mit dem Zeigefinger ärgern wollen, aber als sie Chrissi hinter sich gehört hatte, war sie für den Bruchteil einer Sekunde erstarrt. Ihr Zeigefinger war geblieben, wo er war, nur dass jetzt irgendwie ihre ganze Hand auf seinem Brustkorb lag. Direkt über seinem Herzen, wo sie am Ende noch das wilde Pochen fühlen würde. Hoffentlich fehlte ihr die Möglichkeit, sich darauf zu konzentrieren.

»Chrissi«, sagte Jakob, um eine neutrale, freundliche Stimme bemüht. Er wollte sich gar nicht vorstellen, wie Hannah und er auf sie wirken mussten. Sie standen viel zu nah. Hannahs Hand auf seiner Brust. Noch immer. Doch plötzlich schien genau das Hannah bewusst zu werden. Sie machte einen Satz nach hinten und löste ihre Hand von seinem Körper, was eine total lächerliche Leere zurückließ. Am liebsten hätte er mit der Faust über die Stelle gerieben, die sie gerade freigegeben hatte.

»Chrissi.« Mit einem festgetackerten Lächeln im Gesicht drehte sich Hannah um. Die Frauen hatten sich schon als Teenagerinnen nicht ausstehen können. Jakob war sich sicher, dass sich daran in den letzten zehn Jahren nichts geändert hatte. »Schön, dich zu sehen.«

»Das kann ich nicht zurückgeben. Zumindest nicht, solange du dich an Jakob ranmachst.« Chrissis Stimme ähnelte einem Zischen.

»Tatsächlich? Mir ist zu Ohren gekommen, dass das gar nicht mehr dein Problem ist, nachdem du Schluss gemacht hast.« Jakob kannte Hannahs störrische Seite. Ihre Durchsetzungskraft. Die Krallen, die sie ausfahren konnte, wenn sie sich ungerecht behandelt fühlte. Chrissi schien diesen Kampfgeist durch ihre Provokation noch zu befeuern.

Hannahs Worte verfehlten ihre Wirkung jedenfalls nicht. Chrissi lief dunkelrot an. Vor Wut. Sie schnappte nach Luft und wollte mit Sicherheit eine ähnlich unfeine Salve auf Hannah abfeuern.

»Hört mal, ihr zwei. Wie wäre es, wenn wir ...« Uns erst mal alle beruhigen, wollte Jakob sagen. Doch in diesem Moment tauchte ein drittes weibliches Wesen hinter der Hebebühne auf. Seine Mutter. Was dem Ganzen eine explosive Mischung verlieh.

»Ich habe Chrissis Wagen draußen stehen sehen...«, begann sie, verstummte dann aber angesichts der Versammlung in der Werkstatthalle. »Hannah«, brachte sie zwischen zusammengepressten Lippen hervor. »Was für eine Überraschung.« Sie trat auf Chrissi zu, umarmte sie herzlich und küsste sie auf die Wange. »Schön, dich zu sehen, meine Liebe.«

Ein klares Statement. Jakob musste sich zusammenreißen, um nicht genervt die Augen zu verdrehen. Seine Mutter hatte ihren Standpunkt klargemacht. Sie war eine Verbündete von Chrissi, und Hannah stand den beiden gegenüber. In der Unterzahl.

»Es tut mir so leid, dass ich nicht zu deinem Geburtstag kommen konnte«, setzte Chrissi jetzt noch einen drauf und reichte seiner Mutter den Kuchencontainer, den sie in der Hand gehalten hatte. »Hier, dein Lieblingskuchen.«

»Oh, dass du daran gedacht hast.« Jakobs Mutter strich der Schwiegertochter, die sie gerne gehabt hätte, in einer dankbaren Geste über den Arm. »Vielen Dank.«

Hannah stand stumm da und beobachtete die beiden. Für einen Augenblick konnte Jakob den Schmerz in ihren Augen sehen. Doch dann blinzelte sie, und ihr Gesichtsausdruck wurde zu einer Maske aus Stein. Sie richtete sich gerade auf und drehte sich zu ihm um. »Denk darüber nach«, sagte sie nur, ehe sie sich zum Gehen wandte. »Heidi.« Sie nickte seiner Mutter zu. »Chrissi. Es war mir eine Freude, euch mal wieder zu sehen. Aber jetzt muss ich weiter«, sagte sie mit einem zuckersüßen Lächeln und stolzierte in ihren

Flipflops davon. Ohne sich noch einmal umzudrehen hob sie die Hand zu einem Winken, und Jakob war sich sicher, in Gedanken zeigte sie ihnen gerade mit dieser Geste allen dreien den Stinkefinger. Er biss sich auf die Innenseite seiner Wange, um sich das Lachen zu verkneifen, das in seiner Kehle prickelte – und das seine Mutter und Chrissi vermutlich mehr als unpassend empfunden hätten. Hannah Falkenberg. Kein bisschen anders als vor zehn Jahren.

»Was wollte sie hier?«, fragte Chrissi und blickte Hannah nach.

»Sie hatte eine Frage«, erwiderte Jakob ausweichend. Er würde weder Chrissi noch seiner Mutter erzählen, dass Louisa einen Schwächeanfall gehabt hatte. Hannahs Tante würde es mit Sicherheit nicht zu schätzen wissen, wenn das im Dorf die Runde machte.

Da er nicht weiter auf Hannahs Besuch einging, kniff Chrissi leicht die Augen zusammen, ein sicheres Zeichen, dass sie sich über ihn ärgerte, und wandte sich dann an seine Mutter. »Wie wäre es mit einer Tasse Kaffee in deinem Büro?«, schlug sie vor.

»Fantastische Idee! Wir sollten diesen wundervollen Kuchen anschneiden.« Sie wandten sich zum Gehen.

Nach zwei Schritten drehte sich Chrissi noch einmal zu ihm um. »Sehen wir uns nachher noch?«, fragte sie.

»Wahrscheinlich«, brummte er. Auch wenn er keine Lust darauf hatte. Chrissi hatte Schluss gemacht. Es gab also keinen Grund mehr für sie, ständig in seiner Nähe herumzulungern.

Jakob fuhr sich durch die Haare und atmete langsam aus. Irgendwie lief sein Leben zurzeit neben der Spur.

11

Das Zusammentreffen mit Jakob, seiner Ex-Freundin und seiner Mutter führte dazu, dass Hannah einfach nur noch ihre Ruhe haben wollte. Sie sagte Louisa, dass sie sich um die Pferde kümmern würde, und ritt mit Maluna aus. Dann striegelte sie die Haflingerstute und den Norweger. Das Misten und neu Einstreuen musste sie, genau wie das Auffüllen der Wassertröge, ihrer Tante überlassen, weil sie das mit ihrem Gips nicht hinbekam.

Doch Dustin und Maluna waren nur ein Versuch gewesen, sich abzulenken. Sie hatte heute etwas begriffen, dass sie sich bis jetzt gar nicht hatte vorstellen können: Jakob hatte sich nicht so entwickelt, wie sie sich das immer vorgestellt hatte. Er stand nicht in der Werkstatt seines Vaters unter der Hebebühne und machte den Kundendienst für die Autos der Hausfrauen im Tal. Nein, er hatte doch über den Tellerrand geblickt. Auf seine Weise. Er hatte etwas wirklich Visionäres auf die Beine gestellt. Jakob war der Beweis, dass man nicht weglaufen musste, um etwas aus sich zu machen. Genau wie ihre Schwestern das jeden Tag aufs Neue bewiesen.

Hannah ging über die Lichtung zum See hinunter. Sie setzte sich auf den Rumpf des smaragdgrünen Ruderbootes ihrer Tante, das umgedreht am Strand lag. Mit den Füßen zog sie ein paar Kiefernzapfen zu sich heran und warf den ersten ins Wasser. Sie wartete, bis sich die konzentrischen Kreise auflösten, ehe sie den zweiten hinterherwarf. Und dann den dritten.

Das Knacken von Zweigen hinter ihr ließ sie den Kopf wenden. Sie konnte das Seufzen nicht unterdrücken, das in ihrer Kehle aufstieg, als sie wieder auf den See hinausblickte. In die ersten abendlichen Schatten, die die Berge warfen. »Nicht mein Tag«, sagte sie zu sich selbst.

»So schlimm war es doch gar nicht.« Jakob hatte sie erreicht und ließ sich vor ihr ins Gras fallen.

Sein Hund, der neben ihm auf die Lichtung getrottet war, kam neugierig zu Hannah herüber. Sie ließ ihn an ihrer Hand schnuppern und kraulte ihn dann so ausgiebig hinter den Ohren, dass er seine blauen Augen verdrehte. Sie wusste, dass er ein Australischer Hütehund war und harmlos. Mehr aber auch nicht. »Na, du hübscher Kerl. Wir wurden uns noch gar nicht richtig vorgestellt. Verrätst du mir deinen Namen?«, sagte sie in der typischen Hundesäuselsprache, die immer ein bisschen albern klang und die meisten Hunde dazu brachte, glücklich mit dem Schwanz zu wedeln. Diesem hier erging es nicht anders.

»Das ist Laus«, erklärte das Herrchen des hübschen Kerls.

»Eine ziemlich große Laus«, stellte Hannah fest. »Eine hundegroße Laus.«

Jakob lächelte. »Er hat einen Bruder, der Bub heißt.«

»Ah, jetzt verstehe ich.« Hannah hörte nicht auf, den Hund zu streicheln, der das sichtlich genoss. »Wie bist du an einen Hund gekommen?«

»Xander und ich haben letztes Jahr zwei Welpen aus dem Klausbach gezogen. Seitdem werde ich den Kerl nicht mehr los.« Er strich dem Hund über den Rücken, achtete aber darauf, Hannahs Fingern nicht zu nah zu kommen.

Sicherheitsabstand, dachte sie. »Wegen vorhin... ich hätte nicht einfach in der Werkstatt auftauchen sollen. Vielleicht wäre es besser gewesen anzurufen.«

Jakob zuckte mit den Schultern und vergrub seine Hand wieder im Fell des Hundes. »Ich fand es ganz gut, dass du vorbeigekommen bist«, sagte er leise. »Der *Alte Milchwagen* ist mein Traum. Ich habe immer darauf gehofft, dass du das irgendwann verstehst. Na ja, und jetzt hast du ihn gesehen. Das ist der Grund, aus dem ich damals nicht einfach mit dir abhauen konnte. Mein Leben ist hier.«

Wow. Das war ziemlich viel Vergangenheit für einen Tag. Hannah schwieg einen Moment, den Blick auf den Hund gesenkt. Als sie den Kopf hob, sah sie, dass Jakob auf *ihren Baum* starrte. Die Kiefer mit dem kleinen Spalt, in dem sie immer Botschaften für den anderen hinterlassen hatten. In den Hannah ihren Abschiedsbrief gesteckt hatte. »Du hast da wirklich etwas Fantastisches auf die Beine gestellt. Ich bin...« Einen Moment zögerte sie, dann sah sie Jakob in die Augen. Heute schien nicht nur die Vergangenheit an ihre Tür geklopft zu haben – es schien auch ein ehrlicher Moment zwischen Jakob und ihr zu sein. »Ich bin stolz auf dich. Darauf, dass du dir deinen Traum erfüllt hast.«

»Danke.« Nun legte Jakob seine Hand doch über ihre und drückte sie leicht, ehe er sie wieder losließ.

»Gut, dass wir so hier sitzen und miteinander reden können.« Auch wenn dafür ein Jahrzehnt hatte vergehen müssen. Hannah sah wieder auf das Wasser hinaus und auf die beiden kleinen Inseln, zu denen sie als Teenager immer hinausgeschwommen waren. »Deine Mutter hasst mich dafür umso mehr.«

»Tut sie nicht«, widersprach Jakob.

»O doch. Chrissi ist ganz offensichtlich ihre Vorstellung von der perfekten Schwiegertochter. Aber der Blick, mit dem sie mich bedacht hat – alter Schwede!« Hannah wedelte mit ihrer Hand, als hätte sie sich verbrannt.

Jakob fing sie ein und verschränkte seine Finger mit ihren. Hannah wollte sagen, dass er sie loslassen sollte. Wollte ihre Hand wegziehen. Doch die Wärme, die zwischen ihren verbundenen Fingern aufstieg, fühlte sich so gut an, so vertraut. So tröstlich.

»Sie ist enttäuscht von dir«, sagte Jakob leise und sah Hannah ernst an. Also würde es einmal mehr um ihre Vergangenheit gehen. »Meine Eltern haben dich sehr gemocht. Aber du hast auch sie vor den Kopf gestoßen, als du einfach gegangen bist, ohne dich zu verabschieden.« Sein Daumen strich sanft über ihre Finger, und Hannah schluckte trocken, bemüht, das Prickeln in ihrem Magen zu unterdrücken. Jakob schien das nicht einmal zu merken. Seinem in die Ferne gerichteten Blick nach zu urteilen, war er in Gedanken gerade weit in die Vergangenheit gereist. »Du hast mir damals keine Chance gelassen«, fuhr er fort. Er schüttelte leicht den Kopf, als könne er noch immer nicht glauben, dass sie einfach ihre Sachen gepackt hatte und gegangen war. »Ich hätte eine Lösung gefunden. Für uns beide.«

Hättest du nicht, schrie alles in Hannah. *Du konntest mich gar nicht schnell genug vergessen.* Ihr Herz zog sich bei der

Erinnerung an jenen Sommer vor Schmerz zusammen, und ihre Augen brannten. Am liebsten hätte sie ihm die Worte an den Kopf geworfen. Sie war diejenige gewesen, die nach einer Lösung gesucht hatte. Die eine Möglichkeit gefunden hatte. Aber da war es bereits zu spät gewesen. Da hatte es bereits Chrissi in seinem Leben gegeben. Es machte keinen Sinn mehr, ihm jetzt davon zu erzählen. Sie würden gegenseitig alte Wunden wieder aufreißen, sich verletzen. »Wir waren Kinder«, sagte sie. »Jetzt sind wir erwachsen, und all das ist lange her. Vielleicht ist es an der Zeit, die Vergangenheit ruhen zu lassen.« Sanft löste sie ihre Hand aus seiner und stand auf. Sie ging zum Ufer hinunter und blickte zum Hochkalter hinüber. Jakob war wie dieser Berg. Fest im Tal verankert. Er würde nie verstehen, warum sie gegangen war, ohne sich von ihm zu verabschieden. Sie hatte ihn so sehr geliebt. Wenn er sie gebeten hätte zu bleiben, hätte sie genau das getan. Und sie wäre todunglücklich geworden in Sternmoos. Heute wusste sie, dass er sich bereits nach anderen Mädchen umgesehen hatte. Aber hinterher war man schließlich immer schlauer.

»Du hast recht, Hannah.« Jakob trat hinter sie und legte ihr die Hände auf die Schultern. »Wir sind erwachsen. Vielleicht sollten wir die alte Geschichte einfach hinter uns lassen.«

Hannah drehte sich um, und wieder waren sie sich so nah wie in der Werkstatt. Wieder konnte sie seinen Atem auf ihrer Haut spüren. Seine Fingerspitzen strichen über ihre Wange, als er ihr eine Haarsträhne hinter das Ohr schob, die der Wind in ihr Gesicht geweht hatte. Vorhin, in der Werkstatt, hatte sie das schnelle Schlagen seines Herzens unter ihren Fingern gespürt. Langsam hob sie die Hand. Sie musste es wissen, wollte sichergehen, dass sie nicht die Einzige war, die von dieser Nähe, den Berührungen, aus der Fassung gebracht wurde. Sie presste die Handfläche auf sein Herz. Das harte, viel zu schnelle Klopfen bestätigte es. Ihm ging es wie ihr.

Sie hob den Blick von Jakobs Hals, blickte ihm in die Augen. »Wir sind erwachsen«, wisperte sie noch einmal. »Wir sind niemandem Rechenschaft schuldig. Wir können tun, was auch immer wir wollen.« Langsam, endlos langsam erhob sie sich auf die Zehenspitzen. Jakob kam ihr entgegen. Im gleichen, unerträglichen Tempo. So, als müssten sie sich eine letzte Hintertür offenhalten, durch die sie bis zur letzten Sekunde flüchten konnten. Dabei war es längst zu spät. Ihr Atem mischte sich. Hannah schloss die Augen. Seine Lippen waren nur noch Millimeter von ihren entfernt. Es schien eine Ewigkeit zu vergehen, doch dann spürte sie seine Lippen. Sanft wie der Flügel eines Schmetterlings strichen sie über ihre. Zwischen ihnen summte ein sehnsüchtiger Laut, und Hannah wurde bewusst, dass er aus ihrem Mund kam. Sie hob die Lider und blickte Jakob direkt in die Augen. Sie waren sich so nah. Viel zu nah, um die Details seines Gesichts deutlich sehen zu können. Aber das musste sie auch nicht. Sie kannte ihn. Jeden Zentimeter seines Körpers. Alles war so vertraut, als hätte Jakob sie gestern zum letzten Mal in den Armen gehalten. Sie wollte nicht noch so einen zarten Kuss. Eine Ahnung von dem, was sein könnte. Ein Versprechen, von dem sie nicht wusste, wann sie es einlösen würden. Sie nahm Jakob die Entscheidung ab und küsste ihn. Eroberte ihn. Mit den Lippen. Mit den

Händen, die sie um seinen Nacken schlang. Mit ihrem wild klopfenden Herzen, das sich mit dem Rhythmus seines Herzens verband.

Diesmal war der Laut, der sich zwischen ihnen ausbreitete, rauer. Dringlicher. Jakob hatte ihn ausgestoßen, ehe er ihren Kuss hungrig erwiderte. Dann zog er sie an sich, strich über ihren Rücken, ihren Hals. Er vergrub die Hände in Hannahs Haaren und zog ihren Kopf sanft zurück, um sie noch tiefer zu küssen.

Lust loderte in Hannah auf. Sehnsucht nach dem, was sie vor all den Jahren gehabt hatten und was in diesem Moment wieder greifbar nah schien. Sie vertrieben die letzten Fetzen des alten Herzschmerzes, die Enttäuschung und die Eifersucht. Zehn Jahre hatten sie in ihrem Inneren geschwelt. Aber jetzt waren sie auf der Lichtung. Ihrer Lichtung. Und all das war so weit weg.

»Hannah«, flüsterte Jakob an ihren Lippen. Dann küsste er sie wieder. Zärtlicher, langsamer. So, als wolle er niemals wieder damit aufhören. Seine Hände rahmten ihr Gesicht ein, als wolle er das Bild, das er vor sich sah, für immer abspeichern.

Sie schloss die Augen und genoss jede seiner Liebkosungen. Er schmeckte noch wie in ihrer Erinnerung. Gemischt mit einem Hauch Pfefferminz und einer Ahnung von Kaffee. Hannahs Finger glitten durch seine kurzen Haare. Sie strich über seinen Nacken, spürte das Erschauern, das ihre Berührung an seinem Körper auslöste.

Im nächsten Moment zuckte Jakob zusammen und fuhr zurück. Und auch Hannah presste die kalte Wasserfontäne, die sie erwischte, die Luft aus der Lunge. Irgendetwas hatte ihnen eine Abkühlung verpasst. Blinzelnd bemühte sich Hannah um ihr Gleichgewicht und öffnete die Augen. Sie brauchte einen Augenblick, um zu begreifen, was da gerade mit voller Wucht neben ihr ins Wasser geplatscht war und sie zu Tode erschreckt hatte. Laus. Der Hund paddelte ein paar Meter hinaus und kam mit einem breiten Hundegrinsen im Gesicht zurück. Er rannte die letzten Meter aus dem Wasser.

»Vorsicht«, warnte Jakob sie.

Doch da war es schon zu spät. Der Hund blieb genau neben ihnen stehen, um sich das Wasser aus dem Fell zu schütteln – und sie von Kopf bis Fuß in nach Hund riechendes Seewasser zu hüllen. Hannah konnte nicht anders. Sie brach in haltloses Lachen aus, bis sie nach Luft schnappen und sich die Tränen aus dem Gesicht wischen musste. Jakob und sie hatten sich geküsst. Und dieser Kuss war… wow. Hannah konnte die Emotionen, die durch ihren Körper rasten und sich in diesem haltlosen Lachen Luft machten, gar nicht betiteln. Sie blickte Jakob an, der noch ein bisschen benommen wirkte. Der Hund hatte diese unglaublich starke Anziehung zwischen ihnen nicht gelöscht. Aber er hatte ihnen eine ordentliche Abkühlung verpasst. Hatte die Stimmung zwischen ihnen ein wenig aufgelockert, denn jetzt begann auch Jakob zu lachen. »Dein Hund ist ein Wahnsinniger«, japste sie.

»Keine Frage.« Jakob strich Laus durch das nasse Fell. Dann wurde er wieder ernst und sah Hannah eindringlich an. Er schien etwas sagen zu wollen, überlegte es sich dann aber doch anders. Sie sah, wie sein Blick auf ihre Lippen fiel. Er schluckte trocken, räusperte sich und sah ihr in die

Augen. »Ich habe fast vergessen, warum ich eigentlich hergekommen bin«, murmelte er. Er zog einen zusammengefalteten Notizzettel aus seiner Hosentasche und reichte ihn ihr. »Der Mann kommt aus Augsburg. Und was deine Frage von vorhin betrifft, natürlich nehmen wir den Datenschutz ernst. Häng es also nicht an die große Glocke.« Er schloss ihre Finger um den Zettel und hauchte ihr einen Kuss auf die Wange. Einen Moment zögerte er. Dann legte er seine Hand noch einmal schwer auf Hannahs Schulter und drückte sie leicht. »Wir sehen uns.« Laus an seiner Seite, wandte er sich um und überquerte die Lichtung, ohne sich noch einmal nach ihr umzudrehen.

Hannah sah ihm mit klopfendem Herzen nach, bis er zwischen den Bäumen verschwand. Wir sehen uns, hatte er gesagt. Und dann? Würden sie sich noch einmal so küssen? Konnten sie sich das nächste Mal überhaupt in die Augen sehen, ohne an diesen intimen Moment zu denken? Hannahs Herz war in Aufruhr geraten. Sie musste sich erst einmal beruhigen und darüber nachdenken, was dieser Kuss zu bedeuten hatte. Und wie Jakob es danach geschafft hatte, sich einfach umzudrehen und sie stehen zu lassen. Denn das hätte sie nicht fertiggebracht.

Erst als er zwischen den Bäumen verschwunden war, faltete sie den Zettel auseinander und las den Namen. Michael Brandner. Eine Augsburger Adresse und Telefonnummer. Hannah hatte noch nie von diesem Mann gehört. Aber sie würde herausfinden, wer er war. Das würde sie hoffentlich von diesem Kuss ablenken, der alles in ihr erschüttert hatte.

*

Jakob ging mit Laus zur Werkstatt zurück. Er ignorierte den Aufruhr in seinem Inneren. Hannah zu küssen hatte den gleichen Effekt, wie den Boden unter den Füßen zu verlieren. Das hätte ihm klar sein müssen, bevor er die Beherrschung verloren hatte. »Das wird nicht wieder passieren.« Dass er diesen Satz laut ausgesprochen hatte, wurde ihm bewusst, als Laus ihn mit einem mitleidigen Blick von unten ansah. »Guck nicht so«, sagte er zu seinem Hund. »Es wird nicht wieder passieren. Ich habe sie geküsst, und jetzt wissen wir, dass das ist, als würde man Öl ins Feuer gießen.« Er beugte sich im Gehen hinunter und strich über Laus' nasses Fell. »Also werden wir die Ölflasche aus der Reichweite des Feuers bringen, wenn du verstehst, was ich meine.«

Laus bellte, warf ihm noch einen Blick zu, der den Eindruck erweckte, er lache über Jakob, und rannte schon mal in Richtung *Alte Molkerei*. Als Jakob wenig später die Tür zu seiner Wohnung öffnete, stürmte Laus direkt auf sein Hundekissen zu und ließ sich drauffallen. Für heute hatte er offenbar genug Abenteuer erlebt.

Jakob ging zum Kühlschrank, öffnete ihn und schloss ihn wieder, nachdem er eine Minute lang mit leerem Blick hineingestarrt hatte. Er goss sich ein Glas Wasser ein und griff nach der Fernbedienung seines Fernsehers. Durch die Programme zu zappen brachte auch nichts, also versuchte er es mit dem Thriller, den er gerade las. Aber selbst das war wenig erfolgreich. Frustriert warf er das Buch auf den Couchtisch, nachdem er dreimal den gleichen Satz gelesen hatte. Ihm wurde klar, dass er viel zu unruhig war, um mit sich allein zu sein. Das Treffen mit Hannah hatte ihn erschüttert. Also rief er Xander an und fragte ihn, ob sie sich auf ein Bier treffen könnten. Sie verabredeten sich in Berchtesgaden. Der *Holzwurm* war seine Lieblingskneipe. Aber so gern er dort sein Feierabendbier trank, so schlecht standen die Chancen auf Geheimhaltung. Was im *Holzwurm* gesprochen wurde, wusste am nächsten Tag jeder im Dorf. Das war definitiv nichts, worauf Jakob besonders versessen war, wenn es um Hannah ging. Jakob ließ Laus zu Hause und fuhr in die Stadt. Er war als Erster in der Bar, in der er sich mit seinem Freund verabredet hatte, und bestellte schon mal zwei Bier. Als er sein Glas bis zur Hälfte geleert hatte, tauchte Xander auf.

Sein Freund, lässig in Jeans, einem blauen T-Shirt und Flipflops, schlug ihm auf die Schulter und ließ sich auf den Barhocker neben ihm fallen. »Schweren Tag gehabt?«, fragte er.

»Kann man so sagen«, bestätigte Jakob.

»Gibt es Probleme mit dem neuen Auto? Diesem SL, den du unbedingt restaurieren wolltest?« Xander zog das Bier zu sich heran, das Jakob für ihn bestellt hatte.

»Frauenprobleme«, brummte Jakob.

Einen Moment lang schwieg sein Freund, dann pfiff er leise durch die Zähne und trank einen großen Schluck. »Ob ich der Richtige bin, bei diesem Thema behilflich zu sein?«

Jakob hörte den angespannten Unterton in Xanders Stimme und sah seinen Freund jetzt zum ersten Mal genau an. So besorgt war Xander nur, wenn es um sein Kind ging. Augenblicklich tauchte das Bild seiner Patentochter vor Jakobs innerem Auge auf. »Ist mit Leni alles in Ordnung?«

»Ja. Ihr geht es prächtig. Ihre Mutter und ich sind heute allerdings mal wieder aneinandergeraten.« Über Xanders Stirn zogen sich mehrere tiefe Falten.

Jakob kannte ihn gut genug, um zu wissen, dass das ein Zeichen dafür war, dass er nicht nur besorgt, sondern sauer war. »Willst du darüber reden?«, fragte er.

Xander trank noch einen Schluck. »Da gibt es nicht viel zu erzählen. Natalie wollte sich wieder mehr einbringen. Das hatte sie mir zumindest hoch und heilig geschworen.« Xander lebte in der eher ungewöhnlichen Konstellation, das alleinige Sorgerecht für seine Tochter zu haben. Lenis Mutter war aus Gründen, über die Xander nicht sprach, nicht zu den zuverlässigsten Menschen zu zählen, weshalb sie sich nach der Geburt der Kleinen darauf geeinigt hatten, dass sie bei ihrem Vater aufwachsen würde. Jakob wusste aber, wie sehr sich Xander darum bemühte, ein gutes Verhältnis zwischen Mutter und Tochter herzustellen und Natalie in die Erziehung ihres Kindes einzubeziehen. »Sie hat es wieder nicht geschafft, zuverlässig den Termin einzuhalten«, erzählte Xander. »Gestern wollte sie Leni aus dem Kindergarten abholen und mit ihr ein Eis essen gehen, bevor sie sie zu meiner Mutter bringen sollte. Irgendwann rief mich die Erzieherin an, um mir mitzuteilen, dass Leni das einzige Kind ist, dass noch darauf wartet, abgeholt zu werden und der Kindergarten bereits seit einer halben Stunde geschlossen ist. Ich bin hingerast und habe mein heulendes Kind abgeholt. Ich habe sie mit einem riesigen Eisbecher bestochen und wieder beruhigt.« Er fuhr sich mit einer entnervten Geste durch die Haare. »Natalie habe ich nicht erreichen können. Irgendwann habe ich angefangen, mir ernsthaft Sorgen zu machen, weil sie auf keine meiner gefühlt zwei Millionen Nachrichten reagiert hat. Heute hat sie sich gemeldet und mich lapidar wissen lassen, dass sie es gestern nicht gebacken gekriegt hat. Fertig. Das war alles. Sie hat es nicht begründet. Sie wollte nicht mal mit Leni sprechen, um sich bei ihr zu entschuldigen. Das macht mich einfach rasend.« Er schlug mit der flachen Hand auf den Tresen und atmete tief durch. »Aber vergiss das jetzt. Seit wann hast du Frauenprobleme? Und vor allem, mit wem?«

»Bist du sicher? Wenn du über Natalie reden willst...« Denn der Ärger, den sein Freund mit seiner Ex hatte, war definitiv schlimmer als das, womit Jakob sich im Moment auseinandersetzen musste.

»Nein. Wirklich«, sagte er mit Nachdruck. »Ich will wissen, was los ist.«

Jakob rieb sich über den Nacken. »Hannah war heute in der Werkstatt.«

»Oha.« Xander sah ihn von der Seite an. »Euer zweites Treffen von Angesicht zu Angesicht.«

»Eigentlich schon das dritte, um genau zu sein. Louisa war vor ein paar Tagen mit Hannah unterwegs und hatte einen kleinen Schwächeanfall. Direkt vor der *Alten Molkerei*. Ich habe sie in meine Wohnung gebracht und dann nach Hause gefahren.«

»Geht es Louisa gut?«, fragte Xander.

»Ja, anscheinend schon. Jedenfalls ist Hannah heute deswegen in der Werkstatt aufgeschlagen. Louisa glaubt offenbar, jemanden aus ihrer Vergangenheit gesehen zu haben. Eine Art Geist. Hannah wollte wissen, wer das war. Dummerweise ist genau in diesem Moment Chrissi hereinspaziert.«

»Ich finde, dass Chrissi in letzter Zeit verdächtig oft überraschend – und ganz zufällig – dort auftaucht, wo du bist. Was war denn diesmal ihre Ausrede?«

Xander hatte recht. Nachdem sich Chrissi von ihm getrennt hatte, war sie ihm eine Zeit lang aus dem Weg gegangen, nur um dann ständig seine Pfade zu kreuzen. Am Anfang hatte er die Andeutungen seiner Freunde, sie habe sich nur von ihm getrennt, um ihn dazu zu bringen, ihr einen Heiratsantrag zu machen, für Blödsinn gehalten. Angeblich wollte sie ihm zeigen, was ihm ohne sie fehlte. Natürlich fühlte er sich schlecht, weil er sie nicht einmal im Ansatz so vermisste, wie sie sich das sicher erhofft hatte. Dass er ihre Liebe nicht so erwidern konnte, wie sie sich das wünschte. Umso schlimmer waren ihre Versuche, ihn daran zu erinnern, dass es sie noch gab. »Sie hat meiner Mutter einen Kuchen gebacken. Weil sie an ihrem Geburtstag nicht da war.«

Xander zog die Augenbrauen hoch, was die Furchen auf seiner Stirn nur noch tiefer werden ließ. »Deine Mutter hat deine Exfreundin zu ihrem Geburtstag eingeladen? Autsch.«

»Meine Mutter hat Chrissi schon immer gemocht. Sie hätte sich gern endlich in die Hochzeitsvorbereitungen gestürzt. Ich glaube, insgeheim ist sie ein bisschen sauer auf mich, weil ich nicht versuche, Chrissi zurückzugewinnen.«

»Keine besonders gute Konstellation«, stimmte Xander ihm zu.

»Besonders nicht, weil dann auch noch meine Mutter aufgetaucht ist. Sagen wir mal so, das Zusammentreffen hat zu einigen Spannungen geführt.« Jakob signalisierte dem Barkeeper, ihnen eine zweite Runde Bier zu bringen. »Hannah ist abgehauen, also bin ich sie nach Feierabend suchen gegangen. Eigentlich nur, um ihr den Namen des Mannes zu geben, nach dem sie gesucht hat. Aber dann ... sie war auf der Lichtung, auf der wir uns früher immer getroffen haben.

Es war ein bisschen wie ... wie ein Flashback«, versuchte er, die richtigen Worte zu finden. »Wir haben über früher geredet. Zumindest am Anfang. Aber dann haben wir uns ...« Er fuhr sich durch die Haare. »... ich fürchte, wir haben uns geküsst.«

Xander hörte auf, den Bierdeckel, mit dem er spielte, zwischen seinen Fingern zu drehen, und sah ihn überrascht an. »Von welcher Art von Kuss reden wir hier?«, fragte er schließlich fachmännisch.

Jakob legte den Kopf in den Nacken und atmete langsam aus. »Du weißt schon ... diese Art ...« Er schluckte. Dann brachte er es auf den Punkt. »Die Art, die dir das Hirn wegbläst. Laus hat uns im letzten Moment gerettet, sozusagen. Durch einen Kopfsprung in den See. Sonst hätte ich ... ich weiß auch nicht.« Er konnte Hannahs Körper noch immer an seinem spüren. Konnte sie schmecken, den kleinen sehnsüchtigen Laut hören, den sie von sich gegeben hatte. Ohne seinen Hund würden sie jetzt möglicherweise nackt über die Lichtung rollen. Viel hätte jedenfalls nicht gefehlt, und sogar der letzte Faden, der seine Beherrschung im Zaum hielt, wäre gerissen.

»Grundsätzlich würde ich sagen, du hättest den Hund auch ignorieren können«, sagte Xander, nachdem er ausgiebig über die Situation nachgedacht hatte. »Du hast mit einer schönen Frau auf einer einsamen Lichtung gestanden. Aber ich verstehe schon. Es war nun mal nicht irgendeine Frau ...«

»Nein, es war verdammt noch mal Hannah«, fluchte Jakob leise in sein Bier. »Meine Jugendfreundin, die mich sitzengelassen hat. Zwischen der und mir noch immer die

Funken fliegen, wenn wir uns zu nahe kommen. Und die mit Sicherheit jede Menge Ballast mit sich herumschleppt. Ich weiß nicht, was in Brasilien passiert ist. Aber die Ereignisse hängen wie eine schwarze Wolke über ihr. Sie wird früher oder später wieder gehen«, zählte Jakob alle Argumente auf, die gegen diesen Kuss sprachen. In einer Kneipe, mit Bon Jovi und dem Geräuschpegel einer Gruppe asiatischer Touristen im Hintergrund, hörte sich das irgendwie – lächerlich an. »Ich war froh, dass ich die Reißleine gezogen habe, bevor es zu spät war«, sagte er, um sich selbst zu bestätigen. Auch wenn er wusste, dass das gelogen war.

»Das ist auf jeden Fall gefährliches Terrain. Ich erinnere mit gut an damals. Du warst ein Wrack, als sie dich verlassen hat. Du kennst den Spruch. Wer mit dem Feuer spielt...« Xander schnippte mit den Fingern.

Jakob schüttelte den Kopf. »Keine Sorge. Ich werde mich ab jetzt von ihr fernhalten.«

»Das hast du schon mal gesagt, und es scheint nicht wirklich funktioniert zu haben«, gab Xander zu bedenken.

»Ich muss mir nur vor Augen halten, dass all das sowieso keine Zukunft hätte. Hannah wird in ihr altes Leben zurückkehren. Ich wette, dass sie keinen Tag länger wartet, als bis ihr der Gips abgenommen wird. Wenn ich das nicht außer Acht lasse, werde ich das schon hinbekommen.«

»Die Art Kuss, die dir das Gehirn wegpustet, ja?«, fragte Xander noch einmal. Er schüttelte den Kopf, als der Barkeeper mit einem Heben der Augenbraue fragte, ob er noch ein Bier wolle. »So was passiert einem nicht unbedingt jeden Tag. Angenommen, seit damals wäre genug Zeit vergangen, um all das hinter dir zu lassen... Vielleicht...«

»Vergiss es«, fuhr Jakob dazwischen. »Hast du mir nicht zugehört? Ich habe das gerade kategorisch ausgeschlossen.«

»Ich weiß. Und du hast absolut recht.« Er hob beschwichtigend die Hände. »Ich versuche nur gerade, mir das vorzustellen. Diese Frau küsst dich, dass dir das Blech wegfliegt. Die Anziehungskraft zwischen euch ist so groß, dass man damit Planeten verschieben könnte ... selbst wenn du es wolltest, wie willst du ihr widerstehen? Ich glaube, du solltest dich eher mit dem Gedanken anfreunden, dass du ihr nichts entgegenzusetzen hast. Du bist verloren, mein Freund.«

Jakob seufzte und rieb sich über das Gesicht. Er war davon ausgegangen, dass Xander die Dinge genauso sehen würde wie er und ihn in seiner Entscheidung bestärken würde. Seine Ratschläge waren jedoch nicht gerade das, warum er den Freund hatte treffen wollen. Er hatte sich mehr Zuspruch erhofft. Bestätigung, dass seine Sichtweise die richtige war und er diese magische Verbindung zwischen Hannah und ihm ignorieren musste. Der Abend hatte nicht damit enden sollen, dass er sich Dinge vorstellte, die er sich in Zusammenhang mit Hannah auf keinen Fall ausmalen sollte.

12

Hannah schob den Zettel in die Tasche ihrer Shorts und schlug den Trampelpfad ein, der von der Lichtung aus zur Mühle führte. Sie ging langsam und versuchte, sich auf ihre Umgebung zu konzentrieren. Ihre Beine, die sich nach dem Kuss noch immer wie Watte anfühlten, trugen sie nach Hause. Vorbei an uralten Kiefernbäumen und den noch älteren, riesigen Findlingen. Über die hölzerne Brücke, unter der der Mühlbach mit seinem für diese Gegend so typischen hellen Türkis dahintanzte. Als sie den Hof erreichte, wählte sie Antonias Nummer.

Ihre Schwester nahm den Anruf nach dem zweiten Klingeln an und ließ sie kurz und sachlich wissen: »Ich bin auf dem Weg ins Krankenhaus. Eine schwierige Geburt. Ich melde mich, wenn ich Zeit habe.« Ohne eine Antwort abzuwarten, legte sie auf.

Hannah schob das Handy zurück in die Hosentasche, neben den Zettel, den Jakob ihr gegeben hatte. Nach ihrem Kuss… Toby galoppierte über den Hof und kam stolpernd vor ihr zum Stehen. Hannah beugte sich hinunter, um ihn ausgiebig hinter den Ohren zu kraulen. »Tonia hat eine schwere Geburt«, erklärte sie dem Hund – und er sah sie an, als begreife er jedes Wort. Was er wohl sagen würde, wenn sie ihm von dem Kuss... Hannah rief sich zur Ordnung. Sie würde weder dem Hund noch sonst jemandem davon erzählen. Jakob und sie waren sich zu nahe gekommen. Was ein Fehler gewesen war. Sie musste sich nur noch an diesen Gedanken gewöhnen. Fehler. Fehler. Fehler. Sie hatte es nicht ganz so schnell kapiert wie Jakob. In einem Moment hatte sie ihm noch die Arme um den Hals geschlungen. Im nächsten Moment hatte der Hund ihre Nähe mit seinem Sprung in den See zerstört, und Jakob war vor ihr zurückgewichen. Natürlich hatte er recht gehabt. Dieser Moment war einfach nur dumm gewesen. Wenn auch wunderschön. Sie sollte ihn so schnell wie möglich aus ihren Gedanken streichen.

Hannah seufzte. »Na komm. Wir überfallen Rosa«, sagte sie zu Toby und schlug, den Hund an ihrer Seite, den Weg zur Wohnung ihrer Schwester ein.

Sie betätigte den altmodischen Türklopfer und zog überrascht die Augenbrauen hoch, als Rosas Freund, Julian, öffnete. Er war so oft unterwegs, dass Hannah völlig vergessen hatte, dass er im Moment ausnahmsweise bei ihrer Schwester war. Statt sie hereinzulassen, hielt er die Tür so, dass er in dem schmalen Spalt stand und Hannah und Toby den Zutritt verwehrte.

»Bist du jetzt Rosas Türsteher, oder was?«, fragte Hannah. Sie bemühte sich nicht einmal, den sarkastischen Unterton in ihrer Stimme zu unterdrücken.

Julian sah sie von oben herab an. »Wir haben etwas vor«, ignorierte er ihre Frage. »War nett, dass du vorbeigeschaut hast.«

Er wollte die Tür schließen, doch genau wie Julian Hannahs Sarkasmus überhörte, ignorierte sie seine Unhöflichkeit. Sie stellte ihren Fuß, der in Flipflops steckte, in den Türspalt, und hoffte, dass er die Tür nicht zuknallte. Weil er ihr dann wahrscheinlich den Fuß brechen würde. »Ich muss nur kurz mit meiner Schwester reden«, sagte sie. Toby blickte irritiert zwischen ihr und Julian hin und her und fiepte leise.

»Das ist im Moment wirklich...«, begann Julian erneut, wurde aber von Rosa unterbrochen.

»Wer ist denn da?«, fragte sie aus dem Flur, bevor Rosa die Tür im nächsten Moment ganz aufzog. »Hey, Schwesterchen.« Sie drängelte sich an ihrem Freund vorbei und schloss Hannah in eine Umarmung, als hätten sie sich nicht erst am Morgen auf einen Kaffee im Hofladen getroffen. Dann beugte sie sich zu Toby hinunter und ließ ihm ebenfalls eine ausführliche Streicheleinheit angedeihen. »Nun lass die beiden doch mal rein«, sagte sie über die Schulter zu Julian, der bereits wieder im Begriff war, die Tür zu schließen.

»Ich will nicht stören«, sagte Hannah.

»Tss.« Rosa schüttelte den Kopf. »Du störst doch nicht.«

»Nein?« Hannah wusste, dass das kindisch war, aber sie konnte es sich nicht verkneifen, Julian ein breites Grinsen zu schenken. Er antwortete mit einem bitterbösen Blick. »Ich glaube, Julian hätte dich heute Abend gern für sich allein.«

Rosa seufzte. Sie streckte sich, um ihren Freund auf die Wange zu küssen. »Er muss morgen schon wieder auf Geschäftsreise. Aber Familie geht vor. Nicht wahr, Schatz?«

Julian brummte etwas, dass Hannah nicht unbedingt als Zustimmung wertete. Aber das war ihr egal. »Ich halte euch auch nicht zu lange ab...«, sagte sie zu ihrer Schwester und machte eine künstliche Pause, bevor sie fortfuhr. »Von dem, was ihr heute Abend vorgehabt habt.«

»So ein Quatsch. Jetzt komm doch erst mal rein«, wiederholte Rosa. »Ich habe frische Limonade gemacht.«

»Natürlich hast du frische Limonade gemacht, Martha Steward«, murmelte Hannah und quetschte sich an Julian vorbei. Gemeinsam mit Toby folgte sie ihrer Schwester in die Küche.

»Was gibt es Neues?«, fragte Rosa und nahm einen Hundekeks für Toby aus der Schublade. Der Hund nahm ihn ihr vorsichtig ab und trug ihn zu einem kleinen Hundekissen, das für ihn in der Küchenecke lag. Er war zwar Louisas Promenadenmischung, fühlte sich aber bei Rosa genauso zuhause wie in der Wohnung über dem Mühlenladen.

Hannah zog den Zettel aus ihrer Hosentasche. »Ich habe von Jakob einen Namen bekommen«, sagte sie.

»Ach.« Rosa, die gerade Gläser aus dem Schrank nahm, drehte sich um. »Das sind doch mal Neuigkeiten. Hast du Tonia schon angerufen?«

»Sie hat eine schwere Geburt«, erklärte Hannah ihr das, was sie vor ein paar Minuten dem Hund erzählt hatte.

»Oh.« Rosa nickte. Einen Moment fixierte sie Hannah mit leicht schief gelegtem Kopf. »Ist alles in Ordnung mit dir? Du siehst irgendwie... anders aus. Dein Gesicht glüht ja geradezu.«

Na wunderbar. Jetzt konnte ihre Schwester ihr das kleine Intermezzo auf der Lichtung schon im Gesicht ablesen. Aber sie würde ihr nichts davon erzählen. »Zu viel Sonne«, log sie und zuckte mit den Achseln, als sei das keine große Sache.

»Warte kurz.« Rosa verschwand und kam im nächsten

Moment mit einem kleinen Glastiegel zurück. »Aloe Vera«, erklärte sie. »Hilft am allerbesten gegen Sonnenbrand. Aber jetzt zu dem mysteriösen Mann. Was hast du herausgefunden?«

»Gar nichts«, sagte Hannah und drehte das Cremedöschen zwischen ihren Fingern. »Ich habe nur einen Namen und eine Adresse. Den Rest müssen wir uns selbst zusammenreimen.«

Rosa strahlte Julian an, der am Küchentresen herumlungerte. »Holst du meinen Laptop aus dem Wohnzimmer?«, bat sie ihn.

»Sicher.« Er verschwand. Rosa nahm den Limonadenkrug aus dem Kühlschrank und füllte ein Glas für Hannah und sich selbst. Im nächsten Moment kehrte Julian zurück und stellte den Laptop auf den Küchentisch.

»Willst du auch Limonade?«, konnte sich Hannah die Frage nicht verkneifen und hielt ihm ihr Glas entgegen.

Julian verzog kaum merklich das Gesicht. »Hör mal, Süße«, sagte er statt einer Antwort zu Rosa. »Ich geh noch auf eine Runde in den *Holzwurm*, während ihr... was auch immer ihr hier macht.«

Rosa runzelte die Stirn. »Ich habe dir doch von dem Mann erzählt, den meine Tante...«

Er winkte ab. »Schon gut, Schätzchen. Ich trinke ein Bier, und wenn ich zurückkomme, haben wir den Rest des Abends ja vielleicht für uns.« Statt seine Freundin anzusehen, warf er Hannah einen Blick zu, der eine deutliche Sprache sprach. Nämlich: Verpiss dich! Und zwar so schnell wie möglich!

Was für ein dämlicher Idiot, dachte Hannah zum tausendsten Mal. Dieser Typ hatte ihre Schwester so was von überhaupt nicht verdient. Hannah nippte an ihrer Limonade, ließ die Säure und den Zucker auf ihrer Zunge zu einer kleinen Geschmacksexplosion verschmelzen – und wartete, bis die Tür hinter Julian ins Schloss fiel. Eiskaltes Kondenswasser zog einen mattgläsernen Film um das Glas. In dem stillen Moment, den Julians Abgang zurückließ, zog ein Tropfen eine klare Furche durch die Hülle aus Wasser. Vom Rand des Glases bis er auf der Oberfläche des Tisches auftraf. »Er ist doch jetzt nicht sauer?«, fragte sie in die Stille hinein.

»Ach was.« Rosa winkte ab und schaltete das Radio ein, das im Küchenregal stand. »Er ist manchmal ein bisschen launisch.« Mit einem Lächeln, von dem sich Hannah nicht ganz sicher war, ob es echt war, setzte sie sich an den Tisch und fuhr den Laptop hoch.

Rosa hatte das gleiche Modell wie sie, fiel Hannah auf. Doch ihr Laptop lag noch immer in ihrem Fotokoffer. An den Moment nach ihrer Landung in Frankfurt, als sie die Briefe herausgeholt hatte, konnte sich Hannah nur noch verschwommen erinnern. Sie hatte keine Ahnung, ob ihr Laptop noch zu gebrauchen war. Ob ihre Kameras noch funktionierten. Sie hatte sich seit dem Verlassen des Flughafens bewusst dafür entschieden, den Koffer nicht zu öffnen und die Geister Brasiliens herauszulassen. Genauso entschieden schob sie die Gedanken an ihren Koffer zur Seite. Es war im Moment nicht wichtig, ob ihre Kameras kaputtgegangen waren. Sie würde sie, zumindest in absehbarer Zeit, nicht brauchen. Hannah zog den Zettel aus ihrer Hosentasche und schob ihn über den Tisch. »Michael Brandner«, las sie das vor, was Jakob in seiner sauberen, schnörkellosen Handschrift notiert hatte.

Rosa googelte den Namen. »Wow!« Sie betrachtete den Bildschirm, ging mit den Augen noch ein Stück näher ran. »Ist er das?«, fragte sie. »Der sieht verdammt gut aus.« Sie drehte den Bildschirm so, dass auch Hannah etwas sah.

»Das ist er.« Hannah hatte den Mann zwar nur kurz gesehen, war sich aber sicher, ihn wiederzuerkennen.

Rosa rief seine Vita auf. »Ein Anwalt aus Augsburg. In Augsburg aufgewachsen«, las sie vor. »Jurastudium an der Ludwig-Maximilians-Universität in München und dann nach Augsburg zurückgekehrt und eine Kanzlei eröffnet. Und so weiter und so weiter«, murmelte sie. »Er wird in einigen Zeitungsartikeln über große Gerichtsprozesse erwähnt.« Sie scrollte weiter durch die Beiträge. »Offenbar war er recht erfolgreich.«

Hannah bremste die Hand ihrer Schwester, damit sie nicht weiterscrollte, und sah sich noch einmal die Vita an. »Er hat seine Kanzlei zugemacht und ist seit einem halben Jahr im Ruhestand«, stellte sie fest. »Vielleicht ist das der Grund, aus dem er sich hier herumtreibt. Er hat Zeit und eine alte Kiste, die wieder aufgemöbelt werden soll.«

Rosa nippte an ihrer Limonade. »So solltest du nicht über die Autos reden, denen Jakob sein Herz verschrieben hat. Apropos, wie war es, ihn zu treffen? Seid ihr miteinander ausgekommen?«

»Kann man so sagen.« Hannah bemühte sich mit aller Macht, die Erinnerungen an den Kuss nicht zuzulassen. Ihre Schwester würde ihr im Gesicht ablesen, was passiert war. Sie klickte zu den Fotos, die es von Michael Brandner gab, und scrollte konzentriert durch die Bilder, während sie weitersprach. »War eigentlich alles kein Problem. Abgesehen von Chrissi und seiner Mutter, die plötzlich beide aufgetaucht sind, als hätten sie sich verabredet.«

»Ups.« Hannah konnte den mitfühlenden Blick, den ihre Schwester ihr zuwarf, beinahe körperlich spüren. »Waren sie zickig?«

»Ging so«, murmelte Hannah. Das Verhalten der Frauen hatte immerhin dazu geführt, dass sie aus der Werkstatt geflohen war. Was wiederum Jakob auf die Lichtung gebracht – und zu dem Kuss geführt hatte. »Lass uns mal schauen, ob wir was über seine Zeit in München herausfinden«, lenkte sie die Aufmerksamkeit ihrer Schwester wieder auf die Recherche.

Sie ließen Michael Brandner noch eine Weile durch die Suchmaschinen laufen und fanden heraus, dass er geschieden war und einen Sohn hatte. Ben Brandner. Ein paar der Bilder, die sie im Internet fanden, zeigten ihn mit seiner Familie. Die Ex-Frau war attraktiv, aber das hatte Hannah nicht anders erwartet. Genau wie der Sohn, der auf den Bildern sympathisch grinste. Sie hatte zwar an dem Abend nicht viel erkennen können, aber wahrscheinlich war er derjenige gewesen, der den SUV gefahren hatte, in den Brandner gestiegen war.

Eine Verbindung zwischen Louisa und dem Anwalt fanden sie nicht. Allerdings hatte ihre Tante, genau wie er, eine Zeit lang in München gelebt. »Das muss Ende der Siebzigerjahre gewesen sein«, überlegte Hannah.

»Also könnten sie sich dort getroffen haben.« Rosa erhob sich und ersetzte die Limonaden- durch Weingläser. »Du hast gesagt, Lou hat den Mann *Brandl* genannt.« Mit mindestens so routinierten Griffen wie Antonia öffnete sie eine

Flasche Rotwein und schenkte ihnen ein. »Das passt auf jeden Fall zusammen. Brandl – Brandner. Das war vielleicht der Spitzname, den sie ihm früher gegeben hat.«

Hannah rieb nachdenklich über ihren Gips. »Fragt sich nur, was wir mit diesen Informationen anfangen. Wir haben einen pensionierten Anwalt aus Augsburg, der die Macht hat, Lou aus dem Gleichgewicht zu bringen.«

»Was an sich schon sehr außergewöhnlich ist«, warf Rosa ein.

Hannah nickte. »Mehr als außergewöhnlich, weil wir so etwas noch nie bei unserer Tante erlebt haben. Der Anwalt in Rente kommt also nach Sternmoos, um bei Jakob einen Oldtimer restaurieren zu lassen. Und jetzt?«

»Jetzt sollten wir herausfinden, was das bedeutet. Wie lange wird es dauern, bis so ein altes Auto restauriert ist? Kommt er vielleicht regelmäßig vorbei, um die Fortschritte der Restauration zu begutachten? Das sind die Dinge, die wir herausfinden müssen.«

Hannah wollte ihrer Schwester recht geben, aber alles, was sie sagte, lief bereits wieder darauf hinaus, Kontakt zu Jakob aufzunehmen. Es sei denn, sie würden Brandner einfach anrufen. Was sie natürlich nicht tun würden. Louisa würde ihnen den Kopf abreißen, wenn sie derart in ihren Privatangelegenheiten herumschnüffelten. Also blieb nur Jakob. Nach dem, was auf der Lichtung geschehen war, wäre Hannah allerdings nicht mehr diejenige, die in die *Alte Molkerei* ging.

»Wir brauchen uns nichts vorzumachen«, fuhr Rosa fort. »Wenn es etwas gibt oder jemanden – der Lou dermaßen aus der Bahn werfen kann, dann müssen wir informiert sein.

Alarmiert! Oder willst du, dass sich die beiden noch einmal zufällig über den Weg laufen und Louisa einen weiteren Zusammenbruch hat? Wir müssen vorbereitet sein.«

»Gute Rede, Rosa. Wirklich«, sagte Hannah, als ihre Schwester Luft holte. »Da du als Bewohnerin der Mühle Jakobs nächste Nachbarin bist, kannst du das ja übernehmen.«

Rosa starrte sie verständnislos an. »Aber ... wieso das denn?«, fragte sie schließlich. »Du hast doch schon ...«

Hannah würde sich in Zukunft weder in die Schusslinie von Chrissi und Jakobs Mutter bringen, noch würde sie sich in Kussgefahr begeben. »Ich habe meinen Teil erledigt. Ich bin raus. Du kannst dir mit Tonia einen Schlachtplan zurechtlegen.« Sie trank ihr halbvolles Weinglas mit einem Zug aus. »Und jetzt muss ich los«, ergänzte sie, bevor Rosa ihr widersprechen konnte. »Du solltest deinen Lover anrufen. Er scharrt im *Holzwurm* bestimmt schon mit den Füßen.«

Als sie wenig später mit Toby Louisas Wohnung betrat, waren die Lichter bereits gelöscht und ihre Tante offenbar zu Bett gegangen. Erleichtert, an diesem Abend nicht noch jemandem gegenübertreten zu müssen, der feine Antennen für die Gefühlslage seines Gegenübers hatte, schlich sich Hannah in das Gästezimmer.

Sie hatte es nicht anders erwartet, als sie um halb fünf morgens auf die Uhr ihres Handys blickte. Seit Stunden lag sie hellwach im Bett und wälzte sich von einer Seite auf die andere. Nur, dass es dieses Mal nicht ihr ganz persönlicher, brasilianischer Albtraum war, der sie wachhielt, sondern die Gedanken, die sie sich über Jakob machte. Und ihr kläglicher Versuch, nicht an die Küsse am See zu denken.

Hannah erlangte eine gewisse Professionalität im Verdrängen ihrer Probleme. Die meiste Zeit schaffte sie es, sowohl Brasilien als auch Jakob aus ihrem Leben auszublenden. Sie wusste, es war falsch, die Dinge nicht zu klären, die wie dunkle Schatten in ihrem Hinterkopf lauerten. Und sie schwor sich immer wieder, sie würde sich darum kümmern. Aber eben noch nicht jetzt. Wieder und wieder wanderte ihr Blick zu ihrem Kamerakoffer in der Zimmerecke. Er war das Letzte, was sie am Abend sah, wenn sie ins Bett ging. Er war das Erste, was sie erblickte, wenn sie morgens die Augen öffnete. Das schlechte Gewissen hatte sich in den Raum geschlichen, ohne dass sie es gemerkt hatte. Es schien es sich in dem kuscheligen grünen Sessel gemütlich gemacht zu haben – und vor allem hatte es Ausdauer. Hannah wurde es einfach nicht los.

Es war höchste Zeit, diesen verdammten Koffer zu öffnen und ihre Kameras, den Laptop und ihr Tablet herauszuholen. Jeder Fotograf, der auch nur ein bisschen was auf sich hielt, hätte längst überprüft, ob sein Arbeitsmaterial die Katastrophe überstanden hatte. Hätte die Bilder gesichtet, die auf den Speicherkarten lagen. Das Gleiche galt für ihren Laptop. Sie musste ihn hochfahren, ihre E-Mails lesen, Bilder auf ihre Lizenzseite hochladen und ihre Homepage aktualisieren. Alles Aufgaben, die eigentlich nicht warten konnten, wenn man sein Geld als Fotografin verdiente. Agnes, die Chefin der Agentur, für die sie tätig war, war inzwischen sicher sauer und besorgt, weil Hannah seit dem einen Telefonat kurz nach ihrer Ankunft in Berchtesgaden nichts von sich hören ließ.

Inzwischen war die dritte Woche seit der Katastrophe angebrochen. Hannah hatte mit niemandem aus ihrer *alten* Welt gesprochen. Ihre Krankmeldung hatte sie mit der Post hinterhergeschickt.

Die Agentur war das eine. Viel schwerer wog die Frage, wie es Finns Familie ging. Wie hatten Mila und die Kinder reagiert, als sie seine Briefe erhalten hatten? Hatten Finns Zeilen sie glücklich gemacht? Oder hatten sie noch mehr Schmerz heraufbeschworen? Hannah wusste, dass sie mit ihnen reden musste. Zumindest mit Mila. Sie musste Worte finden, die trösten. Oder ertragen, dass Finns Frau ihr ins Gesicht schrie, dass sie an seinem Tod schuld war. Sie würde sich all diesen Dingen stellen, schwor sie sich jeden Morgen. Nur jetzt noch nicht. Jeden Tag kehrten sie aufs Neue zurück. Jeden Tag schaffte Hannah es, all das auszublenden. So viel sie wusste, war das die Vorgehensweise nach einem traumatischen Erlebnis. Man lebte. Tag für Tag. Schritt für Schritt. Und irgendwann… irgendwann schaffte man es – vielleicht –, die Vergangenheit hinter sich zu lassen und einen neuen Lebensabschnitt zu beginnen.

Inzwischen hatte ihr Handy-Anbieter ihr eine Ersatz-SIM-Karte geschickt. Was gleichzeitig bedeutete, dass sie wieder erreichbar war und sie ihre übervolle Mailbox abhören könnte – was sie tunlichst vermied. Anfang der Woche nahm sie sich ein Herz und rief Jessie an. Man konnte sagen, sie waren befreundet, wenn auch nicht besonders eng. Hannah hatte sich nicht bei ihr gemeldet, als sie nach Deutschland zurückgekehrt war, und der Erdrutsch war in den deutschen Nachrichten nur eine Randnotiz wert gewesen. Jessie wusste also nicht, was Hannah zugestoßen war. Wenn es nach ihr ging, würde das so lange wie möglich so bleiben.

»Hey, du bist schon zurück!«, meldete sich Jessie in ihrer üblichen, überschwänglichen Art, die es Hannah leicht gemacht hatte, sie auf der Stelle zu mögen. »Ich dachte, du bist mindestens zweieinhalb Monate weg.«

Das war Hannahs Plan gewesen. Nach Finns Dokumentation hatte sie noch für einige Zeit auf eigene Faust durch Südamerika reisen und Fotos für ihre Webseite, Lizenzbilder und ein paar Aufnahmen für die Galerie machen wollen, in der sie hin und wieder Bilder ausstellte. »Mir ist etwas ... dazwischengekommen.«

»Wir wollen heute Abend ins *Goldfischglas*«, sagte Jessie, ohne nachzufragen, was sie dazu gebracht hatte, ihre Reise abzubrechen. »Kommst du mit? Die anderen werden sich freuen, wenn du als Überraschungsgast auftauchst.«

»Tut mir leid, aber das wird nicht möglich sein. Ich bin im Moment in Berchtesgaden.«

Jessie schnaubte wenig damenhaft in ihr Handy. »Was – zur Hölle – ist Berchtesgaden?«

Der Ausbruch brachte Hannah zum Lächeln. Das war Jessie. Die Freundin war in Hamburg geboren. Aufgewachsen. Für sie gab es nur Hamburg. Sah man mal von New York und London ab. Jessie wusste, dass Hannah aus Bayern kam, was für sie vermutlich gleichbedeutend mit München war. Hannah konnte sich durchaus vorstellen, dass ihre Freundin zufällig nicht in der Schule gewesen war, als das Berchtesgadener Land in Erdkunde durchgenommen worden war. »Ich bin bei meiner Familie«, konkretisierte sie ihren Aufenthaltsort. »Am anderen Ende des Landes. Und ich brauche deine Hilfe.«

»Sicher. Soll ich dich holen kommen oder so was?« Hannah

konnte sich bildlich vorstellen, wie Jessie sich auf die Unterlippe biss und darüber nachdachte, wie sie nach Bayern kam und was für eine Ausrüstung man benötigte, um in einer Gegend wie Berchtesgaden zu überleben.

»Nein. Ich komme hier klar und werde auch noch eine Weile hierbleiben müssen.« Hannah schmunzelte, als sie das erleichterte Aufseufzen am anderen Ende der Leitung hörte. »Ich habe mein Zeug eingelagert, als ich mein WG-Zimmer untervermietet habe. Könntest du zum Storage-Center gehen, mir ein paar Klamotten raussuchen und sie herschicken?«

»Na sicher!« Die Aussicht, nicht ins bayrische Hinterland fahren zu müssen, ließ Jessie geradezu euphorisch klingen. Sie notierte sich den Code des Zahlenschlosses von Hannahs Lagerraum und die Adresse ihrer Eltern und versprach, so schnell wie möglich ein Paket zu schicken.

13

Am Freitag fand Hannah ihre Mutter in der Gärtnerei. »Hey«, sagte sie, nachdem sie geklopft und die Tür aufgezogen hatte. »Ich hole mir drüben im Gasthaus was zum Mittagessen. Soll ich dir was mitbringen?«

Rena stand mit dem Rücken zu ihr im Raum und wuchtete gerade einen großen Karton auf ihren Schreibtisch.

»Ziehst du aus?«, fragte Hannah flapsig. »Du wirst doch nicht etwa mit einem Touristen durchbrennen oder so was in der Art?«

Ihre Mutter drehte sich zu Hannah um. »Das ist deiner«, sagte sie. »Der Paketbote hat ihn hier vorbeigebracht, weil zu Hause niemand war.« Sie schielte auf den Absender. »Von einer Jessica Krämer aus Hamburg.«

»Oh, das sind meine Sachen.« Sie trat neben Rena. »Ich habe eine Freundin gebeten, mir ein paar Klamotten zu schicken«, erklärte sie auf den fragenden Blick ihrer Mutter hin.

»Dem Gewicht nach sind da genug Klamotten drin, um hier zu überwintern.« Rena wurde von ihrer Mitarbeiterin, Nora, unterbrochen, die den Kopf zur Tür hereinsteckte. »Kannst du kurz kommen, Rena?«, fragte sie.

»Natürlich. Ich bin gleich wieder da.« Sie schloss die Tür hinter sich und ließ Hannah mit dem Karton allein.

Neugierig, was Jessie ihr geschickt hatte, öffnete Hannah das Paket – und musste lachen. Obenauf lag ihr Lieblingsschlafshirt, das über und über mit glitzernden Elfen bedruckt war. »Du hast offenbar an alles gedacht«, murmelte sie, als sie Jeans und leichte Pullis, Blusen, Shorts und kurze Röcke aus der Box zog. Ein paar sommerliche Kleider und eine kleine Auswahl Schuhe. Als ihre Finger inmitten der Kleider auf den festen, wasserdichten Stoff einer Fototasche stießen, stockte sie kurz. Dann zog sie ihre Ersatzkamera aus dem Karton, die Jessica inmitten der Klamotten gut gepolstert hatte. Hannah hatte sie nicht gebeten, sie mitzuschicken. Einen Moment überlegte sie, sauer über diese eigenmächtige Aktion zu sein. Die Kamera hätte kaputtgehen oder gestohlen werden können. Jessie hatte es nur gut gemeint, sie wusste nicht, was passiert war, rief sich Hannah noch einmal ins Gedächtnis und atmete tief durch. Vorsichtig wog sie die Nikon in der Hand. Sie mochte die Kamera, auch wenn sie auf ihren Reisen meistens ihre Olympus und eine Canon Powershot dabeihatte. Einen Moment zögerte sie. Dann öffnete sie den Reißverschluss und holte sie heraus. Sie fühlte sich gut an. Das kühle Metall und das Plastik schmiegten sich in ihre Hand, als ob sie dorthin gehörten. Ihre Finger schlossen sich um das Objektiv.

Hinter Hannah wurde die Tür geöffnet. »Da bin ich wieder«, sagte ihre Mutter. »Ich glaube, ich schließe mich dem Mittagstisch im Gast…« Sie stockte, als Hannah sich zu ihr umdrehte. Ihr Blick fiel auf die Kamera.

»Was ist?«, fragte Hannah, als sie die dunklen Schatten in den Augen ihrer Mutter bemerke.

»Machst du dich schon wieder bereit zu verschwinden?

Ich dachte, deine Freundin hat die Kleider geschickt, weil du noch eine Weile hierbleibst«, erwiderte Rena.

Hannahs Magen zog sich zusammen. Für eine Weile hatte eine Art stummer Waffenstillstand zwischen ihrer Mutter und ihr geherrscht. Sie hatten ihren Aufenthalt in Sternmoos nicht thematisiert. Hatten nicht mehr darüber geredet, warum sie hier war – und wie lange sie noch blieb. Aber sie wussten beide: Hannah würde gehen. Nicht so bald, aber ... »Ich kann nicht ewig hierbleiben. Das weißt du, Mama«, sagte sie so sanft wie möglich. Auch wenn sie noch keine Ahnung hatte, wohin es sie als Nächstes verschlagen würde. Hannah wollte nicht undankbar erscheinen, aber es gab keinen Weg, ihrer Mutter diese Worte zu sagen, ohne Schmerz in ihren Augen heraufzubeschwören. Trotzdem war das jetzt vielleicht der richtige Moment, um Rena ein wenig um ihr Verständnis zu bitten. »Hör mal, Mama«, versuchte Hannah es, nachdem ihre Mutter nur ein missbilligendes »Sicher.« zwischen zusammengepressten Lippen hervorgebracht hatte. »Ich weiß, das ist für dich nicht leicht zu verstehen. Du liebst Papa. Ihr habt hier euer Leben, Freunde, die Praxis und die Gärtnerei. Ihr seid hier glücklich. Du hast nie das Bedürfnis gehabt, irgendwo anders hinzugehen, etwas anderes zu sehen oder zu tun. Warum auch, wenn hier alles ist, was du brauchst?« Hannah breitete die Arme zu einer umfassenden Geste aus. »Aber nur, weil das für dich so ist, heißt das nicht, dass es allen anderen auch so geht.«

»Sicher«, sagte ihre Mutter noch einmal. Für einen Augenblick sah Hannah etwas in ihren Augen aufblitzen. Rena öffnete den Mund, als wolle sie etwas sagen, schloss ihn dann aber wieder und drehte sich zu ihrem Schreibtisch um. Stumm begann sie, ein paar Papiere hin und her zu schieben.

Hannah erkannte dicke Luft, wenn sie sich um sie herum ausbreitete wie dunkle, undurchdringliche Watte. Sie konnte es nicht ändern, dass sie Rena verärgert hatte. Aber Hannah wusste, sie würde sich auch wieder einkriegen, wenn sie ein bisschen Zeit gehabt hatte, all das zu überdenken. Sie legte die Kamera zurück in den Karton und warf die Klamotten hinein, die sie herausgezogen hatte. »Ich lasse die Kiste hier stehen bis zum Feierabend«, sagte sie leise. »Vielleicht können Rosa oder Lou sie abholen.« Mit dem Gips würde sie ihr Zeug jedenfalls nicht zur Mühle bringen.

»Keine Sorge, ich fahr dir die Sachen nachher rüber.« Ihre Mutter klang erschöpft und eine Spur – traurig. Doch sie hatte Hannah noch immer den Rücken zugedreht und kramte in dem Regal neben dem Fenster herum.

»Ist alles okay mit dir?«, fragte Hannah.

»Ja, sicher.« Die Standardantwort des Tages. »Du solltest jetzt wirklich Mittagspause machen.«

Hannah zögerte einen Moment. Dann legte sie ihrer Mutter kurz die Hand auf die Schulter, tröstend und versöhnlich, ehe sie das Büro verließ. Sie würde sich in ihrer Pause auf eine der Bänke am See setzen. Hunger hatte sie nach dem Wortwechsel mit Rena keinen mehr.

*

Rena wartete, bis ihre Tochter die Bürotür hinter sich ins Schloss gezogen hatte, ehe sie sich in ihren Schreibtischsessel fallen ließ. Ihr Blick fiel auf das Foto, das Josef und sie an ihrem fünfundzwanzigsten Hochzeitstag zeigte. Hannah hatte es gemacht. Genau wie den Schnappschuss mit Selbstauslöser, der sie und ihre beiden Schwestern breit grinsend am Ufer des Sees zeigte.

Josef war der richtige Mann für sie. Sie liebte ihn. Selbstverständlich. Das war überhaupt keine Frage, sonst hätte sie ihn nicht geheiratet. Ihr Blick wanderte weiter zum Fenster. Über den Dächern der Gewächshäuser erhoben sich die schroffen Bergspitzen, an denen sich noch immer Schneereste festklammerten. Hannah hatte ja keine Ahnung, wie falsch sie mit dem lag, was sie gesagt hatte. Sie hatte keine Ahnung davon, was Rena wirklich vom Leben gewollt hatte. Als sie jung war, wäre sie ohne zu zögern aus Berchtesgaden weggegangen. Sie hatte sogar genau das vorgehabt. Ihr Plan vom Leben war vor vierzig Jahren ein völlig anderer gewesen als das, was schlussendlich Wirklichkeit geworden war.

Mit einer Sache hatte ihre Tochter recht. Das Leben, das sie jetzt hatte, war ein gutes. Eines, in dem sie glücklich war. Aber damals... Sie schüttelte den Kopf, um sich zur Vernunft zu rufen, und strich sich die Haare aus dem Gesicht. Seit ihrem Gespräch mit Louisa vor ein paar Wochen waren ihre Gedanken immer wieder in die Vergangenheit zurückgewandert. Zu ihren Kindern und der Zeit, als sie noch klein waren. Zu den Dingen, über die sie nie sprachen. Darüber, dass Louisa und sie eigentlich nur Halbschwestern waren und Louisas Bruder Benedikt und ihr Vater bei einem tragischen Unfall ums Leben gekommen waren, kaum dass sie das Licht der Welt erblickt hatte. Ihre Mutter hatte den Hof ohne Hilfe und mit einem Säugling nicht bewirtschaften können. Also hatte sie die angemessene Trauerzeit abgewartet und wieder geheiratet. Renas Vater war ein stiller, strenger Mann gewesen. Er hatte Louisa genauso großgezogen wie sie selbst, aber er hatte sie nie adoptiert und zu seiner Tochter gemacht.

Die Fürsorge und Kontrolle ihrer Eltern hatten Rena Geborgenheit gegeben, Louisa hingegen war davon erstickt worden. Sie hatten ihre Schwester dazu gebracht, dem Leben im Tal den Rücken zuzukehren. Rena war nicht so blind, nicht zu sehen, wie sich das Muster bei Hannah wiederholte. Der einzige Unterschied war, dass ihre Töchter zusammenhielten wie Pech und Schwefel. Ein wehmütiges Gefühl breitete sich in ihr aus. Sie dachte daran zurück, wie die Mädchen heimlich mit Louisas Pferden ausgeritten waren, obwohl Rena es ihnen ausdrücklich verboten hatte. Sie hatte viel zu große Sorge gehabt, dass sich eine ihrer Töchter verletzen könnte. Und prompt war Antonia vom Rücken des Haflingers gestürzt und hatte sich den Arm gebrochen. Die Mädchen waren nicht nach Hause zurückgekehrt, bevor sie eine plausible Erklärung für die Unterarmfraktur parat gehabt hatten. Angeblich hatten sie ein Rehkitz retten wollen, das in den Mühlbach gefallen war. Keine von ihnen wich von der Geschichte ab, obwohl sie alle drei rochen, als hätten sie im Pferdestall übernachtet. Hoch erhobenen Hauptes nahmen sie ihre Strafe in Form von zwei Wochen Hausarrest an. Wie kleine Musketiere, ging es Rena durch den Sinn.

Sie seufzte. Eine der klarsten Erinnerungen, die seit Kurzem immer wieder unerwartet über sie hereinbrachen, waren die an Michl. Rena sah den lächelnden jungen Mann so deutlich vor ihrem inneren Auge. Manchmal hinterließen die Gedanken an ihn nur dieses melancholische Ziehen, das die erste Liebe oft an sich hatte. Doch dann gab es Momente, in denen sie den brennenden Schmerz wegblinzeln musste, den sie inzwischen seit Jahrzehnten ausgeblendet hatte.

Juni 1978

Er war plötzlich da gewesen. Mit Beginn des Sommers saß er im Biergarten des Brunnenwirts. *An einem der Holztische neben dem Dorfbrunnen, im Schatten der jahrhunderte alten Eiche. Rena hatte bereits vor der Touristensaison angefangen, im Gasthaus zu kellnern. Sie kannte jeden, der hier zu Mittag aß. Dieser Mann war noch nie hier gewesen. Aber er fiel ihr sofort auf – und war ihr vom ersten Moment an sympathisch gewesen. Er war höchstens ein paar Jahre älter als Rena selbst. Sein Lächeln nahm die Menschen sofort für sich ein, obwohl er ein wenig schüchtern wirkte. Oder vielleicht gerade deswegen. Mit den frechen Burschen, die sonst im* Brunnenwirt *verkehrten, hatte er jedenfalls nichts gemein. Sein dichtes, dunkles Haar war ordentlich geschnitten, wenn auch ein bisschen zu lang. Er trug saubere, gebügelte Hemden. Und er brauchte definitiv nicht lange, um Entscheidungen zu treffen. Ihm reichte ein kurzer Blick in die Karte, um sich für das Tagesessen – Schweinsbraten – und ein Bier vom Fass zu entscheiden. Während er aß, las er in einem wirklich dicken Wälzer.*

Rena hielt ihn für einen Sommergast. Denn auch, wenn sie es an nichts festmachen konnte, schien er nicht in die Gegend zu passen. Wenn er irgendwo hier aufgewachsen wäre, wäre sie ihm mit Sicherheit schon einmal begegnet. Als er zahlte, lächelte er Rena so süß an, dass ihre Wangen vor Verlegenheit Feuer fingen. Sobald sie seinen Tisch abgeräumt hatte, huschte sie auf die Toilette und betrachtete sich im Spiegel. Ihr Gesicht glühte, als hätte sie in der prallen Sonne bei der Heuernte geholfen. Das aufgeregte Rot zog sich an ihrem Hals hinunter bis auf das Dekolleté ihres Dirndls. Ihr Herz klopfte unnatürlich laut, als sie an sein Lächeln dachte. Ob sie ihn wiedersehen würde?

Diese Frage, die in einer Endlosschleife durch ihren Kopf surrte, sorgte dafür, dass sie an diesem Abend lange nicht einschlafen konnte. Die Antwort erhielt sie am nächsten Mittag, als er wieder mit seinem dicken Buch unter der alten Eiche saß. Rena strahlte über das ganze Gesicht, als sie ihn bemerkte, und er lächelte still. Sie nahm seine Bestellung auf und brachte ihm später die Rechnung. Abgesehen davon war ihr Kopf wie leer gefegt. All die unverfänglichen Gesprächsthemen, die sie sich in der Nacht ausgedacht hatte, waren wie weggeblasen. Als er die Wirtschaft verließ, war sie wütend auf sich selbst, weil sie ihn nicht angesprochen hatte. Nicht einmal eine Bemerkung über das schöne Wetter war ihr über die Lippen gekommen. Aber sie musste sich nicht sorgen, ihn vielleicht nie wiederzusehen. Er kam auch am nächsten Tag zurück. Und am Tag darauf. Eine Woche lang saß er neben dem Sandsteinbrunnen, schlang das Tagesessen in sich hinein und vertiefte sich in sein dickes Buch. Jeden Tag lächelte er Rena an. Wenn er bestellte und wenn er nach dem Essen seiner Wege ging.

Nach seinem siebten Tagesgericht tat er endlich, worum Rena seit seinem ersten Besuch des Gasthauses Nacht für Nacht heimlich gebetet hatte. Er lud sie auf eine Tasse Kaffee nach ihrer Arbeit ein. Bis zum Feierabend schwebte Rena durch das Lokal. Ihr Lächeln reichte von einem Ohr zum anderen.

Nach Feierabend trank sie einen Kaffee mit ihm in dem kleinen Café am Königssee. Er hieß Michl, fand sie heraus, und teilte großzügig den Apfelstrudel mit Vanillesoße, den er bestellt hatte, mit ihr. Sie musste bald zu ihren Eltern auf den Hof zurück. Seit ihre Schwester Louisa weg war, blieb viel mehr Arbeit an ihr hängen – und der Stall mistete sich nicht von allein, wie ihr Vater zu sagen pflegte. Trotzdem zögerte sie den Abschied so lange wie möglich hinaus. Und nahm eine weitere Einladung von Michl an.

Am Samstagabend ging sie mit ihm zum Tanz. Michl war ein guter Tänzer, und nachdem er ihre Hand erst einmal in seiner hielt, ließ er sie nicht mehr los. Rena tanzte gern und wurde normalerweise oft aufgefordert. An diesem Abend tanzte sie mit keinem anderen. Und in den Tanzpausen fühlte es sich nicht nur gut an, neben Michl zu sitzen, sondern genau richtig. Inzwischen hatte sie herausgefunden, was ihn in die Berge verschlagen hatte. Er war Student und hatte einen Ferienjob als Page in einem der größeren Hotels an der Talstation der Jennerseilbahn, wo er sich den Unterhalt für das nächste Studienjahr verdiente. Sie redeten und redeten. Ehe der Abend vorüber war, hatte Rena das Gefühl, ihren Seelenverwandten gefunden zu haben. Niemals hätte sie sich vorstellen können, dass es möglich war, sich so schnell und bedingungslos zu verlieben. Aber es war geschehen. Irgendwann zwischen seinem ersten Mittagstisch und dem letzten Tanz am Samstagabend. Selbstverständlich sprachen sie nicht darüber, aber Rena war sich sicher, Michl fühlte das Gleiche.

Am Sonntag saßen sie nebeneinander im Gottesdienst –

unter den Argusaugen von Renas Eltern. Danach gingen sie spazieren. Michl griff wieder nach ihrer Hand, und Renas Herz klopfte so heftig, dass sie das Gefühl hatte, es würde ihr im nächsten Moment aus der Brust springen. Bis jetzt war sie noch nie verliebt gewesen. Bis jetzt hatte sie an den jungen Männern nur interessiert, ob sie auf dem Dorffest mit ihr tanzten. Im Gegensatz zu ihrer Schwester, die es meisterlich verstand zu flirten, hatte sie auf diesem Gebiet wenig Erfahrung. Insgeheim war sie sogar ein wenig erleichtert darüber, dass Louisa schon vor über einem Jahr fortgegangen war, um die Welt zu erobern und ihre Freiheit auszuleben. Ihre Schwester hätte Michl wahrscheinlich in null Komma nichts um ihren kleinen Finger gewickelt und ihn ihr weggenommen. Aber ihre Schwester war nicht hier. Und dieser schüchterne, intelligente Mann hatte nur Augen für Rena. Eine Art von Aufmerksamkeit, die sie nicht kannte, die sie aber vom ersten bis zum letzten Augenblick genoss.

14

Hannah räumte die Kleider und Schuhe, die Jessie aus Hamburg geschickt hatte, neben die kleine Auswahl aus Salzburg in den Schrank in Louisas Gästezimmer. Um ihren Ausrüstungskoffer machte sie weiterhin einen großen Bogen, aber die Nikon nahm sie immer wieder zur Hand. Sie hatte noch keine Fotos damit gemacht, seit sie sie aus dem Paket gezogen hatte, aber sie hatte den Akku und den Ersatzakku geladen. Wenn sie so weit war, den Auslöser zum ersten Mal zu drücken, wäre die Kamera bereit für sie.

So zwiespältig ihre Gefühle auch waren, wenn sie über das Fotografieren nachdachte, so klar waren sie, wenn es um ihre Tante ging. Hannah hatte sie seit dem Zusammentreffen mit dem mysteriösen Brandl im Auge behalten. Diesen Mann zu sehen hatte Spuren hinterlassen. Irgendetwas stimmte nicht mit Louisa. Sie war oft abwesend. Fahrig. Dann glitt ihr Blick in die Ferne und blieb dort einfach hängen. Ungeachtet dessen hing ein weiteres Auftauchen Brandls in Sternmoos wie ein Damoklesschwert über ihnen.

Hannahs Versuche, über den Mann zu reden, blockte Louisa vehement ab. Sie wurde richtiggehend sauer, als Hannah zu tief bohrte. Ein Verhalten, das sie an ihrer Tante noch nie erlebt hatte und das sie erschreckte. Hannah hatte eine Weile hin und her überlegt. Es fühlte sich nicht richtig an, zu spionieren, aber sie war sich sicher, dass es für Louisa besser war, Brandl nicht noch einmal unvorbereitet in die Arme zu laufen. Wenn ihre Tante nichts erzählte, blieb nur eine Informationsquelle: Jakob. Rosa hatte recht gehabt. Nicht dass sie das ihrer Schwester gegenüber zugeben würde. Aber da weder sie noch Antonia sich die Mühe machten, mit Jakob zu reden, blieb ihr nichts anderes übrig, als das selbst in die Hand zu nehmen. Worauf ihre Schwestern mit Sicherheit spekuliert hatten. Wahrscheinlich, weil sie glaubten, dass Jakob und sie früher so gut zusammengepasst hatten und eine zweite Chance verdienten, wie sie ja nicht müde wurden, ihr durch die Blume mitzuteilen. Dabei wussten sie noch nicht einmal, dass sie und Jakob sich auf der Lichtung geküsst hatten – das hatte Hannah wohlweislich für sich behalten. Sie würde es Rosa und Antonia auch irgendwann erzählen, denn sie hatten normalerweise keine Geheimnisse voreinander. Aber bevor sie sich von ihren Schwestern aufziehen ließ oder sich deren kluge Ratschläge anhörte, musste sie erst einmal für sich selbst herausfinden, was der Kuss zu bedeutet hatte – und was er zwischen Jakob und ihr veränderte.

Entgegen den Erwartungen ihrer Schwestern würde sie nicht noch einmal in die *Alte Molkerei* marschieren. Das, was sie von Jakob wissen wollte, ließ sich problemlos am Telefon herausfinden. Sie frühstückte gemeinsam mit ihrer Tante und wartete, bis sie in den Mühlenladen hinunterging. Dann wählte sie die Nummer auf der Visitenkarte, die Peer ihr bei ihrem ersten Besuch in der Werkstatt in die Hand gedrückt hatte.

»*Alter Milchwagen – Classic Cars*. Guten Tag, was kann ich für Sie tun?«

Eine Frauenstimme. Mist. Hannah brauchte einen Moment, um zu begreifen, dass das Jakobs Mutter war. Natürlich! Heidi managte das Büro, also war sie auch diejenige, die Anrufe entgegennahm, während Jakob Auspuffe zusammenschweißte oder irgend so was. Egal, was Jakob gesagt hatte, seine Mutter hasste sie und war ein großer Fan von Chrissi. Was Hannah ihr nicht verübeln konnte.

»Hallo?« Heidi holte sie aus ihren Gedanken. Hannah öffnete den Mund, schloss ihn dann aber wieder, als ihr bewusst wurde, dass sie nicht wusste, was sie Jakobs Mutter sagen sollte. Von Brandl würde sie ihr nichts erzählen. Um einen Rückruf von Jakob zu bitten, würde Heidis Stimmung wahrscheinlich auch nicht gerade aufbessern. Hannah tat das Einzige, was ihr in diesem Moment einfiel: Sie legte auf.

Nur um im nächsten Moment das Gesicht zu verziehen und die Stirn auf die Tischplatte zu schlagen. Noch einmal. Und noch einmal.

»Machst du meinen Tisch kaputt?«, fragte Louisa hinter ihr.

Hannah fuhr herum. »Nein … ich …« Sie schluckte. »Ich hab mich nur grad extrem dämlich verhalten.«

Louisa winkte ab. »Tun wir das nicht alle? Ständig?«

Jetzt, wo ihre Tante davon sprach … sie war das beste Beispiel dafür.

»Ich wollte nur noch die Chutneys holen, die ich gestern etikettiert habe«, erklärte Louisa ihr plötzliches Auftauchen.

Hannah nickte. Jeder machte Dummheiten. Was Louisa zu erwähnen vergaß, war die Tatsache, dass man irgendwann von diesen Entscheidungen eingeholt wurde. Man musste sie in den Griff bekommen, ob man wollte oder nicht. Ihre fantastische Taktik war nach hinten losgegangen, jetzt blieb ihr nichts anderes übrig, als in die Werkstatt zu gehen. Und über ihre Feigheit den Kopf zu schütteln.

Hannah wartete bis kurz vor Feierabend. Sie hoffte, dass Jakobs Mutter nicht eine der Letzten war, die die Firma verließ. Noch einmal betrachtete sie sich im Spiegel, bevor sie sich auf den Weg machte. Bei ihren letzten Begegnungen mit Jakob hatte sie keine besonders gute Figur abgegeben. Vom Bewässerungssystem der Gärtnerei durchweicht. Auf dem Rückweg von der Arbeit verschwitzt und mit Dreckspritzern an den Beinen. Kurz vor ihrem letzten Treffen war sie ausgeritten und hatte Louisas Pferde gestriegelt. Geendet hatte das Ganze abermals mit jeder Menge Wasser, was sich wie ein Faden durch ihre Begegnungen zu ziehen schien. Heute war das anders. Sie würde sich von Wasser fernhalten und weder verschwitzt noch voller Erde in der *Alten Molkerei* auftauchen. Ihre Haare fielen ihr in sanften Wellen über die Schultern. Sie hatte nur ein wenig Wimperntusche aufgelegt, weil die Sonne ihre Haut bereits mit einem sanften Goldton überzogen hatte und sie nicht aufgetakelt wirken wollte. Dazu trug sie einen kurzen Jeansrock und ein blauweiß geringeltes Maxishirt, das über ihre linke Schulter gerutscht war und den Blick auf den Träger ihres gepunkteten Triangelbikinis in den gleichen Farben freigab. Ihre Füße steckten in Flipflops, die über und über mit Ankern bedruckt waren. Jessie hatte sie gekauft und in den Kleiderkarton geschmuggelt. Eine kleine Erinnerung an Hamburg, die Hannahs Sehnsucht nach dem Norden steigen ließ.

Hannah atmete tief ein – und wieder aus. Ein letztes Mal strich sie ihren Rock glatt. Der Gips passte nicht ins Bild, aber daran konnte sie nichts ändern. Sie zog die Tür hinter sich zu und machte sich auf den Weg zur Werkstatt. Auf dem Hof beugte sie sich zu Toby hinunter, um ihn hinter den Ohren zu kraulen, und winkte den drei Alten, die ihr zuriefen, dass sie sehr hübsch aussehe.

Sie hatte sich nicht für Jakob zurechtgemacht, sondern um das nötige Vertrauen in sich selbst für das bevorstehende Gespräch zu finden. Für eine Begegnung auf Augenhöhe. Denn bis jetzt schien Jakob ihr irgendwie immer einen Schritt voraus zu sein, in sich zu ruhen und genau zu wissen, was er wollte. Bis auf den einen Moment am See. Hannah war sich sicher, er bereute es inzwischen zutiefst, sie geküsst zu haben. Genau wie sie diesen Augenblick am liebsten aus ihrer Erinnerung streichen wollte. Was bei ihr allerdings eher daran lag, dass die Nähe zu Jakob Sehnsüchte in ihr geweckt hatte, die er nicht würde stillen können.

Eines der Werkstatttore war noch geöffnet, als sie auf den Hof der *Alten Molkerei* trat. Ansonsten sah das Gelände verlassen aus. Hannah straffte die Schultern, klebte sich ein Lächeln ins Gesicht und trat in die kühle Halle. Nirvana schlug ihr in voller Lautstärke entgegen, aber sie konnte immer noch niemanden entdecken. Bis sie die untere Hälfte eines Mannes unter einem alten Käfer hervorlugen sah. Die Füße, die in schweren Arbeitsstiefeln steckten, wippten im Takt der kreischenden Gitarren.

»Hallo?«, rief sie.

Die Füße reagierten nicht.

Also ging sie ein Stück näher und rief noch einmal: »Hallo!«

Die Beine hörten auf zu tanzen, und der Mann rollte unter der Karosserie hervor. Stück für Stück erschienen schmale Hüften, ein flacher Bauch und breite Schultern. Die zum Körper gehörenden, Öl verschmierten Hände griffen um den Rahmen des Autos und zogen den Rest des Mechanikers hervor. Jakob. Immerhin nicht einer seiner Mitarbeiter, dem sie erklären musste, dass sie auf der Suche nach ihm war und der das dann brühwarm Heidi erzählen würde.

Jakobs Blick fiel auf ihre hellblau lackierten Zehennägel und wanderte dann langsam an ihren nackten Beinen hinauf. An ihrem Rock vorbei. Über ihren Oberkörper. Als er ihre Lippen erreichte, schien er kurz zu stoppen, ehe er schließlich bei ihren Augen ankam. »Hi«, sagte er. Zumindest vermutete Hannah das anhand seiner Lippenbewegung. Zu verstehen war er über den Grunge-Sound nicht. Er erhob sich und griff nach einer Fernbedienung, die auf dem blauen Werkzeugwagen neben ihm lag. Mit einem Knopfdruck drehte er Kurt Cobain den Saft ab, und die Musik wurde von einer ohrenbetäubenden Stille abgelöst.

Hannah schluckte. »Hi«, sagte sie leise. Sie sah Jakob dabei zu, wie er ein altes Küchentuch zwischen seinen Werkzeugen hervorzog und seine Hände abwischte. Sie musste sich zusammenreißen und sich auf den Grund ihres Besuches konzentrieren, statt auf die starken Finger zu starren, die noch vor ein paar Tagen auf ihrer Haut gelegen hatten, während er sie fast bis zur Besinnungslosigkeit geküsst hatte.

Bevor sie etwas sagen konnte, blickte er auf. »Meine Mutter hat gesagt, vom Anschluss deiner Tante aus hat jemand hier angerufen und wieder aufgelegt, ohne etwas zu sagen.

Spezialisierst du dich jetzt auf Telefonstalking?«, fragte er mit einem Lächeln in der Stimme.

Hannah antwortete nicht. Sie konzentrierte sich darauf, nicht rot anzulaufen aufgrund dieses peinlichen Auftritts. Natürlich hatte Heidi nichts Besseres zu tun gehabt, als sofort zu Jakob zu laufen und ihm davon zu erzählen.

Er zog die Augenbrauen hoch. »Das warst doch du?«

»Deine Mutter hasst mich«, brachte sie als Entschuldigung das Einzige hervor, das ihr gerade einfiel. Für ihn wirkte das Ganze vermutlich ziemlich kindisch und unreif. »Außerdem wollte ich ja nicht mit ihr sprechen, sondern mit dir. Was ich mit dir zu bereden habe, geht sie nichts an.«

Jakob verdrehte die Augen. Er warf das Tuch auf den Werkzeugwagen. »Peer?«, brüllte er.

»Jo, Boss?«, erklang die Antwort seines Mitarbeiters aus den Tiefen der Halle.

»Ich bin für heute weg.«

»Jo, Boss. Bis morgen. Mach beim Gehen die Musik wieder an, ja?« Peers Worte wurden von einem Scheppern und einem derben Fluch begleitet.

Jakob blieb gelassen, was ein gutes Zeichen war, dass sein Kollege sich nicht gerade einen Arm abgerissen oder einer der Oldtimer auf ihn gefallen war. »Komm mit«, sagte er.

»Wohin?«

»In meine Wohnung«, antwortete er. »Du willst etwas von mir. Und zwar dringend genug, um persönlich hier aufzutauchen. Es ist nicht zu übersehen, dass du gerade an jedem Ort der Welt lieber wärst als hier.«

Nicht an *jedem* Ort, schoss es ihr durch den Kopf. Sie wich einen Schritt zurück und schluckte trocken.

Jakob legte den Kopf schief und musterte sie. »Ich weiß nicht, wie das bei dir ist. Ich hatte einen langen Arbeitstag und hab mir auf jeden Fall ein kaltes Bier verdient.« Er griff nach der Fernbedienung, holte Nirvana in die Werkstatt zurück und drehte sich um. Dann verließ er die Halle durch das offen stehende Tor, so, als sei es ihm völlig egal, ob sie ihm folgte.

Was Hannah natürlich tat. Diesmal war es an ihr, die Augen zu verdrehen. Wie beim letzten Mal begrüßte Laus sie an der Tür. Sie bückte sich, um ihn zu streicheln, und folgte ihm und seinem Herrchen dann in das Loft. Bei ihrem letzten Besuch hatte sie sich nicht die Zeit genommen, die Wohnung wirklich auf sich wirken zu lassen. Männlich fiel ihr jetzt als Erstes ein. Männlich, aber gemütlich. Die Couch, auf der er Louisa versorgt hatte, stand mitten im Raum und war riesig. Die alte Truhe, die davorstand, diente offenbar nicht nur dem Abstellen von Getränken, sondern, den Kratzern auf der Oberfläche nach zu urteilen, auch der Füße. In Arbeitsstiefeln. Der Fernseher hatte Ausmaße, die einen sicher glauben lassen konnten, bei einem Fußballspiel im Stadion zu sitzen. Viel kleiner schien ein Spielfeld in der Wirklichkeit jedenfalls auch nicht. An einer breiten Ziegelsäule, die für die Statik des Raumes verantwortlich zu sein schien, stand ein Bollerofen, der im Winter mit Sicherheit mollige Wärme verbreitete. Das Bücherregal, das eine Wand bedeckte, war ihr bei ihrem letzten Besuch schon aufgefallen. Genau wie die Tür zur Terrasse, die Jakob öffnete. Dann holte er zwei Berchtesgadener Hofbräu aus dem Kühlschrank und öffnete sie. Er reichte ihr eins und ging ihr voraus nach draußen.

Hannah folgte ihm zögernd. Sie war nicht hier, um bei einem Bier ein bisschen zu plaudern. Sie wollte Antworten auf ihre Fragen und dann wieder verschwinden. Als sie auf das Dach des Anbaus trat, verschlug es ihr für einen Moment den Atem. »Das ist ... wow!«, entfuhr es ihr. Vor ihr lag der Sternsee, eingebettet in die dunklen Wälder, die sich die Hänge des Hochkalter hinaufzogen, bis die in die schroffen Felswände mit den weißen Spitzen übergingen. Der See schimmerte wie ein smaragdgrüner Spiegel, der sich an den Rändern zu einem hellen Türkis aufhellte. Durch die Bäume sah sie die Mühle aufblitzen. Den Zauberwald. Und ... sie schluckte. Jakob konnte von hier direkt auf die Lichtung blicken. Man konnte die Pferdekoppel nicht sehen, aber den Strand, auf dem das Boot ihrer Tante lag. Die beiden kleinen Felseninseln im Wasser. Ihr Herzschlag beschleunigte sich. Ihre Finger kribbelten. Am liebsten hätte sie Jakob gebeten, sie noch einmal mit ihrer Kamera hier hoch zu lassen.

»Hübsch, nicht wahr?« Jakob war ihrem Blick zur Lichtung gefolgt und hob den rechten Mundwinkel zur Andeutung eines Lächelns.

»Du hast hier wirklich ein kleines Paradies geschaffen«, sagte Hannah leise und setzte sich auf den Deckchair neben ihm. Sie lehnte sich auf dem gemütlichen Holzstuhl zurück und stellte das Bier in die Halterung, die in die breite Armlehne eingelassen worden war. Die Ziegelwand neben ihr strahlte die Wärme des Tages zurück, und der Efeu, der sich hartnäckig bis zum Dach vorgekämpft hatte, bildete mit seinem satten Grün einen wundervollen Kontrast. Jakobs immer noch ölverschmierte, kräftige Hand lag entspannt auf der Lehne seines Deckchairs, die Finger fest um die Bierflasche geschlossen, in der sich das Licht brach. Ein Tropfen Kondenswasser glitt am Flaschenhals hinunter, bis er von Jakobs Hand gestoppt wurde. Das Bedürfnis, all diese Details in Fotos festzuhalten, war beinahe übermächtig. Bevor Hannah bewusst wurde, was sie tat, prüfte sie mit einem kurzen Blick das Licht, zog das Handy aus der Tasche und machte eine Aufnahme von Jakobs Hand. Schräg von hinten, sodass an der leuchtenden Bierflasche vorbei der See, die Bäume und die Berge den perfekten Hintergrund schufen. Und ehe Jakob bewusst wurde, was sie tat, und er sich zu ihr umdrehte, hatte sie drei weitere Aufnahmen gemacht.

»Was ...?«, begann er und starrte mit gerunzelter Stirn auf das Handy.

»Entschuldige!« Hannahs Herz schlug wie verrückt. Endorphine rauschten durch ihren Körper, und sie hatte das unbändige Bedürfnis, die Fotos auf dem Handy anzuklicken und zu sehen, ob sie etwas geworden waren, oder ob sie vielleicht noch einmal in einem anderen Winkel ... »Entschuldige«, wiederholte sie, als sie begriff, was sie gerade getan hatte. »Ich habe keine Ahnung, was in mich gefahren ist.« Außer, dass ihre Instinkte eingesetzt hatten. Ohne nachzudenken hatte sie ein atemberaubendes Motiv gesehen – und in einem Bild festgehalten. Das, was sie nach der Katastrophe im Urwald verloren geglaubt hatte, war wieder da.

»Zeig mal her.« Jakob nahm ihr das Handy ab und machte genau das, was sie unbedingt selbst tun wollte. Er scrollte durch die Bilder. Dann sah er auf und blickte auf den See hinaus. Ohne etwas zu sagen trank er einen Schluck Bier und senkte seinen Blick wieder auf das Handydisplay.

»Jakob?«, fragte sie leise und streckte die Hand aus, damit er ihr das Handy zurückgeben konnte.

Er blickte sie von der Seite an, und seine Lippen verzogen sich zu einem Lächeln. Kopfschüttelnd gab er ihr das Telefon zurück. »Du bist unglaublich. Machst einfach ein Foto von meiner Hand und dem Bier und es ist – großartig. Ein Foto mit einem Handy«, betonte er.

»Handykameras werden heutzutage gemeinhin unterschätzt«, sagte Hannah ganz automatisch. Sie sah sich nun ebenfalls die Fotos an. Sie mussten noch ein bisschen überarbeitet werden, aber sie konnte sehen, dass sie ihr gelungen waren. »Danke, dass du mir das Motiv geliefert hast«, sagte sie und sah auf. Er betrachtete sie, und Hannah konnte seinen Blick nicht deuten. Aber er löste wieder dieses Kribbeln in ihrem Magen aus, das sie seit ihrer Rückkehr nach Sternmoos schon viel zu oft gespürt hatte.

»Es ist nicht so, als ob du mich gefragt hättest. Aber keine Sorge.« Er hob beschwichtigend die Hand, als sie den Mund öffnete. Dabei war sie sich nicht mal sicher, was sie sagen wollte. Widersprechen? Ihn bitten, die Bilder behalten zu dürfen? Nachträglich um Erlaubnis bitten? »Ich will nicht, dass du sie löschst.« Mehr gab es dazu nicht zu sagen. Er trank einen Schluck Bier und blickte wieder auf den See hinaus. »Aber Fotos zu machen war vermutlich nicht der Grund, aus dem du hergekommen bist. Also, was liegt dir auf der Seele?«

»Die Bilder waren wirklich nur Zufall.« Hannah war noch immer aufgewühlt von diesem Moment. »Ich wollte dich noch einmal zu diesem Michael Brandner ausquetschen. Louisa lässt nichts raus, und ich bin einfach besorgt, wie sie reagieren wird, falls die beiden sich irgendwann hier über den Weg laufen sollten.«

»Ich weiß wirklich nicht viel über ihn«, sagte Jakob und sah Hannah wieder an. »Er kommt aus Augsburg und war Anwalt. So viel hast du ja aber wahrscheinlich bereits rausgefunden.«

Hannah seufzte. »Da muss es doch noch irgendetwas geben. Meine Tante hat ihn *Brandl* genannt. Das klingt nach einem Spitznamen, also kannten sie sich wahrscheinlich gut.«

»So, wie sie reagiert hat, würde ich sagen, sie kannten sich mehr als gut«, warf Jakob ein.

»Jedenfalls hat sie ihn nicht verwechselt, wie sie behauptet.« Hannah trank einen Schluck Bier. »Hat er dich nach Leuten hier aus der Gegend ausgefragt, als er sein Auto in deine Werkstatt gegeben hat?«

»Nein. Er hat gesagt, dass er zum ersten Mal in Sternmoos ist. Die Wahrscheinlichkeit, dass Louisa und er sich über den Weg laufen, ist übrigens ziemlich hoch. Brandner will bei der Restauration dabei sein.«

»Das erlaubst du?« Hannah hatte sich nie Gedanken über Jakobs Arbeitsphilosophie gemacht, aber sie konnte sich nicht vorstellen, dass er einen Laien an die Oldtimer ließ, selbst wenn er der Besitzer war.

Jakob zuckte mit den Schultern. »Bei dem Preis, den er dafür zahlt, darf er das verlangen. Ich kann ihm leichtere Jobs geben oder schwierigere. Je nachdem, was er draufhat.«

Hannah stieß den Atem aus. »Dann wird er also hier sein.«

»Jepp.« Jakob kraulte Laus, der zu ihnen herausgekommen war und sich neben seinem Stuhl auf die Holzplanken der Terrasse fallen ließ. »Er hat mir erzählt, dass er noch nicht lange pensioniert ist. Er will seinen ersten Sommer in Freiheit – so hat er es genannt – in vollen Zügen genießen und wird sich hier in der Gegend eine Wohnung oder ein Haus mieten.«

Hannah strich mit den Fingerspitzen über das Etikett ihrer Bierflasche. Wenn der Mann sich hier wirklich niederließ, musste sie das Louisa erzählen, ob ihre Tante es wissen wollte oder nicht.

»Hannah?«

»Hmm?« Sie blickte auf. Jakob hatte offenbar etwas zu ihr gesagt, das sie nicht mitbekommen hatte. »Entschuldige, ich war in Gedanken.«

Jakob räusperte sich und rieb sich unbehaglich über den Nacken. »Wegen neulich...« Wegen des Kusses, wollte er eigentlich sagen. »Willst du darüber reden?«

»Was?« Hannah sprang auf. Zu viel nervöse Energie rauschte plötzlich durch ihren Körper. »Nein!«, brachte sie ein wenig zu heftig hervor. »Nein«, wiederholte sie etwas gefasster. »Das ist nicht der Grund, aus dem ich hergekommen bin. Ich wollte mit dir über diesen Brandl reden.«

»Okay.« Jakob erhob sich ebenfalls. Wesentlich ruhiger als sie. Entspannter. Um nicht zu sagen: völlig in sich ruhend. »Du musst dich nicht aufregen deswegen. Es war nur eine Frage.«

Er kam auf sie zu, und Hannah hatte das Gefühl, ihre Füße klebten am Boden fest. Ihr Kopf wollte Abstand zwischen Jakob und sich bringen, während ihr Körper sich danach sehnte, sich ihm an den Hals zu werfen. Der Kuss hatte

Sehnsüchte in ihr ausgelöst, die sie schon viel zu lange in ihrem Inneren verschlossen hatte. Wenn Jakob ihr zu nahekam, würde sie sich nicht bremsen können, bis er sie wieder auf Armeslänge von sich schob. Noch einmal würde sie das nicht mit sich machen lassen. Jakobs Finger strichen über ihre Wange, als er ihr eine Haarsträhne hinter das Ohr schob. Eine Berührung, die kleine Elektroschocks über ihre Haut schickte.

»Ich wollte nur sichergehen, dass zwischen uns alles okay ist, nach diesem ... Moment.«

Ob alles okay war? Hannah blinzelte und war mit einem Schlag zurück in der Realität. Zwischen ihnen war seit zehn Jahren nichts mehr okay. Es gab noch nicht einmal ein ›wir‹, über das sie nachdenken mussten. Sie trat einen Schritt zurück, dann einen zweiten. »Ich muss gehen«, sagte sie und klang so gehetzt, als wäre sie auf der Flucht. Was sie irgendwie auch war. Vor ihm. Ihren Gefühlen. »Danke für die Infos. Und für...«, sie wedelte mit der Hand, »... das Bier«, brachte sie lahm heraus. Dann drehte sie sich um und floh wirklich. So schnell ihre Beine sie trugen, ohne dass es als Rennen durchgegangen wäre, durchquerte sie sein Wohnzimmer und zog die Tür auf. Im nächsten Moment fiel sie schon hinter ihr ins Schloss, und Hannah atmete erleichtert aus. Ganz kurz lehnte sie sich gegen das kühle Holz und wartete darauf, dass sich ihr Herzschlag wieder beruhigte. Gerade noch davongekommen war alles, was ihr zu diesem kleinen Intermezzo auf der Terrasse einfiel. Sie durfte sich nicht mehr in solche Situationen bringen. Denn sie war sich nicht sicher, ob sie Jakob noch einmal widerstehen konnte, wenn er einen weiteren Angriff auf ihre Sinne unternahm.

Mit einem leisen Seufzer stieß sie sich von der Tür ab – und erstarrte, als sie die Frau erkannte, die gerade die Treppe heraufkam. Sie war so mit sich selbst beschäftigt gewesen, dass sie die Vibrationen der Metallstufen unter Chrissis Füßen gar nicht gespürt hatte.

Chrissi hatte sie offenbar bis zu diesem Moment ebenfalls nicht bemerkt. Hannahs Bewegung ließ auch sie innehalten. Auf halber Treppe. Die Hand so fest um das Geländer gekrallt, dass die Fingerknöchel weiß hervortraten. Die Lippen zu einem schmalen Strich zusammengekniffen. Hannah saß, buchstäblich, in der Falle. Die Treppe war zu schmal, um an Chrissi vorbeizustürmen. Sie würde auf dem Absatz warten müssen, bis ihr Gegenüber bei ihr war.

Chrissi schien plötzlich alle Zeit der Welt zu haben. Langsam erklomm sie die restlichen Stufen. Doch statt Hannah Platz zu machen, baute sie sich so vor ihr auf, dass Hannah sie schubsen müsste, um an ihr vorbeizukommen. »Was für eine Überraschung, dich hier zu sehen«, zischte sie zwischen zusammengepressten Zähnen.

»Chrissi.« Hannah versuchte es mit einem höflichen Nicken und einem Schritt Richtung Treppe. »Wenn du nichts dagegen hast...« Mit dem Kinn wies sie in den Hof hinunter.

Doch Chrissi hatte etwas dagegen. Zumindest trat sie nicht zur Seite. »Was hast du hier verloren?«, wollte sie wissen.

Hannahs Geduldsfaden wurde langsam dünn. »Ich glaube nicht, dass dich das etwas angeht. Lässt du mich jetzt durch?«

»Ich lass dich durch, wenn ich fertig bin.« Chrissi stieß

vor Hannah mit ihrem Zeigefinger in die Luft. Falls sie auf die Idee kommen sollte, ihr den Finger in den Brustkorb zu bohren, würde Hannah sie wirklich schubsen. »Du hast hier nichts zu suchen«, begann sie noch einmal. »Jakob und du – ihr seid Geschichte.«

Darauf gab es nichts zu erwidern. Außer etwas wirklich Fieses. Hannah wollte nicht gemein sein, aber Chrissis verbale Attacke machte sie wütend. Sie schnippte mit den Fingern. »So ein Zufall. Ich bin mir ziemlich sicher, gehört zu haben, dass Jakob und du ebenfalls Geschichte seid. Du hast ihn abserviert! Hast du es dir anders überlegt? Willst du ihn zurück?«, stieß sie hervor.

Chrissis Gesichtszüge entgleisten, und für einen Moment gab sie ihre angriffslustige Haltung auf. Hannah nutzte diesen Moment, um sie zur Seite zu schieben und die Treppe hinunterzupoltern.

»Lass die Finger von Jakob«, fauchte Chrissi hinter ihr. Hannah hörte nicht nur die Eifersucht aus Chrissis Worten. Sie hörte auch den Schmerz, den sie kurz in den Augen ihrer Widersacherin hatte aufblitzen sehen. Die Gerüchte stimmten also. Dass Jakob ihr in all den Jahren, die sie zusammen gewesen waren, nie einen Antrag gemacht hatte oder wenigstens mit ihr zusammengezogen wäre, bedeutete, dass er sie nie so geliebt hatte wie Chrissi ihn. Jakob war kein Arschloch. Er hatte sie mit Sicherheit nie schlecht behandelt. Er hatte sich um Chrissi gekümmert. Er hatte ihr nur den winzigen Teil seines Herzens nicht geschenkt, nach dem sie sich so sehnte. Hannahs Herz zog sich zusammen. Sie hatte Chrissi nie leiden können, aber mit gebrochenen Herzen kannte sie sich aus. In ihrer Verzweiflung hatte sich

Chrissi nicht mehr anders zu helfen gewusst und versucht, Jakob unter Druck zu setzen. Schluss machen, um ihm zu zeigen, was er ohne sie verpasst? Sie hätte ihn gut genug kennen müssen, um zu wissen, dass es unter Garantie nach hinten losging, ihm die Pistole auf die Brust zu setzen. Was Hannah selbst nur zu gut wusste.

Auf halber Treppe drehte sie sich noch einmal zu Chrissi um. Die Frau stand noch immer auf dem Absatz und starrte sie an, als wollte sie ihr die Krätze an den Hals wünschen. »Mach dir keine Sorgen«, sagte sie und winkte mit ihrem eingegipsten Arm. »In ein paar Wochen bin ich wieder weg. Sobald ich wieder arbeiten kann, bist du mich los. Ich will Jakob nicht mehr. Kein bisschen«, log sie. Sie wollte Jakob. So sehr wie nie zuvor. Weshalb sie ihm, solange sie hier war, mindestens so weit aus dem Weg gehen würde, wie der Furie vor seiner Tür.

15

Jakob lehnte seine Stirn gegen das kühle Holz der Tür und atmete langsam aus. Laus hockte neben ihm, sah mit großen blauen Augen zu ihm auf und winselte leise. Jakob fuhr ihm beruhigend durch das Fell und kraulte ihn zwischen den Ohren.

Er hörte das Donnern von Hannahs Schritten auf den Metallstufen. Hörte wie sie stehen blieb und zu Chrissi sagte, dass sie sich keine Sorgen machen müsse, schließlich wäre sie in ein paar Wochen wieder weg. Sein Herz raste. Er hatte keine Ahnung, was auf der Terrasse in ihn gefahren war. Seit dem Kuss kreisten seine Gedanken ständig um Hannah. Er konnte den Moment nicht vergessen. Aber wie sollte er auch, wenn er jeden Abend auf seiner Terrasse saß und zur Lichtung hinüberstarrte?

Hannah in der Werkstatt zu sehen war trotz allem eine Überraschung gewesen. Er hatte sich zwar gedacht, dass sie die Anruferin gewesen war, aber dass sie persönlich bei ihm auftauchen würde... Er war sich sicher gewesen, ihr Bedürfnis, ihm aus dem Weg zu gehen, war größer als alles andere. Und dann hatte sie diese Fotos gemacht. Das war so... Hannah. Den richtigen Moment erkennen. Ihn einfangen. Und zu Magie werden lassen. Die Bilder hatten sich wie ein Zentnergewicht auf seinen Brustkorb gesetzt. Sie erinnerten so sehr an ihrer beider Vergangenheit. Ihre Experimentierfreude. Das glückliche Lachen, wenn der Kameragurt um ihren Nacken lag. Ihr künstlerisches Auge, wenn sie durch den Sucher blickte. Hannah und eine Kamera, das war – Liebe. Leidenschaft. Verdammt sexy. Plötzlich hatte er sich nicht mehr beherrschen können. Er hatte sie berühren wollen, in seine Arme ziehen und küssen.

Hannah hatte genau das auch gewollt. Er hatte sie in ihren Augen gesehen, diese Sehnsucht. Aber sie würde das nie zugeben. Stattdessen war sie davongerannt. Sie war nur ein paar Wochen hier, rief er sich selbst in Erinnerung, was sie gerade eben zu Chrissi gesagt hatte. Nur ein paar Wochen. Niemals genug Zeit, um sich wieder so nahe zu kommen, wie sie es vor zehn Jahren gewesen waren.

Hannahs Schritte donnerten auch das letzte Stück der Treppen hinunter und verklangen auf dem Hof. Jakob stand hier, weil er ihr hinterhergelaufen war. Er hatte sie aufhalten wollen, um ... er hatte keine Ahnung, was er tun oder sagen wollte. Doch noch bevor er die Tür hatte aufreißen können, hatte Chrissi ihm einen Strich durch die Rechnung gemacht.

Jakob blickte auf Laus hinunter, der seine Streicheleinheiten mit geschlossenen Augen genoss. Er könnte warten, bis Chrissi klopfte, aber wozu? Mit einem resignierten Seufzen öffnete er die Tür.

Chrissi stand vor ihm, die Hand zum Klopfen erhoben, die Augen aufgerissen. »Jakob«, keuchte sie. »Du hast mich zu Tode erschreckt!« Langsam senkte sie die Hand und presste sie auf ihr vermutlich wild schlagendes Herz.

»Tut mir leid.« Jakob stemmte seine Hand gegen den Türrahmen und lehnte sich gegen das Holz. »Ich wollte dich nicht erschrecken.« Über Chrissis Schulter hinweg blickte er auf den Hof, aber Hannah war längst verschwunden. Sie konnte verdammt schnell sein, wenn es darauf ankam.

Chrissi folgte seinem Blick, dann legte sie den Kopf in den Nacken und atmete langsam aus. »Du hast das alles gehört, oder?«, fragte sie leise.

Er könnte lügen, aber egal, was zwischen Chrissi und ihm schiefgelaufen war, sie hatte Ehrlichkeit verdient. »Ja«, sagte er. »Es war nicht meine Absicht, ließ sich aber nicht vermeiden. Ihr wart nicht gerade leise.«

»Es tut mir furchtbar leid«, begann Chrissi. Ihre Augen schimmerten feucht. »Ich wollte nicht...«

»Chrissi, entschuldige dich nicht.« Jakob wartete, bis sie den Blick hob und ihn ansah. »Eigentlich ist der Moment ganz gut.« Er stieß sich vom Türrahmen ab. »Komm rein«, sagte er und trat einen Schritt zur Seite. »Es wird höchste Zeit, dass wir miteinander reden.«

Chrissi nickte. Sie folgte ihm in die Wohnung, machte einen großen Bogen um Laus, der sich bei ihrem Anblick auf seinen Platz trollte, weil er wusste, dass er von Chrissi keine Streicheleinheiten bekommen würde. Sie setzte sich auf die Kante der Couch und senkte den Blick vor sich auf den Boden. Das war zwar nicht gerade das, was er für diesen Abend geplant hatte, aber es wurde höchste Zeit, dass Chrissi und er Klartext redeten. Er holte sein Bier von der Terrasse und öffnete die letzte Flasche von Chrissis Lieblingswein, die sich noch in seinen Vorräten fand. Dann schenkte er ihr ein Glas ein, kehrte zur Couch zurück und stellte die Getränke auf die alte Truhe, die er als Tisch benutzte.

Chrissi griff nach dem Glas, drehte es aber nur in der Hand, anstatt zu trinken. »Seid ihr wieder zusammen?«, fragte sie leise, ohne aufzusehen.

»Nein, sind wir nicht.« Das war auf jeden Fall die Wahrheit.

»Aber irgendetwas läuft doch da.« Jetzt sah Chrissi ihn doch an, so als wolle sie sichergehen, dass er sie nicht anlog. »Willst du sie zurück?«

Wollte er Hannah zurück? Er war sich nicht sicher. Alles, was er wusste, war, dass er die neue Hannah kennenlernen wollte. Die starke Frau, die ihm nach zehn Jahren wiederbegegnet war, die trotz allem eine tiefe Verletzung mit sich herumschleppte. Und damit meinte er nicht ihren gebrochenen Arm. Manchmal huschten Schatten durch ihren Blick – und der Ritter in ihm wollte die Dämonen jagen, die dafür verantwortlich waren. »Ich weiß es nicht«, sagte er zu Chrissi. »Ich habe ehrlich nicht damit gerechnet, dass ich so auf sie reagieren würde.«

Chrissi stieß ein bitteres Lachen aus und trank einen großen Schluck Wein. »Wir wissen beide, dass sie damals nicht genug Interesse an dir hatte, um bei dir zu bleiben. Auch diesmal wird sie wieder gehen. Sie hat es gerade eben zu mir gesagt, und doch rennst du ihr hinterher.«

»Ich weiß.« Nichts hatte Hannah in Sternmoos halten können. Nicht einmal seine Liebe. Das änderte leider nichts daran, dass er es nicht schaffte, sie aus seinen Gedanken zu verbannen. In den vergangenen Jahren hatte er das ganz gut hinbekommen, aber seit sie wieder hier war…

»Aber wenn es nach dir ginge«, bohrte Chrissi weiter. »wäre das anders.«

Jakob fuhr sich durch die Haare und rieb sich unbehaglich über den Nacken. »Ich will ehrlich sein. Ich weiß nicht, was zwischen Hannah und mir ist. Aber ich ... ich habe das Gefühl, ich muss es herausfinden.«

Chrissi schluckte und trank noch einen großen Schluck. Aus ihrem Augenwinkel löste sich eine einzelne Träne und suchte sich einen Weg ihre Wange hinunter. Jakob kam sich vor wie das letzte Arschloch. Natürlich hatte er immer gewusst, dass Chrissi noch Gefühle für ihn hatte, auch nachdem sie ihre Beziehung für beendet erklärt hatte. Er rieb sich über das Gesicht und stand auf, um ihr Wein nachzuschenken. Statt das Glas mitzunehmen, holte er die Flasche, füllte nach und stellte sie dann neben seinem Bier auf die Truhe. »Hannah ist aber nicht das, worum es hier eigentlich geht«, sagte er sanft. »Wir müssen über uns reden, und darüber, dass unsere Beziehung vorbei ist.«

»Weil ich dich verlassen habe.« Chrissi sah ihn an. Ihr Blick war ein einziges Flehen. »Aber Jakob, das ist erst ein paar Wochen her. Wenn du und Hannah jetzt...« Sie schluchzte auf. »Du hast mich nie geliebt, oder?« Mit dem letzten Satz brachen alle Dämme, und Chrissis Tränen ließen sich nicht mehr zurückhalten.

Scheiße. Wenn es etwas gab, das Jakob das Herz brach, dann waren es weinende Frauen. Laus schien es genauso zu gehen. Er fiepte in seinem Hundekorb, grub den Kopf tief in sein Kissen und legte eine Pfote über seine Augen. Feigling. Jakob zog Chrissi in seine Arme und strich ihr beruhigend über den Rücken. »Ich habe dich geliebt«, murmelte er in ihr Haar. »Ich liebe dich noch. Es ist nur einfach anders als mit Hannah.«

Langsam beruhigte sich Chrissi ein wenig. »Du weißt, warum ich Schluss gemacht habe«, murmelte sie in sein T-Shirt. Eine Feststellung, keine Frage.

»Ja.« Jakob strich ihr beruhigend über den Rücken.

»Aber du bist nicht darauf angesprungen.« Sie zog ein Tempo aus ihrer Tasche und schnäuzte sich, bevor sie nach ihrem Weinglas griff und Abstand zwischen Jakob und sich brachte. »Das spricht für sich.«

»Wir sind an einem Scheidepunkt angelangt«, sagte Jakob. Er strich Chrissi sanft über die Schulter. Nur, weil es am Ende nicht funktioniert hatte, bedeutete das nicht, dass sie keine schöne Zeit zusammen gehabt hatten. Nachdem Hannah ihn sitzengelassen hatte, war Jakob schon einmal mit Chrissi zusammen gewesen. Auf dieses kurze Intermezzo war er nicht besonders stolz. Er hatte gewusst, dass Chrissi in ihn verliebt gewesen war. Für ihn war damals nur wichtig gewesen, niemanden wissen zu lassen, was Hannah ihm angetan hatte. Er hatte so getan, als hätte sie sein Herz nicht zerschreddert, mit Benzin übergossen und angezündet. Er hatte so getan, als hätten die Jahre mit Hannah nichts bedeutet, und er hatte nicht besonders gut nachgedacht. Chrissi war bereit gewesen, sein Trostpflaster zu spielen. Aber er hatte schon nach kurzer Zeit gemerkt, was für einen riesigen Fehler er gemacht hatte. Er konnte nicht einfach über Hannah hinweggehen, und Chrissis Gefühle zu benutzen, war noch mieser. Also hatte er Schluss gemacht und sich wie das Arschloch gefühlt, das er gewesen war. Er konnte noch immer nicht verstehen, wie Chrissi es geschafft hatte, ihm diese Wochen zu verzeihen.

Vor ein paar Jahren hatten sich ihre Wege wieder gekreuzt. Sie hatten noch einmal von vorn begonnen. Hatten sich kennengelernt. Waren Freunde geworden. Und vor drei Jahren schließlich ein Paar. Chrissi dachte, es läge an ihr, dass er sie nicht zu nahe an sich herangelassen hatte, nicht mit ihr zusammenzog und den Wink mit dem Heiratsantragszaunspfahl nicht verstand. Aber es war nicht ihr Fehler. Das lag ganz allein an ihm und es war keiner der Freundinnen, die es nach Hannah gegeben hatte, anders ergangen. Er wollte sich nicht noch einmal so tief auf eine Frau einlassen, dass sie so viel Macht über ihn – und seine Gefühle – bekam, wie es Hannah damals gehabt hatte. »Deine Entscheidung, mich zu verlassen, war richtig, Chrissi. Und verdammt mutig. Ich wäre nicht mit dir zusammen gewesen, wenn ich dich nicht lieben würde. Das musst du mir glauben. Und es tut mir wahnsinnig leid, dass ich dir trotzdem nicht das geben kann, was du dir wünschst – und verdient hast. Ich bin mir sicher, irgendwo da draußen läuft der perfekte Mann für dich herum und wartet darauf, von dir gefunden zu werden.«

»Wir haben keine Chance mehr«, stellte Chrissi tonlos fest.

Jakob schluckte und schüttelte den Kopf.

Chrissi nickte. Sie trank ihr Weinglas in einem Zug leer und umarmte Jakob fest. Eine Geste, die er erwiderte. Dann küsste sie ihn auf die Wange, löste sich von ihm und ging. Ohne sich noch einmal nach ihm umzudrehen. Das Zufallen der Tür machte es endgültig.

Jakob legte den Kopf an die Sofalehne. Er starrte an die Decke und atmete langsam aus. Aus den Augenwinkeln sah er, wie Laus den Kopf hob und ihm einen mitleidigen Blick zuwarf. Dann legte der Hund den Kopf wieder auf die Pfoten und schloss die Augen. Jakob hob die Bierflasche an die Lippen. Seine Hände waren noch immer voller Öl. Er trug seine Arbeitsklamotten. Was er dringend brauchte, war eine Dusche. Mit der rechten Hand öffnete er die Schnürsenkel seiner Arbeitsstiefel und trat sie sich dann von den Füßen. Auf dem Weg ins Bad öffnete er den Reißverschluss seines Overalls und zog sich sein T-Shirt über den Kopf. Er stellte das Bier auf das Waschbecken und machte die Dusche an, während er sich seiner restlichen Kleider entledigte. Dann ließ er das heiße Wasser den Schweiß und Dreck eines harten Arbeitstages von seinem Körper spülen. Nichts war nach einem anstrengenden Tag in der Werkstatt so entspannend wie eine heiße Dusche. Als er das Obergeschoss der *Alten Molkerei* ausgebaut hatte, hatte er Wert darauf gelegt, das Bad großzügig zu gestalten. Genug Platz hatte er ja. Die Dusche war hinter einer Wand aus Glasbausteinen versteckt und verfügte über Massagedüsen. Dazu zwei Aussparungen in der Wand. Eine für Shampoo und eine für Duschbad. Seine Kumpels beneideten ihn allesamt darum. Was vermutlich daran lag, dass bei den meisten jede freie Fläche mit irgendwelchen Flaschen, Tuben und Schwämmchen ihrer Frauen oder Freundinnen belegt war. Hannahs Bild tauchte vor seinem inneren Auge auf. Sie hatte schon immer zu den Frauen gehört, die nicht mehr als ein bisschen Shampoo und Duschgel brauchten, um perfekt auszusehen. Genau so hatte sie auch heute wieder gewirkt. Kein bisschen aufgetakelt, und genau deswegen... wunderschön. Er schob ihr Bild zur Seite. Dann stützte er seine Hände gegen die Fliesen, ließ den Kopf hängen und das Wasser auf seinen

Nacken prasseln, bis die harten Verspannungen aus seinen Muskeln verschwanden.

Als er am Morgen aufgestanden war, hatte er nicht ahnen können, dass am Abend gleich zwei seiner Ex-Freundinnen in seiner Wohnung stehen würden. Er war erleichtert, dass zwischen Chrissi und ihm jetzt alles geklärt war und sie nicht mehr ihrer Illusion von einer Beziehung hinterherjagten. Hannah hingegen... Er wandte den Kopf und betrachtete seine Hand, von der sich der Werkstattschmutz inzwischen gelöst hatte. Wieder tauchte ihr Bild vor seinem inneren Auge auf. Die Euphorie in ihrem Blick, als sie die Fotos von seiner Hand gemacht hatte. Die honigblonden Haarsträhnen, die der Wind ihr ins Gesicht geblasen hatte. »Scheiße«, murmelte er. Chrissi hatte recht. Hannah blieb nicht mehr lange in Sternmoos. Aber noch war sie da. Und bis sie ging...

Entschlossen drehte Jakob das Wasser ab und griff nach einem Handtuch, als er aus der Dusche trat. Er schob seine Arbeitsklamotten mit dem Fuß zur Seite, wischte mit dem Unterarm den beschlagenen Spiegel über dem Waschbecken frei und warf sich selbst einen Blick zu. Mit dem Rasieren konnte er guten Gewissens noch einen Tag warten. Er legte das Handtuch über die Handtuchstange an der Wand und ging in sein Schlafzimmer. Boxershorts, Jeans und T-Shirt. Mit den Händen fuhr er sich durch die Haare. Sie würden von selbst trocknen. Jakob zog Flipflops an, trat auf seine Terrasse und warf einen Blick zur Lichtung am See hinüber. Er hatte sich nicht getäuscht. Jemand saß am Ufer des Sees und starrte die Berge auf der gegenüberliegenden Seite an. Von seinem Standpunkt aus war die Person zu klein, um Details zu erkennen – und doch wusste er, dass es Hannah war.

Jakob kehrte in seine Wohnung zurück und griff nach seinem Handy und den Wohnungsschlüsseln. Dann zögerte er. Eigentlich hatte er sich längst entschieden, und doch war er sich nicht sicher, ob er einen riesigen Fehler beging. »Was meinst du?«, fragte er Laus. »Mach ich mich zum Idioten, wenn ich zu ihr gehe?« Der Hund enthielt sich einer Meinung und sah ihn nur mit schräg gelegtem Kopf an. »Ja, wahrscheinlich ist das nicht meine beste Idee. Du hältst hier die Stellung«, trug er Laus auf und zog die Tür hinter sich ins Schloss. Zwischen Hannah und ihm knisterte es wie verrückt. Das beherrschte seine Gedanken. Es gab in Sternmoos nichts, was sie auf Dauer halten würde. Aber bis zu dem Moment, in dem sie ihre Koffer erneut packte, konnten sie dem Verlangen nachgeben, das die Luft um sie herum pulsieren ließ. Vielleicht schaffte er es ja dann, sie von diesem verdammten Sockel zu heben, von dem sie herablächelte, und die ständigen Gedanken an sie abzuschütteln. Falls Hannah genauso dachte wie er. In ein paar Minuten würde er es herausfinden.

Jakob ließ die Mühle hinter sich und überquerte den Bach auf der schmalen Holzbrücke. Rechts von ihm blitzte der See durch die Tannen. Der Trampelpfad schlängelte sich um riesige Findlinge, die auch jetzt, in der Kühle des Abends, die Hitze des Tages abstrahlten.

Da war sie. Mit dem Rücken zu ihm saß Hannah auf einer Patchworkdecke. Die Knie an die Brust gezogen und die Arme um die Beine geschlungen starrte sie zum Hochkalter hinüber. Wenn er sich nicht täuschte, hatte sie ihre Haltung nicht geändert, seit er sie von seiner Terrasse aus erspäht hatte. Doch als sie ihn näher kommen hörte, blickte sie ihn über die Schulter an. Einen Moment verhakten sich ihre Blicke. Das Band, das er bereits bei ihrem ersten Treffen im *Blatt und Blüte* bemerkt hatte, zog ihn unaufhaltsam in ihre Richtung. Hannah erhob sich und schaute ihm weiter entgegen. In ihrem Gesicht stand die unausgesprochene Frage, was er hier verloren hatte.

Was hatte er, verdammt noch mal, hier verloren? Jakob wollte sich diese Frage nicht beantworten. Nicht nachdenken. Er ging einfach weiter auf Hannah zu, blieb nicht stehen, wie es der Anstand geboten hätte. Im nächsten Moment standen sie so nah voreinander, dass sich ihr Atem mischte. Jakob gab Hannah keine Chance, zurückzuweichen. Er legte seine Hände an ihr Gesicht, schob die Finger in ihre weichen, duftenden Haare – und küsste sie. Hart und besitzergreifend. »Es ist mir egal, dass du wieder gehst«, flüsterte er, nur Millimeter von ihren Lippen entfernt, als er sie wieder freigab. Sein Herz schlug wild. Hannah starrte ihn an. Wortlos. Die Zeit schien sich zwischen ihnen ins Endlose zu ziehen. Er wartete. Und wartete. Wenn er all das, was er zwischen ihnen gespürt hatte, falsch interpretiert hatte … Wenn sie ihn jetzt zurückwies … das würde er nicht so leicht wegstecken.

Hannah antwortete immer noch nicht. Doch im nächsten Moment überwand sie die winzige Distanz, die noch zwischen ihnen stand, und legte ihre Lippen auf seine. Sanft wie eine Feder. Eine Einladung, die Jakob in einer Mischung aus Hunger und Erleichterung annahm. Seine Knie gaben nach unter der Welle von Emotionen, die über ihn hinwegrollte. Er wollte nicht darüber nachdenken, was das zu bedeuten hatte. Stattdessen zog er Hannah einfach mit sich auf die Decke, ohne den Kuss zu unterbrechen. Im nächsten Moment lagen sie sich gegenüber und blickten sich tief in die Augen. Keiner von ihnen sagte ein Wort. Aber Jakob konnte in Hannahs Gesicht lesen wie in einem offenen Buch. Sehnsucht. Schmerz. Erinnerungen und Einsamkeit. Sein Herz zog sich zusammen. Die Gefühle waren ein Spiegel seiner eigenen. Er schloss die Augen und küsste sie erneut. Sie würden einfach neue Erinnerungen schaffen. Vielleicht nicht weniger schmerzhaft als die alten. Aber jede Sekunde wert, die sie andauerten.

*

Hannahs Hand glitt über Jakobs Brustkorb, bis sie die Stelle erreichte, hinter der sein Herz schlug. Sie musste ihre Finger auf diesen Punkt pressen, musste wissen, ob sein Herz genauso laut klopfte wie ihres, sich beinahe überschlug bei der Geschwindigkeit, mit der es dahinjagte. Und sie spürte es. Wild und schnell. Niemals hätte sie den Mut aufgebracht, zu Jakob zu gehen und Wirklichkeit werden zu lassen, was da zwischen ihnen pulsierte. Aber er hatte es getan. Mit einer beinahe verzweifelten Heftigkeit hatte er sie geküsst – und dafür gesorgt, dass sie alle Vernunft über Bord warf, alle Zweifel zur Seite schob. In diesem Moment fühlte sich genau das richtig an. Nur Jakob und sie. Auf ihrer Lichtung, über die sich der Nachthimmel senkte.

Jakobs Hände glitten ruhelos über ihren Körper. Er drehte sie unter sich und versuchte gleichzeitig, ihr das Shirt auszuziehen. Hannah schlang ihre Arme um seinen Nacken, um ihn noch näher an sich zu ziehen und traf ihn dabei unbeabsichtigt mit ihrem Gips am Hinterkopf.

Jakob zuckte zusammen. »Lass mich bitte am Leben«, raunte er ihr zu.

»Entschuldige«, murmelte sie, als seine Lippen an ihren Hals glitten, zu der einen Stelle unter ihrem Ohr. Mit der Zunge strich er sanft über ihre Haut und ließ sie am ganzen Körper erschaudern.

Hannahs Hände fuhren unter sein T-Shirt. Sie wollte es ihm über den Kopf ziehen, doch wieder war ihr der Gips im Weg, er verhakte sich im Stoff, und plötzlich gab es kein Vor und Zurück mehr, Jakob an Hannah gefesselt mit halb über dem Kopf gezogenem Shirt. »Ich hänge fest«, flüsterte sie, als seine Lippen über ihre Wange zu ihrem Mund zurückkehrten.

Jakob antwortete nicht. Er versuchte, sich zu befreien. Mit einem Ruck gelang es ihm, das Kleidungsstück loszuwerden, das trotz allem noch immer Hannahs Arme in Ketten legte. Sie fuchtelte mit den Armen, um aus der unfreiwilligen Schlinge zu entkommen, als sie plötzlich merkte, dass Jakob aufgehört hatte, sie zu küssen. Sein Brustkorb vibrierte an ihrem. »Du lachst über mich?«, fragte sie.

»Nein.« Sie hörte das Glucksen, das tief aus seiner Kehle kam und in absolutem Widerspruch zu seiner Behauptung stand.

»Doch«, widersprach Hannah.

Jakob schüttelte nur den Kopf und verzog das Gesicht in dem Versuch, nicht zu lachen. Er befreite Hannahs Arme sanft aus seinem T-Shirt. Dann rollte er sich auf den Rücken und zog sie mit sich. Die Hände unter ihr Shirt geschoben, warm auf ihrem Rücken, brach er in haltloses Lachen aus. Sie wollte sauer sein, weil sein Lachen den Moment so abrupt unterbrach, doch dann konnte auch sie dem befreienden Gefühl nicht widerstehen. Sie lagen im Sonnenuntergang auf der Lichtung und lachten wie zwei Verrückte.

Hannah hatte keine Ahnung, wie lange sie so dagelegen hatten. Irgendwann ebbte ihr wildes Lachen zu einem entspannten Kichern ab. Jakob hingegen japste unter ihr weiterhin nach Luft. Noch einmal erschütterte ein tiefes Lachen seinen Brustkorb, dann wurde er still. Seine rechte Hand glitt unter ihrem Shirt hervor und hinterließ eine kühle Stelle, wo er sie gerade noch berührt hatte. Er legte sie an ihr Gesicht und strich ihr die Haarsträhnen hinter das Ohr, die bei all dem Lachen ein Eigenleben entwickelt zu haben schienen.

Mit einem leisen Seufzer hob er den Kopf ein Stück, um sie ansehen zu können. Seine Lippen noch immer zu einem Lächeln verzogen. »Wie zwei unbeholfene Teenager«, murmelte er.

»Ja.« Hannah konnte ein letztes kleines Kichern nicht unterdrücken. »Besonders grazil war das nicht gerade. Aber wie soll man mit dem blöden Gips auch grazil sein?«

»Das ist nicht, wie ich das zwischen uns möchte«, sagte Jakob leise, und Hannah hielt den Atem an. Wollte er ihr damit sagen, dass er es sich anders überlegt hatte? Ihr Innerstes zog sich zusammen. Seine Berührungen auf ihrer Haut hinterließen Male aus Feuer. »Zu viel aufgestaute, fast schon verzweifelte Sehnsucht, dir nahe zu sein, deine nackte Haut unter meinen Händen zu spüren«, sprach er ungewöhnlich offen aus, was er dachte. »ich will das genießen. Nicht schnell. Nicht hektisch.«

Hannah schluckte. Genau so hatte sie es empfunden.

»Das Lachen hat uns gerettet«, flüsterte er.

»Ja, davor, dass ich dich mit meinem Gips niederschlage.«

Jakobs Brustkorb bebte wieder. Er grinste. Doch dann wurde sein Blick wieder ernst. Intensiv. »Es hat ein wenig von der Spannung abgebaut, die zwischen uns rotiert. Und das war wichtig.« Sein Zeigefinger zog eine unsichtbare Linie über Hannahs Wange. »Denn ich will nicht, dass das hier zu schnell vorbei ist. Ich will dich überall berühren.« Er griff an den Saum ihres Shirts und zog es ihr mühelos über den Kopf. »Ich will dich küssen.« Er drehte sie wieder auf den Rücken, unter sich. »Die ganze Nacht lang.« Seine Lippen glitten zärtlich über ihre, forderten sie zu einem trägen, sinnlichen Kuss heraus.

Jakobs Finger fuhren an ihren Armen hinauf, seine Daumen strichen über ihr Dekolleté, bis er ihren Halsansatz erreichte. Er löste die Schleife ihres Bikinioberteils und zog die gepunkteten Bänder nach unten, ohne seine Lippen von ihren zu lösen. Mit unendlicher Langsamkeit streichelte er ihr Schlüsselbein, fuhr mit den Fingerspitzen das Tal zwischen ihren Brüsten nach, die bereits bei der Ahnung seiner Berührung zu Kribbeln begannen. Doch Jakob ignorierte sie, ließ seine Hand weiter nach unten wandern und sorgte dafür, dass sich ihr Bauch mit einer Gänsehaut überzog, so federleicht war der Kontakt zwischen seinem rauen Daumen und ihrer hypersensiblen Haut.

Hannah holte keuchend Luft, als er ihre Lippen freigab, um sie an ihrem Hals entlang zu küssen. Die Ungeduld war aus seinen Bewegungen verschwunden. Jakob liebkoste sie, verführte sie. Und schien – genau wie er es gesagt hatte –

dafür alle Zeit der Welt zu haben. Seine Hand wanderte weiter hinunter, über den Jeansstoff ihres kurzen Rockes, bis sie ihren Oberschenkel erreichte. Dann glitt er unter den Stoff und träge ihren Schenkel hinauf, bis zum Saum ihres Höschens. Reizte sie durch die dünne Spitze.

Hannah schloss die Augen und seufzte unter dem sinnlichen Angriff seines Mundes auf ihrer Haut. Er liebkoste ihre Brüste. In dem Moment, in dem er seine Lippen um die rechte Spitze schloss, schoben sich seine Finger unter ihr Höschen und fanden ihren sensibelsten Punkt. Er spielte mit ihr, reizte sie, brachte sie an den Rand der Beherrschung – und dann setzte er Hannahs Körper in Flammen. Wie ein Lavastrom rauschte der Höhepunkt durch ihre Venen, brannte sich in ihr fest. Jakobs Mund kehrte zu ihr zurück, um jedes der Nachbeben, die ihren Körper erschütterten, aufzufangen. Er atmete ihre Seufzer ein und hielt sie, bis auch der letzte der sinnlichen Schauer verklungen war. Dann hielt er sie, bis sich ihr Herzschlag wieder etwas beruhigte. Bis sie die Augen öffnete und sich ihr Blick mit seinem verhakte.

*

Hannah in seinen Armen erbeben zu sehen, fühlte sich einfach richtig an. Mit geröteten Wangen und glänzenden Augen lag sie auf der Patchworkdecke. Halb ausgezogen, aber mit einem so zufriedenen Lächeln in den Mundwinkeln, dass er nicht anders konnte, als sie zu küssen. Noch einmal. Und immer wieder.

Ihr Gips traf seinen Rücken, als sie sich bemühte, die

Position zu ändern. Jakob drehte sich auf den Rücken und zog sie mit sich. Ihre Brüste pressten sich gegen seinen Oberkörper, und Jakob nutzte die Chance, die Schleife zu öffnen, die ihren Bikini am Rücken zusammenhielt. Er zog ihr das lästige Kleidungsstück aus, während sie begann, Küsse auf seinem Schlüsselbein zu verteilen. Ihre rechte Hand fuhr rastlos über seinen Brustkorb, erforschte ihn, spielte mit ihm und brachte ihn zum Stöhnen, als sie tiefer glitt. Sie blickte ihm in die Augen, als sie versuchte, seine Jeans zu öffnen, was sie mit einer Hand nicht hinbekam. Frustriert stöhnte sie auf. Geduld hatte noch nie zu Hannahs Stärken gehört.

Jakob ließ die Hände in ihre Haare gleiten und zog ihren Kopf zu einem langen, sinnlichen Kuss zu sich herunter. »Lass mich dir helfen«, flüsterte er an ihren Lippen. Er zog seinen Geldbeutel aus der Gesäßtasche und öffnete den Knopf und den Reißverschluss seiner Jeans. Dann hob er seine Hüften weit genug, um sie mit Hannahs Hilfe auszuziehen. Er öffnete ihren Rock und schob ihn ihr gemeinsam mit ihrem Höschen über die Hüften. Im nächsten Moment lag Hannah wieder unter ihm, und er küsste sie, während er nach seinem Geldbeutel tastete und ein Kondom herausfummelte. Seine Finger zitterten leicht, als er es überstreifte. Dann verschränkte er seine Finger mit Hannahs gesunder Hand, schob sie neben ihren Kopf und eroberte sie mit einem Stoß.

Für einen Augenblick schien die Zeit stillzustehen. Hannahs Augenlider hoben sich flatternd. Seine Lippen schwebten nur Millimeter über ihren. Ihre Gesichter waren sich so nah, dass er sie nur verschwommen sehen konnte. »Hannah«, flüsterte er. Ihre Lippen fanden sich zu einem weiteren Kuss, während sie sich langsam in einem sanften Rhythmus zu bewegen begannen, so als wollten sie das Ende dieses Moments so lange wie möglich hinauszögern. Doch so tief mit ihr verbunden, konnte er seine Erregung nicht ewig zurückhalten. Irgendwann wurden seine Bewegungen schneller. Mit jedem Zusammentreffen ihrer Körper schraubte sich die Spirale aus Leidenschaft in seinem Körper höher hinauf. Er wollte nicht, dass das jemals aufhörte. Und gleichzeitig konnte er es gar nicht erwarten, sich in ihren Armen in die Erlösung fallen zu lassen. Seine Hand stahl sich zwischen ihre Körper, streichelte ihre empfindsame Weiblichkeit und ließ sich von ihr mitreißen, als sie sich schaudernd um ihn zusammenzog. Jakobs Höhepunkt glich einem Beben, dass ihn erschütterte. Seinen Körper. Und sein Herz.

*

Die Nacht hatte den Tag abgelöst. Hannah lag, an Jakobs Seite geschmiegt, die rechte Hand auf seinem Brustkorb mit seiner verschlungen, auf der Lichtung und blickte zum Sternenzelt hinauf. Sie hatte schon unzählige, atemberaubende Sternenhimmel auf der ganzen Welt gesehen. Aber der hier... in diesem Moment... erschien ihr als der schönste, unter dem sie jemals gelegen hatte. Lange Zeit lagen sie einfach nur da. Hannah lauschte auf Jakobs ruhigen, steten Herzschlag. Die Geräusche der Nacht breiteten sich um sie herum aus. Ein Rascheln im Gebüsch. Der Ruf eines Käuzchens. Und als immerwährende Hintergrundmusik das leichte Plätschern des Sees gegen das steinige Ufer.

»Ich habe jede Sekunde mit dir genossen«, murmelte

Jakob neben ihr. »Aber weißt du, was ich mich schon die ganze Zeit frage?« Er zog Hannah noch näher an sich. »Wie es dazu kam.«

Hannah hob den Kopf so weit, dass sie ihm in die Augen sehen konnte. »Was meinst du damit – wie es dazu kam? Du bist auf die Lichtung gestürmt und hast dich auf mich gestürzt.« Sie kuschelte sich in Jakobs Armbeuge und schloss die Augen. »Was ich übrigens sehr sexy fand.« Sie löste ihre Hand aus Jakobs und malte kleine Kreise auf seinen Brustkorb.

»Ich meine«, er fing ihre Finger mit einer trägen Bewegung ein und hob sie an seinen Mund. Der Kuss, den er in ihre Handfläche drückte, sorgte dafür, dass ein ganzes Bataillon Schmetterlinge in ihrem Bauch aufstieg. »Warum bist du hier?«

»Was?« Seine Worte glichen einer eiskalten Welle, die über sie hinwegschwappte. Die Schmetterlinge taumelten mit klatschnassen Flügeln durch die Gegend und entschieden sich zur Notlandung in ihrem Magen, was ein unangenehmes Kribbeln verursachte. Das wohlige Gefühl an seiner Seite war dahin. Langsam richtete Hannah sich auf und griff nach dem Kleidungsstück, das ihr am nächsten lag. Sein T-Shirt. Schaudernd zog sie es über die Gänsehaut, die ihren Körper bedeckte.

»Hannah?«, fragte er leise und richtete sich ebenfalls auf. Sie blickte ihn von der Seite an. Seine Haare waren von ihren Händen zerwühlt, aber seine dunklen Augen hatten nichts von ihrer Intensivität verloren. Ernst sah er sie an. »Was ist in Brasilien passiert?«

Sie zog die Knie an und schlang die Arme um ihre Beine.

Wie einfach es war, aus der kleinen Parallelwelt, in der sie an diesem Abend gestrandet waren, in die Realität zurückzudriften. Sie wäre gern noch hiergeblieben. Allein mit Jakob in ihrer Seifenblase. Aber früher oder später endeten solche Momente immer, auch wenn sie für ganz kurze Zeit beinahe magisch wirkten. Natürlich wollte er wissen, was passiert war. Schließlich war sie nicht freiwillig hier. »Kannst du verstehen, wenn ich nicht darüber reden will?«

Er schwieg einen langen Moment. Seine Hand strich in sanften Kreisen über ihren Rücken, und erst jetzt wurde Hannah bewusst, wie sehr sie sich verspannt hatte. »Das kann ich«, murmelte er an ihrem Hals. Er schob ihre Haare zur Seite und küsste sie auf den Nacken.

»Danke«, flüsterte sie in die Nacht.

»Ich will nur, dass du weißt, dass ich da bin.« Er küsste ihre Schläfe. »Immer. Wenn du reden willst. Ich bin da.«

Was nie der Fall sein würde. Jakob kannte sie viel zu gut. Er spürte den Aufruhr in ihrem Inneren. Sie drehte sich zu ihm um und küsste ihn. »Es gibt viel spannendere Themen.« Mit einer entschlossenen Bewegung schob sie ihn auf die Decke zurück und beugte sich über ihn. Ihren eingegipsten Arm legte sie auf seiner Brust ab. »Tante Lou und diesen Brandl zum Beispiel.«

*

Es war ein Ablenkungsmanöver, aber Jakob stieg darauf ein. Seine Hände glitten über Hannahs Po nach unten und unter dem Saum des Shirts an ihren Schenkeln wieder hinauf. »Du meinst die geheimnisvolle Vergangenheit der beiden?«

Er würde mitspielen, wenn es das war, was Hannah wollte – und hoffte darauf, dass sie zu ihm kam, wenn sie so weit war, über ihren Unfall zu reden.

»Ja. Vielleicht waren sie Geheimagenten.« Hannah fuhr mit dem Zeigefinger an seinem Hals hinunter und machte ein nachdenkliches Gesicht. Sie hatte nicht den Hauch einer Ahnung, wie verführerisch sie in diesem Moment aussah. Das zerzauste Haar, die leicht gerötete Haut an ihrem Hals, für die sein Dreitagebart verantwortlich war. Dieser unglaubliche Mund und das Glitzern in ihren Augen.

»Vom gleichen Geheimdienst?«, fragte er. »Oder eher verfeindet?«

»Hmm.« Hannah bettete ihr Kinn auf seiner Brust. »Verfeindet wahrscheinlich. Deshalb war ihre Liebe ein Ding der Unmöglichkeit.«

Jakob hatte die Gedanken an Hannah in den letzten Jahren nicht oft zugelassen. Sie hatten ihre Leben geführt, die nichts miteinander zu tun gehabt hatten. Er war glücklich gewesen. Zufrieden. Trotzdem fühlte sich mit einem Mal alles anders an. Mit Hannah in seinen Armen auf ihrer Lichtung zu liegen war ein bisschen, als hätte in einem Zehntausend-Teile-Puzzle ein winziges Teil gefehlt, das jetzt plötzlich an seinen Platz gerutscht war. Endlich war das Bild vollständig. Aber er wollte nicht darüber nachdenken, was das bedeutete. Er wollte einfach nur den Moment genießen und Hannah in seinen Armen halten – solange sie das zuließ. »Du hast zu viel James Bond geguckt. Ich glaube, er ist von der Mafia.«

Hannahs Augen leuchteten. »Genau. Lou war Kronzeugin, die gegen ihn ausgesagt hat.«

»Oder verdeckte Ermittlerin«, überlegte Jakob.

»Auf jeden Fall war er ihr Liebhaber. Dessen bin ich mir völlig sicher.« Hannah küsste ihn und ließ ihre Hände an seinem Körper nach unten gleiten.

Jakob schaffte es nicht mehr, über Louisa nachzudenken. Sein Körper war auf Hannahs Berührungen und Liebkosungen konzentriert. Er erwiderte ihre Küsse, zog ihr sein T-Shirt aus, und dann überließ er seinen Instinkten die Führung und dachte überhaupt nicht mehr.

16

Hannah und Jakob lagen in dieser Nacht noch lange unter dem Sternenzelt und sprachen über Gott und die Welt. Sie tratschten über die Dorfbewohner und redeten über alte Freunde, die weggezogen waren. Nur ein Thema ließen sie aus. Was das, was zwischen ihnen geschehen war, bedeutete. Sie klammerten aus, wie es jetzt mit ihnen weitergehen sollte. Genau wie den Grund für Hannahs Rückkehr nach Berchtesgaden und Jakobs Beziehung zu Chrissi. Irgendwann mussten sie die gemeinsamen Stunden am See beenden, auch wenn Hannah bis in alle Ewigkeit so hätte liegen bleiben können. Geborgen und zufrieden. Den Kopf an Jakobs Schulter gelegt, und den Blick in die Nacht über sich gerichtet. Seine dunkle, leise Stimme im Ohr.

Schließlich zogen sie sich an. Jakob nahm Hannahs Hand, und gemeinsam schlenderten sie zum Mühlenhof zurück. Vor der Wohnung ihrer Tante drehte Hannah sich zu ihm um und küsste ihn auf die Wange. »Gute Nacht«, flüsterte sie und wollte die Tür öffnen.

Doch Jakob hielt sie zurück. »Warte kurz«, sagte er leise und hielt ihr die offene Hand entgegen. »Gib mir dein Handy.«

Hannah zog es aus ihrer Rocktasche und reichte es ihm. Er tippte seine Handynummer ein und gab es ihr zurück.

»Damit du nicht mehr meine Mutter anrufen musst, wenn du mit mir reden willst«, sagte er und zwinkerte ihr zu. »Und jetzt«, er zog sie an sich, »möchte ich mich richtig von dir verabschieden.« Er küsste sie. Lange und so, dass Hannahs Sehnsucht nach ihm wieder aufflammte. Als er sich von ihr löste, waren ihre Knie wieder weich, und sie lehnte sich gegen den Türrahmen.

Jakob ging rückwärts, ohne den Blick von ihr zu lösen. Er hielt ihre Hand, bis die Distanz, die seine Schritte zwischen ihnen schuf, ihre Finger auseinandergleiten ließ. Danach lief er noch ein paar Schritte rückwärts, erst dann drehte er sich um und ging endgültig.

Hannah zwang sich, ihm nicht nachzusehen, bis er in den Schatten der Nacht verschwand. Sie drehte sich um und betrat die stille, dunkle Wohnung ihrer Tante. Louisa schlief längst. Auf Zehenspitzen schlich sie in ihr Zimmer, wo sie sich mit klopfendem Herzen auf das Bett fallen ließ. Heute Nacht würde sie sicher nichts anderes tun, als von den Stunden auf der Lichtung zu träumen.

Hannahs Handywecker riss sie am nächsten Morgen unsanft aus dem Schlaf. Sie war genauso eingeschlafen, wie sie sich aufs Bett geworfen hatte. In ihren Kleidern und ohne unter die Bettdecke zu kriechen. Mit einem leidvollen Stöhnen, das tief aus ihrer Seele zu kommen schien, schaltete Hannah den Wecker aus und entdeckte eine Nachricht von Jakob. Er hatte die Nacht mit ihr wunderbar gefunden. Da waren sie sich schon mal einig. Sie lächelte, und ihre Pulsfrequenz beschleunigte sich ein wenig bei den Erinnerungen an die Stunden auf der Lichtung.

Doch seine nächsten Worte holten sie auf den Boden der Tatsachen zurück. *Würde heute gern Zeit mit dir verbringen, muss aber kurzfristig nach Österreich. Peer hat ein paar Ersatzteile für den SL ausfindig gemacht, die wir uns nicht durch die Lappen gehen lassen können. Wir sind wahrscheinlich erst spät in der Nacht oder sogar erst morgen zurück.* Der Text endete mit einem bedauernden Smilie.

Für einen Mann schrieb er verdammt lange Nachrichten. *Kein Problem*, tippte sie zurück. Sie schluckte den faden Geschmack der Enttäuschung runter. Genau genommen war es gut, dass sie sich heute nicht schon wieder trafen. Was sagte das denn über den Status dieses *Dings* aus, das zwischen ihnen passierte? Abgesehen davon musste sie ihm recht geben. Die Stunden mit ihm waren unbeschreiblich schön gewesen. Einen Moment zögerte sie, dann schob sie ein *Ich fand gestern Abend auch wundervoll* hinterher.

Sie rappelte sich auf, duschte und machte sich fertig für einen weiteren heißen Tag in der Gärtnerei. Trotz ihrer Bemühungen schaffte Hannah es nicht, Jakob den Tag über aus ihren Gedanken zu verbannen. Sein breites Lächeln. Die dunklen Augen. Die glatte, gebräunte Haut, die über seinen festen Muskeln spannte. Er war allgegenwärtig, während sie sich einer der stupidesten Arbeiten widmete, die ihre Mutter ihr bis jetzt auferlegt hatte: das Ausgeizen der gärtnereieigenen Tomatenpflanzen.

Der Sommer im Berchtesgadener Land gab in diesem Jahr alles. Die Temperaturen kratzten an der Dreißig-Grad-Marke, und jeder, der Hannah über den Weg lief, stöhnte über die Hitze. Als sie am Nachmittag aus der Gärtnerei zurückkehrte, fühlte sie sich ruhelos. Sie öffnete die Kühlschranktür, schloss sie wieder und zog sie dann noch einmal auf, um sich eine Cola zu nehmen. Dann rollte sie die kalte Flasche erst über ihre erhitzte Stirn, um sich ein wenig abzukühlen, und ging in ihr Zimmer. Auf der Kommode lag noch immer ihre Nikon. Sie hatte den Akku und den Ersatzakku aufgeladen und eine neue Speicherkarte eingelegt. Hannah fuhr mit den Fingerspitzen über das Gehäuse. Dann stellte sie die Cola zur Seite und hängte sich den Kameragurt um den Hals. Sie zog die Schutzkappe vom Objektiv und blickte durch den Sucher. Ihr Sichtfeld rahmte einen Teil des Metallkopfteils ihres Bettes ein. Der Auslöser klickte – und Gänsehaut breitete sich auf Hannahs Körper aus. Es fühlte sich so richtig an. So gut.

Sie trank einen Schluck Cola und trat auf den Balkon, der sich an der Rückseite des Hauses entlangzog. Im Garten entdeckte sie ihre Tante. Louisa stand, eingerahmt von einem großen Lavendelbusch und einem Rosmarin, der nach Größe und Form eher einer kleinen Kiefer entsprach, zwischen ihren Kräutern. Sie trug ein langes, luftiges Hippiekleid und bildete damit den zentralen Farbfleck zwischen all den unterschiedlichen Grüntönen. Ihre Haare hatte sie zu einem nachlässigen Knoten zurückgebunden. Ein paar Strähnen waren dem Haargummi entkommen und hatten sich an ihre Wangen gelegt, wie Hannah erkannte, als sie das Gesicht ihrer Tante heranzoomte. Ein stilles Lächeln lag auf ihren Lippen, wie immer, wenn sie zwischen ihren Pflanzen stand. Als sie ihren Rock ein Stück hob, um einen Schritt zur Seite zu machen, sah Hannah, dass sie Gummistiefel mit Blümchenmuster trug. Neben ihr standen ein geflochtener Korb mit ihren Gartengerätschaften und eine große Gießkanne. Louisa bot ein unglaubliches Bild. Weiblich. Mit sich selbst im Reinen und erdverbunden. Hannah konnte sich nicht gegen den Drang wehren, diesen Moment festzuhalten. Sie experimentierte ein bisschen mit dem Licht und machte eine kleine Bilderserie. Fotografierte Louisa inmitten ihres Gartens. Hielt Details fest. Ohne dass ihre Tante sie bemerkte. Diese Art von Motiv war schon immer das beste gewesen, weil sie die Macht hatte, die Realität einzufangen. Wenn Louisa es ihr erlaubte, würde sie diese Fotos an ihre Galerie schicken und auf ihrer Lizenzseite anbieten. Sie würden weggehen wie warme Semmeln.

Als Hannah mit den Aufnahmen von ihrer Tante zufrieden war, wandte sie sich, auf der Suche nach dem besten Motiv, den Bergen zu. Ehe sie sich versah, stand sie auf dem Mühlenhof und betrachtete die Welt durch den Sucher der Nikon.

Sie hatte gerade die drei Alten dazu überredet, sich auf ihrer Bank vor dem Hofladen fotografieren zu lassen, als ihr Handy eine eingegangene Nachricht ankündigte. Hannah verbot sich, es sofort aus der Tasche zu ziehen und nachzusehen, ob sie von Jakob war. Konzentriert machte sie noch zwei Aufnahmen der alten Herren und bedankte sich. Sie versprach, ein paar Abzüge zu machen und bei Louisa für sie zu hinterlegen.

Dann wandte sie sich dem Weg zu, der zur Lichtung führte, und erst jetzt zog sie das Handy aus der Tasche. Es war tatsächlich Jakob gewesen, der ihr ein Bild geschickt hatte. Er schien auf einer Art Park- oder Rastplatz neben einer Geißenwiese zu stehen. Eine Ziege hatte sich auf den unteren Zaunriegel gestellt und beugte sich neugierig zu ihm hinüber. Es sah so aus, als wäre sie gerade dabei, an seinen Haaren zu knabbern. Jakobs Gesicht war eingefroren in einer Mischung aus Lachen und Schock. Hannah musste grinsen, als sie die Nachricht las, die Jakob hinterhergeschickt hatte. *Sollte eigentlich ein Selfie mit Berg im Hintergrund werden. Wurde aber leider überfallen. Für gute Fotos brauch ich wohl doch dich.* Smilie. Hannah dachte an das Bild von seiner Hand und dem Bier vor der Kulisse des Sees. *Wo du recht hast*, schrieb sie zurück. *Für einen Laien aber schon eine ganz beeindruckende Leistung.*

Noch immer lächelnd schob sie das Handy wieder in die Tasche. Sie umrundete das Haus und entdeckte Louisa, die sich im Garten gerade aufrichtete. Sie strich sich die vorwitzigen Haarsträhnen, deren sanftes Spiel Hannah vor ein paar Minuten noch festgehalten hatte, aus dem Gesicht und winkte ihr zu. Hannah winkte zurück.

Sie musste dringend mit Rosa und Antonia über ihre Tante sprechen, fiel ihr ein. Sie mussten überlegen, was sie machen sollten. Jetzt, wo sich Michael Brandner öfter in Sternmoos aufhalten würde. Und sie musste mit jemandem über Jakob reden, bevor sie platzte. Sie schrieb eine Nachricht in die Schwesterngruppe und bat sie, sich abends mit ihr auf dem Dachboden der Mühle zu treffen. Dann lief sie auf die Lichtung und machte ein paar Aufnahmen von den Pferden. Das Fotografieren fühlte sich so unglaublich gut an, dass sie gar nicht mehr aufhören konnte zu strahlen, während sie überall nach Motiven für die nächsten Bilder suchte.

Sie nahm die Kamera auch am Abend mit auf den Dachboden der Mühle. Sie hatte das Gefühl, sie gar nicht mehr ablegen zu können. Als ihre Schwestern die Treppe heraufpolterten und durch die Luke traten, zoomte sie die beiden heran. Aber das Bild, das sich bot, war noch nicht perfekt, also drückte sie nicht ab und ließ die Kamera sinken.

»O mein Gott!« Antonia fiel Hannah um den Hals. Sie schaffte es kaum, die Kamera in Sicherheit zu bringen, bevor sie ohne Schutzkappe auf dem Objektiv zwischen ihnen eingequetscht wurde. »Du fotografierst wieder!«

Rosas grinsendes Gesicht tauchte hinter ihrer Schwester auf. »Das ist fantastisch! Zeig mal!«, sagte sie, obwohl Hannah ihr schon tausendmal erklärt hatte, dass sie ihr die Kamera nicht in die Hand drücken würde. Gespielt genervt verdrehte sie die Augen und wartete, bis Antonia sie losließ. Dann hob sie die Nikon und klickte zu den Bildern. Ihre Schwestern stellten sich hinter sie, um sich die Aufnahmen über ihre Schulter hinweg ansehen zu können.

»Die beiden sind so süß«, schwärmte Antonia. Hannah hatte über Dustins Rücken hinweg ein Bild von Maluna geschossen, die sie mit seelenvollen Augen anblickte. »Wirklich fantastisch.«

Sie gaben noch ein paar Kommentare zu den anderen Bildern ab. Schließlich kamen sie zu den Fotos von Louisa. Als sie eine Nahaufnahme des Gesichts ihrer Tante anklickte, schnappte Rosa nach Luft. »Das ist unglaublich schön«, sagte sie – und klang beinahe ehrfürchtig.

»Ich muss sie noch ein bisschen bearbeiten«, schränkte Hannah ein.

»Dann mach das«, ließ sich Antonia hinter ihr vernehmen.

Hannahs Brustkorb zog sich zusammen. Ihr Laptop lag noch immer in ihrem Fotokoffer in der Ecke ihres Zimmers. »Ich habe keinen PC«, bog sie die Wahrheit zurecht, ärgerlich über sich selbst, dieses Thema aufgebracht zu haben. Sie war noch immer nicht bereit, sich den Tatsachen zu stellen.

»Du kannst sie auf meinen Laptop hochziehen und überarbeiten«, schlug Rosa, die immer Großzügige, vor. »Auch wenn ich nicht sehe, was man an diesen Bildern noch schöner machen kann.«

Hannah lächelte über die Begeisterung ihrer Schwester. »Das ist lieb von dir, aber du hast nicht die Programme, die ich brauche.« Sie blickte zu Antonia und Rosa auf. Über ihren Köpfen leuchteten die Lichterketten im Gebälk. In Hannahs Magen breitete sich ein Kribbeln aus. Fast ein bisschen, wie wenn man verliebt war, ging es ihr durch den Kopf. »Bleibt so«, sagte sie zu ihren Schwestern. Ihre Instinkte übernahmen die Regie. Genau wie bei den Bildern von Jakob und ihrer Tante. Hannah glitt von ihrem Sitzsack auf den Boden. »Die Köpfe ein bisschen weiter zusammen.«

Antonia seufzte gut gelaunt. »Jetzt müssen wir uns schon wieder für die Kunst opfern.«

Hannah ignorierte sie. Sie blickte durch den Sucher, justierte ihre Einstellungen und änderte den Winkel noch einmal. Das Klicken jagte einen Endorphinrausch durch ihren Körper. Diese Fotos würden wundervoll werden. Das wusste sie, ohne sich das Ergebnis ansehen zu müssen. Rosa, ein sanftes Lächeln auf den Lippen. Die Haare zu einer hübschen Flechtfrisur zusammengefasst und in eine Dirndlbluse gekleidet. Antonias Grinsen hingegen hatte sich über das ganze Gesicht ausgebreitet. Sie hatte ihre Haare zu einem unordentlichen Knoten auf dem Kopf gebunden. Ein Top mit tiefem V-Ausschnitt, das ihr Dekolleté perfekt zur Geltung brachte. Über ihnen die alten, rustikalen Balken und der Sternenhimmel aus LED-Lichtern. Hannah änderte ihre Position noch einmal, machte mehr Bilder, bevor sie die Kamera schließlich – fast widerwillig – sinken ließ. »Ihr seid zwei tolle Models«, lobte sie ihre Schwestern. Sie ähnelten sich nicht, wenn man nur das Äußere betrachtete. Ihre Charaktere konnten ebenfalls nicht unterschiedlicher sein. Aber Hannah war sich sicher, mit der Kamera das eine magische Detail eingefangen zu haben – nämlich dass sie zusammengehörten, Schwestern waren.

Die beiden wollten die Aufnahmen natürlich sehen, also steckten sie noch einmal die Köpfe zusammen und bewunderten die Fotos unter vielen Ahs und Ohs.

»Das ist Wahnsinn«, sagte Antonia, als sie sich schließlich auf ihren Sitzsack fallen ließ. »Ich bin verdammt froh, dass du wieder fotografierst.«

Rosa, wie immer mehr stille Beobachterin, ließ sich auf den zweiten Sitzsack fallen. »Aber da ist mehr als das.« Sie schnippte nachdenklich mit den Fingern. »Du strahlst irgendwie so...«

Antonia schärfte ihren Blick und sah Hannah aus zusammengekniffenen Augen an. Dann stieß sie ein ungläubiges Lachen aus. »Du hattest Sex« stellte sie fest.

»Was?«, fragten Hannah und Rosa gleichzeitig.

Rosa sah sie überrascht an. »Oh... oh.« Sie riss die Augen auf. »Du hast mit Jakob geschlafen.«

Stille breitete sich zwischen ihnen aus.

»Ich muss sagen, ich bin baff«, brach Antonia das Schweigen schließlich.

Rosa lehnte sich zurück. »Das ist wirklich eine Überraschung.«

»O Mann!« Hannah rieb mit den Händen über ihr plötzlich brennendes Gesicht. »Ich habe keine Ahnung, wie das passiert ist. Ich bin gestern zu ihm gegangen, um noch einmal über Michael Brandner zu sprechen. Wir waren in seiner Wohnung und ...«

»Da ist es passiert«, mutmaßte Antonia.

»Nein.« Hannah schüttelte den Kopf. »Ich habe ein Foto von seiner Hand gemacht.« Ihre Schwestern starrten sie an, als warteten sie auf die Pointe. Hannah winkte ab. »Es war irgendwie ... überwältigend. Das erste Foto seit ...« Sie räusperte sich. »Na ja, jedenfalls waren wir uns plötzlich so nah, also bin ich abgehauen. Auf der Treppe kam mir dann auch noch Chrissi entgegen, die mir sagte, dass ich meine Finger gefälligst von Jakob lassen solle.« Noch immer schien all das, was gestern geschehen war, irgendwie unwirklich. Die Ereignisse hatten sich regelrecht überschlagen. »Ich wollte einfach nur meine Ruhe haben, also bin ich auf die Lichtung. Kurz drauf stürzt Jakob aus dem Wald, sagt, dass es ihm egal ist, dass ich wieder gehe und küsst mich. Und dieser Kuss ... wow! Der Rest ...« Sie zuckte mit den Schultern, weil sie noch immer nicht wusste, wie sie all das, was geschehen war, in Worte fassen sollte.

Rosa seufzte und presste die Hand auf ihr Herz. Antonia hingegen wedelte mit ihren Fingern, als hätte sie sich verbrannt. »Sexy«, sagte sie mit einer tiefen, rauchigen Stimme.

»Wie geht es jetzt mit euch weiter?«, fragte Rosa.

»Ich habe keine Ahnung. Es war«, Hannah schluckte, »ziemlich schön. Ich habe es noch nicht zu Ende analysiert, aber ich glaube, ich möchte, dass sich das wiederholt.«

»Dann sollte es das auf jeden Fall. Ich bin mir sicher, Jakob hätte nicht alle Vorsicht in den Wind geschlagen, wenn er nicht ebenso denken würde.« Rosa, die ewige Romantikerin. »Wann seht ihr euch wieder?«

»Ich habe keine Ahnung. Er ist gerade in Österreich unterwegs, um irgendwelche Ersatzteile zu besorgen. Ich lasse das am besten alles auf mich zukommen. Und jeden Tag muss man sich ja nun auch nicht sehen.«

Das sagte sie sich zumindest. Immer wieder. Bis ihre Schwestern sich verabschiedeten.

Mitten in der Nacht schreckte sie aus dem Schlaf. Im ersten Moment wusste sie nicht, was sie geweckt hatte. Doch dann hörte sie es wieder. Steinchen gegen ihre Fensterscheibe. Sie blickte auf ihr Handydisplay. Halb zwei. Ihr Herz klopfte, als sie die Balkontür öffnete und hinaussah. Jakob stand im Garten ihrer Tante. Er hatte die Hand schon zum Wurf erhoben, bremste sich aber noch, ehe er sie mit dem Kiesel traf.

»Was treibst du da unten?«, zischte sie, obwohl sie ihr Lächeln fast nicht unterdrücken konnte. Dieser verrückte Kerl. »Komm rein.«

Sie wollte in die Wohnung zurückgehen, um ihm die Tür zu öffnen. Doch er nahm bereits Anlauf und sprang an dem Pfosten empor, der den Balkon stützte. Hannah spürte die leichte Erschütterung unter ihren nackten Füßen, als sein Körper auf das Holz traf. Erschrocken blickte sie zu Louisas Schlafzimmer hinüber. Nichts rührte sich. Erleichtert atmete sie aus und konzentrierte sich wieder auf den jungen Reinhold Messner, der am Balkon baumelte. Jakob bekam den Boden zu fassen und hangelte sich in einer Mischung aus Fußarbeit und Klimmzug nach oben. Im nächsten Moment schob sich seine große Hand um das Geländer, und er zog sich hoch. Dann schwang er sich über die Brüstung und kam mit einem Grinsen vor Hannah zum Stehen. »Hi«, flüsterte er.

Hannahs Haut prickelte. Das war ... Sie schluckte. *Total sexy und mega heiß*, würde es Antonia wahrscheinlich auf den Punkt bringen. Und sie hätte verdammt recht. »Wow«, brachte Hannah heraus. »Das lernt ihr also bei der Bergwacht.«

Sein Grinsen wurde noch ein wenig breiter, als er sie in seine Arme zog. Er atmete schwer, und Hannah war sich nicht sicher, ob das nur von seinem Kletter-Stunt herrührte. Bevor sie den Gedanken zu Ende bringen konnte, presste Jakob schon seine Lippen auf ihre. Hannah schlang ihren eingegipsten Arm um seinen Nacken und fuhr mit der anderen Hand durch seine Haare. »Heißes Outfit«, flüsterte er und glitt mit den Händen unter den Saum ihres mit schwarz-weiß gefleckten Kühen bedruckten Pyjama-Oberteils und an ihrem Rücken hinauf. »Ich stehe auf Kühe. Aber noch besser gefällst du mir ohne Stoff.«

Sie taumelten rückwärts. In ihr Zimmer und ihr Bett. Hannah wurde sich plötzlich bewusst, dass sie Jakob den ganzen Tag über viel mehr vermisst hatte, als gut für sie war. Sie musste vorsichtig sein und durfte ihn auf keinen Fall zu nahe an sich heranlassen. Es würde ihr sonst das Herz brechen, wenn sie nach Hamburg zurückmusste. Im Moment konnte sie sich gegen den sinnlichen Angriff allerdings nicht wehren. Entschlossen schob sie die Gedanken zur Seite und zog Jakob das T-Shirt über den Kopf. Den Rest der Nacht würde sie ihren Kopf ausschalten und nur noch fühlen.

*

Jakob strich über Hannahs Rücken. Sie reagierte mit einem kleinen Seufzen, bewegte sich aber ansonsten keinen Millimeter. Er hatte ihre Art zu schlafen vergessen. Auf dem Bauch, quer über das ganze Bett ausgebreitet. Ganz egal, ob er noch halb unter ihr lag oder nicht. Wie hatte er das vergessen können? Wie hatte er all das vergessen können, was seine Erinnerungen in den vergangenen zwei Tagen geflutet hatte?

Er schloss die Augen und lauschte auf ihren leisen, gleichmäßigen Atem. Mit Hannah zu schlafen glich einem Flashback in die Zeit vor zehn Jahren. Ihr Duft hatte sich nicht verändert. Sie schmeckte noch so wie damals. Und ihr Körper reagierte noch oder wieder genauso heftig auf seinen wie früher.

Nachdem sie sich in der vergangenen Nacht getrennt hatten, war ihm klar gewesen, dass er sie so schnell wie möglich wiedersehen musste. Der Trip nach Österreich hatte ihm nicht in den Kram gepasst. Genau wie Peers Brummen, weil sie sich noch am Abend auf den Rückweg gemacht hatten, anstatt mit den Jungs vom Autohandel ein paar Bier zu trinken und über Oldtimer zu fachsimpeln, wie sie es sonst immer taten. Jakob hatte ihn ignoriert. Er hatte nach Hause gewollt. Zurück zu Hannah. Und er hatte überhaupt kein Problem damit gehabt, sich zum Affen zu machen und Steinchen an ihr Fenster zu werfen wie ein Teenager.

Jakob öffnete die Augen wieder und betrachtete den warmen Körper, der ihn gefangen hielt. Die Bettdecke war bis zu ihrer Hüfte hinuntergerutscht und betonte die Rundung ihres Pos. Das Mondlicht, das durch die Fenster fiel, ließ ihren schmalen Rücken blass schimmern. Ihre Haare kitzelten seinen Arm und ihr Atem seinen Hals. Sein Herz zog sich zusammen. Er könnte für immer so liegen bleiben. Was der größte Haken an dieser Sache war. Weder Hannah noch er hatten damit gerechnet, dass sich die Emotionen so explosionsartig zwischen ihnen entladen würden. Es war egal, wie vertraut es sich anfühlte, mit ihr hier zu liegen. Ganz gleich, wie sehr er sich wünschte, dass diese Nacht nie endete. Ihre gemeinsame Zeit hatte ein Verfallsdatum. Jakob wollte sich gern einreden, dass das der Grund war, aus dem er sich wie Tarzan über die Balkonbrüstung geschwungen hatte. Um jeden Moment, der ihnen blieb, zu genießen. Sein Herz mit neuen Erinnerungen an Hannah zu füllen. Aber er durfte nicht Tag und Nacht um sie herum sein. Hannah brauchte Freiraum, wie er nur zu gut wusste. Sie hatte ihn heute Nacht in ihr Bett gelassen. Wenn er am Morgen noch immer darin lag, würde sie das vermutlich nicht so witzig finden. Er musste gehen, so schwer ihm das fiel.

Vorsichtig rutschte er unter ihrem Körper zur Seite. Sie zuckte nicht einmal. Auch eine Sache, die sich nicht verändert hatte. Wenn Hannah schlief, war es fast unmöglich, sie zu wecken. Leise suchte er seine Klamotten zusammen und zog sich an. Kurz dachte er darüber nach, durch die Wohnung zu schleichen und die Tür zu nehmen. Aber er hatte keine Lust, aus Versehen Louisa zu begegnen. Deshalb entschied er sich für den Weg, auf dem er gekommen war. An der Balkontür drehte er sich noch einmal um und betrachtete Hannah. Sie hatte im Schlaf das Kissen, auf dem er gelegen hatte, zu sich herangezogen. Verdammt. Er schluckte trocken und stieß sich vom Türrahmen ab. Ohne sich noch einmal umzudrehen, hangelte er sich über das Balkongeländer und ließ sich zu Boden gleiten.

*

Am Morgen wurde Hannah von der Sonne geweckt, die durch das Fenster schien. Es war Samstag, war das Erste, was ihr einfiel. Sie war allein war das Zweite. Träge drehte sie sich um. Jakobs Kopfabdruck prägte noch das Kissen, sein Duft hing in den Laken. Sie hatte sein Auftauchen also nicht geträumt. Genüsslich streckte sie sich, zog ihr Pyjama-Oberteil unter dem Bett hervor und die -Hose von der Kommode, wo sie offenbar gelandet war, als Jakob sie ihr ausgezogen und hinter sich geworfen hatte. Hannah zog sich an und tapste barfuß in die Küche, um sich einen Kaffee zu holen.

Louisa saß bereits am Tresen. Sie blickte von ihrer Gartenzeitschrift auf, als Hannah ein »Guten Morgen«, murmelte und wartete, bis sich Hannah mit einer Tasse Kaffee neben sie setzte. »Kurze Nacht gehabt?«, fragte sie.

»Hmm«, murmelte Hannah. Hatte Louisa etwa mitbekommen...?

»Sag deinem Lover, er kann gern die Tür benutzen. Mir wäre es jedenfalls lieber, wenn er nicht bei dem Versuch, den Romeo zu spielen, von meinem Balkongeländer stürzt.«

»Lou!« Hannah stöhnte und senkte den Blick in ihren Kaffeebecher.

17

Vier Wochen war Hannah inzwischen in Sternmoos. Wie viel Zeit seit der Katastrophe vergangen war, wurde ihr erst bewusst, als Antonia sie zu einem Röntgentermin nach Berchtesgaden kutschierte und anschließend mit den Aufnahmen ihres Unterarms in die Praxis ihres Vaters. Sie mochte Josefs Refugium. Es versprühte den typischen Charme einer alten Landpraxis. Eine Wand seines Sprechzimmers bestand aus dunklen Bücherregalen, in denen sich jede Menge dicker medizinischer Wälzer aneinanderreihten. Hannah war sich sicher, ihr Vater hatte die meisten schon seit Jahrzehnten nicht mehr durchgeblättert. Hinter seinem Schreibtisch informierten große Poster über Zecken- und Grippeschutzimpfung. Neben seinem Computer auf der Schreibtischoberfläche, auf den ersten Blick das einzige Geständnis an das neue Jahrtausend, stand ein Familienfoto, das Hannah mit dem Selbstauslöser vor dem See gemacht hatte. Von seinem knarzenden Sessel aus blickte Josef auf die Behandlungsliege und darüber seine gerahmten Diplome und Qualifizierungen, die von jeder Menge Dankeskarten seiner Patienten, Geburtsanzeigen und Fotos glücklich strahlender Menschen bedeckt waren, denen er geholfen hatte. Daneben hing ein altmodischer Leuchtkasten für die Röntgenaufnahmen. In seiner Funktion als Landarzt kümmerte er sich nicht nur um ihre Nachbarn in Sternmoos, sondern jedes Jahr auch um eine ganze Reihe Touristen, die die Freizeitaktivitäten im Talkessel auf die leichte Schulter nahmen.

Der Leuchtkasten summte leise, als Josef ihn einschaltete und die Röntgenaufnahmen aus der Hülle zog. Er klemmte sie vor die Scheibe und betrachtete sie einen Moment mit schräg gelegtem Kopf. Dann lächelte er Hannah an, die sich auf die Kante der Untersuchungsliege gesetzt hatte und die Beine baumeln ließ.

In diesem Raum voller Sonnenlicht, das von den Sprossen des Fensters in Vierecke geschnitten wurde, hatte sie sich schon immer wohlgefühlt. Hier schien die Zeit stehen geblieben zu sein. Sogar der Geruch nach Bienenwachs-Möbelpolitur, gemischt mit einem antiseptischen Hauch, war noch derselbe wie in ihren Kindertagen. Sie schämte sich ein bisschen, dass sie Josef in dem Monat, den sie inzwischen hier war, noch nicht einmal in der Praxis besucht hatte.

»Sieht gut aus«, holte ihr Vater sie aus ihren Gedanken. »Wir können den Gips abnehmen.«

Hannah seufzte erleichtert auf. Besonders nachdem sie wieder angefangen hatte zu fotografieren, merkte sie, wie sehr ihr ruhiggestellter Arm sie einschränkte. »Endlich!« Sie wechselte von der Untersuchungsliege zu dem gepolsterten Stuhl vor dem Schreibtisch und platzierte den Arm mit einem leisen Klong auf die Oberfläche aus dunklem Holz.

Ihr Vater lachte und machte sich daran, den Kunststoff aufzusägen. Konzentriert stemmte er die Hülle auseinander, die Hannahs Arm in den letzten Wochen geschützt und geheilt hatte. »Rausziehen«, befahl er schließlich gut gelaunt.

Hannah gehorchte und unterdrückte ein weiteres, befreites Seufzen. Ihr Arm fühlte sich ein bisschen empfindlich an und, ohne das Gewicht des Gipses, leicht wie eine Feder. Dafür hob sich ihr Unterarm in einem blässlichen Krankenhausweiß vom Rest ihres Körpers ab, der in den letzten Wochen jede Menge Sonne abbekommen hatte. Vorsichtig ballte sie die Hand zur Faust und öffnete sie wieder, bevor sie langsam das Gelenk kreisen ließ.

»Fühlt sich gut an, was?«, fragte ihr Vater.

»Um nicht zu sagen: absolut fantastisch. Danke, Papa.«

»Keine Ursache.« Josef entsorgte die Kunststoffhülle. Er nahm den Arm noch einmal in Augenschein. Dann beugte er sich vor und strich ihr die Haarsträhnen aus der Stirn, um sich die dünne Narbe anzusehen, die an die Platzwunde erinnerte. Zufrieden nickte er. »Alle anderen Verletzungen sind ebenfalls abgeheilt«, fasste er ihren Gesundheitszustand zusammen und lehnte sich in seinem Sessel zurück. »Wie klappt es mit dem Schlafen?«

»Wunderbar«, antwortete Hannah, und das war nicht gelogen. Die Albträume hatten schon vor dem Wiedersehen mit Jakob nachgelassen. Aber spätestens seit er sich nachts in ihr Bett stahl, war ihr Schlaf tief, traumlos und erholsam.

Josef notierte etwas in ihrer Krankenakte. »Hast du inzwischen mit jemandem über den Unfall gesprochen?« Er hob den Blick und sah sie über den Rand seiner Lesebrille hinweg an.

»Ähm.« Hannah schwieg einen Moment. »Ich glaube, diese Art von Gespräch brauche ich nicht.«

»Also nein.«

»Nein, Papa«, stimmte sie ihm zu. »Ich möchte schlicht nicht darüber reden.«

Ihr Vater nickte. »Wenn du deine Meinung änderst und dich mit einer neutralen Person zusammensetzen möchtest«, er lächelte, »also weder mit deiner neugierigen Mutter noch mit deinen neugierigen Schwestern oder deinem äußerst professionellen, vertrauenswürdigen Vater«, die Lachfältchen in seinen Augenwinkeln gruben sich inzwischen tiefer in die Haut, »dann lass es mich wissen. Ich kann jederzeit einen Kollegen anrufen und einen Termin vereinbaren.«

»Danke, Papa. Wenn ich das Gefühl habe, das zu brauchen, sage ich dir Bescheid.«

»Versprochen?«

»Versprochen.« Hannah erhob sich. »Aber jetzt genieße ich erst einmal meinen Arm.« Sie drehte noch einmal probehalber ihr Handgelenk, das sich ein wenig eingerostet anfühlte. »Noch mal danke, dass du mich von dem Gips befreit hast.«

»War mir ein Vergnügen.« Ihr Vater hielt ihr die Wange hin, als sie sich hinunterbeugte, um ihn zu küssen und den vertrauten Geruch einzuatmen, der ihn umgab, solange sie denken konnte. Sein dezentes Rasierwasser und ein Hauch des Tabaks, mit dem er sich abends gern eine Pfeife stopfte. »Du solltest bald mal zum Essen kommen, sonst wird deine Mutter sauer«, ermahnte er sie liebevoll.

Hannah bemühte sich, nicht die Augen zu verdrehen. Sie sah ihre Mutter schließlich jeden Tag in der *Blüte*. Es gab keinen Grund zu behaupten, sie mache sich rar. »Na klar«, sagte sie und drehte sich zur Tür um. Hannah würde sich nicht über die Aufforderung, die Rena ihrem Vater mit

Sicherheit am Frühstückstisch eingeimpft hatte, aufregen. Dafür ging es ihr im Moment viel zu gut. Sie war ihren Gips los. Alle anderen Wunden waren verheilt. Und sie hatte, entgegen den Befürchtungen ihres Vaters, keine Probleme mehr mit dem, was in Brasilien passiert war.

»Ach, eine Sache noch«, sagte Josef hinter ihr. »Bei uns hat eine Frau Berger... nein, Bergmann... angerufen. Sie wollte dich sprechen.«

»Bergmann?« Hannah schluckte trocken. Sie starrte auf die Maserung des Türblattes vor sich, unfähig, sich zu ihrem Vater umzudrehen. Die Hand, die nach der Türklinke gegriffen hatte, begann zu zittern. Vorsichtig legte sie sie auf das kühle Metall, damit ihrem Vater die verräterische Reaktion nicht auffiel.

»Zweimal hat sie sich schon gemeldet«, hörte sie ihn durch das Rauschen in ihren Ohren. »Sie meinte, sie habe es auf deinem Handy probiert, aber du seist nicht rangegangen.«

Das stimmte. In den letzten Wochen hatte sie einige Anrufe von Nummern erhalten, die sie nicht kannte. Sie hatte sie ignoriert, genau wie sie die Nachrichten nicht abgerufen hatte, die auf ihrer Mailbox hinterlassen worden waren. Natürlich war ihr bewusst gewesen, dass der eine oder andere Anruf wichtig gewesen war, aber nicht ranzugehen hatte gut zu ihrer Vogel-Strauß-Taktik gepasst. Am liebsten hätte sie ihre Stirn gegen das kalte Holz vor sich gepresst. Hatte sie wirklich gerade eben noch gedacht, sie hatte keine Probleme mehr mit dem, was in Brasilien passiert war? Wie lächerlich. Nicht einmal eine Minute, nachdem ihr dieser Gedanke durch den Kopf gegangen war, hatte die Realität sie eingeholt.

»Hannah?« Sie hörte, wie sich ihr Vater von seinem knarrenden Schreibtischsessel erhob. »Ist alles in Ordnung mit dir?«

»Ja, sicher.« Ihre Stimme klang rau. Hannah räusperte sich und pflasterte sich ein fröhliches Lächeln ins Gesicht. Zumindest hoffte sie, dass es so wirkte und ihr Vater sich nicht schon wieder Sorgen um sie machte. Langsam wandte sie sich zu Josef um. »Was hat sie gesagt?«, fragte sie und versuchte zu ignorieren, dass ihr das Herz bis zum Hals schlug.

Ihr Vater zuckte mit den Schultern. »Sie wollte nur mit dir reden. Auf mich hat sie einen sehr netten Eindruck gemacht. Ist sie eine Kollegin von dir?«

»So was Ähnliches«, murmelte Hannah.

Er reichte ihr einen Zettel. »Das ist ihre Nummer.«

Hannah bemühte sich, das Zittern ihrer Finger zu unterdrücken. Nur mühsam lösten sie sich vom Türgriff und nahmen den Zettel. Sie schluckte. Wie Säure stieg Magensaft in ihrer Speiseröhre nach oben. »Tschüss, Papa.« Sie verließ die Praxis auf hölzernen Beinen. Draußen lehnte sie sich gegen die Hauswand, die die Sonne bereits aufgeheizt hatte. Mila Bergmann. Finns Frau. Wenn sie versucht hatte, herauszufinden, wo sie sich versteckte, dann hatte sie auch herausgefunden, dass Hannah die Schuld am Tod ihres Mannes trug. Wie hatte sie wohl reagiert, als sie die Umschläge aus dem Briefkasten gezogen hatte, die Rosa für sie am Frankfurter Flughafen eingeworfen hatte? Hatten sie Mila und ihren Kindern über die dunkelsten Stunden geholfen? Oder hatten sie alles nur noch schlimmer gemacht?

Hannah betrachtete ihren käseweißen Arm, der vier Wochen lang keine Sonne gesehen hatte. Ihre Verletzungen waren geheilt, sagte Josef. Das war der Moment, in dem sie eigentlich ihre Agenturchefin, Agnes, anrufen und nach einem neuen Auftrag fragen müsste. Wahrscheinlich würde sie nicht länger als ein oder zwei Stunden brauchen, ihre Sachen zusammenzupacken und sich von ihrer Familie zu verabschieden. Spätestens am Abend oder am nächsten Morgen könnte sie unterwegs sein. Doch dazu müsste sie sich endlich überwinden, einen Blick in ihren Kamerakoffer zu werfen. Allein mit der Nikon und ohne Laptop und Tablet würde sie nicht weit kommen. Womit sich der Kreis zu Finn wieder schloss. Und zu seiner Frau, die mit ihr reden wollte.

Hannah zog ihr Handy aus der Tasche. Doch statt Agnes anzurufen schrieb sie Jakob eine Nachricht. *Die Lichtung, heute Abend?*

Er schickte ihr in der nächsten Sekunde ein ›Daumen hoch‹ und einen grinsenden Smiley zurück. Die Kommunikation der Männer.

Ich besorge ein Picknick, tippte sie und drückte auf Senden, ehe sie es sich anders überlegen konnte. Die Vorbereitungen würden sie davon abhalten, über Milas Anrufe nachzudenken. Und Jakob – würde sie sowieso ablenken.

Gibt es etwas zu feiern?, schrieb Jakob.

Sie hielt ihren gipsfreien Arm in die Höhe und fotografierte ihn gegen die Sonne. *Bin geheilt.*

Perfekt. Bis heute Abend.

Hannah stieß sich von der Wand ab und ging zur Gärtnerei hinüber. Ihre Mutter freute sich, dass sie den Gips los war. Ohne zu murren gab sie Hannah auf ihre Bitte hin den Nachmittag frei und lieh ihr zusätzlich ihren Wagen.

Hannah kaufte in Berchtesgaden ein. Dann zog sie sich in die Küche ihrer Tante zurück und begann zu kochen und zu backen.

Sie übertrieb völlig, wurde ihr bewusst, als Jakob ein paar Stunden später an die Tür klopfte und sie ihm mit dem schweren Picknickkorb in der Hand öffnete.

*

Hannah sah atemberaubend aus, als sie ihm die Tür öffnete. Ihr Pferdeschwanz ein wenig unordentlich. Die Wangen schimmerten rosig, wie immer, wenn sie sich voller Eifer in eine Aufgabe stürzte. Sie trug ein luftiges Sommerkleid, das oberhalb ihrer Knie endete. Ihre Füße steckten in Flipflops.

Statt einer anständigen Begrüßung hielt sie Jakob den Picknickkorb entgegen, der verdammt schwer aussah und zudem übervoll. »Den kannst du nehmen.«

Jakob betrachtete den geflochtenen Korb und zog die Augenbrauen hoch. Für eine anständige Begrüßung musste immer Zeit sein. Er grinste und sagte: »Hi.« Statt Hannah den Korb abzunehmen, zog er sie am Spaghettiträger des Kleides zu sich heran und küsste sie. Wie immer gaben ihre Lippen unter seinen nach, schmiegte sich ihr Körper wie von selbst an seinen. Bevor er auf die dumme Idee kam, Hannah einfach wieder in die Wohnung zurückzuschieben, ihren Rücken gegen die Tür zu pressen... beendete er den Kuss und nahm ihr das Ungetüm von einem Korb endlich ab. »Wie viele Leute kommen denn zu der Party?«, wollte er wissen, als ihn das Gewicht fast in die Knie zwang.

Hannah griff nach der Patchworkdecke und ihrer Kamera,

die sie auf dem Sideboard abgelegt hatte, und zog die Tür hinter sich zu. »Du beschwerst dich über zu viel Essen?«

»Auf keinen Fall.« Jakob grinste breit. Kein halbwegs vernünftiger Mann war so blöd, sich über Essen zu beschweren, wenn eine Frau sich die Mühe gemacht hatte, sich für ihn in die Küche zu stellen.

Sie gingen nebeneinander her zur Lichtung. Hannah entdeckte Jakobs Mercedes Van, den er neben der Brücke abgestellt hatte. Er folgte ihrem Blick und zuckte die Schulter. »Ich hatte noch eine Besprechung in Schönau und keine Lust, zu spät zu kommen. Also bin ich gar nicht erst nach Hause gefahren.« Genau genommen hatte er es, wie auch an all den anderen Abenden, die sie in der letzten Woche zusammen verbracht hatten, gar nicht erwarten können, sie zu sehen. Aber mit dieser Art von Geständnis schlug er sie wahrscheinlich in null Komma nichts in die Flucht, also biss er sich auf die Zunge.

»Was ist mit Laus?«, erkundigte Hannah sich nach seinem Hund.

»Hat ein Spiel-Date mit seinem Bruder.« Jakob verzog das Gesicht. Als ob es nicht schon schlimm genug wäre, dass beiden Hunden die Eier abgeschnitten worden waren, hatten sie Verabredungen wie kleine Kindergartenmädchen. Hin und wieder wurden ihnen dabei sogar rosafarbene Schals umgebunden und Glitzerkrönchen aus Plastik aufgesetzt. Sehr erniedrigend für männliche Hunde, die eigentlich dazu geschaffen waren, den Boss über riesige Schafherden zu spielen. »Xanders Tochter besteht darauf, dass die Hunde sich regelmäßig sehen müssen. Weil sie Familie sind und so.«

Hannah blickte ihn aus den Augenwinkeln an und lächelte. »Du magst Xanders Tochter sehr gerne, oder? Leni, nicht wahr?«

»Hmm. Ich bin ihr Patenonkel. Mir bleibt also gar nichts anderes übrig.« Niemand war erstaunter als er selbst, wie gut er sich in der Welt dieser kleinen pinkfarbenen Prinzessin zurechtfand. Und wie sehr er es genoss, sich von dieser durchtriebenen Fünfjährigen, die schon jetzt wusste, wie man klimpernde Wimpern, ein paar ungeweinte Tränen und ein zartes Seufzen zu seinem Vorteil einsetzen konnte, um den Finger wickeln zu lassen. Als Xander ihn gebeten hatte, Lenis Patenonkel zu werden, hatte er ein ungläubiges Lachen ausgestoßen, das sein ganzes Entsetzen bei dieser Frage ausdrückte. Dann hatte er wissen wollen, ob sein Freund noch alle Latten am Zaun hatte. Das ruhige ›Ja‹, mit dem Xander geantwortet hatte, war dabei fast noch schlimmer gewesen als die eigentliche Frage. Er war sich sicher, nichts, aber auch gar nichts mit der Tochter seines Freundes anfangen zu können. Doch als er das kleine Wesen nach seiner Geburt zum ersten Mal in den Armen gehalten und sie ihre Augen aufgeschlagen hatte, hatte er das Gefühl, sie blickte ihm auf direktem Weg ins Herz. Von dem Moment an war es um ihn geschehen gewesen. Er hatte sich auf der Stelle in einen dieser Paten verwandelt, die keinen Wunsch abschlagen konnten und die Kinder ständig viel mehr verwöhnten, als vermutlich für eine anständige Erziehung gut war. Doch das war ihm egal. Leni hatte einen festen Platz in seinem Herzen – den sie niemals verlieren würde. »Verrätst du mir, was ich in diesem Korb durch die Gegend schleppe?«, fragte er Hannah, um sie davon abzulenken, was für ein furchtbarer Softie er sein konnte.

Sie lächelte geheimnisvoll. »Du wirst es gleich erfahren.« In ein Schweigen gehüllt, das sich gar nicht unangenehm anfühlte, schlenderten sie den kurzen Trampelpfad entlang, der auf die Lichtung führte.

Sie breiteten die Decke am Strand aus. Jakob ließ sich drauffallen und öffnete den Deckel des Picknickkorbes. Er nahm ein paar Plastikdosen heraus und stapelte sie neben sich. »Was ist das für Zeug?«, fragte er und beäugte eine halb durchsichtige Dose, in der er etwas Rotes ausmachen konnte.

»Melonen-Feta-Salat«, erklärte Hannah.

»Was für eine Kombination ist das denn? Schmeckt das?« Manchmal machten ihm diese angesagten Geschmackskombinationen Angst. Hannah zog die Augenbrauen hoch. »Was für eine Frage«, murmelte Jakob. »Natürlich schmeckt das.«

»Chickenwings und die dazugehörige Cocktailsoße.« Sie wies auf eine andere Dose. »Frisches Mühlenbrot aus dem Hofladen. Katenschinken, italienische Salami, Käse. Hier haben wir noch Gemüsesticks mit Kräuterdip«, zählte sie auf. »Die Muffins sind frisch aus dem Ofen, also wahrscheinlich noch warm.«

»Muffins, hmm.« Jakob schnüffelte an der Dose und inhalierte den süßen Kuchenduft. Dann wühlte er sich weiter durch die Dosen im Picknickkorb.

»Suchst du was«, wollte Hannah wissen, die ihm einen Moment mit verschränkten Armen bei seiner Suche zusah.

»Weintrauben«, erwiderte er. »Wo sind die Weintrauben?« Als Hannah nicht antwortete, blickte er auf. »Kein Picknick ohne Weintrauben.«

Mit einem Seufzen griff sie an ihm vorbei und beförderte

eine Mini-Kühltasche zutage. »Ich habe sie gefroren. Weintraubeneiswürfel für den Riesling.« Abermals griff sie an ihm vorbei und zog eine Flasche Weißwein und zwei Gläser aus dem Korb. »Wenn du ihn öffnest, kümmere ich mich um den Rest.«

Jakob zog den Korken aus der Flasche und schenkte den Wein in die Gläser, in die sie bereits ein paar der gefrorenen Weintrauben gegeben hatte. »Auf den geheilten Arm«, sagte er und stieß mit ihr an. Ehe sie an ihrem Glas nippen konnte, zog er sie abermals an sich, um sie zu küssen.

»Auf einen schönen Abend«, flüsterte sie an seinen Lippen, als sie den Kuss schließlich beendeten.

Jakob löste sich von ihr und trank einen Schluck Wein. Er nahm eine Schüssel des merkwürdigen Melonen-Feta-Salats – und verdrehte mit einem genüsslichen Stöhnen die Augen, als er die erste Gabel probierte und die verschiedenen Geschmacksnuancen auf seiner Zunge explodierten. »Das Zeug ist der Hammer«, sagte er mit vollem Mund und schob gleich noch eine Gabel hinterher.

Hab ich doch gesagt, ließen Hannahs hochgezogene Augenbrauen ihn wissen. Sie lächelte und griff nach einem Chickenwing, das sie in Cocktailsoße tauchte. Hannah balancierte es zu ihrem Mund und biss ab. Ein kleiner Rest des Dips blieb an ihrer Unterlippe hängen.

Jakob konnte nicht anders, als mit dem Daumen darüberzustreichen. »Du hast da was«, murmelte er, rieb den Fleck weg und leckte die Soße dann von seinem Finger. Hannahs Blick glühte geradezu, als sie die Fingerspitzen an ihren Mund hob und ihn anstarrte, als wollte sie im nächsten Moment über ihn herfallen und ihn vernaschen. Verdammt.

Brachten sie nicht einen Abend hinter sich, ohne dass es mit Sex endete? Nicht dass er sich darüber beschweren wollte. Aber er wollte mehr von der Zeit, die Hannah in Sternmoos verbrachte. In dem verzweifelten Versuch, nicht auf ihre Lippen zu starren, ließ er den Blick über die Picknick-Decke gleiten, bis er an ihrer Kamera hängenblieb. »Wie funktioniert das eigentlich?«, fragte er.

»Was?« Hannah folgte seinem Blick.

»Wie verdienst du dein Geld? Bekommst du Aufträge? Oder verkaufst du Bilder, die du gemacht hast?«

Hannah entspannte sich und biss noch einmal von ihrem Chickenwing ab. »Von beidem ein bisschen«, sagte sie. »Die besten Jobs sind Aufträge für die Agentur. Fotostrecken zu bestimmten Themen, für die ich durch die ganze Welt reisen darf. Aber wenn es nötig ist, mache ich auch Shootings für Werbekampagnen. Einmal habe ich das Essen eines Sternekochs für sein Kochbuch abgelichtet.«

»Stammt das Rezept daher?«, fragte Jakob und hielt seine Schüssel mit dem Melonensalat hoch.

»Zum Beispiel. Ich habe ein paar signierte Exemplare bekommen. Wenn ich unterwegs bin, nutze ich aber auch die Gunst der Stunde immer nach Möglichkeit. Ich halte die Augen offen, und wenn ich ein tolles Motiv finde, halte ich es fest, selbst wenn es mit meinem Auftrag nichts zu tun hat.«

»Was machst du mit den Bildern?« Jakob nippte an seinem Wein. Dann schnappte er sich ebenfalls ein Stück Hühnchen und lehnte sich bequem zurück.

»Die Fotos müssen in den meisten Fällen bearbeitet werden. Manchmal muss man nur ein wenig an den Farben schrauben, manchmal fügt man Effekte ein, die eine völlig neue, spannende Stimmung erzeugen. Ein paar Fotos stelle ich zum Lizenzdownload auf meine eigene Homepage. Einige gebe ich an Fotostock-Seiten ab, wo sie ebenfalls als Lizenzen runtergeladen werden können. Hin und wieder, wenn ich eine ganz besondere Aufnahme habe, stelle ich sie in einer Galerie aus.«

Jakob sah die Liebe für die Fotografie in Hannahs Augen brennen. Er erkannte sie an ihren glänzenden Wangen. In der Art, wie sie über ihre Arbeit sprach. Sein Herz zog sich zusammen. So voller Begeisterung hatte sie auch schon gesprochen, bevor sie vor zehn Jahren gegangen war. Er hatte Fotos von ihr gekannt, schließlich war er oft genug ihr Opfer gewesen. Aber er hatte die Kunst darin nicht gesehen. Die Leidenschaft, die sie damit verband. Denn dann hätte er begreifen müssen, dass nichts und niemand sie davon hätte abhalten können zu gehen, um die Welt in Bildern festzuhalten. Und dass sie wahrscheinlich auch jetzt bereits wieder auf heißen Kohlen saß. Wieviel Zeit blieb ihm noch mit ihr?

Verdammt! Er musste seinen Kopf abschalten. Die Sonne war hinter den Bergen verschwunden. Über den pastellfarbenen Streifen, die sie zurückgelassen hatte, glitzerten bereits die ersten Sterne. Sie saßen auf ihrer Lichtung wie in einer schimmernden Seifenblase, fernab der Realität, in einer perfekten Sommernacht. Alles, was er wollte, war, Erinnerungen zu schaffen, die sie beide in ihre Leben mitnehmen konnten, wenn das hier vorbei war.

Er angelte eine inzwischen aufgetaute Weintraube aus seinem Glas und zerbiss sie. Dann zog er sich das T-Shirt über den Kopf und schüttelte seine Flipflops ab.

»Was tust du da?«, fragte Hannah. Zwischen ihren Brauen bildete sich eine kleine Falte.

»Lass uns schwimmen gehen, jetzt, wo du deinen Gips los bist«, schlug er vor. »Wie früher.« Was gleichzusetzen war mit Nacktbaden. Er schob sich seine Boardshorts samt Boxers über die Hüften und war mit drei großen Schritten im eiskalten Seewasser. Dann watete er noch ein Stück hinein, tauchte unter und kraulte ein Stück. Die Kälte um ihn herum stach wie kleine Nadeln in seine Haut. Das Wasser war ohne das Sonnenlicht undurchsichtig und dunkel. Aber er wusste, dass es klar wie Kristall war. Dass er sich in ein paar Augenblicken an die Kälte des Wassers gewöhnt haben würde, das die Gletscher in den See spülten.

Als er sich umdrehte, stand Hannah am Ufer. Eine leichte Brise spielte mit ihren Haaren. Und mit dem Sommerkleid, das sie noch immer trug. Offenbar war er der Einzige, der das Nacktbaden für eine gute Idee gehalten hatte. »Was ist los? Bist du zum Weichei mutiert?«, rief er ihr zu.

Er glaubte, Hannah die Augen verdrehen zu sehen, während sie ihren großen Zeh ins Wasser hielt und zurückzog, sobald die erste kalte Welle über ihren Fußrücken schwappte. »Ich bin kein Teenager mehr. Inzwischen bevorzuge ich einen hübschen Bikini und angemessene Wassertemperaturen«, gab sie zurück und verschränkte die Arme vor dem Oberkörper. Nicht so laut wie er, aber das Wasser trug ihre Worte glasklar zu ihm herüber.

Was für ein Blödsinn. Hannah und er waren allein. Er hatte sie in den vergangenen Tagen zigmal nackt gesehen. Ein Bikini war also auf keinen Fall das Problem. Mit langsamen Schwimmzügen kehrte er in Richtung Ufer zurück. Sie hatte schon früher manchmal herumgejammert, dass der See zu kalt war. Und das, obwohl sie genau wusste, wie schnell sich ihre Körper an die Temperatur gewöhnten. Damals hatte er sie sich über die Schulter geworfen und dann im Wasser versenkt. Die Folge davon war gewesen, dass sie sich kreischend und lachend an seinen Hals geklammert hatte und er trotz der eisigen Kälte um ihn herum erregt gewesen war. Vielleicht baute sie genau darauf. Ein Spiel aus ihren alten Zeiten.

Grinsend schwamm er, bis er den Boden unter sich spürte. Dann richtete er sich auf. Hannah war höchstens zwei, zweieinhalb Meter von ihm entfernt. Sie sah ihn an. Ihr Blick wirkte ahnungslos. Hatte sie diesen alten Jux wirklich vergessen? Noch eineinhalb Meter. Er sah die kleine Falte, die sich zwischen ihren Brauen gegraben hatte. Noch ein Meter.

Und endlich begriff sie. Sie riss die Augen auf und versuchte, zu flüchten. »Nein!«, schrie sie.

Was Jakob zum Lachen brachte. Er machte einen Satz und fing sie ein. Der Rock ihres Kleides verdeckte ihm die Sicht, als er sie über seine Schulter warf wie einen Sack Mehl. Sie wehrte sich heftiger als früher, so viel musste er ihr lassen. Eine Hand um die Rückseite ihrer Oberschenkel geklammert schob er sich mit der anderen den Stoff vom Kopf.

»Lass mich runter, Jakob!« Ihre Stimme überschlug sich fast vor Panik.

»Ist doch nur Wasser. Ein bisschen nass, ein bisschen kalt.« Er drehte sich zum See um und stürzte sich mit wildem Siegesgebrüll gemeinsam mit ihr in die Fluten.

Hannah schrie.

Im ersten Moment lachte Jakob noch, doch dann begriff er, dass gerade etwas furchtbar schieflief. Hannah klammerte sich nicht gut gelaunt an ihn und versuchte, ihn als Rache unter Wasser zu drücken. Sie kreischte nicht lachend, wie damals als Teenager. Ihr Schrei hatte etwas Markerschütterndes an sich. Als ginge es ... um Leben und Tod. Sie tauchte auf, dann verschwand ihr Kopf wieder unter der Oberfläche. Hustend und Wasser spuckend kam sie wieder hoch, noch hysterischer als zuvor. »Was ...?«, begann er, aber da ging sie bereits wieder unter.

Eine eisige Kälte, die nichts mit der Wassertemperatur zu tun hatte, zog sich über Jakobs Körper. Hannah war eine fantastische Schwimmerin. Wieso schwamm sie nicht einfach? Wieder kam sie hoch, und diesmal griff er nach ihr, bevor sie wieder unterging. Sie schlug wild um sich und verpasste ihm einen Schlag gegen die Nase. »Verdammte Scheiße«, fluchte er. Dann presste er ihre Hände mit sanfter Gewalt an ihre Seiten und ihren Körper gegen seinen. Sie waren nicht einmal tief genug im Wasser, um den Boden unter den Füßen zu verlieren. »Ich hab dich«, flüsterte er ihr ins Ohr. »Ich hab dich, Hannah.«

*

Sie roch den modrigen Schlamm, hörte das Rauschen des Wassers. Mit eisiger Kälte riss es an ihr, zerrte an ihren Kleidern und versuchte, sie mitzuziehen. So, wie es Finn mit sich gezogen hatte. Sie hörte das Grollen der Lawinen, die sich als zäher Matsch ins Tal rollten. Alles um sie herum war dunkel. Dunkel und unerträglich kalt.

Sie bekam keine Luft. Das Wasser zog an ihr, und so sehr sie sich auch wehrte, kämpfte, sie schaffte es nicht, an die Oberfläche zurückzukommen.

Plötzlich waren da starke Arme. Ein warmer Körper, gegen den sie gepresst wurde. »Ich hab dich.« Jakob schlang seine Arme um sie und hielt sie fest. »Ich hab dich, Hannah.«

Sie spürte den festen Boden unter den Füßen. Der Geruch nach Schlamm wurde ersetzt von dem Duft nach Latschenkiefern und Jakobs Haut. Er hielt sie fest, und sie öffnete die Augen, blickte an seiner Schulter vorbei auf die Bäume, die Findlinge, die auf der Wiese verstreut lagen und die Reiteralpe, die sich über all dem erhob. Sie war in Sternmoos. Ein furchtbarer, herzzerreißender Laut klang durch die Nacht, und Hannah begriff, dass er aus ihrem Mund kam. Sie war in Sicherheit. Trotzdem konnte sie nicht aufhören zu zittern. Trotzdem klapperten ihre Zähne. Ihr Herz raste, und sie schluckte die bittere Magensäure hinunter, die ankündigte, dass sie sich gleich würde übergeben müssen.

»Ich hab dich«, wiederholte Jakob wie ein beruhigendes Mantra. Immer wieder. »Ich hab dich.« Seine Hände strichen über ihr nasses Haar, das Kleid, das ihr am Körper klebte.

Sie hatte keine Ahnung, wie lange sie so dastanden. Doch plötzlich verlor sie abermals den Boden unter den Füßen. Dieses Mal, weil Jakob seine Arme unter ihren Rücken und die Kniekehlen schob und sie aus dem Wasser trug. Sie schlang ihre Arme um seinen Nacken und klammerte sich an ihm fest. Er ging bis zur Picknickdecke und setzte sie ab. Die Freude und Leichtigkeit, die noch vor Kurzem in seinem Gesicht gestrahlt hatten, waren einer ernsthaften Entschlossenheit gewichen. Er griff an den Saum ihres Kleides und zog es nach oben. »Arme hoch«, befahl er sanft, und Hannah gehorchte. Sie hatte keine Kraft mehr zu widersprechen. Er zog ihr das nasse Kleidungsstück aus, das sich nur widerspenstig von ihrem Körper lösen wollte. Dann griff er nach seinem T-Shirt und zog es ihr über. Wie einem kleinen Kind. Im nächsten Moment war er in seine Boardshorts geschlüpft und hatte sie wieder auf die Arme gehoben.

»Das Picknick...«, protestierte sie schwach, als ihr klar wurde, dass er alles stehen und liegen ließ.

»Scheißegal im Moment«, murmelte er. »Das wird schon keiner klauen.«

Hannah ließ ihn gewähren. Sie schmiegte sich an seinen warmen Oberkörper und schloss die Augen. Jakob überquerte die Brücke und setzte sie neben seinem Vito ab. Nachdem er die Tür entriegelt hatte, schob er sie auf den Beifahrersitz, hastete um den Van herum und nahm hinter dem Lenkrad Platz. Hannah nahm an, er würde sie nach Hause bringen, doch er fuhr an der Mühle vorbei. Bog auf die Schotterstraße ab, die ins Dorf führte. Und zur *Alten Molkerei*. Er hielt direkt vor der Treppe, nahm sie abermals auf die Arme und trug sie in seine Wohnung hinauf, während er noch einmal murmelte: »Ich hab dich.«

18

Jakob hielt Hannah fest in seinen Armen, als er seine Wohnung durchquerte. Erst in seinem Bad ließ er sie sanft los und stützte sie, als sie versuchte, sich auf ihren wackligen Beinen zu halten. Mit einer Hand drehte er die Dusche auf, mit der anderen zog er ihr sein T-Shirt über den Kopf. Ihr ganzer Körper war von einer Gänsehaut überzogen und fühlte sich klamm an. Sie zitterte noch immer wie Espenlaub. Prüfend hielt er seinen Finger unter den Duschstrahl. Warm, aber nicht zu heiß. »Ab in die Wärme mit dir«, sagte er sanft und schob sie in Richtung Dusche.

Hannah krallte ihre Hände in seinen Arm. »Bleib bei mir«, flüsterte sie.

Ihr Blick wirkte so gehetzt, so panisch, dass er nicht eine Sekunde zögerte. Vorsichtig löste er ihre Finger von seinem Arm und zog seine Shorts aus. Gemeinsam traten sie unter die Dusche, und Jakob hielt Hannah in seinen Armen, bis ihr Zittern nachließ. »Wird es besser?«, fragte er schließlich.

Hannah nickte. Er spürte, wie sie ihre Lippen über seinen Hals gleiten ließ. An seinem Unterkiefer entlangfuhr. Er zog seinen Kopf ein wenig zurück, um sie anzusehen, doch sie folgte seiner Bewegung, presste ihre Lippen auf seine und schlang ihre Arme um seinen Nacken.

Er wusste, was Hannah vorhatte. Sie wollte nicht darüber reden, was sie so aus der Bahn geworfen hatte. Seine Finger streichelten ihren Rücken. Er erwiderte ihre Küsse, ließ zu, dass sie sich verlangend an ihn presste. Manchmal half Sex, um sich selbst zu spüren, um aus der kalten Hülle, die ein Trauma um einen gelegt hatte, auszubrechen und festzustellen, dass man selbst noch am Leben war. Er hatte das noch nie erlebt, aber er hatte davon gelesen. Wenn das die Art von Geborgenheit war, die Hannah jetzt brauchte, dann würde er sie ihr geben.

*

Hannah war immer noch kalt, als Jakob die Dusche schließlich abdrehte. Er hatte sein Bestes getan, sie zu wärmen, sie zu halten und den Albtraum, der im Sternsee über ihr zusammengeschlagen war, vergessen zu lassen. Aber die Kälte saß in ihrem Inneren. Nichts was er tat, würde sie vertreiben können.

Jakob wickelte sie in ein großes, flauschiges Handtuch und rubbelte sie trocken. Dann band er aus einem zweiten Handtuch einen ungeschickten Turban, unter dem ihre nassen Haare verschwanden. »Warte kurz«, sagte er und verschwand, noch immer tropfnass und nur mit einem Handtuch um die Hüften, aus dem Bad und kehrte kurz darauf mit einem Stapel Klamotten zurück. Eine alte, weiche Jogginghose, ein T-Shirt und ein Hoodie. Und ganz oben auf ein paar Wollsocken, die vermutlich seine Mutter gestrickt hatte. »Zieh dich in Ruhe an. Ich koch uns solange einen Kaffee.«

Sie wartete, bis er die Tür hinter sich zuzog, dann wischte sie mit dem Handtuch über den beschlagenen Spiegel und betrachtete ihr Gesicht. Ein Außenstehender würde wahrscheinlich sagen, sie sehe aus wie immer. Ihre Lippen ein wenig blass, die Augen vielleicht einen Tick zu weit aufgerissen, so, als stehe sie noch immer unter Schock. Es war unglaublich, wie sehr die äußere Hülle über das schwarze Loch in einem drin hinwegtäuschen konnte. Sie hatte es ja selbst geschafft, es zur Seite zu schieben und zu ignorieren. Zumindest bis ihr Vater ihr heute von Milas Anrufen erzählt hatte. Und Jakob dem Ganzen unabsichtlich die Krone aufgesetzt hatte. Sie wandte ihren Blick vom Spiegel ab und schlüpfte in die Jogginghosen, die sie zweimal umschlagen musste, um nicht draufzutreten. Das T-Shirt reichte ihr bis zur Hälfte der Oberschenkel. Obwohl die Nacht draußen mit Sicherheit noch immer lau war, war sie dankbar über die Kapuzenjacke und die viel zu großen Socken.

Jakob konnte nichts dafür, dass der Abend so geendet hatte. Früher hatte er sie oft gepackt und einfach ins Wasser geworfen. Dann hatten sie sich lachend und spritzend Schlachten geliefert oder versucht herauszufinden, wie lange sie sich unter Wasser küssen konnten. Er hatte nicht wissen können, dass dieser Teil ihres Lebens unwiderruflich in diesem verdammten Fluss in Brasilien versunken war. Hannah warf einen letzten Blick in den Spiegel und atmete langsam aus. Sie konnte es nicht länger hinausschieben. Jakob wartete auf der anderen Seite der Tür. Er hatte Fragen – und verdiente Antworten. Was hatte ihr Vater noch an diesem Morgen zu ihr gesagt? Sie solle mit jemandem sprechen. Wenn sie das nicht mit jemandem konnte, der ihr nahestand, würde er einen Profi für sie suchen. Sie brauchte keinen Therapeuten, begriff sie. Sie brauchte Jakob.

Ein letztes Mal atmete sie tief ein und öffnete die Tür. Jakob ließ ihr Raum, wurde ihr bewusst, als sie aus dem Bad trat. Er stand mit dem Rücken zu ihr an der Küchenzeile und hantierte an der Kaffeemaschine herum. Sie setzte sich auf die Sofakante und wartete, bis er sich mit zwei Tassen Kaffee in der Hand zu ihr herumdrehte. Er lächelte – und Hannah wurde noch etwas klar. Jakob war ihr Fels in der Brandung. So wie er das früher gewesen war. Sie hatte keine Ahnung, wann in den vergangenen Wochen er wieder dazu geworden war. Aber es war so. Sie wollte nicht darüber nachdenken, was das bedeutete. Sie war einfach nur froh, seine ruhige Kraft neben sich zu spüren.

Jakob setzte sich neben sie und reichte ihr einen Kaffeebecher. Hannah schloss ihre Finger darum und genoss die Wärme, die sich über ihre Hände in ihren Körper stahl. Dann begann sie leise zu erzählen. Die ersten Sätze kamen stockend über ihre Lippen. Sie musste regelrecht nach den Worten suchen, die das Grauen beschrieben, das sie erlebt hatte. Doch dann spürte sie, wie gut es ihr tat, sich alles von der Seele zu reden. Wie ein Wasserfall schossen die Erinnerungen aus ihr hervor, mehr und mehr, bis sie alles, was seit ihrer Abreise nach Brasilien geschehen war, erzählt hatte.

Finn Bergmann grinste mit der Sonne um die Wette. Obwohl, Finn grinste eigentlich immer. Er gehörte zu den Menschen, die einfach glücklich waren. Zufrieden. Die jedes Abenteuer annahmen als das, was es war – ein Abenteuer. Irgendwo in ihm musste der zwölfjährige Junge stecken, der er einmal gewesen war, und ihn anfeuern, noch eine verrückte Reise zu machen, auf einen noch höheren Berg zu klettern oder noch tiefer zu tauchen als das Mal zuvor. Hannah hatte ohne zu zögern zugesagt, als die Agentur ihr angeboten hatte, Finns Filmdokumentation über den brasilianischen Urwald fotografisch zu begleiten. Mit niemandem arbeitete sie so gern wie mit ihm. Niemand war so unkompliziert und entspannt. Er war einer ihrer besten Freunde.

Finn war es egal, dass die Betten in dem windschiefen Hotel, in dem sie die Nacht verbracht hatten, an Pritschen in Gefängniszellen erinnerten. Während Hannah an einem trockenen Muffin herumkaute und versuchte, die Schmerzen aus ihrem steifen Nacken zu massieren, befand er, dass der Kaffee in dieser Absteige echt gut war. Das reichte ihm, um gute Laune zu haben. Sie füllten ihre Thermosbecher an der winzigen Frühstückstheke, und Finn schleppte ihr Gepäck zum Jeep, während sie ihm mit den Bechern folgte. Er lud alles in einem besonderen System in den Kofferraum, das sich in den vergangenen Tagen bewährt hatte. Unten seine Filmausrüstung, dann ihre Koffer und zum Schluss Hannahs Kameras in ihrem wasserdichten Metallkoffer. Er hatte sich ein paarmal gut gelaunt über den sperrigen Kasten beschwert, aber wenn es um ihren Laptop, ihr Tablet und ihre Ausrüstung ging, verstand Hannah wenig Spaß. Sie waren viel zu teuer gewesen, als dass sie es sich erlauben konnte, schlampig damit umzugehen.

Als Finn fertig war, reichte sie ihm seinen Kaffeebecher und rieb abermals über ihren schmerzenden Nacken. Dieses Bett hatte sie die ganze Nacht über wachgehalten. Selbst das Koffein brachte sie nicht so richtig auf Touren. Sie seufzte und trank einen Schluck.

»Mist.« Finn griff in die Gesäßtasche seiner Jeans und zog

mehrere Briefumschläge heraus. »Die habe ich ganz vergessen.« *Mit gerunzelter Stirn blickte er auf das Gepäck-Tetris im Kofferraum.* »Kann ich die in deine Kameratasche packen, bis wir den ganzen Kram wieder ausladen?«

»Übernimmst du dafür die erste Hälfte der Strecke?«, *fragte Hannah hoffnungsvoll. Normalerweise fuhr sie immer den ersten Teil. Aber vielleicht konnte sie noch ein bisschen schlafen. Außerdem schien zwar die Sonne, aber es hatte tagelang geregnet, und die Straße glich einem Schlammfeld. Ein Umstand, der sie all ihre Konzentration kosten würde, woran Finn hingegen seinen Spaß hätte.*

»Ich dachte, du fragst nie«, *erwiderte er und schenkte ihr sein jungenhaftes Lachen. Er öffnete ihren Kamerakoffer und schob die Briefe neben ihren Laptop. Dann schwang er sich auf den Fahrersitz, und Hannah nahm neben ihm Platz.*

»Was sind das für Briefe?«, *fragte sie und legte den Kopf gegen die Sitzlehne. Sie schloss die Augen und ließ die Sonne ihr Gesicht wärmen.*

»Damit stelle ich sicher, dass meine Liebsten wissen, wie sehr ich sie liebe. Falls mir mal was zustößt«, *ergänzte er, als sie die Augen wieder öffnete und ihn fragend ansah.* »Du verstehst das vielleicht noch nicht, aber wenn man eine Familie hat, verändert sich das Leben völlig. Ich hatte nie damit gerechnet, jemals eine Frau wie Mila zu finden.« *Er lachte leise, und sein Gesicht leuchtete in all der Liebe, um die Hannah ihn insgeheim beneidete.*

Du hättest all das auch haben können, *flüsterte ihre innere Stimme. Nein, das hätte sie nicht, rief sie sich selbst zur Ordnung. Denn ihr wäre genau das passiert, was Finn hier gerade beschrieb. Die Liebe, in der sie gefangen gewesen war, hatte die*

Macht gehabt, sie für immer in ihrem Heimatort festzuhalten – und unglücklich zu machen.

»Und dann kamen die Kids. Typisch für mich, oder?« Er schüttelte gut gelaunt den Kopf, als könne er es selbst nicht glauben. »Da denkst du nie über Kinder nach, und zack, hast du Zwillinge.«

»Stimmt.« Nun musste auch Hannah lachen. »Halbe Sachen machst du nicht.«

»Jedenfalls hat sich am Tag der Geburt der beiden etwas in mir geändert. Ich habe eine Art von Liebe kennengelernt, die ich dir gar nicht beschreiben kann.« Er rieb mit der Faust über seinen Brustkorb, und Hannah bemerkte, dass er den Sicherheitsgurt mal wieder nicht angelegt hatte.

»Schnall dich an«, bat sie ihn, weil sie wusste, dass er das hasste und nur nachgab, wenn sie ihm auf die Nerven ging.

Im Moment war er aber im Erzählmodus und ignorierte sie einfach. »Ich habe mich noch am selben Tag hingesetzt und ihnen einen Liebesbrief geschrieben. Meinen Kindern. Und meiner Frau. Für den Fall, dass mir irgendetwas zustößt.«

»Seit ihrer Geburt schleppst du diese Briefe mit dir herum?« Die Idee rührte Hannahs Herz. Wie alt waren die Zwillinge jetzt? Elf? Zwölf?

»Nein. Ich habe seitdem jedes Jahr an ihrem Geburtstag neue Briefe geschrieben. Die alten habe ich im Tresor in unserer Agentur gebunkert. Ich wollte sie nicht einfach in meiner Schreibtischschublade liegen lassen, wo sie jeder neugierige Idiot finden kann.« Er zwinkerte Hannah zu. »Agnes weiß nicht, dass ich den Code des Tresors kenne. Und sie selbst benutzt ihn so gut wie nie. Die kleine Schachtel in der hinteren Ecke hat sie zumindest noch nie bemerkt.«

»Finn Bergmann, du bist ein echter Softie. Und ein schlauer Fuchs.« Hannah nippte an ihrem Kaffee. *»Würdest du dich jetzt endlich anschnallen?«*

*

Jakobs Herz hatte sich zusammengezogen, als Hannah stockend begonnen hatte, ihm von dem Unglück zu erzählen, das ihr widerfahren war. Vom gut gelaunten Aufbruch am Morgen des Unglückstages. Von den Briefen, die gemeinsam mit ihrem Fotokoffer gerettet worden waren. Und von den anderen Briefen, die Finn für seine Familie in der Agentur in Hamburg versteckt hatte. Hannahs Rückkehr nach Deutschland. Bis jetzt schien sich der Muskel in seiner Brust noch nicht wieder gelöst zu haben. Hannah hatte es wahrscheinlich gar nicht gemerkt, aber irgendwann hatte er ihr die Tasse mit dem kalten Kaffee abgenommen und auf die Truhe vor seiner Couch gestellt. Sie hatte sie unablässig in ihren Händen gedreht, ohne auch nur einen Schluck zu trinken. Ihr Kopf ruhte mittlerweile in seinem Schoß, und er strich ihr beruhigend über die Haare, versuchte, die Gefühle, die mit ihren aufwühlenden Erinnerungen einhergingen, ein wenig zu besänftigen. »Es tut mir unglaublich leid, dass ich dir so einen schlimmen Flashback beschert habe«, sagte er schließlich. Er beugte sich hinunter und küsste sie auf die Schläfe.

»Du hattest ja keine Ahnung.« Hannah griff nach seiner Hand und verschränkte ihre Finger mit seinen. »Mir ist erst heute klar geworden, dass mich das Ganze immer wieder einholen wird. Als Papa mir den Gips entfernt hat, hat er mir erzählt, dass Mila versucht, mich zu finden. Finns Frau«, erklärte sie. »Sie hat ein paarmal bei meinen Eltern angerufen und wollte mich sprechen.«

»Hast du sie zurückgerufen?«

»Nein!« Sie richtete sich auf, löste ihre Hand aber nicht aus seiner. »Ich kann nicht mit ihr sprechen. Ich bin für Finns Tod verantwortlich. Wenn ich nicht...«

Jakob löste seine Hand aus ihrer, rahmte mit seinen Fingern ihr Gesicht ein und küsste sie, bevor sie aussprechen konnte, was ihr auf den Lippen lag. »Du bist nicht schuld an seinem Tod«, sagte er fest. »Ich glaube, tief in dir drin weißt du das sogar. Du fühlst dich schuldig, weil du überlebt hast. Du denkst, er hatte so viel mehr zu verlieren als du. Aber auch du hast eine Familie, Menschen, die dich lieben. Menschen, die am Boden zerstört gewesen wären, wenn sie die Nachricht von deinem Tod erhalten hätten.« Er hielt sie weiter fest, zwang sie, ihm in die Augen zu sehen, während er sprach. »Du bist nicht verantwortlich für das, was geschehen ist.«

»Wenn ich nicht getrödelt hätte, wären wir früher losgekommen. Dann...«

»Dann wäre vielleicht ein Hund über die Straße gerannt, und er hätte die Kontrolle über das Auto verloren. Oder etwas anderes wäre geschehen. Du kannst es nicht wissen. Niemand konnte vorhersehen, dass so etwas passiert.«

»Trotzdem wird Mila mir die Schuld geben. Warum sonst sollte sie mit mir reden wollen?«

Jakob löste seine Hände von ihren Wangen, strich an ihrem Hals hinunter und über ihre Arme, bis sie ihre Finger abermals miteinander verschränken konnten. »Weil sie wissen will, was passiert ist. Nach einer solchen Katastrophe und einem so furchtbaren Verlust muss man einfach erfahren, was geschehen ist. Und du bist die Einzige, die es ihr erzählen kann. Du bist die Einzige, die die Verbindung zu seinem letzten Tag, seinen letzten schönen Stunden herstellen kann. Zu seinem letzten Lachen, seinen Gedanken an seine Familie. Das solltest du ihr nicht vorenthalten. Ich bin mir sicher, dass es auch dir helfen und ein Schritt auf dem Weg des Abschließens mit all dem sein wird.«

Hannah lehnte sich zurück und ließ zu, dass Jakob seinen Arm um sie legte. Eingehüllt in die Umarmung saß sie einen Moment still da. »Ich habe Fotos gemacht, in Brasilien. Jede Menge. Finn ist auf vielen von ihnen.«

»Dein Kamerakoffer ist das Einzige, was gerettet wurde«, erinnerte sich Jakob an das, was sie ihm zuvor erzählt hatte.

»Ich habe ihn nur am Flughafen einmal kurz aufgemacht, um die Briefe herauszuholen. Seitdem... Ich erinnere mich, dass es modrig gerochen hat. Aber in dem Moment war ich so durch den Wind, dass ich nicht mal mit Sicherheit sagen kann, ob der Gestank aus dem Koffer kam, oder mir die Panik einen Streich gespielt hat. Ich weiß nicht, ob die Kameras noch funktionieren. Ich habe keine Ahnung, ob der Laptop und mein Tablet noch in Ordnung sind. Vielleicht ist alles nass geworden und inzwischen unbrauchbar.«

»Das wirst du erst herausfinden, wenn du noch einmal reinschaust«, sagte Jakob.

»Ich kann nicht«, flüsterte sie und drehte ihr Gesicht so, dass sie es an seiner Brust verbergen konnte. »Ich kann es einfach nicht.«

»Irgendwann musst du dich damit auseinandersetzen.

Heute Nacht hast du schon einen riesigen Schritt in die richtige Richtung gemacht. Wir können den Koffer in den nächsten Tagen zusammen öffnen, wenn du das möchtest. Aber mach ihn auf, Hannah.« Er schob den Zeigefinger unter ihr Kinn und hob es an, bis sich ihre Blicke trafen. »Stell dir vor, du findest ein paar wunderschöne Bilder von Finn. Die sollte seine Familie bekommen. Wer weiß, was für fantastische Fotos du geschossen hast. Eine schönere Erinnerung an die letzten Tage seines Lebens wird es nicht geben.«

»Ja, vielleicht hast du recht«, murmelte sie.

»Weißt du was?« Jakob fand, dass Hannah eine Pause brauchte. Durchatmen musste nach all dem, was sie sich von der Seele geredet hatte. »Ich mach uns Frühstück.«

»Jetzt? Es ist halb drei Uhr morgens.«

»Gibt es eine bessere Zeit für Rühreier mit Speck?« Hannahs Lieblingsfrühstück. Zumindest war es das früher einmal gewesen.

»Klingt nach einer wirklich guten Idee«, sagte sie und schenkte ihm ein zartes Lächeln.

*

Hannah sah Jakob dabei zu, wie er Speck auf einem Backblech in den Ofen schob und Eier aufschlug, um sie zu verrühren. Zwischendrin drehte er sich um und platzierte eine frische Tasse Kaffee auf dem Tresen, an dem sie saß. War es Zufall, dass er sich für Rührei entschieden hatte, oder konnte er sich noch daran erinnern, dass das ihr Lieblingsfrühstück war? Früher hatten sie oft davon geträumt, mit einem alten Campingbus oder Ford Mustang quer durch die USA zu fahren und an den schönsten Plätzen genau dieses Gericht zu frühstücken. Inzwischen hatte sie viele dieser Orte gesehen. Ohne Jakob. Ob er auch auf Reisen gegangen war? Sie traute sich nicht, ihn danach zu fragen.

»Da wäre übrigens noch was, was ich dir schon die ganze Zeit sagen wollte. Du wolltest ja vorgewarnt werden. Übermorgen kommt Brandner, um ein bisschen an seinem Wagen mitzuhelfen.«

»Danke.« Das bedeutete, sie musste eine Krisensitzung mit ihren Schwestern einberufen, um zu überlegen, was sie Louisa erzählen sollten.

Jakob schob die Teller mit Rührei und Besteck über den Tresen und setzte sich dann neben sie. Freundschaftlich stieß er mit seiner Schulter gegen ihre. »Lass es dir schmecken.«

»Danke«, sagte Hannah noch einmal. »Für alles.«

Jakob hatte ihr angeboten, bei ihm zu bleiben, aber Hannah brauchte ein wenig Zeit für sich. Es gab so vieles, worüber sie nachdenken musste. Also begleitete er sie nach Hause, küsste sie zum Abschied vor dem Haus ihrer Tante und wartete, bis sie die Tür hinter sich schloss.

Wie Hannah es befürchtet hatte, kreisten die Dinge, die Jakob ihr gesagt hatte, unablässig durch ihre Gedanken. Er hatte recht, das wusste sie. Sie musste sich mit Mila auseinandersetzen. Das hatte Finns Frau nach allem, was geschehen war, verdient. Sie musste den Kamerakoffer öffnen, ihre Geräte und die Bilder, die sie auf ihren Speicherkarten hatte, sichten. Das gehörte zu dem, was sie Jakob versprochen hatte – und sich selbst. Sie würde sich den Erlebnissen in Brasilien endlich stellen. Es war an der Zeit, ihr Leben wieder aufzunehmen. Egal, wie sicher und geborgen sie sich im Moment in Sternmoos fühlte, sie musste sich neue Ziele setzen, Pläne schmieden. In ihr Leben zurückkehren. Und sie musste sich Gedanken darüber machen, wie sie mit den Neuigkeiten über Brandner umgehen sollten. Im Morgengrauen schickte sie eine WhatsApp an die Schwesterngruppe und berief für den Abend ein Treffen in der Mühle ein.

Da sie sowieso nicht mehr schlafen konnte, stand sie auf und schlüpfte in Leggins und ein T-Shirt. Dann schlich sie aus ihrem Zimmer. Sie würde auf der Lichtung für Ordnung sorgen und das Picknick, das sie am Abend einfach zurückgelassen hatten, einsammeln. Als sie die Wohnungstür öffnete, wäre sie fast über den Korb gestolpert, mit dem sie das Essen an den See transportiert hatte. Daneben lag, in die Picknickdecke eingewickelt, ihre Nikon.

»Verdammter Kerl«, murmelte sie. Ihr Herz begann wie wild zu klopfen. Das konnte nur Jakob gewesen sein. Er musste zur Lichtung zurückgekehrt sein und aufgeräumt haben, nachdem er sie zu Hause abgesetzt hatte. Hannah musste auf sich aufpassen. Je mehr Zeit sie mit ihm verbrachte, desto tiefer stahl er sich in ihr Herz. Das Spiel, das sie spielten, war riskant. Sie hatten beide die Macht, dem anderen wehzutun, bevor die Zeit, die sie gemeinsam hatten, vorbei war.

Ein Geräusch ließ Hannah herumfahren. Louisa trat aus ihrem Schlafzimmer und gähnte. Sie band den Gürtel ihres Morgenmantels zu und zog ihre Haare aus dem Kragen. »Morgen«, murmelte sie und schaltete als Erstes die Kaffeemaschine ein.

»Lou?« Hannah blickte noch immer auf die Kamera, die

sie in ihrer Panik einfach auf der Lichtung liegen lassen hatte. Als wäre es nicht genug, dass sie ihre restliche Ausrüstung nicht aus ihrem Koffer holen konnte. Sie war verdammt froh, dass niemand zufällig darüber gestolpert war und sie hatte mitgehen lassen. Die Bilder darauf waren – für sie persönlich – zu wertvoll, als dass sie ihren Verlust einfach so weggesteckt hätte. Sie musste sie dringend sichern. Was sie auf eine Idee für ihr Schwesterntreffen am Abend brachte.
»Brauchst du deinen Lieferwagen heute Nachmittag?«
Louisa schob eine Kaffeetasse unter die Maschine und drehte sich zu Hannah um. »Ich muss eigentlich ein paar Auslieferungen im Dorf machen. Aber das ist nicht so viel, dass ich es nicht mit dem Fahrrad schaffen würde. Du weißt ja, wo die Schlüssel liegen.« Sie nahm die Milch aus dem Kühlschrank und goss einen Schluck in ihren Kaffee, ehe sie auch eine Tasse für Hannah unter die Maschine schob. Mit ihrem Kaffee in der Hand drehte sie sich abermals um. »Was hast du vor?«, fragte sie.
»Eine Überraschung.« Plötzlich musste Hannah grinsen. »Eine echte Überraschung.«
In ihrer Mittagspause telefonierte Hannah ein bisschen herum und fuhr nach der Arbeit zu einem Fotografen nach Berchtesgaden, den sie flüchtig kannte. Er stellte ihr netterweise seine Software zur Verfügung, sodass Hannah ein paar der Aufnahmen, die sie in den vergangenen Tagen gemacht hatte, bearbeiten und ausdrucken konnte. Darunter waren die Fotos, die sie von Louisa im Garten gemacht hatte. Ein paar Aufnahmen von Pflanzen aus der Gärtnerei. Und zwei der Bilder von ihren Schwestern auf dem Dachboden der Mühle. Im Anschluss fuhr sie zu einem Schreiner, der aus

alten Holzresten rustikale Bilderrahmen baute. Sie hatte bereits angekündigt, dass sie vorbeikommen würde, und er hatte eine Auswahl Rahmen für sie ausgesucht. Sie brauchte eine Weile, bis sie für jedes Bild die perfekte Einfassung fand. Doch als sie die gerahmten Fotos nebeneinander am Tresen des Geschäfts aufgereiht sah, war sie hochzufrieden und konnte gar nicht mehr aufhören zu grinsen.

Auf dem Heimweg fuhr sie bei der *Blüte* vorbei. Ihre Mutter war bereits nach Hause gegangen, also legte sie ihr Geschenk auf Renas Schreibtisch. Sie hatte sechs Großaufnahmen von Blumen gemacht. Jedes einzelne Foto steckte jetzt in einem der Vierecke, die sich zu einem alten Sprossenfenster zusammensetzten. Die Farbe blätterte bereits vom Holz, und die alten, rostigen Beschläge waren noch vorhanden. Schöner ließen sich die Schwarz-Weiß-Fotos nicht präsentieren. Hannah war sich sicher, ihre Mutter würde sie in den Laden hängen, wo sie mit ihrer Shabby-Chic-Einfassung perfekt wirken würden.

Auch Louisa war nicht zu Hause. Sie stellte das Bild, das sie ihr schenken wollte – die Großaufnahme ihres Gesichts in ihrem Garten, die Hannah vor ein paar Tagen vom Balkon aus gemacht hatte – in ihr Zimmer und kletterte mit den Geschenken für ihre Schwestern, einer Flasche Sekt und Gläsern auf den Dachboden der Mühle.

Rosa und Antonia kamen ein paar Minuten später gemeinsam die Treppe herauf. Hannah ließ den Sektkorken knallen und schenkte die Gläser ein.

»Es gibt etwas zu feiern«, sagte Antonia mit einem Blick auf die Sektflasche. »O mein Gott! Du bist den verdammten Gips losgeworden!«, rief sie begeistert.

»Stimmt.« Hannah grinste. »Der eigentliche Grund für unser Treffen ist Brandl. Aber ich habe mir gedacht, warum nicht feiern, dass mein Arm wieder in Ordnung ist.«

»Ein perfekter Grund für eine Party«, stimmte Rosa ihr zu und machte es sich in einem der Sitzsäcke bequem.

Antonia ließ sich neben sie fallen und streckte die Hand nach einem Sektglas aus. Hannah verteilte den Sekt und stieß mit ihren Schwestern an.

»Auf deine Gesundheit«, sagte Rosa. Sie nippte an ihrem Sekt und stellte das Glas dann zur Seite. »Wie geht es jetzt weiter?«, wollte sie wissen.

Hannah wusste, was sie meinte. Es passte so gar nicht zu ihr, dass sie darauf noch keine Antwort geben konnte. Sie hatte immer einen Plan gehabt, immer gewusst, was sie wollte. Doch seit sie hier war, schienen die Linien plötzlich zu verschwimmen. Es gab kein Schwarz und Weiß mehr. Keine klaren Entscheidungen. Solange sie es nicht schaffte, den Fotokoffer zu öffnen und sich auch dem letzten Teil ihres Traumas zu stellen, würde sie Sternmoos wahrscheinlich nicht verlassen. »Du weißt, dass ich nur vorübergehend hier bin«, sagte sie trotzdem vorsichtig.

»Und wie lange ist vorübergehend?« Antonia hatte ihr Glas bereits zur Hälfte geleert und goss sich noch einmal nach. »Wie lange bleibst du noch?«

»Ich weiß es nicht«, sagte Hannah leise. Sie dachte an die Punkte in ihrem Leben, hinter die sie noch keinen Haken gesetzt hatte. Im Moment fühlte sie sich erstaunlich geborgen und aufgehoben bei ihrer Familie. So hatte sie ihre Anwesenheit in Sternmoos früher nie empfunden. Was mit Sicherheit auch ihrem neuen, verbesserten Verhältnis zu Jakob zu tun hatte. Früher hatte sie es gar nicht erwarten können, von hier wegzukommen. Jetzt betrachtete sie ihre Umgebung mit anderen Augen. Sie erkannte die Schönheit um sich herum – und wusste sie zu schätzen.

»Hat Jakob etwas mit deiner Entschlussunfreudigkeit zu tun?«, fragte Rosa.

»Nein.« Hannah spürte, wie sich Hitze auf ihren Wangen breitmachte. »Jakob und ich sind nur Freunde. Ich bin froh, dass wir wieder besser miteinander auskommen.«

»Freunde mit gewissen Vorzügen.« Antonia grinste. »Eine gute Lösung, wenn du wirklich nur vorübergehend hier bist. Wobei ich mir nicht sicher bin, ob du wirklich wieder in die große weite Welt hinauswillst. In dem Fall hättest du deine Siebensachen längst gepackt, Gips hin oder her.«

»Nicht jeder steht auf deine oberflächlichen Liebeleien, Tonia«, konnte sich Rosa nicht verkneifen. Sie mochte die Affären ihrer Schwester nicht, auch wenn sie verstand, was der Grund dafür war. »Hannah und Jakob verbindet eine jahrelange, tiefe Liebe. Keiner von beiden wird dem anderen einfach so den Rücken zudrehen können, nachdem sie sich wieder aufeinander eingelassen haben. Die Verbindung zwischen ihnen ist viel zu tief.« Hannah schluckte. Genau das war es, was sie selbst fühlte. Aber Rosa war noch nicht fertig. Mit dem Glas in der Hand wies sie auf Hannah. »Aber ich gebe dir recht, was den Fluchtinstinkt unserer kleinen Schwester angeht«, sagte sie zu Antonia. »Der war schon mal wesentlich besser ausgeprägt.«

»Hey, ihr zwei!« Hannah winkte mit der Hand vor ihren Schwestern hin und her. »Ich sitze genau vor euch. Sprecht nicht über mich, als wäre ich nicht da. Außerdem habe ich noch was für euch«, versuchte sie, die beiden von Jakob und ihrem Fluchtverhalten abzulenken. Sie zog die Bilder hinter ihrem Sitzsack hervor, die sie für ihre Schwestern hatte rahmen lassen.

»Hannah!« Rosa starrte abwechselnd den Holzrahmen und sie an. »Das ist ...« Ihre Augen schimmerten feucht.

Antonia verdrehte die Augen bei dieser so deutlichen Emotionalität ihrer Schwester. Dann blickte auch sie auf das Foto – und schluckte. »Wow«, sagte sie leise. »Manchmal haust du einen einfach so um.«

Hannah hatte das Bild so bearbeitet, dass die Lichterketten über den Köpfen ihrer Schwestern wie Feenlichter im Gebälk funkelten und eine Mischung aus Licht und Schatten um sie herumzauberten. Ihre Gesichter leuchteten geradezu vor diesem Hintergrund.

»Das wird auf jeden Fall einen Ehrenplatz bekommen.« Rosa drückte ihr Foto an sich. »Danke.«

»Es ist wirklich wunderschön.« Antonia betrachtete Hannah mit abschätzigem Blick. »Der Gips ist weg. Du hast Geschenke für uns – Schwesternfotos, auf denen du nicht drauf bist. Das fühlt sich schon ein bisschen nach einem Abschied an.«

»Das soll es nicht sein. Ich werde es euch zeitig genug wissen lassen, wenn ich wieder losmuss. Aber im Moment bin ich hier. Okay?« Hannah stand auf und trat ans Fenster. Der Abend war gerade erst dabei, sich ins Tal zu stehlen. Sie trank einen Schluck Sekt und blickte auf den See hinaus. Im Augenblick konnte sie sich wirklich nicht vorstellen, irgendwo anders zu sein als hier.

19

Michael Brandner hatte es in Augsburg nicht mehr ausgehalten. Einen Tag früher als geplant hatte er sich auf den Weg gemacht. Er hatte sich für den Sommer ein Ferienapartment in Berchtesgaden gemietet, denn er hatte vor, mindestens zwei Monate hierzubleiben und so viel wie möglich an der Restauration seines SL mitzuhelfen. Den Rest der Zeit wollte er wandern gehen. Dazu bot sich ja in dieser Gegend mehr als genug Gelegenheit. Als er beschlossen hatte, in den Ruhestand zu gehen, war irgendetwas mit ihm geschehen. In ihm rumorte eine Unruhe, die ihm fremd war. Es war fast so, als gebe es in seinem Leben noch ein unabgeschlossenes Projekt, dem er sich widmen müsse. Er hatte geglaubt, dass das der Oldtimer war, den er schon seit so vielen Jahren besitzen und restaurieren wollte. Aber jetzt, wo er in den Bergen war, wurde ihm bewusst, dass die Unruhe sich kein bisschen legte. Es fühlte sich eher so an, als hätte sie sich zu einem aufgeregten Summen gesteigert. Michael trat aus der *Alten Molkerei* und rieb sich über den Brustkorb. Dieses Kribbeln unter seiner Haut fühlte sich unangenehm an.

Jakob Mandel war einigermaßen überrascht gewesen, ihn heute schon zu sehen, aber er war bereitwillig noch mal den Restaurationsplan mit ihm durchgegangen. Michael mochte das Team um den jungen Mechaniker. Sie schienen Motorenöl im Blut zu haben, wie man so schön sagte. Auf dem Hof atmete er tief die klare Bergluft ein. Der Abend senkte sich langsam über das Tal. Vor ihm lag der Sternsee und schimmerte smaragdgrün. Dahinter erhoben sich die steilen Hänge der Berge. Der Mischwald aus hellgrünen Laub- und dunklen Nadelbäumen ging weiter oben in das satte Grün der Kiefern und Tannen über, die ein breites Band bildeten, ehe nur noch grauer Stein und eine Haube aus Schnee vor dem hellblauen Sommerhimmel zu sehen waren. Er musste die Augen gegen die Sonne zusammenkneifen. Schnell setzte er seine Sonnenbrille auf und senkte den Blick wieder. Bisher war er noch nie in Sternmoos gewesen, aber vor vielen Jahren hatte er einen Sommer am Königssee verbracht. Die Gegend war ihm also nicht gänzlich unbekannt. Vielleicht würde er in den nächsten Tagen noch einmal dort hinfahren und seiner Vergangenheit nachspüren. Obwohl – genau genommen war das keine gute Idee. Er schüttelte den Kopf über sich selbst und drehte sich um, als hinter ihm jemand aus der *Alten Molkerei* trat.

Peer, einer der Mitarbeiter von Jakob Mandel, zog eine Zigarettenschachtel aus der Brusttasche seines Overalls und schob sich eine Kippe zwischen die Lippen. »Schön hier, nicht?«, nuschelte er um das Feuerzeug herum, mit dem er seine Zigarette ansteckte. Sein norddeutscher Akzent war nicht zu überhören. Er hatte vorhin erzählt, dass er hier war, um für Jakob zu arbeiten. Ihm ging es nur um Autos. Wo er lebte, um an ihnen schrauben zu dürfen, war ihm völlig egal. So gesehen war es erstaunlich, dass er von seiner Umgebung überhaupt etwas mitbekam.

»Ja, eine wirklich schöne Gegend«, pflichtete Michael ihm bei. Sein Blick folgte einer Radfahrerin. Statt eines Gepäckträgers thronte ein großer Korb über dem Hinterrad. Wie bei einem altmodischen Lieferdienst. Die Frau trug Jeans, ein T-Shirt und eine Sonnenbrille. Aber irgendetwas an ihr ließ das Kribbeln, das unter seiner Haut saß, stärker werden. Die aufrechte Haltung. Das lange Haar, das hinter ihr herwehte, war blond. Trotzdem ... Er konnte den Finger nicht drauflegen, was es war, aber er konnte den Blick nicht abwenden.

»Eine unserer beiden schönen Müllerinnen«, sagte Peer neben ihm, der die Frau offenbar ebenfalls bemerkt hatte. »Sie sollten mal an der Mühle vorbeischauen«, riet der Mechaniker ihm an der Kippe in seinem Mundwinkel vorbei. »Nur ein Stück die Straße runter. Die backen jedes zweite Wochenende ein hammermäßiges Mühlenbrot. Und im Hofladen bekommen Sie alles Mögliche.« Er drückte seine Zigarette im Aschenbecher neben der Tür aus und tippte sich wie zu einem Salut an die Stirn. »Ich muss wieder. Bis Morgen, Meister.«

Michael nickte. Er ging zu seinem Wagen hinüber. Über die Schulter blickte er zur Straße am See, die wieder verlassen vor ihm lag. Nur ein Stück die Straße runter, hatte Peer gesagt. Er stieg ein und lenkte den BMW in Richtung Dorf. Doch statt nach rechts abzubiegen, wandte er sich spontan in Richtung Mühle. Irgendetwas hatte diese Frau an sich gehabt ...

*

Louisa stellte das Fahrrad im Schuppen hinter der Mühle ab. Sie liebte es, ihre Waren auf diese Weise auszuliefern. Meist ging das nicht, weil die Mehlbestellungen zu schwer waren und sie den Lieferwagen nehmen musste. Aber heute hatte sie Hannah das Auto geliehen und die Gunst der Stunde genutzt. Rosa hatte den Hofladen bereits geschlossen, und die drei Alten hatten die Bank geräumt und sich auf den Heimweg gemacht, um ihren Frauen zu berichten, was sie heute an Tratsch aufgeschnappt und an Lebensweisheiten verteilt hatten. Sie blickte zum Dachboden hinauf und konnte das schwache Schimmern der Lichterketten erkennen. Gut. Ihre Nichten saßen zusammen. Sie selbst würde sich jetzt ein Glas Weißwein einschenken und sich von ihrem Balkon aus den Sonnenuntergang ansehen.

Hinter ihr knirschten die Reifen eines Wagens auf dem Kies. Louisa seufzte und drehte sich um. Ein BMW mit auswärtigem Kennzeichen. Wahrscheinlich jemand, dem die Brötchen in seiner Pension so gut geschmeckt hatten, dass die Wirtsleute darauf hingewiesen hatten, woher das Mehl stammte und dass man es im Hofladen kaufen konnte. Na ja, wenn die Touristen sie nicht zu lange aufhielten, würde sie den Laden noch mal kurz aufmachen. Sie war zu sehr Geschäftsfrau, um sich stur zu stellen.

Die Autotür wurde aufgeschoben, und sie sah Turnschuhe, die der Größe nach zu einem Mann gehörten. Beine, die in Jeans steckten. Dann tauchte der Rest des Körpers auf – und ihr Innerstes schien zu Eis zu gefrieren. Regungslos stand sie da und starrte ihn an.

Der Mann nahm seine Sonnenbrille ab und starrte zurück.

Louisa wusste nicht, wie lange sie sich so gegenüberstanden. Er an der Fahrertür seines Wagens und sie – fünf Meter entfernt von ihm – mitten auf dem Hof. Sie hatte sich also vor ein paar Wochen nicht getäuscht, als sie ihn auf Jakobs Hof gesehen hatte. Brandl war zurück. Er war vierzig Jahre älter. Sein gewelltes Haar grau. Er trug einen kurzen, sauber gestutzten Vollbart. Ebenfalls grau. Die schwarz gerahmte Hornbrille verlieh ihm etwas Distinguiertes, auch wenn er zu den Jeans und Turnschuhen ein schlichtes, kariertes Hemd trug. Er war noch immer groß und schlank. Aber er hatte sich verändert. Bis auf seine Augen. Sie blickten sie noch immer mit der gleichen leuchtend blauen Intensität an.

»Lou.« Er sagte es so leise, dass sie ihren Namen eher von seinen Lippen ablas, als ihn zu hören. Er hatte sie also ebenfalls erkannt. Obwohl sie nichts mehr mit der jungen, wilden Frau verband, die sie vor all den Jahren gewesen war.

Schmerz fraß sich mit einer überwältigenden Mächtigkeit durch das Eis in ihrem Körper, das sie hatte erstarren lassen. Wie eine Welle wütete er durch ihre Seele, erinnerte sie daran, dass er sie schon einmal vernichtet und ihr Herz nicht nur zerrissen, sondern regelrecht zerfetzt hatte. Sie hatte ein neues Leben und war sich sicher gewesen, ihm niemals wieder über den Weg zu laufen. Gut, dass das Feuer in ihrem Inneren tobte. Es hielt sie aufrecht und brachte sie dazu zu handeln. Die Hand auf ihren Brustkorb gepresst, drehte sie sich langsam um und ging zum Hofladen hinüber. Sie hatte vorgehabt, sich mit einem Glas Weißwein auf den Balkon zu setzen. Und genau das würde sie jetzt tun.

*

»Lou!« Vorhin hatte Michael ihren Namen nur geflüstert. Jetzt rief er ihn laut. Doch sie reagierte nicht. Ohne sich noch einmal umzusehen, steuerte sie auf das Fachwerkhaus zu, das den Hofladen zu beherbergen schien, von dem Peer gesprochen hatte.

Sie so unvermittelt, wie aus dem Nichts, vor sich zu sehen, warf ihn völlig aus der Bahn. Er brauchte einen Moment, um zu begreifen, dass sie es wirklich war. Wie viele Jahre waren vergangen, seit sie ihm einen – mehr als verdienten – Schwinger verpasst hatte und aus seinem Leben gestürmt war? Mindestens vier Jahrzehnte. Aber sie war es. Leibhaftig. Auch wenn sie der letzte Mensch war, den er in Sternmoos erwartet hätte.

Louisa hielt auf die Treppe neben dem Laden zu, die offenbar zu einer Wohnung darüber führte. Plötzlich kam wieder Leben in ihn. Mit einigen großen Sätzen holte er sie ein, griff nach ihrer Hand und wirbelte sie zu sich herum. »Lou«, sprach er ihren Spitznamen noch einmal aus. »Das ist... Wahnsinn! Schön, dich zu sehen. Wie geht es dir?«

Ihre Augen sprühten Funken. »Mir geht es gut genug, dir einen Kinnhaken zu verpassen, wenn du nicht sofort meine Hand loslässt.«

Zögernd zog Michael seine Finger zurück. Sie glitten über Louisas weiche, warme Haut. »Entschuldige«, murmelte er. Er stand nahe genug vor ihr, um ihren Duft einzuatmen. Zwar hatte er ihn anders in Erinnerung, aber er passte zu der Frau, die vor ihm stand. Das Leben war nicht spurlos an ihr vorbeigegangen. Sie war genau wie er gealtert, auch wenn sie nicht aussah wie sechzig. Um ihre Augen hatten sich kleine Krähenfüße in ihre Haut gegraben. Ihr wildes, früher hennarot gefärbtes Haar war noch immer lang, erstrahlte jetzt aber in einer Vielzahl von Gold- und Blondtönen, die sich gegenseitig überlagerten. Ob das ihre natürliche Haarfarbe war? Ihre Haltung war noch immer aufrecht und stolz. Fast konnte er sie vor sich sehen, die wilde Amazone in ihrem bodenlangen Häkelkleid, die sich in der *Wildkatze* zu ihm umgedreht und mit ihren blaugrünen Augen sein Leben aus den Angeln gehoben hatte. »Was machst du hier?«, fragte er.

»Die Frage ist eher, was du hier machst. Was hast du in Sternmoos verloren?«, schoss sie zurück und machte einen Schritt nach hinten, um Abstand zwischen sich und ihn zu bringen.

Eine Geste, die ihn in den Magen traf. Ihre verrückte, atemberaubende Affäre war inzwischen fast ein halbes Jahrhundert her. Inzwischen war doch sicher auch in ihrem Leben jede Menge passiert, was das unschöne Ende ihrer gemeinsamen Zeit hatte verblassen lassen. War sie, während er einigermaßen überwältigt war, sie zu sehen, noch immer sauer auf ihn? Michael jedenfalls freute sich, sie wiedergefunden zu haben. Er wollte erfahren, wie es ihr ergangen war. »Ich habe ein Auto zur Restauration im *Alten Milchwagen*. Ein SL«, ergänzte er, als ihm wieder einfiel, dass er ihr einmal von diesem Wagen vorgeschwärmt hatte. »Allerdings nicht rot, sondern schwarz.« Er lächelte sie an.

Louisas Miene blieb versteinert. »Schön für dich«, brachte sie zwischen zusammengepressten Lippen hervor.

Aber Michael war noch nicht bereit aufzugeben. »Ich wusste nicht, dass du hier lebst.« Er räusperte sich. »Damals habe ich nach dir gesucht.«

»Du weißt genau, wohin ich gegangen bin.« Ihre Stimme klang kalt. Emotionslos.

»Ja. Das stimmt.« Er fuhr sich durch die Haare. Die Art von Unterhaltung machte ihn nervös. »Ich hätte wohl viel eher auftauchen müssen. Aber als ich es dann endlich getan habe, warst du weg.«

»Ja. Ich bin nur zwei Dörfer weiter gezogen und habe diese Mühle gekauft.«

»Das ist toll. Das ist ... wirklich toll.« Er war normalerweise nicht um Worte verlegen. Schließlich war er Anwalt und verdiente sein Geld damit, auf alles eine Erwiderung zu haben. Man sagte ihm außerdem nach, einigermaßen charmant zu sein – aber an Louisa prallte er ab wie eine schmutzige Ölpfütze an glänzendem Teflon.

»War das alles?«, fragte sie eisig und wandte sich wieder der Treppe zu.

»Ich bin den Sommer über hier«, versuchte er es ein letztes Mal. »Im Bergblick. Eine Ferienwohnung in Berchtesgaden. Darf ich dich vielleicht mal zum Essen einladen?«

Louisa fuhr herum und trat nun ihrerseits ganz nah vor ihn. Ihr Körper vibrierte vor Zorn. »Warum? Um über die guten, alten Zeiten zu plaudern? Verschwinde von meinem Hof.« Sie sprach leise, ließ aber keinen Zweifel daran, dass sie ihre Worte todernst meinte.

»Entschuldige. Ich wollte dir nicht zu nahetreten.« Er hob die Hände und signalisierte ihr seine Kapitulation. Ein letztes Mal blickte er in ihre schönen Augen. »Ich habe mich gefreut, dich zu sehen. Mach's gut.« Er drehte sich um und ging zu seinem Wagen zurück. Ohne noch einmal zu ihr zurückzublicken, wendete er den BMW und holperte über die Schotterstraße zurück in Richtung Dorf. Sein Herz schlug laut und zu schnell. Was, zur Hölle, war das gerade gewesen?

November 1978

Michael schob die Haustür auf und stieg die ausgetretenen, knarrenden Holztreppen bis in den dritten Stock hinauf. Er war müde, wie es in letzter Zeit öfter der Fall war, wenn er aus der Uni kam. Der Hörsaal, in dem die Juravorlesungen abgehalten wurden, war immer überfüllt. Meist war er zeitig genug da, um sich wenigstens auf einer der unteren Treppenstufen niederzulassen, wenn er schon keinen Sitzplatz bekam. Aber an diesem Morgen hatte er es einfach genossen, mit Lous warmem Körper an seinen geschmiegt aufzuwachen, und war länger als sonst im Bett geblieben. Das hatte ihn auf einen der Heizkörper im hinteren Bereich des Hörsaals verbannt, der sich nicht abstellen ließ. In seinem Wollpullover und der dicken Cordhose war ihm der Schweiß ausgebrochen. Seine dicht an dicht sitzenden Kommilitonen hatten nach kürzester Zeit allen Sauerstoff weggeatmet, und Professor Görner sprach so leise, dass man sich unglaublich konzentrieren musste, um sein Gemurmel zu verstehen. Michael musste aufpassen, dass er sein Lernpensum nicht vernachlässigte, aber im Moment sehnte er sich nach nichts so sehr wie nach einem kleinen Nickerchen.

Vor der Tür seiner Studenten-WG hatte jemand die Post auf den mit Matsch verschmierten Fußabtreter geworfen. Er bückte sich, um sie aufzuheben, und stockte, als er die ver-

traute, geschwungene Handschrift erkannte. Langsam richtete er sich mit dem Stapel in der Hand auf und zog den Umschlag unter den anderen hervor. Er schluckte, während er auf seinen Namen starrte, der ihm entgegenleuchtete. Plötzlich war seine Müdigkeit verschwunden. Sein Herz schlug schneller, als gut für ihn war. Das war jetzt der vierte Brief in Folge, den er erhielt, ohne einen der vorhergehenden beantwortet zu haben. Er musste dringend...

Die Tür wurde aufgerissen, und Lou fiel ihm mit einem breiten Lachen um den Hals. »Da bist du ja«, rief sie und hüllte ihn in ihren atemberaubenden Duft ein. »Ich habe doch gedacht, ich hätte dich die Treppe hochkommen gehört.«

Er musste lächeln. »Du erkennst mich an meinen Schritten?«

Lou lehnte sich ein Stück zurück, um ihm ins Gesicht zu sehen. »Na klar«, sagte sie, als könne sie die Frage nicht verstehen. »Der schwere Schritt des von zu viel Jura geplagten Studenten.« Lachend fiel sie ihm abermals um den Hals. Im nächsten Moment glitten ihre geöffneten Lippen unter seinem Ohr über seine Haut, was in ihm ein Gefühl auslöste, als finge sein Körper Feuer. Lou ging rückwärts und zog ihn am Reißverschluss seines Parkas in die Wohnung. Ihre Lippen trafen sich zu einem verzehrenden, wilden Kuss. Er trat die Tür mit dem Stiefel hinter sich zu und schob Lou gegen das Schränkchen, das im Flur stand. Seine linke Hand legte die Post auf die zerkratzte Oberfläche. In der rechten hielt er noch immer den an ihn adressierten Brief. Er würde ihn beantworten, schwor er sich im Stillen. Diesmal würde er schreiben. Er würde für Klarheit sorgen müssen. Denn er konnte sich nicht mehr vorstellen, auch nur einen weiteren Tag seines Lebens ohne Lou an seiner Seite, in seinen Armen – und seinem Bett – zu verbringen. Er schob den Umschlag in seine Jackentasche, ohne den Kuss zu unterbrechen. Gleich morgen würde er schreiben.

Michael hatte den Brief nicht beantwortet. Für lange Zeit hatte er das als den größten Fehler seines Lebens betrachtet. Bis er irgendwann akzeptiert hatte, dass es kein Zurück gab und er nach vorn blicken musste.

Er fuhr am See entlang und hielt in einer kleinen Parkbucht. Wer hätte gedacht, dass er Louisa je wiedersehen würde? Er schaltete den Motor ab und stieg aus. Dann setzte er sich auf eine verwitterte Bank und blickte auf das stille Wasser hinaus. Er war ein dummer Junge gewesen, der niemals erwartet hatte, auf einen Wirbelwind wie Louisa zu treffen. Er hatte niemals nach einer Frau mit einem so einnehmenden Wesen gesucht, hatte sich selbst als bodenständigen, konservativen Mann betrachtet, dem ein ganz klassisches Familienmodell vorgeschwebt hatte. Als er Louisa kennengelernt hatte, war er bereits verlobt gewesen. Und ein verdammter Feigling. Der es nicht fertiggebracht hatte, die Verlobung zu lösen. Was dazu geführt hatte, dass ihm sein Leben mit einem großen Knall um die Ohren geflogen war. Und nicht nur sein Leben.

*

Hannah blickte aus dem Dachbodenfenster auf den See hinaus.

»Du wolltest uns noch was über Brandl erzählen«, sagte Antonia hinter ihr.

»Was sollen wir denn mit Lou machen, wenn er wirklich hier auftaucht?«, ergänzte Rosa. »Wie sollen wir ihr überhaupt sagen, dass er hier auftauchen wird?«

Hannah sah ihre Tante über den Hof laufen. Sie hatte ihr Fahrrad in den Schuppen gestellt und war auf dem Weg in ihre Wohnung, als sie plötzlich wie angewurzelt stehen blieb. Hannah stellte sich auf die Zehenspitzen und spähte durch das schmale Fenster, um zu sehen, was Louisas Verhalten zu bedeuten hatte. Sie sah den Wagen, der vor den Laden rollte. Sah den Mann, der ausstieg. »Scheiße«, entfuhr es ihr. »Ich würde sagen, dafür ist es zu spät. Wir haben zu lange gewartet.«

»Was ist passiert?« Ihre Schwestern drängten sich neben ihr am Fenster.

»Mist«, fluchte Antonia leise. »Hast du gewusst, dass er schon hier ist?«

»Nein.« Hannah schüttelte den Kopf, während sie beobachteten, wie Brandl Louisa folgte und nach ihrer Hand griff. »Jakob hat gesagt, dass er morgen kommen wollte. Offenbar hat er seine Pläne geändert.«

Sie sahen dabei zu, wie sich die beiden auf dem Hof unterhielten – oder stritten –, genau ließ sich das nicht sagen. Schließlich drehte sich Brandl um und ging zu seinem Wagen. Er stieg ein, drehte auf dem Hof und fuhr davon. Louisa blickte ihm nach, bis er zwischen den Bäumen verschwunden war. Dann ließ sie sich auf die Treppe vor ihrer Wohnung sinken und barg ihr Gesicht in den Händen.

»Scheiße, Scheiße, Scheiße«, konnte Antonia nicht an sich halten. »Das haben wir mal so richtig vermasselt.«

»Ich geh zu ihr und rede mit ihr«, entschied Hannah und

stürmte die Treppe hinunter. Sie rannte über den Hof und kniete sich vor ihre Tante. »Lou?«, fragte sie leise und legte ihr die Hand auf die Schulter.

Louisa weinte nicht, stellte Hannah erleichtert fest. Sie presste einfach nur die Hände auf ihr Gesicht. »Kannst du mich in Ruhe lassen?«, fragte sie mit einer Stimme, die so leise und monoton klang, dass sie Hannah eine Gänsehaut über den Rücken jagte.

Hannah ignorierte die Frage. »Hat er dir wehgetan? Wir haben gesehen, wie er dich an der Hand festgehalten hat.«

Louisa seufzte resigniert und nahm endlich die Hände vom Gesicht. Ihr Blick war völlig – leer. So hatte Hannah ihre Tante wirklich noch nie erlebt. Es machte ihr eine höllische Angst. »Hör zu, Schätzchen. Ich bin dir dankbar, dass du mir helfen willst. Aber das hier geht dich nichts an, das habe ich dir schon mal gesagt. Halte dich aus dieser Sache raus.«

»Aber...«

»Nein«, schnitt Louisa ihr hart das Wort ab. »Ich möchte, dass du das akzeptierst. Und ich möchte dich um noch etwas bitten: Heute Abend wäre ich gern allein. Denkst du, du kannst bei einer deiner Schwestern unterkommen? Oder bei deinen Eltern? Oder Jakob?«

»Sicher. Natürlich. Aber ich...«, möchte für dich da sein, so wie du es für mich warst, als ich vor ein paar Wochen als Wrack aus dem Flugzeug gestiegen bin – wollte sie sagen. Aber der Blick ihrer Tante brachte sie zum Schweigen. »Wirklich kein Problem«, versicherte sie ihr. »Wenn ich etwas für dich tun kann, ruf mich an. Jederzeit.« Sie strich über Louisas Schulter, weil sie sich sicher war, ihre Tante würde im Moment keine Umarmung ertragen. Dann stand sie auf und kehrte zur Mühle zurück, um Rosa und Antonia Bericht zu erstatten.

Unterwegs schickte sie Jakob eine WhatsApp und fragte ihn, ob sie bei ihm übernachten könne, weil Louisa sie für die Nacht ausquartiert hatte. Sie könnte auch ihre Schwestern fragen. Aber sie wusste, dass Rosas Freund im Moment da war – was sowieso schon viel zu selten vorkam. Und bei Antonias Beziehungen wusste man ohnehin nie, was einen im Haus ihrer Schwester erwartete.

Bin bei der Bergwachtsitzung, antwortete er in der nächsten Sekunde. *Danach treffen wir uns normalerweise auf ein Bier im Holzwurm. Leistest du uns Gesellschaft? Sag mir Bescheid. Ich kann auch direkt nach Hause kommen.*

Nein, ändere deine Pläne nicht wegen mir, tippte sie zurück. Sie tauchte durch die Bodenluke auf den Dachboden.

Ihre Schwestern erwarteten sie bereits mit neugierigen Gesichtern. »Wie ist es gelaufen?«, fragte Antonia.

»Nicht gut.« Hannah ließ sich auf einen Sitzsack fallen. Sie legte die Ellenbogen auf die Knie und rieb sich mit den Händen über das Gesicht. »Lou hat mich für heute Nacht ausquartiert. Sie will nicht darüber reden, und sie will ihre Ruhe haben. Deshalb hat sie mich gebeten, woanders zu schlafen.«

»Mist, denkst du, wir können sie allein lassen?«, fragte Antonia.

»Ich glaube schon.« Hannah ließ die Hände sinken. »Sie ist aufgewühlt, keine Frage. Aber sie weiß noch immer genau, was sie will. Und das ist ihre Ruhe. Die wir ihr zugestehen sollten.«

»Willst du bei mir übernachten?«, bot Rosa an.

»Danke, das ist lieb. Aber ich kann bei Jakob bleiben.«

»O lala.« Antonia wedelte mit der Hand, als hätte sie sich verbrannt, und grinste breit. »Das ist auf jeden Fall eine gute Alternative.«

Hannah musste bei dem Ausbruch ihrer Schwester ebenfalls lächeln. »Da hast du vermutlich recht. Allerdings ist Jakob noch bei einer Bergwachtsitzung. Danach geht er noch mit ein paar Kameraden in den *Holzwurm*.«

»Wenn wir Louisa im Moment nicht beistehen können, dann gehen wir doch auch in den *Holzwurm*«, schlug Antonia vor. »Du musst die Zeit nicht allein totschlagen. Mir passt das ganz gut. Ich hatte Anna sowieso versprochen, diese Woche noch bei ihr vorbeizuschauen. Wie sieht's bei dir aus?«, fragte sie Rosa.

Rosa zuckte mit den Schultern. »Julian ist da. Er wollte eine Runde joggen gehen und sich dann einen gemütlichen Abend machen. Aber ich weiß ehrlich gesagt schon gar nicht mehr, wann ich zum letzten Mal ausgegangen bin.« Sie zog ihr Handy aus der Tasche. »Ich schreibe ihm, wo wir sind und komme mit. Vielleicht hat er ja noch Lust, nachzukommen.«

»Perfekt.« Antonia klatschte ihre Schwestern ab.

Auf dem Weg ins Dorf schrieb Hannah Jakob, dass sie in der Kneipe auf ihn warten würde.

Lass dich nicht von den Pommes verführen, textete er. *Ich koche nachher für uns.*

Klingt toll, antwortete sie. *Ich versuche, standhaft zu bleiben.*

Hannah kannte den *Holzwurm* noch von früher, als er die

Schreinerei von Hias' Vater beherbergt hatte. In der Kneipe, die nach dem Umzug der Firma nach Ramsau daraus geworden war, war sie hingegen noch nie gewesen. Anna, Antonias beste Freundin, die den Laden schmiss, kannte sie natürlich gefühlt ihr ganzes Leben lang.

Beim Betreten der Bar schlug ihnen das Gitarrensolo eines selbst ernannten Volksrock'n'Rollers entgegen. Eine Gruppe Männer um die vierzig klopfte mit ihren Schnapsgläsern auf den Tisch und kippte sie dann unter großem Gejohle hinunter. Zwischen ihnen auf dem Tisch stand eine bereits halb geleerte Flasche Enzian. Ihre vor Anstrengung geröteten Gesichter verdankten sie nicht nur dem Alkohol. Ihrem Outfit und dem Stapel Rucksäcke in der Ecke nach zu urteilen waren sie vermutlich das Klaustal hinaufgewandert. Im ersten Moment hatte die Kneipe etwas von einer Après-Ski-Bar. Doch dann verklang das Lied und wurde durch einen deutlich leiseren Calvin-Harris-Song ersetzt. Hannah wandte ihren Blick von den Wanderern ab und ließ ihn durch den Raum gleiten. Die Wände waren mit groben, wurmstichigen Holzbrettern verkleidet, denen die Bar vermutlich ihren Namen verdankte. Sie sahen aus, als seien sie beim Abbruch eines alten Schuppens zur Seite gelegt worden und hätten hier ihre neue Bestimmung gefunden. In rustikalen Rahmen hingen alte Sepia-Fotografien, die die frühere Schreinerei und das alte Sägewerk zeigten. Das im Raum verteilte Licht war warm und indirekt. Dicke Kerzen in Weckgläsern und Töpfe mit Rosmarin unterstrichen den rustikalen Charme. Das Highlight war eine Hollywoodschaukel aus Holz, die vor der Bar an dicken Ketten von der Decke baumelte. Sie war mit Kissen und weichen Schaffellen gepolstert.

Die Kneipe war wirklich cool, stellte Hannah fest, und Anna hatte ihre Gäste offenbar gut im Griff. Mit einem Tablett voller Biergläser und einem Lächeln im Gesicht schob sie sich an den Schwestern vorbei. »Ich bin gleich bei euch«, sagte sie, ehe sie das Bier auf dem Tisch der Männerrunde abstellte und verteilte. »Bitte schön, die Herren.«

»Spiel noch einmal Gabalier.«

»Einmal noch.«

»Komm schon, Anna. Für uns. Spiel es noch mal.«

Die Barkeeperin stützte die Hände in die Hüften und blickte in die Runde. »Was hab ich gesagt?«

»Ach, komm schon«, murrte ein vollbärtiger Hüne. »Das ist unser Partylied.«

»Was habe ich gesagt?«, wiederholte Anna.

»Ist ja schon gut«, beschwichtigte ein anderer aus der Runde. »Wir hätten es echt cool gefunden, wenn du eine Ausnahme machen würdest.«

»Keine Ausnahmen. Mit Ausnahmen fängt alles Übel an.« Sie zwinkerte ihm zu. »Kommt morgen Abend wieder vorbei, dann lass ich den Alpenrocker wieder für euch laufen. Ein Lied.« Mit hochgezogenen Augenbrauen drehte sie sich um und kam zum Tresen zurück. »Die denken auch, nur weil wir in den Bergen leben, hören wir den ganzen Tag nichts anderes als dieses Gejodel.« Sie umarmte Antonia und Rosa zur Begrüßung, ehe sie Hannah an den Schultern griff und ein Stück von sich weghielt, um sie zu betrachten. »Mensch, Mädel! Das wurde höchste Zeit, dass es dich hierher verschlägt. Schön, dich zu sehen.« Sie drückte Hannah fest an sich.

»Ich freu mich auch, dich zu sehen. Der Laden ist echt cool.«

»Ja, nicht wahr?«, sagte sie, als sie Hannah wieder freigab. »Nehmt Platz und lasst uns anstoßen.«

»Willst du auf die Schaukel?«, fragte Rosa, aber Hannah schüttelte den Kopf. Ihr reichte ein Barhocker völlig. Sie ließ sich auf einem der Plätze nieder, die offenbar für Dorfbewohner und Stammgäste reserviert waren, während sich ihre Schwestern auf die Schaukel kuschelten.

»Was darf ich euch bringen, Ladys?«, fragte Anna, die wieder hinter den Tresen zurückgekehrt war.

»Drei Rosato«, entschied Antonia. »Und Pommes mit Spezialsoße.«

»Für mich nicht«, warf Hannah ein. Sie würde lieber nachher mit Jakob essen, wenn er sie schon eingeladen hatte.

»Rosato kommt sofort«, sagte Anna. »Zweimal Pommes Spezial«, rief sie durch die Schwingtür in die Küche.

Anna schob die Drinks auf den Tresen und stieß mit ihrem Wasserglas mit ihnen an. Hannah nippte an dem Drink und genoss den herben Geschmack, der sich auf ihrer Zunge ausbreitete. Ihr Handy vibrierte mit einer Nachricht, und sie zog es aus der Hosentasche.

Seid ihr schon im Holzwurm?, fragte Jakob.

Als Antwort schickte sie ihm ein Bild von ihrem Getränk und einen grinsenden Smiley.

Im nächsten Moment leuchtete Jakobs Antwort auf. *Freu mich drauf, dich zu sehen.*

Hannahs Daumen schwebte über dem Display. Sie würde gern schreiben, dass sie sich auch auf ihn freute, war sich aber nicht sicher, ob das eine gute Idee war. Es würde sicher auch so merkwürdig genug werden, in der Öffentlichkeit aufeinanderzutreffen. Vor Leuten, die ihre gemeinsame Vergangenheit – und ihr unrühmliches Ende – kannten. Ihre Schwestern wussten, dass Jakob und sie in den vergangenen Wochen ein paar gemeinsame Nächte verbracht hatten. Genau wie Louisa. Aber vor ihren – und vor allem seinen – Freunden war das etwas völlig anderes.

Als könne Jakob Gedanken lesen, ploppte in diesem Moment eine weitere Nachricht von ihm auf. *Keine Sorge, ich werde dich nicht bloßstellen und irgendjemanden wissen lassen, wie wir unsere gemeinsame Zeit verbringen.*

Hannah starrte auf seine Worte. Dann nippte sie an ihrem Drink und tippte: *Würdest du es denn gern jemanden wissen lassen?* Offenbar war ihr der Sekt auf dem Dachboden zu Kopf gestiegen, und der Rosato half auch nicht gerade dabei, klare, vernünftige Gedanken zu fassen.

Sie sah, dass Jakob begann, etwas zu schreiben. Dann pausierten die drei Punkte auf dem Bildschirm, bewegten sich wieder und blieben abermals stehen. Er schien sich nicht sicher zu sein, was er ihr antworten sollte. Vielleicht hatte er auch etwas geschrieben, es wieder gelöscht, und noch einmal von vorn begonnen. *Ich würde das Ganze gern auf eine neue Ebene heben*, blinkte seine Nachricht schließlich auf. *Aber wie gesagt, mach dir keine Sorgen. Ich werde dich nicht in eine unangenehme Situation bringen.* Seine Worte machten Hannah allerdings eher nervös, als sie zu beruhigen.

20

Jakob war ungewöhnlich nervös, als er gemeinsam mit Xander und Hias den *Holzwurm* betrat. Sie traten zur Seite, um eine Gruppe Wanderer durchzulassen, die die Kneipe gerade verließ. Die Gruppe sang gut gelaunt in einem Chor ungewollter Mehrstimmigkeit, die vermutlich dem Enzian in der Bar geschuldet war.

Als sie in den Gastraum kamen, saßen nur noch ein älteres Paar und eine Familie mit einem kleinen Kind im Essbereich. Jakobs Blick glitt zur Bar, und sein Herzschlag beschleunigte sich, ohne dass er das wollte. Hannah trug kurze Jeans-Shorts. Ihre nackten Füße steckten in uralten, ausgetretenen Chucks. Ihre Haare hatte sie zu einem Pferdeschwanz zusammengefasst, dessen helle Spitzen über die Kante ihres dunkelblauen Tops streiften, das mit kleinen Ankern bedruckt war. Sie blickte ihn über die Schulter an und lächelte – eher zaghaft als selbstsicher. Er hatte ihr bewusst die Wahl gelassen. Hannah sollte wissen, dass er nicht mehr Verstecken spielen wollte, solange sie in Sternmoos war. Er wollte sie aber auch nicht überrumpeln. Denn nichts fürchtete er mehr als ihren Rückzug. Immerhin war sie ihren Gips los. Und sie hatte ganz vorsichtig begonnen, ihr Trauma zu verarbeiten. Wie lange würde sie noch hierbleiben? Er wusste es nicht, aber er war fest entschlossen, jede gemeinsame Stunde, die sie ihm bot, anzunehmen. Inzwischen hatte er sich hoffnungslos in eine Situation manövriert, die er so nie für möglich gehalten hätte. Natürlich würde es wehtun, wenn sie wieder ging. Aber dieses Mal war er zumindest darauf vorbereitet und würde nicht eines Tages plötzlich mit einem Brief in der Hand dastehen und aus allen Wolken fallen.

Jakob folgte Xander und Hias, die bereits die Falkenberg-Schwestern und Anna begrüßten, zum Tresen. Er winkte Anna über die Bar hinweg zu, und sie schickte ihm mit einem »Hallo Schöner«, einen Luftkuss, wie sie es immer tat. Er hob den Arm und schloss die Hand zur Faust, als finge er das Küsschen auf und schob seine Hand dann unter den Kragen seines Shirts. »Den hebe ich mir auf für später«, sagte er – auch wie immer. Dann umarmte er Rosa und Antonia und stand schließlich vor Hannah. »Hi«, flüsterte er. Einen Moment zögerte er, dann entschied er, dass es unschädlich wäre, sie zumindest wie ihre Schwestern zu umarmen.

Doch in diesem Moment schien Hannah eine Entscheidung zu treffen. Ihre Lippen verzogen sich zu einem leichten Lächeln. Sie flüsterte »Hi« zurück und küsste ihn.

Jakob spürte die Geste wie einen elektrischen Schlag. Das Blut rauschte in seinen Ohren, und doch war er sich bewusst, dass die Unterhaltung um sie herum verstummte. Er spürte die Blicke seiner Freunde im Rücken. Als Hannah sich von ihm löste und er sich wieder umdrehte, warf Xander ihm einen Blick unter hochgezogenen Augenbrauen zu, und Hias grinste breit. Um ihren unausgesprochenen

Fragen auszuweichen, griff er nach dem Bier, das Anna auf dem Tresen in seine Richtung schob, und trank einen großen Schluck.

Hannah griff nach den Hundekeksen, die Anna ebenfalls auf die Bar gelegt hatte, und beugte sich zu Laus und Bub hinunter, um sie hinter den Ohren zu kraulen und ihnen die Leckerlis zu geben. Ihre Wangen waren gerötet, und Jakob war sich nicht sicher, ob ihr Kuss eine impulsive Entscheidung gewesen war und sie ihn jetzt bereits wieder bereute. Die Hunde blickten mit ihren blauen Augen hingebungsvoll zu ihr auf, als wäre sie der aufregendste Mensch der Welt. Irgendwie konnte Jakob sie verstehen.

Sie blieben noch für eine weitere Stunde und ein weiteres Bier im *Holzwurm*, bis Xander beschloss, den Heimweg anzutreten. Hias würde warten, bis Anna die Bar zumachte, und Antonia hatte noch keine Lust, nach Hause zu gehen. Sie überredete sogar Rosa, noch zu bleiben, obwohl Julian zu Hause auf sie wartete. Jakob warf Hannah einen Blick zu, und sie nickte leicht. »Wir brechen auch auf«, verkündete er daraufhin. Niemand sagte etwas, weil sie gemeinsam gingen. Niemand zog sie mit gut gemeinten Ratschlägen für den gemeinsamen Heimweg auf, was ihn erleichterte. Hannah und er verabschiedeten sich und traten in die sternenklare Nacht hinaus. Über dem See war ein kühler Wind aufgezogen, der die Hitze des Tages vertrieb. Hannah rieb sich über ihre Arme und sah Laus nach, der schon mal in Richtung Uferweg davonrannte. Nach fünfzig Metern blieb er stehen und drehte sich um, um sicherzugehen, dass sein Rudel ihm auch folgte. Er kam zurück, drehte eine Runde um ihre Beine und galoppierte abermals davon.

»Ist dir kalt?«, fragte Jakob Hannah und rieb, so wie sie gerade, mit den Händen wärmend über ihre Arme.

»Nein. Ich finde die Temperaturen nach dem heißen Tag angenehm. Aber ich habe Hunger.«

»Nicht nur du«, sagte Jakob und grinste in Richtung Laus, der schon wieder zu ihnen zurückkam, als wolle er sie antreiben. »Der Hund wird ungenießbar, wenn er sein Abendessen nicht bekommt.« Wie selbstverständlich legte er den Arm um Hannahs Schulter und setzte sich in Bewegung. Sie hob die Hand und verschränkte ihre Finger mit seinen. In gemütlichem Gleichklang schlenderten sie am See entlang Richtung *Alte Molkerei*. Wie ein echtes Paar, ging es Jakob durch den Kopf. Als würden sie schon seit Jahren abends so durch das Dorf schlendern. Er schob den Gedanken zur Seite und konzentrierte sich auf die Lichtreflexe, die das Hotel am See auf den dunklen Spiegel der Wasseroberfläche projizierte. Sie schwiegen auf dem Weg zu seiner Wohnung. Das war etwas, was er mit Hannah schon immer gut gekonnt hatte: Schweigen. Sie hatte früher nie zu den Mädchen gehört, die die ganze Zeit reden mussten und Stille nicht ertrugen. Offenbar hatte sich das nicht geändert.

*

Louisa wusste nicht, was sie hier eigentlich tat. Sie stand vor dem Apartment, dessen Adresse Brandl – Michael, korrigierte sie sich, schließlich waren sie schon ziemlich lange erwachsen – ihr gegeben hatte. Apartment Nummer sieben befand sich im Erdgeschoss des alten, umgebauten Bauernhofes. Ein Pfad aus Feldsteinen, eingefasst von gepflegten

Blumenbeeten, führte am Haus entlang. Das schmale Messingschild mit der Hausnummer schimmerte warm im Licht der Kutscherlampe über dem Eingang. Rechts von der tannengrünen Tür rankte eine dunkelrote, schwer duftende rote Rose an der Wand hinauf. Unter dem Fenster links von der Tür quoll ein Blumenkasten vor Geranien in der gleichen Farbe nur so über. Rena hätte an den Pflanzen ihre Freude, ging es ihr durch den Kopf. Louisa biss sich auf die Zunge, um das tiefironische Lachen, das diese Gedanken begleitete, nicht auszustoßen.

Sie starrte auf den Klingelknopf und trat einen Schritt zurück. Es konnte nur an dem Schock liegen, Michael tatsächlich gegenübergestanden zu haben. Solange er ein verschwommener Moment vor Jakobs Werkstatt gewesen war, hatte sie sich einreden können, dass sie sich täuschte. Dass ihre Fantasie ihr einen Streich spielte, weil sie nach Hannahs Rückkehr oft an ihre eigene Heimkehr ins Tal denken musste. Aber jetzt gab es keine Möglichkeit mehr, der Wahrheit auszuweichen. Michael Brandner hatte in Fleisch und Blut vor ihr gestanden und ihre sorgfältig aufgebauten, einbruchsicheren Schutzschilde zum Erzittern gebracht.

Was wollte sie hier? Einfach ins Auto zu steigen und herzukommen war impulsiv gewesen. Und Impulsivität hatte dazu geführt, dass vor über vierzig Jahren ihr Leben zerbrochen war. Sie schüttelte über sich selbst den Kopf und wandte sich um, um zu ihrem Wagen zurückzugehen. Als sie hörte, wie hinter ihr die Tür geöffnet wurde, wirbelte sie wieder zum Haus herum – und blieb zum zweiten Mal innerhalb eines Tages wie zur Salzsäule erstarrt stehen. Im Türrahmen stand Michael. Ebenfalls bewegungslos, die Hand noch auf dem Türknauf. Ihre Blicke prallten aufeinander. Michael sagte nichts. Er schien abzuwarten, was sie von ihm wollte. Eine unausgesprochene Frage, auf die sie keine Antwort wusste. Louisa öffnete den Mund, schloss ihn aber wieder. Die einzige Möglichkeit, diesem wirklich schrecklichen Augenblick zu entkommen, war Flucht. Sie würde wenigstens versuchen, es nicht so aussehen zu lassen. Betont langsam drehte sie sich um und setzte einen Fuß vor den anderen. Sie würde nicht rennen. Aber bis zu ihrem Auto waren es höchstens zwanzig Schritte.

Sie hatte die Finger bereits am Türgriff, als sie Michaels Stimme hinter sich hörte. »Louisa«, sagte er sanft. Viel zu sanft. »Warte bitte.«

Sie wusste nicht, was sie aufhielt. Die Worte selbst? Der bittende Ton in seiner Stimme? Langsam drehte sie sich abermals zu ihm um. »Es war ein Fehler herzukommen«, sagte sie leise.

»Warum hast du ihn dann gemacht?« Er kam einen Schritt näher, so als sei sie ein scheues Wild, das er nicht erschrecken wollte. So falsch würde er mit dieser Einschätzung gar nicht liegen. Sie fühlte sich im Moment zumindest so. »Diesen Fehler?«

»Weil ich...«, sie schluckte, »Antworten wollte.«

Einen Moment, der sich bis in die Ewigkeit zu ziehen schien, sahen sie sich in die Augen. »Das verstehe ich«, sagte Michael, ohne den Blickkontakt zu lösen. »Ich wollte gerade essen gehen. Begleite mich doch einfach«, schlug er vor.

»Nein.« Sie war diejenige, die die Lider als Erste senkte. Ein leichtes Zittern fuhr durch ihren Körper, als sie ausatmete und auf ihre Schuhspitzen starrte. »Vermutlich weißt du auf die Fragen, die mir auf der Seele brennen, sowieso keine Antworten.«

Abermals drehte sie sich zu ihrem Wagen um – und wieder stoppten Michaels Worte sie. »Finde es doch heraus«, schlug er leise vor.

»Nein.« Das Wort kam viel zu zögerlich über ihre Lippen. Verdammt. Louisa legte den Kopf in den Nacken und blinzelte in die ersten Sterne, die am Firmament aufleuchteten. »Nicht in Berchtesgaden.« Wenn sie sich schon mit ihm an einen Tisch setzen würde, dann nicht dort, wo sie jeder kannte.

»Gut«, kam Michaels Antwort ohne Zögern. »Wie wäre es mit Salzburg?«

Louisa nickte und senkte den Blick auf das Dach ihres Autos.

Sie spürte, wie Michael neben sie trat. »Soll ich fahren?«, fragte er.

Endlich drehte sie sich zu ihm um. Ihre Hand lag noch immer auf dem Türgriff. Sie zog die Tür auf, während sich ihre Blicke abermals trafen. »Ich fahre selbst. Wir sehen uns in der Stadt.« Ohne sein Einverständnis abzuwarten glitt sie hinter das Lenkrad und zog die Tür zu. Die Fahrt würde ihr die Zeit geben, sich auf das Gespräch vorzubereiten. Eine halbe Stunde Gnadenfrist. Auf seinem Beifahrersitz das Tal hinunterzufahren und bei jeder zweiten Kurve in seine Richtung geschoben zu werden, würde sie nicht ertragen. Sich an einem Restauranttisch gegenüberzusitzen war nah genug.

November 1978

Brandl hatte Louisa nicht verraten, was er plante. Sie wusste nur, dass er sich etwas überlegt hatte, um den Tag zu feiern, an dem sie sich zum ersten Mal begegnet waren. Er lag jetzt genau einen Monat zurück.

Sie konnten die Finger nicht voneinander lassen – zumindest, wenn sie einmal Zeit füreinander fanden. Was seltener der Fall war, als man glauben mochte. Entweder musste Brandl lernen, zu irgendwelchen Studiengruppentreffen oder in die Bibliothek. Wenn er zu Hause war, stand Louisa hinter dem Tresen der Wildkatze. Diese mehr als ungünstige Konstellation hatte dazu geführt, dass Louisa vor zwei Wochen einfach bei ihm eingezogen war. So konnten sie sich wenigstens nachts aneinanderschmiegen.

Louisa betrachtete sich im angeschlagenen Spiegel über dem Waschbecken im Bad. Sie hatte das Minikleid angezogen, das sie sich aus einem ganz besonderen Stoff genäht hatte. Ein Freund hatte ihn ihr auf der Durchreise aus Marokko mitgebracht, und sie würde das Kleid heute zum ersten Mal tragen. Ihre langen, roten Haare passten perfekt zu den orientalischen Mustern in Türkis-, Senf- und Brauntönen, die sich eng an ihren Körper schmiegten. Zufrieden schlüpfte sie in ihre braunen Stiefel. Sie mochte es, Kleider zu tragen, von denen sie wusste, dass sie sonst niemand trug, weil sie nicht aus irgendeinem Kaufhaus waren, sondern aus Stoffen, die sie aus der ganzen Welt zusammengetragen hatte.

Brandls Blick, als sie aus dem Bad trat, war den Aufwand auf jeden Fall wert gewesen. Aber er sah auch verdammt gut aus. Dunkelbraune Cordhose und ein orangefarbener Pullover mit beigen Ärmeln, von dem Louisa wusste, dass er ihn zum letzten Weihnachtsfest von seiner Mutter bekommen hatte. Seine dunklen Haare wellten sich im Nacken, und er seufzte hin und wieder, wenn er sich daran erinnerte, dass ein Friseurtermin überfällig war. Louisas Meinung nach hatten sie genau die Länge, die der aktuellen Mode entsprach, auch wenn Brandl die Matte auf seinem Kopf nicht ausstehen konnte. Sie mochte es, dass seine Haare nicht zu seinem ordentlichen Jurastudentenauftreten passen wollten. Und sie mochte es, mit den Fingern hindurchzufahren, wenn sie ihn küsste.

»Du bist wunderschön«, sagte Brandl und zog sie in seine Arme.

»Weil ich mich auf einen spannenden Abend mit dir freue«, erwiderte sie und löste sich aus der Umarmung. Sie griff nach Ludwigs Lodenmantel, den sie sich hatte borgen müssen, weil ihr Kleid zu kurz und ihre Jacke zu dünn war, um in der kalten Novemberluft zu bestehen.

Brandl half ihr in den Mantel und zog ihre Haare aus dem Kragen und küsste ihren Nacken, bevor er seinen Parka überzog. Er verflocht seine Finger mit ihren, und gemeinsam verließen sie die Wohnung.

Hand in Hand liefen sie durch die dunklen, kalten Novemberstraßen. Die Luft war feucht, und der Wind fegte in unberechenbaren Böen durch die Stadt. Die Menschen hetzten mit hochgeschlagenen Mantelkrägen an ihnen vorüber, aber sie hatte kein Problem mit dem Wetter. Es war verrückt. Sie war an so vielen warmen, exotischen Orten auf der Welt gewesen. Und nun war es ausgerechnet das kalte, ungemütliche München, in dem sie sich angekommen und zu Hause fühlte. In einer Millionenstadt, statt auf einer warmen Insel, auf der nur *eine Handvoll Einheimischer lebte. Ausgerechnet bei einem Mann, an den sie keinen zweiten Blick verschwendet hätte, wäre er wie die Leute um sie herum im trüben Licht der Straßenlaternen an ihr vorbeigehastet.*

Sie spazierten eine halbe Stunde durch die Stadt, bis Brandl vor einer Pizzeria stehen blieb. »Da sind wir«, sagte er und zog die Tür auf. Warme Luft, die nach Oregano, Knoblauch und Tomaten roch, schlug ihnen entgegen. Louisa sah Brandl von der Seite an. Er war nicht der Typ, der überhaupt essen ging – dazu fehlte ihm das Geld. Also symbolisierte dieser Abend etwas ganz Besonderes. Louisa trat vor ihm in das Restaurant und knöpfte den zu großen Mantel auf. Brandl nahm ihn ihr ab und hängte ihn neben seinem Parka an die vor Jacken überquellenden Haken neben dem Eingang.

Ein kleiner, dunkelhaariger Kellner mit schwarzer Hose, weißem Hemd und schwarzer Weste kam mit einem breiten Lächeln im Gesicht auf sie zu. »Buonasera, signorina. Lei come sta?« Bevor Louisa antworten konnte, erblickte der Kellner Brandl hinter ihr. »Michele! Amico mio!«

»Ciao, Fabrizio.« Sie tauschten eine typisch männliche Umarmung aus und klopften sich ausgiebig gegenseitig auf den Rücken, was irgendwie witzig aussah, weil Brandl einen ganzen Kopf größer war als sein italienischer Freund. »Das ist Louisa«, stellte Brandl sie vor, als sie mit ihrer Begrüßung fertig waren. »Ich habe reserviert.«

»Ah, si, si. Der Tisch am Fenster.« Fabrizio zwinkerte Louisa zu. »Du kennst den Weg, Michele«, wandte er sich mit seinem stark italienisch eingefärbten Deutsch an Brandl. »Bring die Signorina zu ihrem Platz. Ich bringe den Vino.«

Louisa folgte Brandl zu einem schmalen Tisch, der in der

Ecke vor dem Fenster stand, sodass man von seinem Platz aus die Passanten beobachten konnte, die durch das Licht der Straßenlaterne tauchten, die direkt vor dem Restaurant stand. Auf einem rot-weiß karierten Tischtuch stand, in eine bauchige Weinflasche gesteckt, eine Kerze. Brandl rückte ihr gerade den Stuhl zurecht, als Fabrizio hinter ihm mit einem Korb Weißbrot, einem Krug Hauswein und Gläsern auftauchte. Er schenkte ihnen ein und klaute zwei Speisekarten vom Nachbartisch, ehe er noch ein wenig Smalltalk hielt und sich dann zurückzog.

»*Auf uns!*« *Brandl hob sein Glas zum Salut, und Louisa stieß mit ihm an.*

Sie nippte an dem Wein, ohne Brandl über die Kerze hinweg aus den Augen zu lassen. »*Ich bin gespannt auf die Geschichte von deiner und Fabrizios Freundschaft. Und wie wir es uns leisten können, hier essen zu gehen.*« *Dieses Restaurant war wirklich weit weg von den Ravioli aus der Dose oder Spaghetti aus dem Glas, die neben belegten Semmeln normalerweise ihre Ernährung dominierten. Selbst die Pizzerias, in die sie von anderen jungen Männern hin und wieder ausgeführt worden war, wirkten bezahlbarer als das Restaurant, in dem sie gerade saßen.*

»*Ich wollte dir einen schönen Abend bieten. Du hast mehr verdient, als entweder selbst kochen zu müssen oder unser Junggesellenfutter zu ertragen.*«

Louisa musste lächeln. Einer der Gründe, aus dem Brandls Mitbewohner nichts dagegen hatten, dass sie sich bei ihnen eingenistet hatte, war mit Sicherheit neben dem mittlerweile sauberen Bad ihre Gabe, hin und wieder ein selbst gekochtes Essen auf den Tisch zu bringen, worauf sie sich dann stürzten wie ein Rudel Wölfe.

»Leisten kann ich mir das Ganze tatsächlich nur mit dem Angestelltenrabatt. Daher kenne ich auch Fabrizio.«

»Du arbeitest hier? Wann?« Er konnte unmöglich neben seiner ganzen Lernerei noch Zeit finden zu arbeiten.

Brandl schmunzelte über ihre Neugier. »Ich habe im vergangenen Semester hier die Teller gespült und ab und zu gekellnert, wenn es notwendig war.« Er beugte sich ein wenig vor, und sein Grinsen wurde breiter. »Sie haben mich nicht gern auf die Gäste losgelassen, weil mein italienischer Akzent echt furchtbar war und ihr ganzes Konzept kaputt gemacht hat. In der Küche haben sie mich lieber gesehen. Der Job war wahrscheinlich nicht der bestbezahlte, aber ich habe immer jedes Mal ein üppiges, warmes Essen bekommen – und konnte die Reste für den nächsten Tag einpacken.«

»Das hört sich ja nach einem Traumjob an.« So viel, wie Brandl und seine WG-Mitbewohner an Essen in sich reinstopfen konnten, hatte sich die Arbeit in der Pizzeria mit Sicherheit rentiert.

»Ja. Ich mochte ihn wirklich. Und ich mag Fabrizio und seine Familie. Die im Übrigen ziemlich groß ist. Im Frühjahr ist einer seiner unzähligen Cousins aus Italien nach München übergesiedelt und brauchte Arbeit. Also haben sie mich gebeten zu gehen.«

Louisa nickte. »Blut ist dicker als Wasser.« Auch wenn sie das Gefühl bei ihrer Familie noch nie so richtig verspürt hatte, so wusste sie doch, was es für die meisten Menschen bedeutete.

Brandl zuckte mit den Schultern. »Der Abschied war wirklich nicht schön. Aber ich konnte es verstehen. Ich habe mir für den Sommer einen neuen Job gesucht, der mir deutlich mehr Geld gebracht hat und mir die Möglichkeit gibt, auch ohne *einen Nebenjob über das Semester zu kommen. Also haben beide Seiten gewonnen. Und ich kann noch immer herkommen und die beste Pizza der Stadt mit meiner wunderschönen Freundin genießen.«*

In Louisas Magen breitete sich eine Wärme aus, die nicht nur auf den Wein zurückzuführen war, den sie trank. Sie spürte das glückliche Lächeln, das sich in ihr Gesicht schlich. Vor dem Fenster begannen große Schneeflocken im Rhythmus des italienischen Schlagers zu Boden zu tanzen, der aus dem Lautsprecher über ihnen erklang. Sie legten sich auf den dunklen Asphalt und die Mützen der Münchner, die mit gesenkten Köpfen an ihnen vorüberliefen. Niemand konnte sehen, wie sehr sie sich in Brandl verliebt hatte. Wie glücklich sie darüber war, dass er sie ›seine Freundin‹ nannte.

Louisa schob die Erinnerungen an den ersten Abend, an dem sie mit Brandl ausgegangen war, zur Seite. Ihm nach so langer Zeit abermals an einem Tisch gegenüberzusitzen hatte nichts Romantisches. Es hatte nichts mit Liebe zu tun. Noch nicht einmal mit Nostalgie und schönen Erinnerungen. Es war schlicht eine Möglichkeit, Antworten zu bekommen. Auch wenn sie sich nicht sicher war, ob sie die dazugehörigen Fragen überhaupt stellen, geschweige denn die Antworten hören wollte.

*

Michael konnte seine Empfindungen nicht einordnen. Seit er aus der Werkstatt getreten war und Louisa gesehen hatte, fuhren seine Gefühle Achterbahn und seine Gedanken Karussell. Er hatte nicht damit gerechnet, sie jemals wiederzusehen. Vergessen hatte er sie nie, auch wenn die Erinnerungen an sie in den letzten Jahrzehnten verblasst waren wie das Porträt auf einem alten Foto. Seit er sich mit der Restauration des SL beschäftigte, war Louisa immer öfter vor seinem inneren Auge aufgetaucht. Die junge Lou mit den wilden, roten Haaren. Die Frau, die vor ihm das Tal hinunterfuhr, war eine völlig andere Frau. Sie hatte die gleichen Augen, auch wenn sie inzwischen von kleinen Fältchen umrahmt waren. Sie hatte den gleichen starken Willen, den er sofort gespürt hatte. Und doch hatten die vielen Jahre, die zwischen ihrer letzten, furchtbaren Begegnung und dem Jetzt lagen, einen anderen Menschen aus ihr gemacht. Einen Menschen, der seine Neugier weckte. Das Bedürfnis, mehr über sie zu erfahren. Michael hatte Vorsicht in ihren Augen gelesen, den verschlossenen Zug um ihren Mund bemerkt. Fast wirkte es, als trage sie einen Schutzpanzer, der in ihrem früheren Leben undenkbar gewesen wäre.

Michael folgte Louisas Hybrid in die Tiefgarage und parkte ein paar Plätze von ihr entfernt. Als sie aus ihrem Wagen stieg, stand er schon bereit, um die Tür für sie aufzuhalten und hinter ihr zuzuschlagen. Schweigend verließen sie die Parkebene und traten in die lebendigen Straßen voller lachender, gut gelaunter Menschen, die den lauen Abend genossen. Louisa sprach nicht, als sie sich einen Weg durch chinesische Touristengruppen bahnte, vorbei an Straßenmusikern und Gauklern, die das i-Tüpfelchen auf jedem Mittelaltermarkt gewesen wären. Er hatte Mühe, ihr zu folgen. Als sie plötzlich vor einem kleinen Bistro stehen blieb, wäre Michael fast in sie hineingelaufen. Sie steuerte auf einen

Tisch in der Ecke des kleinen Außenbereichs zu und ließ sich auf einen der Stühle fallen, ehe er ihn ihr zurechtrücken konnte. Michael wählte den Platz Louisa gegenüber. Er betrachtete sie über das Windlicht hinweg, das zwischen ihnen flackerte und sanfte Schatten auf ihre Züge warf. Im WG-Zimmer seiner Studentenbude hatten sie im Licht unzähliger Kerzen oft nächtelang geredet oder sich geliebt. Er konnte sich noch immer gut an die weichen Schatten auf ihrer Haut erinnern und hätte am liebsten über ihren Arm gestrichen, um herauszufinden, ob sie sich noch so anfühlte wie damals. Er ballte die Hände unter dem Tisch zu Fäusten, um nicht etwas Dummes zu tun und Louisa, die wie eine gespannte Feder vor ihm saß, damit in die Flucht zu schlagen.

Eine junge Frau mit Dreadlocks, Augenbrauenpiercing und einem strahlenden Lächeln trat an ihren Tisch und lenkte Michael von seinen gefährlichen Gedanken ab, indem sie sie nach ihren Wünschen fragte. Michael sah Louisa an. »Rotwein?«, fragte er. Den hatten sie zumindest früher gern zusammen getrunken, auch wenn sein Weingeschmack sich seitdem deutlich weiterentwickelt hatte. Louisa nickte, also bestellte er eine Flasche Malbec und wartete, bis sich die Kellnerin dem nächsten Tisch zuwandte, ehe er sich ein wenig vorbeugte und seine Unterarme auf das Gittermuster aus kühlem Metall legte, das die Tischoberfläche bildete. »Ich war nicht weniger überrascht als du, als wir uns heute plötzlich gegenüberstanden. Damit hätte ich wirklich nie gerechnet. Aber ich muss gestehen, ich finde es wundervoll, dich zu sehen.«

Louisa verzog den Mund, nur ein paar Millimeter, in einer Geste, von der er nicht sagen konnte, ob sie ein Lächeln oder Geringschätzung war. »Du bist Anwalt geworden, vermute ich«, sagte sie, statt auf seine Worte einzugehen. Dieses Gespräch würde alles andere als leicht werden.

Michael erhielt einen kleinen zeitlichen Aufschub, als die gut gelaunte Kellnerin ihnen Wein und Gläser brachte und einschenkte. »Auf unser Wiedersehen«, sprach er einen Toast aus und hob sein Glas. Louisa tat es ihm gleich und stellte es dann, genau wie er, wieder ab, ohne zu trinken. »Ja, ich bin Anwalt geworden«, beantwortete er ihre Frage. »Ich habe nach dem Studium eine Weile in einer großen Kanzlei in Augsburg gearbeitet und mich dann selbstständig gemacht. Vor ein paar Monaten bin ich in den Ruhestand gegangen. Und jetzt bin ich hier.«

»Wegen eines Oldtimers.« Louisa drehte ihr Weinglas am Stiel zwischen den Fingern. Das dunkle Rot leuchtete im Licht der Kerzen auf wie weicher Samt.

»Ja. Ich wollte doch schon immer einen SL fahren.« *Erinnerst du dich?*, hätte er gern gefragt, traute sich aber nicht, die Vergangenheit zu ihnen an den Tisch zu holen. »Vor einer Weile habe ich einen gefunden, der – sogar mit viel gutem Willen – nur als Schrotthaufen betitelt werden kann. Ben, mein Sohn«, erklärte er. »hat den *Alten Milchwagen* gefunden und war der Meinung, dass das die beste Werkstatt ist. So bin ich hier gelandet.«

Louisa blickte in ihr Glas und schwieg. »Lou?«, fragte Michael schließlich leise. »Ist alles in Ordnung?«

Seine Frage brachte sie dazu, den Kopf zu heben. »Du hast einen Sohn?«

»Ja.« Er runzelte die Stirn. In ihrem Blick lag etwas, was er nicht deuten konnte. Michael schluckte. Ihre Liebe war vor all diesen Jahren auf einer Lüge aufgebaut gewesen.

Das konnte er nicht wiedergutmachen, aber er konnte zumindest jetzt ehrlich sein. »Genau genommen ist Ben nicht mein leiblicher Sohn. Ich habe seine Mutter ein paar Jahre nach dem Studium kennengelernt. Als wir geheiratet haben, habe ich ihn adoptiert«, erzählte er. »Und du? Was hast du all die Jahre getrieben? Als Besitzerin einer Mühle hätte ich dich mir nie vorgestellt. Aber es ... passt irgendwie zu dir.«

Louisa zuckte mit den Schultern. »Nach dem Tod meiner Eltern haben wir den Hof verkauft, damit jede ihrer Wege gehen konnte. Wie sich herausstellte, haben wir es nicht geschafft, uns weit voneinander zu entfernen.« Sie sprach von ihrer Schwester Rena und sich. Michael schluckte, während sie weitersprach. »Ich habe die Mühle gekauft und über die Jahre wieder aufgebaut. Ein Bio-Betrieb, der gut läuft. Wir haben einen Hofladen und beliefern Bäckereien und Hotels in der Gegend. Eine meiner Nichten ist bei mir eingestiegen und wird die Mühle irgendwann übernehmen. Rena hat eine Gärtnerei in Sternmoos.«

»Und sonst? Verheiratet? Kinder?« Michael meinte die Frage aufrichtig, auch wenn seine Herzfrequenz sich etwas beschleunigte, während er auf ihre Antwort wartete. Wünschte er sich etwa ernsthaft, dass Louisa Single war? Wahrscheinlich war er inzwischen einfach selbst zu lange allein, um auf solche Gedanken zu kommen. Zumindest behauptete das seine Ex-Frau immer.

Louisas Hand hörte auf, mit dem Weinglas zu spielen. Langsam hob sie den Blick und sah ihn an. In ihren Augen lag der gleiche Schatten wie bei seiner Erwähnung Bens. Nur, dass er ihn jetzt trotz des dämmrigen Lichts viel deutlicher erkennen konnte. Er war voller Schmerz und Bedauern. »Nein«, sagte sie. »Weder noch.« Die Worte schwebten wie ein leises Flüstern zwischen ihnen. Ihre Lippen schlossen sich zu einer schmalen, harten Linie. Michael sah, dass ihre Finger zitterten, als plötzlich Leben in sie kam und sie ihre Handtasche von der Stuhllehne zog. »Tut mir leid«, murmelte sie. »Das war eine verdammte Schnapsidee.« Sie hob die Hand, um zu verhindern, dass er etwas erwiderte. Der Tragegurt der Handtasche verfing sich an der Armlehne, als sie aufsprang. Sie riss daran, bis er sich löste, und schob ihn mit fahrigen Bewegungen über ihre Schultern.

»Louisa ...« Michael erhob sich langsam.

»Nein.« Sie machte einen Schritt rückwärts. »Lass mich in Ruhe, okay? Lass mich einfach in Ruhe.« Im nächsten Moment war sie aus dem Bistro gerannt und verschwand zwischen den ausgelassenen Menschen, die die Sommernacht feierten.

Michael ließ sich auf seinen Platz zurücksinken und griff nach seinem Weinglas, von dem er bis jetzt, genau wie Louisa, noch nicht getrunken hatte. Dann nahm er einen großen Schluck – und schluckte ihn mühsam herunter. Er verstand Louisas plötzliche Abwehr nicht. Hatte er etwas Falsches gesagt? Mann und Kinder. Genau das waren doch die Fragen, die man stellte, wenn man sich nach fast einem halben Jahrhundert wiedertraf. Sie hatte doch genau das Gleiche wissen wollen. Der Ausgang ihres Gesprächs hatte seiner Stimmung jedenfalls einen ordentlichen Dämpfer verpasst und dafür gesorgt, dass sich der Wein auf seiner Zunge wie alter Essig anfühlte. Er zog seinen Geldbeutel aus der Hosentasche, warf ein paar Scheine auf den Tisch und folgte Louisa langsam zum Parkhaus.

21

Hannah wischte ihre mit Erde verschmierte Hand an der Jeans ab und zog ihr klingelndes Handy aus der Tasche. Agnes, las sie den Namen auf dem Display. Langsam atmete sie aus. Sie hatte am vergangenen Abend nicht nur mit Jakob gekocht und gegessen, sie hatten sich auch lange unterhalten und über ihre Arbeit, die Reise nach Brasilien und Finn gesprochen. Jakob hatte sie ermutigt, ein paar von den Bildern, die sie in dem Fotostudio in Berchtesgaden überarbeitet hatte, an ihre Agentur zu schicken. Heute Morgen hatte sie sich ein Herz gefasst und war seinem Rat gefolgt. Es waren noch keine zwei Stunden vergangen, seit sie auf Senden gedrückt hatte, und schon rief ihre Chefin an.

Mit klopfendem Herzen verzog Hannah ihre Lippen zu einem Lächeln, weil sie einmal gelesen hatte, das würde man in der Stimme hören, und nahm den Anruf an. »Agnes. Schön, dass du anrufst.«

»Hannah, mein Herz!« Die überschäumend liebevolle Art ihrer Chefin war fast körperlich spürbar, und Hannah musste für einen Moment die Augen schließen und die Tränen zurückdrängen, die wie auf Kommando in ihr aufstiegen. »Ich bin so froh, endlich persönlich mit dir zu sprechen! Wie geht es dir?«

»Gut.« Hannah atmete zitternd aus. »Es geht mir gut, Agnes. Die Verletzungen sind verheilt.« Aber sie wusste noch immer nicht, wann sie zu ihrer Arbeit zurückkehren würde. Im Gewächshaus ihrer Mutter, inmitten von Tomatenpflanzen, fühlte sie sich sicher. In den letzten Tagen war ihr bewusst geworden, wie sehr ihr das Fotografieren gefehlt hatte. Der Gedanke, wieder für Aufträge um die Welt zu reisen, löste allerdings – gelinde gesagt – Panik in ihr aus.

»Die Aufnahmen, die du mir geschickt hast …« Agnes schwieg einen Moment, und Hannah sah bildlich vor sich, wie sie mit einem schwarzen Spitzenfächer vor ihrem Gesicht herumfächelte, während sie die künstliche Pause in die Länge zog. »Mein Gott!«, fuhr sie schließlich fort. »Die haben mich komplett umgehauen. Ich weiß ja, wie gut du bist. Aber in diesen Fotos steckt so viel – Liebe. Ja, ich glaube, das ist das richtige Wort, um die Atmosphäre der Bilder zu beschreiben. Ich will mehr davon.«

»Mehr«, wiederholte Hannah.

»Ja. Verdammt, Mädchen. Mach eine Serie. Die Berge. Dieses Tal. Ganz egal. Mindestens zwanzig Fotos, unterschiedliche Motive mit dem gleichen Grundthema: Heimat. Familie. Liebe. Ich gebe dir zwei Wochen. Kriegst du das hin?«

»Ich … ja.« Sie sollte zwei Wochen lang Aufnahmen in Berchtesgaden machen? Ihr Herz wurde ganz leicht bei dem Gedanken, noch nicht in ihr altes Leben zurückkehren zu müssen – zumindest nicht so richtig. Sie konnte noch eine Weile hierbleiben und die anderen Entscheidungen über ihr Leben aufschieben. »Diesen Auftrag nehme ich wirklich gern an.«

»Fantastisch, meine Liebe. Da wir das geklärt haben: Da

wäre noch was.« Wieder eine künstliche Pause. Hannah stellte sich vor, wie Agnes aus ihren mörderischen High Heels schlüpfte, die vermutlich den gleichen leuchtend roten Farbton wie ihre Lippen und Fingernägel hatten, und die Füße auf ihren antiken Schreibtisch legte. »Wenn du den Auftrag erledigt hast, schwingst du deinen Hintern nach Hamburg und bringst mir die Aufnahmen persönlich.«

Hannah schluckte. Die Leichtigkeit, die ihr Herz gerade noch angehoben hatte, ließ augenblicklich nach. Plötzlich fühlten sich die zwei Wochen wie eine Galgenfrist an. »Ich könnte die Aufnahmen auch in die Dependance in Salzburg bringen. Das wäre sicher weniger umständlich.«

»Du kommst nach Hamburg«, sagte ihre Chefin in einem Tonfall, der keinen Widerspruch duldete. »Es gibt etwas, das ich mit dir besprechen will. Ein wirklich fantastisches Angebot. Du wirst es nicht ausschlagen können.«

Hannah war sich da nicht so sicher. Sie schloss für einen Moment die Augen. Zumindest blieben ihr vierzehn Tage. »Okay, Agnes. Ich komme nach Hamburg. Versprochen.«

»Gut, meine Liebe. Und jetzt: an die Arbeit.« Agnes legte auf.

Hannah schob das Handy langsam in ihre Hosentasche zurück. Als Erstes würde sie kündigen müssen. Zwanzig Bilder in zwei Wochen waren eine Hausnummer. Eine, die sich nicht nebenbei erledigen ließ. Sie würde ihrer Mutter nicht weiter in der Gärtnerei helfen können. Für einen Moment legte sie den Kopf in den Nacken und schloss die Augen. Sie hoffte, dass das nicht zu einer erneuten Szene führen würde. Immerhin blieb sie noch eine Weile in der Gegend, das würde Rena hoffentlich beruhigen.

Hannah rollte ihre verspannten Schultern. Ihren Aufbruch konnte sie aufschieben. Aber da gab es etwas anderes, das nicht warten konnte. Sie zog ihr Handy wieder aus der Tasche und schrieb Jakob eine Nachricht.

Am Abend saß sie auf der Metalltreppe, die zu seiner Wohnung führte. Neben ihr stand ihr Kamerakoffer. Sie glaubte, noch immer den modrigen Geruch der Schlammlawine zu riechen. Aber das Aluminium war inzwischen – zumindest von außen – sauber. Verbeult, ja. Aber Dreck konnte sie keinen entdecken. Sie konnte sich an den Schlamm erinnern und hatte keine Ahnung, wer sich die Mühe gemacht hatte, ihn zu putzen.

Peer trat aus der Werkstatt, winkte ihr zu und lief über den Hof zu einem Oldtimer, einer Automarke, die sie noch nie zuvor gesehen hatte. Vielleicht sollte sie Agnes vorschlagen, Fotos von Oldtimern zu machen. Die *Alte Molkerei* wäre die perfekte Kulisse. Peer klemmte sich hinter das Steuer. Das alte Gefährt erwachte mit lautem Brummen zum Leben, und er verschwand aus ihrem Blickfeld. Hannahs Blick glitt zum alten Milchwagen hinüber. Mit diesem kleinen LKW würde sie anfangen. Vielleicht würde sie ein paar Probeaufnahmen machen und sie Agnes schicken.

Ein Rasseln zog ihre Aufmerksamkeit zurück zu den Rolltoren der Werkstatt. Jakob zog gerade das letzte Tor herunter, während Laus schon im wilden Galopp über den Hof auf sie zuschoss. Lachend umarmte sie den Hund, als er sich gegen sie warf und seinen Kopf auf Hannahs Schulter ablegte. Sein ganzer Körper wackelte vor Freude, sie zu sehen.

Jakob rannte nicht über den Hof. Nachdem er die *Alte*

Molkerei dichtgemacht hatte, kam er langsam, die Daumen in die Taschen seiner Jeans eingehakt, auf sie zu. »Ich bin fast ein wenig eifersüchtig«, sagte er mit Blick auf seinen Hund.

»Fast?« Hannah legte den Kopf schief und blickte ihm entgegen.

Er sprach nicht, bis er sie erreicht und den Hund zur Seite geschoben hatte. »Fast«, wiederholte er und zog sie auf die Füße – und in seine Arme. »Weil ich die Chance habe, dich dazu zu überreden, die Nacht in meinem Bett zu verbringen. Laus wird da mit seinem Hundeplatz nicht mithalten können.« Ihre Lippen trafen aufeinander. Und erst als Laus zu dem Schluss kam, dass man ihn nicht von diesem lustigen Spiel ausschließen durfte und er sich zwischen sie drängte, löste Jakob sich von ihr.

Hannah konnte nicht aufhören zu lächeln. Sie legte ihre Stirn an Jakobs und zog den Moment noch ein wenig weiter in die Länge, bevor Laus' Versuche, ihre Aufmerksamkeit zu gewinnen, sie trennten.

»Ich bin dafür, den Grill anzuschmeißen«, sagte Jakob. Er griff nach ihrer Hand und setzte den Fuß auf die erste Treppenstufe. Erst jetzt schien ihm der verbeulte Alukoffer aufzufallen, den sie neben sich abgestellt hatte. Er drehte sich zu Hannah um und zog die Augenbrauen hoch. »Dein Kamerakoffer?«, fragte er.

Hannah nickte langsam. »Ich muss ihn öffnen.« Sie schluckte. »Ich habe einen neuen Auftrag bekommen. Eine Fotoserie über Berchtesgaden«, ergänzte sie, damit er nicht dachte, sie war bereits wieder so weit zu verschwinden – und ihn zurückzulassen. »Ich brauche meine Ausrüstung. Und...« Sie zögerte einen Moment, bis sie die Wahrheit aussprach, die sich nicht mehr verdrängen ließ, seit sie Jakob von Brasilien erzählt hatte. »Ich will sehen, was von Finn geblieben ist. Siehst du dir die Bilder mit mir gemeinsam an?«

Jakob zog sie an sich. Diesmal nicht, um sie zu küssen, sondern einfach nur, um ihr den Trost einer festen Umarmung zu geben. Hannah presste ihr Gesicht in seine Halsbeuge. Er roch nach Baumwolle, dem See und Motorenöl, das sicher irgendwo an seinem Overall klebte. Seine starken Arme waren wie Anker, die dafür sorgen würden, dass sie nicht einmal in Gedanken in die furchtbaren Fluten dieses reißenden Flusses sinken würde. »Zeig ihn mir«, flüsterte er. »Zeig mir Finn.«

Hannah nickte abermals stumm und löste sich aus seiner Umarmung. Es war sinnlos, es noch weiter hinauszuzögern. Jakob griff mit der Rechten wieder nach ihrer Hand, seine Linke nahm den Koffer auf, als wiege er nichts. Angeführt von Laus stiegen sie hintereinander die Treppe hinauf.

*

Jakob stellte den Alukoffer neben der Couch ab. Für einen Moment hatte sich sein Herz angefühlt, als setze es einen Schlag aus, als Hannah einen neuen Auftrag erwähnt hatte. Diese Affäre oder Beziehung oder wie auch immer man das zwischen ihnen nennen wollte, war ein Tanz auf dünnem Eis. Jakob wollte nicht darüber nachdenken, wann Hannah endgültig in ihr altes Leben zurückkehrte. Jetzt blieb sie trotz ihres Auftrags erst einmal hier.

Er ging zur Küchenzeile hinüber und öffnete eine Flasche Rotwein. In der vergangenen Woche hatte er sich einen kleinen Vorrat von Hannahs Lieblingswein zugelegt. Er schenkte ihr ein Glas ein, nahm sich selbst ein Bier aus dem Kühlschrank und kehrte zur Couch zurück. Hannah saß auf der Kante und erweckte den Eindruck einer gespannten Feder, die jeden Moment hochschnellen und die Flucht antreten würde. Sie wollte den nächsten Schritt auf dem Weg der Verarbeitung ihres Traumas gehen, aber gleichzeitig hatte sie furchtbare Angst – die überdeutlich in ihren Augen stand. Im Moment schien nur Laus' großer Kopf, der schwer auf ihrem Oberschenkel lag, damit sie ihn zwischen den Ohren kraulen konnte, sie an Ort und Stelle zu halten.

Jakob beugte sich zu ihr hinunter und küsste sie sanft. Dann drückte er ihr den Wein in die Hand und richtete sich wieder auf. »Gibst du mir fünf Minuten? Ich will nur schnell duschen und mir etwas anderes anziehen.«

»Ich könnte mitkommen«, schlug sie leise vor.

Eine verlockende Vorstellung, die für ein angenehmes Kribbeln in seinem Magen sorgte. Jakob lächelte und strich ihr eine Haarsträhne hinter das Ohr. »Besser nicht«, schlug er das Angebot aus. »Sonst kommen wir heute nicht mehr dazu, den Koffer zu öffnen.« Mit einem letzten Kuss auf ihre Schläfe wandte er sich ab und ging ins Schlafzimmer. Er konnte nur hoffen, dass Laus seinen Job als Aufpasser ernst nahm und nicht zuließ, dass Hannah ihre Meinung änderte und verschwand.

Im Gehen trank er einen Schluck von seinem Bier und stellte es dann, wie immer, im Bad auf dem Waschbecken ab. In Windeseile duschte er, zog Jeans und ein T-Shirt an und kehrte ins Wohnzimmer zurück. Laus hatte inzwischen entschieden, dass die Couch genug Platz für Hannah und ihn bot, obwohl er eigentlich wusste, dass er auf den Polstern nichts verloren hatte. Genau deshalb wandte er den Kopf auch der Frau zu, die hingebungsvoll durch sein Fell strich, und ignorierte Jakob.

»Laus«, sagte Jakob in strengem Tonfall. Der Hund schlug einmal mit dem Schwanz, was in seiner Sprache so viel bedeutete wie: Ich habe dich gehört, aber es interessiert mich nicht wirklich.

Hannah lächelte. »Ich weiß, dass du das nicht magst, und ich habe ernsthaft versucht, ihn davon zu überzeugen, unten zu bleiben.«

»Ich glaube eher, ihr zwei habt euch gegen mich verschworen.« Jakob zog den Hund am Halsband von Hannahs Schoß und schob ihn von der Couch. Laus warf ihm einen beleidigten Hundeblick zu und verzog sich auf seinen Platz. »Wie wäre es, wenn wir, statt den Grill anzuwerfen, einfach eine Pizza bestellen? Dann können wir uns ganz auf deinen Koffer konzentrieren.«

»Das wäre toll.« Hannah griff nach seiner Hand und zog ihn neben sich auf die Couch. »Ich nehme irgendwas mit Tonnen von Käse«, sagte sie und legte ihren Kopf in seine Halsbeuge.

Jakob atmete ihren weichen Duft ein. Genoss das Kitzeln ihrer Haare auf seiner Haut. »Tonnenweise Käse lässt sich einrichten«, versprach er ihr. Doch statt nach seinem Handy zu greifen, legte er seine Arme um sie und schloss die Augen. Erst einmal wollte er sie für einen Moment festhalten und ihre Nähe spüren.

*

Jakob löste sich erst von Hannah, als das Knurren ihres Magens sogar Laus' Schnarchen übertönte. Er nahm sein Handy vom Tisch und wählte die Nummer des Pizza-Service, die er offenbar eingespeichert hatte. Für Hannah bestellte er eine Quattro Formaggi und für sich eine Diavolo, was sich schon beim Aussprechen höllisch scharf anhörte. Dann holte er sich ein zweites Bier aus dem Kühlschrank und brachte die Rotweinflasche mit zur Couch, um ihr Glas nachzufüllen.

»Also los.« Er klatschte aufmunternd in die Hände und schaffte Platz auf der alten Truhe, die ihm als Couchtisch diente. »Gehen wir es an.« Er legte den Koffer so ab, dass die Schlösser in Hannahs Richtung zeigten.

Sie wollte nicht, dass sich ihr Puls beschleunigte. Wollte nicht, dass ihr Atem schneller ging. In Jakobs Gegenwart, hatte sie gedacht, würde es ganz leicht werden, dieses verdammte Ding zu öffnen. Aber es war nicht weniger schwer, als wenn sie allein im Gästezimmer in Louisas Wohnung gesessen hätte.

Jakob kam zu ihr zurück und setzte sich neben sie. Er legte seine Hand auf ihren Oberschenkel und beugte sich zu ihr herüber. »Du schaffst das«, flüsterte er.

Und das war alles, was sie an Zuspruch brauchte, wurde ihr klar. Sie nickte, beugte sich vor, und kämpfte wie auch am Flughafen gegen die verzogenen Schlösser. Schließlich ließ sie erst das linke und dann das rechte Schloss aufschnappen. Langsam klappte sie den Deckel nach hinten und starrte ihr Equipment an, das noch genau so aussah wie vor dem Moment, als die Schlammlawine sie mitgerissen hatte. Noch genauso wie an dem Morgen, an dem Finn Koffer-Tetris gespielt und seine Briefe in ihrem Gepäck verstaut hatte. Hannah strich über die kühlen, schwarzen Kunststoffgehäuse ihrer Kameras. Sie nahm erst die eine, dann die andere heraus, fühlte das Gewicht in ihrer Hand. Vorsichtig überprüfte sie sie, genau wie ihre Objektive und das restliche Foto-Equipment. »Die Akkus sind leer, aber ansonsten sieht alles so aus, als ob es noch funktioniert«, murmelte sie.

»Sieht wirklich alles ziemlich gut aus, auf den ersten Blick«, stellte Jakob fest und beugte sich vor, um den Kofferinhalt genauer zu inspizieren. »Darf ich?« Er deutete mit dem Kinn auf ihren Laptop, und Hannah nickte. Vorsichtig zog er ihn aus seiner Schutzhülle und schob den Koffer ein Stück nach hinten, um ihn auf der Truhe aufzuklappen. »Sind die Bilder von Finn hier drauf?«, fragte er und sah Hannah von der Seite an.

Wieder nickte Hannah nur. Sie traute ihrer Stimme im Moment nicht. Stattdessen griff sie mit zitternden Fingern nach ihrem Weinglas und trank einen Schluck. Anschließend atmete sie tief ein und aus, wischte ihre inzwischen feuchten Handflächen an den Oberschenkeln ab und zog den Laptop zu sich heran. »Ich habe immer Sicherheitskopien meiner Speicherkarten auf den Rechner gezogen. In Brasilien bin ich aber nicht dazu gekommen, die Bilder auch zu sichten. Deshalb weiß ich nicht wirklich, was drauf ist.« Langsam gab sie ihr Passwort ein und sah dem kleinen blauen Kringel auf dem Bildschirm dabei zu, wie er sich gemächlich drehte. Viel zu schnell verschwand er und gab den Blick auf einen Sonnenaufgang über den Rocky Mountains frei.

»Wow.« Jakob betrachtete das Desktop-Hintergrundbild. »Ich vermute mal, dass das keine der PC-Vorlagen ist.«

Damit brachte er Hannah zum Lachen und löste die Spannung ein wenig. »Nein.« Sie lehnte ihren Kopf an seine Schulter, während sie den Cursor mit dem Finger in Richtung des Ordners mit den Aufnahmen von Brasilien schob. »Das sind die Rockys. Ich habe es vor ein paar Jahren auf einem Trip in den Nordwesten der USA gemacht. Ich liebe das Foto total.« Das Lachen, das sie ausstieß, hörte sich in ihren eigenen Ohren ein wenig ungläubig an, und sie schüttelte leicht den Kopf. »Sieht so aus, als wäre ich nie wirklich von den Bergen weggekommen, auch wenn ich von hier gar nicht schnell genug verschwinden konnte.«

»Es ist auf jeden Fall wunderschön.« Jakob küsste sie auf die Wange. »Bereit?«, fragte er.

»Ja.« Hannah tippte auf das Touchpad, öffnete den Ordner und klickte das erste Bild an.

Tränen schossen ihr in die Augen, während gleichzeitig ein Lachen in ihr aufstieg. Ein Schnappschuss von Finn füllte den Bildschirm. Sie hatte den Auslöser gedrückt, als er sich am Flughafen in Brasilia zu ihr umgedreht und eine seiner berühmten Grimassen geschnitten hatte.

Jakob strich ihr über den Rücken, als sie das nächste Foto öffnete. Ein Bild nach dem anderen klickte sie an, betrachtete die Aufnahmen mit der kritischen Professionalität, die Agnes so an ihr schätzte. Vieles musste überarbeitet werden, aber sie erkannte das Potenzial. Jakob, der die Fotos mit den Augen eines Laien betrachtete, war begeistert von jedem einzelnen und hörte sich aufmerksam die Geschichten an, die sie zu jeder festgehaltenen Szene zu erzählen hatte. Die Angst, die sie noch beim Öffnen des Koffers gespürt hatte, wurde von einer schlichten Leichtigkeit ersetzt.

Hannah fühlte sich, als ob ein Stein von ihrem Brustkorb gehoben wurde und sie endlich wieder frei atmen konnte. Sie würde Finn nie vergessen. Die Katastrophe, in die sie geraten waren, würde für immer wie ein Stachel in ihrem Herzen feststecken. Aber die Bilder gaben ihr eine Chance abzuschließen. Und Jakob hatte recht gehabt, als er neulich davon gesprochen hatte, die Bilder Finns Frau zu geben. Mila würde sie wahrscheinlich trotzdem hassen, weil sie Finns Tod nicht verhindert hatte. Aber so würde sie wissen, dass die letzten Tage und Stunden im Leben ihres Mannes schön gewesen waren. Voller Lachen und voller Abenteuerlust in seinem Blick. Auch Agnes würde die eine oder andere Aufnahme in der Agentur verwenden können. Einiges war perfekt für Hannas Lizenzseite.

Das Klopfen an der Tür ließ Hannah regelrecht zusammenzucken, so versunken war sie in ihre Arbeit. Einen Moment blinzelte sie und kehrte in das Hier und Jetzt zurück. Sie hob den Blick vom Bildschirm, als Laus bellend zur Tür lief und Jakob sich erhob, um zu öffnen. Über seine Schulter hinweg erkannte sie die Uniform eines Pizzaboten.

Jakob nahm seinen Geldbeutel vom Sideboard neben der Tür, um zu bezahlen. Hannah stand auf. Sie würde den Moment nutzen, sich ein wenig frisch zu machen. Neben dem Spülbecken in seiner Küchenzeile fand sie eine Rolle Küchenpapier. Sie hielt es unter das kalte Wasser und wischte sich damit die Tränenspuren aus dem Gesicht und kühlte ihre brennenden Augen. Als Jakob mit den beiden Pizzaschachteln in der Hand zu ihr trat, Laus mit hoffnungsvollem Blick an seiner Seite, trank sie gerade in großen Schlucken ein Glas Wasser.

Er stellte die Schachteln auf den Tresen, und Hannah konnte den Käse riechen. Jakobs eindringlicher Blick blieb an ihr hängen. Er überprüfte, ob sie okay war. Das hatte er schon immer getan. Er hatte immer dafür sorgen wollen, dass es Hannah gut ging. Was einer der Gründe war, warum sie vor all den Jahren heimlich abgehauen war. Jetzt jedoch war das – verdammt sexy. Ihr wurde bewusst, wie geborgen sie sich fühlte, seit Jakob wieder in ihrem Leben aufgetaucht war.

Er trug nur ein T-Shirt und Jeans. Die Mühe, seine dunklen Haare nach dem Duschen zu kämmen oder Socken anzuziehen, hatte er sich gar nicht erst gemacht. »Was ist?«, fragte er und zog die Augenbrauen hoch, weil sie ihn so anstarrte.

»Danke«, flüsterte Hannah.

»Für die Pizza?«

»Für alles.« Sie überwand den Meter, der sie trennte, und schob ihre Arme um seine Taille. Sie hob den Kopf, und Jakob ließ sich nicht zweimal bitten. Er senkte seine Lippen zu einem zärtlichen Kuss auf ihre.

Seine Zärtlichkeit passte nicht zu dem wilden Strudel aus Emotionen, der durch Hannahs Körper rauschte. Sie schob ihre Hände unter sein Shirt und fuhr an seinem Rücken nach oben, glitt an dem von Muskeln gesäumten Tal entlang, in dem seine Wirbelsäule lag. Ihren Körper gegen seinen gepresst versuchte sie, Jakob dazu zu bringen, die Intensität seines Kusses der Leidenschaft anzupassen, die in ihr brodelte. Doch er ließ sich nicht drängen. Sein Kuss blieb sanft. Seine Finger strichen durch ihre Haare, legten sich federleicht auf ihre Schultern. Spürte er nicht, wie sehr sie all das aufwühlte? Wie sehr er sie aufwühlte?

Sie ließ ihre Hände wieder an seiner Wirbelsäule hinuntergleiten, spürte die Muskeln, die sich unter ihren Fingerspitzen zusammenzogen. Ungeduldig schob sie sein T-Shirt nach oben, und Jakob löste sich bereitwillig lange genug von ihr, dass sie es ihm über den Kopf ziehen konnte. Ihr Blut kochte. Sobald sie sein Shirt hinter sich geworfen hatte, zog sie ihr Top aus und ließ es ebenfalls fallen. Ihre Hände glitten über seinen nackten Oberkörper, schlossen sich um seinen Nacken und zogen ihn zu einem Kuss zu sich hinunter, der nichts mehr mit der beinahe unschuldigen Berührung ihrer Lippen nur Augenblicke zuvor zu tun hatte. Hannah spürte, wie Jakobs Körper an ihrem erbebte, als nackte Haut auf nackte Haut traf. Endlich war es um seine Beherrschung genauso geschehen wie um ihre. Hitze staute sich zwischen ihnen. Mit einem rauen Laut schob er Hannah einen Schritt rückwärts. Ihr Rücken traf auf das kalte Metall des Kühlschranks. Für den Bruchteil einer Sekunde blieb ihr der Atem weg, doch dann hatte sie den Kontrast zu Jakobs Hitze vergessen, als er sie erneut küsste, als würde im nächsten Moment die Welt untergehen. Er verschränkte seine Finger mit ihren und schob sie langsam an der glatten, kühlen Oberfläche nach oben, bis er sie mit einer Hand festhalten konnte. Die andere glitt an ihrer Wange hinunter, an ihrem Hals entlang, über ihr Dekolleté. Umfasste dann ihre Brust. Seine Lippen folgten der Spur seiner Fingerspitzen. Durch den Stoff ihres BHs reizte er ihre Brustspitzen und entlockte ihr einen sehnsüchtigen Laut.

Jakobs Finger strichen über ihren Bauch, hinterließen Gänsehaut, die wie Feuer brannte, wo auch immer er sie berührte. Im nächsten Augenblick kniete er vor ihr und öffnete ihre Jeans. Sein heißer Atem traf auf ihren Bauch, als er die Hose gemeinsam mit ihrem Höschen herunterzog und Hannah half, sie auszuziehen. Dann küsste er sich wieder nach oben, zog ihr auf dem Weg zurück zu ihren Lippen den BH aus.

Hannah spürte ihn überall. Der Kühlschrank hinter ihr hatte längst keine kühlende Wirkung mehr auf ihre überhitzte Haut. Jakob biss sie sanft in die Schulter und ließ seine Finger zwischen ihre Beine gleiten. Ihr stockte der Atem, und sie ließ den Kopf in den Nacken fallen. Im nächsten Moment zersplitterte ein scharfkantiger Höhepunkt ihre Welt. Ihre Knie fühlten sich ganz zittrig an. Die Beine wären ihr weggesackt, würde Jakob sie nicht halten. Sein Brustkorb hob und senkte sich. Hannah ließ ihre Hand in einer matten Bewegung an seinem Rücken hinuntergleiten. Ihr wurde bewusst, dass Jakob noch immer seine Jeans trug.

»Achtung«, flüsterte er an ihrem Hals, und im nächsten Moment verlor Hannah den Boden unter den Füßen.

*

Jakob hatte nur noch ein Ziel: Hannah in seinem Bett zu haben. So schnell wie möglich. Der Gedanke hatte in seinem Kopf herumgespukt, seit er sie auf der Treppe zu seiner Wohnung hatte sitzen sehen. Er hatte für sie da sein wollen, als er den Koffer entdeckte, aber trotzdem hatte er damit gerechnet, sie dazu zu überreden, auch diese Nacht mit ihm zu verbringen.

Mit den Emotionen, die sie ergriffen und dann regelrecht hinweggeschwemmt hatten, hatte er nicht gerechnet. Er wusste, dass ihr sinnlicher Übergriff der Gefühlsachterbahn dieses Abends geschuldet war. Aber er wäre ein Idiot, wenn er Hannah diesen Wunsch nicht erfüllt hätte. Wenn er nicht bereit gewesen wäre, als Ventil für ihre Stimmung zu dienen.

»Achtung«, flüsterte er und hob sie auf seine Arme. Wahrscheinlich würde er nie wieder ein Bier aus dem Kühlschrank nehmen können, ohne... Ihre Lippen, die an seinem Unterkiefer entlangfuhren, lenkten ihn ab.

Jakob warf Laus einen Blick zu, der sich auf seinen Platz zurückgezogen hatte. Gut. Solange der Hund nicht glaubte, von einem Spiel ausgeschlossen zu werden, war alles okay. Trotzdem trat er vorsorglich die Schlafzimmertür hinter sich zu, um einen Überraschungsbesuch zu verhindern. Nicht besonders sanft ließ er Hannah auf sein Bett fallen. Aber das schien sie auch nicht zu erwarten. Ihre Blicke verschlangen ihn, als er seine Jeans öffnete und gemeinsam mit den Boxer-Shorts auszog. Im nächsten Moment war er über ihr. Jetzt trennte sie nichts mehr. Haut glitt über Haut. Fiebrige Berührungen suchender Hände, die Lust verschafften. Lippen, die ihnen auf ihrem Weg folgten. Jakob hätte sich gern Zeit gelassen. Er hätte Hannah gern mit zarten, sinnlichen Bewegungen in den Wahnsinn getrieben. Aber das würde er nicht schaffen. Seine Gier nach ihr war viel zu groß. Er stand selbst kurz davor, wahnsinnig zu werden, wenn er sie nicht gleich haben konnte.

Ungeduldig öffnete Hannah die Schenkel, und Jakob gab dem Verlangen nach. Sein Körper verschmolz mit ihrem, und er genoss ihren Anblick, als sich ihr Oberkörper von der Matratze hob, gespannt wie eine Bogensehne. Der Blick aus ihren halb geschlossenen blaugrünen Augen war eindringlich und fordernd. Wie schon in der Küche verschränkte er seine Hände mit ihren, doch diesmal ließ er sie nicht los, als er sie neben ihren Kopf schob. Er hielt sie unter sich gefangen und nahm, was sie gab. In einem schnellen, drängenden Rhythmus. Hannahs Schenkel schlossen sich um ihn, trieben ihn noch weiter an. Er spürte, wie sie sich mit einem heiseren Stöhnen um ihn zusammenzog, und gab seinen letzten Rest Beherrschung auf. Sein ganzer Körper wurde von einer wilden Welle aus Emotionen gepackt, erstarrte. Sein Höhepunkt entlud sich in einem stummen Schrei. Dann ließ er sich schwer atmend auf Hannahs Körper sinken und vergrub sein Gesicht an ihrem Hals. Ihre Haare kitzelten seine Nase. Seine Lippen glitten über den dahinjagenden Puls unter ihrer Haut.

Er wusste nicht, wie lange sie so dalagen, bis sich das Schlagen ihrer Herzen wieder einigermaßen beruhigte. Unter ihm knurrte Hannahs Magen, wie er es schon vorher auf der Couch getan hatte. Jakob stöhnte. Sie hatten Pizza bestellt, aber dann war sie über ihn hergefallen, und er hatte keinen Gedanken mehr an Essen verschwendet. »Ich würde gern für immer so liegen bleiben«, brummte er. »Aber ich werde wohl Essen für dich auftreiben müssen.« Seine Hand glitt an der Seite ihres Oberkörpers hinauf, was sie kitzelte und dazu führte, dass sie sich unter ihm wand. Ein tonloses Lachen vibrierte in ihrem Brustkorb. »Beweg dich nicht. Ich bin gleich zurück«, flüsterte er an ihrem Ohr und stemmte sich hoch.

Hannah zog ihn für einen langen, sinnlichen Kuss zu sich herunter. Doch er schaffte es schließlich, sich von ihr zu lösen, bevor er abermals schwach wurde. Nackt ging er in die Küche und legte einen Stapel Küchenpapier auf die Pizzaschachteln. Ein Blick auf den Hund zeigte, dass er noch immer vor sich hindämmerte. Er schlug einmal kurz mit dem Schwanz auf den Boden und öffnete ein Auge halb, bevor es wieder zufiel. Jakob schüttelte den Kopf und konnte sich ein Grinsen nicht verkneifen. Er war sich sicher, Laus spielte die beleidigte Hundeleberwurst, weil er ihn aus dem Schlafzimmer ausgesperrt hatte. Er nahm ein Bier aus dem Kühlschrank und goss Hannahs Weinglas noch einmal nach. Die Getränke auf den Kartons balancierte er das Abendessen ins Schlafzimmer. »Gibt es etwas Besseres als kalte Pizza?«, stellte er die rhetorische Frage und ließ sich von Hannah die Getränke abnehmen. Sie war ebenfalls nackt, hatte aber seine Decke unter ihren Armbeugen festgeklemmt. Mit einem Kissen im Rücken lehnte sie gemütlich am Kopfteil seines Bettes.

»Auf keinen Fall.« Sie trank einen Schluck und stellte ihr Glas auf das Nachtschränkchen neben sich. Dann griff sie in ihre Schachtel und riss ein großes Stück Pizza ab. Mit einem wohligen Stöhnen schob sie es sich bis zur Hälfte in den Mund und biss ab. »Ich habe gar nicht gemerkt, dass ich kurz vor dem Verhungern war. O Gott!« Sie verdrehte die Augen. »Das ist fast so gut wie Sex!«

»Hey!« Jakob wies mit dem Bier in seiner Hand auf sie. »Nach allem, was wir gerade erlebt haben, stellst du mich mit einer Pizza auf eine Stufe?«

Hannah grinste und beugte sich zu ihm hinüber, um ihn zu küssen. Sie schmeckte nach Käse, Rotwein und – einfach Hannah. »Keine Sorge. Sobald mein Blutzuckerspiegel wieder angestiegen ist, höre ich auf zu halluzinieren und erweise dir den gebührenden Respekt und meine Dankbarkeit.« Während sie sprach, stibitzte sie ein Stück seiner Pizza und brachte sich lachend aus seiner Reichweite, als er danach griff. »Nur mal probieren«, ließ sie ihn wissen und schob sich eine Scheibe der scharfen Salami in den Mund.

Im ersten Moment begriff Jakob nicht ganz, was anders war, doch dann fiel es ihm wie Schuppen von den Augen. Sie schien irgendwie – befreit. Seit sie in Sternmoos war, hatte sie sich immer weiter geöffnet, war einen Schritt nach dem anderen gegangen, um die schrecklichen Erinnergen an ihren Unfall hinter sich zu lassen. Doch erst jetzt, mit dem Öffnen ihres Koffers und dem Durchsehen der Fotos, hatte sie sich endgültig von der Vergangenheit gelöst.

Mitten in der Nacht schrak Jakob hoch. Er wusste nicht, was ihn geweckt hatte. Langsam gewöhnten sich seine Augen an das fahle Mondlicht, das durch einen Spalt der Vorhänge drang und zeigte, was sein Körper längst gespürt hatte. Hannah war nicht mehr da. Die Seite des Bettes auf der sie, dicht an ihn geschmiegt, geschlafen hatte, fühlte sich unter seinen Fingerspitzen kalt an. Ihren Abdruck im Kissen konnte er noch erkennen. Nach dem Pizza-Dinner hatten sie sich noch einmal geliebt. Langsam und träge. Jakob hatte nicht darüber nachgedacht, dass er nicht mit Hannah in seinen Armen aufwachen könnte. Er war fest davon ausgegangen, dass sie die Nacht hier verbrachte. Mit einem Seufzen drehte er sich um, um einen Blick auf die Uhr auf seinem Handy zu werfen. Kurz vor drei.

Er bemerkte, dass die Schlafzimmertür nur angelehnt war und sah den schwachen Lichtschimmer, der aus seinem Wohnzimmer drang. Langsam erhob er sich und zog die Tür auf. »Hannah«, sagte er überrascht, als er sie vor ihrem Laptop auf der Couch sitzen sah. Sie trug das T-Shirt, das er nach dem Duschen angezogen und das sie offenbar im Wohnzimmer auf dem Boden gefunden hatte. »Was treibst du hier?«, wollte er wissen, als sie den Blick vom Bildschirm hob. Ihr Gesicht leuchtete im Schein des Lichtes vor ihr bläulich. Der unordentliche Knoten, zu dem sie ihre Haare auf ihrem Kopf zusammengefasst hatte, bekam beachtliche Schlagseite. Jakob war sich sicher, er würde sich im nächsten Moment auflösen, und ihre Haare würden wie ein Wasserfall über ihre Schultern gleiten.

»Hab ich dich geweckt?«, fragte sie leise, und Jakob sah, dass sein Hund zu ihren Füßen lag und schlief.

»Deine Abwesenheit in meinem Bett hat mich geweckt.« Er ging zu ihr hinüber und setzte sich neben sie. »Was machst du?«, fragte er noch einmal und betrachtete das Bild des lachenden Finn, das ihm aus einem Bildbearbeitungsprogramm entgegenblickte.

»Ich konnte nicht schlafen, also habe ich gedacht, ich könnte einfach mit der Arbeit anfangen. Wenn ich die Sachen aus Brasilien überarbeiten und die Bergaufnahmen in zwei Wochen in der Agentur abgeben will, muss ich mich ranhalten«, erklärte sie ihm.

»Mitten in der Nacht?« Jakob ließ seine Finger über ihren Oberschenkel gleiten.

»Wie gesagt: Ich konnte nicht schlafen«, wiederholte sie.

»Wie geht es dir damit?« Sie blickten beide auf den Mann vor ihnen.

Hannah schwieg einen Moment, so, als müsse sie nach

den richtigen Worten suchen. »Es ist ein bisschen, als wäre das Eis gebrochen, das mich eingeschlossen hat.« Sie verzog das Gesicht zu einer kleinen Grimasse. »Das klingt furchtbar kitschig. Aber ich glaube, das beschreibt es am besten.«

»Ich weiß, was du meinst. Und ich freue mich, dass du diesen Punkt erreicht hast. Aber jetzt drück auf Speichern. Während das Eis um dich herum getaut ist, bist du so ausgekühlt, dass sich deine Füße wie Eis anfühlen.« Er strich noch einmal über ihre kühle Haut. »Hast du das nicht gemerkt?«

»Hmm? Nein.« Sie lächelte. »Ich war so vertieft in die Arbeit...«

»Komm zurück ins Bett, damit ich deine kalten Füße wärmen kann«, schlug er vor.

Hannahs Lächeln verwandelte sich in ein breites Grinsen. »Du hasst es, wenn ich meine kalten Füße an deinen wärme«, erinnerte sie ihn daran, dass er sich schon früher gern darüber beschwert hatte, wenn sie ihre gefrorenen Zehen unter seine Decke schmuggelte.

Er verzog das Gesicht. »Ich bin leidensfähig.«

22

Die nächsten zwei Wochen vergingen wie im Flug. Hannah hatte sich insgeheim Sorgen gemacht, wie ihre Mutter ihre Kündigung in der Gärtnerei – wie sie es nannte – auffassen würde. Sie hatte ihre Eltern an dem Abend, nachdem sie mit Jakob ihren Koffer geöffnet hatte, besucht. Ihr Vater hatte es nicht lassen können, einen Blick auf ihren Arm zu werfen, bevor er den Grill anwarf. Hannah hatte ihrer Mutter in der Küche geholfen, den Salat zuzubereiten. In seltener Eintracht hatten sie sich zum Essen auf die Terrasse gesetzt. Hannah war erleichtert, wie gut ihre Eltern die Neuigkeiten aufnahmen. Besonders Rena machte deutlich weniger Wirbel um ihren Auftrag, als sie befürchtet hatte. Dafür konnte sie überhaupt nicht mehr aufhören, von den Fotos zu schwärmen, die sie jetzt hinter dem Verkaufstresen in der *Blüte* aufgehängt hatte.

Agnes hatte natürlich recht. Es wurde höchste Zeit, wieder auf eigenen Beinen zu stehen und eigenes Geld zu verdienen. Sie konnte sich nur im Moment überhaupt nicht vorstellen, Sternmoos hinter sich zu lassen und wieder allein in Hamburg zu leben. Weit weg von ihrer Familie – und von Jakob. Hier, im Tal, fühlte sie sich seltsam geerdet. Ihre Heimat strahlte eine atemberaubende Schönheit aus, die sie früher als Selbstverständlichkeit betrachtet und deshalb nicht weiter hinterfragt hatte. Inzwischen war sie dabei, sie schätzen zu lernen. Zum Abschied hatte sie sich in die feste, lange Umarmung ihrer Mutter geschmiegt. Selbst das verstand sie mittlerweile. Früher hatte sie sich von der übertriebenen Fürsorge ihrer Mutter erdrückt gefühlt. Jetzt verstand sie die tiefe Liebe dahinter.

Den größten Teil der folgenden Tage verbrachte Hannah in der Natur. Antonia wäre stolz auf sie, wenn man bedachte, wo sie überall herumkraxelte. Ihre große Schwester hatte ihr sogar angeboten, sie zu begleiten. Da aber bei Antonia alles in einen Wettkampf ausartete, sobald sie die Wanderstiefel zuschnürte oder sich auf ein Mountainbike schwang, hatte Hannah lieber darauf verzichtet. Sie zog es vor, sich Zeit zu nehmen, Stimmungen einzufangen, mit dem Licht zu spielen. Sie machte eine Serie vom Watzmann, Aufnahmen vom Königssee. Aber das waren Bilder, die sich auch auf Postkarten finden ließen. Anders als der hübsche Gamsbock, der auf einer schmalen Felsnadel posierte. Die abgelegenen Almen, zu denen nicht jeder Tourist fand. Oder das Wasser des Baches, der in seinem steinigen Bett durch den Zauberwald sprudelte. Überhaupt war der Zauberwald eine perfekte Quelle für eine unendliche Anzahl von Fotos. Umgestürzte, mit Moos bewachsene Baumstämme. Sonnenstrahlen, die sich einen Weg durch das dichte Blätterdach der Bäume suchten und Tautropfen auf Farnen glitzern ließen wie kostbare Diamanten. Sie experimentierte mit Filtern, schuf immer neue Kompositionen, die sie ablichtete. Einige Fotos entstanden sogar in den Blumenbeeten der Gärtnerei. Sie hielt die Mühle fest, den See und Louisas Pferde. Besonders glücklich war sie über die Steinadler, von denen ihr im Klausbachtal einige atemberaubende Aufnahmen gelangen.

Oft lieh sie sich Laus bei Jakob, nahm ihn mit auf ihre Touren – und nutzte auch ihn als Fotomodell. Hundebilder waren immer der Renner. Vor allem bei den Lizenzbildern. Wenn sie die blauen Augen des Australian Shepherds noch hervorhob, waren die Aufnahmen von ihm der Hammer. Bis spät in die Nacht saß sie über ihren Laptop gebeugt und bearbeitete die Fotos, die sie den Tag über geschossen hatte. Jakob machte es sich dann auf ihrem Bett bequem, zappte durch die Fernsehprogramme oder las. Hin und wieder zog er sie damit auf, dass sie während der Arbeit vor sich hinmurmelte, was sie selbst gar nicht bemerkte. Diese Momente waren intim – und fühlten sich so richtig an. Zweimal hatte sie Jakob im Morgengrauen überredet, aufzustehen. Sie hatte ihn und den Hund genötigt, sich in die zarten Nebelschleier zu stellen, die vom See aus ans Ufer krochen, und Aufnahmen der beiden gemacht. Noch während sie Filter und die Perspektiven wechselte, hatte sie gewusst, dass diese Bilder besonders werden würden. Außergewöhnlich. Ihr Herz hatte sich zusammengezogen. Vielleicht waren diese Fotos sogar so besonders, dass sie sie mit niemandem teilen würde.

Ihr Zimmer in Louisas Haus hatte sich Stück für Stück in ein Arbeitszimmer verwandelt. Ihre Tante hatte außerdem darauf bestanden, dass Jakob aufhörte, über den Balkon zu klettern und die Vordertür benutzte. Hannah behielt ihre Tante im Blick. Sie schien die Begegnung mit Brandl verwunden zu haben. Trotzdem merkte man hin und wieder, dass sie noch nicht wieder ganz die Alte war. Sie hatte ihre

Sorgen mit Rosa an einem Nachmittag geteilt, als sie ihrer Schwester geholfen hatte, Mehl in Tüten abzufüllen.

»Sollen wir Mama erzählen, was passiert ist?«, fragte sie und klebte eine ganze Reihe von Vollkornmehl-Etiketten auf fertige Pakete.

Rosa hatte den Blick nicht von der Waage gehoben, während sie sprach. »Lou hat dir doch deutlich gezeigt, dass sie nicht über Brandl reden will. Was glaubst du, wie groß ihr Bedürfnis ist, ausgerechnet von Mama darauf angesprochen zu werden?« Sie schob eine gefüllte Mehltüte zur Seite und stellte eine neue auf die Waage.

»Sie sind Schwestern«, widersprach Hannah. Auch wenn sie oft nicht einer Meinung waren und völlig unterschiedliche Lebensentwürfe hatten. Aber so war es bei Hannah, Rosa und Antonia schließlich auch – und sie hielten trotzdem zusammen wie Pech und Schwefel.

»Vertrau mir«, hatte Rosa gemurmelt. »Das ist nicht der richtige Weg. Lass Lou einfach in Ruhe.«

Hannah hatte genickt und beschlossen, vorerst auf ihre Schwester zu hören und das Thema ruhen zu lassen. Die zwei Wochen, die Agnes ihr für den Auftrag zugestanden hatte, flogen nur so dahin. Als sie schließlich eine Auswahl für die Agentur zusammengestellt hatte, zögerte sie. Agnes hatte sie nach Hamburg beordert. Sie hatte von einem Angebot gesprochen, das Hannah nicht ablehnen könne. Und sie befürchtete, dass das stimmte. Ihre Chefin kannte sie viel zu gut. Sie wusste, womit Hannah sich locken ließ. Wenn sie einen dieser Tricks aus dem Hut zauberte, würde Hannah wahrscheinlich nicht widerstehen können. Genau da lag das Problem, dachte sie, als sie die Datei schloss, die sie für die

Agentur angelegt hatte, und sie auf einen Stick zog. Es war keine plötzliche Eingebung gewesen. Eher ein schleichender Prozess, der vermutlich in dem Moment begonnen hatte, in dem sie an den Sternsee zurückgekehrt war. Sie wollte Berchtesgaden nicht verlassen. Zumindest noch nicht.

Hannah tippte mit dem Stick gegen ihre Unterlippe, während sie in Gedanken ihre Optionen durchging. Sie wusste, dass sie sich für die falsche entschied, und trotzdem traf sie diese Wahl. Statt sich ein Zugticket nach Hamburg zu buchen, lieh sie sich Louisas Lieferwagen und fuhr zur Dependance der Agentur nach Salzburg.

Viel hatte sich nicht verändert, seit Hannah vor über zehn Jahren zum ersten Mal die alte, mondäne Villa betreten hatte, die am Rande des Stadtzentrums lag und von einem parkähnlichen Garten umgeben war. Im Inneren dominierten verschnörkelte Metallgeländer, antike Fliesenböden und Stuck in jedem Raum. Der krasse Gegensatz dazu waren die hypermodernen, geradlinigen Möbel, die entweder aus Glas oder dunklem Leder bestanden. Die Wände zierten ausnahmslos Schwarz-Weiß-Fotografien, die die Künstler der *Agentur Blickwinkel* präsentierten.

Bei ihrem ersten Besuch hatte sie ihre Bewerbungsmappe für einen Fotowettbewerb abgegeben. Damals war sie gerade einmal achtzehn gewesen und der Wettbewerb ihre einzige Chance, die Ausbildung zu bekommen, nach der sie sich so sehnte. Zwei Wochen später hatte sie einen Brief von Agnes aus dem Briefkasten gezogen, in dem sie ihr zum Sieg gratulierte und sie zu einem Praktikum nach Hamburg einlud. Das Sprungbrett in das Leben, nach dem sie sich so sehnte. Jetzt fühlte sie sich kein bisschen mehr wie damals.

Sie klopfte an die große, mit Holzschnitzereien verzierte Flügeltür, die nur angelehnt war. Durch den Türspalt konnte sie sehen, dass eine Frau mit dem Rücken zu ihr in einem riesigen Sessel lümmelte. Sie sah nur die Hand, die auf der Armstütze lag und die nackten Füße, die auf der gläsernen Oberfläche des Tisches vor ihr lagen. Hannah runzelte die Stirn. So hatte sich früher niemand in der Agentur verhalten. Und wenn Agnes von dieser Lässigkeit Wind bekam, wäre sie wahrscheinlich kurz davor, einen kleinen Tobsuchtsanfall zu bekommen.

Die Frau hob ihre Füße schwerfällig vom Tisch und sagte »Herein«, während sie sich mitsamt dem Sessel umdrehte.

»Wow«, entfuhr es Hannah, als sie die Frau von vorn sah. Sie war schwanger. Und zwar nicht nur ein bisschen. Ihr Bauch war so riesig, dass sie aussah, als würde jeden Moment ihre Fruchtblase platzen.

»Ich weiß.« Die Frau strich über die riesige Kugel und erhob sich schwerfällig. Hannah fielen die geschwollenen Füße auf, und jetzt verstand sie auch, warum sie die Beine hochgelegt hatte. »Noch ein Monat. Ich bin so froh, wenn ich das hinter mir habe. Dieser Sommer macht mich echt fertig.« Erst jetzt schien ihr bewusst zu werden, dass sie bei der Arbeit und nicht in ihrem Wohnzimmer war. »Entschuldigung.« Sie streckte die Hand aus, um Hannahs zu schütteln. »Ich bin Isabelle Franke. Was kann ich für Sie tun?«

»Hannah Falkenberg«, stellte sie sich vor.

»Oh.« Die Frau biss sich auf die Unterlippe und riss die Augen auf. »Ähm ... schön, Sie kennenzulernen.«

Hannah war im ersten Moment irritiert über die Reaktion. Dann begriff sie, woher der Wind wehte. »Agnes hat angerufen«, sagte sie.

»Ja.« Isabelle ließ sich vorsichtig in ihren Sessel zurücksinken. »Sie kennen die Chefin offenbar so gut, wie Agnes Sie einschätzen kann. Nehmen Sie doch Platz«, forderte sie Hannah auf, nachdem sie noch immer an der Tür stand.

»Danke.« Hannah ließ sich auf den Besucherstuhl neben dem Schreibtisch fallen. Nervös drehte sie den USB-Stick zwischen den Fingern, den sie abgeben wollte. »Ich vermute, Agnes hat gesagt, dass Sie mich nach Hamburg schicken sollen.«

»Um genau zu sein, waren ihre Worte … ich zitiere«, sie hob einen Notizblock vom Schreibtisch und las vor: »Isa-Schätzchen, wenn dieses hinterlistige kleine Luder bei dir auftaucht und glaubt, dir einfach die Fotos in die Hand drücken zu können, tritt ihr in den Hintern, dass sie bis Hamburg fliegt. Ich will sie, verdammt noch mal, hier haben.« Isabelle sah auf. »Dann kamen noch ein paar kreative Flüche, die ich mir nicht notiert habe.«

»Hmm.« Agnes hatte Hannah durchschaut. Damit hätte sie eigentlich rechnen müssen. Sie hätte die Aufnahmen einfach schicken sollen. Aber das hätte ihre Chefin vermutlich noch mehr auf die Palme gebracht.

»Sie meint es nicht böse«, ergriff Isabelle Partei für die Frau, die ihr Gehalt zahlte.

Hannah wusste, dass sie recht hatte. Agnes war eine tolle Agenturleiterin, und das Verhältnis innerhalb der Firma ließ sich fast als familiär bezeichnen. Agnes machte sich Sorgen um sie. Sie trauerte wie alle anderen um Finn. Als Frau der Tat musste sie Hannah vor sich sehen und persönlich in die

Arme schließen, um sichergehen zu können, dass sie wirklich so in Ordnung war, wie sie behauptete. Trotzdem spürte Hannah bei dem Gedanken, nach Hamburg zu fahren, abermals diesen inneren Widerstand. Sie war noch nicht bereit, ihre Zelte in Sternmoos abzubrechen. »Tut mir leid.« Sie lächelte Isabelle entschuldigend an und schob den USB-Stick über die Tischkante. »Ich bin noch nicht so weit. Aber ich bin mir sicher, die Fotos werden ihr gefallen. Sagen Sie ihr, ich melde mich.« Damit stand Hannah auf und verließ den Raum so schnell sie konnte, ohne zu rennen. Isabelles resigniertes Seufzen folgte ihr in das kühle Foyer hinaus.

*

Jakob schob seinen Teller von sich und lehnte sich zurück. »Das war megalecker«, sagte er zu Louisa. »Danke für die Einladung.«

Hannahs Tante tupfte sich mit einer Serviette die Mundwinkel ab. »War mir ein Vergnügen. Außerdem würde es sich wirklich nicht lohnen, wegen einer einzelnen Forelle den Räucherofen anzuwerfen.«

Sie hatten es sich auf Louisas Balkon gemütlich gemacht und warteten auf den Sonnenuntergang über dem See. Hannah goss ihnen allen Wein nach. Sie hatte ihm Louisas Einladung weitergeleitet, war aber überraschend schweigsam, seit sie ihm die Tür geöffnet hatte. Bis jetzt hatte Jakob nicht herausgefunden, was diese Stimmung verursacht hatte.

Hannahs Handy, das neben ihrem Teller lag, begann zu klingeln. Sie zuckte zusammen und verfehlte das Weinglas beim Einschenken. »Mist«, murmelte sie, stellte die Flasche ab und wischte mit ihrer Serviette über den Tisch. Jakob riskierte einen Blick auf das Display, um herauszufinden, was sie so aus der Bahn geworfen hatte. *Agnes* blinkte der Name ihrer Chefin auf. Daher wehte der Wind also. Hannah war am Nachmittag in der Außenstelle der Agentur in Salzburg gewesen. Er hoffte, dass sie mit den Fotos zufrieden waren und Hannah nicht deswegen Stress machten.

Louisa hingegen machte sich nicht die Mühe, sich zurückzuhalten. Sie lehnte sich vor, stützte ihre Ellenbogen auf den Tisch und fixierte Hannah unter hochgezogenen Augenbrauen. »Das muss mindestens der dritte Anruf sein, seit du aus Salzburg zurück bist. Denkst du nicht, es wird Zeit ranzugehen?«

»Nein«, sagte Hannah und trank einen Schluck Wein.

Louisa antwortete nichts darauf, sie starrte ihre Nichte nur einfach weiter an.

Hannah verdrehte die Augen. »Sie wird mich anschreien«, versuchte sie es mit dem letzten Argument, das ihr noch einzufallen schien.

»Geh ran!«, forderte Louisa sie noch einmal auf.

Hannah griff nach dem Telefon und wischte über das Display. »Hallo Agnes«, murmelte sie. »Ich hoffe, die Fotos haben dir gefallen.« Sie stützte ihre Stirn in die Handfläche, sodass Jakob ihren Gesichtsausdruck nicht sehen konnte. Den Blick auf den Tisch gesenkt, lauschte sie dem Redeschwall am anderen Ende. Ein paarmal versuchte sie, etwas zu sagen, kam aber offenbar nicht zu Wort.

Schließlich steigerte sich die Stimme von Hannahs Chefin zu einem Lautstärkepegel, der sie zwang, das Handy ein Stück vom Ohr wegzuhalten und Jakob und Louisa dazu verdammte, den Monolog unfreiwillig mitzuhören. »Ich erwarte, dass du deinen Hintern nach Hamburg schwingst. Das war doch bei unserem letzten Gespräch klar. Dachte ich zumindest. Ist denn in dieser Agentur niemandem klar, wer der Boss ist?« Sie seufzte laut und wurde dann wieder leiser. Trotzdem hörte Jakob ihre Worte noch immer glasklar. »Komm her, Hannah. Ich muss dich sehen. Ich muss mich persönlich davon überzeugen, dass du wieder ganz die Alte bist. Und vergiss nicht das Angebot, das hier auf dich wartet.«

Hannah rieb sich über die Schläfe. »Ich verspreche es, Agnes«, erwiderte sie leise. »Gib mir noch ein kleines bisschen Zeit. Ich komme so schnell wie möglich.« Sie verabschiedete sich von der Agenturleiterin und ließ ihr Handy sinken.

»Du musst nach Hamburg«, sagte Jakob, ohne darüber nachzudenken. Die Gedanken, dass Hannah in ihre alte Welt zurückkehrte und ihre Chefin bereits von neuen Angeboten sprach, zogen ihm zwar den Magen zusammen. Aber er wusste, dass es sich nicht länger aufschieben ließ. »Außerdem musst du Finns Frau endlich die Bilder bringen, die du in Brasilien von ihm gemacht hast.«

»Ich weiß.« Hannah wich seinem Blick aus. »Mila hat sich nicht mehr gemeldet, seit sie versucht hat, mich bei meinen Eltern zu erreichen. Ich bringe ihr die Bilder, aber ich muss es nicht überstürzen.«

Er umfasste ihr Kinn mit Daumen und Zeigefinger und drehte ihren Kopf so, dass sie gezwungen war, ihm in die Augen zu sehen. »Du weißt, dass das nicht stimmt.«

»Ja, ich weiß«, antwortete sie nach einem kurzen Zögern leise.

»Komm her.« Jakob zog sie in seine Arme. Während sie sich an ihn schmiegte und vermutlich versuchte, nicht über Hamburg, die Agentur und Mila nachzudenken, nahm in seinem Kopf eine Idee Gestalt an. Eine verrückte Idee, bei der er über sich selbst den Kopf schütteln musste.

23

Hannah erwachte am nächsten Morgen allein in ihrem Bett. Einen Moment überlegte sie, was sie geweckt hatte, als abermals ein Klopfen durch die Tür drang. »Ja?«, brummte sie.

»Besuch für dich«, hörte sie Louisas gut gelaunte Stimme durch die Zimmertür. Sie warf einen Blick auf das Display ihres Handys. Halb sieben. Viel zu früh, um so gut gelaunt wie ihre Tante zu sein.

Hannah kroch aus dem Bett und öffnete die Zimmertür. Ihre Tante stand im Pyjama und mit einer Kaffeetasse in der Hand im Wohnzimmer. Sie reichte ihr den Kaffee, als Hannah an ihr vorbeischlurfte, und sie war sich sicher, ihre Tante ein »Den wirst du brauchen« murmeln zu hören.

Hannah nippte an dem Kaffee und zog die Haustür auf. Auf dem Hof stand Jakob. Lässig gegen den Kotflügel eines alten, metallicblauen amerikanischen Straßenflitzers gelehnt. »Was ist los?«, fragte sie und trank noch einen Schluck Kaffee. »Wieso kommst du nicht rein?« Er sah verdammt gut aus, wie er an der alten Kiste lehnte. Jeans, ein schlichtes dunkelgraues T-Shirt und Sneaker. Seine Haare wirkten, als wäre er an diesem Morgen schon ein paarmal mit den Händen hindurchgefahren, oder als hätte er nach dem Duschen vergessen, sie zu kämmen.

Hinter Hannah lehnte sich Louisa in den Türrahmen. Offenbar wollte sie die kleine Show nicht verpassen, die sich gleich abspielen würde. Jakob betrachtete sie währenddessen über den Rand seiner Pilotenbrille hinweg. Dieser Moment hatte etwas total James-Dean-Mäßiges. Und das war... verdammt heiß. Hannah trat aus dem Haus und ging auf ihn zu. »Guten Morgen«, flüsterte sie ihm ins Ohr und küsste ihn. Ehe Jakob sie an sich ziehen konnte, löste sie sich von ihm und drehte barfuß und im Schlafanzug eine Runde um den Oldtimer. Vom Kühlergrill mit dem Logo eines dahingaloppierenden Wildpferdes zogen sich zwei breite schwarze Streifen parallel nebeneinander über das dunkle, glänzende Blau. »Ford Mustang GT Fastback. Ende Sechziger-, Anfang Siebzigerjahre«, versuchte sie ihr Glück.

»69er Baujahr. Siebenliter-V8-Motor. Sportsroof. Sportsitze«, ergänzte Jakob. Er legte die Hand auf sein Herz. Sein Mund verzog sich zu einem breiten Grinsen. »Hast du das gehört, Louisa?«, fragte er in Richtung ihrer Tante. »Das Mädchen hat gerade mein Herz zum Schmelzen gebracht.«

Hannah lachte. Sie hatte keinen blassen Schimmer von Oldtimern. Der Mustang war neben dem Bulli das einzige alte Auto, über das sie zumindest etwas wusste. Als sie siebzehn waren, hatte Jakob ständig an seinem alten VW-Bus herumgebastelt, während er von dem amerikanischen Muskelpaket auf vier Rädern fantasiert hatte. Sie hatte die Bezeichnungen, die dieses Auto beschrieben, so oft gehört, dass sie sie noch immer ohne nachzudenken runterrasseln konnte. Ihr gemeinsamer Traum war es früher gewesen, mit so einem Auto zu einem Roadtrip quer durch die USA aufzubrechen. Inzwischen hatte jeder einen Teil des Traums verwirklicht. Sie war nie in den USA gewesen, und er hatte das Auto restauriert. Hannah strich mit den Fingern über den dunklen Lack, der in der Sonne glänzte. »Wie heißt sie?«, fragte Hannah. Sie war sich fast sicher, dass dieser Wagen einen weiblichen Namen hatte.

»Libby.«

Sie legte den Kopf schief und wandte Jakob den Blick zu. »Nach Miss Liberty?« Der Freiheitsstatue.

»Volltreffer.«

Sie kannte ihn zu gut. Viel zu gut. Bevor ihre Gedanken zu sehr in der Vergangenheit hängen blieben, stellte sie ihm die naheliegendste Frage. »Was hast du vor?«

»Dich entführen«, sagte er und hakte seine Daumen lässig in die Taschen seiner Jeans.

Hannah stockte der Atem. Sie war sich nicht sicher, ob auf eine gute Weise, denn sie befürchtete... »Wohin?«, fragte sie trotzdem.

»Nach Hamburg«, antwortete er schlicht.

Hannah machte ein paar Schritte rückwärts. Auf das Haus zu. Doch Louisa stand noch immer im Türrahmen und blockierte ihren Fluchtweg. »Wie kommst du auf eine so dumme Idee?«, wollte sie wissen, weil sie nicht wusste, was sie ihn sonst fragen sollte.

Jakob stieß sich vom Wagen ab und überwand die Distanz zwischen ihnen. Er nahm seine Sonnenbrille ab und sah sie ernst an. »Ich hatte gestern Abend das Gefühl, du brauchst dringend einen Tritt in den Hintern.«

»Und den bekomme ich von dir?« Wieder legte Hannah den Kopf schief und zog ihren rechten Mundwinkel in dem gleichen Sarkasmus nach oben, der auch ihre Worte begleitete. »Wer gibt dir das Recht dazu?« Sie fühlte sich irgendwie – verraten. Jakob hatte ihr in letzter Zeit so oft beigestanden. War so oft für sie da gewesen und hatte ihr in dieser verdammten Krise geholfen, dass er offenbar jetzt glaubte, Entscheidungen für sie treffen zu können.

»Nichts und niemand gibt mir das Recht«, sagte Jakob, noch immer zutiefst gelassen, und schob den Bügel seiner Sonnenbrille in den Kragen seines T-Shirts. »Das ändert nichts daran, dass du nach Hamburg musst.« Unschuldig breitete er die Arme aus. »Ich bin einfach nur nett genug, dich hinzubringen.«

»Wie großmütig! Musst du nicht in deiner Werkstatt die Fahnen hochhalten?« Er wollte ihr wirklich nur helfen, wurde Hannah bewusst. Aber sie war nicht bereit, sich so überrumpeln zu lassen und zuzulassen, dass andere Entscheidungen für sie trafen.

»Der *Alte Milchwagen* läuft auch mal eine Weile ohne mich.« Er trat noch einen Schritt näher und beugte sich vor. »Du hast eine halbe Stunde«, flüsterte er neben ihrem Ohr. »Pack für ein paar Tage. Ich trinke solange einen Kaffee mit Louisa.«

»Kaffee! Kommt sofort«, vernahm Hannah ihre Tante hinter sich, die es sich nicht hatte nehmen lassen zu lauschen. »Solange Hannah sich fertig macht, kannst du mir diesen heißen Schlitten vorführen.«

Verschwörung von allen Seiten, dachte Hannah und drängte sich an Louisa vorbei. Sie kehrte ihn ihr Zimmer zurück, schloss die Tür hinter sich und lehnte sich gegen das kühle Holz. Mit klopfendem Herzen atmete sie tief durch.

Verdammt! Jakob war hartnäckig genug, einfach mit seinem Mustang auf dem Hof stehen zu bleiben, bis sie bereit war, wieder aus ihrem Versteck zu kriechen. Er war genauso störrisch wie… wie… sie selbst. Mit einem leisen Fluch stieß sie sich von der Tür ab und zog eine Reisetasche, die Antonia ihr geliehen hatte, aus dem Schrank. Vor sich hin schimpfend warf sie Klamotten hinein, klappte ihren Laptop zusammen und packte ihn zusammen mit ihren Kameras in den Koffer. Dann sprang sie unter die Dusche.

Als sie eine Dreiviertelstunde nach dem Ultimatum vor den Mühlenladen trat, standen Jakob und Louisa mit einem Kaffee in der Hand noch immer neben seiner Libby und unterhielten sich leise.

Als Hannah zu ihnen trat, nahm Louisa Jakob die Tasse ab und umarmte Hannah. »Viel Glück«, wünschte sie ihr. »Es ist richtig, den Stier bei den Hörnern zu packen. Pass gut auf sie auf«, rief sie Jakob über Hannahs Schulter zu und verschwand im Haus.

»Keine Sorge.« Er zwinkerte Hannah zu und nahm ihr Reisetasche und Koffer ab, um sie im Wagen zu verstauen.

Hannah trat hinter ihn. Es war wie ein Reflex, zu überprüfen, ob die Kameras auch sicher aufbewahrt waren. »Darf ich fahren?«, fragte sie Jakob. Er stand noch immer über den Kofferraum gebeugt und wandte den Kopf mit hochgezogenen Augenbrauen zu ihr um. »Ist das dein ›Träum weiter‹-Gesicht?«, versuchte sie, den Ausdruck in seinen Augen zu interpretieren.

Er richtete sich auf und schlug die Kofferraumklappe zu. »Was denkst du denn?« Seine Finger strichen über den Lack, als wäre Libby seine große Liebe.

»Hey.« Hannah stieß mit der Hüfte gegen seine. »Ich bin eine sehr gute Autofahrerin.«

»In einem Opel Corsa vielleicht«, erwiderte er in Anspielung auf ihr erstes eigenes Auto, das nur aus Rost und Beulen bestanden hatte.

Sie nahm ihm die Abfuhr nicht krumm. Obwohl er ihr mit sechzehn das Autofahren auf den Feldwegen des Tals beigebracht hatte, hatte er sie nie seinen geliebten Bulli fahren lassen. Für ihre Fahrstunden hatte Antonias alter VW Polo herhalten müssen. Hannah setzte ihre Sonnenbrille auf und ließ sich auf den Beifahrersitz fallen. Mit den Fingerspitzen stupste sie den großen Plüschwürfel an, der am Rückspiegel hing. Obwohl das Auto fünfzig Jahre alt war, roch es wie neu. Die Armaturen glänzten, und ihr Sitz war erstaunlich bequem.

»Bereit?«, fragte Jakob, als er hinter das Lenkrad glitt.

»Bereit«, sagte Hannah, obwohl sie sich dessen nicht mal im Ansatz sicher war.

Jakob schob seine Pilotenbrille auf die Nase und startete den Motor, der mit einem tiefen, vibrierenden Brummen erwachte. Sie rollten vom Hof und umrundeten den See. Als sie auf der Straße waren, die das Tal hinunterführte, verschränkte Jakob seine Finger mit Hannahs, küsste ihre Fingerknöchel und legte ihre verbundenen Hände auf seinem Oberschenkel ab, ohne den Blick von der Straße zu nehmen.

Sie mieden die Autobahnen, weil Jakob der Meinung war, dass ein tolles Auto auf der Autobahn nicht die notwendige Würdigung erhielt – und er das Fahren nicht würde genießen können. Hannah hatte nichts dagegen, gemütlich über

Landstraßen zu fahren. Durch kleine Ortschaften, über die holprigen Brücken schmaler Flüsse. Zweimal nötigte sie Jakob anzuhalten, weil sie ein unwiderstehliches Motiv entdeckt hatte, das sie unbedingt fotografieren wollte.

In den letzten Wochen hatte sie versucht, die Gefühle nicht zu beachten, die Jakob in ihr auslöste. Er tat ihr gut. Er war für sie da wie ein Fels in der Brandung. Aber er löste auch dieses alles überlagernde Kribbeln in ihrem Bauch aus – und das nicht nur, wenn sie miteinander ins Bett gingen. Sie spürte es auch in Momenten wie diesem. Wenn er neben ihr saß, die linke Hand am Steuer, den Ellenbogen auf der Kante des heruntergelassenen Fensters und die Haare vom Fahrtwind zerzaust. Jakob war einfach – perfekt. Perfekt für sie. Sie wusste nicht, wie sie diese Gedanken – und Gefühle – in Worte fassen sollte. Erst einmal musste sie selbst akzeptieren, dass sie überhaupt so empfand. Für alles andere würde sie sich Zeit lassen.

Auf halber Strecke in den Norden hatte Jakob in einer romantischen, kleinen Pension ein Zimmer reserviert. Der Raum war winzig, aber liebevoll eingerichtet. Durch die weit geöffneten Fenster brachte der kühle Abendwind den Duft der Kletterrosen zu ihnen herein, die die ganze Hauswand bedeckten.

»Wenn du mich Libby hättest fahren lassen, hätten wir die Strecke am Stück geschafft und keine Übernachtungsmöglichkeit gebraucht«, neckte Hannah ihn und wippte auf der Matratze ihres Bettes hoch und runter, um sie zu testen.

»Ich schlafe lieber eine Nacht in einem Bett mit dir, das fünf Zentimeter zu kurz ist«, gab er zurück und zog sie an sich, um sie zu küssen. »Und jetzt muss ich was essen. Deinen Chauffeur zu spielen hat mich hungrig gemacht.« Spielerisch biss er Hannah in die Halsbeuge.

Lachend versuchte sie, ihm zu entkommen. »Du hast immer Hunger. Dafür bin ich kein bisschen verantwortlich.«

Sie spazierten durch den pittoresken Ort, den sie – so musste Hannah zugeben – niemals gefunden hätten, wenn sie die Autobahn genommen hätten. Sie hatten während der Fahrt über Belanglosigkeiten geplaudert, Rockklassiker im Radio gehört und zwischendrin geschwiegen. Mit Jakob zu schweigen war immer angenehm gewesen. Doch als sie jetzt auf der Terrasse eines kleinen Restaurants saßen und über den Fluss blickten, wurde die Stille zwischen ihnen schwerer, drückender.

»Worüber denkst du nach?«, fragte Hannah, nachdem sie Jakob eine halbe Minute dabei zugesehen hatte, wie er eine Rosmarinkartoffel auf seinem Teller hin und her schob.

»Hmm?« Jakob hob den Blick.

»Was geht in deinem Kopf vor?«, wiederholte sie ihre Frage.

Jakob blickte auf die Lichter am gegenüberliegenden Flussufer, dann sah er wieder Hannah an. Nicht einmal, als er sie von der Notwendigkeit dieses Roadtrips überzeugt hatte, war sein Gesichtsausdruck so ernst gewesen. »Ich habe darüber nachgedacht, wie du dir die Zukunft vorstellst.«

Hannah rieb sich über die Arme, die sich trotz der milden Sommernacht plötzlich kalt anfühlten. »Das ist es, wovor ich im Moment Angst habe«, antwortete sie leise – und ehrlich. »Ich möchte nicht darüber nachdenken.« Sie schob ihre Hand über den Tisch und verschränkte ihre Finger mit

Jakobs. »Denkst du, wir können es erst einmal dabei belassen? Wenigstens, bis wir aus Hamburg zurück sind?«

»Damit verdrängst du das Ganze nur«, widersprach Jakob.

»Ich weiß. Nur, bis wir wieder zurück sind«, bat sie ihn noch einmal.

»Deine Chefin will dir ein Angebot machen«, versuchte Jakob es noch einmal.

»Nicht heute Abend, okay?« Sie weigerte sich, die bevorstehenden Veränderungen, um die sie nicht herumkommen würde, in ihre heile kleine Seifenblase zu lassen. »Im Moment fällt es mir schwer, mir vorzustellen, nicht in deiner Nähe zu sein. Sternmoos und meiner Familie den Rücken zuzukehren.« Sie hätte niemals für möglich gehalten, sich in den Bergen noch einmal so zu Hause zu fühlen, wie sie es in den letzten Wochen getan hatte. Um das Thema zu beenden, zog sie ihre verbundenen Hände zu sich heran und küsste Jakobs Fingerknöchel, so wie er es im Auto immer wieder getan hatte.

*

Louisa hatte gewartet, bis Jakob und Hannah vom Hof gerollt waren. Mit einem leisen Lächeln schloss sie die Tür und trank den Rest ihres Kaffees aus. Wer hätte das gedacht? Jakob war genau das, was Hannah gefehlt hatte. Und zwar all die Jahre. Seit die beiden wieder zusammen waren, war die Ruhelosigkeit aus Hannah verschwunden. Und das war nicht die Ruhelosigkeit, die mit der Katastrophe in Brasilien einherging, sondern die, die sie umtrieb, seit sie vor zehn Jahren Berchtesgaden verlassen hatte. Jakob erdete sie. Und er liebte Hannah. Genau wie sie ihn. Nur waren sie sich dessen beide noch nicht bewusst. Vielleicht half ihnen die Reise nach Hamburg auf die Sprünge.

Louisa stellte ihre Kaffeetasse in die Spülmaschine und tauschte ihre Yogahose und das Trägertop, in dem sie im Morgengrauen den Sonnengruß gemacht hatte, gegen eines dieser langen, luftigen Hippiekleider, die zurzeit wieder so in waren. Die leichte Baumwolle umspielte ihre Knöchel, als sie ihre Haare durchbürstete und offen über den Rücken fallen ließ. Ein bisschen gab ihr die aktuelle Mode das Gefühl, noch einmal jung zu sein. Sie schlüpfte in Flipflops und stieg die Treppe hinunter, um den Mühlenladen zu öffnen.

Den Vormittag über gaben sich die Kunden die Klinke in die Hand. In der Mittagspause half sie Rosa in der Mühle, ein verstopftes Rohr zu reinigen. Dann nahm sie sich bei einer Tasse Kaffee die Zeit, den Businessplan durchzusehen, den ihre Nichte für ein paar Veränderungen in der Mühle und im Laden aufgestellt hatte. Bis jetzt verkauften sie nur das Mehl, aus dem die Bäcker und Hotelküchen in der Gegend ihr Brot backten, und schoben alle zwei Wochen selbst Brot in den Holzbackofen auf dem Hof. Rosa schwebte vor, gemeinsam mit einem befreundeten Bäcker das Brotangebot auszubauen und damit eine noch größere Bindung ihrer Laufkundschaft an die Mühle zu erzielen. Die Ideen ihrer Nichte gefielen ihr, und sie nahm sich vor, den Plan so schnell wie möglich mit ihr durchzusprechen.

Ein Blick auf die Uhr sagte ihr, dass es bereits Zeit war, Feierabend zu machen. Sie war gerade dabei, die Kaffeemaschine zu putzen, als sie am Knarzen der alten Dielen hörte, dass noch jemand den Laden betrat. Sie blickte über die

Schulter und wollte gerade fröhlich grüßen, doch die Worte blieben ihr im Hals stecken. *Schon wieder*, war das Einzige, das ihr durch den Sinn ging, als sie Brandl mitten im Raum stehen sah.

»Du wolltest sicher gerade schließen«, sagte er statt einer Begrüßung.

»Das wollte ich tatsächlich. Und ich gehe davon aus, dass du nicht hier bist, um eine Tüte Mehl zu kaufen, oder eines meiner Chutneys«, gab Louisa zurück.

Er betrachtete die Auswahl im Regal neben sich, ließ den Blick über Marmeladen und selbst gemachte Soßen gleiten. »Nein, ich bin gekommen, weil ich weiß, dass Jakob mit Hannah nach Hamburg gefahren ist und ich dich allein erwischen wollte.«

»Ich bin nicht allein. Meine Nichte Rosa lebt hier.« Louisa schaltete die Kaffeemaschine aus und hängte das Geschirrtuch, das sie sich über die Schulter geworfen hatte, ordentlich über den Griff eines der Schränke hinter dem Tresen.

Michael schenkte ihr ein kleines Lächeln. »Deine Nichte lebt auf der anderen Seite des Hofes«, korrigierte er sie.

»Entschuldige, ich hatte es vergessen. Du bist Anwalt. Spitzfindigkeiten sind dein Lebenselexier.« Und sie schaffte es doch nicht, den Sarkasmus aus ihrer Stimme herauszuhalten. Sie schloss für einen Moment die Augen, um sich zu sammeln. »Was willst du, Brandl?«, fragte sie leise.

»Mit dir reden. In Ruhe. Vielleicht können wir einfach vergessen, wie unser letztes Gespräch geendet hat und an dieser Stelle noch einmal beginnen.« Er trat einen Schritt vor, und so wie vor vierzig Jahren veränderte sich die Atmosphäre des Raumes. Sein Wesen brauchte viel zu viel Platz für ihren kleinen Laden. Und er machte keine Anstalten, sein Vorhaben aufzugeben. Dazu war er viel zu starrköpfig. Auch wenn er im Moment Jeans, Turnschuhe und ein Poloshirt trug, auf dem ein Ölfleck prangte, konnte sie ihn sich perfekt im Talar in einem Gerichtssaal vorstellen. »Bitte«, ergänzte er und sah Louisa aus seinen eindringlichen, blauen Augen an.

Wenn sie ihn loswerden wollte, würde sie sich anhören müssen, was er zu sagen hatte. »Komm mit hoch«, schlug sie vor. Sie wartete, bis er den Laden verlassen hatte, und schloss hinter ihnen ab. Dann stieg sie vor ihm die Treppe zu ihrer Wohnung hinauf. Neugierig sah er sich in ihrem offenen Wohnraum um, während sie Holunderblütensirup und Eiswürfel in zwei große Gläser schenkte, ein paar Minzblättchen dazugab und alles mit Mineralwasser auffüllte.

»Schön hast du es hier«, bemerkte Michael.

»Danke.« Sie reichte ihm ein Glas. »Lass uns auf den Balkon gehen«, schlug sie vor. Unter freiem Himmel fiel es ihr leichter, sein einnehmendes Wesen auf Abstand zu halten.

Sie setzten sich an den schmiedeeisernen Tisch am Geländer, von dem aus man einen wundervollen Blick auf den Sternsee, den Zauberwald und die Bergketten dahinter hatte. Louisa war dieses Bild in all den Jahren, die sie inzwischen hier lebte, nie müde geworden.

Michael betrachtete das Panorama ebenfalls, dann blickte er nach unten und lächelte. »Dein Garten?«, fragte er und musterte die Beete, in denen es üppig blühte und grünte.

»Ja.« Louisa versuchte, das Areal unter sich mit Michaels Augen zu sehen. Gemüse, aus dem sie Chutneys und Soßen für den Laden machen würde, unterbrochen von Blumen, die der natürlichen Schädlingsbekämpfung dienten. Üppige Kräuterbüsche, die sie bis auf den Balkon riechen konnte. Der Inbegriff eines funktionierenden Bauerngartens.

»Ich hätte mir nie vorstellen können, dass du mal einen Garten haben würdest«, sagte er und drehte sein Glas nachdenklich in den Händen.

»Manchmal täuscht man sich in den Menschen.« Louisa wendete den Blick von den prächtigen Pflanzen ab und sah Michael direkt an.

Er zuckte mit den Schultern. »Ich würde es anders formulieren«, widersprach er ihr. »Manchmal entwickeln sich die Menschen einfach anders, als man es erwartete hätte. Du bist das beste Beispiel dafür. Du wolltest die Welt sehen, überall hinreisen. Und jetzt bist du Besitzerin einer Mühle in der Gegend, aus der du kommst.«

»Dass ich diesen Weg einschlagen würde, konnte man wirklich nicht vorhersehen. Du hingegen bist zielstrebig genau dem Pfad gefolgt, den du für dich selbst vorgesehen hattest. Etappe für Etappe. Bis hin zu diesem Mercedes Cabrio, das du jetzt restaurieren lässt. Du hast schon damals davon gesprochen, dass du so eins unbedingt mal haben willst.«

Michael trank einen Schluck und sah Louisa über den Rand seines Glases hinweg an. »Daran erinnerst du dich noch?«, fragte er leise.

Louisa legte den Kopf in den Nacken und blickte in den Abendhimmel. »Wenn du es genau wissen willst: Ich erinnere mich an alles. Überdeutlich. Als hätte ich eine Droge eingeworfen, die jedes Bild aus dieser Zeit noch eine Spur schärfer und heller leuchten lässt.« Ihr Herz klopfte schmerzhaft gegen ihre Rippen. Was sie sagte, war die reine

Wahrheit. Aber das war etwas, womit nicht jeder umgehen konnte.

»Ich erinnere mich auch noch gut«, gab Michael zu. »Aber nach all den Jahren...« Er schüttelte den Kopf, als könne er es noch immer nicht glauben, dass sie hier saßen und auf den See hinausblickten. »Es kann doch kein Zufall sein, dass wir uns ausgerechnet jetzt – und ausgerechnet hier – über den Weg laufen.«

Louisa warf ihm einen Seitenblick zu. »Was soll es denn sonst sein? Schicksal vielleicht?« Früher wäre sie für solche Gedanken empfänglich gewesen. Aber inzwischen...

»Du glaubst nicht, dass das eine Bedeutung hat?«

Mit einer langsamen Bewegung stellte sie ihr Glas vor sich auf den Tisch. Offenbar war der Zeitpunkt gekommen, völlig ehrlich zu sein. Schonungslos offen. »Ich würde sagen, du hattest Glück. Glück, dass du mir über den Weg gelaufen bist und nicht meiner Schwester.« Sie machte eine Pause, um ihre Worte sacken zu lassen. »Sie wäre vermutlich komplett ausgeflippt, wenn du plötzlich vor ihr gestanden hättest.«

»Rena lebt auch hier? In Sternmoos? Ich dachte, sie sei in der Gegend geblieben. Aber dass ihr beide hier wohnt...« Michael schluckte. Die Neuigkeit brachte ihn zumindest kurzzeitig aus der Fassung.

»Ja, sie hat geheiratet und drei wundervolle Töchter bekommen. Rosa, die die Mühle mit mir bewirtschaftet. Hannah, die gerade mit Jakob auf dem Weg nach Hamburg ist. Und Antonia. Sie ist Hebamme und lebt auf der anderen Seite des Dorfes. Rena hat eine Gärtnerei in Sternmoos«, fasste Louisa das Leben ihrer Schwester zusammen.

»Dann geht es ihr gut?«, fragte Michael, konnte sich aber nicht dazu überwinden, von seinem Glas aufzublicken und ihr in die Augen zu sehen.

»Inzwischen.«

»Weißt du...« Michael lehnte sich zurück und zwang sich jetzt doch, Blickkontakt zu ihr zu halten. »Keine von euch beiden hätte mir das damals geglaubt.« Er lachte leise. »Wahrscheinlich kauft ihr mir das auch jetzt nicht ab, aber was passiert ist, tut mir wahnsinnig leid. Ich war damals völlig überfordert. Ich hätte mir im Traum nicht vorstellen können, dass ein Typ wie ich...« Er fuhr sich durch die Haare. »Ich meine, ich hätte eigentlich nur an mein Studium denken sollen. Stattdessen habe ich mich in eine Situation manövriert, mit der ich völlig überfordert war und mit der ich kein bisschen umgehen konnte. Aber eines musst du wissen.« Jetzt machte er eine Pause, um Louisa zu zeigen, wie ernst ihm seine nächsten Worte waren. »Ich habe dich wirklich geliebt. Aus tiefstem Herzen.«

Seine Worte trafen Louisa – unerwartet und wie ein Messer, das ihr nicht nur ins Herz gerammt, sondern noch darin herumgedreht wurde. Vorsichtig holte sie Luft. »Das ist lange her«, sagte sie und erkannte ihre Stimme fast nicht, so rau klang sie. »Wem hilft es, alte Wunden wieder aufzureißen? Lass es uns einfach vergessen.«

»Und so tun, als ob wir Fremde wären?«, fragte er und schüttelte den Kopf. »Das kann ich vielleicht, aber ich möchte es nicht.« Er beugte sich vor, sein Blick noch immer eindringlich. »Gib mir eine Chance, Lou«, bat er sie. »Eine einzige.«

»Wie sollte die aussehen?« Am liebsten hätte sie mit der Faust über ihr schmerzendes Herz gerieben. Michael hatte alle Chancen dieser Welt gehabt – und sie grandios vermasselt. Eigentlich hatte er es nicht verdient, dass sie ihm noch einmal entgegenkam.

Seine blauen Augen hielten sie gefangen, während er sprach. »Geh mit mir aus, Lou. Dinner. Tanzen. Ein Konzert. Ganz egal. Lass uns einen Abend ohne die Vergangenheit verbringen. Du und ich. Im Hier und Jetzt. Wenn du danach sagst, dass dir dieser Abend nicht gefallen hat, gebe ich auf.«

»Dann würdest du mich tatsächlich in Ruhe lassen?« Sie glaubte ihm kein bisschen.

Aber Michael nickte. »Du musst nur ein Wort sagen und bist mich los.«

Louisa starrte auf die hohen Baumwipfel der Latschenkiefern, die den Zauberwald ausmachten. Sanft wippten sie in der Abendbrise. Sie versuchte, den Aufruhr der Gefühle, den Michael ausgelöst hatte, zu bändigen und wenigstens solange klar zu denken, bis sie eine rationale Entscheidung getroffen hatte. Ihre Gefühle ließen keinen Zweifel daran, was sie wollten. »Einen Abend«, hörte sie sich sagen, noch bevor ihr Gehirn zu Ende gedacht hatte. »Ich will nicht, dass Rena etwas davon mitbekommt.« Genau genommen musste sie verhindern, dass Rena überhaupt erfuhr, dass sich Michael Brandner in Sternmoos herumtrieb – und Kontakt zu Louisa aufgenommen hatte.

»Kein Problem.« Michael trank den Rest seiner Holunderlimonade in einem großen Schluck. Die Spannung wich aus seinem Körper, was Louisa als tiefe Erleichterung interpretierte. »Hast du noch was davon?«, fragte er und hielt sein leeres Glas hoch. »Und dann würde ich gern etwas über die Mühle hören und das, was du hier geschaffen hast.«

24

Je niedriger die Zahlen wurden, die auf den Wegweisern die Entfernung bis Hamburg anzeigten, desto bedrückter fühlte sich Hannah. Jakob konzentrierte sich auf den immer dichter werdenden Verkehr. Die Lautstärke des Autoradios hatte er heruntergedreht. Hannah starrte auf den Stoffwürfel am Rückspiegel, der sanft hin und her schaukelte. Sie waren zeitig aufgebrochen und hatten beschlossen, als Erstes an ihrer Wohnung zu halten und ihr Gepäck abzustellen. Dann würde Hannah ihren Termin in der Agentur wahrnehmen. Am vergangenen Abend hatte sie sich endlich dazu überwunden, Mila eine Nachricht zu schreiben und ihr mitzuteilen, dass sie in Hamburg war und sie treffen könnte. Nur Sekunden später hatte die Antwort von Finns Frau auf ihrem Display aufgeleuchtet, sodass sie sich nach ihrem Termin mit Agnes noch mit ihr treffen würde. Wenn sie dieses Gespräch hinter sich gebracht hatte, war sie bereit, wieder aus der Stadt zu verschwinden. Jakob würde wahrscheinlich darauf bestehen, die Nacht hier zu verbringen und am nächsten Morgen ausgeruht zurückzufahren. Aber wenn es nach ihr ginge, könnten sie so schnell wie möglich den Rückweg nach Berchtesgaden antreten.

Jakob folgte ihren Anweisungen und kreiste dann dreimal durch das Schanzenviertel, bis er sich eine Parklücke schnappen konnte, die ein altersschwacher Opel freimachte. Dann schulterte er ihre Reisetaschen und folgte ihr in den dritten Stock. In der Wohnung stand die Hitze. Ihre beiden Mitbewohnerinnen waren vor einer Woche nach San Francisco geflogen und hatten vergessen, die Rollos herunterzulassen, die sonst die Sonne draußen hielten. Fast hatte Hannah das Gefühl, ihre Schritte hallten im Flur, so leer fühlte sich die Wohnung an.

Sie ging Jakob, der das Gepäck einfach neben der Tür abgestellt hatte, in ihr Zimmer voraus. Das Mädchen, das für ein Praktikum in der Stadt gewesen war und ein paar Wochen als Untermieterin hier gewohnt hatte, hatte alles ordentlich und sauber hinterlassen.

»So lebst du?«

Hannah drehte sich zu Jakob um, der im Türrahmen stand und einigermaßen fassungslos auf das Nichts blickte, das ihr Zimmer ausmachte. Sie drehte sich wieder um und versuchte, ihr Zuhause mit seinen Augen zu sehen. Ihr schnörkelloses weißes Bett stand neben einer weißen Kommode aus der gleichen Serie eines großen blau-gelben Möbelhauses. Ergänzt wurde das Ganze von einem ebenso schlichten Kleiderschrank in der gleichen Farbe. Es entstand der Eindruck, als verschmolzen die Möbel mit den Wänden, die ebenfalls weiß waren. Kein persönliches Stück war in diesem Raum zu finden. Kein Foto. Kein Erinnerungsstück. »Ich bin oft auf Reisen«, verteidigte sie ihr kahles Heim. »Wenn ich länger unterwegs bin, vermiete ich mein Zimmer unter. Es ist einfach praktischer, nicht so viel Schnickschnack herumstehen zu haben, der einstaubt, und mit dem die Untermieter sowieso nichts anfangen können. Meine persönlichen Sachen, Klamotten, Bücher und so was, lagere ich ein.«

»Wow«, war alles, was Jakob dazu zu sagen hatte.

Irgendwie konnte sie ihn verstehen. Ihre Tante, Rosa, ja sogar ihre Mutter investierten mehr in die Einrichtung – und Hannah hielt sich gern zwischen den sorgsam arrangierten Kleinigkeiten auf. Selbst Jakobs Werkstatt hatte mehr Charakter als dieses Zimmer. Bevor er auf die Idee kam, in diesen Raum hineinzuinterpretieren, wie leer ihr Leben möglicherweise tatsächlich war, nötigte sie ihn, einen Schritt zurückzutreten. »Lass uns einen Kaffee trinken und dann in die Agentur fahren«, schlug sie vor.

*

Jakob war bisher zweimal in Hamburg gewesen. Das erste Mal war ein Familienausflug zum Geburtstag seiner Mutter, dessen Höhepunkt das Musical *König der Löwen* gewesen war. Seine Mutter schwärmte auch zehn Jahre nach dieser fantastischen Städtereise noch von dem kleinen Simba, während sich bei Jakob allein beim Gedanken an singende Großkatzen die Nackenhaare aufstellten. Der zweite Ausflug in die Metropole an der Elbe erfüllte das andere Klischee der Wochenendtouristen: ein Junggesellenabschied. Bei dieser Gelegenheit waren sie von München aus nach Hamburg geflogen. Jakob konnte sich nicht an besonders viele Sehenswürdigkeiten erinnern, abgesehen von denen, die mit außergewöhnlichen Kombinationen von Alkohol und viel nackter Haut in irgendwelchen Stripclubs zu tun gehabt hatten.

Mit Hannah durch Hamburg zu fahren war etwas völlig

anderes. Sie war hier zu Hause. Sie nahm ihn mit in ihre Welt. Von ihrer erschreckend unpersönlichen WG waren sie in die Speicherstadt gefahren, wo er jetzt in einem der oberen Stockwerke eines ehemaligen Getreidespeichers saß und auf einen der Fleete hinunterblickte, die das Viertel aus alten Backsteinkontoren durchzogen. Er hatte mit einer gekühlten Flasche Wasser und einem Glas aus schwerem Kristall im Besucherbereich der *Agentur Blickwinkel* Platz genommen. Sein Körper war tief eingesunken in einen riesigen schwarzen Ledersessel, von dessen Sorte noch drei weitere Exemplare um ihn herum verteilt waren. Eine äußerst effizient arbeitende Empfangsdame saß hinter einem schlichten Tresen aus Rauchglas, nahm mit einem permanenten Lächeln in der Stimme Anrufe entgegen und vermittelte sie weiter. An den Wänden waren perfekt verteilt – und mit Licht maximal in Szene gesetzt – riesige Schwarz-Weiß-Fotos aufgehängt. Bei mindestens einem, der Aufnahme dreier Kinder, die in unbändiger Freude durch Wellen sprangen, die gegen einen Strand schlugen, war er sich sicher, Hannahs Handschrift zu erkennen.

Alles um Jakob herum war leise und gedämpft. Die dicken Teppiche verhinderten, dass die Schritte der Agenturmitarbeiter, die zwischen ihren Arbeitsplätzen in gläsernen Würfeln hin und her gingen, auch nur ein Geräusch machten. All das interessierte ihn nicht. Sein Blick hing an der großen Glaswand, die den Blick in das Büro von Agnes Weber freigab. Die Frau wirkte elegant. Und auf den ersten Blick ziemlich unterkühlt. Schwarzes, knielanges Kleid, das sich eng an ihren schmalen Körper schmiegte. Hannah trug zwar ebenfalls dunkle Sachen, doch bei ihr war es weniger modisches Statement denn der Tatsache geschuldet, dass sie sich später noch mit Mila treffen wollte. Die Haare der Agenturleiterin waren zu einem glatten Pagenkopf in der gleichen Farbe geschnitten. Als Kontrast trug sie Lippenstift, eine Perlenkette und mörderische High Heels in einem Feuerwehr-Metallicrot. Hannah hätte dafür vermutlich einen anderen Begriff, aber ihn als Mechaniker erinnerte die Frau an genau diesen Lacktyp. Die Herzlichkeit, die er durch die Glaswand beobachten konnte, stand im Gegensatz zu ihrem kühlen Auftreten. Die Art, wie sie Hannah in ihre Arme zog – und wie Hannah sich in diesen Halt fallen ließ – sprach eine ganz eigene Sprache, und ein Teil der Anspannung, die in seinem Nacken saß, verflüchtigte sich.

Hannah hatte ihm angeboten, in ihrer Wohnung oder einem Café zu warten, aber er hatte es sich nicht nehmen lassen, sie zu begleiten. Ganz egal, wie lange das Gespräch mit ihrer Chefin – und das Angebot, das sie ihr unterbreiten wollte – dauern würde. Er sah dabei zu, wie Agnes nicht hinter ihren Schreibtisch sank, sondern Hannah mit sich in eine kleine Sitzecke zog, wo sie sich eine ganze Weile unterhielten. Zwischendrin zogen sie beide Papiertaschentücher aus einer Spenderbox auf dem Tisch, wischten sich über die Augen und putzten sich die Nasen.

Schließlich stand Agnes auf, holte einen schmalen Ordner von ihrem Schreibtisch und drückte ihn Hannah in die Hand. Gemeinsam blätterten sie durch die Seiten, und die Agenturleiterin wies mit dem Zeigefinger auf verschiedene Stellen, die Hannah überflog. Als sie den Blick von den Unterlagen hob, leuchtete etwas in ihren Augen, das aussah wie – Hoffnung. Sein Magen zog sich zusammen. Das musste das Angebot sein, mit dem Agnes versucht hatte, sie nach Hamburg zu locken. Und Hannahs Reaktion nach zu urteilen, hatte sie geschafft, was sie sich vorgenommen hatte: Hannah hatte angebissen.

Die Frauen wechselten noch ein paar Sätze. Dann zuckte Agnes plötzlich zurück und starrte Hannah mit aufgerissenen Augen an. Im nächsten Moment war sie aufgesprungen und hastete durch den Raum. An der gegenüberliegenden Wand drückte sie an einer Konsole herum, und Jakob begriff, dass sie versuchte, einen in die Wand eingelassenen Tresor zu öffnen. Als die schwere Metalltür aufschwang, kramte sie darin herum, riss Unterlagen heraus, die einfach herunterfielen. Ihr Arm verschwand bis zum Ellenbogen, und als sie ihn langsam zurückzog, hielt sie einen Packen Papiere in der zitternden Hand. Sie fuhr zu Hannah herum, die ihr langsam gefolgt war, und legte ihre freie Hand an die Wange. Fassungslos schüttelte sie den Kopf, und Hannah strich ihr über die Schulter. Offenbar waren die Briefe, die Finn über die letzten Jahre an seine Familie geschrieben hatte, eben gefunden worden.

*

Hannah schob die Mappe mit Agnes' Angebot gemeinsam mit Finns Briefen, die ihre Chefin aus dem Tresor geholt hatte, in ihre Handtasche. Agnes war in Tränen ausgebrochen und hatte gleichzeitig gelacht, als sie die Kuverts aus ihrem Versteck gezogen hatte. »Finn ist schon immer ein Schlitzohr gewesen. Er hat wirklich alles dafür getan, dass wir ihn nie vergessen«, sagte sie und wischte mit den Fingerspitzen eine neuerliche Träne aus ihrem Augenwinkel.

»Das werden wir auch nicht«, pflichtete Hannah ihr bei. Sie umarmte Agnes fest. »Ich muss los. Danke für das Angebot«, flüsterte sie.

»Denk drüber nach.« Agnes blickte durch die Wand aus dickem Glas, die ihr Reich vom Rest der Agentur trennte. »Wenn ich mir den hübschen Kerl ansehe, der da draußen auf dich wartet, würde ich mir gut überlegen, diesen Deal auszuschlagen.«

Hannah verabschiedete sich und verließ das Büro. Jakob erhob sich und trat an ihre Seite, als sie sich in Richtung des Aufzugs wandte. Sie winkte Melli, die hinter dem Empfangstresen saß, zum Abschied zu und drückte den Knopf. »Tut mir leid, dass es so lange gedauert hat«, murmelte sie.

»Kein Problem.« Er trat neben ihr in den Fahrstuhl und lehnte sich gegen die verspiegelte Wand.

Hannah drückte den Knopf für das Erdgeschoss. »Agnes hat Finns Briefe tatsächlich gefunden.« Sie spürte die nervöse Energie, die durch ihre Adern rauschte. »Ich kann mir gar nicht vorstellen, was das für Mila bedeuten wird.«

»Du wirst es herausfinden.« Jakob griff nach ihrer Hand, und sie spürte wieder den Fels, zu dem er für sie geworden war.

Bevor sich Hannah mit Mila traf, blieb ihnen noch etwas Zeit, die sie nutzten, um zum Ohlsdorfer Friedhof zu fahren. Hannah hatte das Bedürfnis, sich von Finn zu verabschieden – auch wenn das merkwürdig klang. Sie hatte das Gefühl, ihm das schuldig zu sein, nachdem sie ihn in Brasilien zurückgelassen hatte.

»Wow«, brachte Jakob heraus. »Das ist mal – riesig.« Hannah folgte seinem Blick in die Kronen der großen, jahrhundertealten Laubbäume, die ein leise rauschendes Dach über ihnen bildeten.

»Verrückt, oder?« Sie drehte sich einmal um die eigene Achse. »Dass Hamburgs größte Grünanlage ausgerechnet ein Friedhof ist.«

Sie gingen über die breiten Wege, überquerten kleine Wasserläufe und beobachteten für ein paar Minuten eine Schwanenfamilie auf einem Teich. Als sie weitergingen, landeten Wildgänse auf der glatten Wasseroberfläche hinter ihnen. Sie folgten dem Weg zum Ohlsdorfer Ruhewald und atmeten die ganz besondere Stille und den Frieden ein, die hier herrschten. Gesäumt von uralten Eichen und hellen Birken hatte Mila für Finn einen wunderschönen Platz auf einer Wildwiesenfläche ausgewählt.

Jakob warf ihr von der Seite einen Blick zu. »Brauchst du mich? Oder ist es dir lieber, ich warte hier auf dich?«

Dankbarkeit schoss durch ihre Adern, doch sie wusste, dass sie die letzten Meter allein gehen musste. Deshalb schüttelte sie den Kopf. »Ich bin gleich zurück.«

Er strich ihr sanft über die Schulter. »Lass dir alle Zeit.«

Hannah drehte sich um und folgte Agnes' Beschreibung zu der kleinen Tafel aus Granit, in die mit starken, klaren Buchstaben *Finn Bergmann* graviert war. Als sie sich nach Jakob umdrehte, lehnte er, die Hände in den Taschen seiner Jeans, mit der Schulter am Stamm einer knorrigen Kiefer im Schatten.

Sie ging neben Finns Grab in die Hocke und strich mit den Fingerspitzen über den von der Sonne gewärmten Stein. Hannah würde keine Zwiesprache mit Finn führen, wie die Menschen in Filmen es immer taten, um sich von der Last der Trauer zu befreien – denn das würde nichts nutzen. Die Trauer würde bleiben. Sicher, der Schmerz würde schwächer werden, und irgendwann würden bei der Erinnerung an Finn nur noch seine blöden Witze und sein breites Lachen vor ihrem inneren Auge auftauchen. Aber bis dahin war es ein weiter Weg. Hannah zog ein Foto aus ihrer Handtasche und betrachtete es. Sie hatte versucht, das Brennen hinter ihren Augenlidern in Schach zu halten, aber eine Träne schaffte es doch, sich aus ihrem Augenwinkel zu stehlen und an ihrer Wange hinunterzulaufen. Für einen Moment verschwamm das Foto, das vor Farben barst, dann blinzelte sie es wieder scharf. Es war ein Selfie von Finn und ihr, das sie bei ihrem ersten gemeinsamen Auftrag vor fünf Jahren in Spanien gemacht hatte. Palmen. Hinter ihnen die Sonne, die ins Meer sank. In ihren Händen Mojitos mit bunten Schirmchen ... und so viel blanke Lebensfreude in ihren Gesichtern. Sie faltete das Foto vorsichtig zusammen und steckte es zwischen die Grashalme und Blumen, die in wilder Schönheit um die Erinnerungen an Finn wucherten. Sie legte ihre Hand neben einer sanft im Wind schaukelnden knallroten Klatschmohnblume auf den Boden und stützte sich ab, um sich wieder aufzurichten.

Jakob löste seinen Körper von der Kiefer, als sie zu ihm zurückkam, und nahm sie wortlos in die Arme. Eine gefühlte Ewigkeit hielt er sie einfach nur fest, ehe sie sich stumm auf den Rückweg machten.

In gedämpfter Stimmung fuhren sie in die Stadt zurück. Hannah fühlte sich völlig gerädert. Am liebsten hätte sie sich in ihrem Bett die Decke über den Kopf gezogen und die nächsten Stunden einfach verschlafen. So wie in den ersten Tagen nach der Tragödie. Stattdessen stand ihr Treffen mit Mila an. Auf dem Rückweg in die Stadt verschwand die Sonne hinter tief hängenden, dunklen Wolken, die einen kräftigen, kalten Wind mit sich brachten. Hamburger Wetter. Passend zu ihrer Stimmung. Mila hatte vorgeschlagen, sich im Alsterpavillon zu treffen. Bei schönem Wetter war hier die Hölle los. Aber als sie die drei Stufen zur Terrasse hinaufstieg, saßen nur wenige Gäste im Außenbereich und trotzten den kalten Böen. Eine von ihnen war Mila, die sich einen Zweiertisch in der Ecke gesucht hatte. Obwohl sie still vor einer Tasse Kaffee saß, fiel sie mit ihrem feuerroten Haar und dem bunten Sommerkleid auf. Hannah blickte an sich hinunter. Sie hatte extra ein schwarzes Oberteil zu einer anthrazitfarbenen Hose gewählt, um Mila nicht vor den Kopf zu stoßen. Offenbar wäre das nicht nötig gewesen.

Mila entdeckte sie und erhob sich von ihrem Platz mit einem Lächeln, das traurig wirkte, aber von Herzen zu kommen schien. Hannah überquerte die Terrasse und umarmte sie fest. Lange. Es fühlte sich so richtig an, dass ihr Herz erleichtert aufseufzte. »Es tut mir so unglaublich leid«, murmelte Hannah an Milas Schulter.

»Das muss es nicht.« Mila lehnte sich zurück und sah Hannah fest in die Augen. »Ich bin unglaublich glücklich, dass du gekommen bist. Ich verstehe, dass du Zeit für dich gebraucht hast. Dass du heilen musstest. Äußerlich und innerlich.« Sie ließ Hannah los und nahm wieder Platz.

Hannah setzte sich ihr gegenüber. Sie hatte Jakob ganz vergessen und drehte sich suchend nach ihm um. Er winkte ihr vom Rand der Terrasse und gab ihr mit einem Zeichen zu verstehen, dass ihm kalt war und er im Restaurant warten würde. Wahrscheinlich stimmte das nicht, aber sie war dankbar, dass er ihr die Privatsphäre gab, die sie für dieses Gespräch brauchte. Sie nickte ihm zu und drehte sich wieder zu Mila um.

»Ich bin so froh, dass du dir die Zeit genommen hast, dich mit mir zu treffen. All das löst sicher schmerzhafte Erinnerungen aus.«

»Ich wollte es nicht.« Hannah blickte auf das graue Resopal der Tischoberfläche, nicht sicher, ob sie die Worte gerade tatsächlich laut ausgesprochen hatte. »Ich wollte nicht herkommen«, wiederholte sie leise.

Als sie den Blick hob, griff Mila nach ihren Händen und drückte sie. »Ich weiß. Und mir ist klar, was ich verlange. Ich versuche, mit Finns Tod fertigzuwerden. Und ich schwanke ...«, sie blickte in die Ferne, »zwischen den Momenten, in denen ich glücklich bin, überhaupt mit ihm zusammen gewesen zu sein und diese wundervollen Kinder zu haben, und den Augenblicken, in denen ich ihn vor Wut schreiend aus dem Jenseits zurückzerren will, um ihn eigenhändig zu erwürgen, weil er uns allein gelassen hat.« Sie verzog die Lippen zu einem kleinen Lächeln. »Ich liebe ihn. Ich hasse ihn. Und ich versuche weiterzumachen. Auf die Art, wie er es sich von mir gewünscht hätte.« Sie zupfte am Oberteil ihres Kleides. »Kein Schwarz für mich. Er hätte es gehasst.«

Eine Kellnerin kam, und Hannah bestellte eine Cola. Sie wartete, bis sie sich dem nächsten Tisch zuwandte. »Ich war an Finns Grab. Du hast ihm einen wunderschönen Platz ausgesucht.«

»Ja, nicht wahr?« Mila machte sich nicht die Mühe, die Tränen zu unterdrücken, die über ihre vom Wind geröteten Wangen liefen.

»Der Tag des Unfalls...« Hannah schluckte hart und sah Mila fest in die Augen. »Ich möchte, dass du weißt, wie es abgelaufen ist, damit du dir ein eigenes Urteil bilden kannst.« Sie erzählte mit leiser Stimme, wie gut gelaunt Finn an diesem Morgen gewesen war. Wie sie ihn dazu überredet hatte, die Plätze zu tauschen und nicht hartnäckig genug darauf bestanden hatte, dass er sich anschnallte.

Mila schüttelte langsam den Kopf. »Gibst du dir etwa die Schuld daran, dass Finn tot ist? Hannah...« Die Tränen auf ihren Wangen begannen zu trocknen. Forschend suchte ihr Blick in Hannahs Gesicht nach Antworten.

»Ich weiß es nicht«, flüsterte Hannah. »Es ist alles so schiefgelaufen an diesem Tag. Und ich habe überlebt.«

»Ach Süße. Ich wusste, dass die realistische Chance bestand, dass so etwas irgendwann passieren wird. Man kann sich nicht aussuchen, in wen man sich verliebt.« Milas Blick glitt zum Restaurant hinter Hannah, in dem Jakob saß. »Ich habe mich in einen der größten Adrenalin-Junkies verliebt, die man sich nur vorstellen kann. Natürlich verdrängt man diese Tatsache. Natürlich hofft man die ganze Zeit, dass er gesund nach Hause kommt. Aber tief im Herzen habe ich immer gewusst, dass er eines Tages aus der Tür gehen und nicht mehr nach Hause kommen wird.« Sie lehnte sich auf ihrem Stuhl zurück. »Wie gesagt: Wir können es uns nicht aussuchen. Aber genau deshalb waren wir glücklich miteinander. Ich war die Basis, die Finn gebraucht hat, das Zuhause, zu dem er zurückkommen konnte. Aber ich habe ihn nie festgehalten, ihn nie in Ketten gelegt. Er brauchte das Abenteuer – und ich wollte den Mann, zu dem die Abenteuer ihn gemacht haben.« Der Wind riss an Milas Locken, und für einen Moment herrschte Stille zwischen ihnen. »Er hat uns geliebt«, sagte Mila schließlich. »Aber gegen diesen Drang kam er einfach nicht an.«

»Er war ein draufgängerischer Abenteurer, das stimmt. Aber ihr seid sein Ein und Alles gewesen«, sagte Hannah. »Wir haben noch kurz vor der Katastrophe über euch gesprochen. In seinen Augen war so ein tiefes Leuchten, Mila. Er hat mir diese Briefe gegeben...«

Mila lächelte leicht. »Ich habe mir schon gedacht, dass du diejenige warst, die sie eingeworfen hat.«

»Ja, das war ich. Ich wusste nicht, wie ich dir gegenübertreten soll, und hielt es für die einfachste Lösung. Aber er hat mir auch von anderen Briefen erzählt. Er hat euch geschrieben. Jahr für Jahr, seit der Geburt der Zwillinge. Sie waren im Tresor der Agentur versteckt.« Hannah zog das Bündel Umschläge aus ihrer Handtasche und schob sie auf den Tisch. Sie ließ ihre Hand auf dem Stapel liegen, damit der Wind sie nicht davonriss. »Ich habe sie heute geholt. Finn wollte, dass die Kinder und du wissen, was ihr ihm bedeutet habt.«

»Wow... das ist...« Mila schluckte. Die Umschläge überraschten sie sichtlich. Ihre Hand zitterte, als sie sie auf die Kuverts legte.

Was Hannah die Chance gab, ihre Hand wegzuziehen und nochmals in ihre Tasche zu greifen. Sie nahm einen USB-Stick heraus und legte ihn neben die Briefe. »Das ist eine Auswahl der schönsten Bilder von Finn, die ich in Brasilien geschossen habe. Er war glücklich bis zum Schluss. Bis zur allerletzten Sekunde.«

Mila beugte sich zu Hannah hinüber und umarmte sie fest. »Danke«, flüsterte sie. Für einen langen Moment hielten sie einander. Als sie sich abermals auf ihrem Stuhl zurücklehnte, drückte sie die Briefe gegen ihre Brust. »Würde es dir was ausmachen, mich allein zu lassen? Ich brauche einen Moment für mich.«

»Natürlich nicht.« Hannah stand auf und strich über Milas Schulter. »Wenn ich etwas für dich tun kann, ruf mich an. Jederzeit!«

Mila blinzelte. »Da gibt es tatsächlich etwas, was du für mich tun kannst. Lebe! Ich habe den Mann gesehen, der im Restaurant auf dich wartet. Und ich habe die Liebe in deinen Augen gesehen, als du dich zu ihm umgedreht hast. Trau dich, deine Gefühle zu leben. Zögere keine Sekunde. Wenn es um die Liebe geht, können wir nicht falsch entscheiden. Wir können nur bereuen, was wir nicht hatten.«

Hannah schluckte. Ihr Herz schlug schnell, als sie sich zum Restaurant umwandte. Jakob saß am Fenster und schenkte ihr ein aufmunterndes Lächeln, als er bemerkte, dass sie ihn anblickte. Mila hatte völlig recht. Sie liebte Jakob. Er war die Basis, von der Mila gesprochen hatte. Er war das Zuhause, zu dem sie zurückkehren wollte. Hannah hatte keine Ahnung, ob die alte Liebe neu aufgeflammt oder einfach nie verschwunden war. Das war auch egal. Wichtig war nur, dass sie Jakob liebte. Milas Worte gaben ihr Mut – und Agnes' Angebot gab ihr die Möglichkeit, ihr Leben zu ändern. So zu ändern, dass sie sich erlauben konnte, von einer gemeinsamen Zukunft zu träumen. Sie lächelte zurück und ging zum Restaurant hinüber, um sich in seine Umarmung zu schmiegen – und die Richtung zu planen, in die sich ihr Leben entwickeln sollte.

Hannah schob die Tür auf und drängte sich durch die Gäste, die jede freie Fläche des Raums zu bevölkern schienen. Alle hatten sich vor dem Wetter nach drinnen geflüchtet. Sie erhaschte einen letzten Blick auf Mila, die noch immer reglos auf ihrem Platz saß, die Briefe an ihre Brust gedrückt und den Blick auf die Alster gerichtet.

Entschlossen drehte sie sich wieder um. Es galt noch zwei überbevölkerte Tische zu umrunden, bevor sie Jakob erreichte. Er hatte sie bereits entdeckt und war aufgestanden, als neben ihr plötzlich jemand aufkreischte. Hannah zuckte zusammen. Dann begriff sie, dass es ihr Name war, der in ihr Ohr gebrüllt wurde. Im nächsten Moment schlang sich ein Paar Arme um ihren Hals und riss sie fast von den Füßen.

25

Jakob beobachtete Hannah durch das Fenster des Restaurants, in dem er saß. Um ihn herum summte die Luft von Gesprächen, Gelächter und Musik. Der Duft nach Essen hing im Raum, und ihm wurde vage bewusst, dass sie beide seit dem Frühstück nichts mehr gegessen hatten. Hannah hielt sich tapfer. Niemand wusste besser als er, wie schwer es ihr gefallen war, in seinen Wagen zu steigen und sich nach Hamburg fahren zu lassen. Finns Grab zu besuchen war ein harter Gang gewesen. Und sich mit Mila zu treffen hatte noch mehr von ihr gefordert. Aber sie zog es durch. Aufrecht saß sie im Sturm, der über die Terrasse fegte. Als sie sich schließlich erhob, sich von Mila verabschiedete und zum Restaurant herüberkam, tat sie das mit Eleganz und Stärke. Aber er konnte die emotionale Erschöpfung in ihren Augen sehen. Er wusste genau, was sie brauchte. Essen und Ruhe. Kein Dinner in einem überfüllten, lauten Restaurant wie dem, in dem er gerade saß. Irgendetwas ruhiges, kleines. Hannah kannte bestimmt eine gemütliche Gaststube. Danach würde er sie in ihre Wohnung bringen und den Abend leise ausklingen lassen.

Hannah schob die Tür zum Restaurant auf und drängelte sich zu ihm durch. Jakob erhob sich, um sie in seine

Arme zu ziehen. Sie hatte ihn schon fast erreicht, als wie aus dem Nichts eine große, schmale Blondine auftauchte, ihren Namen kreischte und Hannah um den Hals fiel.

Hannah zuckte, genau wie Jakob, erschrocken zusammen und strauchelte. Der Hugo, den die Blondine in der Hand hielt, schwappte über den Rand ihres Glases und traf die Schulter des Typen hinter ihr. Er drehte sich erbost um, änderte seinen Gesichtsausdruck jedoch sofort, als die Blondine ihn anstrahlte, und verzieh ihr auf der Stelle.

Jakob verstand, warum. Sie war eine Schönheit. Und darüber hinaus perfekt gestylt, geschminkt, gekleidet. »Hannah«, quietschte die Frau noch einmal. »Du bist hier! O mein Gott!«

»Jessie.« Hannah erwiderte die Umarmung. Sie freute sich offenbar, auch wenn sie noch immer ein wenig überrumpelt wirkte.

»Aber was machst du denn hier? Warum hast du nichts gesagt?«, nahm die Blondine – Jessie – sie weiter in Beschlag.

»Ich war nur kurz geschäftlich in der Stadt«, antwortete Hannah – und schien sich plötzlich wieder daran zu erinnern, dass sie nicht allein hier war. Für einen Moment hatte Jakob tatsächlich das Gefühl gehabt, sie hätte in dem Augenblick, in dem die Frau sie umarmte, vergessen, dass es ihn noch gab. Jetzt drehte sie sich strahlend zu ihm um. »Jakob, darf ich dir meine Freundin Jessie vorstellen? Jessie – Jakob.«

Die Blondine strahlte ihn an, maß ihn mit ihren Blicken einmal von oben bis unten und wieder zurück. Offenbar gefiel ihr, was sie sah, denn sie umarmte ihn überschwänglich und hauchte ein »Moin Jakob-Schätzchen« in sein Ohr. Er spürte die kalte Feuchtigkeit auf seinem T-Shirt, als auch seinen Rücken ein Schluck ihres Hugos traf. Möglicherweise hatte Hannahs Freundin bereits einen oder zwei Drinks zu viel für einen Abend.

Aber das war es nicht, was Jakob störte. Es war die Art, wie Hannah sie einander vorgestellt hatte. Ihre *Freundin* Jessie und Jakob. Sie hatte sich nicht die Mühe gemacht, das, was sie miteinander teilten, in irgendeine Beziehung zu setzen. Er war Jakob, der Idiot, der dafür gesorgt hatte, dass sie in ihre alte Welt zurückkehrte, nur um dann am Rand zu stehen und dabei zuzusehen, wie sie begann aufzublühen. Er schluckte seine Enttäuschung herunter. Seine Mutter hatte ihn besser erzogen, als denn schmollenden Buben vom Land zu spielen. »Hallo Jessie«, sagte er. »Schön, dich kennenzulernen.«

»O mein Gott!« Jessie fuhr zu Hannah herum und presste die Hand in einer dramatischen Geste auf ihr Herz. »Wie *süß* er redet! Wie auf dem Oktoberfest!«

Jakob zuckte innerlich zusammen. Ein Blick in Hannahs Richtung zeigte ihm, dass zumindest dieser Kommentar sie ebenfalls leicht das Gesicht verziehen ließ.

Doch der blonde Wirbelwind ließ ihr keine Zeit zu erklären, dass Berchtesgadener keine Münchner waren. »Wir wollen ins *Goldfischglas* und ins *Frieda B*, heute Abend. Ihr seid doch dabei, oder?«

»Ähm ...«, begann Jakob. Hannah brauchte einen ruhigen Abend, um sich von dem stressigen Tag zu erholen. Und ihm ging diese Stadt mit ihren Menschenmassen und ihrer Lautstärke langsam auch gehörig auf die Nerven.

»Ich weiß nicht ...«, begann Hannah im selben Moment.

»O doch! Ihr *müsst*«, betonte Jessie das letzte Wort, und

machte damit deutlich, dass sie keinen Widerspruch dulden würde. »Wir haben dich so lange nicht gesehen. Die ganze Clique ist da. Wann haben wir es zum letzten Mal hinbekommen, alle zusammen abfeiern zu gehen?«

Hannah warf Jakob einen fragenden Blick zu und zwang sich zu einem Lächeln. »Na klar, geh ruhig«, sagte er.

»O nein! Du musst mit!«, sagte Jessie und schwenkte ihr Glas. »Ihr müsst beide mit!«

»Ich habe, ehrlich gesagt, gar nichts Passendes anzuziehen dabei«, versuchte Hannah es noch einmal vorsichtig, stieß bei ihrer Freundin aber auf taube Ohren.

»Ach was«, winkte Jessie ab. »Ausnahmsweise geht das auch mal so.«

Jakob verstand das ›Ausnahmsweise‹ nicht, aber er vermutete, dass auch er mit seinen Jeans und dem T-Shirt nicht optimal für eine Partynacht mit Hannahs Freunden gekleidet war. Zumindest ließen das kurze, enge Kleid und die mörderischen High Heels, die Jessie trug, das vermuten.

Hannahs Freundin hatte die Wirkung einer mittelgroßen Naturgewalt. Jakob ließ sich einfach von ihr mitziehen und durch den hereinbrechenden Abend ins Schanzenviertel treiben. Mit zunehmender Dunkelheit schien das Partyvolk in die Stadt einzufallen. Hannahs Clique, die aus neun Personen bestand, von denen sich Jakob aber nur die Namen Nicci, Paula und Marc merken konnte, erwartete sie bereits in einer Bar im Retro-Stil namens *Goldfischglas*. Sie empfingen Hannah mit großem Hallo, als wäre die lange vermisste Tochter heimgekehrt, und sie umarmte, küsste lachend Wangen und unterließ es abermals, die Beziehung zwischen Jakob und ihr zu definieren, als sie ihn einfach nur mit seinem Namen vorstellte. Hannah bestellte sich einen Moskow Mule, den sie in Rekordzeit hinunterkippte. Kein Wunder, so oft wie sie mit ihren Freunden anstoßen musste. Jakob begnügte sich mit einem Zwickel. Solange er nichts im Magen hatte, ließ er die Finger lieber von den harten Sachen. Ein paar der Frauen aus der Gruppe waren fasziniert von seinem Dialekt und ließen ihn ein paar Sätze aufsagen, die sie mit albernem, alkoholisiertem Gekicher quittierten. Jakob war noch nicht einmal eine Stunde mit diesen Leuten unterwegs und bereits abgrundtief genervt.

Schließlich zogen sie vom *Goldfischglas* in irgendein angesagtes Restaurant, in dem einen Tisch zu bekommen angeblich ein kleines Kunststück war. Aber irgendjemand kannte irgendjemanden, und so zog Hannahs Clique lärmend und lachend an den Menschen vorbei, die vor der Tür auf einen Platz im Restaurant warteten, und fielen über den Gruß aus der Küche her, der mit den Speisekarten gebracht wurde. Der Fisch war gut, das musste Jakob zugeben, auch wenn er sich unter den übertrieben aufgestylten Yuppies und Hipstern – und damit waren nicht nur die gemeint, die an seinem Tisch saßen – unwohl fühlte. Er konnte nicht behaupten, dass Hannahs Freunde nicht nett gewesen wären, er mochte nur ihre offenkundige Oberflächlichkeit nicht.

Kaum hatten sie in ihren Mägen eine Basis geschaffen für das, was die Nacht noch für sie bereithielt, zogen sie weiter in einen Schuppen mit dem nicht besonders kreativen Namen *Haus* 73, einer Zahl, die offenbar für die Hausnummer des Gebäudes stand. Jakob sah dabei zu wie Hannah, begleitet von den tiefen Bässen der Musik um sie herum, aufblühte. Ihre Wangen glühten, ihre Augen leuchteten. Sie schenkte ihm ein breites, glückliches Grinsen. Das war der Moment, in dem der Lärm um ihn herum plötzlich für den Bruchteil einer Sekunde in den Hintergrund rückte. Ein bisschen, als ob das Leben in eine Zeitlupe geraten war und alles zu einem unscharfen Farbwirbel verschwamm. Nur Hannah konnte er überdeutlich sehen. In ihrer schwarzen Bluse und der grauen Stoffhose, in denen sie optisch nicht zu den anderen passte – aber doch dazugehörte. Ihr Lächeln. Ihre Freude. Und Jakob begriff. Er liebte sie. Vielleicht hatte er nie aufgehört, sie zu lieben. Vielleicht hatte er sein Herz erneut für sie geöffnet, seit sie in Berchtesgaden aufgetaucht war. Er wusste es nicht, und es war egal. Absolut nicht egal war dagegen die Tatsache, dass er sich seiner Liebe für sie ausgerechnet in einer angesagten, völlig überfüllten Bar bewusst wurde, in der er alles um sich herum hasste – und sie sich pudelwohl fühlte.

Innerhalb kürzester Zeit kippte Hannah ein paar Kurze, weil schon wieder jeder mit ihr anstoßen wollte. Sie hatte mehr als nur einen Schwips, weshalb Jakob beschloss, beim Bier zu bleiben, um auf sie aufpassen zu können. Als er dachte, Hannah hätte endlich genug und er könnte sie nach Hause bringen, entschied ihre Clique, auf den Kiez weiterzuziehen. Er erwartete, dass Hannah nach dem langen harten Tag abwinken würde.

Stattdessen sprang sie auf, vollführte eine kleine Pirouette, während sie den Rest aus ihrer Astra-Flasche hinunterkippte. »Ich will tanzen«, schrie sie über den Lärm hinweg.

Jakob biss die Zähne zusammen. Sie schien sich nicht mehr daran zu erinnern, dass sie vor nicht einmal einer Viertelstunde unter dem Gejohle der Umstehenden eine

Tanzeinlage auf dem Tisch vorgeführt hatte. Er hielt sie am Arm und stützte sie, während sie vom Schanzenviertel in Richtung Kiez zogen. Hannah und ihre Freundinnen ließen sich unterwegs von insgesamt drei Junggesellenabschieden in Spiele verwickeln, die jeweils mit einem Schnaps endeten, bis sie eine Mischung aus Bar und Club erreichten, der sich *Frieda B* nannte. Sie ergatterten einen Biertisch vor der Tür und bestellten die nächste Runde. Hannah nötigte ihn, mit ihr zu tanzen, so wie mit jeder einzelnen ihrer Freundinnen. Ein paarmal bemühte er sich, sie zu überzeugen, es für diese Nacht gut sein zu lassen, aber Hannah ignorierte jede Aufforderung, den Abend enden zu lassen. Jakob hingegen widerstand der Versuchung, sie einfach wie einen Sack Mehl über seine Schulter zu werfen und in ihre Wohnung zu schleppen.

Als er ihr gegen fünf Uhr morgens in ihre Wohnung zurückhalf, ließ sich ihr Zustand einfach nur noch als sturzbesoffen bezeichnen. Er half ihr, die Schuhe auszuziehen und ließ sie so aufs Bett fallen, wie sie war.

»Karussell«, murmelte sie und kicherte.

Jakob zog ihren linken Arm unter ihrem Oberkörper hervor und brachte sie dazu, ihn über den Bettrand hängen zu lassen, bis er den Boden berührte. Ihr Bein folgte.

»Ah, Bremse«, brummte sie zufrieden.

Er platzierte vorsichtshalber einen Eimer neben Hannahs Bett und stellte eine Flasche Wasser auf das Nachtschränkchen. Obwohl er ebenfalls erschöpft war, wusste Jakob, er würde keinen Schlaf finden. Er stellte sich unter die Dusche und wusch sich den Gestank der Bars von der Haut und aus den Haaren. Dann schlüpfte er in frische Klamotten, kochte sich einen Kaffee und setzte sich auf den winzigen Balkon vor der Küche. Er sah den Nachtschwärmern unter sich zu, wie sie die aufgehende Sonne ignorierten, weil sie sich weigerten, die Nacht enden zu lassen.

Er würde heute nach Sternmoos zurückfahren. Und er war sich nicht sicher, ob Hannah noch auf seinem Beifahrersitz sitzen würde, jetzt, wo sie ihr altes Leben wiederentdeckt hatte. Bis sie wieder unter den Lebenden weilen würde, würde noch eine ganze Menge Zeit vergehen. Zeit, die er damit verbringen würde nachzudenken.

Gegen halb zehn tauchte Hannah im Rahmen der Balkontür auf. Völlig zerzaust, mit verwischtem Make-up und leichenblass in ihren reichlich mitgenommenen Klamotten. Sie stank wie eine Kneipe nach Feierabend und sah aus wie etwas, das die Katze hereingeschleppt hatte. Stöhnend hielt sie sich den Kopf. »Verdammt, war das 'ne Party.« Gierig trank sie einen großen Schluck aus ihrer Wasserflasche. »Ich glaube, ich werde alt.« Sie versuchte sich an einem Lächeln, scheiterte aber kläglich. »Wie lange bist du schon auf?«, fragte sie und lehnte sich neben ihm an die Balkonbrüstung.

»Eine Weile«, log Jakob. »Hör mal, ich habe einen Anruf aus der Werkstatt bekommen.« Wenn er schon mal dabei war zu lügen ... »Es gibt ein paar Dinge zu regeln. Ich muss zusehen, dass ich so schnell wie möglich nach Hause komme.«

»Sicher.« Hannah blinzelte gegen die Sonne, die bereits über die umliegenden Hausdächer strahlte. »Meine Tasche ist fast gepackt. Ich muss nur schnell duschen, dann bin ich so weit. Vielleicht kannst du mir ja in der Zwischenzeit einen Kaffee kochen.«

Jakob wartete, bis Hannah ihm den Rücken zudrehte und wieder in der Küche verschwand, bevor er vorsichtig ausatmete. Sie versuchte nicht, die Rückfahrt zu verschieben. Sie sagte ihm nicht, dass sie hierbleiben wollte. Er wusste, dass sich das Ende dadurch nur nach hinten schob. Aber darüber wollte er im Moment nicht nachdenken. Er stand auf und folgte ihr in die Küche, um Kaffee zu kochen, den er für die Fahrt mindestens so dringend brauchte wie sie.

*

Hannahs Kopf war kurz davor zu explodieren. Daran hatten auch die drei Ibuprofen und der Liter Kaffee, die sie inzwischen intus hatte, nichts geändert. Weder halfen ihre Sonnenbrille noch die fettigen Fritten, die sie zum Aufsaugen des Restalkohols in ihrem Magen an einer Imbissbude im Schanzenviertel gekauft hatte, während Jakob ihr Gepäck in Libbys Kofferraum verstaute hatte.

Jakob hatte nicht viel gesprochen, seit sie ihn am Morgen auf dem Balkon ihrer Wohnung vorgefunden hatte. Und dafür war sie dankbar. Außerdem hatte er sich, ohne es vorher zu erwähnen, dafür entschieden, für den Rückweg die Autobahn zu nehmen. Der Grund dafür war sicherlich, dass er im *Alten Milchwagen* gebraucht wurde. Trotzdem hätte sie ihn auch dafür küssen können. Sie wollte nach Hause, so schnell wie möglich. Der Trip nach Hamburg hatte einer Achterbahnfahrt geglichen. Das Treffen mit Agnes. Dann der Besuch von Finns Grab und ihr Gespräch mit Mila, das ihr so viel von ihrer Angst – und vor allem ihrer Schuld – genommen hatte. Mila machte sie also nicht für den Tod ihres Mannes verantwortlich. Als wäre das nicht genug, hatte Mila sie daran erinnert, auf ihr Herz zu hören. Und damit den Finger auf eine Tatsache gelegt, die Hannah bis zu diesem Moment nicht bewusst gewesen war. Oder die sie vielleicht auch mit Absicht verdrängt hatte: Sie liebte Jakob.

Vorsichtig wandte sie den Kopf, was eine neue Welle aus Kopfschmerzen und Übelkeit über ihr zusammenbrechen ließ. Sie betrachtete sein kantiges Profil, die linke Hand, die lässig auf dem Lenkrad lag und die rechte neben dem Schaltknüppel. Er hielt ihre Hand nicht, wie auf der Hinfahrt. Aber das störte sie nicht. So konzentriert wie er nach vorn blickte, war er in Gedanken wahrscheinlich längst in seiner Werkstatt.

Hannah schloss die Augen, weil die Sonnenbrille nicht genügte, die Helligkeit auszublenden, die wie ein Solarmotor für das Männchen zu dienen schien, das in ihrem Kopf wild mit einem Hämmerchen um sich schlug. Sie hatte es in der vergangenen Nacht übertrieben. Deutlich übertrieben. Bei Milas Worten war eine unglaubliche Erleichterung durch ihren Körper geschossen, und die Erkenntnis, Jakob zu lieben, hatte sie fast schwindlig werden lassen. Und doch hatte sie das Bedürfnis gehabt, mit ihm in ihre Wohnung zurückzukehren, eine Pizza zu bestellen und sich vor den Fernseher zu kuscheln und schließlich in seinen Armen einzuschlafen. Stattdessen war sie über Jessie gestolpert. Natürlich hatte sie sich gefreut, die Freundin zu treffen, aber das hatte noch immer nicht an ihrem Entschluss, einen Abend zu zweit mit Jakob zu verbringen, gerüttelt.

Aber Jessie war einer der hartnäckigsten Menschen, die Hannah je über den Weg gelaufen waren. Und so fanden sie sich kurze Zeit später, umgeben von ihrer alten Clique, im *Goldfischglas* wieder. Sie hatte einen Moscow Mule getrunken und ein wenig zu spät daran gedacht, dass sie seit dem Frühstück nichts mehr gegessen hatte. Aber die angenehme Schwerelosigkeit des Alkohols hatte zu der Leichtigkeit gepasst, die sich seit ihrem Treffen mit Mila in ihrem Körper ausgebreitet hatte. Sie passte zu Agnes' Jobangebot. Also hatte sie auch den nächsten Drink angenommen, den ihr jemand hingestellt hatte, hatte die Kurzen gekippt und irgendwann das Bedürfnis gehabt, vor Glück zu tanzen. Solange ihr Gehirn noch einigermaßen funktioniert hatte, hatte sie sich vorgestellt, wie ihre Zukunft aussehen würde. Sie hatte ihr Leben zwar durch eine rosarote Brille betrachtet, aber das änderte nichts daran, dass das, was vor ihr lag, toll werden würde. Perfekt.

Bei dem Gedanken daran musste sie lächeln, verzog aber gleich darauf das Gesicht vor Schmerzen. Irgendeiner der Schnäpse, mit denen ständig jemand ankam, war genau einer zu viel gewesen. Von da an war alles ein wenig außer Kontrolle geraten. Sie konnte sich nicht daran erinnern, wie sie ins Bett gekommen war. Sie wusste nicht mehr, ob sie in Jakobs Umarmung gekuschelt eingeschlafen war. Aber sie hatte – verdammt noch mal! – das Leben gefeiert. Das würde sie so bald nicht wieder tun, und die Konsequenzen dieser Nacht ertrug sie ohne zu murren. Trotzdem: Das Leben bettelte darum, dass man es hochleben ließ. Das hätte zumindest Finn so gesehen, und Hannah war sich sicher, dass sie ihm in der letzten Nacht alle Ehre gemacht hatte.

Irgendwann musste sie eingeschlafen sein. Sie wurde wach, weil der Mustang stand. Blinzelnd öffnete sie die

Augen und versuchte herauszufinden, wo sie war. Eine Tankstelle. Links von ihr rasten Fahrzeuge auf der Autobahn vorbei. Rechts von ihr sah sie das Tankstellengebäude und die Raststätte.

Ihr Kopf pochte etwas weniger als zu dem Zeitpunkt, als sie Hamburg verlassen hatten. Wirklich gut ging es ihr aber immer noch nicht. Sie wollte gerade aussteigen und sich ein wenig die Beine vertreten, als sie Jakob aus der Raststätte kommen sah. Er hatte eine Dose Red Bull in der Hand, aus der er während des Laufens in großen Zügen trank. In der anderen hielt er eine fettdurchtränkte Papiertüte. Er öffnete die Fahrertür, und gemeinsam mit seinem sauberen, unaufdringlichen Duft wehte der Geruch von Pommes und gebratenem Hähnchen zu ihr herüber. Augenblicklich lief ihr das Wasser im Mund zusammen.

Jakob hielt ihr die Tüte entgegen. »Hier Schlafmütze. Was gegen deinen Kater.«

Hannah griff danach und zog gleich vier Pommes auf einmal aus der Packung, um sie sich in den Mund zu stopfen. Salz und Fett. Sie schloss die Augen und gab ein glückseliges Stöhnen von sich. Als sie die Lider wieder hob, begegnete sie Jakobs Blick, der sie vom Fahrersitz aus beobachtete.

Ein kleines Lächeln kräuselte seine Augenwinkel. »So gut, ja?«

»Besser.« Sie schob noch ein paar Kartoffelstäbchen hinterher. »Willst du auch was?« Sie hielt ihm die Tüte hin.

Er schüttelte den Kopf. »Danke, ich hatte schon was.« Den Blick wieder nach vorn gewandt, startete er den Motor.

Hannah wühlte in der Tüte und fand die Chickenwings, die sie gierig, einen nach dem anderen, verschlang. Mit gefülltem Bauch lehnte sie sich in ihrem Sitz zurück und betrachtete ihre Umgebung. Jakob raste auf der linken Spur dahin, vorbei an blauen Schildern, auf denen Städtenamen standen, die sie noch nie in ihrem Leben gehört hatte. »Wo sind wir hier?«, fragte sie.

»Noch ungefähr vier Stunden von zu Hause entfernt. Du kannst gern noch mal die Augen zumachen«, schlug Jakob vor.

Das Essen hatte gutgetan, entfaltete aber gleichzeitig eine angenehme Trägheit in ihrem Körper. Wenn Jakob ihr anbot, noch ein wenig zu schlafen, würde sie das nicht ablehnen.

Als sie das nächste Mal zu sich kam, fuhren sie bereits das Tal hinauf. Während Hannah sich die Haare zu einem Pferdeschwanz zusammenband und die Sonnenbrille absetzte, weil zwischen den hohen Berggipfeln längst die Dämmerung hereingebrochen war, passierten sie Berchtesgaden und legten schweigend das letzte Stück Weg nach Sternmoos zurück. Jakob ließ den Mustang auf dem Mühlenhof ausrollen und stieg aus. Hannah folgte ihm und nahm ihm ihre Reisetasche ab, als er sie aus dem Kofferraum zog. Sie stellte sie neben die Haustür, und Jakob platzierte vorsichtig ihren Kamerakoffer daneben.

»Danke, dass du mich nach Hamburg gebracht hast. Das war genau das, was ich gebraucht habe. Den Tritt in den Hintern und dich an meiner Seite.« Hannah lehnte sich an Jakob und küsste ihn.

Seine Arme schlossen sich um ihren Oberkörper und hielten sie fest, als wäre dieser Abschied für ein paar Stunden einer für immer. Ohne etwas zu sagen, presste er seine Lippen in ihre Halsbeuge.

Hannah strich Jakob über den Rücken, nicht sicher, wie sie sein Verhalten einsortieren sollte. Doch bevor sie ihn fragen konnte, was los war, küsste er sie und trat zurück. »Gute Nacht«, sagte er.

»Willst du nicht noch mit reinkommen?« Hannah spürte die Enttäuschung, die sich in ihr breitmachte. Das ungute Gefühl wuchs.

Er zog entschuldigend die Schultern hoch. »Ich habe wirklich noch viel zu tun.«

»Das verstehe ich.« Hannah lächelte. Die merkwürdige Stimmung bildete sie sich sicher nur ein, also schob sie das Gefühl zur Seite. »Ich lasse meine Balkontür offen«, sprach sie die Einladung aus, die niemand so gut verstand wie Jakob.

Er lächelte leicht, antwortete ihr aber nicht, als er in seinen Wagen sprang und davonbrauste.

Hannah rieb sich über ihre Arme. Sie fröstelte plötzlich, und das merkwürdige Gefühl kehrte zurück. Louisa war nicht zu Hause. Hannah stellte ihre Sachen in das Gästezimmer und gönnte sich eine lange, ausgiebige Dusche. Dann öffnete sie die Balkontür und kuschelte sich mit der Fernbedienung ins Bett. Ruhelos zappte sie von Programm zu Programm, bevor sie in einen leichten, ruhelosen Schlaf fiel, aus dem sie immer wieder hochschreckte. Als sie am nächsten Morgen von der Sonne geweckt wurde, öffnete sie die Augen einen Spalt und gewöhnte sich an das helle Licht. Ihr Blick fiel auf die offen stehende Balkontür. Und auf die unberührte Bettseite neben ihr. Jakob war nicht gekommen. Sie wusste, dass er viel zu tun hatte, weil er wegen ihr einen Teil seiner Arbeit verschoben hatte. Trotzdem war sie sich sicher, dass etwas nicht stimmte. Aber sie war nicht mehr das junge

Mädchen, das vor ihren Gefühlen davongelaufen war und das zehn Jahre lang bereut hatte. Sie war eine erwachsene Frau, die wusste, was sie wollte. Und wie sie es bekam. Die Wochen, die sie in Berchtesgaden verbracht hatte, hatten ihr die Augen geöffnet. Sie hatte hier nicht schnell genug wegkommen können, als sie achtzehn war. Wie oft hatte sie in der für die Jugend typischen Arroganz gedacht, den See, die Berge und den Wald schon hundertmal fotografiert zu haben? Sie hatte neue Motive gebraucht, je weiter weg vom Talkessel, desto besser. Erst die Jahre hatten sie gelehrt, dass das Motiv gar nicht alles war, was zählte. Es waren auch die Perspektive, die Filter und die Bearbeitung, die ein Foto besonders werden ließen. So wie Sternmoos nicht nur ein Ort war, an einem See, und von Bergen eingeschlossen. Er war Heimat. Mit Familie, Freunden, Erinnerungen, Liebe – und Zukunft. Hannah warf einen Blick auf die Uhr. Mit Jakob würde sie sich heute Abend befassen. Jetzt würde sie erst einmal in die Dependance der Agentur nach Salzburg fahren und sich mit Isabelle treffen. Sie konnte nur hoffen, dass der armen Frau nicht während ihres Gesprächs die Fruchtblase platzte oder die Wehen einsetzten.

*

Jakob hatte in den Rückspiegel gesehen, als er vom Mühlenhof gefahren war. Hannah hatte ein wenig verloren ausgesehen, wie sie neben ihrem Gepäck stand. Er atmete tief durch. Sie würde ihre Balkontür offen stehen lassen. Wahrscheinlich hatte sie noch gar nicht begriffen, dass ihre Zukunft in Hamburg lag. Aber das würde wahrscheinlich nicht mehr lange dauern. Und wenn es so weit war, wäre er gewappnet.

Er fuhr zu Xander, um Laus abzuholen, der für die Dauer seines Roadtrips bei ihm untergekommen war. Er war kaum aus dem Mustang ausgestiegen, als die Haustür aufgerissen wurde und Leni auf ihn zuschoss. In einem pinkfarbenen Glitzerpyjama und absolutem Urvertrauen, dass er sie auffangen würde, als sie in seine Arme sprang. »Jakob!«, schrie sie ihm ins Ohr. »Du bist wieder da! Laus und Bub waren ganz schön frech. Stell dir vor, sie haben die Katze von Opa Valentin auf den Baum gejagt, und Papa musste hochklettern und sie retten.« Die Kleine plapperte ohne Punkt und Komma weiter, während Jakob mit ihr in seinen Armen auf das Haus seines besten Freundes zuging.

Xander stand im Türrahmen, flankiert von den beiden Hunden. In den Händen hielt er ein Geschirrtuch. »Ich habe heute noch gar nicht mit dir gerechnet«, sagte er statt einer Begrüßung.

»Ja, ich auch nicht«, erwiderte Jakob.

Xander zog die Augenbrauen hoch und warf seiner Tochter einen strengen Blick zu. »Prinzessin, was hatten wir ausgemacht?«

»Bettzeit«, gab sie in einem lauten Singsang zurück. »Bringst du mich ins Bett, Jakob? Bitte, bitte, bitte, bitte, bitte…«

Jakob wusste, sie würde das Wort so lange wiederholen, bis er Ja sagte. Also ergab er sich in sein Schicksal, das so schrecklich nicht war. Blieb nur zu hoffen, dass er nicht vor Leni einschlief, während er ihre Gutenachtgeschichte vorlas.

»Du musst nicht…«, begann Xander.

»Kein Problem.« Jakob ging mit Leni auf dem Arm zu seinem Freund. »Das kriegen der Kobold und ich schon hin.«

Leni kicherte. »Ich bin eine Fee und kein Kobold«, widersprach sie. »Gute Nacht, Papa.« Sie beugte sich nach vorn, um Xander die Arme um den Hals zu legen und sich an ihn zu schmiegen.

Xander strich ihr über das Haar und küsste sie auf die Stirn. »Gute Nacht, mein Engel. Träum was Süßes.«

Jakob trug Leni die Treppe hinauf und ließ sie in ihrem Zimmer auf ihr Bett fallen, was ihr ein fröhliches Giggeln entlockte. Er hob die Bettdecke und ließ sie darunterschlüpfen. Die Hunde waren ihnen gefolgt. Während Laus an der Zimmertür stehen blieb, rollte sich Bub neben dem Bett zusammen, sodass Leni ihn streicheln konnte. Das tat sie gern in den letzten Minuten zwischen Wachsein und Schlaf. Jakob setzte sich auf die Bettkante und nahm Lenis abgegriffenes Lieblingsbuch vom Nachttisch. Die Feenschule. Eigentlich konnte sie die Geschichte auswendig aufsagen und korrigierte jeden winzigen Fehler. Trotzdem bestand sie jeden Abend aufs Neue darauf, sie vorgelesen zu bekommen.

Leni kuschelte sich in ihr Kissen und presste ihre Plüschfee Tinki unter ihr Kinn. Als Jakob auf Seite drei war, blinzelte sie, und am Ende von Seite vier schlief sie tief und fest. Er legte das Buch zurück auf den Nachttisch, schaltete ihr Sternennachtlicht ein und zog die Tür hinter sich zu, bis sie nur noch einen Spalt offenstand. Dann lief er mit Laus an seiner Seite ins Erdgeschoss hinunter.

Sein Freund erwartete ihn in der offenen Wohnküche. »Du siehst aus, als hättest du ein paar ziemlich harte Tage gehabt.«

»Das kann man wohl sagen.« Jakob unterdrückte ein Gähnen und rollte seine verspannten Schultern.

»Willst du ein Bier?«

»Nein. Ich nehme lieber ein Wasser.« Er war so müde, dass er im Stehen einschlafen könnte. Alkohol würde ihm den Rest geben.

Xander nahm sich ein Berchtesgadener aus dem Kühlschrank und schenkte Jakob ein Glas Wasser ein. »Wie ist es in Hamburg gelaufen?«, wollte er wissen.

Jakob lehnte sich gegen die Kücheninsel und starrte auf den Dielenboden vor sich. »Um ehrlich zu sein, ich weiß es nicht. Hannah war ...«, er zuckte mit den Schultern, »einfach glücklich. Sie hat einen neuen Auftrag angeboten bekommen und ihre Freunde getroffen. Es war, als ob ich plötzlich die Möglichkeit hätte, einen Blick in ihr Leben zu werfen.«

»Und das hat dir nicht gefallen«, mutmaßte Xander.

»Machen wir uns nichts vor. Sie hat sich hier für eine Weile versteckt. In einer Art heilen Seifenblase. Sie hatte Angst vor ihrem alten Leben und hat sich nicht getraut, dorthin zurückzukehren. Aber jetzt, wo sie gemerkt hat, dass sie sich nicht mehr fürchten muss, wird sie nicht mehr lange in Berchtesgaden bleiben.«

»Und du lässt sie einfach gehen?« Xander trank einen Schluck Bier und sah ihn von der Seite an. »Warum?«, schob er nach, als Jakob nicht sofort antwortete.

»Was soll ich denn dagegen machen? Ich kann sie nicht halten.«

»Aber das musst du. Du liebst sie doch«, sagte Xander.

»Das stimmt«, gab Jakob ohne zu zögern zu. Es brachte schließlich nichts, sich selbst zu belügen. »Ja, ich liebe sie.«

»Wenn man sieht, wie Hannah dich anstrahlt, dann kann man – ohne auf diesem Gebiet Fachmann zu sein – erkennen, dass sie für dich genauso empfindet«, beharrte Xander. Er verstand einfach nicht, was das Problem war.

»Darum geht es nicht«, versuchte Jakob sein Dilemma zu erklären. »Ich bin mir sogar sicher, dass ich ihr nicht egal bin. Aber das ändert nichts. Ich habe sie früher nicht halten können. Was das betrifft, hat sich nichts geändert. Und ich will sie nicht bitten, bei mir zu bleiben. Wenn sie das tut, wird sie es irgendwann nicht mehr aushalten und die Füße in die Hand nehmen.«

Xander schüttelte den Kopf. »Ich wäre mir da nicht so sicher«, widersprach er Jakob. »Hannah ist keine achtzehn mehr. Rede mit ihr, statt eine Entscheidung für sie zu treffen.«

Jakob verzog das Gesicht zu einem ironischen Lächeln.

»Ich weiß, ich bin nicht gerade prädestiniert, Ratschläge in Liebesdingen zu erteilen«, gab Xander zu und seufzte.

»Trotzdem danke fürs Zuhören.« Jakob leerte sein Glas und stellte es auf die Kücheninsel. »Ich muss nach Hause und endlich ein paar Stunden schlafen. Mein Kopf fühlt sich an, als wäre er mit Matsch gefüllt.«

»Vielleicht siehst du klarer, wenn du ausgeschlafen hast.«

»Ja. Vielleicht«, murmelte Jakob. Auch wenn er es bezweifelte.

26

Hannah hörte den ganzen Tag über nichts von Jakob, was ihre innere Unruhe wachsen ließ. Am Abend entschied sie, zu ihm zu gehen. Vierundzwanzig Stunden Funkstille waren einfach nicht seine Art. Außerdem hatte Hannah alles erledigt, was es für ihre Zukunft zu regeln galt. Sie wollte keine Sekunde länger warten und ihm endlich sagen, dass sie ihn liebte.

Sie hatte sich keine Zeit genommen, sich aufzubrezeln. Jakob kannte sie. Wenn sie sich hübsch machte. Wenn sie morgens aufwachte. Und sogar wenn sie unter einem furchtbaren Kater wie am Tag zuvor litt. Als sie vor seiner Tür stand, strich sie ihren Baumwollrock glatt und schob sich die Haare hinter das Ohr. Dann atmete sie tief durch und klopfte.

Es dauerte eine Weile, bis Jakob öffnete. Er sah – nicht gut aus. Unrasiert. Seine Augen blickten müde. Die Haare waren so zerstrubbelt, als wäre er ständig mit den Händen hindurchgefahren. Ohne etwas zu sagen, trat er zur Seite und ließ sie in die Wohnung.

Für einen Moment wurde Hannah von Laus abgelenkt, der von seiner Decke aufsprang und auf sie zustürmte, um sie zu begrüßen. Sie kraulte ihn am Hals und richtete sich dann wieder auf, um Jakob zur Begrüßung zu küssen.

Er erwiderte den Kuss und legte dann seine Hand an ihre Wange. Die Stirn gegen ihre gelehnt flüsterte er: »Hi.«

Hannah drehte den Kopf und küsste ihn in die Handfläche. »Was ist los mit dir? Bist du krank?«, fragte sie.

Mit ihrer Frage brachte sie Jakob dazu, sich von ihr zu lösen. Er zog sie in die Wohnung und schloss die Tür hinter ihr. »Ich habe nachgedacht«, begann er. Er schob seine Hände in die Hosentaschen, zog sie nervös wieder heraus, nur um sie im nächsten Moment in die Gesäßtaschen seiner Jeans zu schieben. »Willst du vielleicht was trinken?«

Hannah legte den Kopf schief und sah Jakob aufmerksam an. Sie hatte keine Ahnung, was nicht mit ihm stimmte. »Eigentlich würde ich lieber wissen, worüber du nachgedacht hast«, lehnte sie sein Angebot ab.

»Okay.« Er fuhr sich durch die Haare, brachte sie noch mehr durcheinander und bestätigte damit Hannahs Vermutung, dass er das in den vergangenen Stunden schon ein paarmal getan hatte. »Wir haben uns zueinander hingezogen gefühlt, seit du wieder da bist.« Er lachte unbehaglich. »Na ja, das lässt sich nicht leugnen. Aber für uns war klar, dass diese Affäre nur so lange anhält, bis du in dein altes Leben zurückkehrst. Was du mit dem Trip nach Hamburg ja irgendwie getan hast. Du hast deine Freunde wiedergetroffen. Du hast Blut geleckt, was deine Arbeit betrifft und bist bereit, dich in den nächsten Auftrag zu stürzen. Ich glaube, dass wir den Zeitpunkt erreicht haben, an dem wir einen Schlussstrich unter unsere gemeinsame Zeit ziehen sollten.«

Hannah brauchte einen Moment, bis sie verstand, was Jakob gerade zu ihr gesagt hatte. »Was?« Sie gab einen ungläubigen Ton von sich. »Machst du gerade mit mir Schluss?«

Jakob rieb sich über den Nacken und verzog entschuldigend das Gesicht. »Wir wussten doch beide, dass es irgendwann enden wird. Du bist nur hier gewesen, bis deine Verletzungen geheilt waren und du an deine Arbeit zurückkonntest. Dieser Zeitpunkt ist jetzt gekommen.«

»Was redest du denn da?« Sie rahmte sein Gesicht mit den Händen ein und brachte ihn dazu, ihr in die Augen zu sehen. »Ich gehe nicht weg. Ich bin gekommen, um dir zu sagen, dass ich bleibe. Agnes hat mir angeboten, die Schwangerschaftsvertretung für Isabelle in Salzburg zu übernehmen. Darum ging es bei diesem Angebot! Nicht dass ich Ahnung von dem Job hätte. Aber das spielt keine Rolle, weil er genau das ist, was ich machen will. Denn er bedeutet, ich kann hierbleiben. Bei dir. Jakob! Ich liebe dich!«, sagte sie eindringlich.

Er löste ihre Hände von seinen Wangen und trat einen Schritt zurück. Für einen Moment schloss er gequält die Augen, dann sah er sie ernst an. »Ich weiß, Hannah. Und das tue ich doch auch. Aber das ändert nichts an den Tatsachen. Du wirst es hier irgendwann nicht mehr aushalten. Die Schwangerschaftsvertretung geht vorbei. Was machst du dann?«

»Aber ich will hier nicht weg. Verstehst du nicht? Ich will bei dir bleiben.« Klang sie wirklich so verzweifelt, wie sich ihre Worte in ihren Ohren anhörten?

»Früher oder später wirst du diese Entscheidung bereuen«, sagte er leise, aber entschieden.

»Und das bestimmst du für mich, ja?« Langsam aber sicher begann Ärger, den Schock über seine Ablehnung zur Seite zu schieben. Sie spürte, wie Hitze in ihre Wangen kroch. Ein furchtbarer Gedanke begann sich in ihr zu regen. »Du machst das doch nicht, um dich an mir zu rächen, weil ich damals abgehauen bin?«, flüsterte sie. Ihre Augen begannen zu brennen, aber sie zwang die Tränen zurück. Sie würde auf keinen Fall vor ihm zu weinen anfangen.

Jakob zögerte einen Wimpernschlag zu lange.

»Das ist es also?« Fassungslos warf sie die Arme in die Luft und legte den Kopf in den Nacken. »Ehrlich, Jakob? Du willst es mir heimzahlen?«

»Nein.« Er griff nach ihren Händen, überlegte es sich dann aber anders, so als könnte eine Berührung seinen Entschluss ins Wanken bringen. »Das darfst du nicht glauben, Hannah. Ich will mich nicht an dir rächen. Aber ...« Er atmete tief durch. »Du hast mich damals echt aus der Bahn gekickt, und ich ... ich kann nicht damit leben, die ganze Zeit zu befürchten, dass das wieder passiert.«

»Du vertraust mir nicht«, fasste sie seine Worte zusammen.

»Das klingt hart, ich weiß ...«

Hannah rieb sich mit den Händen über das Gesicht. »Okay. Ich liebe dich. Du liebst mich. Aber du willst nicht mit mir zusammen sein, weil du Angst hast, ich könnte dich verlassen.« Sie gab ein harsches Lachen von sich. »Ich habe das Gefühl, wir haben uns endlich wiedergefunden. Und du willst das einfach wegwerfen, weil du ... ein ... ein Feigling bist?« Auf ihren zitternden Beinen ging sie langsam rückwärts, bis sie die Tür erreichte. Sie würde ihm nicht zeigen, dass er ihr gerade das Herz brach. Der verdammte Mistkerl. Er trug ihr die Trennung noch immer nach. Dabei hatte er sich damals gar nicht schnell genug mit Chrissi trösten können.

»Hannah...« Er wollte etwas sagen, schloss den Mund dann aber und schüttelte leicht den Kopf.

»Jakob Mandel, du bist der größte Vollidiot, dem ich diesem Sommer begegnet bin«, machte sie ihrer Wut Luft, die sich nicht mehr zurückhalten ließ. »Ich wünschte, ich hätte mich nicht auf dich eingelassen.« Mit diesen Worten wirbelte sie herum, riss die Tür auf und rannte davon.

Ihre Lunge brannte. Ihre Augen liefen über. Aber sie wurde nicht langsamer. Als sie endlich stehen blieb, nahm sie durch den Tränenschleier wahr, dass sie sich auf der Lichtung am See befand. An ihrem Lieblingsplatz, an dem sie jeder Grashalm an Jakob erinnerte – und an die Liebe, von der sie geglaubt hatte, sie diesen Sommer wiedergefunden zu haben. Sie ließ sich auf das weiche Moos sinken und legte sich mit geschlossenen Augen zurück. Die Vögel zwitscherten in den Bäumen. Insekten summten. Die Wellen des Sees schlugen sacht gegen das Ufer. Und Hannah konnte einfach nicht mehr aufhören zu weinen.

*

Jakob lehnte den Kopf gegen die geschlossene Tür und lauschte auf Hannahs schnelle Schritte, als sie die Treppe hinunterrannte. Weg von ihm. Seine Hand schloss sich um die Türklinke. Er wollte die Tür aufreißen, ihr hinterherrennen und ihr sagen, dass er ein absoluter Depp war und sie alles vergessen sollte, was er gesagt hatte. Er liebte sie. Mit einer Heftigkeit, die ihm das Herz zerriss. Seine Entscheidung war die richtige, rief er sich ins Bewusstsein und kniff seine brennenden Augen zu. Der Schmerz würde vorübergehen. Irgendwann. Er hatte Hannah einmal gehen lassen und hatte es überlebt. Er würde es auch dieses Mal überstehen.

*

Louisa war ausgeritten, nachdem sie den Mühlenladen zugemacht hatte. Auf Malunas Rücken konnte sie wenigstens einen Teil der Spannungen abbauen, die seit Brandls Besuch durch ihre Blutbahn rotierten. Er hatte noch nicht angerufen und sich mit ihr verabredet, was sich ein bisschen anfühlte, als ließe er sie am ausgestreckten Arm verhungern, nachdem er zunächst regelrecht um dieses Date gebettelt hatte. Louisa wurde von Tag zu Tag unruhiger. Sie wollte diese Verabredung so schnell wie möglich hinter sich bringen. Herausfinden, ob die Chemie zwischen ihnen noch stimmte, ob von den alten Gefühlen noch etwas zurückgeblieben war. Brandl glaubte daran, sie nicht. Sie würde ihm gern beweisen, dass sie richtig lag und da nichts mehr war, was sie verband. Dann wollte sie ihn und ihre gemeinsame Vergangenheit ein für alle Mal hinter sich lassen. Auch wenn er sich weiter in Berchtesgaden und im *Alten Milchwagen* herumtrieb.

Louisa wusste, dass sie ihrer Schwester sagen musste, dass Michael Brandner in Sternmoos aufgetaucht war. Sie scheute sich vor diesem Gespräch, weil sie sich sicher war, Rena würde einen ihrer seltenen, aber gefürchteten Wutausbrüche bekommen. Je länger sie all das vor sich herschob, desto schlimmer würde es werden. Trotzdem war sie noch nicht bereit, mit ihr zu reden. Und das nur aus dem Grund, weil sie nicht wusste, wie sie ihrer Schwester die Neuigkeiten beibringen sollte. Denn egal, was für Differenzen Rena und sie in ihrer Vergangenheit auch gehabt hatten, sie wollte nicht, dass ihre Schwester verletzt wurde.

Louisa sattelte Maluna ab und putzte sie und Dustin. Dann mistete sie den Offenstall. Sie war gerade dabei, die Tränke aufzufüllen, als sie Hannah auf die Lichtung rennen sah. Tränen rannen über das Gesicht ihrer Nichte. Sie blieb in der Mitte der Lichtung stehen und sah sich um, so als sei sie sich nicht sicher, wie sie hier gelandet war. Dann ließ sie sich auf den Boden fallen und begann, herzzerreißend zu schluchzen. Louisa drehte das Wasser ab und ging, Toby an ihrer Seite, zu Hannah hinüber. Sie ließ sich neben ihr auf den Boden sinken und drückte ihre Hand.

Hannah richtete sich so weit auf, dass sie den Kopf auf Louisas Oberschenkel betten konnte, schaffte es aber nicht, mit dem Weinen aufzuhören, das ihren ganzen Körper schüttelte. Toby setzte sich neben Hannah und legte seinen kleinen, schwarz-weiß gefleckten Kopf auf Hannahs Schulter. Ganz so, als wäre er ein Therapiehund und wisse genau, was zu tun war, um sie zu trösten.

»Was ist passiert?«, fragte Louisa leise und zwang Hannah damit automatisch, sich ein wenig zu beruhigen, weil sie sie sonst nicht verstand.

»Ich habe Jakob gesagt, dass ich ihn liebe... und er... er hat mit mir Schluss gemacht.«

Louisas Streicheln stockte für einen Moment. »Jakob liebt dich«, war der erste Gedanke, der ihr durch den Kopf ging – und den sie aussprach, ohne darüber nachzudenken. Sie hatte Jakobs Augen glitzern sehen, wann immer sein Blick in den letzten Tagen auf Hannah gefallen war. Er war mit ihr nach Hamburg gefahren. Warum, in aller Welt, hatte er die Beziehung beendet?

»Ja, er liebt mich.« Hannah hörte auf zu schluchzen, die Tränen liefen aber unaufhörlich weiter über ihre Wangen. »Er glaubt mir nicht. Er glaubt, ich will nicht hierbleiben. Irgendwann würde ich in mein altes Leben zurückkehren wollen und wieder verschwinden. Aber das stimmt nicht. Ich will hier leben. Bei euch. Und mit ihm.«

»Hast du ihm das gesagt?«, fragte Louisa, und Toby drückte sich noch ein wenig enger an Hannah, als sie von einem neuerlichen Weinkrampf geschüttelt wurde.

»Ja. Aber das hat nichts gebracht. Er ist stur wie ein verdammter, alter Esel«, schluchzte sie.

Es zerriss Louisa das Herz, ihre Nichte so leiden zu sehen. Aber sie verstand Jakobs Problem, schließlich erging es ihr gerade ähnlich. Wie sollte man vertrauen, wenn man so verletzt worden war? Auch wenn inzwischen so viele Jahre vergangen waren, wusste sie für sich selbst keine Antwort. Für Hannah jedoch lag sie klar auf der Hand. »Wenn Jakob dich gehen lässt, kann das nur einen Grund haben: Er liebt dich zu sehr, um dich einsperren zu wollen. Du hast ihn bereits einmal verlassen.« Nachdenklich wickelte sie sich eine von Hannahs Haarsträhnen um ihren Zeigefinger. »Wenn du ihn für dich gewinnen willst, hast du nur eine Chance. Du musst völlig offen zu ihm sein.«

»Aber das war ich doch.« Hannah wischte mit dem Handrücken über ihre Wangen und setzte sich auf.

Louisa schüttelte leicht den Kopf. »Jakob weiß nicht, dass du damals deine Meinung geändert hast. Du musst es ihm sagen.«

»Nein.« Hannah zog ein Tempo aus ihrer Tasche und schnäuzte sich. »Das war der demütigendste Augenblick meines Lebens. Das werde ich ihm auf keinen Fall erzählen.«

»Wenn du ihn für dich gewinnen willst, musst du ihm die Wahrheit sagen. Er muss wissen, was du für ihn empfindest, und schon immer empfunden hast.« Sie zog Hannah in eine tröstende Umarmung und küsste sie auf die Wange. »Und jetzt komm. Hilf mir, die Pferde fertig zu machen. Denk über meine Worte nach. Vielleicht ist es ein Seelenstriptease. Aber er wird ihm die Augen öffnen.«

»Und wenn er mich trotzdem nicht zurückwill?«, fragte Hannah leise und klang nicht besonders hoffnungsvoll.

»Dann ist er ein Idiot und hat dich nicht verdient. Aber ich bin mir sicher, dass er sich nicht als Blödmann entpuppen wird.« Blieb für Louisa die Frage, ob sie selbst diese Art von Idiot war, oder ob auch sie Brandl eine zweite Chance einräumen würde.

*

Die Nacht war bereits über das Tal hereingebrochen. Hannah hatte ihrer Tante geholfen, die Pferde zu füttern. Die großen, sanften Tiere hatten ihr ein bisschen ihrer inneren Ruhe zurückgegeben. Sie hatte ihre Arme um Malunas Hals geschlungen und den steten Herzschlag des Pferdes unter ihrer Wange gespürt. Dustin, immer neugierig, was um ihn herum passierte, hatte an ihr geschnuppert und sein leises, beruhigendes Schnauben ausgestoßen.

Zurück in Louisas Wohnung hatte sie mit einem kalten Waschlappen die Tränen abgewischt und ihre geschwollenen

Augen gekühlt. Jetzt blickte sie in den Spiegel in ihrem Zimmer, und ihre traurigen Augen starrten zurück. Louisa hatte gesagt, sie solle ehrlich zu Jakob sein. Er hatte sie bereits verletzt. Wenn sie ihm jetzt von der Zeit von vor zehn Jahren erzählte, als sie ihn verlassen hatte, machte sie sich so angreifbar wie noch nie in ihrem Leben. Aber ihre Tante hatte recht. Was half es ihr, ihren Stolz zu bewahren, wenn sie Jakob damit verlor? Sie müsste nur einmal über ihren Schatten springen. Einmal die Vergangenheit zurückholen... entschlossen schob sie ihr Handy in die Gesäßtasche ihrer Jeans und schlüpfte in ihre Flipflops. Sie hatte nichts zu verlieren.

Ein paar Minuten später stand sie auf dem Hof der *Alten Molkerei*. Sie blickte zu Jakobs Wohnung hinauf, doch die Fenster waren dunkel. Der Mercedes-Bus und Libby standen auf dem Hof, also war er nicht noch einmal weggefahren. Vielleicht schlief er schon. Aber das war ihr egal – dann würde sie ihn eben wecken. Sie stürmte die Stufen hinauf und hämmerte gegen seine Tür.

Nichts passierte. Sie klopfte noch einmal und lauschte an dem dicken Holz. Im Inneren glaubte sie Laus fiepen zu hören, aber von Jakob – nichts. Sie klopfte noch eine Weile, bis sie die Hand schließlich sinken ließ. Sie wusste, dass Jakobs Schlaf nicht so tief war, dass ihr Lärm ihn nicht wecken würde. »Lass mich rein!«, rief sie. Jakob ignorierte sie.

Doch Hannah war noch nicht bereit aufzugeben. Sie lief die Treppe hinunter und um das Gebäude herum. Warum sollte sie es nicht machen wie Jakob bei ihr? Sie blickte zum Dach des Anbaus hinauf. Wenn er es fertigbrachte, über den Balkon in ihr Zimmer zu klettern... Mit der Taschenlampe ihres Handys leuchtete sie die Fassade des Gebäudes ab. Dummerweise war die Wand, die sie hier überwinden musste, deutlich höher als Louisas Balkon und sie nicht mal im Ansatz so sportlich wie Jakob. Das bedeutete aber nicht, dass sie aufgeben würde. Mit der Handylampe leuchtete sie den Garten aus. Hier fand sich nichts, was ihr helfen würde, das Hindernis zu überwinden. Sie kehrte auf den Hof zurück und lief an der Werkstatt entlang. Hinter dem Anbau auf der anderen Seite fand sie neben ein paar alten Autoteilen, was sie gesucht hatte: eine Leiter. Sie schob ihr Handy zurück in die Hosentasche, schleppte die Leiter um das Gebäude herum und legte sie an.

Hannah wartete, bis sich ihr Herzschlag ein wenig beruhigte und ihr Atem sich normalisierte. Dann nahm sie den Aufstieg in Angriff. Auf halber Höhe verlor sie ihren linken Flipflops. Sie blickte in die Dunkelheit unter sich. Aber sie beschloss, ihn jetzt nicht zu suchen, sie brauchte ihn schließlich nicht, um mit Jakob zu reden. Sie erklomm die restlichen Stufen, bis sie die Finger um den Handlauf des Geländers schließen konnte. Vorsichtig schwang sie erst das eine, dann das andere Bein über die Reling.

»War meine Entscheidung, die Tür nicht zu öffnen, so schwer zu verstehen?«, hörte sie Jakobs dunkle, leise Stimme hinter sich und fuhr erschrocken herum.

Ihre Augen hatten sich inzwischen so weit an die Dunkelheit gewöhnt, dass sie seine Silhouette erkennen konnte. Er saß in einem der Deckchairs und starrte auf den See hinaus.

»Ich habe sie als das verstanden, was sie ist«, gab Hannah zurück, und ihre Stimme klang etwas atemlos. Sie war sich nicht sicher, ob das an der nächtlichen Kletterei lag oder an dem Schreck, den er ihr gerade eingejagt hatte. Oder an dem, was sie ihm noch zu sagen hatte. »Aber das ist mir egal. Es gibt da noch etwas, was ich dir sagen muss. Und ich werde dich nicht in Ruhe lassen, bis ich es losgeworden bin.« Sie lehnte sich gegen das Geländer und schob die Hände in ihre Hosentaschen. »Jakob, ich habe dir gesagt, dass ich dich liebe und mit dir zusammenbleiben möchte. Ich verstehe, dass du mir nicht vertrauen kannst, weil du befürchtest, dass mich das Fernweh wieder packt. Aber das stimmt nicht. In manchen Dingen bin ich noch das gleiche Mädchen wie mit achtzehn. Trotzdem bin ich heute eine andere Person.« Sie zog eine Hand aus der Hosentasche und hielt sie abwehrend hoch, als sie sah, dass er etwas sagen wollte. »Lass mich ausreden. Wenn du dann willst, dass ich verschwinde, tue ich das.« Sie wartete, ob er ihr widersprechen wollte, dann fuhr sie fort. »Einer der Gründe, warum ich so gezögert habe, nach Hamburg zu fahren war, dass ich nicht in mein altes Leben zurückmöchte. Ich behaupte nicht, dass ich nie wieder einen Fotoauftrag annehme und verreise. Das wäre gelogen. Ich liebe diesen Teil meines Jobs, ich will nur nicht mehr permanent auf Achse sein. Ich möchte ein Zuhause. Mit einer Terrasse und Blick auf den See.« So wie die, auf der sie gerade stand. »Ich will eine Basis mit richtigen Möbeln und Schnickschnack, der in den Regalen steht. Und ich will dich.« Hannah löste sich vom Geländer und ging zu Jakob hinüber. Sie setzte sich auf den freien Deckchair neben ihm. Froh, dass er ihr immer noch zuhörte und sie weder unterbrach noch die Flucht ergriff, sprach sie weiter. »Ich weiß, dass ich dir damals das Herz gebrochen habe. Das tut mir unendlich leid. Ich könnte sagen, ich war jung und dumm, aber auch das wäre nicht die ganze Wahrheit. Ich wollte dieses Leben. Ich wollte dieses Praktikum. Ich wollte unbedingt die Welt sehen. Und ich wusste, dass du dazu nicht bereit sein würdest. Auch mir hat es das Herz gebrochen, dich zu verlassen. Ich habe gar nicht lange gebraucht, um zu begreifen, dass ich den größten Fehler meines Lebens gemacht hatte. Ich habe dich so wahnsinnig geliebt – und so furchtbar vermisst. Ein paar Wochen nach dem Beginn des Praktikums bin ich zurückgekommen. Ich habe es niemandem erzählt. Nur Louisa wusste davon. Ich wollte eine Lösung finden. Eine Fernbeziehung... oder sonst irgendwas. Ich weiß heute nicht mehr, was für Möglichkeiten mir damals durch den Kopf gegangen sind, aber ich wollte alles versuchen, meinen Fehler wiedergutzumachen.« Sie strich sich über die Gänsehaut, die sich über ihre Arme zog.

Jakob richtete sich langsam auf. »Du bist zurückgekommen?« Seine Stimme klang rau. Einen Moment zögerte er. »Wann war das?«, wollte er dann wissen.

Hannah gab ein kleines, unglückliches Lachen von sich. »Zu einem Zeitpunkt, an dem du mich bereits ersetzt hattest. Ausgerechnet durch Chrissi.«

»O Gott. Hannah...« Er fuhr sich durch die Haare und schien einen Moment zu brauchen, um zu begreifen, was sie ihm gerade erzählte.

Sie hatte begonnen, die Geschichte von damals zu erzählen. Und sie würde es bis zum Ende durchziehen. »Ich hatte mir Lous Fahrrad geborgt und bin zu euch geradelt. Aber dein Bully stand nicht auf dem Hof. Also habe ich dich gesucht, bin die Plätze abgefahren, die du mochtest. Fast zwei

Stunden lang. Bis ich deinen Bus endlich fand. Versteckt in einem Waldweg. Im ersten Moment war ich überglücklich, dich zu sehen, doch dann wurde mir klar, dass du nicht allein warst. Ich kann dir heute gar nicht mehr sagen, wie sich das angefühlt hatte. Ich wollte die Dinge zwischen uns geraderücken, aber du hattest bereits Ersatz für mich gefunden.« Sie sah ihm fest in die Augen. »Ich hätte gehen sollen, aber ich tat es nicht. Ich habe mein Fahrrad ins Gebüsch geschoben und gewartet. Bis es ausgerechnet Chrissi war, die aus deinem Bus stieg. Ausgerechnet. Nachdem ihr weggefahren seid, bin ich noch lange dort sitzen geblieben. Irgendwann, mitten in der Nacht, bin ich zu Louisa geradelt und am nächsten Morgen in den Zug gestiegen, um nie mehr zurückzukommen.«

Stille breitete sich zwischen ihnen aus. Zog sich wie ein Gummiband, von dem man nicht sicher war, ob es sich noch weiter dehnen ließ, oder ob es mit einem schmerzhaften Ratsch riss.

Schließlich richtete sich Jakob in seinem Stuhl auf. »Das war sehr ehrlich, und du hast von mir dasselbe verdient. Ich habe mich damals auf Chrissi eingelassen. Das stimmt. Das lag aber nicht daran, dass ich in Chrissi verliebt oder über dich hinweg war. Ich war ein neunzehnjähriger Blödmann, dem du das Herz herausgerissen hattest. Mir blieb nur mein Stolz, und ich war nicht bereit, mich in meinen Liebeskummer fallen zu lassen. Ich wollte niemandem zeigen, wie verletzt ich war. Sollten die anderen doch denken, dass mir dein Weggang nichts ausgemacht hat.« Er griff nach Hannahs Händen und verschränkte ihre Finger mit seinen. »Ich war im Nachhinein nicht besonders stolz auf diese Aktion. Sie war ein riesiger

Fehler. Mir ging es nur noch beschissener, und Chrissi habe ich damit auch wehgetan. Ein paar Wochen später habe ich es beendet. Wir sind uns erst Jahre später wieder über den Weg gelaufen und haben es noch einmal mit einer Beziehung probiert. Aber offenbar ...«, er stand auf und zog sie mit sich hoch, »habe ich nie wirklich aufgehört, dich zu lieben, und deshalb hat es keine Frau geschafft, den Platz in meinem Herzen zu erobern, den du schon immer besetzt hast.«

Hannah überwand die Zentimeter, die sie noch trennten, und küsste ihn sanft. »Bitte, Jakob. Bitte glaube mir, dass ich dich nicht mehr verlasse. Ich kann dir nicht versprechen, dass ich immer da sein werde. Aber ich bin damals zurückgekommen, und ich werde es auch jetzt tun. Immer wieder. Ich liebe dich viel zu sehr, um an ein Leben ohne dich überhaupt nur zu denken. Hier, bei dir, ist mein Zuhause. Mila hat mich gelehrt, dass man das Abenteuer und die Reiselust nur ausleben kann, wenn man auch eine Heimat hat, die einen erdet. Diese Heimat bist du.«

Jakob löste seine Hände aus ihren und zog sie in eine feste Umarmung. Hannah atmete seinen Duft ein, spürte die Wärme seines Körpers durch das T-Shirt. Sie hörte das stete Schlagen seines Herzens unter ihrer Wange. »Ich kann nicht so gut mit Worten umgehen wie du, Hannah. Aber ich weiß, dass ich dich liebe. Und wenn du in mir diese Heimat siehst, zu der du immer wieder zurückkommst, dann möchte ich sie für dich sein.« Er hob ihr Kinn mit dem Zeigefinger an, bis sich ihre Lippen zu einem zärtlichen Kuss trafen.

»Ich liebe dich«, flüsterte Hannah.

»Und ich dich«, gab er, nur Millimeter von ihren Lippen entfernt, zurück.

Er wollte sie erneut küssen, doch Hannah lehnte sich ein Stück zurück. »Wie sehr?«

»Wie sehr ich dich liebe?« Er runzelte die Stirn, weil er nicht begriff, was sie mit ihrer Frage bezweckte. »Ich liebe dich genug, um dir zu vertrauen. Um mir Gedanken über eine gemeinsame Zukunft zu machen. Auch wenn das alles im Moment noch ziemlich neu für mich ist.«

Glück rauschte durch Hannahs Blutbahnen wie Adrenalin. Ihr Grinsen wurde immer breiter. Wie Sektblasen prickelte die Liebe in ihrem Bauch. »Ja, aber liebst du mich wirklich genug? Liebst du mich so sehr, dass ich Libby fahren darf?«

Jakob starrte sie für den Bruchteil einer Sekunde an. Dann warf er den Kopf in den Nacken und lachte. »Verdammte Scheiße, nein! So sehr liebe ich dich auf keinen Fall.« Im nächsten Moment verlor Hannah den Boden unter den Füßen, weil er sie sich wie einen Mehlsack über die Schulter warf. »Ich liebe dich aber definitiv genug, um dich heute Nacht in meinem Bett schlafen zu lassen.« Immer noch lachend überquerte er die Terrasse und trat in sein Schlafzimmer.

Hannah drehte den Kopf und erhaschte einen kurzen Blick auf den Sternsee. Der Vollmond stand tief am Himmel und zog einen breiten, silbernen Pfad über die glatte Wasseroberfläche. Sie war zu Hause.

Epilog

Hannah strich sich über die zerzausten Haare, als Jakob das Porsche 911 Cabrio – Baujahr 1968 – vor dem *Holzwurm* parkte. Ein Bekannter hatte ihn gebeten, einen Blick auf den Oldtimer zu werfen, ehe er ihn kaufte. Und wie Jakob Hannah erklärt hatte, gehörte eine Probefahrt zu einer Überprüfung einfach dazu. Oder eine Spritztour, wie Hannah es nennen würde. »Ich hätte eines dieser coolen Kopftücher und eine große Sonnenbrille tragen sollen. Wie ein Sechzigerjahre-Filmstar. Dann würde ich jetzt nicht ganz so zerrupft aussehen.« Sie drehte den Rückspiegel in ihre Richtung und versuchte, ein wenig Ordnung in ihre Haare zu bringen.

»Du siehst fantastisch aus«, widersprach Jakob. Er schob den Spiegel in seine ursprüngliche Position zurück und griff nach ihrer Hand, um die Handinnenfläche zu küssen. »Genau wie morgens, wenn du die Augen aufmachst.«

Nachdem er ihre Haare in der Nacht mit seinen Händen zerwühlt hatte. Hannah seufzte. »Na los, lass uns reingehen. Die anderen warten bestimmt schon.« Sie stieg aus und zog dann ihre Strickjacke an. Die Sonne war bereits hinter die Berge gesunken. Und auch wenn sie tagsüber noch immer an einem leuchtend blauen Himmel stand, konnte man den Herbst bereits riechen.

Jakob kam um den Wagen herum und küsste sie auf die Schläfe. »Ich ruf noch schnell meinen Kumpel an und sage ihm, dass er den Wagen bedenkenlos kaufen kann, dann komme ich nach.«

»Bis gleich.« Hannah löste sich von ihm und schob die Tür der Kneipe auf. Erstaunt stellte sie fest, dass nur zwei alte Männer am Tresen saßen. Ihre Schwestern waren noch nicht da, genau wie Xander und Hias, die irgendeinen Umbau in Xanders Hotel besprechen und eigentlich schon längst hatten hier sein wollen. Hannah grüßte die beiden alten Herren im Vorbeigehen und setzte sich auf den Platz neben der Schaukel, auf der Rosa und Antonia es sich nachher sicher bequem machen würden.

Im nächsten Moment stieß Anna die Pendeltür auf, die die Bar mit der Küche verband. »Hey.« Ein Lächeln erstrahlte auf ihrem Gesicht. »Du bist die Erste.« Sie kam um den Tresen herum und schloss Hannah in die Arme.

»Wo sind denn alle?«, fragte Hannah.

»Ich habe keine Ahnung. Aber so kommst du in den Genuss einer wirklich spannenden Unterhaltung«, flüsterte sie und verdrehte die Augen in Richtung der beiden alten Männer. »Für den Anfang einen Rosato?«

»Klingt fantastisch.« Hannah blickte zu den beiden Alten hinüber. Ihrer Aussprache nach hatten sie bereits mehr als ein Weißbier und einen Enzian intus.

»Weißt du, ich habe auf meinen Reisen um die Welt wirklich viel über die Menschen gelernt«, nuschelte der Linke, um dessen Kopf sich nur noch ein schmaler Haarkranz zog. In seiner Glatze spiegelte sich das Licht über der Bar.

Der andere strich sich über seinen steingrauen Vollbart,

der bis zur Mitte seines Brustkorbs reichte, und gab einen abfälligen Ton von sich. »Immer tust du so, als wärst du durch die ganze Welt gereist, dabei bist du fast nie aus dem Talkessel herausgekommen.«

»Aber im Kaukasus, da war ich wirklich!«, verteidigte sich der Glatzkopf. »Jedenfalls...« Er schien zu überlegen, was er sagen wollte.

Anna nutzte diese Pause, um Hannahs Drink vor ihr abzustellen. »Ein Rosato für die Dame.« Dem Schmunzeln in ihrem Gesicht nach war sie dem Dialog ebenfalls gefolgt und hatte nicht die Absicht, sich die Pointe entgehen zu lassen.

Hannah nippte an ihrem Drink und widmete ihre Aufmerksamkeit wieder dem Reisebericht.

»Jedenfalls...«, setzte der Glatzkopf noch einmal an, nachdem er einen Enzian heruntergekippt hatte. »war ich bei diesem großen Essen. Keine Ahnung, was das war. Familienfeier? Ein Empfang?«

»Wenn du jetzt anfängst, mir zu erzählen, dass du Schafsaugen essen solltest, oder so was...« Der Vollbart tat es seinem Kumpel gleich und kippte den Enzian, der vor ihm stand.

Anna schenkte ihnen nach, während Glatzkopf seinem Zuhörer beleidigt den Zeigefinger gegen die Brust stieß. »Schafsaugen! Tss! Ich will dir von diesem Tischredner erzählen! Also, der hatte wirklich über jeden etwas Nettes zu sagen. Jedenfalls hat der Dolmetscher das so übersetzt. Ich habe das natürlich nicht geglaubt.«

»Warum auch«, brummte der Vollbart. »Nicht mal im Kaukasus erzählen sich die Leute nur tolle Sachen über ihre

Nachbarn. Wobei ich das ja nicht wissen kann. *Ich* war ja noch nie dort«, schloss er sarkastisch und kippte den nächsten Schnaps.

»Siehst du!« Der Glatzkopf hieb nachdrücklich mit der Faust auf den Tisch. »Ich habe es jedenfalls auch nicht geglaubt und den Dolmetscher fragen lassen, warum er das macht. Und weißt du, was er gesagt hat?«

Die Tür wurde aufgeschoben, und Jakob betrat den Gastraum. Er schlenderte in diesem selbstsicheren, entspannten Gang auf Hannah zu, der sie daran erinnerte, wie erwachsen sowohl er als auch sie in den letzten zehn Jahren geworden waren. Seine dunklen Haare waren vom Fahrtwind zerzaust, die Haut braun gebrannt vom Sommer in den Bergen. In seinem grauen T-Shirt und den ausgewaschenen Jeans sah er aus, als müsse er sich gleich auf den Weg machen, um einen dieser Cola-Werbespots zu drehen. Verdammt. Ihr Herz schlug höher, wenn sie ihn nur mit diesem halben Grinsen im Gesicht auf sie zukommen sah.

»Hey«, sagte er und küsste sie, als ob er sie statt ein paar Minuten zwei Wochen lang nicht gesehen hätte.

»Moment.« Hannah löste sich von ihm. »Ich verpasse sonst das Ende der Geschichte«, flüsterte sie und legte den Finger an ihre Lippen.

»Er sagte«, der Glatzkopf machte eine künstliche Pause, und Jakob sah Hannah unter hochgezogenen Augenbrauen an. »Mein Freund, ich sage bei meiner Tischrede nicht, wie die Leute sind, sondern wie man sich wünschte, dass sie es wären.« Um Zustimmung heischend sah er den Vollbart an.

»Ich habe keine Ahnung, wo du das gelesen hast. Oder vielleicht hast du es auch gegoogelt oder so was Verrücktes.

Jedes Mal erzählst du ein noch wilderes Märchen von dieser einen großen Reise.«

»Aber es stimmt!«

»Wenn das stimmen würde, hättest du mir diese Geschichte schon vor fünfzig Jahren erzählt. Ich zahle jetzt.« Der Vollbart zog ein Bündel Geldscheine aus der Tasche seiner Krachledernen.

Der Glatzkopf tat es ihm gleich. »Du bist ja nur neidisch«, brummte er.

»Was war das denn?«, fragte Jakob, als Anna die beiden abkassierte.

»Lebensweisheiten aus erster Hand.« Sie schlang Jakob die Arme um den Hals und schmiegte sich an ihn. »Ich habe keine Ahnung, wie ich es zehn Jahre woanders aushalten konnte.« Sie konnte ein Kichern nicht unterdrücken. »In Sternmoos wird einem so viel geboten.«

»Dann komm in zwei Wochen wieder. Die beiden ziehen diese Show regelmäßig ab«, sagte Anna, die Jakob ein Bier über den Tresen schob. »Hallo Schöner«, sagte sie und warf ihm, wie immer, eine Kusshand zu.

In diesem Moment wurde die Tür abermals aufgestoßen, und Hannahs Schwestern kamen herein, gefolgt von Xander und Hias. Umarmungen wurden ausgetauscht, Getränke verteilt, und schließlich stießen alle an. Auf das Ende des Sommers und den Beginn des Herbstes.

Jakob hatte sich hinter Hannah gestellt und seinen Arm um ihre Hüfte geschlungen, sodass sie ihren Rücken an seine Brust lehnen konnte. Sie spürte seine Wärme, nahm seinen Duft wahr. Wie hatte sie es nur so lange ohne ihn aushalten können? Ohne ihre Familie? Ihre Freunde? Ohne ihre Heimat? Sie drehte den Kopf zu ihm um, während Anna noch einmal die Unterhaltung der beiden Alten zum Besten gab. »Ich liebe dich«, flüsterte sie.

Jakob lächelte. »Nicht so sehr wie ich dich«, gab er leise zurück.

Wenn sie so alt und grau war wie der Glatzkopf und der Vollbart, wollte Hannah auch am Tresen sitzen, von ihren lange zurückliegenden Abenteuern erzählen und sich von Jakob damit aufziehen lassen. Dieses Bild, das sich vor ihr inneres Auge schob, ließ ein glückliches Kribbeln in ihrem Magen aufsteigen. Sie hob ihr Glas und stieß mit ihren Freunden an, ehe sie sich wieder an Jakobs Brust kuschelte.

Die Reise, die Hannah gemacht hatte, die mit achtzehn in Sternmoos begonnen hatte und sie nach über einem Jahrzehnt wieder hier hatte stranden lassen, war anstrengend gewesen. Schmerzhaft. Aber auch voller Abenteuer und neuer Erfahrungen. Und sie hatte sie genau dorthin geführt, wohin sie gehörte. Zurück an den Sternsee. Zu Jakob. Sie war zu Hause. Angekommen.

Danke

#Herzprojekt:
Ein riesiges Dankeschön an meine Agentin: Liebe Leonie Schöbel, ich bin so glücklich, dass Sie immer an mich und meine Ideen glauben. Danke, liebe Michelle Stöger, dass du dieses Projekt mit mir auf den Weg gebracht hast, und dir, liebe Dr. Nora Haller, für das Engagement, mit dem du die Mühlenschwestern hast Wirklichkeit werden lassen. Liebe Dr. Diana Mantel, auch dir wieder ein Dankeschön von ganzem Herzen! Ich habe immer großen Spaß daran, mit dir an der Geschichte und den Figuren zu feilen.

#Ohnehilfegehtnix:
Ich liebe das Berchtesgadener Land, aber ich muss gestehen, dass wir hier erst einmal von ganz klassischem Online-Dating sprechen... Romanschauplatz-Tindern sozusagen. Ich habe mich in die Bilder der Gegend verliebt, und schnell war klar, dass ich das Tal näher kennenlernen musste. Also habe ich mich verabredet und bin hingefahren. Herzlichen Dank für die Zeit, die Sie mir und meinen vielen Fragen im Namen der *Berchtesgadener Land Tourismus GmbH* geopfert haben, liebe Frau Wischgoll. Herr Wenig, danke für die Einblicke in das Brauchtum des Talkessels.

Liebe Dr. Ingeborg Rauchberger, ohne dich wären die Siebziger in München und das Studentenleben jener Zeit für mich ein Buch mit sieben Siegeln geblieben. Und danke, liebe Nicole Geck und lieber Manfred Lingen, für eure Fotografenexpertise, die ihr mit mir geteilt habt.

Geschichten zu erzählen, die in einer alten Mühle spielen und eine der Hauptprotagonistinnen zur Verfahrenstechnikerin für Getreidewirtschaft – oder schlicht: Müllerin – zu machen, hat ganz automatisch zur Folge, dass man mehr über dieses traditionsreiche Handwerk erfahren möchte. Ein großes Dankeschön deshalb auch an Herrn Zahn, in dessen Mühle in Reinhardsgrimma ich herumschnüffeln durfte. Eine riesige Hilfe war mir auch Frau Häusle von der Gewerblichen Schule im Hoppenlau in Stuttgart, die jede einzelne meiner Mühlenfragen geduldig beantwortet hat.

Was man nicht alles über Schwangerschaft und Geburt lernen kann: Liebe Heike Böttiger, danke für meine ganz persönliche »Hebammensprechstunde«.

Holger Hutzenlaub: Deine Einführung in die Welt der »Schrauber« war Gold wert! Du hast aus einer schnöden Werkstatt den *Alten Milchwagen* entstehen lassen – und damit einen der coolsten Arbeitsplätze überhaupt! Danke!

#Gutefreunde:
Sonja, du bist mir wie immer eine große Stütze gewesen. Deine erste Meinung ist mir so wichtig – und hilft immer!
Susanne – Buchfinderin – Gehling: ich bin nicht nur glücklich, dass ich das Wollcafé zu meinem zweiten Büro machen durfte, ich bin auch sehr dankbar, dass du die »Müllergeschichten« für mich aufgetrieben hast.

#Gefahrengemeinschaft
Meine Hasengang, was wäre ich ohne euch? Leonie Lastella, meine Plottkönigin! Ein Blick auf das Manuskript, und du weißt, wo es hakt. Danke auch für die virtuelle Kneipentour durch Hamburg. Wann machen wir das in echt? LuciNde Hutzenlaub – niemand hat besseren P als du. Und mit niemand kann man so gut stundenlang quer durch Deutschland fahren und dabei ganze Bücher plotten. Klettererdbeeren, Hortensiendünger oder Mediation… ich habe von ziemlich vielen Dingen keine Ahnung, aber ich habe dich, liebe Kristina Günak. Danke, dass du immer ein offenes Ohr für mich hast – und immer für gute Stimmung sorgst! #Kettlebritish

#Keinbuchohneleser:
Liebe Leserinnen und Leser, mein herzlicher Dank geht an euch. Ich freue mich riesig, dass ihr zu den Mühlenschwestern gegriffen habt. Ich hoffe, Hannah hat euch ein wenig auf Rosas und Antonias Geschichte neugierig gemacht – und darauf, wie es am Sternsee und in der Alten Mühle weitergeht.

Die Mühlenschwestern 2
DIE HOFFNUNG WIRD DICH FINDEN
JANA LUKAS

*Unser großer Dichter Goethe ging oft auf Reisen
und übernachtete gern in Müllerkreisen.
Doch lag ihm die Mühle nicht groß im Sinn.
Sein Augenmerk galt der schönen Müllerin.
Naturgemäß ein einfacher Grund:
Blaue Augen, blondes Haar und ein schöner Mund.*

(Sprichwort)

Prolog

Rosa Falkenberg genoss den Wind, der ihr ins Gesicht blies, das Dirndl gegen ihren Körper drückte. Sie trat noch ein bisschen fester in die Pedale – und schoss noch ein wenig schneller am Rand der smaragdgrünen Oberfläche des Sternsees entlang. Die Sonne schien von einem leuchtend blauen Himmel, überflutete die Bergketten, die das Tal einschlossen, die Wälder und den See mit gleißendem Licht. Die Wärme des Sommers hing noch zwischen den steilen Felswänden, aber der Herbst würde nicht mehr lange auf sich warten lassen.

Sie freute sich auf die kühleren Tage, den feuchten, erdigen Geruch. Andere liebten die Hitze des Sommers am Seeufer, den Winter, um durch den meterhohen Schnee zu toben, aber Rosa mochte schon immer den Herbst am liebsten. Die Zeit zwischen den beiden Hauptsaisons in den Bergen. Wenn das Tal durchatmete und der Wind die Herbstfarben von den Bergen herunterfegte.

Am 31. Oktober würden sie das erste Hoffest in der Alten Mühle feiern. Eine Veranstaltung, auf die sie hinfieberte. Ihre Tante Louisa und sie hatten in den letzten Jahren hart für den Erfolg ihrer kleinen Biomühle gearbeitet. Noch hatten sie nicht alles erreicht, was sie sich zum Ziel gesetzt hatten, aber sie waren auf einem guten Weg.

Auf dem Schotterweg, der zum Grundstück ihrer Tante führte, hörte Rosa auf zu treten. Sie rollte auf den gepflasterten Hof, der links von der Mühle begrenzt wurde, an der noch immer das alte Mühlrad träge Wasser schaufelte. Rechterhand lag das alte Wirtshaus, das ihre Tante vor dem Verfall gerettet und zu einem Hofladen ausgebaut hatte. Davor saßen »die drei Alten« – wie sie Pangratz, Korbinian und Gustl nannten – und winkten ihr zu, als sie vom Rad sprang.

»Hallo, schöne Müllerin«, riefen sie ihr unisono zu und brachten Rosa damit, wie immer, zum Lachen. Sie stellte das Fahrrad in den Schuppen hinter der Mühle und strich sich über ihre Flechtfrisur, um sicherzustellen, dass der Wind sie nicht zu sehr zerzaust hatte.

Rosas Schwestern, Hannah und Antonia, standen vor dem Hofladen. Ihre Tante Louisa lehnte im Türrahmen und grinste breit, als Rosa über das unebene Kopfsteinpflaster zu ihnen hinüberging. »Ich habe keine Ahnung, was diese Woche los ist«, sagte sie. »Die Leute rennen uns die Bude ein. Und alle fragen nach der *schönen Müllerin*.«

Ihre Schwestern kicherten, und Rosa verdrehte die Augen. »Das ist die Schuld der drei Alten. Ich glaube aber, dass die neue Homepage und unser nigelnagelneuer Instagram-Account gut funktionieren. Vielleicht bringt uns das ja die notwendige Aufmerksamkeit.«

Ein Paar um die vierzig schlenderte aus dem Laden. Die Frau blieb wie angewurzelt stehen, als sie Rosa erblickte. »Sie sind *die schöne Müllerin*«, sagte sie mit einer Stimme, die klang, als hätte sie gerade einen Filmstar getroffen. »Wahnsinn!« Die Hand in den Unterarm ihres Mannes gekrallt zwang sie ihn zum Stehenbleiben. »Können wir ein Selfie machen?«

Rosa lächelte. »Natürlich.« Sie strich den Rock ihres Dirndls glatt und plauderte mit der Frau über das Tal und das Hotel, in dem das Paar seinen Urlaub verbrachte, während sie sich für das Foto neben sie stellte. Sie mochte die drei Alten, die ihre Vormittage auf einer Bank auf dem Dorfplatz und die Nachmittage tratschend vor dem Mühlenladen verbrachten. Aber sie hatte keine Ahnung, was sie den Feriengästen erzählten, dass sie plötzlich von wildfremden Leuten als *schöne Müllerin* angesprochen wurde.

»Sie machen auf mich eigentlich einen ganz kompetenten Eindruck«, holte die Frau sie aus ihren Gedanken. »Dieses Dirndl steht Ihnen außerdem ziemlich gut.« Abschätzig verzog sie den Mund. »Man sollte nicht zu viel auf die Ansichten der Männer geben.«

Rosa hatte keine Ahnung, wovon sie sprach, lächelte aber trotzdem und bedankte sich für den Rat. Sie warf Antonia und Hannah einen Blick zu, die aber auch nur verständnislos mit den Schultern zuckten. Wer wusste schon, was in den Köpfen der Leute vorging?

Nachdem das Paar ein Dinkelmehl und zwei Brotbackmischungen gekauft und sich verabschiedet hatte, lehnte sich Rosa neben ihrer Tante gegen den Tresen im Laden. »Weißt du, was ich jetzt gerne hätte? Einen großen Latte macchiato.«

»Gute Idee«, pflichtete Antonia ihr bei. »Ich schließe mich an. Hannah?«

»Jepp. Für mich auch, bitte.«

»Kommt sofort.« Louisa drehte sich zur Kaffeemaschine um.

In der Tasche von Rosas Dirndlschürze begann ihr Handy zu klingeln. Sie zog es heraus und blickte auf das Display. Die Nummer mit Münchner Vorwahl kannte sie nicht. »Rosa Falkenberg«, meldete sie sich.

»Manuel Gerster von *Bayern TV*. Frau Falkenberg, ich weiß, es ist spontan, aber dürfen wir Sie heute Abend als Gast in unsere Talkshow einladen? Wir würden gern mit Ihnen über Ihr Leben sprechen.«

Rosa nahm das Handy vom Ohr, legte die Hand über das Mikro und quietschte begeistert. »O mein Gott!«, jubelte sie, streckte die Hände in die Luft und führte ein kleines Freudentänzchen auf.

Louisa drehte sich zu ihr um und beobachtete gemeinsam mit ihren Schwestern Rosas Ausbruch amüsiert.

»Ich komme gerne«, sagte sie, als sie das Handy wieder ans Ohr hielt. Sie konnte es nicht fassen. Schon vor Monaten hatte sie sich bei der Late Night Show *Die Nacht in Bayern* beworben, um die Mühle und den Hofladen bekannter zu machen. Der Sender hatte sich nie bei ihr gemeldet – bis heute. Der nächste Schritt auf dem Erfolgsweg der Alten Mühle war gemacht.

1

David Kaltenbach saß in einem Hotelzimmer in Hamburg fest. Die Wände um ihn herum waren türkis. Die Bettdecke, auf der er lag: türkis. Und der ausladende Sessel in der Zimmerecke, auf den er sein Jackett geworfen hatte, wies – Überraschung! – den gleichen Farbton auf. Zahnputzbecher, Handtücher, Toilettendeckel und Duschvorleger. Alles türkis. Es gab keine Farbe, die David mehr hasste. Keine! Aber hier schien es kein Entkommen zu geben.

Ebenso wenig konnte er es ausstehen festzuhängen. Mit einem Seufzen griff er nach der Fernbedienung auf dem Nachttisch und zappte durch die Programme, bis er den bayrischen Lokalsender und *Die Nacht in Bayern* fand. Die Titelmelodie der Talkrunde erklang, und das gut gelaunte Grinsen des Moderators erschien im Bild.

Eigentlich müsste David gerade in einem der tiefen schwarzen Clubsessel sitzen, aber sein Agent hatte ihn zu einem Termin nach Hamburg geschickt. Eine Diskussionsrunde mit drei Feministinnen, die versucht hatten, ihm das Fell über die Ohren zu ziehen, weil sie seinen neuen Roman als derart skandalös und frauenverachtend empfanden. Das Gespräch hatte ihm erstaunlich viel Spaß gemacht, auch wenn so zu denken mit Sicherheit nicht politisch korrekt war. Aber warum sollte er das auch sein? Dafür waren andere zuständig. Er hatte es genossen, die Damenrunde mit seinen frechen Sticheleien auf die Palme zu bringen – und wenn sie dachten, er würde endlich den Mund halten, noch mal eins draufzusetzen.

Dummerweise war sein Rückflug nach München gecancelt worden, und er würde erst am nächsten Morgen fliegen können. Er hatte bei dem Sender angerufen und seine Teilnahme an der Late Night Show abgesagt. Sie hatten ihn beruhigt, dass sie sich um Ersatz bemühen würden. Sein Agent hatte ihn später wissen lassen, dass sie *die schöne Müllerin* höchstpersönlich als Studiogast gewinnen konnten. Das wiederum wunderte David tatsächlich. Und zwar genug, dass er sich mit einer Tüte Chips und einem überteuerten Bier aus der Minibar auf sein Bett fläzte, um eine Talkshow zu gucken, statt die Nacht zu nutzen und über den Kiez zu ziehen. David würde sich den Fragen des Moderators an Rosa Falkenbergs Stelle nicht aussetzen. Warum tat sie sich das an?

Die Kamera schwenkte zu Gast Nummer eins, einem Sternekoch, der die Werbetrommel für seine neue Kochsendung rühren wollte. Dann wurden ein Saxofonist vorgestellt, der in wenigen Tagen sein erstes Album veröffentlichen würde, und eine abgehalfterte Schauspielerin, die offenbar nichts zur Show beizutragen hatte, sah man von ein paar wichtigtuerischen Lebensweisheiten ab. Noch ein Kameraschwenk – und da war sie.

Unbewusst richtete David sich auf.

»Begrüßen Sie *die schöne Müllerin*«, betonte der Moderator den mittlerweile gängigen Spitznamen der Frau, »die wir heute spontan als Studiogast begrüßen dürfen.« Die Kamera zoomte sie heran. Wie nicht anders zu erwarten, steckte sie in einem Dirndl. Farbtechnisch schien David im Moment einfach Pech zu haben. Winzige weiße Blümchen auf türkisem Grund. Er seufzte und trank einen Schluck Bier. Die Schürze war eine Nuance heller, und unter einer weißen Spitzenbluse und einem türkisfarbenen Mieder hob sich ein hübsches Dekolleté ab. Ihre goldbraunen Haare waren zu einem Zopf geflochten, der sich einmal um ihren gesamten Kopf wand. Das Gesicht war schön, aber am auffälligsten waren die dunkelbraunen Augen unter sanft geschwungenen Brauen. »Herzlich willkommen, Rosa Falkenberg.« Die Studiogäste grölten, pfiffen und klatschten. Rosa Falkenberg hob die Hand zu einem schüchternen Lächeln und strahlte in die Kamera. Sie sah aus, als hätte sie – keine Ahnung!

»Scheiße!« David griff nach seinem Handy und stieß dabei die offene Chipstüte vom Bett. Der Inhalt verteilte sich über den immerhin dunkelbraunen Teppichboden, aber das interessierte ihn im Moment herzlich wenig. Er tippte die Wahlwiederholung und hatte im nächsten Moment seinen Agenten, Martin Arens, an der Strippe. »Rosa Falkenberg ist in dieser Talkshow«, sagte er statt einer Begrüßung.

»Ja, ich sehe es mir auch gerade an. Ein gelungener Schachzug, wenn du mich fragst.« Er kicherte, und David bekam eine Gänsehaut. Männer sollten nicht kichern, schon gar nicht auf diese boshafte Art. »Das habe ich dir doch bereits geschrieben. Sie konnten dich für heute Abend nicht bekommen, also halten sie sich an die einzige Person, die fast genauso interessant ist wie du«, erklärte Martin ihm, was er in HD vor sich sah.

»Hast du ihr Gesicht gesehen?« Wieder schwenkte die

Kamera, und David starrte in die dunklen Augen, die perfekt zu Rosas leicht olivfarbenem Teint passten. »Sie ist völlig ahnungslos!«

»Das macht es umso spannender. Findest du nicht?«

David sparte sich eine Erwiderung. Er legte auf, leerte sein Bier und angelte eine neue Flasche aus der Minibar, ohne den Blick vom Bildschirm zu nehmen. Unbehagen breitete sich auf seinem Körper aus wie eine Gänsehaut, wenn jemand mit der Gabel über einen Teller kratzte. Nur, dass er derjenige war, der die Gabel in der Hand hielt. Mit den Fingern seiner linken Hand fuhr er die erhabenen Lettern auf dem Cover seines Romans nach, den er beim Betreten des Zimmers achtlos auf das Bett geworfen hatte.

Die schöne Müllerin

Genau genommen handelte das Buch nicht nur von Rosa Falkenberg, die David gerade zum ersten Mal live sah. Bisher hatte er nur Fotos von ihr zu Gesicht bekommen. Eigentlich ging es in dieser Geschichte zu nicht gerade unwesentlichen Teilen um seinen idiotischen Halbbruder. Aber die Leser hatten sich auf Rosa eingeschossen – oder Josefine, wie sie im Roman hieß.

Aus irgendeinem Grund, den David nicht verstand, war sein Buch eingeschlagen wie eine Bombe. Er hatte nie verheimlicht, dass die Protagonisten real existierende Personen waren, ihre Namen aber für sich behalten. Das Ausplaudern hatte seine Mutter übernommen, die sich in der Aufmerksamkeit einer großen deutschen Klatschzeitung gesonnt hatte und abgesehen davon vermutlich ein riesiges Vergnügen dabei empfand, Davids Halbbruder Julian in die Pfanne zu hauen. Nach diesem Interview war das Internet praktisch vor Kommentaren explodiert. Es gab Leute, die David für sein Buch hassten. Jede Menge Typen klopften ihm virtuell auf die Schulter. Und glücklicherweise waren da draußen auch noch genug Leser, die sahen, was sein Roman wirklich war: eine zynische, bösartige Studie des Typs Frau, den Rosa Falkenberg verkörperte. Naive, hausmütterliche Weibchen, die blind für den Charakter ihres Partners waren und lieber heile Familie spielten, als sich der Realität zu stellen. Frauen, die belogen und betrogen wurden, ohne das in ihrer Arglosigkeit auch nur wahrzunehmen – oder wahrnehmen zu wollen. Jedenfalls hatte *Die schöne Müllerin* die Bestsellerlisten gestürmt und von Fitzek bis Sparks alles verdrängt, was Rang und Namen hatte.

Der Moderator hatte ein paar Worte mit den anderen Gästen gewechselt, ehe er sich wieder an Rosa wandte. »Wir sind glücklich, dass Sie sich so kurzfristig bereit erklärt haben, den Abend mit uns zu verbringen.« Er beugte sich vertraulich vor. »Wir hoffen, ein paar der Geheimnisse aus Ihrem Leben aufdecken zu können.«

Zwischen Rosas Augenbrauen bildete sich für einen Moment eine Falte – und Davids Nackenhaare stellten sich auf. Dann glättete sich ihre Haut wieder, und sie lächelte. »Ich freue mich sehr, hier zu sein und über das Leben als Müllerin und vor allem etwas über die *Alte Mühle* in Sternmoos zu erzählen.« Sie beugte sich ein wenig vor, und die Kamera fing das spitzengesäumte Dekolleté in Großaufnahme ein. Als sie sich wieder zurücklehnte, hielt sie eine Porzellanplatte ins Bild. »Ich habe ein paar Kekse mitgebracht. Nach meinem eigenen Rezept und mit Mehl aus der Alten Mühle gebacken.«

David stieß einen Laut aus, der sich in seinen eigenen Ohren fassungslos anhörte. Er kniff die Augen zusammen und rieb sich mit den Händen über das Gesicht. Sie verhielt sich genau so, wie er es in seinem Buch geschrieben hatte. Genau so, wie die Leser sich die schöne Müllerin vorstellten. Natürlich wünschte er ihr nicht, dass sie im Fernsehen vorgeführt wurde, aber sie erfüllte mit jeder weiteren Frage, die sie beantwortete, die Klischees, die er von ihr gezeichnet hatte.

Rosa Falkenberg würde sich um Kopf und Kragen reden. Was unweigerlich dazu führen würde, dass sein Buch eine weitere Auflage bekam und noch mehr Exemplare über den Ladentisch gehen würden.

*

Rosa konnte sich nicht erinnern, in ihrem Leben jemals so aufgeregt gewesen zu sein wie unter den grellen, heißen Scheinwerfern im Studio. Der Moderator, Bruno Baumert, lächelte freundlich, erinnerte sie allerdings an einen Hai, der seine Beute mit seinen kleinen schwarzen Knopfaugen fixierte, bevor er unvermittelt zubiss. Von dem Sternekoch, der mit ihr gemeinsam in der Runde saß und mürrisch vor sich hinblickte, solange die Kameras nicht auf ihn gerichtet waren, besaß sie ein Kochbuch. Den aufstrebenden Musiker kannte sie nicht. Die in die Jahre gekommene Schauspielerin, Bernadette Hellmann, hatte in einigen Filmen mitgespielt, die Rosa in ihrer Kindheit gesehen hatte. Lange bevor die Frau einige fragwürdige Schönheitsoperationen über sich hatte ergehen lassen, die ihr Gesicht in eine Art gruselige Halloween-Maske verwandelt hatten.

Bevor sie in den Zug nach München gestiegen war, hatte Rosa noch ein paar Schokoladenkekse mit Dinkelmehl aus der Alten Mühle gebacken. Vielleicht würde sich jemand aus der Gästerunde positiv darüber äußern. Eine perfekte Werbung für ihre Produkte. Als sie das Gebäck allerdings anbot, erntete sie fassungslose Blicke. Nur der Saxofonist griff sich gleich zwei Kekse und stopfte sie sich auf einmal in den Mund. Rosa vermutete anhand seiner langsamen, etwas unkoordinierten Bewegungen, dass er bekifft war.

»Wir hoffen, ein paar der Geheimnisse aus Ihrem Leben aufdecken zu können«, war die erste merkwürdige Frage des Moderators, der noch weitere folgten. »Sie haben diese Kekse selbst gebacken?«, wollte er wissen, ließ Rosa aber gar nicht erst antworten. »Dann stimmt es also, dass Sie gern am Herd stehen?«

»Äh... ja.« Rosa blickte in die Kamera. Sie mochte den Unterton der Frage nicht, die wirkte, als sei es etwas Biederes, Spießiges, gern zu kochen und zu backen.

»Das Gleiche gilt für Ihre Kleidung, nicht wahr?« Haifischgrinsen. »Sie mögen traditionelle Kleidung, und Ihre Frisuren passen auch dazu. Ist das nicht inzwischen ein wenig überholt? Zumindest im Alltag?«

Was hatte das mit der Mühle zu tun? Rosa versuchte, nicht die Stirn zu runzeln, weil das die Kameras mit Sicherheit festhalten würden. »Dirndlgewänder gehören zu den Traditionen im Berchtesgadener Land. Ich trage sie gerne. Wenn ich in der Mühle arbeite, habe ich natürlich Arbeitskleidung an«, versuchte sie abermals, den Fokus auf die Mühle zurückzulenken.

»Ach ja, Sie jobben ja für Ihre Tante.«

»Nein! Ich bin...«

»Verdammt, Mädchen! Das ist ja nicht zum Ansehen«, schnitt ihr Bernadette Hellmann das Wort ab, ohne ihr gebotoxtes Gesicht dabei wirklich zu bewegen. »Schämen Sie sich nicht?«

»Was...?«

Doch Rosa kam nicht zu Wort. »Sie setzen sich hierhin, verbreiten die Vorstellung eines völlig überholten Frauenbildes und sind auch noch stolz darauf!«

Rosa zuckte zurück. Was meinte diese Frau? Sie führte gemeinsam mit Louisa ein erfolgreiches Unternehmen. Zwei Frauen, die versuchten, ökologisch und biologisch nachhaltig zu produzieren. Gerade wollte sie zu einer Erwiderung ansetzen, als Bernadette Hellmann ein »Sie Dummchen!«, zwischen ihren aufgespritzten Lippen hervorpresste.

Rosa begann unter ihrem dicken Make-up zu schwitzen. Die nette Dame in der Maske hatte beteuert, dass die Schminke, die sie ihr ins Gesicht geklatscht hatte, helfen würde, nicht vor der Kamera zu glänzen. Aber so heiß wie ihr gerade wurde... »Ich verstehe nicht, was Sie meinen. Die Mühle meiner Tante produziert regionale Produkte, und die Rohstoffe, also das Getreide, kommen ebenfalls von Bauern aus der Umgebung. Wir bemühen uns...«

»Uns interessiert mehr Ihr Lebensstil«, mischte sich Baumert wieder ein. »Wir reden schließlich über das Buch, in dem Ihre Geschichte erzählt wird.«

Es dauerte einen Moment, bis das Gesagte in Rosas Gehirn sickerte. Buch? Sie vergaß die Kameras, die auf sie gerichtet waren, nahm das Glühen der Scheinwerfer nicht mehr wahr. »Was für ein Buch?«

Der Moderator warf ihr einen irritierten Blick zu. »*Die schöne Müllerin*«, erwiderte er und hielt ein Taschenbuch in die Kamera. »Lassen Sie uns darüber reden, warum Ihr Freund der Meinung ist, dass Ihr spießiges, konservatives Leben ihn dazu treibt, sich bei anderen Frauen zu holen, was Sie ihm nicht geben können.«

Rosas Kopf summte. »Welches Buch?«, fragte sie noch einmal.

»Der Roman, den der Bruder Ihres Lebensgefährten über Sie geschrieben hat«, erklärte Baumert und sah Rosa an, als sei sie ein minderbemitteltes, kleines Mädchen.

»Halbbruder«, korrigierte Frau Hellmann den Moderator.

Offenbar schien hier jeder zu wissen, worum es ging. Jeder! Außer Rosa.

»Halbbruder«, verbesserte der Moderator sich. »Also, warum glaubt Ihr Lebensgefährte, in Ihrer heilen Welt ersticken zu müssen? Warum zwingt Ihr Verhalten ihn, fremdzugehen und das Abenteuer bei exotischen Frauen in ganz Europa zu suchen?«

»Ich ... was ...?« Rosa verstand nicht, wovon der Moderator sprach. Es ging um Julian. Um sie. Und um ein Buch. Ein Buch, in dem stand, dass ihr Freund sie betrog, weil ... weil ihre heile Welt ihn erstickte? Für den Bruchteil einer Sekunde kam alles um sie herum zum Stillstand, und Rosa begriff: Sie saß in der Falle. Sie war nach München gekommen, um über die Alte Mühle zu reden. Aber das war nicht der Grund für die Einladung in die Talkshow gewesen. Was vermutlich bedeutete, dass sie sich um Kopf und Kragen geredet hatte. Sie würde es auf jeden Fall tun, wenn sie auch nur noch ein einziges Wort sagte.

Der Moderator hielt noch einmal das Buch hoch und sprach weiter auf Rosa ein. Sie verstand ihn über das Summen in ihren Ohren hinweg nicht. Das Blut rauschte mit der Geschwindigkeit einer Tsunamiwelle durch ihren Körper, und zum ersten Mal hatte sie das Gefühl, dass die Schnürung ihres Dirndls ihr die Luft zum Atmen nahm. Sie spürte wieder die Kamera, die ihr Gesicht heranzoomte. Ihre Wangen glühten. Sie musste hier raus.

»Entschuldigen Sie mich«, flüsterte Rosa, obwohl ihre Worte vermutlich über das Mikrofon an ihrer Bluse laut und klar übertragen wurden. Sie erhob sich und machte auf wackligen Knien einen Schritt zur Seite, stieß gegen den Sessel des Fernsehkochs. »Entschuldigung.« *Raus hier! Raus!* Der Fluchtinstinkt setzte mit voller Macht ein. Rosa wollte sich gerade zwischen den Sesseln hindurchdrängen, als sie hinter sich die Stimme des Moderators wahrnahm.

»Frau Falkenberg, ist das Ihre Art, mit Kritik umzugehen? Ich habe Ihnen ein paar ernsthafte Fragen gestellt, und Ihre Reaktion ist...«

Rosa wirbelte zu ihm herum. Er war ebenfalls aufgestanden, das Buch noch immer erhoben. Sie dachte nicht nach. In einem Reflex schlossen sich ihre Finger um den Paperback-Einband. Sie riss Baumert den Roman aus der Hand und rannte aus dem Studio, so schnell ihre High Heels sie trugen.

»Hey! Das Mikro bleibt hier!« Ein Tonassistent stellte sich ihr in dem dunklen Tunnel hinter dem Studioausgang in den Weg. Rosa drückte sich an ihm vorbei und riss sich im Weiterlaufen die Verkabelung herunter, was zum zweiten Mal innerhalb einer Minute dazu führte, dass sie ihr Dirndl verfluchte. Schließlich hatte sie das Kabel unter ihrer Kleidung hervorgefädelt und warf es dem Techniker zu.

Im nächsten Moment schob sie die schwere Metalltür auf, die das Studio vom Rest der Welt trennte, und stolperte in das grelle Licht eines leeren Flurs. Sie hastete nach links und fand ihre Garderobe, nachdem sie zwei falsche Türen aufgerissen hatte. Mit zitternden Fingern tauschte sie ihre High Heels gegen flache Ballerinas, raffte ihre Sachen zusammen und setzte ihre Flucht fort.

Vor dem Sendegebäude sprang sie in ein Taxi und ließ sich zum Bahnhof bringen. Sie hörte das Vibrieren des Handys in ihrer Handtasche. Es erstarb, nur um im nächsten Moment von vorn anzusetzen. Wieder und wieder. Sie hatte so vielen Leuten davon erzählt, dass sie Gast bei *Die Nacht in Bayern* war. Sie hatte es auf ihrer Homepage gepostet. Und auf Instagram. O Gott! Sie ignorierte die Anrufe und versuchte einfach, an gar nichts zu denken.

Am Bahnhof hatte das Schicksal offenbar ein wenig Mitleid mit ihr. Sie erwischte einen Zug früher als ursprünglich geplant. Die Bahn stand bereits am Gleis. Rosa sprang hinein und ließ sich auf einen leeren Vierer-Platz fallen. Ihre Tasche legte sie neben sich. Das Buch, das sie Baumert aus der Hand gerissen hatte, legte sie vor sich auf das vibrierende Resopal des Tisches.

Der Zug fuhr an, und die grelle Beleuchtung des Bahnsteigs glitt blendend an ihr vorbei. Im nächsten Moment wurde der Wagon in die Dunkelheit der Nacht gehüllt, in der nur die vor Leben pulsierenden Lichter der Großstadt glitzerten.

Rosa ignorierte sie. Ihre Finger strichen über die erhabenen Lettern auf dem Buch vor sich. *Die schöne Müllerin*. Ein Roman von David Kaltenbach. Das Cover war ausgefüllt von einem Dirndl-Dekolleté. Zwischen den Brustansätzen pendelte eine Kette mit einem Herzanhänger, wie Rosa selbst einen besaß. Ein kalter Schauer lief ihr über den Rücken. Ihre Kette... das war doch nicht etwa ein Bild... Nein. Rosa atmete tief durch, um sich zu beruhigen. Sie besaß so eine Kette, aber das Titelfoto war ganz eindeutig nicht ihr Körper. Wenigstens das...

Mit zitternden Händen nahm sie das Buch zur Hand und schlug es auf.